길로아

책속에서 즐거움을

영원한 조연은 없다

영원한
조연은 없다

II

김로아 장편소설

D&C BOOKS

차 례

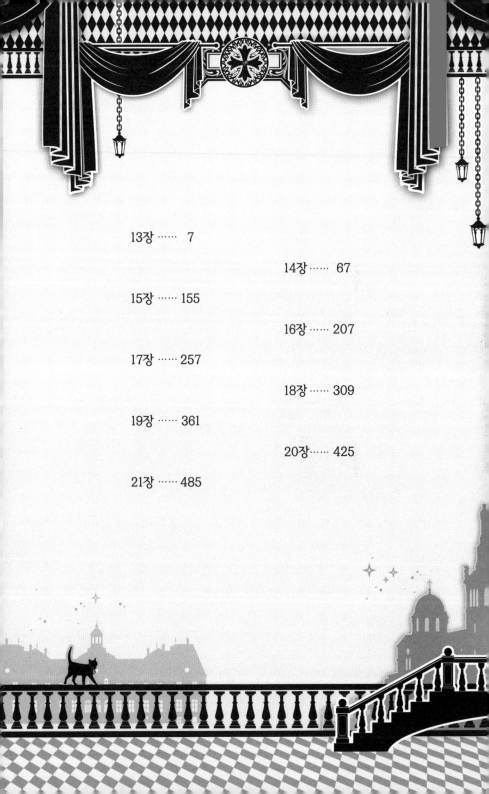

13장

13장

"아, 안녕하세요. 다들 여긴 어쩐 일로…….."

원래부터 크지 않은 응접실에 남자 셋이 서 있으니 꽉 차 보였다.

"윈터힐 백작님과 베르너 후작님 모두 오늘 아침 일찍 찾아오셨어요. 엘레나 신관님이 지금 안 계신다고 말씀드리니 그럼 기다리시겠다고…….."

미리 약속을 잡은 것도 아니고 어쩜 이리 다들 한날한시에 찾아온 건지. 엘레나는 어떻게 해야 할지 몰라 잠시 그 자리에 서 있었다.

피투성이가 되어 정신을 차리지 못하던 얼굴이 더 낯익은 윈터힐 백작은 이제 다친 적이라곤 없는 사람처럼 다 나은 모습으로 그녀를 빤히 바라봤다. 자기가 한 일이지만 그래도 이렇게 멀쩡한 백작의 상태가 신기해 엘레나는 백작을 꼼꼼히 살펴보았다.

중년의 나이라고는 믿어지지 않을 정도로 다부지고 강인한 체구와 부리부리한 눈이 인상적이었다.

입고 있는 것은 황도의 귀족들이 입는 하늘하늘하고 아름다움이 강조된 디자인은 아니었다. 조금은 투박하지만 실용성을 강조한, 튼튼한 재질의 무구에 가까워 보였다.

북부의 특성인지 입고 있는 옷의 깃과 허리띠는 흰색 동물의 털로 장식이 되어 있었는데, 그게 백작의 형형한 눈빛과 어울려 기품 있는 골수 귀족파의 거두라기보단 설원에서 사는 흰 늑대를 보는 것 같았다.

"저어, 실례가 안 된다면 옷을 갈아입고 와도 될까요? 보시다시피 밖에서 오는 길이라 차림이 손님을 뵙기엔 조금 그래서요."

아침 일찍 왔다니 오랫동안 기다렸을지 모를 손님들에게 더 기다려 달라고 하는 것이 미안하긴 했지만, 그렇다고 해서 외박하고 온 꼬질꼬질한 차림으로 앉아서 이야기를 나누는 것도 예의가 아닌 것 같았다. 엘레나가 그렇게 말하자 세 남자는 흔쾌히 고개를 끄덕였다.

응접실을 빠져나와 침실로 올라가는 엘레나의 발걸음이 바빴다. 얼른 올라가서 대충 씻고 옷을 갈아입고 내려오려면 서둘러야 했다. 주방 하인들에게 손님들을 위한 차와 다과를 부탁한 일리야는 엘레나의 뒤를 따랐다.

"축제는 재밌으셨어요?"

"축제요? 그럼요. 재밌게 놀았어요. 배가 그렇게 일찍 끊길 줄은 몰라서 조금 당황했지만요."

"배요? 호호, 그렇죠. 밤에는 배가 안 다니죠, 타이달 섬은."

입을 가리고 웃는 일리야의 모습에 혹시 일부러 말을 안 해 준 것은 아닐까 하는 의심이 강하게 들었지만, 지금은 이러고 있을 때가 아니었다.

"사실 어제 안 들어오셔서 괜찮으실 걸 알면서도 조금 걱정이 되던 것 있죠."

"죄송해요. 어떻게 연락을 할 방법이 없어서……."

핸드폰이나 전화기가 없다는 게 어제만큼 불편했던 적이 없었다. 엘레나는 오늘따라 자신의 침실까지 가는 길이 유독 길다고 생각하며 성큼성큼 계단을 올랐다.

"그런데 티토 님은 어디 계세요?"

이 시간쯤이면 잠이 잔뜩 묻은 얼굴로 응접실 소파에서 꾸벅꾸벅 졸고 있거나, 배가 볼록 튀어나오도록 아침 식사를 하고 있어야 할 티토가 보이지 않았다.

"어젯밤에 늦게 주무셨거든요. 오늘은 아직 꿈나라셔요."

어제 늦게 잤다고? 불길한 예감이 엄습했다.

어린애라 그런지 초저녁만 되면 기절하듯이 꿈나라로 가 버리는 티토가 밤늦게까지 잠들지 않았던 이유가 뭘까. 설마 나를 기다렸던 건 아니겠지.

엘레나는 뜨끔했다. 딱히 불건전한 짓을 한 것도 아니고 고의로 외박을 한 것도 아니라고 애써 생각했지만, 일단 무단으로 외박을 했으니 눈치가 보이는 것이다.

어린 티토가 '어제 외박하니까 좋았어?'라고 물어보면 굉장히 민망하고 양심이 찔릴 것 같았다. 그러니 몰랐으면 좋겠는데.

엘레나는 일단 밑에서 자신을 기다리고 있는 손님들부터 처리하고 일리야와 좀 더 대화를 나눠 봐야겠다고 생각하며 자신의 침실로 들어갔다.

어색하기 짝이 없다. 리바이 공작의 취향에 따라 아기자기하게 꾸며진 공간과 전혀 어울리지 않는 세 사람을 이보다 더 잘 설명할 수는 없었다.

일단 메이나드와 르니에는 현재 꽤 불편한 사이였다. 두 사람은 쓰러진 엘레나에게 회복할 시간도 주지 않고 득달같이 방문할 수는 없어서 참고 참다가 오늘에서야 새벽의 궁에 방문했는데, 하필이면 양쪽이 모두 같은 생각을 했다는 게 문제였다.

르니에와 메이나드는 나란히 앉아 굳게 닫은 잇새로 한 단어를 씹어 대고 있었다. 하필이면.

친우이자 연적인 두 젊은이의 건너편에 앉은 윈터힐 백작도 어색함에 일조하고 있었다. 어찌 보면 백작이야말로 이 새벽의 궁에 가장 어울리지 않는 사람이었다.

귀족파의 거두, 대대로 귀족원을 이끌던 윈터힐 가문의 주인. 현재는 바크란 1세의 남동생이 머무는 곳이지만, 전통적으로 새벽의 궁은 황위를 이을 황태자의 공간이었다. 이 응접실에 윈터힐 백작이 앉아 한가롭게 차를 마시고 있는 광경을 상상이나 해 본 자, 몇이나 있을까.

그런데 손안에 뜨거운 감자라도 쥔 듯이 어쩔 줄을 모르는 두 젊은이와는 다르게 중년의 백작은 꽤 차분했다.

아니, 이 불편한 상황 자체에 별다른 신경을 쓰지 않는 모습이었다. 아예 건너편에 앉은 르니에와 메이나드를 바라보지도 않는 것이 이 상황이 아닌 다른 생각에 골몰하고 있는 듯도 했다.

"이런 곳에서 마주치다니, 이런 우연이 다 있군요."

결국 르니에가 대화의 물꼬를 텄다. 눈을 아래로 내리깔고 찻물을 들여다보던 윈터힐 백작은 그 목소리에 르니에를 바라보았다.

"그렇군요."

나이는 르니에가 한참 어렸지만 베르너 후작이었다. 윈터힐 백작은 예의를 차려 존댓말을 사용했다.

"건강하신 모습을 뵈니 참 마음이 놓입니다."

사실 엘레나가 치유의 능력을 쓰기 전, 르니에는 내심 혀를 찼다. 베르너 후작가가 주최한 경기에서 윈터힐 백작이 죽게 생겼으니 당분간 골치가 아프겠군 하는 반응이었다. 마상창 경기가 워낙 위험한 경기이기는 하지만 경기가 모두 끝난 후에 일어난 일이기 때문에 귀족파가 베르너 후작가의 준비 미숙으로 몰아붙일 여지도 있었다.

하지만 오늘 만난 윈터힐 백작은 전혀 병색이 없을 만큼 완벽하게 회복한 모습이었다. 상처가 났던 이마의 경계 부분에 남은 작은 흉터가 없었더라면 어딜 다쳤는지도 모를 정도였다. 백작도 그 흉터에 대해서 이미 알고 있는 것인지 르니에의 질문에 손끝으로 이마를 매만졌다.

"걱정해 주어 고맙습니다."

원래부터 말수가 많은 편은 아닌 듯 윈터힐 백작은 조용히 차를 입에 머금었다. 하지만 귀족들의 예법상 한 번 시작한 대화를 일방적으로 끊거나 끊기도록 두는 것은 예의가 아니었으므로 백작은 다시 입을 열었다.

"그날은 좋은 승부였소."

이번에는 메이나드에게 건넨 말이었다. 조금 놀란 메이나드는 앉은 자리에서 허리를 곧추세우며 대답했다.

"백작님께 많이 배웠습니다."

"어네스가의 가주께선 이런 장남이 있어서 든든하시겠소."

"과찬이십니다."

다행히 대화는 나름 화기애애하게 흘러갔다. 한결 부드러워진 분위기에 르니에는 마침내 처음으로 차를 입에 대며 백작에게 물었다.

"오늘은 엘레나 신관을 보러 오신 겁니까?"

"그렇소. 내 생명의 은인이니 한 번쯤 인사를 해야 할 것 같아 들렀지."

말은 태연히 했지만 윈터힐 백작은 오늘 입궁을 하기 위해 일을 꽤 서둘러야 했다. 황족이 아니고, 그렇다고 궁에서 직무를 맡고 있지도 않은 과거 귀족파의 거두가 입궁을 하는 것도 모자라 황제의 유일한 형제인 리바이 공작의 새벽의 궁에 방문하는 것은 여간 까다로운 절차를 요구하는 일이 아니었다.

백작 스스로 자유롭게 거동을 할 수 있게 되자마자 황궁에 연통을 보냈고, 출입증을 손에 넣자마자 이곳 새벽의 궁으로 달려온 참이었다.

원칙대로라면 출입증을 받은 뒤에도 엘레나에게 따로 연통을 넣어 약속을 잡고 왔어야 했지만, 도저히 기다릴 수가 없었다. 한시라도 빨리 직접 두 눈으로 확인하고 물어보고 싶은 질문이 산더미였다.

이곳에서 베르너 후작과 어네스가의 장남을 마주친 것은 백작도 예상치 못한 전개였다.

"그런데 두 사람은 어떤 용무로 오신 것인지 물어봐도 되겠소?"

"저희는……."

"그게……."

백작의 질문에 두 사람 다 쉬이 대답을 하지 못했다. 르니에와 메이나드는 서로 한 번 눈빛을 교환하더니 헛기침을 하며 시간을 벌었다.

"흠. 엘레나 신관님과는 개인적인 친분이 있어 안부 인사차 들렀습니다."

메이나드가 언제나 있는 일인 듯 대수롭지 않은 양 단조로운 어조로 말했다. 평소 거짓말을 하지 못하고 표정 관리라는 것과는 거리가 먼 메이나드치고는 매우 선방한 대응이었다.

하지만 상대는 윈터힐 백작이었다. 재밌다는 듯 백작의 한쪽 입꼬리가 비뚜름하게 올라간 것은 순식간이었다.

"그러고 보니 그날 어네스 경은 화환을 엘레나 신관에게 바쳤지."

"컥!"

무사히 둘러댄 뒤 안심하며 차를 마시던 메이나드는 찻물이 목에 걸려 사레가 들어 다소 꼴사나운 모습을 보였다.

"엘레나 신관에 대해서 알아보니 그날 마상창 경기에는 베르너 후작의 파트너로 동행하였다는 말도 들리고."

르니에는 아직까진 얼굴에서 미소를 잃지 않고 있었다. 윈터힐 백작은 그런 르니에를 제법이라는 듯 바라보았다.

"참 재미있는 소문도 하나 들었지. 절친한 친우인 베르너 후작과 어네스 경이 신관 하나를 사이에 두고 사이가 틀어졌다는. 황제 폐하의 양팔인 베르너 후작가와 어네스 백작가의 분열이라니, 안타까운 일이 아닐 수 없군."

"……그런 소문이 돌고 있습니까."

혼잣말이지만 모두 들으라고 하는 혼잣말이었다.

"한데 오늘 이 응접실에 소문의 주인공들이 나란히 앉아 있는 것을 보니, 소문이 그냥 소문만은 아닌가 봅니다."

두 사람 모두 묵묵부답이었다. 소문이 사실이 아니라고 거짓말은 하기 싫지만 그렇다고 백작의 비아냥을 인정하기도 싫은 것이다.

한동안 대화 소리가 끊이지 않았던 응접실에 다시 침묵이 흘렀다. 그 무거운 공기 속에서 윈터힐 백작은 소파에 등을 기대고 눈앞의 두 젊은이를 여유롭게 주시했다.

윈터힐가가 대대로 황가와 척을 지는 사이라는 것은 제국의 귀족이라면 누구나 아는 일이었다. 그러니 베르너 후작가와 어네스 백작가가 정말 여자 문제로 사이가 틀어졌다면 백작으로서는 누구보다

쌍수를 들고 환영할 일이었다.

정복 전쟁 이후 평민들을 위한답시고 얼토당토않은 정책들을 귀족회의 동의도 없이 마구잡이로 시행하며, 귀족들의 영지와 사병에 대한 세금을 올려 귀족들의 반발을 사고 있는 바크란 1세였다. 그리고 베르너 후작가와 어네스 백작가는 그의 단단한 두 기둥이었다.

귀족들은 바보가 아니었다. 황권을 약하게 하려면 그 지지 기반부터 흔들어야 한다는 것을 오랜 경험으로 잘 알고 있었다. 따라서 황제를 가운데에 두고 끈끈하게 뭉친 두 가문의 사이를 흔들려는 수많은 시도들이 있었지만 모두 실패했다.

그런데 엘레나 신관이 아무도 해내지 못했던 그 일을 해낸 것이다. 그녀에게 천금이라도 안겨 주고 싶어 하는 귀족가가 수두룩한 실정이었다.

"그것참…… 곤란한 말씀을 하시는군요."

르니에가 쓰게 웃으며 자조적이지만 그렇다고 비굴하지 않은 대답을 했다.

메이나드는 제 부친을 쏙 빼닮은 게 보였다. 젊었을 때부터 입에 발린 말이라고는 못하고, 기사로서의 긍지와 명예를 목숨보다도 소중하게 생각했던 어네스 백작.

그 앞에서 황가를 모욕하는 발언을 하는 자가 있으면 그게 교관이든 상사이든 검을 뽑고 결투를 신청하는 일도 자주 있었다. 그런 극단적인 모습을 '황가의 개'라고 사람들이 욕했지만 도리어 칭찬으로 받아들일 만큼 외골수이기도 했다.

지금 윈터힐 백작의 말에 아무런 반박도 하지 못하고 얼굴만 붉히며 무릎 위에 정자세로 올린 주먹을 꽉 쥐고 있는 것만 봐도 그랬다. 아마 속 깨나 삭히고 있을 게 분명했다.

그런 외곬수의 피를 물려받은 자가 마상창 경기같이 공개적이고 의미 있는 자리에서 화환을 건넬 정도라면 보통 빠져 있는 것이 아닐 텐데. 자신의 행동이 황제파, 나아가서 바크란 1세에게 누를 끼치고 있는 것 같아 자괴감도 들고 있을 테다.

자신의 짓궂은 말에도 끝까지 미소를 잃지 않으며 대응하는 젊은 베르너 후작도 그 부친과 똑 닮은 모습이었다. 언제나 여유로운 척한 발짝 물러서서 상황을 파악하고 맞추어 혀를 놀릴 수 있는 능력.

이 젊은이의 평판은 칩거 중이던 윈터힐 백작의 귀에도 심심치 않게 들렸다. 작위를 물려받은 전 베르너 후작의 아들이 그 아비의 흉내를 곧잘 낸다는 소식은 말이다.

다만 아직 정치판의 때가 덜 묻은 것인지, 혹은 대쪽 같은 성정을 가졌다는 바크란 1세의 영향인 것인지 그 아비와는 인상이 살포시 다른 것도 흥미로웠다.

눈앞의 젊은 후작이 놀기 좋아하고 여자나 밝히는 한량의 흉내를 내며 자신에 대한 주변의 경계를 늦출 만한 머리를 가지고 있다면, 그 아비는. 윈터힐 백작은 전 베르너 후작, 베르너 공을 떠올리자 욱씬 하고 쑤셔 오는 이마의 상처를 문질렀다.

'참 공교롭군.'

윈터힐 백작은 별안간 터져 나오려는 웃음을 꾹 내리눌렀다. 하필이면, 하필이면 이런 시기에 베르너 후작가와 어네스 백작가가 연적이 된 꼴이라니. 시기가 좋다고 해야 할지 나쁘다고 해야 할지. 이 소식을 소문에 빠른 베르너 공도 분명 들었을 텐데 도대체 어떤 표정을 지었을지 궁금했다.

그때였다. 응접실로 빠르게 다가오는 걸음 소리가 들렸다. 메이나드도 르니에도, 윈터힐 백작도 일반적인 육체의 한계를 뛰어넘은 실력자들로서 새벽의 궁 정문이 열리고 기류가 미세하게 바뀌는 것을 기민하게 눈치챘다. 그들은 그때부터 대화를 멈추고 응접실의 입구 쪽을 바라봤다.

저벅저벅.

아니나 다를까, 서둘러 온 기색이 역력한 전령이 응접실로 들어섰다. 그러고는 윈터힐 백작의 얼굴을 알아본 것인지 한자리에 사이좋게 앉아 있는 세 사람을 보고 꽤 당황하며 머뭇거렸다.

"무슨 일이지."

르니에가 물었다. 그제야 정신을 차린 전령은 르니에와 메이나드에게 알렸다.

"폐하께서 두 분을 모셔 오라 명하셨습니다."

전령까지 보내며 두 사람을 동시에 찾는 일은 단 한 가지, 긴급회의 소집뿐이었다. 다만 전령은 윈터힐 백작의 앞에서 그 말을 직설적으로 전하지 못했을 뿐인 것이다. 두 청년은 표정을 확 바꾸며 자리에서 일어났다.

"어서 가 보십시오. 엘레나 신관에게는 내가 잘 설명해 드리지."

뭔가 이상했다. 르니에는 지나치게 여유로운 윈터힐 백작의 모습에 주목했다.

방금까지 대화를 나누고 있던 상황에서 급하게 전령이 오고 황제가 거론이 된다면 조금은 놀라는 것이 자연스러운 반응이었다. 하지만 여전히 소파에 몸을 묻은 채 태연히 깍지를 낀 백작에게선 그런 기색이 전혀 느껴지지 않았다.

"기다리고 계셨나 봅니다."

르니에가 낮은 목소리로 물었다.

"글쎄요. 오늘은 여러모로 참 공교로운 날인 것 같긴 합니다만."

윈터힐 백작은 뜻 모를 웃음을 지었다. 그 묘한 웃음이 마치 긴급 회의가 소집된 이유가 아닐까 하는 불길한 예감이 들어 메이나드는 몸을 떨었다. 방금까지 아무렇지 않게 자신들을 놀리던 윈터힐 백작 과는 또 다른 사람을 보는 듯한 이상한 감각이었다.

"나중에 또 봅시다."

윈터힐 백작은 그렇게 말하며 응접실을 빠져나가는 르니에와 메 이나드에게 여유롭게 찻잔을 들어 올려 보였다.

응접실로 향하는 엘레나의 얼굴에는 아직 물기가 남아 있었다. 재 빨리 세안을 하고 헝클어진 머리를 빗어 내렸는데도 시간이 꽤 걸렸 다. 그래서 허겁지겁 신관복으로 갈아입은 채 다시 응접실로 내려오 는 길이었다.

손님들을 오래 기다리게 할 수 없어서 발걸음을 서둘렀지만 그러 는 와중에도 한 가지 고민은 있었다.

"누구부터 봐야 하지."

세 사람이 모두 한 용건으로 찾아온 것이 아니니 각자 따로따로 대화를 해야 할 텐데. 어떤 순서를 따라야 할지 선뜻 마음이 서지 않 았다.

나이가 제일 많은 것은 윈터힐 백작이니 고령자 우대를 해야 하 나, 제일 먼저 온 게 르니에라던데 온 순서대로 봐야 하나. 결국 응 접실에 도착할 때까지도 엘레나는 결정을 내리지 못했다.

"어라? 다들 어디……."

그런데 마침내 도착한 응접실은 조금 전과는 다른 모습이었다. 공 간을 좁아 보이게 하던 두 장정은 간데없고 윈터힐 백작만 남아 엘 레나를 맞았다.

"두 사람은 긴한 일이 있어 다음에 다시 찾아오겠다고 했소."

"아, 그러셨구나."

엘레나는 고개를 갸우뚱하면서도 한편으론 다행이라 속을 쓸어내렸다. 대뜸 찾아왔으니 피할 수 없었지만 마상창 경기 이후로 두 사람을 보는 것이 아무래도 껄끄러웠다.

그들의 마음을 몰랐던 때야 아무 생각 없이 좋은 친구, 도와줘야 할 이 책의 주인공들이라고 생각하며 대할 수 있었지만 이제는 아니었다. 피할 수 있다면 피하고 싶은 게 솔직한 진심이었다.

"아쉬워하기보단 안심하는 것같이 보이는군."

아차. 엘레나는 서둘러 애매하게나마 웃어 보였다. 아직 앞에 사람이 있었지.

"따, 딱히 그렇다기보단…… 앗. 정식으로 인사드리는 것을 잊었습니다. 라한의 종, 중급 신관 엘레나입니다."

신분이 낮은 사람이 먼저 자기소개를 하는 이곳의 예법에 따라 엘레나가 인사했다.

"체이서 폰 윈터힐 백작이오. 엘레나 신관에게는 감사의 인사를 하러 이렇게 직접 찾아왔소."

내내 자리에 앉아 있던 백작이 몸을 일으켜 엘레나에게 정식으로 허리를 굽혀 보였다. 윈터힐 백작 휘하의 누군가가 보았다면 깜짝 놀랄 만한 광경이었다.

지독하다고 할 정도로 귀족적인 백작이었다. 결코 무례하지는 않았지만 스스로에 대한, 그리고 가문에 대한 자부심이나 자존심은 산과 같은 사람이었다. 누군가에게 허리를 굽히는 일은 없었다. 항간에는 윈터힐 백작이라면 황제 앞에서도 허리를 숙이지 않을 거라는 말도 돌았다.

"도, 도움이 되어 다행입니다."

엘레나는 얼른 자신도 함께 꾸벅 인사를 했다. 그런 예법은 존재하지 않았지만 어쩐지 그래야 할 것 같았다. 윈터힐 백작은 그동안 그녀가 만나 온 어느 귀족보다도 범접할 수 없는 기품이 흐르는 사람이었다.

게다가 그녀에게 익숙한 윈터힐 백작의 모습은 피를 흘리고 정신을 잃은 채 누워 있는 모습이었다. 그런데 몸을 소파에서 몸을 일으킨 백작은 그녀의 기억보다 훨씬 크고 또 위압적이었다. 말로 설명할 수 없는 묵직한 분위기가 흘렀다. 그 간극은 엄청났다.

"엘레나 신관이 아니었다면 내 목숨을 보장할 수 없었던 상황이었소. 내 생명의 은인이나 마찬가지이지."

"은인까지야……. 사실 저도 제 능력이 도움이 될지 안 될지 모르는 상황이었어요. 그렇게 큰 상처를 치유해 본 것은 처음이었고요. 그곳에 있던 의원들이 출혈이라도 멈출 수 있다면 도움이 될 거라길래……."

"그렇게 계산하지 않고 베푸는 것이야말로 진정한 선의가 아니겠소. 더 일찍 찾아오지 못한 것을 용서하시오."

"아니에요, 아니에요. 괜찮아 보이셔서 다행인데요."

차갑고 날카로운 첫인상과는 다르게 윈터힐 백작의 목소리나 말투는 다행히 꽤 부드러웠다. 얼굴 표정도 그랬다. 백작의 얼굴에는 알 듯 말 듯 한 연한 미소가 시종일관 떠나지 않았다.

혹시 내가 겉모습만 보고 엄청 착각한 건가? 엘레나는 그런 생각마저 했다.

"앉으세요. 차를 더 드릴까요?"

어느새 반 이상 비어 있는 백작의 찻잔을 보고 엘레나가 물었다.

"그래 준다면 고맙겠소."

"잠시만 기다려 주세요."

엘레나는 주방에 차를 두 잔 더 가져다 달라고 부탁하고 응접실로 돌아왔다.

매일 티토와 신학 수업을 하고 식사를 한 뒤에 한 가정의 거실처럼 둘러앉아서 이런저런 이야기를 나누는 공간. 엘레나에게는 너무나 익숙한 공간에 완전한 외부인이 있으니 기분이 이상했다.

곧 무럭무럭 김이 오르는 차가 두 사람 앞에 놓였다. 새벽의 궁 하녀들은 고맙게도 식사를 하지 않은 엘레나의 몫으로 간단한 디저트도 가져다주었다.

"내가 은인에게 몇 가지 질문이 있는데."

이제 윈터힐 백작은 엘레나를 아예 '은인'이라고 부를 생각인 듯했다.

"질문이요?"

"내가 찾고 있는 사람이 하나 있소. 그런데 아마도 그 사람에 대해 은인이 아는 게 있을 것 같아서 말이오."

그런 이유라면야. 엘레나는 흔쾌히 고개를 끄덕였다.

"혹시……."

앞에 앉은 엘레나를 바라보는 윈터힐 백작의 눈가가 바르르 떨려왔다. 혼미한 정신에 본 신관의 얼굴이 그녀와 겹쳐 보인 것도 이해가 갔다. 놀라울 정도로 닮았다.

벌써 20년이 넘는 시간이 흘렀지만 백작은 연인의 얼굴을 잊지 못했다. 처음 만났을 때부터 마지막이 될 줄 몰랐던 백작가 저택에서의 작별 인사까지. 그녀와 나눴던 매 순간순간이 백작의 뇌리에는 새겨진 듯 남아 있었다.

운명처럼 처음 만났던 그날의 그녀처럼 라한교의 흰색 신관복을 입고 앉아 있는 엘레나의 모습은 꽁꽁 언 땅처럼 굳어 있던 백작의 심장을 아프게 했다. 아래로 처진 눈매며 웃으면 완벽한 호선을 그리는 입매까지. 아마도 처음 만났던 날, 그녀와 비슷한 나이일 신관은 너무나도 닮은 모습을 하고 있었다.

두 사람의 사랑의 결실을 품어 동그랗게 부푼 배를 쓰다듬으며 그녀가 버릇처럼 했던 말도 아직 귓가에 선연했다. 젊은 백작을 단숨에 사랑에 빠지게 했던 그 미소를 지으며 그녀는 기도하듯 말했다.

—여자아이일 것 같아. 그리고 당신의 머리카락을 닮았다면 너무나 좋을 거야. 윈터힐의 설원처럼 희고 깨끗한 은발 말이야.

백작은 커다란 눈으로 자신을 바라보는 엘레나를 아프게 눈동자에 담았다.

"혹시, 실비아라는 이름을 아시오?"

결국 백작의 목소리가 건조하게 갈라졌다.

"실……비아요?"

엘레나는 큰 눈을 굴렸다. 입으로 발음하는 것이 어색한 것을 보니 아는 이름은 아니었다.

내가 혹시 그런 이름의 사람을 알던가. 윈터힐 백작의 표정이 너무나 심각해서 대답을 하기 전 다시 한번 골똘히 생각해 봤지만 '실비아'란 이름은 낯설었다.

"처음 듣는 이름인 것 같은데……."

순간 대답한 엘레나가 미안해질 정도로 백작의 눈동자가 흔들렸다. 한눈에 보기에도 그 이름이 매우 중요하다는 것을 알 수 있을 정도였다.

"죄, 죄송해요."

잘못한 것도 없는데 사과를 하는 엘레나를 보며 윈터힐 백작은 고개를 가로저었다. 그녀가 미안할 일이 아니었다.

이미 이곳에 오기 전에 엘레나에 대하여 어느 정도 조사를 해 두었다. 하지만 짧은 기간 동안 알아낼 수 있는 것에는 한계가 있었다. 백작이 얻어 낸 정보라고는 엘레나가 중급 신관이라는 것과 리바이 공작의 신학 교사라는 것, 그리고 황도의 라한 신전 소속이라는 것 정도였다.

중급 신관이라는 말에 귀족원에 사람을 보내 귀족 명부에서 그녀의 이름을 찾아보았지만 찾아낼 수 없었다. 그것은 그녀가 평민이라는 의미였다.

엘레나의 태생에 대해 신전에 직접 문의를 해 볼 생각도 들었지만 혹 말이 새어 나갈까 하는 우려에 그러지 못했다. 엘레나가 자신과 실비아의 핏줄일지도 모른다는 사실을 아무도 모르게 하는 것이 중요했다. 적어도 모든 것이 확실해지기 전까지는.

윈터힐가는, 윈터힐 백작은 가진 것이 많은 사람이었다. 그를 시기하는 사람은 많았고 적은 더더욱 많았다. 게다가 자신을 길들여 보려 호시탐탐 기회를 노리는 사람들 또한 주의해야 했다.

그들은 어떻게 해서든 윈터힐 백작의 약점을 잡기 위해 한 치라도 틈새를 보이면 파고들려 할 것이 뻔했다. 그런 자들에게 오래전 죽은 줄 알았던 딸일지 모를 평민 신관 하나는 너무나 손쉬운 먹잇감이 될 것이다.

"혹시 그분이 찾고 계시는 분인가요?"

엘레나의 질문에 윈터힐 백작은 그저 힘없이 웃었다. 찾아서 찾을 수만 있다면야. 허망한 웃음이었다.

이 모든 것은 실비아를 죽게 했던 옛 정혼녀가 보낸 유서 한 장에서 시작되었다.

20년 전 윈터힐 백작령에서 벌어졌던 일은 소문과 꽤 흡사했다.

백작이 오랜 혼약자인 자신을 밀어내고 선택한 여자가 겨우 평민에 불과한 실비아라는 사실을 받아들이지 못했던 백작의 정혼녀는 실비아가 탄 마차를 절벽에서 떨어뜨리고 사고로 위장했다.

그리고 자신이 벌인 일이라는 것이 밝혀지기 전까지, 장례식에 참석하고 시신을 찾지 못해 텅 빈 관을 끌어안고 오열하는 백작을 위로하는 등 수준 높은 연기를 선보이기도 했다.

그러나 모든 것이 밝혀지자 바로 자신의 가문으로 도망을 갔고 그 뒤로 백작과 그녀 사이에 오간 것이라곤 황제의 명령에 의해 그녀가 억지로 써 내려간 사과문과 배상액뿐이었다.

어째서 실비아의 죽음에 대한 복수를 하지 않았냐고 묻는다면, 백작은 모든 것은 자신의 잘못이기 때문이라고 대답할 것이다. 황제파 가문 중 하나로, 선황에게 매년 어마어마한 금액의 공물을 바치던 가문과 정혼시킨 선대 윈터힐 백작의 잘못이라고.

복수를 위해 영지전을 신청한 젊은 백작에게 돌아온 것은, 청원을 거절한다는 선황의 답신과 그 대신 상대 가문이 재화로 보상하라는 판결문이었다.

텅 빈 백작가에서 울부짖으며 백작은 자신을 탓했다. 실비아를 죽인 것은 백작이었다. 자신은 사랑 따위 하지 않을 것이라고 오만하게 부친이 정한 상대와 약혼하기를 선택했던 젊은 날의 과오와, 실비아를 보고 감히 그녀를 마음에 담은 자신의 욕심이 문제였다.

그때 보내 주었어야 했다. 눈부신 미소를 지으며 다친 사람들을 돌보던 그녀를 보았던 날, 그저 참 아름다운 여인이구나 하고 돌아섰어야 했다.

자신이 약혼한 유서 깊은 귀족 가문 출신의 여인이 파혼이란 모욕을 참아 낼 수 없음을, 무엇보다 실비아가 평민이라는 사실을 못 견며 할 사람이라는 것을 잘 알면서도 감히 그녀를 탐냈다. 그녀가 자신을 바라보며 평생 그 미소를 지어 주었으면 하는 마음에 잘못된 선택을 한 것이다.

곧 태어날 아이를 위해 실비아가 직접 꾸미고 한 땀 한 땀 소중히 만든 아이 옷과 장난감이 가득한 방에서 윈터힐 백작은 몇 날 며칠을 절규했다.

그리고 그 문이 다시 열렸을 때, 까맣게 죽은 심장만 가지고 나온 백작은 오로지 윈터힐 가문을 위해서 살아왔다. 그렇게 20년간의 긴 칩거 생활이 시작된 것이다.

그런데 유독 눈이 많이 내렸던 지난겨울 밤, 옛 정혼녀가 명을 달리했다는 소식과 함께 한 장의 서신이 윈터힐 백작 앞으로 도착했다. 그녀의 유서였다. 유서는 20년 전의 일에 대한 회고와 백작에게 전하는 마지막 말이 담겨 있었다.

유서에 따르면, 실비아의 시신을 두 눈으로 확인하고 싶었던 그녀는 은밀히 사람을 고용했다. 그리고 죽은 줄 알았던 실비아가 살아남아 떨어졌던 강 하류에 위치한 오르테가 자작령으로 갔다는 사실을 알게 되었다.

한 작은 마을의 고아원에서 실비아는 한 여자아이를 낳았다. 하지만 출산 이후 얼마 지나지 않아 명을 달리했고, 우여곡절 끝에 세상에 나온 아이도 몸이 약해 얼마 버티지 못할 것이란 전언을 받았다.

영지를 이어받지 못하는 계집아이고 제명에 죽을 것이라니 그냥 내버려 둘까 싶었지만, 모든 것을 확실히 끝내고 싶었던 백작의 정혼녀는 아이마저 처리하려는 마음을 먹었다. 그러나 불행 중 다행으로 때마침 그녀의 만행이 드러났고 황급히 자신의 가문으로 피신해야 했던 탓에 그 끝마무리는 하지 못했다.

아무래도 죽어 가던 그녀는 그 아이도 얼마 버티지 못하고 제 어미의 뒤를 따랐으리라 생각하는 것 같았다. 회고 끝의 짧은 전언에서 백작을 조롱하고 있었으므로.

유서는 그리 사랑을 목 놓아 울부짖던 평민 계집과 그 자식이 살아남았던 것도 알지 못한 그의 무능력을 비웃었다. 한 마디 한 마디에서 이 사실을 알고 괴로워할 백작의 고통에 대한 통쾌함이 고스란히 전해졌다.

윈터힐 백작은 그런 것 따윈 개의치 않았다. 분노를 느낄 시간도 없었다. 영지를 비울 수 없는 자신을 대신해 부관인 그레이 경을 바로 오르테가 자작령으로 파견했다.

하지만 그레이 경은 그 고아원은 이미 오래전에 없어졌고, 고아원에 있던 아이들은 제국 전역으로 뿔뿔이 흩어졌다는 사실을 알아내고 낙담했다. 두 번째 천운을 만난 것이 바로 그때였다. 그 고아원 출신의 한 상인을 알게 된 것이다.

아직 오르테가 자작의 직할지에 살며 상단을 운영하는 상인은 20년 전에는 이미 독립을 해서 나와 산 이였지만, 한 가지 중요한 정보를 주었다. 고아원을 돌보던 신관이 죽은 뒤 고아원이 사라질 때, 열 살이 안 되는 어린아이들은 모두 황도로 옮겨졌다는 것이다.

아직 일도 하지 못하는 어린아이를 받아 주기에는 다른 영지의 고아원들은 재정이 부족했다. 하지만 황제가 직접 다스리는 아발론은 귀족들의 기부금이 넉넉하기도 했고, 매년 지급되는 일정한 보조금이 있어 아이들을 받아 줄 수 있었다는 이유였다.

그 이야기를 듣고 만사 제쳐 둔 채로 스스로 칩거를 깨며 아발론으로 온 윈터힐 백작은 백방으로 뛰었다. 북부군 편성안 회의를 핑계로 복귀해 아발론 곳곳의 고아원들을 방문했지만, 고아원 수가 워낙 많은 데다가 이미 너무 오랜 시간이 지난 뒤라 이렇다 할 성과는 없었다.

또한 시기가 시기인지라 영지를 오래 비울 수가 없었다. 그래서 다음을 기약하며 예정되어 있던 마상창 대회만 마치고 윈터힐로 복귀하려던 찰나, 사고가 터진 것이다.

머리를 다친 후유증이라고 해도 좋았다. 윈터힐 백작은 엘레나에게서 뭔가를 느꼈다. 비단 실비아와 비슷한 치유 능력만이 아니었다. 목소리도, 웃는 얼굴도 너무나 닮았다.

백작은 그날 마상창 대회에서 머리를 다친 일이 라한이 내려 주신 그의 삶의 마지막 기회가 아닐까 생각했다. 자식이 살아 있는지도 몰랐던 못난 아비의 과오를 조금이라도 사죄할 수 있는 마지막 기회 말이다.

"혹시 가족이 어떻게 되오?"

윈터힐 백작은 결국 두 번째 질문을 던졌다.

"가족……이요?"

하필이면 물어봐도 이런 걸. 엘레나는 작게 헛기침을 한 뒤에 말했다.

"없습니다. 고아예요."

단아였을 때부터 수없이 말해 온 것이었지만 도저히 익숙해지지 않는 말이었다.

"고아, 고아라……."

윈터힐 백작은 그 단어를 여러 번 중얼거렸다. 그 탓에 엘레나는 조금 기분이 상했다. 고아 처음 보시나 뭘 저렇게 반복을 해. 백작의 표정으로 보아 딱히 그녀를 공격하기 위한 태도는 아닌 듯했지만 그래도 기분이 상하는 것은 어쩔 수 없었다.

"그렇다면 출신 영지가 어딘지는 알고 있소? 어디서 태어났는지 그런 것 말이오."

점점 구체화되어 가는 질문에 조금 난처해진 엘레나였다. 주인공인 로잘린느나 그녀의 세 남자들에 대해서는 지금 당장이라도 줄줄이 말할 수 있었다. 왜냐면 그들은 책의 주인공들이었으니까.

그들의 일거수일투족 그리고 순간순간의 감정까지 나열되었던 책을 여러 번 정독한 그녀였지만, 애석하게 엘레나에 대해서는 그렇지 못했다. 소설 초반에 잠시 나왔다가 없어지는 조연이 이름이라도 제대로 나왔으면 다행인 것이다.

"제, 제가 어렸을 때 기억이 많이 없어서요. 다섯 살이 채 안 되었을 때, 다른 곳에서 이곳 황도 신전에 맡겨졌다고 들었어요. 그 전에는 어디에서 살았는지 모르고요. 아, 아니, 신전에 물어보면 그 정도는 알 수 있을 것 같기도 하고……. 그런데 이런 건 왜 물으시는지……."

엘레나는 분명한 답을 줄 수 없었다. 최대한 두루뭉술하게, 혹시 나중에 다른 것을 알게 되어도 큰 탈이 없도록 말을 둘러댔는데, 윈터힐 백작의 반응이 이상했다. 조금 전 실비아라는 사람을 모른다고 대답했을 때처럼 잔뜩 흐려질 것이라 생각했는데, 오히려 백작의 표정은 점점 밝아졌다.

"신전! 내가 그 생각을 못 했군."

윈터힐 백작은 무릎을 탁 쳤다. 어찌 진작 신전을 들여다보지 않았을까!

오르테가 자작 직할령의 고아원을 돌보던 이가 퇴직한 신관이었다는 것을 생각해 보면 진작 확인했어야 했다. 오갈 곳 없는 고아를 받아 주는 곳이 고아원이라지만 분명 신전도 비슷한 일을 했다.

그런 아이들은 자연스레 신관이 되고 평민이므로 특별한 재능이 없다면 평생을 하급 신관으로 살아간다. 엘레나도 그런 경우였을 것이다. 그러나 엘레나의 치유의 능력을 본 신전에선 그녀를 그저 하급 신관으로 둘 수는 없을 것이다.

"백작님, 괜찮으세요?"

아침 댓바람부터 찾아와서는 엄청 우울한 얼굴로 이런저런 질문을 하다가 갑자기 허허롭게 웃어 대는 백작이 매우 이상해 보였다.

"괜찮소. 괜찮다마다."

아직 확인해 볼 것은 한참 남았지만, 엘레나 신관이 자신과 실비아의 핏줄이 아닐 확률도 매우 높았지만, 윈터힐 백작은 지금쯤 지옥에서 고생 깨나 하고 있을 오래전의 정혼녀에게 포옹이라도 하고 싶은 심정이었다. 그 원망과 저주를 담은 유서가 아니었다면 백작은 자신의 딸이 아직 살아 있다는 사실도 몰랐을 테고, 아마 평생 그렇게 살다가 죽었을 것이다.

백작의 갈색 눈에는 이미 확신이 깃들어 있었다. 사실 그것은 오늘 새벽의 궁에 찾아와 엘레나와 대화를 하기 전부터 자리 잡고 있었다. 방해꾼이나 마찬가지였던 베르너 후작과 어네스가의 장남만 아니었다면 당장에 달려가 끌어안고 싶은 마음을 억누르지 못했을지도 몰랐다.

윈터힐 가문의 증명과도 같은 설원의 은발, 실비아를 똑 닮은 얼굴과 황금색이 도는 눈, 그리고 치유력을 가진 이 엘레나라는 이름의 신관이 자신의 딸이 아니라면 오히려 그것이 더 이상할 것 같았다.

"평민으로 살며 고생이 많았나 보군."

백작은 이제 엘레나에 대해 작고 사소한 것들까지 하나씩 눈에 들어왔다. 손등을 덮고 있던 소매가 옆으로 흘러내리며 여인의 것이라기엔 조금 거칠어 보이는 손을 드러내 보였다.

"그, 그걸 어떻게 아셨어요? 제가 평민인 거……."

엘레나는 화들짝 놀라며 혹시 들은 사람이 없나 주변을 둘러봤다. 다행히 응접실 주변에는 기척이 없었다.

"놀라게 했다면 미안하오. 조금 전 고아라고 한 말 때문에 당연히 그리 여겼소."

아 참, 내가 내 입으로 말했지. 분명히 제프리 추기경은 누구에게도 들키면 안 된다고 했는데. 궁에 들어오자마자 들킨 로잘린느와 제 입으로 이실직고한 레이, 그리고 이제 윈터힐 백작까지. 점점 비밀이 비밀이 아니게 되는 상황이 영 꺼림칙했다.

"그 손에 박인 굳은살이 우연히 눈에 들어왔소."

"굳은살이요?"

엘레나는 고개를 갸우뚱하며 자신의 손바닥을 확인했다. 한창 신전에서 고생할 때에 비하면 많이 나아지기는 했지만 아직 예쁜 손이 되기엔 한참 먼 손이었다.

"내가 한때 엘레나 신관처럼 평민 출신이지만 상급 신관의 자리까지 올라간 여인을 하나 알았소. 그 여인도 딱 그런 손을 가지고 있었지."

"그런 분이 있었구나. 몰랐어요."

"그 여인이 그러더군. 평민으로 태어나 어릴 적부터 허드렛일을 해 온 손이라서 기껏 고위 신관이 되어 좋은 옷을 입고 좋은 것을 먹어도 이 굳은살만큼은 도저히 없어지질 않는다고."

투덜거리며 말하던 실비아의 목소리를 떠올리는 백작의 입가에 그리운 미소가 번졌다.

"작은 시골 마을 출신이었던 그녀는 열다섯 살까지 그저 남들과 똑같이 살았소. 그러다 영지에 역병이 번졌는데, 유일하게 그녀가 살던 마을에만 환자가 적은 것을 이상하게 여긴 신전에서 조사단을 파견했지. 혹시 치료제를 만들 수 있는 약초가 자라는 마을인가 싶어서 말이오."

"정말로 치료제가 자라고 있었나요?"

"안타깝게도 그건 아니었소. 대신 치유의 능력을 가진 한 평민 소녀가 탈진해 쓰러질 정도로 신성력을 사용하며 마을 사람들을 구해 내고 있었지."

"치유의…… 능력이요?"

이상하다. 분명히 교황 성하는 치유의 능력이 흔치 않은 거라고 하셨는데. 엘레나는 백작이 이야기하는 이 '여인'에 대해 호기심이 자라나는 것을 느꼈다.

"역병이 물러가고 난 뒤에 여인은 중급 신관이 되었소. 여인은 더이상 일을 하지 않고도 밥 굶을 걱정을 하지 않아도 되어서 너무나 좋았다고 했소."

하긴 그게 제일 중요하지. 엘레나는 동의하며 고개를 끄덕였다. 기본적인 의식주가 보장이 되는 신관이란 직업은 적성에만 맞으면 신의 직장이나 마찬가지였으니까.

"그 여인도 딱 엘레나 신관과 비슷한 황금색 눈을 가지고 있었지."

"아! 그건 아마도 신성력 때문일 거예요. 신성력이 커질수록 눈의 황금색이 짙어진다는 것 같아요. 저도 원래는 이런 독특한 색은 아니었거든요."

"신성력 때문이라……?"

"네. 앗, 그런데 이런 거 막 말해도 되나. 아무튼 그렇다는 것 같아요. 저도 얼마 전까지는 그냥 평범한 갈색 눈이었거든요. 조금 색이 옅기는 했…… 오, 그러고 보니 백작님의 눈 색과 비슷하네요. 제 원래 눈동자 색이요."

색소가 옅은 밝은 갈색의 눈동자 한 쌍을 덮은 속눈썹이 잘게 떨렸다. 덜커덕 내려앉은 제 주인의 심정을 대변한 것이다. 그러나 그의 속마음을 알 리 없는 엘레나는 그저 신기하다며 박수를 쳤다.

'아아, 실비아.'

백작은 그리운 이름을 불렀다. 지금 이 순간에도 그는 두려웠다. 자꾸만 이렇게 피가 당기듯 본능이 반응하는 것과는 다르게 엘레나가 자신의 딸이 아닐까 봐서. 실비아의 죽음과 함께 까맣게 타 버렸던 심장이 조금씩 다시 살아 움직이는 이 모든 것이 외로움에 지친 자신의 착각일까 봐서.

하지만 동시에 윈터힐 백작은 안도했다. 만약 이 엘레나 신관이 정말 실비아와 자신의 딸이라면, 아직 실비아의 일부분은 이 세상을 살아가고 있는 셈이니. 조심히 다녀오라며 뺨에 한 키스를 마지막으로 다시는 못 볼 줄 알았던 실비아의 눈부신 미소가 이렇게 닮은 모습으로 살아가고 있었으니.

"엘레나 신관."

"네?"

"내가 은인에게 뭔가 보답을 하고 싶은데."

두어 번 눈을 깜박인 후에야 백작의 말을 이해한 엘레나는 펄쩍 뛰며 두 손을 내저었다.

"보답이라뇨! 신관이 그런 거 받으면 큰일 나요!"

"규율에 어긋나는 행동인건가?"

"아, 아니, 그런 건 아닌데……."

맹물보다 조금 나은 수준의 포션을 만들고도 잘도 병당 금화를 받아내는 신관이 수두룩하니 물질적인 보상을 받는 것이 라한교의 규율에 저촉이 되는 것은 아닐 것 같았다. 하지만 그래도 치유의 능력을 사용했다고 해서 그 대가로 무언가를 받는다는 것은 영 꺼림칙했다.

"그렇다면 부디 내 성의를 거절하지는 말아 주시오."

그렇게 말하며 윈터힐 백작은 미리 준비해 온 전표를 하나 탁자 위로 내밀었다.

"수, 수표. 저기 이건 너무 많…… 잠깐만요, 정말로 많은데요? 이거 너무 많은 것 같아요! 여기 '0' 자 하나 빼셔야 할 것 같은데. 시, 실수하신 것 같은데요?"

수표를 다시 윈터힐 백작에게 밀어 줄 생각으로 손을 뻗었다가 무심코 적힌 금액을 본 엘레나는 너무나 엄청난 금액에 얼른 수표에서 손을 떼어 냈다. 이런 어마어마한 수표에는 자신의 손때가 타서는 안 될 것 같았기 때문이다.

"실수하지 않았소. 이 체이서 폰 윈터힐의 목숨값이오. 설마 내 가치가 이 정도도 되지 않는다고 생각한 것이오?"

"아, 아니. 백작님이시니까 매우, 매우 가치가 높으시다는 건 알겠어요. 그래도 이건 좀……. 이거 반만, 아니 반의반의 반만 주셔도 너무 많다고 거절할 판인데요."

"윈터힐의 가주가 은인께 그 정도의 보상만 했다고 하면 모두들 손가락질할 것이오."

"그, 그래도…… 그, 금화 천 개라뇨!"

엘레나는 누가 들을까 무서워 목소리를 잔뜩 낮추고 속삭이듯 말했다.

"그냥 마음만 받을게요, 백작님. 금화 천 개를 덥석 저한테 주시면 도대체 어떻게 하시려고요! 큰일 나요!"

너무나 어마어마해서 감도 오지 않는 금액이었다. 밥 한 끼가 동화 몇 개면 해결되는 세상이니 금화 한 개가 지닌 가치도 환산이 어려울 만큼 큰데, 자그마치 천 개라니. 엘레나는 고개를 저었다. 아무래도 고마운 마음에 백작이 무리를 하는 것 같았다.

"엘레나 신관, 윈터힐가는 고작 이 정도로 큰일이 나지 않소."

"하, 하지만!"

분명 윈터힐 영지는 북쪽의 척박한 땅에 위치한 곳이라고 했다. 농경 사회인 이곳에서 그런 영지가 돈을 벌어 봤자 얼마나 번다고.

"아무래도 우리의 재정을 걱정하는 것 같은데. 맞소?"

마지못해 그녀가 고개를 작게 끄덕였다. 상대의 자존심이 상했을까 봐 걱정이 되는 눈치였다.

"엘레나 신관이 정세에 대해 얼마나 알고 있는지는 모르겠으나, 제국에서 우리 윈터힐 백작가와 단일로 견줄 만한 영지는 없소. 영지의 크기나 군사적으로나. 물론 재정적으로도 말이오."

그렇게 말하는 윈터힐 백작의 얼굴에는 자부심이 가득 차 있었다.

"우리 영지는 봄과 여름의 짧은 기간을 제외하면 항시 기온이 낮고, 다른 영지에선 단풍이 내릴 시기에 대신 눈이 내리는 곳이오. 물론 농사를 짓기에 그리 적합한 땅은 아니지. 실제로 생산 작물도 겨우 영지민들이 자급자족을 할 수 있는 수준일 뿐이고."

그래, 내 말이 바로 그거라고! 엘레나는 고개를 절레절레 저었다. 아무리 생각해도 백작이 무리를 하는 게 틀림없었다.

"하지만 우리 윈터힐에는 한 철이면 시들고 마는 농작물과는 다르게 강인하고 영원한 산물이 하나 있지. 그게 뭔지 아시오?"

"그, 글쎄요……."

그리고 별안간 윈터힐 백작이 자리에서 벌떡 일어나더니 허리춤에 차고 있던 검을 길게 뽑았다.

"지금 뭐 하시는……!"

아무리 그래도 황제의 동생인 리바이 공작의 궁에서 검을 뽑다니!
엘레나는 당황해서 소리를 질렀다. 쭉 뽑혔던 검이 그녀의 앞에 내
밀어진 건 그 순간이었다.

"바로 이것이오."

"네? 거, 검이요?"

"그렇게도 볼 수 있지. 바로 이런 명검을 만들어 낼 수 있는 철, 윈
터 아이언을 말하는 것이오."

윈터 아이언. 유치하다고 할 수 있는 이름이었지만 윈터힐 백작의
검을 자세히 들여다본 엘레나는 절로 감탄했다. 백작의 검에서 은은
한 흰색 광채가 흐르고 있었기 때문이다.

검에 문외한인 그녀가 보기에도 이렇게 아름다운데, 검을 수족처
럼 부리는 사람들이 보면 얼마나 황홀할까.

"일반적인 철검보다 열 배는 강하고 탄력적인 검을 만들 수 있소,
윈터 아이언이 있다면."

"아, 강인하고 영원한 산물이라는 게…… 호오."

이제야 그 말의 뜻을 헤아릴 수 있었다. 엘레나가 눈을 동그랗게
뜨고 이해를 하는 것 같자 남몰래 미소를 지은 백작은 검을 다시 집
어넣었다.

"그러니 지금 엘레나 신관은 윈터힐 백작의 목숨값이 고작 금화
천 개밖에 되지 않느냐 화를 내야 하는 상황인 것이오."

"아니, 뭐. 돈이 많으시다면 다행이기는 한데…… 적어도 저한테
그런 금액을 주신다고 영지민들이 굶어 죽거나 하지는 않을 것 같으
니까요. 으음……."

이건 로또나 다름없었다. 그냥 다친 사람을 치유해 줬더니 못해도
황도에 집 몇 채는 족히 사고 남을 돈을 주다니. 하지만 눈앞의 전표

를 보는 엘레나의 얼굴은 어두웠다. 차라리 재벌 기업 회장님 지갑을 주워 준 것이라면 더 쉽게 돈을 받았을지도 몰랐다. 하지만 치유의 능력에 대해 사례금을 받는다는 것은 마음이 많이 걸렸다.

"아무리 그래도 이건 아닌 것 같아요. 돈을 받을 수는 없어요. 백작님의 성의를 무시하는 건 절대 아니고요. 그냥 제 마음이 편하지 않을 것 같아서요."

백작이 눈앞에서 몇 번이고 제안을 하는데도 그녀의 결정은 변하지 않았다. 대단한 고집이었다. 도대체 누구를 닮은 것인지. 윈터힐 백작은 그리 생각하며 슬쩍 웃었다.

사실 이 금액은 순수하게 백작을 치유해 준 것에 대한 보답이었다. 굳은살이 박인 엘레나의 손을 보고 금액을 두 배로 올릴까 순간적으로 고민한 것은 사실이었지만.

"하지만 은인에 대해 아무런 보답 없이 넘어갈 수는 없소. 윈터힐의 명예가 걸린 일이기도 하오."

그놈의 명예는 참 쓸데없는 데에 많이도 걸려 있구나. 엘레나는 작게 한숨을 쉬었다.

"돈이 부담스럽다면 다른 대안을 제안해 주시오."

"하지만 지금은 가지고 싶은 게 아무것도 없어요. 좋은 방에서 좋은 음식 먹으면서 살고 있고, 제 능력으로 돈도 벌고 있고요."

여기서 뭔가가 하늘에서 뚝 떨어지길 바란다면 그건 욕심이지.

"그렇다면 다음에 만날 때까지 생각해서 말해 주시오."

"다, 다음이요?"

다음도 있어? 엘레나는 당황이 역력한 표정을 차마 숨기지 못하고 물었다. 도대체 윈터힐 백작과 자신이 또 만날 일이 무엇이 있단 걸까. 하지만 백작은 꽤 확신에 차 보였다.

"다음에 또 만날 일이 있을 것이오. 분명히."

그 말만 남긴 채 그는 떠나 버렸다. 아직도 멍하니 응접실에 서 있는 엘레나를 두고. 멀리서 새벽의 궁 문이 닫히고 달가닥달가닥하는 마차 소리가 들릴 때까지도 눈에 초점을 잡지 못하고 있던 엘레나는 순간 놀라 소리쳤다.

"이 수표 안 가져갔는데!"

자그마치 금화 천 개가 적힌 수표가 고스란히 탁자 위에 놓여 있었다.

"아, 이제 정말로 다시 봐야겠네. 이거 돌려주려면."

엘레나는 어쩔 수 없다며 혀를 찼다.

도대체 돈이 얼마나 많으면 이런 수표를 막 흘리고 다닐까. 이참에 확 꿀꺽해 버려? 그런 생각이 잠시 들었지만 이내 쩝 하고 입을 다셨다. 내 것이 아닌 것을 탐하면 벌을 받는 것이 일반적이고도 보편타당한 세상의 이치니까.

이미 중앙궁의 분위기는 평소와 달랐다. 말에서 내렸을 때부터 메이나드는 그것을 피부로 느낄 수 있었다. 곳곳에 창을 든 경비병들이 지키는 복도를 메이나드와 르니에는 빠르게 걸었다.

"베르너 후작과 어네스 경 들었습니다."

대회의실 앞에 두 사람이 다다르자 그 앞을 지키고 서 있던 기사가 안쪽에 알렸다. 이윽고 회의실의 커다란 문이 소리 없이 밀려나고 밖에서는 전혀 들리지 않던 말소리들이 열린 문 사이로 우르르 쏟아져 나왔다.

"그러니까 이번 사안에 대해서는……."

"……지난번과는 말이 다르지 않소!"

기다란 회의실 탁상에는 소위 '황제파'라고 불리는 대신들이 둘러앉아 있었다. 가장 상석의 황좌는 비어 있는 채였으나 그 주변으로 로이드 재상, 풀면 후작, 골드만 백작 등의 모습이 보였다. 물론 메이나드의 아버지인 어네스 백작도 자리해 있었다.

"아버지."

"앉거라."

부친의 옆자리에 앉은 메이나드는 주변을 둘러보다가 저마다 목소리를 높여 토론을 하는 사람들 가운데에서 유일하게 침묵을 지키고 있는 하인즈 단장을 발견하고 딱딱하게 얼굴을 굳혔다. 문관뿐 아니라 무관까지 함께 자리한 긴급회의. 아무래도 르니에뿐만이 아닌 자신도 호출을 받은 이유가 있는 듯했다.

"제국의 태양, 황제 폐하 듭시오!"

조금 전 르니에와 메이나드가 들어왔던 출입문 양쪽이 활짝 열리며 정복을 입은 아드레이가 모습을 보였다.

"폐하를 뵙습니다!"

자리에 앉아 있던 대신들이 일제히 자리에서 일어나 제국의 주인에게 머리를 숙였다.

뚜벅, 뚜벅.

회의실을 걸어 들어오는 발걸음에 조급함이라고는 일절 비치지 않았다. 이렇게나 많은 사람들이 모두들 자신을 기다리며 서 있는 상황이니 조금이라도 걸음을 서두를 법도 하지만, 아드레이는 그런 것이 익숙한 사람이었다. 실로 제국의 모든 것은 이페른 황가의 것, 즉 황제인 그의 것이니.

각 귀족들이 다스리고 있는 영지는 엄밀히 따지자면 모두 황제가 그들에게 맡겨 다스리게 하는 땅일 뿐이었다. 제국의 광활하고 끝이 없는 땅을 황제 한 사람이 모두 다스릴 수는 없으니 신하에게 일정 지역을 하사하고 대신 다스리게 하는 것이다.

황제의 은혜로 영지를 대리 운영할 권한을 받아 그곳에서 나는 농작물과 노동력을 가지게 되었으니 그 대가로 황가에 바치는 것이 바로 세금이었다.

지금 이곳 대회의실에 모여 앉은 이들은 모두 자신들의 시작이 어디에 있었음을 잊지 않은 자들이었다. 가문의 부가 샘솟는 영지도, 명예와 긍지의 근원인 가문의 성姓도 결국은 황제에게서 하사받은 것을 잊는다면 자신의 근본을 잃는 것이나 마찬가지라고 여겼다. 그렇기 때문에 그들은 '귀족파'라고 불리는 가문들의 행태에 분노했다.

소위 귀족 본인들을 위해 모인 자들은 마치 그들이 가진 영지가, 그 부가 오롯이 자신의 것이라고 착각하는 어리석은 자들이었다. 황가의 은혜를 모르는 배은망덕한 자들이었다. 제국의 안녕과 발전보다는 저들의 잇속 차릴 궁리만 하는 좁은 식견의 소유자들이었다.

황제는 이페른 제국의 주인, 제국의 태양. 그러므로 이 회의실에 모인 귀족들에게 아드레이는 모든 것을 바쳐 지켜야 할 제국의 미래였다.

"다들 급히 오느라 수고 많았다. 앉지."

아드레이의 등장으로 어수선했던 회의실의 분위기가 금세 정리되었다.

"풀먼 후작."

그가 막 자리에 앉으며 풀먼 후작을 불렀다. 제국의 정보 단체인 '위스퍼'를 총괄하는 후작이 바로 이 회의를 소집한 장본인이었다.

"예, 폐하. 오늘 아침에 전서구를 받고 로이드 재상과 토의를 해본 결과, 들어온 정보의 신빙성과 그 파급력이 높다고 판단해 긴급회의를 요청드렸습니다."

"어느 지역이지?"

위스퍼는 제국을 크게 동, 서, 남, 북, 그리고 중앙의 황제 직할령으로 나눠 총 다섯 개의 지부를 두고 활동했다.

"북부에서 들려온 소식입니다."

"북부라……."

아드레이가 말꼬리를 늘임과 동시에 좌중의 대신들도 곤란하다는 듯 한숨을 쉬는 자가 적지 않았다. 북부는 황제파에게 여러모로 골치가 아픈 지역이었다.

"자세히 설명하라."

"예, 폐하."

풀먼 후작이 가슴팍에서 돌돌 말린 종이 하나를 꺼냈다. 종이에는 깨알 같은 글씨로 무언가가 적혀 있었는데, 알아볼 수 없는 암호로 보였다. 위스퍼의 암호는 오직 위스퍼에서 활동하는 정보원들과 그 총괄자인 풀먼 후작, 그리고 황제인 아드레이만 숙지하고 있었다.

"이 정보는 북부 지구에서 제게 보내온 것으로 원발신지는 윈터힐 백작령입니다."

"윈터힐이라니!"

"결국 윈터힐인가."

여러 탄식 소리가 회의장을 들썩였다.

"위스퍼의 잠입 수사 결과, 올해 윈터힐 백작령은 크게 세 가지의 이상한 점을 보였다고 합니다. 첫째로 매년 봄에 행해져야 할 몬스터 토벌이 올해는 취소되었습니다. 다들 아시다시피 윈터힐 백작령은 '광인狂人의 숲'과 맞닿아 있는 영지로 몬스터의 산란기인 여름이 오기 전 대대적인 토벌 작전이 시행됩니다."

광인의 숲. 이름이 나타내는 것처럼 한 번 들어간 사람은 미쳐서 돌아온다는, 제국 북부 끝에 자리 잡은 광활한 숲의 이름이었다.

북부의 주민들은 이 숲을 '빛의 무덤'이란 다른 이름으로 부르기도 하는데, 그 이유는 나무가 너무나 빼곡히 자라 있어 숲의 안쪽으로 들어가면 낮인지 밤인지 분간이 잘 안 갈 정도로 햇빛이 들지 않기 때문이었다.

국교인 빛의 신 라한을 믿는 백성들에게 빛이 닿지 않는 곳은 신의 손길이 닿지 않는 곳으로 인식되었다. 이게 북부를 흔히 '라한이 버린 땅'으로 부르는 이유이기도 했다.

"토벌을 하지 않으면 늘어난 몬스터의 개체수 때문에 숲 인근의 마을들이 가을 즈음엔 더 이상 존재하지 않게 되어 버리기 때문입니다. 그래서 매년 봄이 되면 백작령은 영지군을 숲 경계의 마을로 파견하고 여기저기서 전투가 벌어져 꽤 수선스런 모양이 되지요. 하지만 올해는 그런 움직임이 최전방의 몇 개 마을을 제외하고는 일어나지 않았습니다."

몬스터를 토벌해야 할 영지군이 보이지 않는다. 그 말을 들은 사람들의 머릿속에 공통적인 질문이 하나 떠올랐다. 그럼 그 영지군들은 지금 어디에 있는 것인가.

그리고 그 궁금증을 뚫어 보기라도 한 것처럼 풀먼 후작이 질문에 대한 답을 제공했다.

"두 번째로, 토벌 작전에 참가하지 않는 영지군들은 백작령 곳곳의 주요 성채에서 목격되었습니다."

"그렇다면 그들이 토벌을 하는 대신 그저 성채를 지키고 있다는 것인가?"

대신 중 하나가 참지 못하고 물었다.

"아닙니다. 그들은 현재 성내에서 훈련을 하고 있다고 합니다. 명목상으론 매년 몬스터 토벌의 사상자가 늘어나 영지군을 재정비한다는 것이 이유입니다. 하지만 잠입한 위스퍼에 따르면 그들이 하는 훈련은 대對 몬스터를 목적으로 하는 살상이라기보단 대인對人 살상에 목적을 두었다는 보고입니다."

결국 무거운 침묵이 내려앉았다.

위스퍼의 말대로 몬스터를 대비한 훈련과 사람을 대비한 훈련은 매우 달랐다. 지능이 떨어지는 대신 각 개체의 신체적 능력이 뛰어나고 무리 지어 공격하는 습성을 가진 몬스터는 전략이란 것은 없이 돌격하는 습성을 가졌다. 그렇기 때문에 보통 몬스터 대비 훈련이라 함은 구덩이를 파거나 기구를 이용하여 한 번에 여러 마리를 무력화하는 방법을 익히는 것을 말했다.

이에 반해 대인 훈련은 다른 양상을 띨 수밖에 없다. 병사 개개인의 실력보단 지휘하는 자의 명령에 따라 군집, 산개를 하는 등 다양한 움직임이 가능했으므로 자연스레 전술을 익혀야 했고, 대인 훈련 또한 그런 모습을 닮게 되는 것이다.

전쟁이 없는 이 평화로운 시대에 과연 그들의 창끝은 누구를 향할 것인가. 불편한 질문이 만들어 내는 불편한 침묵이 끝없이 이어졌다.

"세 번째는……."

풀먼 후작도 과히 좋지만은 않은 얼굴이었다. 하지만 가장 중요하고도 가장 결정적인 정보가 바로 이 세 번째였기 때문에 여기서 멈출 수는 없었다.

"지난 3년간 윈터힐 백작가가 대량의 식량을 사들였다는 제보입니다."

"식량이라면 정확히 어떤 것들을 말하는 것인가?"

"약 열 개 상단을 통해 분산적으로 사들인 것으로 보이는데, 그 종류는 콩부터 밀까지 다양합니다. 저장 식품으로 가공 가능한 육류도 곡류 못지않은 양이 백작령으로 흘러 들어간 것을 확인했습니다."

곡류와 육류. 전형적인 전쟁 대비 품목이었다.

"그 양은?"

"워낙 여러 상단을 통해 거래를 해서 정확한 양은 파악이 어렵습니다. 그러나 작년 추수가 끝난 시점에 단 한 상단에게서 사들인 수량을 보더라도 정상적인 양은 아닙니다. 밀 만 석, 콩 8천 석, 보리 9천3백 석, 그리고 이 외에도 육류, 가죽 등 기타 물품 또한 대량 거래가 있었을 것으로 보입니다."

"만, 만 석이라니!"

실로 엄청난 양이었다. 일반적으로 남작령 정도의 영지에서 영지민들에게서 거둬들이는 세금이 한 해에 고작 밀 천 석 정도였고, 지방의 성채에서 한 해 동안 소비하는 밀 포대의 수가 2천 석 안팎이었다.

"도대체 그런 무지막지한 양의 거래를 하고도 아무런 신고조차 하지 않은 상단이 어디인가!"

대신들은 분노했다. 매우 수상한 거래였다. 갑작스레 대량의 식품을 사들이는 것은 잦은 군사 훈련과 더불어 경종을 울리는 행위라는 것은 누구나 아는 것이다. 그런 거래를 하고도 아무런 조치를 취하지 않았다는 것은 그들의 행위에 동조하는 행위나 마찬가지였다.

"그것이……."

하지만 풀먼 후작은 쉽게 대답을 하지 못했다. 몰라서는 아니었다. 단지 이렇게 공개적인 장소에서 상단의 이름을 공개해도 되는 것인가 하는 고민이었다. 그도 그럴 듯이 윈터힐 백작과 거래를 한 상단은 이 자리에 있는 모두가 익히 알고 있는 상단이었다.

"풀먼 후작."

기다리다 못한 로이드 재상이 결국 후작을 불렀다. 재촉이었다.

결국 풀먼 후작은 정처 없이 서성이던 시선을 들어 자신의 오른편에 앉은 르니에를 바라보았다.

"베르너 후작가의 베르너 상단입니다."

쿵. 마치 커다란 바위가 회의실 탁상 위로 떨어져 내린 듯한 충격이었다. 놀라서 헉 하고 숨을 들이켜는 사람들이 대부분이었지만, 풀먼 후작을 포함한 몇은 르니에의 표정에 주목하며 이 정보에 르니에가 어찌 반응하는지 면밀히 관찰했다.

하지만 다른 누구도 아닌 르니에였다. 평소와 그리 다르지 않은 얼굴로 별다른 반응을 보이지 않았다. 그 아름다운 조각상 같은 얼굴의 미소조차 사라지지 않았다.

"확실히 그런 일이 있기는 했습니다."

"크흠."

"어흠!"

여기저기서 불편한 헛기침이 터져 나왔다.

"하지만 그런 용도인 줄 알았다면 결코 거래를 하지 않았을 겁니다. 상단의 일은 제가 관리하지 않는, 제 부친의 개인적인 사업임을 다들 아실 테지요. 하지만 해당 건은 거래량이 워낙 크다 보니 부친께서 제 의견을 물으셨습니다. 제가 식량의 용도를 묻자 윈터힐 백작가에선 흉년으로 피해를 입은 영지민들의 구휼과 또 올지 모르는 흉년에 대비하기 위함이라고 했습니다."

"하지만 그렇다고 하더라도 지나치게 대량이 아닙니까."

르니에의 말에 의문을 제기한 것은 메이나드였다. 꽤 많은 사람들이 그 말에 동의하며 고개를 끄덕였다.

"물론 그렇습니다. 하지만 윈터힐 백작령은 흉년에 가장 큰 타격을 입은 영지 중 하나였고, 그 식량으로 수만의 영지민이 겨울을 나야 한다고 했기 때문에 그리 많은 양이라고 생각되지 않았던 것이 사실입니다. 게다가 윈터힐 백작가가 저희 상단뿐만이 아닌 다른 상단과도 거래한다는 사실을 미리 알았다면 절대 그런 일은 없었을 겁니다."

은연중 3년이라는 시간 동안 윈터힐 백작가가 식량을 사재기하고 있었다는 것을 눈치채지 못한 위스퍼를 탓하는 말이었다.

"그렇다면 적어도 그런 거래를 하고 난 후 보고는 해야 했던 것 아닙니까."

메이나드의 말은 질책의 기색이 명백했다. 르니에는 더 이상 대답하지 않고 그저 웃는 얼굴 그대로 메이나드를 빤히 바라볼 뿐이었다. 메이나드도 르니에의 시선을 피하지 않았다.

"풀먼 후작, 후작의 생각은 어떤가."

그 팽팽한 긴장감을 끊어 낸 것은 아드레이의 한마디였다.

"예, 폐하. 윈터힐 백작령에서 몬스터 토벌은 매우 중요한 일정입니다. 몬스터의 개체수를 줄이는 목적도 있지만, 무엇보다 생활 터전을 조금씩 개간해 나가는 작업이기도 하니까요. 그런 일정 대신 대인 훈련을 시작한 정황과 3년이란 시간 동안 많은 식량을 비축해 온 점을 고려해 봤을 때, 이는 결코 가벼이 넘길 일이 아니라고 판단됩니다. 윤허해 주신다면 지금 즉시 위스퍼들을 추가로 잠입시켜 그들의 철 생산량과 그에 따른 거래량을 확인해 보겠습니다. 정말 저들이 전쟁을 준비하는 것이라면, 철 거래량은 눈에 띄게 줄었을 것입니다. 식량과 마찬가지로 병갑과 검, 창 등 무기를 생산해 비축해야 했을 테니 말입니다."

"윈터힐 백작에 대한 제재도 행해져야 할 것입니다, 폐하."

어네스 백작이었다. 메이나드보다 훨씬 엄격하고 신이 굵은 얼굴의 안광이 형형한 빛을 내고 있었다.

"맞습니다. 이대로 두어서는 안 됩니다."

곧 어네스 백작의 의견에 동의하는 목소리들이 들려왔다.

"하지만 섣불리 움직여서는 독이 될 수 있습니다."

로이드 재상 또한 심각한 얼굴로 논쟁에 참여했다.

"윈터힐 백작을 제재하는 것에는 성공할 수 있으나, 저들에게 정당성을 줄 수 있다는 사실을 잊으면 안 됩니다."

"그렇다고 해서 윈터힐 백작을 이대로 둘 수 없습니다. 감히 반역을 도모하려는 자가 아닙니까. 끌어다 놓고 동조한 자가 있는지 색출해 내야 합니다."

"그러니 그게 문제가 아닙니까. 아직 윈터힐 백작이 정말 반역을 도모하는 것인지 확실하지도 않거니와, 위스퍼의 보고서야 그쪽에서 부인하면 그만입니다. 게다가 귀족들에게 위스퍼를 잠입시켜 조사하게 한 것 자체가 문제가 될 수도 있습니다. 그렇게 되면 자칫 우리 쪽의 명분마저 잃을 수 있다는 것을 명심해야 할 것입니다."

로이드 재상은 조심스러웠다. 위스퍼가 알아 온 것은 모두 정황상의 정보였다. 게다가 윈터힐 백작은 그렇게 무모한 사람이 아니었다. 아니, 무모와는 아예 거리가 멀었다. 어리석게 황위를 탐할 성정도 아니었고, 잘못 움직였다간 그가 잃을 것이 너무 많았다.

황권이 귀족들을 압박하는 현 상황에서 멀리 떨어져 영향을 가장 적게 받고 있으며 영지의 내정에 힘을 쓰고 있던 윈터힐 백작이 갑자기 이상행동을 하는 것에는 분명 이유가 있을 터였다. 위스퍼의 존재는 공공연한 비밀이었다. 그걸 생각하지 못할 백작이 아니었다.

이렇게 단편적으로 볼 일이 아니었다. 위스퍼가 가져온 이 정보는 커다란 퍼즐의 한 조각일 뿐이라는 느낌이 강하게 드는 로이드 재상이었다. 그렇기에 이 자리에서 함부로 어떤 결정을 내리지 않는 것이 중요했다.

로이드 재상은 다시 한번 힘주어 좌중을 설득하기 위해 말했다.

"지금까지야 저들이 하나로 뭉칠 이렇다 할 명분이 없었다지만, 윈터힐 백작을 섣불리 제재하거나 심문하는 것은 그 도화선이 될 수 있습니다."

"그럼 이대로 두자는 겁니까? 윈터힐 백작과 또 누구일지 모를 한 패들이 준비를 마치고 반란을 일으킬 때까지요?"

"누가 그렇게 이야기했습니까! 다만 확실한 물증이 없는 상태로 움직이는 것은 화를 자초하……."

평소 귀족파에 대해 강경한 입장을 고수하던 로이드 재상의 다른 모습은 오히려 언쟁에 불씨를 키운 격이 되었다.

그렇게 한참 동안 갑론을박이 계속되다 간간이 고성까지 터져 나오던 찰나, 그 모습을 가만히 지켜보던 아드레이가 낮은 목소리로 한마디를 던졌다.

"그만."

불길처럼 타오르던 격렬한 논쟁이 순식간에 사그라졌다. 속으로 아차 하는 이들도 적지 않았다. 사안이 사안인지라 폐하의 안전인 것을 잠시 잊었다.

"경들의 의견은 잘 들었다."

차라리 어디서 큰소리를 내느냐 호통을 치시면 덜 송구스러울지도 몰랐다. 대신들은 저마다 얼굴을 붉히며 고개를 숙였다.

"다른 의견은 없나?"

과연 이런 분위기에서 감히 말을 꺼낼 수 있는 자가 있을까.

"우선 가장 먼저 해야 할 일은, 윈터힐 백작이 황도에서 떠나는 것을 막는 일일 것입니다."

차분한 목소리로 르니에가 말했다. 망설임은 없어 보였다.

"정말 윈터힐 백작이 뭔가를 작당하려는 것이 맞다면 이런 시기에 제 발로 황도에 걸어 들어온 것은 라한이 주신 기회입니다. 백작이 절대로 자신의 영지로 돌아가지 못하게 해야 합니다."

"그게 무슨 말입니까?"

"일단 백작을 이곳에 묶어 둔 채로 좀 더 정보를 알아낼 시간을 버시죠. 게다가 백작이 자신의 영지로 돌아가지 못한다면 그들의 계획에는 분명 차질이 생길 겁니다. 혹 운이 좋다면 조급함을 느낀 동조자가 실수를 하거나 튀는 행동을 할 수도 있을 테고요."

"흐음. 그것 참 좋은 방법이군요."

로이드 재상이 르니에의 발언에 힘을 실어 주었다.

반역은 죽음으로 다스린다. 그게 제국의 법이었다. 쉽게 다룰 일이 아니었다. 냇가의 징검다리를 건너는 일로 대치하자면 한 발 한 발 내딛을 돌을 꼼꼼하게 뒤집어 보고 건너는 신중함이 요구되는 중차대한 사안이었다.

좌중의 대신들은 아드레이의 눈치를 보기 시작했다. 그동안 크고 작은 기미들이 보이기는 했지만 이번처럼 제대로 된 동향이 보고된 적은 없었다. 반역은 황제에게 매우 자존심이 상하는 일이었다. 황권에 빈틈이 있다는 뜻이었고, 누군가가 감히 절대자에게 도전할 마음을 먹었다는 것이니.

하지만 전장의 신이라고 불리는 바크란 1세에게선 분노하는 기색은 보이지 않았다. 표정도 기색도 차분한 것이 마치 이 모든 것을 예상이라도 한 듯한 반응이었다.

"메이나드."

폐하께서 어떤 결정을 내리실까, 귀를 기울이고 있던 대신들은 별안간 아드레이가 메이나드를 부르자 고개를 갸웃했다.

"예, 폐하."

"표정이 왜 그렇지."

메이나드는 주군의 물음에 당황한 기색을 숨기지 못했다. 우습게도, 그리고 매우 부적절하게도 윈터힐 백작이 반역을 도모하고 있을지도 모른다는 이야기를 듣자마자 메이나드의 머릿속에 제일 먼저 떠오른 것은 엘레나였다.

황제 폐하의 기사로서 폐하와 제국의 안녕이 가장 1순위여야 하는 순간에 메이나드는 엘레나를 걱정하고 있었다. 새벽의 궁의 작은 응접실에서 윈터힐 백작과 단둘이 있을 그녀의 안위에 입이 바짝 말랐다.

그는 그 장소의 중요성을 되새겼다. 황제 폐하의 하나뿐인 동생이 살고 있는 새벽의 궁에서 무슨 일이 있었다면 지금쯤 소란이 일었을 것이고, 윈터힐 백작이 미치지 않고서야 단신으로 들어와 그런 일을 벌일 리 없다는 것도 잘 알았지만 그래도 마음이 쓰이는 것은 어쩔 수 없었다.

"메이나드."

메이나드가 아랫입술만 잘근거리며 아무런 대답이 없자, 아드레이는 한 번 더 그의 이름을 불렀다.

"회의에 소집되기 전 새벽의 궁을 방문한 윈터힐 백작을 만났습니다."

"윈터힐 백작이 새벽의 궁에?"

"그곳에는 그자가 무슨 일로……."

웅성거림은 커져 갔고, 이번만큼은 아드레이의 눈썹이 날카롭게 모였다.

"마창 대회에서 자신의 생명을 구해 준 리바이 공작의 신학 교사인 엘레나 신관에게 인사를 하러 왔다 했습니다. 백작이 함부로 무모한 행동을 하지는 않을 거라 판단했습니다만, 순간적으로 걱정이 되어…… 송구합니다, 폐하."

메이나드는 자신이 걱정하던 대상이 누군지 굳이 말하지 않았다.

"폐하, 새벽의 궁 외곽 경비 인원을 조금 늘리는 것이 어떻겠습니까. 허락해 주십시오."

본디 황태자가 어린 시절 어미가 있는 내원과 멀찍이 떨어져 독립적인 생활을 하는 공간인 새벽의 궁은 울창한 숲으로 반쯤 둘러싸인 곳이었다. 그래서 유독 경비를 서기가 까다로운 곳이기도 했고, 유사시에 고립되기 가장 쉬운 궁이기도 했다.

"그렇게 해라."

메이나드에게 대답한 아드레이는 풀먼 후작에게 지시했다.

"철의 생산량과 거래량에 대한 조사와 함께 영지에 남은 윈터힐 백작의 부관들에 대한 조사를 강화하라. 백작이 자리를 비운 지금, 가장 주시해야 할 것은 그들이다."

"예, 폐하."

"그리고 풀먼 후작."

"하명하십시오, 폐하."

"내게 증거를 가져와라."

"……명 받들겠습니다."

아드레이는 곧바로 자리에서 일어서며 문가에 서 있던 휴고를 손짓으로 불렀다.

"윈터힐 백작에게 궁에 들라 전하라. 그 시일은 때가 되면 알릴 것이니, 백작은 그 전까지 아발론에서 대기해야 할 것이다."

"예, 폐하. 그리 서신을 보내겠습니다."

지금 당장 반역을 일으킬 생각이 아니라면 감히 황명을 거스를 수는 없는 법. 이로써 윈터힐 백작은 좋든 싫든 아발론에 머물러야 했다. 무거운 발걸음 소리를 내며 회의실을 빠져나가는 아드레이의 뒷모습을 보며 사람들이 조용히 탄복했다.

가장 상석이 비어 버리자 회의실에 앉아 있던 사람들도 하나둘씩 자리에서 일어났다. 물론 르니에도 그중 한 사람이었다.

"르니에."

익숙한 목소리가 그를 불러 세우기 전까지는.

"잠시 이야기 좀 하자."

굳은 표정의 메이나드였다. 고개를 끄덕인 르니에는 다시 메이나드의 건너편에 앉아 사람들이 모두 회의실을 비울 때까지 기다렸다.

사람들이 우르르 몰려 나가기까지는 얼마 걸리지 않았다. 비로소 드넓은 회의실에 두 사람만이 남았다.

"하고 싶은 이야기가 뭐야."

르니에가 피곤한 듯 눈가를 주무르며 메이나드에게 물었다.

"알고 있잖아. 뭘 말하려고 하는지."

"글쎄. 두 가지 중 하나겠지. 내가 윈터힐 백작과 거래한 것, 아니면 엘레나 신관에 대한 것, 혹은 둘 다. 아냐?"

"르니에."

시종일관 장난스런 르니에의 태도에 메이나드는 인상을 찌푸렸다. 결국 르니에는 항복한다는 듯 두 손을 들어 보이며 어깨를 으쓱했다.

"네가 그렇게 노려보니 조금 섭섭한데."

"언제나 너의 그 여유로움이 부러웠지만, 지금 이 순간만큼은 아니야. 너는 궁지에 몰릴수록, 불편할수록 여유를 부린다는 걸 이제 알겠어. 너의 그 미소는 방패와 같다는 걸 말이야."

진지함이라고는 찾아볼 수 없는 르니에와 매사 너무 진지해서 탈인 메이나드는 정반대의 사람들이었다. 그럼에도 불구하고 남이었던 날보다 친구였던 날이 더 길었다.

"이렇게 말을 빙빙 돌리는 건 너답지 않아. 본론을 말해."

탁상에 기대어 턱을 괴고 메이나드를 바라보는 르니에의 입매가 설핏 굳었다.

"엘레나 님에 대한 네 마음, 진심이야?"

"그걸 네게 대답할 의무는 없는 것 같은데. 너와 하등 상관없는 일이기도 하고."

이번에는 메이나드의 얼굴이 딱딱하게 굳었다.

"아니, 상관있어. 나는 그녀에게 진심이니까."

담담한 초록색 눈동자는 진실만을 말하고 있었다. 한 점의 거짓도 가식도 없이. 르니에는 그런 메이나드의 눈이 너무나 거슬렸다.

뿌리 깊은 나무 같은 친우는 언제나 그랬다. 언제 어디서나 솔직하게 자신의 생각과 마음을 말하는 데에 망설임 따위는 없었다. 메이나드 스스로는 그것을 단순히 직설적인 성격 정도로 여기는 듯했지만 르니에는 다르게 생각했다.

그것은 자신감이었다. 자기 자신을 숨기거나 꾸미지 않아도 된다는 자신감. 누군가가 자신을 좋아해 주지 않아도 어깨 한번 으쓱하고 넘어갈 수 있는 튼튼한 자존감.

언제나 웃다 보니 이제는 스스로의 진짜 감정이 무엇인지도 헷갈리는 르니에는 그런 메이나드가 부러웠다. 그리고 이 순간만큼은 그의 정직함이 매우, 매우 불쾌했다.

"만약 네가 언제나 하던 유희와 같은 감정이라면, 접어. 친구로서 하는 충고이자 부탁이다."

"흐음."

르니에가 돌연 의자 등받이에 몸을 기대고 한쪽 다리를 꼬았다. 여전히 턱은 손에 괸 채로 비스듬히 메이나드를 올려다보는 푸른 눈이 마치 자신을 꿰뚫어 보는 것 같아 메이나드는 길게 뻗은 눈썹을 찌푸렸다.

"만약 유희쯤으로 여기는 것은 맞지만 그만하기는 싫다면?"

"엘레나 님은 네 놀이 대상이 아니야. 네가 널 용서하지 못할 짓은 하지 마라."

"용서? 푸핫!"

르니에는 재미있는 농담이라도 들은 사람처럼 웃음을 터뜨렸다. 그리고 메마른 눈꼬리를 부러 훔쳐 냈다.

"하아."

일부러 크게 한숨을 내쉬는 르니에에게서 조금 전의 그 긴장감과 분노는 찾아볼 수 없었다. 그는 평소의 모습으로 완전히 돌아와 있었다.

"메이나드, 메이나드."

어렸을 적 메이나드의 방문을 열며 불렀던 그대로, 르니에는 훌쩍 커 버린 친구의 이름을 불렀다. 마치 친구와 놀 생각에 잔뜩 신이 난 어린아이처럼.

"넌 지금 내게 엘레나 신관이 다른 여자들과 다름없는 단순한 유희의 대상이기를 바라고 있겠지. 안 그래?"

르니에는 탁상 위에 놓인 메이나드의 주먹이 꽉 쥐어지는 것을 보며 더욱 고소를 머금었다.

"하지만 너도 이미 눈치채고 있지 않나? 엘레나 신관은 조금 다르다는 거 말이야."

"너……!"

"너도 알겠지, 그녀가 얼마나 빛이 나는 사람인지. 검과 폐하밖에 모르는 네 어두운 눈에도 그 가치는 분명히 보였을 테니."

르니에는 깊게 숨을 들이켰다. 흉곽 밑에 찌르르한 통증이 느껴질 때까지. 그리고 폐부에 가득 찬 공기를 한 번에 놓았다.

후아 하는 소리와 함께 가슴이 시원해졌다. 마침내 숨을 쉴 수 있는 것 같은 기분. 그게 바로 르니에 그가 엘레나를 볼 때마다 느끼는 감정이었다.

처음에는 분명 단순한 흥미였다. 그가 알던 여자와는 전혀 다른 생물에게 느끼는 호기심과 호감, 그 이상도 그 이하도 아니었다.

하지만 어느 순간 그녀에 대해 더 알고 싶어졌다. 더 이야기를 나누고, 더 같이 있고 싶어졌다.

그녀와 함께 있으면 아무런 생각도 계산도 없이 진심으로 웃고 떠들고 화도 내는 자신을 발견했다. 마치 그녀의 웃음에 신비한 힘이 깃들어 있는 것처럼 그녀 앞에서 르니에는 무장 해제 되었다. 능수능란한 베르너 후작이 아니라 끊임없이 당황하고 놀라는 한 남자에 불과했다.

"하지만 안타깝게도 메이나드, 나도 그 특별한 보석에 욕심이 생겼어. 그녀를 내 것으로 하고 싶어졌다고."

"엘레나 님을 마치 물건처럼 말하지 마. 네 소유물이 아니야."

메이나드는 발끈했다. 하지만 메이나드가 반응한 것은 르니에의 무례한 말보단 웃고 있는 눈에 비친 진한 탐욕의 빛이었다.

"아직은."

한편 메이나드의 얼굴은 더욱 심각해졌다. 실망이었다. 메이나드는 그동안 그토록 부러워 마지않던 르니에게 처음으로 크게 실망을 했다.

"고작 그런 마음이었나."

"뭐?"

"겨우 그런 정도의 마음이라면 내가 걱정할 이유는 없는 것 같다. 오히려 다행이야."

르니에가 '엘레나 신관은 다르다.'라고 말했을 때, 가슴이 철렁했던 메이나드였다. 하지만 르니에가 가지고 있는 감정이 고작 그런 것이라면 마음을 놓아도 될 것 같았다.

"오히려 다행이라니. 그게 무슨 말이지?"

"네가 아무리 엘레나 님께 다가가더라도 받아들여지지 않을 거란 말이다."

"자신감이 지나친 것 같은데. 어떻게 그렇게 확신할 수 있지?"

"왜냐면, 왜냐면 엘레나 님이 네 얄은 감정을 꿰뚫어 보지 못하실 리 없으니까."

메이나드는 도리어 자신감을 되찾았다. 온통 진흙탕이던 마음이 깨끗하게 정리가 되었다.

친우인 르니에와 한 여인을 두고 다투는 것이 과연 옳은 일인지 수도 없이 생각하며 밤잠을 설쳤다. 그 마음은 새벽의 궁에서 엘레나를 기다리고 있는 르니에를 보았을 때 더욱 엉망이 되었다.

회의가 끝나고 르니에에게 이야기를 하자고 했을 때만 하더라도, 메이나드는 자신이 어떤 말을 해야 할지 몰랐다. 하지만 이제 마음이 섰다.

메이나드가 자리에서 일어나 한결 편안해진 얼굴로 말했다.

"나는 내 방식대로 엘레나 님께 내 마음을 전할 거다. 엘레나 님을 계속 웃게 하고 싶고 지켜 주고 싶은 내 진심을. 난 그것에만 집중하겠어."

단순히 메이나드가 서 있기 때문인 것일까. 그렇게 말하는 메이나드는 훨씬 크고 당당해 보였다.

가장 그다운 방식일 것이다. 바보처럼 한 가지밖에 모르고 한 가지를 시작하면 꾸준하고 우직하게 그것만 쫓는 메이나드다운 방식.

어느새 메이나드의 얼굴에는 르니에가 가장 싫어하는 그 미소가 서려 있었다.

숲이 울창해 작은 산짐승들이 오도도 뛰어다니는 새벽의 궁 후원, 엘레나의 앞에도 덩치가 작은 한 생명체가 아삭아삭 소리를 내며 과일을 씹고 있었다.

"티토 님, 맛있으세요?"

사각사각.

"티토 님, 저 안 보실 거예요?"

사각사각.

엘레나가 몇 번이나 불러 보았지만 빵빵한 티토의 흰 뺨과 오밀조밀한 입은 과일 먹는 일에만 바빴다. 작게 한숨을 쉰 그녀가 도와 달라는 의미의 눈빛으로 일리야를 바라보았지만, 일리야도 뾰족한 수가 없었다.

운도 지지리도 없지. 하필이면 어젯밤에 방에 놀러 올 게 뭐야.

엘레나가 타이달 축제에 놀러 간다는 것은 이미 티토도 알고 있던 일이었다. 티토가 숙제를 하고 있는 옆에서 엘레나와 일리야가 축제에 대해 실컷 떠들었으니 모를 수 없었다.

그러나 엘레나가 자리를 비운 그날, 마침 저녁 식사 후 디저트로 엘레나와 티토 두 사람 모두가 좋아하는 치즈케이크가 나온 게 원흉이라면 원흉이었다.

치즈케이크를 떠먹으려다 엘레나 생각이 난 티토는 일리야에게 엘레나가 방에 있느냐 물었고, 일리야는 그렇다고 거짓말을 했다. 축제에서 잘 놀고 돌아왔지만 너무 피곤해서 방에 있노라고.

그런데 그 말을 들은 티토는 기어코 케이크 조각을 챙겨 엘레나의 방으로 들고 왔다. 물론 티토는 주인 없이 텅 빈 방을 목격했고, 그렇게 엘레나의 외박을 알게 되었다.

윈터힐 백작과의 만남이 끝난 후 방에서 휴식을 취하다 점심을 먹으러 내려온 엘레나를 티토는 완전히 무시하기 시작했다. 마치 그녀가 투명 인간이라도 되는 것처럼 보이지 않는 양 행동했다.

딴에는 엘레나에게 화가 났음을 보여 주려는 여덟 살의 정신연령에 딱 맞는 방식이었지만, 그것이 정말로 당하는 사람의 기분을 상하게 한다는 게 문제였다.

서운하다, 서운해. 하룻밤 밖에서 좀 놀다 왔다고 이렇게 구박을 하다니. 엘레나는 결국 반쯤 포기하고 과일에 손을 뻗었다. 그때, 저도 계속 과일만 먹기는 버거웠는지 티토가 새침한 목소리로 말했다.

"재밌었어?"

"네?"

"재밌었냐고, 축제."

"네. 뭐, 재미는 있었죠."

말을 입 밖으로 내뱉은 순간 아차 싶었지만 이미 늦었다. 티토의 작은 입술이 삐죽이는 게 보였다.

"그, 그게요, 티토 님⋯⋯."

"그렇게 재미있어서 집에 들어오는 것도 까먹고 놀았나 봐?"

앗, 따가워. 커다란 눈을 부릅뜨고 자신을 째려보는 티토의 눈초리에 정말로 볼 근처가 따끔했다. 엘레나는 벌레에라도 물린 것처럼 따끔거리는 부분을 손으로 긁으며 어색하게 웃었다.

"아까도 말씀드렸지만, 고의가 아니었다니까요. 명색이 엄청 큰 축제인데 해가 졌다고 배도 끊길 줄 누가 알았나요."

"변명은! 재밌어서 시간 가는 줄도 몰랐다 이거지."

아무래도 티토는 엘레나가 외박을 했다는 것보단 자기가 없는 곳에서 그녀가 재미있게 놀았다는 사실이 더 마음에 안 드는 모양이었다.

"아뇨, 변명이 아니라 진짜예요. 불순물 없는 순수한 참말!"

"흥, 됐어! 어차피 나도 형님이랑 재밌게 놀 거야!"

"그래요, 형님이랑 재밌게 놀면 되⋯⋯ 뭐라고요?"

꽃가루가 너무 많이 날려서 귓구멍이 막혔나. 엘레나는 새끼손가락으로 귀를 후비며 인상을 썼다.

"나도 형님 만나러 간다고! 나도 형님이랑 재밌게 놀 거라고!"

내가 잘못 들은 게 아닌가 봐. 얘 정말로 형님이라고 한 게 맞나 봐.

티토는 황제의 남동생, 그러니 티토의 형님은 분명 황제가 맞았다. 이 단순한 방정식을 몇 번이나 머릿속에서 반복하며 확인한 엘레나는 추가적인 설명을 요구하는, 일명 '입에 파리 들어가는' 얼굴로 티토를 바라봤다. 의기양양하게 팔짱까지 끼고 그런 엘레나의 반응을 즐기던 티토가 자랑스레 말했다.

"그때 엘레나가 말했잖아. 만약 엘레나가 옆에 없어도 나는 혼자가 아니라고. 일리야도 있고, 형님도 계시다고. 그래서 어제 엘레나가 없어서 형님께 연락을 드렸지. 태양의 궁에 놀러 가도 되냐고."

내가 메이나드나 르니에와 결혼해서 새벽의 궁을 나갈까 봐 의기소침해하길래 달래려고 한 말이 왜 그런 일의 계기가 되냐고! 도저히 어린애의 머릿속 회로를 이해할 수 없었다.

"어제 오후에 휴고를 통해서 연통을 드렸는데 방금 답을 해 주셨지. 태양의 궁에서 점심 식사를 하자고!"

티토의 작은 어깨가 위로 쑥쑥 자라고 있는 듯한 모습은 착각이 분명하렷다. 엘레나는 목에 힘을 잔뜩 주고 잘난 척을 하고 있는 이 어린양이 너무나 걱정됐다.

애, 지금 자기가 무슨 일을 저지른 건지 알기나 하는 걸까.

"저, 티토 님. 정말 괜찮으시겠어요?"

"아, 형님 뵙는 거?"

이제야 생각났다는 듯 행동하지만 마음에 담아 두고 있던 게 분명했다. 티토가 슬쩍 엘레나의 시선을 피했다.

"아무렇지도 않아. 그게 뭐가 어때서."

저기요, 너 바로 지난번에 긴장 때문에 잠 못 자서 내가 우유 타 줬잖아요. 부담감에 울먹거리던 티토 주제에 지금은 애써 괜찮은 척하는 모습이 또 짠했다.

"혹시 르니에, 아니 베르너 후작님이 이번에도 동행하는 거예요?"

"응? 룬 형? 아니, 이번에는 정말로 나랑 형님 둘뿐이야."

혹시나 싶었던 엘레나는 정말로 입을 떡 벌렸다. 그리고 고민하기 시작했다. 이걸 말려야 하나, 내버려 둬야 하나.

확실히 지난번 르니에가 동석한 자리는 대성공이었다. 혹시 티토

가 다시 발작을 일으키지는 않을까 노심초사했던 사람들의 걱정과
는 다르게 무려 후식까지 챙겨 먹었다니 말이다.

그 후로 티토의 자신감은 눈에 띄게 늘었다. 형님의 얼굴을 보고
이야기하는 것까지 성공했으니 못할 게 없다는 생각에서였을까. 이
제 세법 새벽의 궁을 지키는 기사들과 눈도 마주칠 줄 알았고, 제 발
로 새벽의 궁 외곽까지 산책도 다녔다.

아직 갈 길이 한참 멀었지만, 그래도 지난날에 비하면 눈부신 발
전이었다.

하지만 그렇다고 해서 덥석 황제와 단둘만의 시간을 갖는 일은 조
금 무리하는 것 아닐까. 조금 걸을 수 있게 되었다고 해서 달리기 대
회에 나가는 격이었다.

만약 이번에 황제와 단둘이 있다가 발작이 오거나 상황이 생각대
로 흘러가지 않으면 기껏 얻었던 자신감을 모조리 잃고 전으로 돌아
가는 사태가 벌어질 수도 있었다.

"티토 님, 그게요⋯⋯."

어떻게 말해야 최대한 상처를 주지 않고 기분도 상하게 하지 않으
면서 내 진심 어린 걱정을 표현할 수 있을까. 어렵사리 단어를 고르
던 엘레나에게 티토가 말했다.

"알아. 걱정된다는 거잖아. 혹시 내가 홧김에 저질러 놓고 엄청 후
회하고 있는 걸까 봐."

사실 엄청 후회하고 있구나, 너. 정말로 그런 것이라면 어른이 제
동을 걸어 줘야 하는 것 아닐까 하는 생각이 들었다. 자존심이 센 티
토는 이제 와 내일의 약속을 취소할 것 같지 않았다.

"형님하고 둘만 있을 생각을 하니까 걱정도 되고 긴장도 되지만,
언제까지고 형님을 안 뵐 수는 없는 거잖아. 그렇다고 매번 룬 형에

게 같이 가 달라고 부탁할 수도 없고."

만약 당사자에게 직접 의향을 물어봤다면 그 참에 엘레나에게 빚을 지게 할 수십 가지 방법과 함께 흔쾌히 허락했을 테지만, 티토는 제법 결심이 단단히 선 것 같았다.

"그리고 꼭 보고 싶어. 형님이 말씀하셨던 부모님의 초상화. 형님 말씀을 들어 보니까 엄청 크고 정교한 것 같던데. 나는 그런 게 있는 줄도 몰랐단 말이야."

방금까지는 분명 여덟 살, 딱 제 나이로 보이던 티토가 갑자기 훌쩍 커 보였다. 원래 아이는 이렇게 내실부터 단단해져 가는 걸까.

엘레나는 웃으며 티토의 머리를 쓰다듬었다. 이렇게까지 하고 싶다는데 나쁜 일도 아니고 어른으로서 응원해 주고 지지해 줘야 할 의무를 느꼈다.

"잘 하실 수 있을 거예요. 형님 폐하와 좋은 시간 보내시고 부모님의 초상화도 눈과 마음에 가득 담고 오실 수 있을 거예요."

엘레나의 따뜻한 응원에 티토의 볼에 수줍은 보조개가 깊게 파였다.

황도에 위치한 윈터힐 백작가의 저택은 오랜만에 사람 사는 집다운 모습을 되찾았다.

다른 대귀족가와 마찬가지로 아발론에 머물 때를 대비해 황궁과 가까운 곳에 마련된 저택은 지난 20년간 벽난로에 장작을 땔 일이 거의 없었다. 가끔 윈터힐 백작가의 기사들이 황도에 들렀던 것이 겨우 몇 번쯤 되었을까.

그런데 요즘, 집사는 눈코 뜰 새 없이 바빠졌다. 아침에 일어나 밤에 잠들 때까지 제대로 엉덩이 붙일 시간도 없기는 해도 이제야 제 몫을 하는 것 같아 기뻤다. 그는 백작의 보좌를 하고 기사들이 지내기에 불편함이 없이 편의를 보는 데에 심혈을 기울였다.

그 와중에 오늘은 백작가에 손님이 찾아왔다.

"가주님, 손님이 오셨습니다."

백작가의 사람들은 모두 윈터힐 백작을 '백작님'이란 호칭 대신 '주군' 혹은 '가주님'이라고 불렀다. 황실에서 내린 작위보단 윈터힐가의 주인으로서의 위치가 더 중요한 그들의 사상이 배어 있는 관습이었다.

막 황궁에서 돌아와 옷을 갈아입고 집무실에 앉아 있었던 윈터힐 백작은 집사의 말에 되물었다.

"손님?"

오늘 예정된 손님은 없었다. 미리 예고도 없이 들이닥치는 손님이 귀인일 리 없었다.

"일단 들이게."

그렇다고 찾아온 사람을 문전박대할 수는 없으니 윈터힐 백작은 떨떠름하게 승낙했다.

잠시 뒤, 똑똑 하는 소리와 함께 집무실 문이 열리고 한 남자가 들어왔다. 영지에서 올라온 보고서를 읽고 있던 윈터힐 백작은 손님을 데려온 집사에게 말했다.

"먼 곳에서 손님이 왔으니 따듯하게 덥힌 술을 내어 오게."

"예, 가주님."

남자는 백작에 대한 인사도, 예우도 없이 그저 우두커니 집무실 한가운데에 서 있었다. 백작도 딱히 그를 맞이하는 말 따위는 하지 않았다. 보고 있던 서류를 마저 읽고 그 밑의 여백에 깃펜으로 짧은 답신을 적어 책상 한쪽으로 밀어 두었다.

때마침 술을 가져온 집사가 그것을 소파 앞의 탁자에 놓고 조용히 집무실을 빠져나갔다.

"한잔하지."

윈터힐 백작이 소파로 자리를 옮겨 자신의 맞은편 자리에 놓인 술잔을 채웠다. 저벅저벅, 기사들이 신는 군화 소리가 쪼르륵하는 술 따르는 소리와 어울려 들렸다.

"여기까진 어쩐 일인가."

백작이 남자의 잔을 채운 뒤 자신의 잔을 채우며 말했다. 온통 검은색 일색인 남자는 지독히도 아무런 감정 표현이 없었다. 마치 얼굴이 무표정인 채로 굳어 버린 사람처럼.

희고 마른 긴 손가락이 조용히 술잔을 집었다. 독한 술을 입 안으로 툭 털어 넣는 동작에 길고 검은 머리칼도 함께 들썩였다.

"전언을 가지고 왔습니다."

방금 술이 넘어갔는데도 불구하고 남자의 목소리는 평생 아무것도 마시지도, 먹지도 못해 본 사람처럼 메마르고 건조했다.

"그분께선 어째서 윈터힐 백작님이 영지로 돌아가지 않고 계시는지 궁금해하십니다."

"아발론에 온 지 얼마나 되었다고 그리 조급해하시나."

"그분께선 백작님이 언제 영지로 돌아가실지 궁금해하십니다."

"아직은 기약이 없네. 당장 내일이 될 수도, 아니면 한 달 후, 두 달 후가 될 수도 있지."

백작은 술을 한 잔 더 따르며 여유롭게 말했다.

"중요한 시기입니다."

"알고 있네."

"그분의 심려하는 마음을 모르시지 않으리라 생각합니다만."

쉭쉭하는 날카로운 바람 소리 같은 것이 남자의 목소리에 섞여서 났다. 도대체 저런 물건은 어디서 주워 온 것인지. 검은 남자는 이런 일에는 최적화된 사람이었다.

음습하고 건조했으며, 도통 무슨 생각을 하는 것인지 읽어 낼 수 없었다. 아니, 생각이라는 것이 있는지가 더 궁금했다. 자신의 의견 이라고는 없이 오로지 제 주인만을 위해서 사는 남자는 훌륭한 심부 름꾼이자 종복, 그리고 사냥개이기도 했다.

"자네 같은 사람이 이해할 수 있을지 모르겠지만, 사람에게는 도 저히 미룰 수 없는 일들이 있지. 지금 이때가 아니면 다시는 할 수 없는 일도 있고 말일세."

"그 일이 그분과 백작님, 그리고 수많은 이들이 사활을 건 거사보 다도 중요하다는 말입니까?"

"내게는 그러하네."

창백한 남자의 눈이 겨우 알아볼 수 있을 정도로 약간 가늘어졌 다. 그 나름의 도저히 이해를 할 수 없다는 듯한 반응이었다.

"모든 일은 차질 없이 진행되고 있으니 걱정 마시라고 전하게."

"하지만……."

"우리 윈터힐 백작가는 거사 이후 공국으로 독립해 자율성을 약속 받는 대가로 철과 군대를 빌려주면 그뿐. 알겠나?"

감히 윈터힐에게 목줄을 채우려는 자는 그 손목이 뜯겨 나갈 각오 를 해야 할 텐데, 그럴 준비가 되어 있는 것인가? 백작이 선연한 눈 빛으로 물었다.

"일단 전언하겠습니다."

"오늘은 늦었으니 쉬고 가게."

백작이 집무실 책상으로 돌아가며 말했다. 맞은편이 비었는데도 목석같이 앉아 있던 남자는 소리 없이 일어났다.

"마지막 전언이 있습니다."

막 깃펜을 집은 백작의 손이 멈췄다.

"며칠 뒤, 우리가 아발론에서 재회하는 일은 없었으면 좋겠소."

아발론? 윈터힐 백작은 검은 남자를 바라봤다. 하지만 임무를 마친 남자는 미련 없이 집무실을 떠났다.

백작이 천천히 집무실 창가로 걸어갔다. 이미 해가 져서 세상이 어슴푸레하게 물들어 있었다. 검은 남자가 말에 올라타는 것이 보였다.

"흐랏!"

강하게 말의 배를 박차고 나아가는 남자의 검은 머리칼이 유독 길게 휘날렸다. 말발굽에서 나는 금속음이 윈터힐 백작가의 저택을 벗어나 이내 들리지 않았다.

"이런 시기에 황도 행차라. 내가 꽤 겁을 줬나 보군."

검은 살을 뾰족하게 세운 백작가의 정문이 닫히는 것을 본 후로도 백작의 주름진 얼굴에는 비릿한 미소가 오래도록 머물렀다.

14장

14장

블룸버그 백작가의 응접실에서는 한창 독서회가 열리고 있었다. 매달 한 권의 책을 정해 그것을 정독한 뒤 회원의 자택에서 주기적으로 모여 책의 내용에 대해 서로 토론하고 좀 더 깊은 이해를 추구하는 모임이었다.

물론 그것은 어디까지나 명목상의 목적이었고, 실제론 낮에 열리는 작은 연회와 같았다.

차와 간단한 다과를 곁들이며 학문을 탐구하는 건전한 모임이라 참석 회원에는 남녀 구분이 없었다. 그렇다 보니 독서회는 자연스레 책의 내용이나 작가의 의도 대신, 밝은 햇빛 아래에서 맑은 정신으로 미래의 배우자감을 탐구해 볼 수 있는 좋은 기회였다.

지금 이곳에 모여 있는 귀족 자제들의 면면만 봐도 그랬다. 모두 이십 대 초중반의 결혼 적령기 남녀들이었고, 독서회에 오는데 책은 까먹고 놓고 올지언정 머리끝부터 발끝까지 치장을 하지 않은 구석이 없었다. 젊은 남녀들은 서로를 흘끔거리기에 바빴고 이미 이번

달의 도서는 저 옆으로 밀려난 지 오래였다.

게다가 이 모임에서는 집안 어른이나 사교계 장년층의 간섭 없이 젊은 귀족들끼리 솔직하게 마음을 터놓고 이야기를 할 수 있는 분위기가 조성되었다. 모임의 시작 부분에 양심적으로나마 책의 내용에 대해 짧은 대화를 나누고는 하지만, 얼마 지나지 않아 주제는 다른 것으로 넘어가기 마련이었다.

그리고 오늘 독서회에서 화두로 오른 것은 단연 장안의 화제인 '윈터힐 백작을 살려 낸 신관'이었다.

"소문에는 그녀가 브리가 의상실의 드레스를 입고 있었다던데요."

오늘 독서회의 주최자인 데이지 폰 블룸버그가 말했다.

"그냥 드레스이기만 했나요, 브리가가 누구에게도 팔지 않던 그 드레스라고 해요."

"세상에. 아무래도 그날 파트너였던 베르너 후작님께서 구입해 선물하신 것이겠죠?"

"맞아요! 그날 후작님과 그 신관의 옷은 페어룩Pair look이었다고 들었어요."

"어머나, 로맨틱해라. 역시 베르너 후작님!"

신비의 신관이 입고 있었던 옷에 대해 이야기를 나누는 귀족 영애들은 달콤한 로맨스 소설이라도 읽은 것처럼 황홀해했다. 하지만 다른 때 같았으면 흥미로운 대화에 놓치지 않고 끼어들었을 로잘린느는 손안에 쥔 드레스 자락이 구겨지는 것도 모른 채 가만히 앉아 있었다.

"소문에는 그 신관이 리바이 공작 전하의 신학 교사라던데요?"

"리바이 공작 전하 말씀이세요?"

캐퓰란 자작가의 영식이 한 말에 데이지는 깜짝 놀라며 한쪽에 앉아 있는 로잘린느를 바라보았다. 그러고 보니 로잘린느가 마침 대회에서 그런 말을 했던 것 같기도 했다.

그때는 시골 남작가 출신의 네가 어떻게 브리가 의상실의 단 하나 뿐인 드레스를 입고 베르너 후작님의 파트너로 온 분을 잘 알 수 있냐며 면박을 줬는데. 그럼 로잘린느의 말이 사실이었던 걸까.

"아니, 그렇다면 로잘린느 님의 동료라는 겁니까?"

그녀의 이름을 부르며 퍽이나 친한 척을 한 것은 마일로 남작가의 영식이었다. 로잘린느의 미모에 반해 그녀에게 잘 보이려 꽤 애를 쓰고 있었지만 정작 로잘린느의 태도는 시큰둥했다.

마일로 남작가는 영지가 위치한 서부에서 꽤 큰 상단을 운영하는 가문이었지만, 그는 눈치가 없고 목소리만 큰 데다 머리 회전이 느렸다. 무엇보다 고작 남작의 아들이라는 것이 영 마음에 들지 않았다. 로잘린느는 겨우 남작 부인이 되려고 황도까지 올라온 게 아니었다.

그리고 방금의 그 질문으로 마일로 공자는 로잘린느의 마음속에서 영구적으로 퇴출당했다. 하필이면 가장 나오지 않았으면 했던 그 말을 꺼냈기 때문이다. 그녀는 당혹을 감추려 일부러 환하게 웃으며 말했다.

"그렇습니다. 그녀는 제 '밑에서' 일하면서 리바이 공작 전하의 신학 교육을 담당하고 있지요."

그런 평민 따위와 동료가 아니라는 것을 강조하려는 말이었다.

로잘린느의 말에 모두들 놀란 눈치였다. 소문의 그 신관과 잘 아는 사람이 이렇게 가까이 있었다니 하며 신기해했다.

아발론에서 열리는 여러 개의 독서회 중 고작 시골 남작가 출신인 그녀가 현실적으로 참가 가능했던 모임은 데이지가 회원으로 있는 이 모임 하나뿐이었다.

모임에 참석하는 사람들의 지위와 신분이 모임 자체의 격에도 지

대한 영향을 미친다는 것을 잘 아는 아발론의 귀족들은 아무런 권세도 뭣도 없는 로잘린느를 쉽게 받아들여 주지 않았다.

그렇게 어렵사리 한자리를 얻은 이 독서회에서도 로잘린느는 그리 주목받는 회원은 아니었다. 그녀의 외모를 맘에 들어 한 남성 회원들은 물론 로잘린느를 환영했지만 여성 회원들은 그렇지 못했다.

데이지도 로잘린느에게서 고급 브로치를 선물받은 블룸버그 백작 부인의 명령이 아니었다면 그녀를 이 모임에 소개해 주지 않았을 것이다.

"오늘 차 맛이 정말 좋네요. 다과와도 잘 어울……."

"지난번 마상창 경기 때 이상한 말을 했었지? 그 신관이 평민이라고."

로잘린느가 대화의 주제를 돌리려 했지만 데이지는 그렇게 내버려 두지 않았다. 제 어미인 블룸버그 백작 부인을 닮아 머리에 든 것이라고는 없고 허영만 가득한 데이지는 유독 로잘린느를 깔보고 방해하길 좋아했다.

"그게 무슨 말입니까, 블룸버그 영애? 그 신관이 평민이라니."

지금까진 느긋한 태도를 유지하던 영식들도 데이지의 말 한마디에 등을 떼며 물었다.

"글쎄요. 저도 프란시스 영애에게 묻고 싶은 것이라서요. 지난번에 함께 베르너 후작가의 마상창 경기에 갔던 날, 제게 그런 말을 했었답니다."

순식간에 여러 쌍의 눈이 로잘린느 한 사람에게로 쏠렸다. 로잘린느는 바르르 떨리는 입가를 가리려 일부러 차를 천천히 한 모금 넘겼다.

"그 말이 정말입니까? 그 신관이 평민이라는 게."

"그렇다면 이건 엄청난 스캔들인데. 그렇지 않습니까? 리바이 공작 전하의 교사인 데다 베르너 후작과 어네스 경 두 사람이 사이에 두고 다투는 신관이 평민이라면 말입니다."

바로 얼마 전까지라면 엘레나의 신분을 밝힐 수 있는 이런 상황을 매우 기꺼워하며 십분 활용했을 로잘린느였지만 지금은 달랐다. 그 것도 매우.

아직까지도 타른가의 추기경이 남긴 어깨의 무거운 감촉과 위협적이던 목소리가 선명한 로잘린느였다. 만약 이 자리에서 엘레나의 신분에 대한 이야기가 새어 나간다면 곤란해지는 것은 로잘린느 본인이었다.

엘레나야 라한 신전이나 타른가의 지원으로 어떻게든 상황을 수습하는 것이 가능할지도 모르지만, 소문의 진원지가 로잘린느라는 것을 그 추기경이 알아내는 날에는 어떤 보복이 있을지 두려웠다.

"그때 그 말은……."

로잘린느가 입을 열자 모두들 귀를 쫑긋 세우고 그녀를 주목했다. 그런 반응에 로잘린느는 순간 속이 뒤틀리고 그냥 모든 것을 다 말해 버릴까 하는 강한 충동에 사로잡혔다.

이 독서회에 참가하기 시작한 이후로 자신이 이렇게 주목을 받은 것은 처음 있는 일이었다. 데이지의 주도하에 여성 회원들을 물론이고 남성 회원들에게서도 은연중 무시를 당했던 그녀가 처음으로 관심의 대상이 된 이유가 엘레나 때문이라는 것이 참을 수 없이 싫었다.

"그때 그 말은 그 신관이 하는 행동들이 평민이나 다름없어 보인다는 뜻이었답니다."

하지만 오늘은 아니었다. 오늘은 불거져 나온 화제를 이 자리에서 다시 묻어 버려야 했다.

"어머, 뭐야. 시시해라."

"에이, 난 또."

다들 급격하게 흥미가 떨어진 듯 호기심으로 빛나던 시선을 거둬들였다. 로잘린느는 다시 한번 찻물을 들이켜며 표정을 감췄다.

"그래도 그 신관에 대해서 잘 아실 테지요. 소문에는 리바이 공작 전하와 그렇게 가깝다는데."

또 마일로가의 영식이었다. 제 딴에는 로잘린느에게 말을 붙여 보려고 하는 것이지만 그녀는 짜증만 날 뿐이었다.

하지만 여전히 엘레나에 대해 궁금해하는 사람들은 분명 평소보다 로잘린느에게 관심을 보이고 있었다. 이렇게 좋은 기회를 그냥 놓칠 수 없었다. 좋은 생각이 떠오른 로잘린느가 작은 한숨을 지어 내며 말했다.

"제가 그녀를 평민이라고 말한 것에는 다 이유가 있답니다. 하는 행동이 예법이라고는 모르는 평민과 다를 것이 없어요. 품위 없고 왈가닥에 제멋대로 행동하니 어린 공작 전하와 죽이 맞을 수밖에요."

"허어, 그 정도입니까?"

"곁에 있는 게 당황하고 민망한 적이 한두 번이 아니랍니다. 리바이 공작 전하야 아직 어리셔서 그렇다고는 하지만, 엘레나 신관은……."

로잘린느가 고개를 절레절레 젓자 함께 흔들리는 걸 좋은 금발이 퍽이나 아름다웠다. 영식들은 그런 로잘린느에게서 눈을 떼지 못했다.

"그런데 왜 그런 여자를 어네스 경과 베르너 후작께선……."

두근거리는 가슴을 부여잡은 마일로 남작 영식이 잘 이해가 가지 않는다는 듯이 물었다.

"잠시의 놀잇감이 아닐까요. 고급 음식만 먹다 보면 가끔은 길거리 음식도 당기기 마련이죠."

"어머나, 프란시스 영애! 그런 말은 너무하잖아요!"

로잘린느의 옆에 앉은 영애가 한 손으로 입을 가리며 언뜻 질책하는 말을 했지만 결국 그녀도 웃고 있었다.

"제가 남성분들 앞에서 말실수를 했네요. 용서하세요, 제가 워낙에 거짓말을 못하는 솔직한 성격이라······."

부끄럽다는 듯 뺨에 두 손을 가져다 대고 얼굴을 붉히며 말하자 자리에 있던 남성 귀족들은 허허 웃음을 터뜨리며 관대한 척 함박웃음을 지었다.

원래 사람들은 자리에 없는 이의 흉을 보며 친해지는 법. 좋은 분위기였다.

로잘린느는 흐름이 자신에게로 계속 흘러가도록 엘레나에 대해 몇 가지 정보를 흘리며 대화를 주도했다.

'그 평민 계집이 이럴 때는 쓸모가 있군.'

어차피 지금 당장 눈앞에서 지워 버리지 못할 거라면 이런 식으로 이용하는 것도 나쁘지 않았다. 물론 그렇다고 해서 엘레나를 가만히 두고 보겠다는 것은 아니었다.

타른 후작가로부터 자신을 지켜 줄 수 있을 만한 사람을 찾아야 했다. 타른 후작가와 제프리 추기경만큼이나 높은 지위를 가지고 있으면서, 다른 귀족들로부터 신망을 받는 사람. 그리고 무엇보다 평민이 리바이 공작을 가르친다는 사실에 대해서 로잘린느 자신과 같은 견해를 공유하는 사람. 그런 사람을 찾아야 했다.

"저어, 로잘린느 님."

독서회가 파하고 난 후, 책을 챙겨 일어난 로잘린느를 누군가가 불렀다.

"아, 마일로 공자님."

"블레이즈라 불러 달라 말씀드리지 않았습니까."

물론 그랬다. 황궁 연회에서 처음 만났던 때도, 독서회에 처음 참석했던 날에도. 그는 언제나 친한 척 다가와 그렇게 말했지만, 아직까지 로잘린느에게 자신이 '마일로 공자님'인 이유를 정말 모르니 문제였다.

"그런데 어쩐 일로……."

로잘린느가 묻자, 블레이즈가 허술한 얼굴로 웃으며 살짝 얼굴을 붉혔다.

"저어, 혹시 제 파트너로 연회에 가 주시지 않겠습니까?"

"연회 말인가요?"

진심으로 놀란 척 눈을 동그랗게 뜨고 되물었지만, 로잘린느는 속으로 짜증을 냈다.

연회에서 파트너가 된다는 건 정말로 아무 의미 없는 행동일 수도 있었지만, 반대로 매우 특별한 의미를 담게 될 수도 있었다. 그리고 블레이즈는 분명 로잘린느가 자신의 파트너로 연회에 온 것을 사방팔방에 떠벌릴 게 분명했다.

그녀는 리바이 공작의 수업 준비를 핑계로 거절할 마음을 먹었다.

"네. 아실지 모르겠지만 저희 아버지께서 이번에 베르너 후작가와 크게 협업을 하셨습니다."

"그러셨군요. 몰랐습니다."

"어디 가서 말하면 안 된다고 하셨지만, 매우 큰 상행商行이었지요. 작년부터 올해까지 벌써 몇 번을 오가…… 크흠, 여튼 베르너 후작가와는 돈독한 사이가 되었습니다. 그래서 이번에 베르너 후작가에서 열리는 연회에 초대를 받을 것 같습니다. 저희 집안 식구들 모두가요."

이 기회에 로잘린느를 부모님과 형제들을 비롯한 식구들에게 소개를 할 작정이었다.

"베르너 후작가에서 연회가 있나요?"

황도에서 열리는 거의 모든 연회를 꿰고 있는 로잘린느도 금시초문인 소식이었다.

"아! 아직은 공식적으로 초대를 시작하지 않았습니다. 베르너 후작가는 원래 하루 전에 초대장을 발송해도 언제나 연회장이 사람들로 바글바글하지 않습니까."

사실이었다. 베르너 후작가는 연회를 자주 여는 편이었는데, 이는 모두 르니에의 작품이었다. 그의 연회는 언제나 완벽한 음식과 아름다운 연회장, 그리고 각계의 주요 인물들이 참석하는 것으로 유명해 모두가 가고 싶어 했다.

그러나 문제는 초대장을 발송하는 시기에 있었다.

일반적으로 길게는 한 달, 짧게는 2주 정도의 기간을 두고 연회를 알리고 참석자들을 모았다. 하지만 베르너 후작가는 길어 봤자 열흘, 짧게는 하루 전에 초대장을 보냈다. 당장 아파서 죽어 가지 않는 이상 초대장을 받은 가문은 그 기회를 절대 놓치지 않을 것을 잘 알고 있는 르니에의 괴행이었다.

"정확한 사정은 아직 모르지만 듣기로 어마어마한 규모가 될 거라고 합니다. 뭔가 특별한 이유가 있는 연회라고 하는데…… 혹시 괜찮으시다면 제 파트너로 가 주시겠습니까?"

로잘린느는 잠시 망설였다. 마일로 남작가와는 그다지 엮이고 싶지 않았다. 하지만 무려 베르너 후작가 주최의 연회였다.

지난번, 황궁에서 열린 귀족원 주최의 연회 이후로는 번듯한 연회에 가 보지 못한 로잘린느였다. 사교계에서 입지를 다지기 위해 어중이떠중이 가문이 여는 연회들에 참석해 왔지만, 그녀가 그저 그런 연회를 수십 군데 참석하더라도 베르너 후작가의 초대장은 받지 못할 확률이 높았다.

만약 초대장이 발송되고 뒤늦게 알았다면 또 데이지의 옆에 붙어 시녀 노릇이라도 하며 따라가기 위해 안간힘을 써야 하겠지만, 마일로의 초대장으로 함께 가면 그런 수고도 필요 없었다.

급 높은 연회에는 급 높은 사람들이 모이는 법. 그곳에 가면 훨씬 좋은 남성들과 연이 닿을 확률도 높았다. 로잘린느는 결국 고개를 끄덕였다.

"초대해 주셔서 감사해요, 마일로 공자님. 마일로 공자님께 부끄러운 파트너가 되지 않도록 최선을 다해 준비할게요."

블레이즈가 자신이 들은 것을 믿을 수 없다는 듯 함박웃음을 지었다. 용기를 내서 물어보긴 했지만 내심 거절당할 준비를 하고 있었는데 이렇게 쉽게 파트너가 되어 줄 줄이야. 어쩌면 로잘린느도 자신을 마음에 두어 온 것은 아닐까 하는 희망이 생겼다.

"그, 그럼 드레스는 제 쪽에서 준비해서 보내 드리겠습니다! 무, 물론 영애께서 괜찮으시다면요!"

자신의 예복과 로잘린느의 드레스를 페어룩으로 맞추겠다는 말이었다.

마일로의 얼간이와 페어룩이라니. 절대로 싫었지만 로잘린느는 기쁘게 고개를 끄덕였다. 어차피 그렇게 고급 연회에 입고 갈 비싼 드레스는 가지지 못했으니 차라리 다행인 일이었다.

"그래 주신다면 제가 드레스를 고르느라 밤을 새는 일은 없겠네요. 배려심이 뛰어나시군요, 마일로 공자님."

파트너가 되어 주기로 한 것도 모자라 이런 칭찬이라니! 블레이즈는 지금 자신이 꿈을 꾸는 것인지 헷갈릴 정도였다. 꿈이라면 깨지 마라! 상냥하고 아름다운 로잘린느를 바라보며 블레이즈가 속으로 그렇게 외쳤다.

✦

"날씨가 많이 흐리네요."

태양의 궁으로 향하는 마차 안에서 일리야가 티토의 손을 꼭 잡으며 말했다.

"그렇네. 비가 올 건가 봐."

그렇게 대답하는 티토는 마차의 창문을 열어 목을 빼고 하늘을 확인했다. 금방이라도 비가 쏟아질 것 같지는 않았지만 꾸물꾸물한 하늘에는 해가 보이지 않았다.

"전하, 언제 이렇게 크셨어요."

일리야가 티토의 손등을 토닥였다. 갓난아이의 유모로 궁에 들어왔던 일이 바로 엊그제 같은데.

사랑만 받아야 할 어린 나이에 죽을 고비를 넘긴 탓에 유난히 겁이 많은 아이였다, 티토는. 일리야가 잠깐이라도 눈에 안 보일라치면 숨이 넘어가도록 울어 댔고, 밤에도 일리야의 품에 안겨야만 잠을 잘 수 있었다.

하지만 그것도 악몽을 꾸지 않는 양호한 밤의 이야기였다. 기억하지 못하는 그날의 일이 꿈속에서 작은 아이를 얼마나 지독히도 괴롭히는지, 경기를 일으키고 침대에 실수를 하는 일도 잦았다. 그런 날이면 일리야는 티토를 품에 안고 이 작은 아이가 어서어서 자라 강해졌으면 하고 바랐다.

그리고 오늘, 티토는 그토록 무서워하던 형님, 바크란 1세를 만나러 가는 길이었다. 하지만 잔뜩 긴장하고 스스로를 믿지 못해 불안해하던 지난번과는 달리, 훨씬 안정적이고 편안해 보였다. 일리야는 그런 티토가 너무나 자랑스러웠다.

"먼저 황제 폐하께 연통을 드릴 생각은 어찌하셨어요?"

엘레나 신관이 아침 일찍 축제에 가려고 자리를 비우고, 프란시스 영애도 마찬가지로 사적인 이유로 궁을 비운 날이었다.

오랜만에 공부를 하지 않는 날이라고 좋아하며 침대에서 뒹굴거리던 티토는 어느 순간 일어나 서신 한 통을 쓰고 그것을 태양의 궁으로 보냈다. 어찌나 놀랐던지. 일리야는 그때를 떠올리면 아직도 가슴이 콩닥거렸다.

"말해 줘도 울기 없기야."

티토는 일리야를 보며 말했다. 일리야는 얼른 고개를 끄덕였다.

"그게, 아침에 일어났는데 간밤에 꾼 꿈이 기억났어. 어머니와 아버지가 나오셨던 것 같아. 근데 얼굴은 보이질 않았어. 그래서 태양의 궁에 있다는 두 분의 초상화가 보고 싶었어."

"공작 전하……."

"뭐야! 울지 않는다고 약속했잖아!"

티토가 버럭 화를 냈지만 이미 일리야의 눈에는 눈물이 가득 고인 후였다.

"하, 하지만 이렇게 훌륭하게 자라신 전하를 보셨다면 선황 폐하와 선황후께서 얼마나 기뻐하실지……."

아이는 빨리 자랐다. 하룻밤 자고 나면 불쑥불쑥 크는 나이라 그런지 회복력도 빨랐다.

그 누구도 새벽의 궁에 숨어 사는 리바이 공작이 이렇게 스스로 태양의 궁에 가는 날이 올 거라고는 상상하지 않았다. 하지만 티토는 자기 자신을 지키려 가뒀던 알을 스스로 깨부수고 있는 중이었다.

그때, 마부가 안쪽을 향해 알렸다.

"황제 폐하께서 나와 계십니다."

이윽고 마차가 정지했다. 태양의 궁 시종이 마차의 문을 열고 그 밑에 발받침을 대령했다. 그것을 밟고 밖으로 나서자니 방금까지도 멀쩡했던 티토의 작은 심장이 두근거리기 시작했다.

"티토."

아드레이가 멀찍이서 티토를 맞이했다. 혹시 놀랄까 거리를 유지하는 모습이었다.

"혀, 형님……."

이상하다. 왜 이러지. 분명 방금까지 멀쩡했던 목도 사고를 쳤다. 너무나 떨린 나머지 티토의 목소리가 염소가 '메에' 하는 것처럼 떨려 버렸다.

"들어가자."

하지만 아드레이는 부러 모른 척, 못 들은 척하며 티토를 태양의 궁 안쪽으로 이끌었다.

두 형제의 첫 목적지는 역대 황제와 황후들의 초상화가 걸려 있는 갤러리였다. 중앙궁에 있는 대연회장만큼이나 커다란 공간에 아드레이와 티토가 나란히 섰다.

"점심 식사를 준비하겠습니다."

태양의 궁 시종들과 함께 아드레이의 뒤쪽에 서 있던 휴고가 그렇게 말하고 조용히 물러났다.

티토의 눈이 동그래졌다. 이렇게 커다란 공간에는 처음 와 보았기 때문이다. 높은 천장에 있는 스테인드글라스를 제외하고는 창문이 없는 커다란 공간은 지금까지 티토가 자라며 보았던 어떤 장소보다 아름다웠다.

"우와, 선대 황제 폐하와 황후께선 이런 공간에 사시는구나……."

감탄성과 함께 티토가 중얼거리는 말에 아드레이의 입꼬리가 조용히 올라갔다. 그에게 이곳은 단순히 초상화들이 있는 공간일 뿐인데, 티토는 이 갤러리를 보고 이곳에 그들이 '산다'고 했다. 이런 것이 어린아이의 순수함일까 싶었다.

티토는 정신없이 주변을 두리번거리며 갤러리의 이곳저곳을 탐방했다. 아드레이는 어린 동생의 뒤에 멀찍이 물러서서 조용히 발걸음 소리만 내며 따라다녔다.

그때, 커다란 아치형의 천장을 아름답게 수놓은 스테인드글라스를 올려다보던 티토가 멈칫하고 걸음을 멈췄다.

"글……로리?"

스테인드글라스에 새겨진 글자를 읽은 것이다.

"이 갤러리의 이름이 바로 '글로리 홀'이다. 명예의 전당이란 뜻이지. 이곳에 초상화를 걸 수 있는 것은 황제와 황후뿐. 그것도 오로지 그들의 사후에 초상화들이 자리를 잡는다. 그들은 이페른 제국의 명예 안에서 영원히 살고 있는 것이지."

티토는 감명받은 것인지 흰 뺨을 붉게 물들이며 열정적으로 고개를 끄덕였다.

"그럼 어머니와 아버지의 초상화를 혼자 찾아보겠느냐."

조금은 짓궂은 제안이었다. 티토가 조금 당황한 얼굴로 초상화들을 둘러보았다. 이페른 제국의 진한 혈통을 증명이라도 하듯 선황제들의 초상화는 하나같이 금발에 벽안을 가진 남성을 담고 있었다. 아마도 금발이 아닌 황제는 형님이 처음인 듯했다.

"해, 해 볼게요!"

작은 두 주먹이 불끈 쥐어졌다. 아드레이는 부러 뒷짐을 쥐고 그 자리에 가만히 섰다.

오도도도. 티토가 작은 발로 글로리 홀의 이곳저곳을 부지런히 뛰어다녔다. 그리고 얼마 지나지 않아 무언가를 발견했다.

"여, 여기! 어……라?"

손을 번쩍 들었던 티토의 목소리가 점점 작아졌다. 아드레이는 아무 말 없이 티토가 오도카니 서 있는 두 점의 초상화 앞으로 발걸음을 옮겼다.

"이상해요……."

아드레이가 옆에 다가설 때까지 티토는 초상화에서 눈을 떼지 못했다.

"뭐가 말이냐."

"방금 분명 사후에만 걸린다고 그러셨는데……."

"한데?"

티토가 당황하는 이유를 아는 아드레이는 빙긋이 미소 지었다.

"그런데……."

작은 검지가 커다란 초상화를 가리켰다.

"아버님이시다."

커다란 티토의 눈이 초상화 옆에 걸린 작은 명패를 바라봤다.

세르지오 3세 M. 드 이페른

티토도 선황의 성함은 익히 알고 있었다. 자신은 세르지오 3세 M. 드 이페른의 아들 제레미야 타이투스 폰 리바이 공작이었으니까. 하지만.

"어찌 형님이……."

초상화 안에서 근엄한 얼굴을 하고 있는 남성은, 금발의 아드레이라고 해도 믿을 만큼 닮은 사람이었다. 심지어 어두운 벽안의 색도 비슷했다. 마치 초상화 안의 눈동자 색을 한 방울 담아 아드레이의 눈에 씌운 것 같았다.

티토는 휘둥그레진 눈으로 연신 옆에 서 있는 아드레이와 부친의 초상화를 번갈아 봤다.

"형님께선 아버지와 똑같이 생기셨어요."

봐도 봐도 신기했다. 어떻게 이렇게 닮을 수 있을까. 형님의 얼굴이 조금 부드러워지고 약간의 세월을 담은 주름을 눈가에 더하면 액자에 걸려 있는 아버지의 모습이 될 것 같았다.

"티토 넌 어머니를 많이 닮았구나."

화려하고 아름다운 검은 머리칼의 어머니는 그림 속에서 다정하게 웃고 있었다.

티토는 어머니의 초상화를 말끄러미 올려다보다가 타박타박 그 앞으로 조금 더 가까이 다가갔다. 푸른 초록색의 눈동자가 보석처럼 눈부시게 빛났다.

"정말로 이렇게 예쁘셨어요?"

티토가 아드레이에게 물었다.

"아름답고 상냥하고, 또 엄격하셨지. 내가 티토 너만 할 때는 세상에서 가장 무서운 것이 어머니의 호통이었다."

사랑만큼이나 꾸중도 많이 들었던 어린 아드레이였다. 한없이 품에 안고 보듬고 싶은 첫 아이였지만, 아드레이가 장차 이 제국의 주인이 되어야 할 것을 잘 알고 있던 모친은 그를 무척이나 엄하게 키웠다.

잘한 일에는 칭찬을 아끼지 않았지만, 어린 아드레이가 공부나 검술 훈련을 게을리하는 날에는 눈물이 쏙 빠지도록 혼을 냈다. 그토록 싫고 원망스러웠던 어머니의 꾸중이 이렇게 그리워질 날이 오리라고 누가 알았을까.

아드레이의 말을 가만히 듣고 있던 티토가 천천히 손을 들어 올렸다. 조심스러운 손끝에 까슬하게 마른 물감의 감촉이 묻어났다.

눈으로 봤을 때는 금방이라도 숨 쉬고 움직일 것처럼 생생했던 초상화이지만 이렇게 만져 보니 그럴 일은 없겠구나 하는 생각에 아쉽고 또 아쉬웠다. 하지만 어쩐지 까끌까끌하게 굳어 버린 물감에서 온기가 느껴지는 것 같았다.

"미안하다."

시간이 흐르는 줄도 모르고 부모님의 초상화를 올려다보던 티토는 아드레이의 낮고 편안한 음성에 정신을 차렸다.

"네게 진작 보여 줬어야 했는데."

아드레이는 언젠가 엘레나가 했던 말이 떠올랐다.

─어떻게 하나뿐인 동생을 그렇게 방치할 수 있는지.

초상화를 하염없이 바라보는 티토의 눈에 아드레이는 자신이 그동안 얼마나 잘못했는지 알게 되었다.

자신을 무서워하는 동생에게서 멀리 떨어져 있는 것이 티토를 도와주는 길이라고 생각했다. 그저 티토가 평화로이 하루하루를 보낼 수 있도록 해 주는 것이 형으로서 해 줄 수 있는 가장 최선이라고 여겼다.

어쩌면 그의 선택은 옳았을지도 몰랐다. 티토가 스스로 공포를 이겨 낼 수 있는 환경을 만들어 주는 것이 전쟁을 마치고 돌아와 내정을 살펴야 하는 젊은 황제의 최선이었을지도 몰랐다.

하지만 아드레이는 마음 한쪽이 묵직해졌다. 티토가 아직 어린아이라는 것을 아드레이는 잊고 있었다. 가족의 애정과 보살핌이 필요한 이제 겨우 여덟 살배기 아이. 아이는 얼마나 외로웠을까.

참 못난 형이었다. 미안한 마음을 담아 아이의 작고 동그란 머리를 쓰다듬어 주고 싶었지만 아드레이는 참았다. 간신히 부모님을 보게 된 아이인데, 무서워하는 형의 손에 닿아 떨게 하고 싶지 않았다.

그때, 티토가 마침내 초상화에서 눈을 떼고 아드레이를 올려다보았다.

"형님, 부모님에 대해 이야기해 주실 수 있으세요?"

그리 어려운 일도 아니었다. 동생이 나이 차이 많이 나는 형에게 얼마든 할 수 있는 부탁이었다. 하지만 아드레이를 바라보는 티토는 망설이는 기색이 역력했다. 마치 세상에서 가장 어려운 부탁을 하는 것처럼.

"어째서 그렇게 미안해하지?"

"그게……."

티토의 작은 손가락들이 꼼지락거리며 저들끼리 어지러이 얽혔다.

"돌아가신 부모님에 대해서 떠올리면 형님이 슬퍼하실 것 같아서……."

울컥. 구슬만큼 작지만 뜨거운 것이 가슴께에서 치밀어 올랐다. 아직 어리고 여린 아이가 조금 더 자신만을 생각한다면 좋을 텐데. 차라리 이 초상화를 제게 달라 떼를 쓰고, 부모님 이야기를 해 달라 소맷자락을 흔들어 당긴다면 좋을 텐데.

그러나 아드레이는 슬픈 얼굴 대신 자신이 지을 수 있는 가장 큰 미소를 지어 보였다.

"전혀. 가자, 점심을 먹으며 네게 부모님에 대해 이야기해 주마."

멀찍이 글로리 홀의 입구에서 휴고가 조용히 기다리며 서 있는 것을 보며 그가 말했다.

"저, 정말요?"

"그래. 하지만 저번처럼 또 음식을 다 남겨 버리면 휴고가 서운해

할 테니, 오늘은 조금이라도 먹어 준다면 더 고맙겠다."

지난번에 긴장한 티토가 식사를 제대로 하지 못한 채로 새벽의 궁으로 돌아갔던 것이 마음에 걸려 하는 말이었다.

"예, 형님!"

다른 듯 닮은 형제가 부모님의 초상화 앞에서 서로를 마주 봤다. 마침 하루 종일 해를 가리고 있던 구름이 살짝 걷히고 햇살이 글로리 홀 위를 비추었다. 스테인드글라스를 통과하며 줄기줄기 다른 색을 입은 빛이 조화롭게 갤러리 안으로 번져 나갔다.

비슷한 시각, 엘레나는 찌릿찌릿 저려 오는 손목에 한숨을 쉬며 창밖을 내다보았다.

"이제 좀 날이 개려고 하는 건가?"

그녀가 빠끔히 고개를 내민 해를 보며 중얼거렸다. 하지만 구름이 너무 짙고 두터웠다. 아니나 다를까, 조금 모습을 보였던 해는 금방 구름 뒤로 묻혀 버렸다.

"아, 팔 아파."

아침부터 꼬박 매달려서 하고 있건만, 로잘린느가 떠넘긴 필사 작업은 좀처럼 줄어들 생각을 하지 않았다.

"『3국 정복 전쟁의 기록과 전후 조화 정책에 대한 고찰』? 아니, 이제 여덟 살짜리 애한테 무슨 이런 책을 가르친다는 거야?"

성인인 자신이 봐도 난해하고 복잡하기 짝이 없는 책이었다. 학자나 이 분야에 대해서 전문적인 지식을 가진 사람들이나 읽고 이해할 것 같은 이 책은, 바크란 1세의 업적인 정복 전쟁에 대한 사실적 기술과 종전 후 몇 년간 시행된 정복지의 국민들을 제국민으로 순조롭게 편입시키기 위한 조화 정책에 대한 제법 심도 있는 평가를 담고 있었다.

"아직 반이나 남았어?!"

남은 책의 두께를 가늠해 보던 엘레나가 절망적으로 외쳤다. 이럴 때 긍정적인 사람들은 '벌써 반밖에 안 남았어?'라고 하겠지만.

"반밖에 안 남긴, 얼어 죽을! 이걸 언제 다 하냐고!"

엘레나는 예나 지금이나 그리 긍정적인 사람은 못 됐다. 그녀는 온몸을 비틀며 머리칼을 움켜쥐었다. 필사를 하는데 치렁치렁하는 것이 거슬려서 돌돌 말아 높게 올려 묶은, 일명 '똥 머리'는 그 덕분에 엉망이 됐다.

"팔 아파! 피곤해! 배고파!"

다 먹고살자고 하는 짓인데, 이게 뭐야. 결국 엘레나가 쥐고 있던 깃펜을 책상 위로 아무렇게나 집어 던져 버리고 침대에 몸을 맡겼다. 털썩하는 큰 소리와 함께 푹신푹신한 침대가 그녀를 반갑게 맞았다.

"하아, 꼬맹이는 잘 하고 있으려나."

그러고 있자니 지금쯤 황제와 단둘이 시간을 보내고 있을 티토가 생각났다. 아침에 확인차 가서 보니 의외로 긴장도 안 했고 양호해 보이긴 했다.

그래도 걱정이 되어 지난번처럼 목걸이를 빌려줄까 물으니 단호하게 거절하더라. 이유는 '언제까지 엘레나에게 기댈 수는 없어.'였다. 기쁘기도 하고 섭섭하기도 한 묘한 감정으로 엘레나는 티토를 배웅했다.

오늘은 티토의 특별한 일정 덕에 아무런 계획이나 수업이 없었다. 그래서 좀 쉬어 볼까 했더니 그 생각이 씨가 된 것일까.

로잘린느가 아침 일찍부터 어딘가로 나가며 엘레나에게 필사할 책 한 권을 던져 주고 갔다. 두께가 보통이 아닌 것이 아무래도 그냥 제일 두꺼운 책 하나를 고른 것이 아닌가 하는 강한 의혹을 접을 수는 없지만, 일단 필요하다고 하고 하라고 하니 엘레나는 다른 선택지가 없었다.

"하필이면 걸려도 개한테 걸려서는…… 아이고, 내 팔자야."

푹신한 베개에 얼굴을 묻고 엘레나가 울분을 담아 소리치며 발을 동동 굴렀다. 그러다 문득 궁금해졌다. 본의 아니게 르니에도 메이나드도 자신에게 꽂힌 이 어이없는 상황에서 로잘린느는 어떻게 되는 것일까.

엘레나는 자리에서 벌떡 일어나 앉아 곰곰이 생각해 보았다.

이제 여름으로 접어드는 계절이었다. 조금만 있으면 완연히 여름이 될 듯이 밤엔 시원했지만 한낮에는 해가 제법 뜨겁고 날씨도 더웠다. 사람들의 옷차림도 자연스레 얇고 가벼워졌다. 엘레나도 얼마 전 여름용 신관복을 신전에서 받아 왔다.

책에선 이때쯤 로잘린느는 굉장히 바쁜 하루하루를 보냈다. 하루는 르니에, 하루는 메이나드, 그리고 중간중간 바크란 1세. 번갈아 가면서 만나느라 눈코 뜰 새 없이 바빴다.

그 부분을 읽으며 로잘린느가 부러워 얼마나 몸부림을 쳤던가. 잘생기고 매력 지수가 하늘을 뚫는 남자 셋이 그녀가 좋다고, 연애도 아니고 심지어 결혼해 달라고 매달리는데 그걸 안 된다 곤란하다 밀어내던 로잘린느가 제일 이해가 되지 않았던 부분이기도 했다.

하지만 지금 생각하면 그때의 로잘린느가 존경스러웠다. 그 메이나드가! 그 르니에가! 그토록 들이대는데! 비록 바크란 1세가 어떻게 생겼는지는 모르지만, 마상창 경기에서 만났던 세 영애에 의하면 만만치 않은 미모의 소유자라고 하던데.

당시의 로잘린느는 어떻게 '제 마음을 저도 아직 모르겠어요.'라는 애매한 이유만으로 그들을 밀어낼 수 있었던 것일까.

"보통이 아니야. 독해, 독해."

로잘린느의 진짜 성격을 알게 된 지금은 오히려 이해가 되는 대목이기도 했다. 그때였다. 누군가가 방문을 똑똑 두들기는 소리가 들려왔다.

"네에, 나가요."

누구지? 일리야 님인가? 엘레나의 방문을 두들길 사람은 일리야밖에 없었다.

침대에서 어기적어기적 내려와 방문으로 걸어가며 엘레나는 생각했다. 자신이 끼니를 놓치는 것은 굉장히 흔치 않은 일이었다. 그러니 걱정이 된 일리야가 그녀의 생사를 확인하려고 하는 것일 수도 있었다.

'응? 그런데 일리야 님은 지금 태양의 궁에 가 있을 텐데?'

문고리를 돌리며 엘레나가 고개를 갸우뚱했다.

"누구세……."

엘레나는 그 말의 끝을 맺지 못했다. 그녀의 큰 눈이 두어 번 깜박였다. 거세게 눈을 비빈 그녀는 그 뒤엔 주변을 둘러봤다.

내가 지금 내 방문 앞에 있는 게 맞나? 하지만 몇 번을 돌아봐도 이곳은 그녀의 방이었고, 문 앞에 서 있는 것은 르니에였다.

"르……니에 님?"

"엘레나 신관님."

진짜였다. 정말로 그녀의 방문을 두드린 것은 진짜 르니에였다.

"아니, 여기에 왜 르니에 님이?"

르니에가 새벽의 궁에 온 것이 처음은 아니었지만 이렇게 그녀의 방문을 직접 두드리는 것은 상상도 해 본 적 없는 그림이었다.

"엘레나 님을 뵈러 왔죠."

"제 방문을 두드리셨으니까 그건 알겠는데요. 왜 저를 찾으신 건지……."

"예?"

"아니, 그러니까. 제 방은 어떻게 아시고……."

"아!"

혼란스런 엘레나의 질문이 이제야 이해가 갔다는 듯 르니에가 상큼하게 웃으며 말했다.

"새벽의 궁 사용인들은 매우 친절하더군요."

그는 자신의 뒤쪽을 손가락으로 가리켰다.

여자 손이라고 해도 믿을 정도로 예쁜 손가락을 따라서 르니에의 뒤쪽을 바라본 엘레나는 결국 고개를 저었다. 모퉁이 뒤에서 두 사람을 지켜보던 익숙한 얼굴 두 개가 쏙 하고 사라졌기 때문이다. 자기들끼리 호호하고 웃는 소리가 텅 빈 복도를 통해서 들려왔다.

"죄송해요. 제가 대신 사과할게요."

"아닙니다. 그만큼 엘레나 님이 저들을 잘 대우해 주신다는 것이죠."

"그렇게 말씀해 주시니 감사하네요."

원래 꿈보다 해몽인 법이었다. 딱히 엘레나를 위한 행동이었다기보단, 소문의 르니에가 엘레나를 찾자 호기심이 동해서 알려 준 것 같았다.

"그나저나……."

아직 방문 앞에 그대로 서 있는 르니에의 눈이 엘레나를 머리부터 발끝까지 천천히 한 번 훑었다.

"으악!"

엘레나는 그제야 자신이 지금 어떤 꼴인지 깨달았다. 대충 올려

묶은 똥머리는 잔뜩 헝클어져 봉기하는 농민 같았고, 티토를 배웅하고 올라와 작업 효율을 위해 갈아입은 편한 원피스는 침대에서 구른 덕에 여기저기 구겨져 엉망이었다. 급한 대로 문 뒤에 몸을 숨겨 봤지만 이미 늦었다.

"이렇게 직접 찾아오니 엘레나 님의 색다른 모습을 볼 수 있어서 좋군요."

너 지금 욕하는 거지. 엘레나는 잔뜩 울상이 되었다. 뒷짐을 지고 서 있는 르니에는 완벽하기만 했다. 긴 금발은 느슨히 묶어 등 뒤에서 찰랑거렸고, 입고 있는 푸른색의 옷은 주름 하나 없을 뿐만 아니라 그의 파란 눈을 더욱 돋보이게 했다.

이건 완전 불공평해. 따지고 생각해 보면 그리 불공평할 것은 없었지만, 엘레나는 그렇게 생각하며 볼을 불퉁하게 부풀렸다.

"제가 들어가도 되겠습니까?"

엘레나는 그제야 르니에가 아직 방문 앞에 서 있다는 것을 알아챘다. 그렇다고 해서 방에 그를 선뜻 들이기엔 망설여졌다.

전 같았으면 그냥 자취방에 남자인 친구가 놀러 온 것쯤으로 쳤겠지만, 이제는 조금 달랐다. 이유가 어찌 되었든 르니에가 자신에게 우정 이상의 감정을 가지고 있다는 것을 알게 되었고, 그런 남자를 방 안으로 초청하는 것이 괜한 기대감을 주지 않을까 하고 걱정이 되었다.

"으음, 그게……."

엘레나는 르니에에게 여기서 이야기하자고 할 작정이었다. 하지만 도망간 줄 알았던 하녀 둘의 얼굴이 넷으로 증식해서 귀퉁이 너머에서 빼꼼히 내밀자 어쩔 수 없었다. 이러다간 두 사람이 나누는 대화가 약 백배쯤 부풀려져서 오늘 해가 지기도 전에 새벽의 궁 전체로 퍼져 나갈 것이 분명했다.

"일단 들어오세요."

엘레나가 문을 조금 더 열어 주며 말했다. 방 주인의 허락에 르니에는 배부른 고양이 같은 표정을 지으며 방 안으로 성큼 들어섰다.

"호오."

그가 작게 감탄하는 소리가 들렸다.

"이렇게 생겼군요, 엘레나 님의 방은."

"딱히 트, 특별한 건 없는데요."

이곳에 와서 다른 여자의 방을 들어가 본 적이 없어 잘은 모르겠지만. 비록 가끔 가는 로잘린느의 방은 이것보다 훨씬 예쁘게 꾸며 놓은 것을 알았지만 그것은 평균의 기준이 될 수 없다며 엘레나는 애써 침착함을 유지했다.

"여성의 방에 들어온 것은 처……."

"처음이라는 말도 안 되는 소리를 하려는 건 아니시겠죠?"

그런 입에 발린 거짓부렁을 누구 앞에서. 엘레나는 눈을 가늘게 뜨고 르니에를 째려봤다.

"죄송합니다. 습관적으로 그만."

"습관이요?"

"별것 아닙니다. 그나저나……."

이렇게 그녀의 사적인 공간에 발을 디뎠다는 사실이 좋았다. 은밀히 차오르는 만족감에 르니에는 다시 달콤한 미소를 지었다.

"이 방은 주인을 닮았군요."

아까부터 도대체 칭찬을 하는 건지 욕을 하는 건지 모르겠네. 엘레나는 자신의 방을 한 번 둘러봤다.

"어떤 면에서요?"

"가식 없고 솔직하다는 면이랄까요?"

그러면서 그의 손가락이 바닥에 아무렇게나 떨어진 신관복을 가리켰다.

"아, 진짜!"

이래서 여자들이 집 앞에 찾아오는 남자 친구를 싫어하는 거라고! 르니에가 자신의 남자 친구는 아니었지만 말이다. 엘레나는 얼른 그쪽으로 뛰어가 신관복을 집어 들었다.

"이, 이게 왜 여기 떨어져 있을까아⋯⋯."

하지만 그런 수고가 무색하게 르니에는 이미 다른 쪽으로 자리를 옮기고 있었다.

"어쩐지 이 방에선 잠이 잘 올 것 같습니다."

편안했다. 오늘 처음 들어와 본 공간에서 이렇게 향수를 느낀다는 게 합리적으로 설명이 가능할까. 르니에는 점점 기분이 좋아졌다.

"필사를 하고 계셨나 봅니다?"

"아, 네. 필요한 책이 좀 있어서⋯⋯."

엘레나는 얼른 책을 덮어 치워 버렸다. 하지만 이미 르니에는 엘레나가 필사하고 있던 책을 보고 그 제목을 속으로 되뇌었다.

'『3국 정복 전쟁의 기록과 전후 조화 정책에 대한 고찰』이라⋯⋯.'

제국에서 각종 관청을 위해 일하고 싶거나 군부에 몸을 담고 싶은 이, 그리고 기사가 되고 싶은 지망생들이라면 누구나 공부해야 하는 필독서였다. 그만큼 흔하고, 또 제국의 정치 구조와 수단을 파악하는 데 꼭 필요한 책이었다.

하지만 르니에가 고개를 갸우뚱하게 한 것은 그것을 왜 신관인 엘레나가 필사하고 있느냐는 것이다.

그리고 또 한 가지, 저 책은 기본서인 만큼 수많은 필사본이 존재했고 가격도 저렴했다. 원한다면 각계 저명한 학자들이 군데군데 자신의 견해를 적어 넣은 해석판도 쉽게 손에 넣을 수 있었다.

한마디로 저 책은 군이 고생해서 필사를 할 필요가 전혀 없는 책이란 말이었다. 르니에의 눈초리가 순간적으로 날카로워졌다.

"티토를 위한 책입니까?"

"그, 그럴걸요? 그런데 오늘은 어쩐 일로 오셨어요?"

엘레나는 서둘러 말을 돌렸다. 몇 초간 더 책상 위에 머물렀던 르니에의 시선이 다시 엘레나에게로 향했다.

"우리, 할 이야기가 있지 않습니까?"

그렇게 말하는 르니에의 미소는 너무나 색스러웠다. 자기도 모르게 그 미소에 반응해 움찔한 엘레나는 슬그머니 르니에의 눈을 피했다. 쟤가 왜 저러지.

원래부터 섹시파 계열의 미남이기는 했지만 이렇게 노골적으로 그녀를 향해 추파를 던진 적은 없었다. 그러니 르니에가 자신에게 그렇고 그런 마음을 가졌다는 것도 눈치채지 못했던 것이고.

엘레나의 당황스런 반응이 너무나 빤히 보였던 것인지, 르니에가 돌연 그녀 가까이로 성큼 다가섰다.

"왜, 왜 이러⋯⋯."

엘레나는 본능적으로 한 발 뒤로 물러섰다. 하지만 르니에는 그렇게 그녀가 멀어지게 둘 생각이 없는 것처럼 그녀가 물러난 만큼 다가섰다. 그런 상황이 몇 발자국 동안 반복되자 마침내 엘레나의 엉덩이에 책상이 툭 하고 걸렸다.

더 이상 물러설 곳이 없었다. 엘레나는 갈 곳 없는 발 대신 책상을 짚고 몸을 뒤로 기울였다.

'젠장!'

그 결정이 그리 좋지만은 않았다는 것은 정확히 1초 뒤 분명해졌다. 르니에가 그녀 위로 몸을 기울였기 때문이다.

위험하다, 위험해. 엘레나는 점점 가까워지는 르니에의 눈을 올려다보며 속으로 외쳤다.

가까이서 본 르니에는 정말로 더럽게 예뻤다. 잡티 하나, 모공 하나 보이지 않는 깨끗한 피부는 도무지 사람 같지 않았고, 얼굴 위의 그려진 듯한 이목구비는 어느 한구석도 모나고 빠지는 곳이 없었다. 그런 얼굴을 올려다보고 있자니 정말로 '홀린다'는 것이 어떤 것인 줄 알 것 같았다.

두 사람 사이에 오가는 대화는 없었다. 대신 동그래져서 속절없이 흔들리고 있는 엘레나의 눈동자와 이 상황을 즐기고 있는 것이 분명한 르니에의 웃음기 머금은 눈이 바쁘게 시선을 교환했다.

이내 정말로 더 이상 엘레나가 물러설 수 없게 됐을 때, 르니에의 입이 빙긋 웃으며 열렸다.

"엘레나 님, 점심 드셨습니까?"

"이, 이러시면 안…… 네? 뭐요?"

"점심 식사, 하셨습니까?"

"저기 이런 자세에서 이런 대화가 과연 적절한 것일까요……?"

하지만 르니에는 묵묵부답이었다. 질문에 대답을 하라는 건가. 엘레나가 침을 꼴깍 삼키고 말했다.

"아, 아뇨. 바빠서 아직……."

"그럼 잘됐네요! 저도 아직 식사 전인데. 저와 함께 점심 식사를 하러 가시죠. 더불어 저녁 식사까지 함께해 주시면 더욱 좋고요."

갑자기 식사를 하러 가자고? 엘레나는 바로 대답하지 못하고 망설였다.

어딜 가자는 걸 보니 황궁 밖으로 나가자는 것 같은데. 태양의 궁을 방문한 티토 덕에 일과는 비어 있었지만, 저녁에는 레이를 만나러 가야 했다.

게다가 르니에와 나눠야 할 대화는 엄청 불편한 대화일 게 뻔했기에 군이 멀리 나가서 거창하게 식사를 하고 싶은 생각이 없었다.

밥이야 얼마든 먹겠지만 문제는 대화를 나누고 난 뒤였다. 그 불편한 분위기에서 함께 마차를 타고 황궁까지 와야 한다니. 생각만해도 끔찍했기 때문이다.

"저, 르니에 님. 저는…….'

"만약 그게 싫으시다면, 저는 이 자세에서 나눌 만한 적절한 대화를 얼마든지 이어 갈 의향이 있습니다만."

"가죠, 밥 먹으러."

마침내 엘레나의 입에서 자신이 원하던 대답을 이끌어 낸 르니에는 후후 하고 웃으며 한 발자국 뒤로 물러났다.

"후아."

이유는 모르겠지만 르니에가 가까이 서 있자 숨을 참게 됐던 엘레나는 그제야 큰 숨을 몰아쉬었다.

"어서 가시죠. 제가 무척이나 배가 고픕니다."

"저는 딱히 그렇지는 않…….'

꼬르륵.

망할 위장. 한동안 잠잠하던 엘레나의 위장이 때마침 우렁찬 소리로 울었다.

"오늘은 제가 운이 좋은가 봅니다."

르니에가 주먹 쥔 손으로 입을 가리며 웃었다.

"저, 노을이 지기 전까지는 꼭 황궁으로 돌아와야 해요."

"선약이 있으십니까?"

"네. 돌아올 수 있어요?"

누구와의 선약일까. 그렇게 묻고 싶은 르니에였지만, 일단은 문제 없다는 듯 고개를 끄덕였다.

"그럼요. 서둘러 준비만 하신다면 그때까지 돌아올 수 있을 겁니다."

결국 다 너 하기 달렸다는 말이었다. 엘레나는 얼른 알았다고 말하며 르니에를 방 밖으로 밀어냈다.

"응접실에 가서 기다리고 계세요! 옷 갈아입고 바로 내려갈게요. 어차피 신관복 입고 갈 거니까 얼마 안 걸려요!"

등 떠밀려 엘레나의 방 밖으로 쫓겨난 르니에는 그래도 즐거웠다. 왜 즐겁냐고 누군가 물으면, 지금 이 순간엔 구름이 잔뜩 낀 날씨마저도 즐겁다고 대답할 터였다.

1층으로 내려온 르니에는 엘레나의 말대로 응접실로 갈까 하다가 그대로 층계 밑에서 멈췄다. 그곳에서 멀쩡히 앉아 기다릴 자신이 없었기 때문이다.

대신 그는 새벽의 궁 정문 앞, 층계로 가는 복도에서 서성거리기로 결정했다. 겉보기엔 매우 이상한 모습이었다. 근사한 남성이 얼굴에서 웃음을 지우지 못하고 실실거리면서 아무도 없는 복도를 이리저리 왔다 갔다 걸어 다니는 것은.

하지만 그러거나 말거나, 르니에는 이 순간을 매우 즐기는 중이었다. 무언가를 이토록 기다렸던 경험이 있었던가. 가만히 앉아 있지도 못할 만큼 엘레나와의 시간이 참을 수 없이 기다려졌다. 그녀는 그에게 여러모로 처음을 선사해 주고 있었다.

그러던 르니에의 머릿속에 엘레나가 필사하고 있던 책이 문득 떠올랐다. 깃펜의 잉크로 얼룩진 그녀의 손과 책상 위에 어지러이 놓여 있던 종이들. 어차피 솔직하게 대답해 주지 않을 것 같아 그녀에게 묻는 수고를 하진 않았지만, 르니에가 가장 물어보고 싶었던 질문은 이것이다.

어째서 남작가의 영애라는 교사가 해야 할 일을 당신이 하고 있습니까?

황급히 말을 돌리던 것을 보면 분명 무언가 숨기고 있는 것 같았다. 어느새 설레어 멈추지 못했던 발걸음은 계단 앞에 멈췄다.

그렇게 잠시 생각에 잠겨 있던 르니에가 상념에서 깨어났다.

"베르너 후작 각하?"

막 새벽의 궁 현관문을 밀고 들어온 로잘린느 때문이었다. 그녀는 르니에를 이곳에서 마주친 것에 꽤 놀란 듯 종종걸음으로 그에게 다가왔다. 르니에도 놀란 것은 마찬가지였다.

'저 여인은 누구지?'

자신의 이름을 부르며 다가오는 여자가 누군지 모르는 상황은 겪어 본 사람만 아는 형태의 공포였다. 그것도 엘레나가 사는 새벽의 궁에서.

그럭저럭 괜찮은 얼굴을 가진 여자의 얼굴이 홍조를 띤 것으로 보아 분명 르니에 자신에게 호감을 보이는 것 같은데, 도무지 저 여자가 누군지 모르겠는 것이 문제였다.

일정 거리 이상으로 가까이 다가오지 않는 것을 보니 그와 뜨거운 밤을 보낸 적이 있는 여인은 아닌 듯했다. 그 점이 다행이라면 다행이었다.

"이렇게 다시 뵙게 되다니. 영광입니다, 후작 각하."

"그……렇군요. 잘 지내셨습니까, 영애."

아직 젊어 보여 '부인'이란 호칭 대신 '영애'라고 불렀는데, 다행히 르니에의 짐작이 맞은 듯했다. 자신을 알아본 것이라 생각한 로잘린느는 르니에를 향해 더욱 친근한 미소를 지었다.

"여긴 어쩐 일…… 아, 엘레나 신관을 만나러 오셨겠군요."

"네, 그렇습니다."

"엘레나 신관이라면 지금쯤 방에…… 응접실에서 기다리고 계시면 가서 제가 불러올……."

"아닙니다. 엘레나 신관은 이미 제가 온 것을 알고 있습니다. 준비를 하는 동안 기다리고 있는 중입니다."

이제 그만 가던 길을 갔으면 좋겠는데. 전혀 이 어색하고 아슬아슬한 대화를 끝낼 생각이 없어 보이는 여인 때문에 르니에는 매우 곤란했다.

"저어, 지난번 영애를 뵈었던……."

르니에는 결국 여인의 정체를 알아내려 질문을 하나 했다.

"예. 마상창 대회 말씀이지요?"

마상창 대회? 하지만 르니에는 쉬이 그녀가 누군지 생각이 나지 않았다. 마상창 대회에서 워낙 많은 사람들을 만나기도 했고, 솔직히 말하자면 그날은 하루 종일 엘레나에게만 집중해 다른 것들은 잘 기억이 나질 않았다.

"실례가 되지 않는다면 그날의 일에 대해 한 가지 해명을 해도 될까요. 별일 아니었지만 제 마음속에 계속 남아서…… 각하께 제대로 설명을 드리면 마음이 편해질 것 같습니다."

르니에는 뭐라고 대답을 할 수 없어서 고개를 한 번 끄덕했다.

"그날의 일에 대해 엘레나 신관이 무어라 말씀을 드렸는지는 모르겠지만, 경기장 앞에서 제가 엘레나 신관의 손목을 잡고 있었던 이유는…….”

그제야 르니에의 머릿속에 번쩍 불이 들어왔다. 아, 그녀로구나. 엘레나와 함께 티토를 가르치는 남작가 출신의 여자. 동시에 그녀에 대한 다른 정보도 동시에 떠올랐다.

“로잘린느 폰 프란시스 영애.”

“예, 베르너 후작님.”

대답하는 그녀의 목소리는 퍽이나 듣기 좋았다. 그가 자신의 풀네임을 알고 있다는 사실이 꽤 고무적인 듯했다.

이 방법은 르니에가 사교계에서 꽤 자주 쓰는 방법 중 하나였다.

베르너 후작으로서의 그의 영향력과 지위가 높다 보니, 그런 르니에가 자신이 누군지 아는 것을 넘어서 풀네임을 기억해 주는 것에 사람들은 열이면 열, 큰 감동을 받았다. 평소에는 그를 고깝게 생각해 왔던 사람이라고 할지라도 순식간에 호감을 가지게 되었다.

“혹시 식사하셨습니까?”

르니에의 친절한 질문에 로잘린느는 가슴이 두근거렸다. 혹시 식사 초대를 하려는 것일까.

“저녁 식사는 아직…….”

“아뇨, 점심 식사 말입니다.”

“점심 식사야 당연히 했지요. 이제 저녁 시간이 다 되어 가는걸요.”

르니에가 재미있는 농담을 한다고 생각한 로잘린느는 입을 가리고 작게 웃으며 말했다.

“한데 엘레나 님은 아직 점심 식사도 하지 못하셨더군요.”

“예……?”

“영애의 말대로 저녁 식사 시간에 가까운 지금까지 점심 식사도 하지 못하고 필사를 하고 계시더군요.”

르니에는 설핏 로잘린느의 인상이 굳는 것을 확인했다. 역시. 신학과는 하등 상관이 없는 분야의 책을 필사하고 있던 엘레나를 보자마자 들었던 의심이 확신으로 굳어지는 순간이었다.

"마침 제가 함께 식사를 해 달라 청을 드리기 위해 새벽의 궁으로 와서 참 다행이지 뭡니까."

르니에는 아무런 의미도 없는 말인 척 부드러운 말투를 유지했다.

"후작 각하께서는 참 자상하시네요."

하지만 로잘린느는 당황한 와중에서도 웃는 얼굴을 잃지 않았다. 제법이군. 르니에도 일부러 더욱 환하게 웃었다.

"할 말 다 하고 사는 것처럼 굴지만 의외로 무른 성격이죠, 엘레나 신관은. 그렇지 않습니까?"

자신에게는 그렇게 따박따박 잘도 쏘아붙였으면서 어째서 이런 여자에게. 르니에는 심사가 뒤틀렸다.

생각 같아선 이 여자가 다시는 엘레나를 우습게 보지 못하도록 찍어 눌러놓고 싶었지만, 어쩐지 엘레나가 그런 일은 원하지 않을 것이라는 생각이 강하게 들어 마음을 돌렸다. 채찍이 안 된다면 당근을 주면 될 일이었다.

"사교 활동을 활발히 하는 것 같은데, 제가 도울 일이 있다면 무엇이든 말씀해 주십시오."

"저, 도움이라면……?"

커다란 푸른색 눈동자와 놀라서 바르르 떨리는 붉은 입술이 제법 매력적이었지만, 그것을 바라보는 르니에의 눈은 어떠한 미동도 없이 차분히 가라앉은 채였다.

외모만 따지자면 로잘린느는 퍽 아름다운 편에 속했다. 사교계의 젊은 남성들 위주로 그녀에 대한 평판이 퍼지고 있는 것만 봐도 알 수 있었다. 더구나 그녀는 언뜻 화려한 외모이면서도 정숙한 분위기를 가지고 있어 많은 남성들이 그녀의 매력에 꽤 눈독을 들일 만했다.

하지만 지금 르니에게 아름다운 외모는 무의미했다. 지금 그에게 로잘린느는 감히 엘레나를 조롱한 여자일 뿐이었다.

한편, 로잘린느는 너무나 엄청난 제안에 말을 잇지 못했다. 베르너 후작이 누구던가. 웬만한 귀족은 얼굴도 들이밀지 못한다는 황도 사교계를 한 손에 쥐고 있는 사람이었다.

그가 입은 의상실의 옷은 며칠 후엔 1년 치 예약이 가득 차 버리기 일쑤고, 그가 한 해에 몇 번씩 주최하는 연회는 명실공히 황도 최고의 연회로 손꼽혔다.

참석하는 손님들의 급도 어타 다른 연회와는 수준이 달랐다. 본인은 황제파일지언정 황제파, 귀족파 가릴 것 없이 고루고루 좋은 관계를 유지하고 있는 베르너 가문의 주인답게 그의 연회에는 황도의 중심축을 이루고 있는 고위 귀족들이 직접 행차했다.

이렇다 보니 사교계의 중앙에 들고 싶은 이들은 베르너 후작이 주최하는 연회에 참석하지 못해 안달이었고, 그 연회에 초대받은 사람들은 당장 다른 가문들에게서도 초대장이 쏟아졌다.

지금 로잘린느가 필요한 것이 바로 그런 것이다. 그녀를 사교계의 밑바닥에서 저 위쪽으로 올려 보내 줄 수 있는 계기. 더 이상 이런 시원찮은 독서회나 연회 등에 얼굴을 비치지 않아도 그녀의 발치에 초대장이 쌓이도록 해 줄 수 있는 계기.

로잘린느는 르니에게서 후광을 보았다.

"마, 말씀만으로도 감사합니다, 후작 각하."

한 번은 거절하는 것이 귀족의 예의. 하지만 그렇게 이야기하는 로잘린느는 불쌍할 정도로 목소리를 떨고 있었다. 정말 여기서 르니에가 물러나 버린다면 그녀는 일생일대의 기회를 놓치게 되는 것이다.

"나는 진심입니다, 프란시스 영애. 아발론 사교계가 외부인에게 얼마나 폐쇄적이고 잔인한 곳인지 잘 압니다. 끊임없이 서로 밀어내고, 솎아 내고. 그렇게 유지되는 곳이기도 하죠. 하지만 프란시스 남작 영애처럼 아름답고 사교계의 중요한 일원이 될 수 있는 사람이 겨우 그런 것 때문에 자리를 잡지 못하고 꽃 피워 보지 못한다면, 이것이야말로 황도 사교계의 막대한 손실이 아니겠습니까."

그렇게 나직하게 꿀과 같이 단 이야기를 하는 르니에의 눈웃음에 로잘린느의 가슴이 두근거리기 시작했다.

여자뿐만이 아니라 멀쩡한 남자까지도 목매게 한다는 베르너 후작의 매력과 아름다운 외모에 대해선 귀가 따갑게 들어 익히 알고 있었다. 황도 사교계에 몸담은 여성이라면 후견인에게서 듣는 첫 번째 주의할 점이었으니.

하지만 그의 치명적인 마력을 실제로 겪자 소문이 외려 축소되었단 생각을 지울 수 없었다.

시골구석의 귀족들은 물론이고 아발론에 와서도 웬만한 가문의 영식은 눈에 들지도 않던 로잘린느였다. 그런 그녀가 지금은 진심으로 설레어 얼굴이 빨개지고 사고란 것을 할 수 없었다.

무엇보다 눈앞의 이 젊은 후작은 자신의 미래에 큰 영향력을 끼칠 사람이었다. 그것을 알기에 그가 더 눈부셨다.

"이번에 베르너 후작가에서 연회가 하나 열릴 예정입니다."

순간 로잘린느의 심장이 쿵 하고 내려앉았다.

"특별한 날이 될 것이기 때문에 많이 신경을 쓰고 있습니다. 으음, 이번 연회에 참석한다면 프란시스 영애의 사교계 생활도 많이 수월해질 수 있지 않을까 생각하는데. 어떻습니까?"

로잘린느는 자신의 귀를 믿을 수가 없었다. 마일로가의 멍청이와 페어룩을 입어야 하는 모욕을 참고서라도 꼭 참석하고 싶었던 바로 그 연회였다.

"원한다면 그 초대장을 프란시스 영애에게도 보내 주겠습니다."

그런데 그 연회의 초대장이 지금 그녀의 눈앞에 내밀어졌다.

"가, 감사합니다. 이 너그러움에 어떻게 보답을 드려야 할지……."

로잘린느는 벌써부터 그 연회에 참석한 수많은 남성들이 자신에게 반하는 모습이 그려지는 것 같았다. 발끝에서부터 찌릿한 전율이 도는 것 같았다.

"정 그렇게 말씀하시니, 딱 한 가지 생각나는 것이 있는데……."

"말씀만 하세요, 얼마든지요!"

르니에가 조금 망설이며 운을 띄우자 로잘린느는 적극적으로 한 걸음 앞으로 다가서며 말했다. 베르너 후작이 직접 베르너가의 연회 초대장을 보내 준다는데 못할 것이 무엇이 있을까. 그러다 문득 로잘린느의 머릿속에 한 가지 생각이 떠올랐다.

'역시 나에게 파트너가 되어 달라고 부탁하려는 것이겠지?'

방금 직접 연회에 초대한 여성에게 부탁할 일이 그것 말고 무엇이 있을까. 로잘린느의 심장은 더욱 거세게 쿵쾅거렸다.

사람들은 베르너 후작이 엘레나 따위에게 완전히 빠졌다고 했다. 그동안 아무와도 진지한 관계를 이어 가지 않았던 베르너 후작이 드디어 그 신비로운 신관에게 마음을 온통 빼앗겼다며. 그래서 그 비싼 브리가 의상실의 드레스도 사다 바치고, 마상창 경기처럼 모두가 보는 자리에 그녀를 파트너로 데려온 것이라고 했다.

하지만 로잘린느는 사람들이 '신비롭다' 찬양하는 그 신관의 정체를 알았다. 평민!

이 사실을 알면 배를 잡고 웃거나 어이없어 분개할 사람들이 얼마나 많을까. 게다가 그 평민의 행실과 말투는 얼마나 천박한가. 도저히 예의나 기품이라고는 찾아볼 수 없는 품행이었다.

그런 그녀에게 베르너 후작이 빠질 리가 없지. 조금 전 독서회에서 모두에게 말했듯, 고급 음식만 먹던 베르너 후작이 잠시 길거리 싸구려 음식에 한눈을 팔았던 게 틀림없다. 그리고 지금, 자신을 보고 정신을 차린 것이다.

"제가 어찌 도와드리면 될까요?"

로잘린느는 르니에게 더욱 아름다워 보일 수 있도록 자신이 자랑하는 완벽한 미소를 그려 보이며 재차 물었다. 그의 입술이 느리게 열리는 것에 호흡하는 것도 잊어버렸다.

"그렇다면 엘레나 님에게 필사시키는 일을 그만둬 줄 수 있겠습니까?"

"……예?"

"엘레나 님이 하고 있던 필사 말입니다. 아무래도 프란시스 영애가 시킨 일인 듯하던데."

전혀 상상도 하지 못했던 말에 로잘린느는 눈살을 찌푸렸다. 자신에게 파트너가 되어 달라 부탁할 줄 알았는데, 그 평민 신관에게 필사를 시키지 말라니.

하지만 그녀는 베르너 후작에게 책 잡혀서는 안 된다는 것도 알았다. 그래서 순진한 얼굴로 얼른 두 손을 내저었다.

"제가 오늘 늦을 듯하여 엘레나 신관에게 부탁했습니다. 내일 당장 써야 하는 서적이라서……. 그런데 제 귀가가 예정보다 빨라 안 그래도 제가 다시 받아 오려 하였지요."

"『3국 정복 전쟁의 기록과 전후 조화 정책에 대한 고찰』을 말입니까?"

"그, 그건……."

허점을 찔린 로잘린느가 아무 말도 하지 못하자 르니에는 그녀를 다독이듯 부드러운 말투로 말했다.

"물론 아무 이유 없이 프란시스 영애가 그런 부탁을 하지는 않았을 거라고 생각합니다. 그렇지요?"

"그, 그럼요…….."

"다만 제가 한 가지 조언을 드리자면, 궁내부에선 리바이 공작의 교육에 재원을 아끼지 않습니다. 그것은 프란시스 영애의 급료만 보아도 아실 테지요."

베르너 후작은 자신의 급료가 얼만지 잘 알고 있는 게 분명했다. 치부를 들킨 듯한 느낌에 로잘린느의 얼굴이 붉어졌다.

"필요한 책이 있다면 수고스럽게 필사를 할 필요 없이 궁내부에 요청하십시오. 그러면 바로 구해다 줄 겁니다. 평소에는 프란시스 영애가 혼자서 필사를 했을 생각을 하니 제가 다 마음이 쓰이는군요."

물론 로잘린느 그녀는 단 한 번도 필사를 한 적이 없었고, 엘레나에게 시킨 불필요한 필사본도 따로 돈을 받고 팔았다. 그 돈으로 산 것이 바로 지금 그녀가 끼고 있는 흰 레이스 장갑이었다.

또한 궁내부에서 리바이 공작의 교육에 돈을 아끼지 않는 것은 그녀도 익히 알고 있는 일이었다. 그런데도 따로 서적을 요청하지 않는 것은 그 심도 깊은 서적들이 아직 어린 공작의 교육에 딱히 필요하지 않은 책들이었기 때문이다.

"앞으론…… 그리하겠습니다, 후작 각하."

표정 관리가 되지 않는 얼굴을 숨기려 로잘린느가 고개를 꾸벅 숙였다.

새벽의 궁 하인들이 봤다면 기함할 일이었다. 하늘 아래 저밖에 없는 듯 언제나 목을 꼿꼿이 세우고 그들과 자신 간의 신분 격차를 말 한마디, 손짓 하나에서도 여실히 보여 주려 하는 로잘린느가, 누군가에게 굽실거리고 있는 이 모습을 보았다면 말이다.

하지만 애석하게도 모든 하인들은 저녁 준비를 하느라 바빠 로잘린느의 약한 모습을 직접 목격할 사람은 없었다.

그때, 르니에와 로잘린느가 이야기를 나누던 계단 위쪽에서 타박타박하는 발소리가 들렸다. 아직 모습은 보이지 않는 것으로 보아 그 인영은 좀 더 위층에서 내려오고 있는 듯했다.

"프란시스 영애, 이렇게 대화를 나눠 영광이었습니다. 초대장을 보낼 테니 모쪼록 오셔서 연회장을 밝혀 주십시오."

마치 소설 속의 멋진 왕자님이 그대로 튀어나온 듯한 그림 같은 모습에 로잘린느는 지금 저 위에서 걸어 내려오고 있는 것이 자신이었으면 했다. 베르너 후작이 식사를 함께하러 데리고 나가는 사람이 저 평민 계집이 아닌 자신이었으면 했다. 그게 훨씬 더 잘 어울리고 누가 보더라도 어색하지 않을 것이다.

르니에가 로잘린느의 손등에 가볍게 입을 맞췄다. 레이디에게 자신의 존경을 표하는 인사일 뿐이었지만, 누구나 하는 그 예식이 르니에를 통해 더 이상 예식일 수 없는 행위로 다시 태어난 것 같았다.

그렇게 멍하니 르니에를 바라보던 로잘린느가 그녀의 손등에서 입술을 뗀 그의 눈동자와 눈이 마주쳤을 때, 로잘린느는 생각했다.

'이 사람이 내 남자라면.'

베르너 후작을 자신의 것으로 만들 수 있다면 후작과 함께 자연스레 가질 수 있을 모든 것들이 떠오르자 등줄기를 타고 짜릿한 전율이 흘렀다.

르니에가 엘레나를 마차에 태우고 향한 곳은 아발론을 가로지르는 안슬리 강변이었다.

이페른 제국의 황도가 라한의 축복을 받았다고 하는 이유에는 바로 이 안슬리 강이 있었다. 대륙에 수많은 강들이 있지만 그중에서도 유독 깊고 넓은 안슬리 강은 메마르는 일 없이 아발론 백성들의 젖줄이 되어 주었다.

지난해, 제국을 강타했던 전무후무한 가뭄에도 이 안슬리 강만은 강바닥을 보이지 않아 아발론과 인근 영지는 기근 없이 한 해를 보낼 수 있었다.

처음 아발론이란 도시가 생겨났을 때, 안슬리 강 남쪽 유역 주변으로 여러 시가지가 생겨났다. 그 이후 수많은 나라들이 이 강을 두고 영역 다툼을 했으나, 지난 수백 년간 안슬리 강의 주인은 이페른 황실이었다.

100년 전, 왕국에서 제국으로 발돋움한 이페른 제국은 이미 발달한 남쪽 지역의 시가지에서 벗어나 안슬리 강 북쪽에 새 황궁을 짓고 동시에 북쪽과 남쪽을 이어 줄 수 있는 석재 다리를 건설했다. 대담한 시도였다.

당시에도 크고 작은 목재 다리는 분명 존재했지만, 조금만 강이 불어도 휩쓸려 떠내려가고 썩어 무너지기 일쑤였다. 제국 초대 황제였던 콘웨이 1세의 '새로 거듭난 제국의 월등한 기술력과 부를 증명하는 방법' 중 하나였던 석재 다리는 30년에 걸친 공사 끝에 성공적으로 건축되었고, 황제의 업적을 기리기 위해 '콘웨이 다리'라고 불리게 되었다.

이페른 황궁에서 중앙 대로를 따라 쭉 남쪽으로 내려와 바로 그 콘웨이 다리를 건너면 안슬리 강변을 따라 고급 레스토랑이 강변을 바라보고 줄지어 서 있는 지역이 나왔다.

아발론 사람들은 안슬리 강변 지역 중에서도 그 레스토랑이 밀집되어 있는 거리를 '안슬리 거리'라고 불렀다. 이 안슬리 거리는 지방의 귀족들, 그리고 이따금 대륙 동남쪽 끝의 두간 공국이나 스나이더 왕국의 사절단이 아발론을 방문하면 꼭 한 번쯤 들르는 황도의 명물 중 하나였다.

그리고 그 안슬리 거리를 화려한 마차 한 대가 달리고 있었다. 마차의 몸체 위, 옆, 뒤까지 방향을 가릴 것 없이 베르너 후작가의 상징인 날개를 활짝 편 독수리가 새겨진 사두마차였다.

마차는 안슬리 거리에 들어섬과 동시에 레스토랑에서 한가로운 오후를 즐기고 있던 귀족들의 시선을 사로잡았다.

"저 마차, 베르너 후작가의 마차 아니에요?"

"맞네요. 전에 본 적이 있어요."

"후작님이 타고 계신 걸까요?"

잘 닦인 도로를 달리던 마차는 안슬리 거리의 한 레스토랑 앞에서 멈춰 섰다. 이곳에서 가장 오래된 레스토랑 중 하나이며, 평소 르니에가 즐겨 찾는 레스토랑인 '오후의 안식'이었다.

"내리시죠."

먼저 내려선 르니에가 뒤따라 나오는 엘레나의 손을 잡고 에스코트했다.

"어머나, 소문의 그 신관님인 걸까요?"

"은발이란 이야기는 들었는데 실제로 보니 더 신비로운 색이네요."

그녀를 알아본 사람들이 수군거렸다.

"이런데 올 거면 미리 말 좀 해 주시죠."

엘레나가 주변을 둘러보며 울상을 지었다.

"이렇게 좋은 데 올 거면 안 왔을 텐데."

"어째서입니까?"

"그냥 번화가 가는 줄 알고 신관복 입고 왔잖아요. 정말, 사람들이 욕하겠어요."

비싼 곳을 가 보지는 않았지만 딱 보니 느낌이 왔다. 엘레나는 본능적으로 이곳이 아발론 귀족들의 핫 플레이스라는 것을 직감했다. 연회 때나 마상창 경기 때와는 또 다르게 고급스런 드레스와 의복을 머리부터 발끝까지 장착한 사람들이 즐비했다.

그런데 이런 곳에 신관복을 입고 오다니. 이러다가 레스토랑에서 출입 거부를 당해도 할 말이 없었다.

"제 눈에는 이곳에 있는 어떤 여성보다도 엘레나 님이 더 아름답습니다."

"그, 그런……."

이 양반이 경고 사격도 없이 정말. 엘레나는 그녀가 왜 당황하는지 정말 조금도 이유를 모르겠다는 듯 순진한 얼굴로 눈을 깜박이는 르니에를 흘겨보았다.

"일단 들어가서 이야기해요."

말이 길어질 것 같으니까. 기껏 여기까지 와서 길거리에서 할 말은 아니었다. 자신이 르니에를 뻥 하고 차 버리게 될 줄 누가 알았을까.

하지만 누구도 예상하지 못했던 일이 일어나고 있었고, 어색한 분위기 속에서 황궁으로 돌아가게 될 마차 안의 상황이 심히 걱정되었지만 그래도 할 말은 해야 했다. 제대로 거절하는 것도 사람 간에 꼭 필요한 예의라고 그녀는 생각했다.

"이쪽으로 가시죠."

르니에가 엘레나를 바로 앞의 레스토랑 안으로 이끌었다. 신관복 때문에 조마조마했던 엘레나는 그 레스토랑에 들어선 순간 자신의 걱정이 굉장히 쓸데없는 일이었다는 것을 알게 되었다.

"베르너 후작 각하."

레스토랑의 총 지배인쯤으로 보이는 콧수염이 멋들어진 한 중년 남자가 가게로 들어서는 르니에를 보고 반갑게 맞으며 다가왔다.

"오랜만에 오셨습니다."

맞다, 얘 르니에였지. 르니에와 함께 온 여성을 쫓아낼 곳은 비단 이 레스토랑뿐만이 아니라 제국에 존재하지 않았다.

"요청하신 대로 3층을 모두 비워 두었습니다. 올라가시지요."

지배인의 뒤를 따라가는 발걸음이 어색했다. 우르르 몰린 레스토랑 손님들의 시선에 엘레나는 관절에서 삐걱삐걱 소리가 날 것 같았다.

갑자기 걷는 방법도 잊어버릴 것같이 몸 둘 바를 모르겠는 그녀와는 다르게 르니에는 이런 상황이 익숙한 듯 자연스러웠다. 엘레나는 사람들의 시선을 의식하지 않으려고 애쓰며 앞장서서 걷고 있는 르니에에게 물었다.

"3층까지 있다고요?"

이곳에 온 뒤로 황성이 아니면 2층 이상의 건물을 본 적이 없었다. 그런데 아무리 고급 레스토랑이라고 해도 3층이라니. 그녀는 어쩌면 이 레스토랑이 자신이 생각한 것보다 더욱 고급일지도 모른다는 생각이 들었다.

"3층에 엘레나 님에게 꼭 보여 주고 싶은 것이 있습니다."

그렇게 말하는 르니에는 꽤 즐거워 보였다. 그녀의 반응을 기다릴 수가 없다는 듯이. 저러면 좀 부담스러워지는데. 기대에 부응해 제대로 된 반응을 보여 줘야 할 것 같은 압박감이 생겨났다.

지배인의 뒤를 따라 올라간 3층은 말 그대로 텅 비어 있었다. 테이블마다 귀족들이 삼삼오오 모여 앉아 있던 아래층과는 사뭇 달랐다.

2층에서 들려오는 말소리가 점점 멀어지며 두 사람은 발코니에 오붓하게 준비된 테이블로 안내되었다. 그리고 발코니로 나간 순간, 엘레나는 르니에가 그녀에게 보여 주고 싶어 했던 것이 무엇인지 알게 되었다.

"와아!"

옆에 누가 있다는 것을 생각하기도 전에 터져 나온 순수한 감상이었다.

"가슴이 탁 트이는 것 같아요!"

겨우 3층을 올라왔는데 이런 경치라니. 엘레나는 자기도 모르게 발코니 난간으로 가까이 걸어갔다.

"위험합니다. 뒤로 오세요."

"아니, 안 떨어져요. 괜찮아요. 와아, 아발론이 이렇게 생겼구나."

뒤에서 걱정하는 르니에게 한 손을 살랑살랑 흔들어 보이면서도 엘레나는 눈앞에 펼쳐진 광경에서 눈을 뗄 줄 몰랐다.

가장 앞에 보이는 것은 넓게 흐르는 안슬리 강이었다. 날이 흐려서 그런지 파랗지만은 않았다. 짙고 어두운 강줄기는 지하철을 타고 가며 보곤 했던 한강을 떠오르게 했다.

그 건너로 아발론 시가지가 한눈에 들어왔다. 콘웨이 다리에서부터 저 멀리 흐릿하게 보이는 황궁까지 쭉 뻗은 중앙 대로와 그 뒤로 이어지는 아발론의 전경이 솜씨 좋은 화가가 그린 그림 같았다.

무엇보다 나무에서 가지가 뻗어 나가는 것처럼 대로에서 사방으로 뻗어 나간 골목골목에서 쉴 새 없이 움직이는 사람들과 마차가 아발론이 살아 있음을 느끼게 해 주었다.

"엘레나 님께 위에서 보는 아발론의 모습을 보여 주고 싶었습니다."

"참 멋져요! 저 안에서 섞여 살 때의 느낌이랑은 많이 달라요."

"제가 준비한 선물이 마음에 드십니까?"

"완전이요! 너무 예뻐요!"

"날씨가 좋았다면 더욱 좋았을 텐데요."

르니에는 해를 가린 구름이 야속해서 중얼거렸다. 하지만 엘레나는 발코니 난간에 기대어 고개를 저었다.

"아니에요. 날씨가 너무 맑았으면 눈이 부셔서 이렇게 마음 편히 즐기지 못했을걸요. 요즘 이 시간에 얼마나 더운데요. 그래도 해가 가려지고 이렇게 선선하게 바람도 부니까 더 좋은 것 같아요."

마침 불어오는 바람에 엘레나가 큰 숨을 들이켜며 말했다. 바람줄기가 머리칼 사이사이를 스쳐 지나가는 시원한 감촉도 오랜만이었다.

그동안 새벽의 궁 안에서 생활하면서 답답하다는 생각을 해 본 적은 없는데, 아마 자신도 모르게 쌓인 것이 있었던 모양이었다.

엘레나는 르니에와 나누려던 불편한 대화를 까맣게 잊고 가슴이 뻥 뚫리는 것 같은 경치와 여유를 즐겼다.

"아, 좋다."

그녀가 그렇게 아발론의 전경에 푹 빠져 있는 동안, 르니에는 그런 엘레나의 모습에 빠져 있었다.

그의 시선이 바람에 날리는 긴 은빛 머리칼에 사로잡혔다. 그녀가 크게 들이쉬고 내뱉는 숨소리에 청각마저 빼앗겼다. 소리 없이 벌어진 입에서 웃음소리가 들릴 것만 같았다.

어느새 그는 너무나 즐겁게 웃고 있었다. 엘레나의 밝고 명랑한 기운이 그에게도 전염되는 것 같았다.

잠시 뒤, 흰 천만 나부끼던 테이블 위에 음식이 하나둘 차려졌다. 아발론 최고의 레스토랑이라고 자부하는 곳답게 음식이 너무나 맛있어서 엘레나는 차례대로 나오는 모든 음식을 게 눈 감추듯 먹어 버렸다. 물론 중간중간 적절한 반응을 하는 것도 잊지 않았다. 음식이 너무 맛있어 하나도 어렵지 않은 일이었다.

눈 깜짝할 사이에 두 사람 앞에 디저트가 놓였다. 뒷맛을 정리해 주는 크림 푸딩이었다. 요리 중 한 가지도 그녀의 입맛에 맞지 않는 것이 없었기 때문에 두근거리는 마음으로 엘레나가 작은 스푼을 들어 푸딩을 입으로 가져갔다.

"진짜 맛있다!"

보기 좋은 떡이 먹기도 좋다고. 세심하게 장식된 크림 푸딩이 맛이 없을 거란 생각은 처음부터 하지 않았지만, 생각보다도 훨씬 담백하면서도 부드러운 맛에 엘레나의 눈이 동그래졌다.

몇 번 퍼먹고 나니 푸딩은 바닥을 보였다. 아쉬워서 우울한 눈으로 빈 그릇을 바라보는 엘레나를 보며 슬쩍 웃던 르니에가 자신의 몫을 그녀 앞으로 밀었다.

"같이 식사를 해 주어서 고맙다는 의미입니다."

엘레나는 잠시 고민하다가 르니에가 밀어 준 그릇으로 손을 뻗었다. 이렇게 아름다운 디저트를 남긴다는 것은 용납할 수 없는 일이었다.

"그게 무슨 말이에요? 제가 고맙죠. 끼니도 놓쳐서 대충 때우려고 했는데, 이렇게 좋은 데에 데려와 주셨잖아요."

"저도 사실은 끼니를 건너뛰려고 했습니다."

"밥을 아예 안 드시려고 했다고요?"

"이건 비밀이긴 한데…… 제가 워낙 혼자 식사하는 것을 싫어합니다."

입가에 묻은 크림을 핥는 그녀를 바라보며 르니에가 배부른 미소를 지었다.

"아무리 맛있는 음식도 혼자 먹으면 맛을 제대로 느끼기가 어렵죠."

그래서 혼자 식사를 할 때면 아예 먹지 않거나 과일류로 간단하게 허기만 해결하는 경우가 많았다. 엘레나는 고개를 갸웃했다.

"그래요? 하지만 르니에 님은 혼자 있는 걸 좋아하시잖아요. 술은 꼭 혼자서 마시기도 하시고요."

『로잘린느 황후』 초반에 그런 장면이 나온 적이 있었다. 사람들에게 치여 지친 르니에가 인적이 드문 곳을 찾아 도서관의 고서 쪽 서가에 가서 누워 있다가 로잘린느에게 발이 밟히는 장면을 엘레나는 기억하고 있었다.

"제가 그런 말을 한 적이 있습니까?"

아차. 엘레나는 얼른 변명했다. 물론 르니에는 그런 식으로 자신의 이야기를 한 적이 없다.

"그, 그러실 것 같아서요. 늘 사람들의 중심에 계신 분이니 가끔은 혼자만의 시간을 즐기실 것 같고…… 사실 누구나 혼자 있는 게 차라리 행복할 때가 있지 않나요? 평소에는 못했던 것들도 하고, 생각에 빠지기도 하고……."

자신을 빤히 바라보는 르니에의 시선에 등에 땀이 한 줄기 흘렀다. 허겁지겁 변명을 하고 있는데 별안간 르니에의 태평스런 목소리가 들려왔다.

"아, 그렇군요. 제 앞에 계시는 분이 엘레나 님이란 것을 잠시 잊었습니다."

"그게 무슨 말이에요?"

"엘레나 님은 언제나 저를 꿰뚫어 보시는 것 같다고 생각했습니다. 굳이 설명하지 않아도 제 생각, 제 계획, 그리고 제 감정까지 모두 알아내셨죠. 엘레나 님 앞에서는 모두 읽히는 것 같은 느낌이에요."

마치 큼지막한 글자로 쓰인 책처럼 말이다. 그것이 르니에가 엘레나 앞에서만 서면 드는 생각이었다.

그동안 누구도 해내지 못했던 일을 너무나 쉽게. 그런 경험은 정말이지 처음이라서 처음에는 당황하기도 했지만, 이제는 조금 달랐다. 오히려 읽히고 싶었다.

"오, 오해가 있는 것 같아요. 제가 르니에 님을 읽는다니, 그런 거창한 건 절대 아니고요⋯⋯!"

'읽는다'라는 말에 뜨끔한 엘레나가 그렇게 소리쳤다.

"지난번에, 지난번에 르니에 님이 그렇게 이야기하셨잖아요. 술을 마시면 흐트러져 속마음을 보일 수 있으니 다른 사람 앞에선 취하지 않는다고요! 기, 기억 안 나세요?"

물론 르니에는 그런 말을 한 적이 없다. 그 대사는 책 속에서 취한 상태로 우연히 로잘린느와 마주친 르니에가 고해 성사 하듯 했던 말이었다. 하지만 엘레나는 뻔뻔한 얼굴로 밀고 나갔다.

"엘레나 님은 정말이지⋯⋯ 거짓말을 못하시는군요."

땀을 뻘뻘 흘리며 거짓 변명을 하는 엘레나를 뚫어져라 바라보며 그가 말했다.

"지, 진짠데! 진짜예요, 진짜!"

마음이 급한 그녀가 그렇게 외쳐 봤지만 모두 소용없는 말이었다.

"에, 에이 씨⋯⋯."

자기가 들어도 어설픈 거짓말에 도대체 누가 속겠나. 엘레나는 결국 포기하고 울상을 지었다.

"푸흡."

그때 르니에가 돌연 웃음을 터뜨렸다.

"르, 르니에 님?"

"하하핫! 아하하하!"

뭐가 그렇게 웃긴지 배를 잡고 몸을 들썩이던 르니에의 폭소는 시작할 때와 마찬가지로 촛불이 꺼지듯 뚝 멈춰 버렸다.

"저기…… 르니에 님?"

그 뒤로 르니에는 한참 동안 의자 등받이에 몸을 깊이 묻고, 팔걸이 위에 걸친 손으로 얼굴을 반쯤 가린 채 미동이 없었다.

처음에는 가만히 지켜보던 엘레나도 조금씩 걱정이 되기 시작했다. 술을 진창 마시다가 잠에 빠진 것도 아니고, 멀쩡히 웃고 말하던 사람이 갑자기 움직이질 않으니 그녀의 머릿속엔 돌연사, 심장마비 같은 단어들이 둥둥 떠다녔다.

"괜찮아요? 살아 있어요?"

엘레나가 아무리 불러 봐도 르니에는 대답이 없었다. 어떡해, 정말로 죽었나 봐.

엘레나는 얼른 자리에서 일어나서 의자에 앉아 있는 그에게로 다가갔다. 만약 정말로 아픈 것이라면 치유를 해 주려는 의도에서였다.

"르니에 님? 르니에…… 으앗."

뺨이라도 때려야 되나 싶어 엘레나가 그의 얼굴로 손을 가져가는 순간, 그의 손이 빠르게 그녀의 손목을 낚아챘다.

"어째서 날 그렇게 잘 알고 있는 거지?"

앞으로 흘러내린 금색 머리칼 사이로 푸른 눈이 번쩍 빛났다.

"넌 마치 나를, 나란 사람을 다 알고 있는 것 같아."

"그, 그건……."

잡힌 손목 때문일까, 아니면 마주친 르니에의 눈에서 전해지는 강렬한 감정 때문일까. 엘레나는 누군가가 혀를 빼앗아 간 것처럼 아무 말도 하지 못했다.

"어째서지?"

그동안 꼬박꼬박 존댓말을 해 오던 르니에가 반말을 하고 있다는 사실조차도 인지하지 못했다. 사실 그의 질문에 솔직하게 대답을 하자면 할 말은 정해져 있었다.

'왜냐면 난 널 몇 번이나 읽어 왔으니까.'

하지만 그렇게 대답할 수는 없었다. 엘레나는 가만히 입을 다물었다.

조금은 억울한 마음도 들었다. 자신은 르니에가 생각하는 것처럼 그를 전부 알고 있지 않았다. 그녀가 아는 것은 소설에서 언급되고 비쳐진 르니에라는 사람의 극히 일부분일 뿐이었다.

예를 들어 르니에가 과거 무용수로서 수많은 귀족 남성들을 울렸던 젊은 미망인 케일라 폰 살라자르 남작 부인을 비밀리에 애인으로 두어 왔다는 사실은 알았다. 타오르는 듯한 붉은 머리칼과 흰 피부가 인상적인 살라자르 남작 부인이 바로, 르니에가 로잘린느를 만났던 연회로 달려오기 전 그가 함께 밤을 보낸 사람이었으니까.

하지만 르니에가 살라자르 남작 부인에게 어떤 마음을 품었는지는 알지 못했다. 왜냐하면 그것은 소설에서 한 번도 언급된 적이 없었기 때문이다.

엘레나는 사람의 마음을 읽는 능력을 가졌거나 그럴 수 있을 만큼 뛰어난 통찰력을 가진 특별한 사람이 아니었다. 단순히 책 속의 세상에 떨어지는 우연을 겪은 사람일 뿐이었다. 하지만 강렬한 눈빛으로 자신의 질문에 대한 해답을 원하는 르니에에게 그런 해명을 할 순 없었다.

"독심술 같은 건가?"

르니에가 더욱 가까이 다가오며 눈을 마주쳤다. 마치 자신도 그녀의 마음을 읽어 보려는 것처럼.

"아뇨, 절대로 그런 거 아니에요."

이러다간 정말로 그가 오해할 것 같아 엘레나가 얼른 대답했다.

"그렇다면 내가 혼자서 술을 마신다는 것은 어떻게 알았어?"

"그, 그건 정말로…… 정말로 르니에 님이라면 그러실 것 같아서……."

"내 행동을 예상한 것뿐이다?"

엘레나는 고개를 끄덕였다. 남의 머릿속을 척척 읽어 내는 용한 신관으로 오해받는 것보다야 그저 잔머리가 좋은 쪽이 훨씬 나았다.

"다행이군."

도대체 뭐가 다행이라는 거지. 엘레나가 의문을 품은 순간, 더욱 가까이로 다가온 르니에가 가늘게 웃었다.

"네가 다른 이의 마음도 이렇게 훤히 읽는다면, 진심으로 질투가 날 뻔했거든."

그가 그렇게 말한 순간, 잡혀 있는 손목이 시큰해 그의 아귀힘이 얼마나 센지 새삼 느껴졌다. 팔목을 잡고 있지 않은 르니에의 다른 손이 엘레나의 얼굴을 가볍게 쓰다듬었다.

"네가 욕심이 나. 정말이지 곤란할 정도로."

이런 상황이 아니었다면 코끝이 찡해졌을 정도로 다정한 손길이었다.

"그래서 내 것으로 할 생각이야."

엘레나는 깨달았다. 아, 정말로 그냥 이대로 두면 안 되겠구나.

한 번도 누구에게서 이렇게 열렬한 감정을 받아 본 적은 없었지만, 본능적으로 알 것 같았다. 더 늦기 전에 르니에의 질주하는 감정에 브레이크를 걸어야 한다는 것을. 무작정 달려오는 전차 같은 그의 감정이 자신에게 와서 쾅 하고 부딪치기 전에 말이다.

엘레나는 서둘러 그의 손아귀에서 자신의 손목을 빼냈다. 다행히 르니에는 손에서 힘을 풀며 순순히 그녀를 보내 줬다. 돌려받은 손목을 매만지던 엘레나는 크게 한숨을 쉬며 자신의 자리로 돌아가 앉았다.

"저기, 르니에 님."

"말해."

어라? 그제야 르니에가 자신에게 반말을 하고 있단 것을 눈치챈 엘레나는 눈을 가늘게 떴다. 얘가 원래 이런 캐릭터였던가?

아무리 생각해 보아도, 르니에는 『로잘린느 황후』 내내 로잘린느에게 깍듯이 존대를 사용했다. 언제나 웃고 있어서 도무지 속을 알 수 없는 그런 신비주의이기는 했지만, 누군가에게 이런 식으로 반말을 사용하는 것은 기억에 없었다.

"말이 짧네요?"

"이제 편하게 하려고. 어차피 이런 내 성격, 다 눈치채고 있을 테니까. 굳이 연기를 하는 것도 우습잖아?"

그가 목울대를 울리며 낮게 웃었다.

"하아, 정말 오랜만이야. 누군가 앞에서 이렇게 편한 기분은."

그렇게 말하는 르니에는 정말로 나른하고 평화로워 보였다. 너만 편하면 다냐. 엘레나는 입을 삐죽이며 한마디 하려고 했지만 참았다. 자기가 지금부터 하려는 말이 그리 좋은 말은 아니었으므로.

"르니에 님, 저는 르니에 님과 특별한 사이가 될 생각이 없어요."

최대한 기분 나쁘지 않게. 그러면서도 생각은 확실하게 전달될 수 있도록. 엘레나는 한 마디 한 마디를 또박또박 말하기 위해 애썼다.

원래부터 다른 사람에게 싫은 소리를 잘하는 성격이 아닌 데다 이렇게 누군가의 고백을 거절해 보는 것은 처음이라서 더욱 조심스러웠다.

"너무 기분 나쁘게 생각하지 마시고……."

"따로 마음에 둔 사람이 있어?"

엘레나의 말을 뚝 끊고 르니에가 물었다.

"아뇨, 그런 건 아닌데……."

"그럼 나 모르게 장래를 약속한 사람이라도 있나?"

알고 지낸 지 얼마나 됐다고 '나 모르게'라고 하는지 모르겠지만 일단 엘레나는 고개를 저었다.

"뭐, 있어도 상관은 없지만."

도저히 그녀의 거절을 받아들일 것 같은 분위기가 아니었다. 이러면 안 되는데.

"저, 르니에 님. 제가 왜 좋아요?"

곰곰이 생각해 봐. 아무것도 없지? 엘레나는 르니에 스스로가 이 상황이 얼마나 말도 안 되는 것인지 깨닫게 해 주려고 질문을 던졌다.

"처음엔 어디선가 보내온 첩자인가 싶었지. 나에 대해서 처음부터 잘 알고 있는 듯했으니까. 그런데 아무리 지켜봐도 의심할 만한 정황은 나오지 않고 말이야. 참 이상하잖아, 거슬리기도 했고."

"날 감시했다는 거예요, 지금?"

기분이 나빠진 그녀가 새된 목소리를 했지만 르니에는 어깨를 한 번 으쓱할 뿐이었다.

"어쩔 수 없었어. 이런 공교로운 시기에 갑자기 나타나서 나를 홀리는 여자라니."

홀리다니 누가! 엘레나는 졸지에 꽃뱀 내지는 구미호가 되어 있었다.

"하지만 조금 두고 보니 알겠더군. 넌 첩자라고 하기엔 너무 엉성하고 또 너무…… 평범하잖아?"

"펴, 평범하긴 누가!"

일단 화가 나서 그렇게 맞받아치기는 했지만 엘레나 스스로도 르니에의 말에 어느 정도 납득하고 말았다.

솔직히 엘레나는 그렇게 눈에 띄는 여자가 아니었다. 누군가가 첫눈에 보고 홀딱 빠질 만큼 미인이 아닌 것은 당연하거니와, 한 번 웃어 주는 것만으로 남자의 다리를 풀리게 하는 색기도 없었다. 맞는 말을 하는 사람에게 언성을 높일 만큼 그렇게 양심 없는 사람이 아니었다, 그녀는.

"그래서 결국엔 인정해야 했지."

"뭘요?"

"그 이유는 알 수 없지만, 내가 너에게 반했다는 걸."

"그런 말도 안 되는!"

이렇게 맛도 멋도 없는 고백이라니. 수많은 제국 여성들을 웃고 울린 르니에의 고백이라기엔 지나치게 담백했다.

엘레나는 어쩌면 지금 이런 모습이 르니에의 진짜 모습일 수도 있겠다고 생각했다. 평소의 친절하고 예의 바른 모습은 어디로 갔는지 짓궂은 어린아이 같은 모습의 르니에가 말했다.

"네가 날 어디까지 알고 있는지가 좀 궁금하기도 하고."

"하아, 미치겠네……."

엘레나는 결국 새벽을 궁을 나서기 전, 곱게 빗어 내렸던 머리를 잔뜩 헝클었다. 르니에가 이런 식으로 나올 것이라고는 상상도 하지 못했다.

자신이 '이리하여 저는 르니에 님의 마음을 받아들일 수가 없습니다.'라고 하면 '그렇습니까. 참 안타깝군요.'라고 말하며 상큼하게, 아무 미련도 없이 물러날 줄 알았다. 그게 책에서 본 르니에가 여자를 대하는 방식이었고, 무엇보다 그동안 봐 온 그의 성격상 싫다고 하는 사람에게 들이댈 것 같지는 않았기 때문이다.

하지만 갑자기 태도가 돌변한 르니에는 한마디로 거절을 거절하고 있었다. 테이블 맞은편에서 팔을 걸치고 얼굴을 괸 채로 그녀를 바라보며 생긋 웃고 있는 것만 봐도 알 수 있었다.

"그럼 이제 내가 질문을 하지."

"뭔데요."

"너의 눈엔 내가 잘생겼나? 솔직히 말해 봐."

그렇게 물으면서도 르니에는 이미 그녀의 대답을 알고 있는 듯했다.

그야 그렇겠지. 엘레나는 툴툴거렸다. 쟤도 눈이 있으면 매일 거울 볼 거 아냐. 반쯤 포기한 상태로 그녀가 작게 한숨을 쉬었다.

"잘생겼어요, 그래."

"게다가 난 딸린 처자식도 없고, 정혼자도 없지. 과거의 연인들은 있지만, 이제 정말 다들 과거일 뿐이라고."

"살라자르 남작 부인처럼요?"

순간 멈칫했던 르니에가 피식 웃으며 고개를 끄덕였다.

이제 나도 몰라. 엘레나는 '이쯤 되면 막 가자는 거지.' 하며 생각나는 대로 말을 던졌다. 그리고 얄밉게 웃던 르니에의 얼굴이 순간적으로 굳어지는 것에 통쾌함을 느꼈다.

하지만 그것도 잠시, 이런 상황에서 이런 말은 하등 도움이 되지 않는다는 것을 깨달았다.

"그래, 살라자르 남작 부인처럼. 그러니 내가 안 될 이유가 뭐가 있겠어?"

"왜 없어요!"

"있다면 말해 봐. 나도 알고 싶으니까."

"왜냐면……! 왜, 왜냐면!"

없다. 없었다. 엘레나는 수족관 안에 들어 있는 금붕어처럼 입만 뻐끔거렸다. 당장이라도 르니에가 안 되는 이유를 열 가지는 외쳐 줄 수 있을 것 같았는데, 막상 생각해 보니 하나도 떠오르지 않았다.

아니야, 내가 지금 너무 당황해서 그래. 그러나 아무리 마음을 가라앉히고 생각을 해 봐도 결과는 마찬가지였다.

"자, 잠깐만요."

일단 타임을 외치며 엘레나는 심각하게 고민했다.

르니에가 자신에게는 안 되는 이유. 제일 먼저 생각난 것은 그가 로잘린느의 남자라는 것이다. 로잘린느 어장의 물고기를 자신이 냉큼 잡아먹을 수는 없었다. 하지만 이내 그녀 속의 작은 목소리가 대답했다.

그거야 책 속에서의 일이고! 지금은 아니잖아!

맞다, 그랬다. 엘레나 그녀가 황궁에 입궁하고, 본의 아니게 깽판을 친 탓에 르니에는 로잘린느를 사랑하게 되지 않았다. 어떻게 보면 로잘린느의 세 남자 중에 가장 그녀를 열렬하게 사랑했던 르니에는, 대신 엘레나에게 불나방처럼 달려들고 있었다.

그리고 르니에의 말이 맞았다. 객관적인 사실만 놓고 봤을 때, 그녀가 르니에의 마음을 받아 줘서는 안 되는 이유도 없었다. 그녀에겐 따로 좋아하는 사람이 있는 것도 아니었고, 결혼을 약속한 약혼자도, 딸린 처자식도 없었다. 서로 결격사유가 없는 셈이었다.

그때, 엘레나의 머릿속에 번개가 쳤다. 자신과 르니에가 맺어질 수 없는 이유가 떠올랐기 때문이다. 필살기를 던지는 심정으로 그녀가 의미심장하게 말했다.

"저 평민이에요. 깜짝 놀랐죠? 리바이 공작 전하를 가르치는 교사가 평민이라니! 막 속은 것 같고 배신감 느끼죠?"

"알고 있어."

"그래요, 알고 있었…… 알고 있었다고요?!"

엘레나는 놀라서 자리에서 벌떡 일어났다.

"날 르니에라고 잘도 부르면서, 내가 누군지는 잊은 모양이야?"

"아…….."

"네가 평민이라는 건 새벽의 궁으로 널 찾아가기 전부터 알고 있었어."

"그럼 그때부터 이미…….."

엘레나는 얼굴이 화끈거리는 것 같았다. 자신의 입으로 귀족이라고 뻔뻔하게 거짓말을 한 적도 없고, 없는 성을 지어내서 소개를 한 적도 없다. 하지만 그래도 사람들이 자신을 귀족이라고 생각하도록 내버려 둔 게 사실이다. 그 모습을 모든 걸 알고 있는 르니에가 보고 있었다는 것이 너무나 민망했다.

"그리고 네가 평민이기 때문에 나와 맺어지면 안 된다는 생각은 도대체 무슨 생각이지?"

"왜, 왜냐면 내가 거짓말을 했으니까 나한테 전과 같은 마음이 들지 않을 테고…….."

"원래부터 알고 있었다니까."

"그럼…… 그래! 평민이랑 사귄다고 소문이 나면 베르너 후작의 명예가 어떻게 되겠어요! 안 그래요?"

"누가 사귄다고 했지?"

르니에의 느닷없는 질문에 엘레나는 멈칫했다. 지금까지 사귀자라는 말이 안 나왔던가? 나 지금 혼자 김칫국 마시고 있었던 건가?

그렇게 그녀가 혼란스러워하고 있는 틈에, 르니에의 말이 귀청을 때렸다.

"난 분명 널 내 것으로 만들겠다고 했을 텐데."

"그럼 지금 날……!"

'날 가지고 놀겠다는 거냐!'라고 엘레나가 막 소리치려던 순간 르니에는 태연한 얼굴로 말을 이었다.

"완전히 내 소유로, 나만 널 가질 수 있는 방법. 난 너와 혼인할 거다."

"혼…… 혼, 뭐요?"

엘레나는 귀를 의심했다. 지금 연애도 할까 말까인데, 결혼이라니. 계속 폭격이 떨어지는 것 같은 느낌에 머리가 멍했다. 하지만 르니에는 멈출 생각이 없어 보였다.

"베르너 후작가의 명예는, 그리고 내 명예는 내가 선택한 여인의 신분 따위로 어찌 될 수 있는 얄팍한 것이 아니야."

상당히 자존심이 상하는 듯 계속 웃고 있던 그의 눈이 찌푸려졌다. 베르너 후작의 반려를 찾는 일에 제동을 걸 수 있는 것은 이 땅에서 황제밖에 없었다. 하지만 바크란 1세는 사촌의 결혼 같은 일에 신경을 쓸 위인이 아니었으며, 평민을 등용하고 신분의 한계를 완화하려는 정책을 펼치고 있으니 오히려 장려할 판이었다.

"그럼 결과적으로 네가 내 사람이 되지 못할 이유는 없다는 거로군."

엘레나는 그제야 정신을 차리고 무슨 말이라도 하려고 했으나, 때는 이미 늦었다. 단언컨대 지금까지 그녀가 본 르니에의 미소 중 가장 상큼하고 달콤한 미소를 지으며 그가 말했다.

"앞으로 최선을 다해서 유혹해 줄 테니, 각오해."

어디선가 철컥하고 금속음이 들리는 것 같았다. 엘레나는 발코니를 넘어 불어오는 강한 바람에 르니에의 묶어 놨던 머리칼이 풀려 길게 흩날리는 것을 지켜보았다. 그것이 그저 머리카락인 것을 잘 알고 있는데도 멍하니 바라보게 될 만큼 아름다운 광경이었다.

오래 지나지 않아 바람이 잦아들 때쯤, 르니에의 목소리가 그 틈을 비집고 선명하게 들려왔다.

"꼭 널 내 것으로 만들 테니까."

그것은 일종의 선전포고였다.

하루 종일 날이 흐리더니 결국 구름이 품고 있던 빗방울을 떨구기 시작했다. 언제나처럼 계단에 앉아 엘레나를 기다리던 아드레이는 어쩔 수 없이 비를 피해 회랑으로 자리를 옮겼다.

텅 빈 회랑을 따라 후웅 하고 바람이 불자 그가 킁 하고 코를 훌쩍였다. 날이 어두워지자 내원 곳곳의 마나 등에 자동으로 불이 들어오기 시작했지만, 그의 얼굴은 어둡기 짝이 없었다.

뿌연 조명이 반사된, 평소보다 훨씬 어두운 색을 띠고 있는 그의 눈동자는 언제나 엘레나가 걸어오는 길목에서 떨어질 줄을 몰랐다. 벽에 등을 기댄 채 접어 올린 한쪽 무릎 위에서 그의 손가락이 멈추지 않고 춤을 췄다.

초조하고 불안했다. 걱정이 되었다. 처음 이곳 내원에서 그와 만나기 시작한 뒤로 단 한 번도 늦거나 오지 않은 적이 없는 엘레나였다.

아드레이가 이곳에서 엘레나를 기다리기 시작한 뒤로 꽤 시간이 흘렀다. 점심 식사를 마치고 티토를 새벽의 궁으로 배웅한 뒤, 평소보다 조금 이른 시간에 내원으로 발걸음을 한 그였다.

처음에는 언제나처럼 시간이 흐르는 것을 잘 느끼지 못했다. 금방이라도 저 길을 따라서 그녀의 모습이 보일 것 같아 목을 빼고 기다렸다. 그렇게 망부석처럼 길목을 지켰다.

하지만 해가 구름 뒤에 숨어 있을지언정 밝았던 하늘이 차츰 어두워지고 비까지 내리기 시작하자 점점 초조해졌다. 가만히 앉아 있다가도 어느 순간에는 벌떡 일어나 회랑 안을 서성였다.

딱 열 번째로 그가 앉아 있던 자리에서 일어났을 때였다. 마침내 그의 것이 아닌 발걸음 소리가 들려오기 시작했다.

숙였던 고개를 벌떡 들고 길목을 바라봤지만, 길목에는 비만 축축하게 내릴 뿐 아무런 인영도 보이지 않았다. 발걸음 소리는 내원 안쪽에서 들려오고 있었다.

"폐하."

백발의 머리를 단정히 묶은 늙은 시종장 휴고였다. 엘레나가 아니라는 것을 깨닫고 실망감을 감추지 못하는 아드레이 앞에 휴고가 두꺼운 로브 한 벌을 내밀었다.

"필요 없다."

오랜 시간 다물고 있던 그의 입을 가르고 나온 말은 내리는 빗방울보다 차가웠다.

"바람이 찹니다, 폐하."

"내가 이 정도에 감기라도 걸릴까 봐 그러나?"

분명 그의 육체는 인간의 한계를 뛰어넘었다. 하지만 휴고는 내민 로브를 거두지 않고 묵묵히 그 자리에 서 있었다. 결국 그 고집을 이기지 못해 로브를 받아 들고 어깨 위에 두른 아드레이는 습관처럼 다시 길목을 확인했다.

"이제 황성 문이 닫힐 때까지 얼마나 남았지?"

"채 1시간이 남지 않았습니다."

"숲길에 마나 등은 설치되었나?"

엘레나가 혼자서 걷기 무섭다고 했던 새벽의 궁과 내원을 잇는 그 숲길에 대한 질문이었다.

그 이야기를 들은 아드레이는 바로 그 길을 따라 밝은 마나 등을 설치하라고 명했고, 며칠 뒤 그 숲길은 궁인들 사이에서 명소가 되었다. 길 양쪽에 빽빽하게 자란 나뭇가지에 밝은 마나 등이 일정한 간격을 따라 동동 걸려 있는 모습이 퍽 아름다웠기 때문이다.

"예, 폐하."

"새벽의 궁에 별고는 없나?"

"아직 그러한 소식은 듣지 못하였습니다. 무슨 문제라도 있으십니까, 폐하."

"……아니다. 태양의 궁에서 기다리고 있도록."

아드레이는 다시 회랑 벽에 기대어 앉으며 휴고에게 일렀다. 잠시 아드레이의 시선이 매여 있는 길목을 일별한 휴고는 조용히 태양의 궁으로 돌아갔다.

아드레이는 로브 밑에 입고 있는 옷의 소매를 만지작거렸다. 아직 빳빳한 새 옷은 하인즈 단장이 구해다 준 수습 기사의 연습복이었다. 그의 손이 옆에 놓인 큼직한 바구니도 슬쩍 들춰 보았다.

숲길의 마나 등도, 연습복도, 그리고 이것도. 오늘은 엘레나를 위해 준비한 것이 많은 날이었다.

혹시 무슨 일이 있는 것은 아닐까. 아드레이의 미간에 깊게 주름이 파였다. 머릿속은 온통 엘레나에 대한 걱정뿐이었다.

결국 의미심장한 얼굴로 다시 자리에서 벌떡 일어난 아드레이는 이대로 새벽의 궁으로 직진할 작정이었다. 가서 엘레나가 무사한지,

혹 아픈 것은 아닌지 두 눈으로 확인을 할 생각이었다. 누군가가 그를 알아본다고 해도 상관없었다.

하지만 다행히 그가 막 로브에 달린 후드를 쓰고 빗속으로 한 걸음 내디디려고 했을 때, 빗소리만 시끄럽던 그곳에 반가운 목소리가 들려왔다.

"레이! 레이!"

깜짝 놀란 그가 고개를 번쩍 들자, 그 움직임에 머리를 덮었던 후드가 밑으로 흘러내려 버렸다.

"미안해요! 내가 너무 늦었죠!"

뛰어오는 그녀의 발 주변으로 뿌연 흙탕물이 사방으로 튀었다. 힘차게 빗속을 가르고 달려오는 것을 보니 그녀의 몸은 멀쩡해 보였고 목소리도 우렁찬 것이 그가 염려했던 것처럼 신변에 일이 있었던 것 같지도 않았다. 그러자 걱정에 밀려났던 원망과 서운함이 그의 마음에 물밀듯 밀려들었다. 화도 났다.

물웅덩이를 피할 생각도 없는지 그냥 앞만 보고 달려오는 엘레나를 보는 그의 얼굴이 점점 뚱해졌다. 오랜 시간 기다렸던 그녀의 모습이 반갑기도, 조금 야속하기도 한 아드레이는 우두커니 그 자리에 서 있었다.

"아이고! 헉헉! 죽겠다, 죽겠어!"

전속력으로 뛰어서 회랑 안에 도착한 엘레나는 무릎을 짚고 턱 끝까지 차오르는 숨을 헐떡였다. 제법 내리는 비 때문에 그녀의 로브는 이미 온통 젖었고 신발도 엉망이었다. 땀인지 빗물인지 모를 물이 머리칼과 얼굴을 타고 흘렀다.

"그냥 가 버렸을까 봐…… 헉, 엄청 뛰…… 아, 옆구리 땡겨! 이럴 때 핸드폰이 있으면…… 허어, 좋은데……."

숨 반, 소리 반. 잘 알아들을 수도 없는 말을 중얼거리던 엘레나는 반쯤 기어서 회랑의 바닥에 털썩 주저앉았다.

"정말로 미안해요, 레이."

한참이 걸려 겨우 숨을 고른 엘레나가 내뱉은 첫마디였다.

"오래 기다렸죠?"

아드레이는 물기 어린 그녀의 얼굴을 빤히 보다가 멀리 떨어지는 빗방울로 시선을 돌려 버리며 대답했다.

"별로. 나도 오늘은 마침 늦었거든."

"정말요? 아, 그럼 다행이다!"

머리카락을 하나로 모아 물기를 짜던 엘레나는 반색을 했다. 그녀의 은색 머리카락 끝에서 뚝뚝 떨어진 물방울이 회랑 돌바닥에 검은 자국을 찍었다.

"왜 늦었지?"

별로 기다리지 않았다고 거짓말을 할 때는 언제고, 매우 오래 기다리다가 지친 얼굴로 아드레이가 물었다.

"궁 밖에 좀 나갔다 오느라고요. 시간 안에 도착할 수 있을 줄 알았는데, 돌아오는 길에 갑자기 비가 내려서……. 비가 오면 마차도 빨리 달릴 수가 없다던데요? 레이는 그거 알았어요?"

모를 리가. 비가 오면 마차는 웬만한 성인이 뛰는 속도보다도 느려진다. 그런 환경에서도 빠른 속도로 달리도록 훈련받은 군마가 아니라면 말이 저절로 달리는 속도를 늦추기도 했고, 자칫 잘못하면 빗물이 고인 웅덩이에 마차 바퀴가 빠지는 일도 비일비재했기 때문이다.

하지만 아드레이가 궁금한 것은 그런 것이 아니었다.

"어딜 다녀왔길래 마차까지 사용한 거지? 시가지에 쇼핑이라도 다녀왔나?"

"우움, 누가 밥 좀 같이 먹자고 해서요. 밥 먹고 왔어요."

"누가?"

오늘따라 그가 집요했다. 원래 질문을 많이 하는 것은 엘레나의 역할이었다. 그는 말수도 적었고 그녀에게 그리 궁금한 것도 없어 했다. 그런 것이 은근히 서운했던 그녀였지만, 하필이면 오늘 이렇게 돌변한 그의 태도가 그리 반갑지는 않았다.

"아, 있어요. 되게 끈질긴 사람."

"그러니까 누구냐고 물었다."

이것이 남자의 촉인가. 아드레이는 자신의 시선을 묘하게 피하는 엘레나에게서 수상한 냄새를 맡았다. 원래 그가 부담스러울 정도로 눈을 똑바로 마주 보는 그녀가 오늘은 머리칼을 짜내고 부산을 떨면서 은근슬쩍 그의 눈을 피했다.

"……이요."

"누구라고?"

"베르너 후작님이요. 그분이랑 밥 먹고 왔다고요."

쿠궁.

그것은 천둥소리였을까, 아니면 그의 가슴이 내려앉는 소리였을까. 아드레이는 자기도 모르게 주저앉아 있는 그녀에게 가까이 다가갔다.

"다시 한번 말해 봐. 누구랑 밥을 먹고 왔다고?"

"아, 거참. 르니에 폰 베르너 후작님이요! 왜 자꾸 말하게 해요? 귀찮게."

사실 귀찮다기보다는 지금은 르니에를 떠올리고 싶지 않다는 말이 정확했지만, 엘레나는 애먼 아드레이에게 화풀이를 했다.

그녀의 머릿속에서 이제 르니에는 '공업용 타이어보다 질긴 놈'이 되어 있었다. 그곳까지 갈 일 없이 그냥 새벽의 궁에서 제대로 거절하고 말걸. 이제 와서 해 봤자 늦은 후회였다.

밥 먹으러 가자더니 갑자기 말을 놓지 않나. 성격도 돌변해서는 기분 나쁘게 논리적인 말로 사람을 헷갈리게 하다니. 정신을 차려 보니 그녀는 어느새 르니에의 '도전, 유혹!'을 받아들인 상태였다.

'전혀 그럴 생각은 없었단 말이지. 아, 바보.'

르니에의 수준급 말발에 휘말린 것이다. 마차로 돌아오는 내내 몇 번이고 거절을 했지만, 르니에는 들은 척도 하지 않았다. 나중에는 '당분간은 내가 조금 바빠서 찾아오지 못할 테니 너무 섭섭해하지는 마.'라고 하며 이미 그녀가 자신의 연인이라도 된 듯 행동했다.

"르니에…… 베르너 후작과 밥을 먹고 왔다고? 단둘이?"

"어, 어쩌다 보니까, 그렇게 됐어요."

말이 이어질수록 엘레나의 음량이 점점 줄어들었다. 아니, 내가 왜 눈치를 보고 있는 거지? 물론 약속 시간에 늦은 건 그녀가 백번 잘못했지만 그건 정말로 어쩔 수 없는 일이었다.

르니에는 약속대로 그녀를 새벽의 궁까지 바래다주었다. 그때는 이미 해가 완전히 져 있었다.

마음 같아선 여기가 아니라 내원 연무장에 내려 달라고 하고 싶었으나, 그곳에서 그녀가 황실 기사단 수습 기사와 갖는 회담은 비밀 회담이었다. 둘 중 하나라도 이 장소를 무단으로 사용하고 있다는 것을 들키면 큰일이었다. 이곳은 엄연히 황가의 비밀스런 사적 공간이었으니까.

결국 새벽의 궁에서 내린 엘레나는 침실로 올라가 로브만 챙기고 바로 내원 연무장을 향해 뛰기 시작했다.

그런데 재수가 없으려니 한도 끝도 없었다. 오는 길 도중에 점점 빗줄기가 굵어졌고 결국 이렇게 물에 빠진 생쥐 꼴이 된 것이다.

어쩌다 보니 본의 아니게 레이를 기다리게 하긴 했지만, 본인도 오늘은 늦었다고 했고 자신도 할 수 있는 한 최선을 다했는데. 이렇게 그의 눈치를 볼 필요는 없다는 것을 잘 알았다. 적어도 머리로는.

그런데 레이저가 발사될 것처럼 강렬한 그의 눈빛이나 이렇게 아무 말도 없이 입만 굳게 다물고 있는 그의 태도에 말로 설명할 수 없는 죄책감과 미안함이 들었다. 게다가 어째서인지 아드레이는 그녀가 약속 시간에 늦었다는 것보다는 르니에와 함께 밥을 먹었다는 사실에 더 열받은 것 같았다.

"일단 미안해요, 진심으로. 다시는 안 늦을게요."

크흠 하고 헛기침을 한 엘레나가 말했다. 그리고 이상한 일이 일어났다. 뭐라고 대답이라도 할 줄 알았던 아드레이가 아랫입술을 꾹 다물더니 한쪽으로 고개를 돌려 버렸다. 졸지에 엘레나는 그의 옆얼굴밖에 볼 수 없었다.

그녀는 당황했다. 왜냐하면 이건 마치, 마치 그가······.

'삐, 삐진 것 같잖아······.'

아드레이는 상남자다. 그게 엘레나가 바라보는 수습 기사 레이라는 사람이었다.

그 외에도 무뚝뚝, 무표정, 몸이 좋음, 다트를 잘 던짐 등등의 다른 부수적인 설명도 있었지만 딱 한 마디로 그를 표현하자면 '상남자'라는 단어보다 그를 잘 설명할 수 있는 단어는 없다고 생각했다.

그러니 지금 아드레이가 삐져서 고개를 돌려 버린 것 같은 이 상황은 자신의 오해가 틀림없었다. 정말 화가 났다면 그는 이렇게 '흥!' 하고 고개를 돌리는 것 대신, 특유의 낮은 목소리로 따박따박 혼내듯 불평을 했을 테니까.

혹시나 저쪽에 뭔가가 있는 건가 싶어 고개를 빼고 그의 시선이 닿은 곳을 바라봤지만, 그곳에는 아무것도 없었다.

　그때, 딱딱하고 축축한 이곳에는 어울리지 않는 어떤 물건이 그녀의 눈에 들었다.

　"어? 저건 뭐예요?"

　엘레나가 가리킨 것은 아드레이의 옆에 놓여 있는 커다란 소풍 바구니였다.

　"아무것도 아니다."

　"안에 뭐가 들어 있는 건데요?"

　엘레나는 물에 축 늘어진 로브와 신관복 자락을 한 손에 쥐고 종종걸음으로 바구니 쪽으로 다가갔다. 안에 뭐가 들어 있을지 모르니 조심스런 손짓으로 뚜껑을 살짝 열어 본 그녀의 눈이 동그래졌다.

　"이거 나랑 같이 먹으려고 가져온 거예요?"

　큼직한 바구니 안을 채우고 있는 것은 접시 위에 작은 산을 이룬 샌드위치와 작은 병에 담긴 우유, 그리고 디저트로 보이는 한 입 크기의 붉은색 케이크였다.

　"누구 마음대로. 혼자 먹으려고 가져온 내 저녁 식사다."

　엘레나는 그 말에 다시 한번 바구니 덮개를 들췄다. 그 안에 든 우유도 두 병, 케이크도 두 개. 누가 봐도 두 사람이 먹도록 준비된 음식이었다. 그녀가 아드레이 몰래 슬쩍 웃었다.

　"그래요? 그럼 나 먹으면 안 되겠네요?"

　"안 되지. 내 몫이니까."

　"흐음, 그렇구나아."

　엘레나는 짐짓 음식을 포기한 듯 소풍 바구니의 뚜껑을 내려놓았다. 흘끔 아드레이를 확인하니 그의 시선은 이제 텅 빈 회랑 속의 저 먼 곳 어딘가를 배회하고 있었다. 소풍 바구니를 아드레이와의 사이에 두고 다시 바닥에 털썩 앉은 엘레나는 일부러 큰 목소리로 말했다.

"아아, 달려왔더니 목이 너어무 마르네……. 빗물 받아 마셔도 되나?"

그의 어깨가 작게 흔들렸다.

"벌써 소화도 다 됐는지 배도 고프고. 어디 먹을 것 좀 없나?"

"식사를 하고 왔다고 하지 않았나? 그 베르너 후작과?"

여전히 뾰족하게 가시 돋친 말투였지만, 그래도 그는 더 이상 그녀를 모른 척하지는 않았다. 성공했다! 엘레나는 최대한 불쌍한 표정을 지으며 고개를 끄덕였다.

"그렇기는 한데…… 맛은 있었는데 양이 적어서 그런지 벌써 소화가 다 됐나 봐요. 게다가 레이가 가 버릴까 봐 새벽의 궁에서부터 막 뛰어왔더니 금방 다 꺼져 버린 것 있죠. 아, 배고프다……."

금방이라도 꼬르륵 소리가 날 것처럼 배를 부여잡고 그녀가 말했다.

"……많이 고픈가?"

술수에 휘말린 아드레이는 마음이 약해졌다. 엘레나는 얼른 고개를 끄덕였다. 잠시 고민하던 그는 결국 소풍 바구니에서 손수 음식을 꺼내며 말했다.

"그럼 먹든가."

"와, 정말요? 고마워요, 레이!"

엘레나가 짝짝 손뼉을 치는 소리가 회랑 벽에 반사되어 크게 울렸다.

"이쪽은 그대가 좋아하는 생크림과 딸기가 들어가 있는 것이고…… 이쪽은 치즈와 햄이 들어간 것인데, 단맛이 강한 치즈라서 짠맛이 강한 햄과 잘 어울릴 거라고……."

조용히 웃고 있는 엘레나의 시선을 의식한 아드레이가 급하게 말을 줄였다.

"크흠. 뭐, 그렇다더군."

"진짜 맛있다! 이거 어디서 샀어요?"

생크림이 듬뿍 든 샌드위치를 한 입 먹어 본 엘레나가 깜짝 놀라서 소리쳤다. 부드러우면서도 탄력이 느껴지는 생크림과 달달하게 졸인 딸기의 조화가 기가 막혔다.

"기사단 건물 앞 상점에서 샀다."

아드레이는 생각나는 대로 말했다. 반은 황궁 안쪽, 그리고 반은 황궁 경계 바깥쪽에 걸친 기사단 건물 주변에는 집에 자주 가지 못하는 기사들을 상대로 형성된 큰 상업 지구가 있었다.

그곳에는 기사단 정복과 연습복을 전문으로 하는 옷가게도 있었고, 낮이고 밤이고 항상 열려 있는 맛집들도 많았다. 아발론 다른 지역에서 일부러 찾아와서 먹을 정도로 맛있는 빵집도 있었다.

"나중에 거기 위치 좀 알려 주세요. 저도 가서 사 먹게."

그녀가 태양의 궁 주방에 이 샌드위치를 주문하지 않는 이상 같은 맛을 느낄 수는 없겠지만 일단 그는 고개를 끄덕였다.

한동안 엘레나는 대화보단 샌드위치를 먹는 것에 집중했다. 그냥 해 본 말이었는데 정말로 오는 길에 음식이 다 소화가 돼 버렸는지 샌드위치는 너무나 맛있었고 끝없이 넣을 수 있을 것 같았다.

아삭아삭, 오물오물.

엘레나가 말없이 샌드위치를 해치우는 소리만 크게 들렸다. 아드레이는 어느새 그런 그녀의 모습을 멍하니 보고 있었다. 얼마나 맛있게 먹는지 그녀의 작은 입이 쉴 새 없이 움직였다.

딸깍.

아드레이는 아무 말 없이 우유병을 열어 그녀의 앞에 놓아 주었다. 한쪽 볼이 봉긋해지도록 열심히 음식을 우물거리던 그녀가 그 우유병을 덥석 집어 목을 축였다. 꼴깍꼴깍하는 소리에 아드레이는 슬그머니 미소 지었다.

분명히 그는 그녀에게 화가 난 상태였다. 르니에와 단둘이 밥을 먹다니. 둘이서 무슨 이야기를 하고 얼마나 오랫동안 같이 있었는지, 아니 애초에 왜 둘이서 밥을 먹게 되었는지.

묻고 싶은 질문이 산더미 같았다. 하지만 이렇게 그녀의 먹는 모습을 보고 있자니 틀어졌던 마음도 굳어졌던 입매도 슬슬 풀렸다.

"진짜 맛있다. 레이도 얼른 먹어요. 이 생크림 샌드위치, 정말정말 맛있어요."

아드레이는 엘레나의 말대로 생크림 샌드위치를 하나 집어 들었다.

"어느 레스토랑을 갔었지?"

이게 그의 자존심이 허락하는 질문의 한계였다.

"'오후의 안식'이라는 데요. 3층짜리 높은 건물이었어요."

그곳은 아드레이도 잘 알고 있는 르니에의 단골 레스토랑이었다. 사람들은 르니에가 단순히 그곳이 마음에 들어 자주 발걸음을 한다고 생각했지만, 단지 그 이유 때문은 아니었다.

'오후의 안식'은 베르너 후작가 소유의 사업 중 하나였다. 아직 아드레이와 르니에가 태어나기 전, 성을 하사받아 베르너 후작으로서 독립한 아드레이의 백부, 전 베르너 후작이 구입하여 1층뿐이던 작은 레스토랑을 3층까지 증축한 결과였다.

다른 건물들보다 한 층 한 층의 높이도 상당해서 3층이었으나 웬만한 건물의 4층보다도 높았다.

참 아이러니한 일이었다. 황도 아발론에서 황궁을 제외하고 가장 높은 건물이 베르너 후작가의 소유라는 것은 말이다.

"발코니에서 아발론 시내를 내려다보았나?"

"네! 생각보다도 아발론은 훨씬 넓더라고요!"

"제국에서 가장 크고 발달한 도시다, 아발론은."

그의 목소리에는 자부심이 깃들어 있었다.

아발론은 언제나 인구가 많아 생명력이 넘치는 도시였다. 하지만 북적이는 만큼 전염병도 자주 돌았고 생산업과 멀어진 백성들의 삶은 궁핍했다. 그래서 아드레이가 전쟁을 종결하고 아발론으로 돌아와 가장 먼저 시작했던 사업 중 하나가 바로 아발론의 재정비였다.

안슬리 강 북쪽에 자리 잡은 황궁과 그 주변에 형성된 귀족들의 저택이 몰려 있는 호화 지구에서만 볼 수 있었던 하수도와 치안 초소를 아발론 전체로 확대시켰다.

치안 구역의 확대 이후에는 여기저기 산발적으로 퍼져 있던 시장을 동쪽, 서쪽, 남쪽 구획에 각각 한 곳씩 장소를 지정해 각 구역의 상업 환경을 조성했다. 처음에는 길목 하나로 시작한 시장들이었으나 몇 년이 흐른 지금은 어느 정도 독립된 상업 지구들을 이루었을 정도로 발전했다.

"오오, 그렇구나. 위에서 보니까 정말로 저기가 내가 사는 도시가 맞나 싶기도 하고, 전혀 다르게 보이더라고요. 나중에 기회가 되면 다시 한번 가 보고 싶은데. 그 레스토랑, 많이 비싸겠죠?"

고급스러움이 범상치 않은 곳이었다. 그런 레스토랑에 3층 자리는 아마 어마어마하게 비쌀 것이고 그렇다면 평생 다시 가 볼 수 없을지도 모른다는 생각이 들자 엘레나의 얼굴이 우울해졌다.

"그곳보다 훨씬 더 나은 경치를 감상할 수 있는 곳이 한 군데 있지."

"정말요? 어디요? 어디 가면 볼 수 있어요?"

유일한 3층 건물이라던 '오후의 안식' 말고도 그런 경관을 다시 한번 볼 수 있는 곳이 있다고 하자 그녀는 귀가 솔깃했다.

"태양의 궁 첨탑."

"태양의 궁? 거긴 어디 있는 레스토랑이에요? 어디서 많이 들어본 이름인데?"

묘하게 귀에 익은 단어였다.

"이곳 황궁에 있지 않나. 정확히는 저쪽 방향에."

아드레이가 휴고가 걸어갔던 방향을 가리키며 말했다.

"저쪽에 있는 거……? 으엥? 설마 황제 폐하가 사는 그 태양의 궁 말한 거예요?"

어쩐지 익숙하더라니. 엘레나는 바람 빠진 풍선처럼 실망하며 아드레이를 흘겨봤다.

"에이, 난 또."

정말로 좋은 곳이 있나 싶었더니. 경치 한번 보자고 목숨을 걸고 싶은 생각은 없었다.

"차라리 돈을 모아서 오후의 안식을 가는 게 더 쉽겠네요."

"……그렇겠군."

"에이, 뭐. 까짓것 돈 모아서 한번 가죠."

만약 전처럼 빨래와 청소만 하는 하급 신관이라면 꿈도 꾸지 못하겠지만 이제는 조금 달랐다. 매달 은화로 급료를 받고 있으니, 평생 살면서 한 번쯤은 가지 못할 것도 없었다.

"아, 맞다. 그거 돌려줘야 하는데……."

그 와중에 윈터힐 백작이 실수로 놓고 갔던 수표가 떠올랐다. 너무나 엄청난 금액이라 잘못해서 잃어버릴까, 성서 사이에 곱게 껴두고는 깜빡 잊고 있었다.

"레이, 백작님 정도 되는 분과 연락을 하려면 어떻게…… 에, 엣취!"

요란한 기침 소리가 회랑에 메아리쳤다.

"갑자기 웬 재채…… 엣취!"

엘레나가 코를 훌쩍했다. 그러고 보니 조금 추웠다. 아까는 뛰어온 열기 때문에 오히려 덥다고 생각했는데, 가만히 앉아 있다 보니 몸이 금방 식은 모양이었다. 게다가 잔뜩 젖은 옷과 머리칼 때문에 몸이 절로 움츠러들었다. 차가운 회랑의 돌바닥도 한몫 톡톡히 일조했다.

아드레이는 그제야 엘레나를 가까이 들여다보았다. 희미한 마나 등 조명 아래에서도 그녀의 입술이 보라색이 된 게 보였다. 이렇게 될 때까지 눈치채지 못하다니. 서둘러 그녀의 손을 잡아 보니 차가운 피부가 고스란히 느껴졌다.

"내가 원래 손발이 찬 편이라서 그렇게 춥지는 않⋯⋯."

확인하듯 자신의 손을 잡아 오는 아드레이에게 말하던 엘레나는 그 문장을 끝까지 이어 갈 수 없었다. 목 언저리에 아드레이의 손길이 닿자 소스라치게 놀라 그대로 몸이 굳어 버렸다.

지금 무슨 일이 벌어지고 있는 거지. 엘레나의 큰 눈이 느리게 깜박였다.

언제 이렇게 가까워진 것인지 아드레이는 그의 체온이 느껴질 정도로 바로 앞에 있었다. 비에서 나는 물 냄새와 그의 향기가 공중에 섞여 들었다. 그리고 그것은 엘레나가 호흡을 할 때마다 점점 진해졌다.

스륵, 스륵.

아주 미약한 소리, 그 소리가 시끄러운 빗소리가 묻힐 정도로 크게 들려왔다. 그녀의 로브 매듭을 푸는 소리였다.

확실히 이렇게 춥고 비가 오는 날 젖은 로브를 입고 있는 것은 좋은 생각이 아니었다. 이제야 아드레이의 의도를 깨달은 엘레나는 안도의 한숨을 쉬었지만 동시에 조금 아쉽기도 했다.

'뭐, 뭐가 아쉬운 거야, 나는!'

그 아쉬움의 정체에 대해 고찰할 수 있기도 전에 엘레나는 또다시

흡 하고 숨을 멈췄다. 물론 자의에 의한 것은 아니었다. 조금 전 아드레이의 손끝이 목 아래 옴폭한 곳에 스쳤을 때만큼, 아니 그보다도 더 놀랐으니 어쩔 수 없었다.

순간 온 세상이 푸르게 물들었다고 생각했다. 낮과 저녁의 경계에 있는, 혹은 밤과 아침의 경계에 있는 하늘의 색.

오래 지나지 않아, 정확히는 찰나가 흐른 이후 엘레나는 깨달았다. 그녀가 보고 있는 것은 하늘이 아니었다. 아드레이의 눈이었다.

그것을 알게 되자 길게 장막처럼 드리운 긴 속눈썹이나 곧게 뻗은 눈매가 보이기 시작했다. 이런 것들을 이렇게 가까이서 보게 되는 날이 올 줄은 몰랐다.

언제나 참 잘생겼다 했던 그 얼굴이 바로 앞에 있었다. 조금만 움직이면 코끝이 닿을 듯한 거리에서 멀어지지도 가까워지지도 않았다.

이 남자도 날 보고 있어. 엘레나가 생각했다. 그의 눈동자가 엘레나를 주시했다. 언뜻 건조한 그것에 웃음기는 없었다.

그녀는 궁금했다. 저 사람도 나를 그렇게 보고 있을까? 내가 지금 저 사람을 보는 것처럼 그렇게?

그러자 그녀의 얼굴이 빨갛게 달아오르기 시작했다. 스스로도 열기가 목을 타고 올라와 순식간에 차갑게 굳었던 두 뺨을 물들이기 시작하는 것을 적나라하게 느낄 수 있었다.

팽팽하게 당겨진 공기 속에서 엘레나의 입술이 살짝 벌어졌다. 더 이상 숨을 참을 수 없었다. 부끄러움인지 다른 무엇인지 모를 열기에 숨까지 차올랐다. 작은 비눗방울이 터지는 듯한 소리와 함께 다물려 있던 그녀의 입술 끝이 떨어졌다.

줄곧 그녀의 눈에 머물고 있던 그의 시선이 그곳으로 옮겨 간 것도 그 즈음이었다.

그 작디작은 소리를 들었을까. 다시 온기를 찾고 붉어진 그녀의 입술에 사로잡힌 그는 그곳에서 눈을 뗄 줄 몰랐다. 무언가에 홀린 사람처럼 멍하니 그것만 바라봤다.

잠든 강아지의 호흡처럼 얕고 작게 오르락내리락하는 그녀의 들숨과 날숨이 그 작은 곳을 스치는 것에 그의 오감이 집중했다. 눈으로 그 붉은색을 탐미했고, 귀로 호흡의 소리를 들었다. 코로 그녀의 달콤한 체향을 발견했고, 매듭을 풀던 손끝으로 얇은 피부를 통해 전해지는 그녀의 체온을 확인했다.

미각이 아우성을 치기 시작했다. 저도 제 할 바를 다 하게 해 달라 그의 심장을 분탕질하며 머릿속을 뿌옇게 만들었다. 눈앞의 그녀 말고는 다른 무엇도 사고하지 못하도록, 그렇게 만들었다.

그 강한 충동에 그는 슬며시 이성의 끈을 놓았다. 놓친 것은 아니었다. 그저 놓아 버렸다.

풀린 지 오래인 로브의 매듭을 여태껏 쥐고 있던 그의 큰 손이 옷 위로 드러난 그녀의 목을 감쌌다. 그녀가 흠칫하고 놀라는 것이 너무나도 선명하게 느껴졌지만 그는 멈추지 않았다. 그대로 손바닥을 감아 올려 그녀의 목 뒤에 자리 잡았다.

자신의 것과는 너무나 다른, 부드럽고 연약한 살갗 아래에서 그녀의 근육이 단단하게 긴장한 게 느껴졌다. 그러나 그것이 우습지는 않았다. 자신의 몸은 그것과 비교도 할 수 없을 지경으로 팽팽해지고 있었으니까.

오히려 그녀도 그만큼 긴장하고 있다는 사실이 반가웠다. 자신을 의식하고 있다는 사실이 만족스러웠다.

엘레나의 붉은 입술에 매여 있던 그의 눈이 다시 그녀의 찬란한 눈동자를 찾았다. 그리고 쿵, 쿵, 쿵, 자신의 심박이 거슬릴 정도로 거세지는 것을 느끼며 그는 그녀의 시선에 자신의 것을 엮었다. 단단히, 그 어디로도 도망갈 수 없도록.

아드레이는 느리게 그녀와의 거리를 좁혀 들어갔다. 하품이 나올 정도로 조금씩, 천천히.

후각을 통해 전해지는 그녀의 체향이 점점 진해졌다. 커다란 꽃다발을 품에 안은 것같이 그녀에게 취하고 있었다.

어느 순간, 그가 고개를 비스듬히 틀었다. 자물쇠에 열쇠가 맞아 들어가는 것처럼 완벽히 아물리도록. 마나 등 아래에서 그의 단단한 턱 선이 빛을 받아 더욱 노골적으로 모습을 드러냈다.

그 모습을 보며 엘레나도 눈을 감았다. 빗소리에 취한 것인지, 그의 체온이 주는 아늑함에 취한 것인지. 생각이란 것을 하고 싶지 않은 시간이었다.

눈을 감아 깜깜한 어둠 속에서도 알 수 있었다. 그가 점점 가까워지고 있다는 것을. 그의 얕고 조심스런 숨결이 자신의 볼을 간지럽혔다.

쾅쾅!

"꺄악!"

하늘이 번쩍하더니 큰 소리가 귀청을 때렸다. 깜짝 놀란 엘레나는 몸을 잔뜩 옹크리며 귀를 막았고, 아드레이는 그 소리가 들려온 쪽으로 빠르게 몸을 틀었다. 그녀가 실금 같은 눈을 떴을 때 볼 수 있었던 것은 로브를 입은 그의 넓은 등이 전부였다.

"괜찮나?"

소리의 정체가 단지 근처에 떨어진 번개라는 것을 확인한 그가 엘레나를 돌아보며 물었다.

"에? 아, 네. 괜찮아요. 까, 깜짝 놀랐네……."

날벼락이란 말을 이럴 때 쓰는 거구나. 마른하늘은 아니었지만 워낙 조용하던 공간에 떨어진 날벼락은 그 여파가 굉장했다.

엘레나는 벼락이 치기 전의 상황은 잠시 잊은 채 앉은 자리 그대로 주변을 두리번거리며 하늘을 살폈다. 또 그런 큰 번개가 치지는 않을까 하는 생각이었다. 하지만 뒤늦게 따라온 천둥이 작게 쿠르릉 쿠르릉 거릴 뿐, 하늘은 고요했다.

다시 빗소리가 채운 사위에 엘레나는 그제야 속으로 '아, 맞다!'를 외쳤다. 그리고 아드레이의 눈치를 봤다. 조금 전의 그것은 뭐였을까, 어떤 의미였을까.

툭 터놓고 물어보고 싶었다. 하지만 그럴 용기는 나지 않았다.

만약 그도 그녀와 마찬가지로 어색해하고 당황해하고 있었다면 차라리 농담처럼 물어볼 수 있었을지도 몰랐다. 그러나 그의 얼굴에는 그런 기색은 없었다. 단지 일어선 채로 비가 내리는 하늘을 바라보고 있었고, 그런 그의 옆모습은 숨 막히도록 고혹적이었다.

그때, 아드레이가 휙 몸을 돌려 그녀를 향해 걸어왔다. 바람 때문에 걸음마다 검은 로브 자락이 펄럭였다.

검은 머리와 펄럭이는 긴 검은 망토. 그 모습이 왠지 익숙하다는 생각이 들며 '내가 저걸 어디서 봤더라?'라고 생각하려는 찰나, 그의 손이 불쑥 다가왔다. 엘레나는 반사적으로 몸을 뒤로 물렸다.

"뭐 하나?"

"엥?"

아드레이가 살짝 눈썹을 찌푸리고 그녀를 바라봤다.

"로브."

"네?"

"로브."

하지만 그녀는 아직도 그가 하는 말의 의미를 몰라 고개를 갸웃했다. 결국 작게 한숨을 쉰 아드레이가 벼락이 떨어지기 전처럼 아주 가까이 다가와 그녀의 어깨에서 젖은 로브를 걷어 냈다. 그녀의 얼굴을 피하느라 옆으로 돌린 고개가 방금 그 상황과 꽤 흡사했다.

'그, 그럼…… 설마?'

엘레나의 얼굴이 달아오르기 시작했다. 조금 전의 그 기분 좋은 홍조와는 비교도 되지 않을 만큼 새빨갛게 익어 버렸다.

그러는 동안 아드레이는 아무 말 없이 젖어서 무거워진 로브를 옆으로 던져 버리고 자신이 입고 있던 로브를 벗어 그녀의 어깨 위로 둘러 줬다. 아직 그의 체온을 머금고 있는 두텁고 부드러운 로브가 기분 좋게 그녀를 감쌌다.

'아, 쪽팔려.'

엘레나는 로브 자락을 잔뜩 끌어당겨 몸을 고치처럼 돌돌 말고는 무릎에 얼굴을 묻었다. 도저히 얼굴을 들 수 없었다.

그럼 그렇지. 난 그런 줄도 모르고. 이건 적어도 3년은 자다가 이 불킥을 할 만한 거리였다.

로브 속에 파묻힌 그녀의 얼굴이 와락 일그러졌다. 내가 미쳤지. 정말로 레이가 나한테 키스를 하려 한다고 생각하다니. 요즘 르니에와 메이나드가 자신을 좋아한다고 들이대다 보니 잠시 정신이 나갔던 모양이었다.

그녀는 그렇게 예쁜 얼굴이 아니었다. 게다가 레이는 좋아하는 사람이 있다고 했다. 알 수 없는 '그녀'에 대해 말하며 얼굴이 부드럽게 풀리던 레이의 모습이 떠올랐다.

로잘린느처럼 눈이 휘둥그레질 만한 미녀도 아니고, 따로 좋아하는 여자가 있기까지 한 사람이 미쳤다고 뭐 하러 나한테 들이대. 조금만 생각해 보아도 알 수 있는 것인데, 망할 놈의 머리가 그 순간에 멈춰 버려 이 사달이 난 것이다.

레이는 단지 젖은 로브를 풀어내고 자신의 로브를 덮어 주려던 선의였을 뿐이었는데, 내가 갑자기 눈을 감으니 얼마나 황당했을지.

엘레나는 민망함에 신발 속의 발가락을 꼼지락거렸다. 그렇게라도 하지 않으면 쪽팔림에 우아악 소리를 지르며 이 비를 뚫고 새벽의 궁으로 도망가게 될 것 같았다. 쥐구멍을 찾아서.

"많이 춥나?"

몸을 배배 꼬는 엘레나를 보고 아드레이가 물었다.

"조금요."

엘레나가 로브에 막혀 반쯤 웅얼거리는 목소리로 말했다.

"일단 비가 약해질 때까지만 버텨 보도록."

"네에……."

얼굴이 가려져 다행이다. 안 그랬으면 시뻘게진 얼굴을 다 들켰겠지. 엘레나는 꼼짝도 하지 않고 그대로 고개를 끄덕였다.

깜깜한 로브 속이지만 그가 조금 떨어진 곳에 앉는 것이 느껴졌다. 저 망할 비가 빨리 그쳐야 이곳을 벗어날 텐데. 엘레나가 조급중에 아랫입술을 깨물었다.

아무도 보지 않는 자신의 방 화장실로 뛰어 들어가 몇 번 울부짖다 보면 이 쪽팔림이 좀 사라질까. 앞으로 레이 얼굴은 어떻게 보지. 점점 걱정거리가 쌓여 갔다.

한편 아드레이는 작게 옹크린 엘레나를 지켜봤다. 자기 딴에는 붉어진 얼굴을 가린다고 그렇게 있는 것 같은데, 다 소용없는 일이었다. 흘러내린 머리칼 사이로 보이는 그녀의 귓바퀴도 얼굴 못지않게 빨개져 있었다.

저렇게 있으면 답답할 터인데. 하지만 이 상황에서 그녀를 건드렸다간 수치심에 더 빨갛게 달아올라 펑 하고 터져 버릴지도 몰랐다.

"피곤하군."

그렇게 중얼거린 그는 엘레나를 기다리던 자세대로 다시 회랑 벽에 뒷머리를 기대고 하늘을 올려다봤다. 조금 전보다도 빗줄기가 굵어진 데다 더 거세게 내리고 있었다.

멈추지 말고 계속 오라. 아드레이는 회색 하늘을 보며 그렇게 생각했다.

쏴아아.

그의 바람대로 하늘은 마치 이 비가 끝나지 않을 것처럼 시원하게 빗방울을 쏟아 내렸다. 그렇게 엘레나는 로브 속에 숨어 버린 채로, 아드레이는 회랑 벽에 기대어 앉은 채로 시간이 흘렀다.

조용히, 아무런 소리 없이 그가 슬쩍 웃었다.

다음 날, 하늘에 구멍이 뚫린 듯 내리던 비는 아침이 되자 거짓말처럼 멈추고 해가 쨍하게 떠올랐다. 힘없이 아침 식사를 하던 엘레나는 그런 태양을 원망스레 올려다보았다.

그녀의 예상은 정확했다. 방에 돌아와서 한참을 몸을 배배 꼬며 쪽팔림에 고통스러워하던 그녀의 몸부림은 침대 모서리에 새끼발가락을 찧고 나서야 멈췄다.

비에 젖은 몸을 겨우 씻고 침대에 누워서도 엘레나는 한참을 잠들지 못하고 괴로워했다. 잠이 들려고 하면 어김없이 그 장면이 떠올라 이불을 차게 되었기 때문이다.

눈 밑에 자리 잡은 다크서클이 밝은 햇빛 아래에서 적나라하게 드러났지만 오늘 그녀는 그런 것을 신경 쓸 기운이 없었다. 얼른 식사를 마치고 빨래를 해야 했고, 운이 좋으면 어젯밤 자지 못한 잠도 보충할 예정이었다.

포크로 꾹 찍은 과일 조각이 그녀의 입 안에서 아삭아삭 소리를 내며 뭉개졌다.

"야채를 먹으니 힘이 나는 것 같군!"

이건 또 무슨 흰둥이 짖는 소리래. 엘레나는 그제야 같은 식탁에 앉아서 식사를 하고 있는 티토를 바라보았다. 꼬맹이라 언제나 활기차기는 하지만, 오늘 아침은 유독 기분이 좋아보였다.

"오늘따라 목소리가 우렁차시네요."

잠을 못 잔 머리가 티토의 낭랑한 목소리에 지잉 하고 울리는 것 같았다. 엘레나의 말에 일리야가 웃으며 대답했다.

"오늘부턴 달라질 거라고 하시네요."

"네? 뭐가 달라져요?"

"난 형님처럼 될 거거든!"

티토가 짤막한 팔을 허리에 얹고 당당하게 가슴을 펴면서 말했다.

"형님처럼 강하고 멋있는 남성이 될 거야!"

엘레나는 그 말에 멀리서 보았던 바크란 1세의 뒷모습을 떠올렸다. 그리고 자기도 모르게 푸흐 하고 웃어 버렸다.

이 조그마하고 볼살이 통통한 꼬맹이가 그렇게 카리스마를 근방 몇백 미터씩 뿜어내는 황제처럼 되겠다니. 그 차이가 커도 너무나 컸다.

"웃지 마! 나 진지해!"

티토가 버럭 화를 냈지만 엘레나는 입술 사이를 비집고 나오는 웃음을 참을 수가 없었다.

"오늘 아침에 키를 쟀는데, 저번 달보다 이만큼이나 컸다고!"

그렇게 말하며 보여 주는 손가락 사이는 서로 붙을락 말락 작디작았지만 엘레나는 인정하며 고개를 끄덕였다. 확실히 그녀가 처음 새벽의 궁에 왔을 때보다 티토가 성장한 게 사실이었다. 의자 밑으로 달랑거리는 다리도 이제는 조금 덜 달랑거렸다.

"황제 폐하처럼 강한 남성이 되시려면 이런 야채도 다 드셔야겠네요!"

엘레나가 티토가 오믈렛 속에서 골라낸 야채 조각들을 가리키며 말했다.

"다, 당연하지!"

티토는 호기롭게 스푼을 들더니 야채를 듬뿍 떠서 입 안으로 집어넣었다.

"오오!"

엘레나가 놀라며 짝짝 박수를 치자 티토는 더욱 의기양양하게 웃으며 씹은 야채를 삼키기까지 했다. 그 직후 얼른 주스를 마시는 것이 아무래도 아직 그 맛은 조금 버거운 것 같았지만 그래도 편식하던 야채를 먹었다는 것이 고무적이었다.

결국 그릇에 남은 나머지 야채까지 싹싹 긁어 먹은 티토는 어깨를 부르르 떨었다.

"정말 단단히 결심을 하셨나 봐요."

엘레나가 그렇게 말하며 티토의 빈 잔에 과일 주스를 따라 주었다. 얼른 그것을 받아 마시며 티토가 말했다.

"그럼! 나 이제 검술도 배울 거라고!"

"검술이요?"

말도 안 됐다. 검을 찬 기사만 봐도 긴장하는 티토가 검술을 배우다니. 이 점에 대해서는 일리야도 고개를 절레절레 흔들었다. 하지만 티토의 고집은 꺾이지 않았다.

"형님은 나보다도 어렸을 때부터 검술을 배웠다고 하셨어. 이미 여섯 살에 목검을 잡기 시작하셨다고!"

"하지만 티토 님……."

그건 전장의 신이라고 불리는 황제잖아! 엘레나는 솔직히 걱정스러웠다. 검을 한 번 휘둘러 적군 여럿을 썰어 버렸다는 바크란 1세와, 겁 많기로 산토끼와 대결이 가능한 티토는 달랐다.

"형님을 뵙는 것도 처음에는 무서웠지만 금방 익숙해졌잖아? 검도 마찬가지일 거라고! 게다가 진검을 잡으려면 그전에 목검으로 몇 년이나 수련을 해야 한다고 하셨어. 아, 몰라! 할 거야!"

답지 않게 조목조목 말을 잘한다 싶더니 귀찮아졌는지 결국 버럭 소리를 지르는 티토였다. 아무래도 검술이란 것에 단단히 꽂힌 모양이었다.

하긴 이페른 제국의 귀족이라면 티토의 나이엔 검술을 배우기 시작하는 것이 일반적이었다. 오히려 조금 늦은 감도 있었다. 티토의 경우 검에 대한 트라우마가 있다 보니 지금까지 아무도 검술을 교육 과정에 넣는 것을 엄두 내지 못했던 것뿐이었다.

일단 하고 싶은 것은 다 해 보는 게 좋고, 뭐든 경험해 보는 것이 좋다고 생각했기 때문에 엘레나는 시원스레 말했다.

"그럼 저도 도와드릴게요. 제 치유 능력이 굳이 상처에만 효과가 있는 건 아닌 것 같더라고요."

"그게 무슨 소리야?"

"체력 증진이라고 해야 하나. 다친 곳이 없을 때도 꾸준히 치유를 받다 보면 검술에 도움이 된다나 봐요. 이왕 마음먹은 것 뚝심 있게 밀고 나가세요."

"그럼!"

엘레나가 자신이 원하는 것에 동조를 해 주자 비로소 기분이 좋아졌는지, 티토는 신이 났다.

"어제 이런 말씀을 드렸더니 형님도 좋아하셨어. 시종장 휴고에게 내 검술 선생님을 알아보라고 명해 주셨다고!"

"그래요? 은근 추진력 있으시네."

"대이페른 제국의 황제 폐하시라고, 우리 형님이! 엣헴!"

티토는 콧대를 높이며 말했다. 아무래도 여덟 살짜리 남자아이인지라 나이 차이 많이 나는 형님 폐하가 아이돌로 자리 잡은 듯했다. 엘레나는 좋은 게 좋은 거지 하며 아침 식사를 마저 했다.

그동안 티토는 자신이 검술 훈련을 받기 시작하면 어떤 좋은 점들이 있는지 큰 소리로 하나씩 나열했다. 예를 들어 키가 클 수 있다든가, 기사들처럼 연습용 목검을 허리에 차고 다닐 수 있게 된다든가 하는 것들이었다. 기사들이 검을 달고 다니는 게 꽤 부러웠던 모양이었다.

짤막한 목검이 티토의 허리에 매달려 있는 것을 상상하니 꽤 귀여워서 엘레나는 열심히 호응해 줬다. 요즘 빠른 속도로 트라우마를 극복하고 있는 티토였으니, 검술을 배우는 것을 계기로 더 성장할 수 있다면 반대할 이유가 없었다.

일리야는 활기찬 티토의 모습이 기쁜지 연신 얼굴에서 웃음이 떠나지 않았다. 티토가 드디어 본인이 만든 알을 깨고 세상으로 나오고 있는 것 같았기 때문이다. 이렇게 점점 성장해 언젠가 날개를 활짝 펴고 창공을 질주할 모습이 눈앞에 그려지는 것 같았다.

그렇게 화기애애한 분위기에서 아침 식사가 마무리되었을 때, 새벽의 궁 시종이 다가와 알렸다.

"리바이 공작 전하의 검술 선생이 왔습니다."

벌써? 아침 식탁에 둘러 앉아 있던 세 사람의 눈이 동그래졌다. 어제 점심을 먹으면서 한 말이 벌써 실현이 되다니.

생각보다 이른 감은 있었지만 배움은 빠를수록 좋은 법. 티토는 반색을 하며 말했다.

"모셔 와! 들어오시라고 해!"

시종이 검술 선생님을 데리고 들어오는 동안 소년은 발을 동동 굴렀다. 엘레나는 따뜻한 차로 입가심을 하며 티토를 바라보고 웃었다. 그렇게 좋을까.

한편으론 그녀도 어떤 사람이 검술 선생님으로 올까 궁금하기도 했다. 책에는 티토가 검술을 배우는 장면이 없었다. 티토는 책이 끝날 때까지 겁 많고 자기 방어적인 어린아이로 그려졌다.

비록 책의 애정 전선은 엉망으로 엉컸지만, 적어도 티토의 일에 대해선 책과는 다른 방향으로 가고 있어서 참 다행이었다.

"모셨습니다."

시종이 뒤에 한 남성을 데리고 들어와 말했다. 티토를 비롯한 세 사람의 표정이 볼만해졌다.

티토의 검술 선생님은 무척이나 낯이 익은 사람이었다. 남들보다 훤칠히 큰 키와 어디서나 눈에 띄는 외모. 곱슬기 있는 갈색 머리칼과 보석처럼 빛나는 초록색 눈동자. 끝이 살짝 내려간 짙은 눈썹.

전체적으로 멍멍이 같은 순한 인상을 주는 잘생긴 청년.

"공작 전하를 뵙습니다."

메이나드였다.

15장

15장

"메이 형?!"

"메이나드 경?!"

담담한 메이나드의 자기소개에 이어서 엘레나와 티토의 놀란 목소리가 식당 벽을 울렸다. 입이 벌어지고 금방이라도 눈이 튀어나올 것 같은 사람들과는 달리, 살짝 붉어진 메이나드는 표정 관리를 하면서도 조금 쑥스러운 듯 볼을 긁었다.

"어떻게 메이 형이 내 검술 선생님이 된 거야?"

티토는 메이나드가 자리에 완전히 앉는 것을 기다리지 못하고 물었다.

"어제 훈련이 끝나고 퇴궁하려는데 시종장님이 기사단으로 찾아와 부탁하셨습니다."

그리고 메이나드는 당연히 수락했다. 거절할 리 없었다. 휴고의 입에서 '리바이 공작 전하의 검술 선생님'이란 말이 나오자마자 메이나드는 '하겠습니다!'를 외쳤다.

너무나 좋은 기회였다. 순간적으로 너무나 좋아서 휴고를 얼싸안을 뻔했지만, 다행히 실행하지 않았다. 다만 메이나드는 몇 번이고 휴고에게 허리를 꺾으며 감사하다 말하는 것을 잊지 않았다.

"다른 사람을 가르치는 것은 스스로에게도 좋은 경험이 될 수 있으니까요."

"이미 기사단에서 황실 기사들을 가르치고 있잖아. 황실 기사단 부단장이니까."

"공작 전하를 가르치는 것은 비교할 수 없이 특별한 경험이 될 겁니다."

"어쩐지 나 때문은 아닌 것 같은데."

"흠, 흠."

메이나드는 붉어진 얼굴로 헛기침을 할 뿐 긍정도 부정도 하지 않았다. 아무리 쑥스럽고 부끄러워도 거짓말을 할 수는 없었다. 그게 기사의 긍지이자 체면이었다.

"그런데 갑자기 웬 '공작 전하'야?"

티토는 어리둥절해서 물었다. 르니에와 마찬가지로 메이나드는 티토가 무서워하지 않는 몇 안 되는 남성에 속했다. 신분을 떠나 친한 사이였기에 평소에는 '티토'라는 애칭으로 부르게 했다.

바크란 1세를 대신해 자주 얼굴을 비쳤기 때문이기도 했고, 메이나드 특유의 누구에게도 해를 끼치지 않을 것 같은 순한 분위기가 한몫 단단히 했다. 황제의 곁에서 많은 전장을 누빈 사람인데도 이제 막 기사단에 입단한 청년 기사같이 싱그러워, 어떻게 보면 참 특이했다.

"지금은 공작 전하의 검술 선생으로 왔으니 존칭을 사용하는 것이 맞습니다."

"하지만 날 가르쳐 준다면 오히려 더 편하게 말을 해야 하는 것 아니야?"

티토는 이해하기 어려운 눈치였다. 조금 섭섭하기도 했다. 애칭을 부르며 편하게 대하던 메이나드가 별안간 깍듯이 존댓말을 사용하니 거리가 생긴 것 같았다.

"선생과 스승의 차이라고 생각하시면 됩니다. 저는 검술을 가르쳐 드릴 선생으로 온 것이지, 공작 전하의 스승으로 온 것이 아니니까요."

"스승?"

"네. 제가 공작 전하께 가르쳐 드릴 것은 기본적인 체술과 검술의 기초뿐입니다. 제가 알고 있는 황실 기사단의 검술과 가문의 비전을 전하께 전수해 드릴 수는 없으니 저는 전하의 스승이 될 수는 없습니다."

"으응, 그런 거구나……."

티토는 고개를 끄덕였다.

기사 가문으로 이름 높은 가문들의 특징은 폐쇄적이리만큼 비밀리에 전수되는 가문의 비전에 있었다. 검술이든 창술이든 혹은 무투술이든 가문의 다음 대를 이을 후계자에게만 전승되는 그것은 가문의 전통이자 힘이었다.

무가 계통의 가문에서 후계자 선정이 아주 어린 나이에 완료되는 것도 그 때문이다. 가문의 비전을 전수받기 시작하는 시기는 어릴수록 좋았으니 말이다.

그러니 아무리 메이나드와 티토가 서로 잘 알고 친한 사이라 하더라도 무언가를 가르치고 배우는 공적인 자리에선 예의를 지키는 것이 맞았다. 그것이 아직 나이는 어려도 공작인, 더 나아가 현 황제의 남동생이자 유일한 직계 황족인 티토에 대한 예우였다.

티토가 조금 더 성장해 공작으로서 완전히 독립하고 메이나드가 어네스 백작으로서 가문을 이어받은 뒤엔 조금 달라질 수 있는 관계였지만, 어쨌거나 지금은 그랬다.

그렇게 이야기를 나누는 동안 메이나드의 앞에도 간단한 다과가 놓였다. 옅게 우려낸 맑은 차와 티토가 먹고 있는 것과 같은 종류의 아주 달콤한 케이크 한 조각이었다.

사실 새벽의 궁 주방은 이 문제로 짧게 고민을 했다. 급작스럽게 찾아온 손님이라 다른 다과거리가 마련되지 않은 상황이었다.

조금 허술해 보여도 차와 담백한 비스킷을 내어 갈 것이냐, 아니면 리바이 공작 전하가 드시는 것과 같은 모양새가 좋은 케이크를 내어 갈 것이냐의 문제였다. 결국 구비되어 있던 비스킷이 오래되어 눅눅해졌단 판단 아래 결국 케이크로 결정되었지만, 사실 조금 면목이 없기도 했다.

주방 식구들은 어린 공작 전하의 입맛에 맞춘 다디단 케이크에 손님이 한 입 이상 손을 대지 않을 거라고 생각했다. 어네스 경께서 언짢게 여기시면 어쩌나 하는 염려도 있었다.

하지만 자신의 앞에 놓인 케이크를 물끄러미 내려다보는 메이나드는 전혀 다른 고민을 하고 있었다. 먹고 싶었다. 눈으로 보기에도 혀가 얼얼할 만큼 달아 보이는 케이크는 고급스러운 자기 접시 위에 앉아 메이나드를 유혹하고 있었다.

그가 케이크를 모두 먹어 치운다고 한들 손가락질을 하거나 혀를 찰 사람은 아무도 없는데. 기사로서 단 음식을 좋아한다는 것에 대한 콤플렉스는 여전히 사람들 앞에서 디저트를 먹는 것을 힘들게 했다.

"메이나드 경."

고뇌하는 메이나드를 보던 엘레나가 말했다.

"이 케이크 한번 드셔 보세요. 주방장인 제이크 님과 마지 아주머니의 솜씨인데, 정말로 맛있어요. 새벽의 궁의 자랑이에요."

"그, 그렇습니까."

이렇게 권하면 손님의 입장에선 한 입 맛이라도 보는 것이 예의였다. 엘레나는 메이나드가 케이크를 먹는 것이 민망하지 않은 상황을 만들어 주고 싶었다.

"메이나드 경께서 맛있게 드셔 주시면 두 분 모두 굉장히 기뻐하실 거예요. 그죠, 티토 님?"

엘레나의 물음에 티토가 고개를 끄덕였다.

"그렇지. 나도 저 케이크 한 조각 더 줘."

티토가 입을 짭 하고 다시며 하녀에게 부탁했다. 엘레나는 그 틈을 타서 메이나드에게 눈짓했다. 망설이지 말고 어서 먹어 보란 뜻이었다.

그녀의 배려를 눈치챈 메이나드가 수줍게 웃으며 볼을 붉혔다.

"그럼…… 감사히 먹겠습니다."

엘레나는 포크로 듬뿍 뜬 케이크가 메이나드의 입 속으로 들어가는 것을 흐뭇하게 바라보았다. 흰 크림을 잔뜩 얹은 케이크를 머금은 입술이 보기 좋은 호선을 그렸다.

'아아, 정말 눈이 치유되는 느낌이야.'

잘생긴 청년이 케이크만큼이나 촉촉한 미소를 짓는 모습에 절로한숨이 나올 것 같았다.

"크흠."

그런 엘레나와 메이나드를 세모난 눈으로 번갈아 바라보던 티토가 크게 헛기침을 했다. 그러자 정신을 차린 엘레나는 자기도 모르게 턱을 괴고 있던 손을 치우고, 메이나드는 냅킨으로 입가를 정리했다.

오랜만에 좋은 구경 하고 있었는데. 아쉬운 마음이 가득했지만 계속해서 자신을 쨰려보고 있는 티토 때문에 그녀는 아무렇지 않은 척 어깨를 으쓱하며 웃어 보였다.

"앞으로의 수업에 대해서 설명드리겠습니다."

입 안에 남아 있는 케이크의 맛을 차 한 모금으로 헹궈 내며 메이나드가 말했다.

"그럼 저는 이만 올라가 볼게요."

엘레나가 자리에서 일어나며 말했다. 메이나드가 티토의 검술 선생님으로 온 것은 너무나 놀랍고 또 반가운 일이었지만, 그녀가 이 자리에 있어야 할 이유는 없었다.

"바쁘시지 않다면 함께 들어 주시지 않겠습니까? 마침 엘레나 님께 부탁드릴 것도 있어서 그럽니다."

"부탁이요?"

엘레나는 어리둥절해하면서도 메이나드의 말대로 다시 자리에 앉았다. 나한테 부탁할 게 뭐지? 검술 수업에서 신관이 할 수 있는 일이 감이 잡히지 않아 호기심이 생겼다.

"첫 번째로 검술 수업은 내일부터 바로 시작하겠습니다."

"좋아!"

"수업 시간은 매일 아침 동이 트는 시각을 기점으로 하겠습니다."

"싫어!"

방금까지 신이 나서 웃고 잇던 티토가 경악하며 자리에서 벌떡 일어났다.

"일출이라니! 그렇게 일찍 어떻게 일어나라고!"

"하다 보면 적응됩니다."

"왜 꼭 아침이어야 하는 거야? 저녁은 안 돼? 나 저녁에 한가해!"

티토는 절박하게 설득해 보려고 했지만, 메이나드는 제법 단호했다.

"하루 중 가장 활력이 가득한 아침에 검술 수련을 하는 것이 좋습니다. 대기의 마나가 가장 충만한 때이기도 합니다."

"하루 중 가장 졸린 때겠지!"

"처음에는 그럴 겁니다. 하지만 그걸 이겨 내고 부지런히 몸을 움직이는 것도 수련의 일부분이죠."

"이건 말도 안 돼!"

티토가 그렇게 절규했지만 메이나드에겐 전혀 통하지 않았다. 신입 기사들을 가르친다더니, 그래서 이런 일에 익숙한 걸까? 엘레나는 새삼 메이나드를 다시 봤다.

순하고 부끄러움을 많이 타 금방 얼굴이 빨개지는 메이나드가 이렇게 단호한 모습을 보이다니. 화를 내지 않고 목소리도 올리지 않고, 특유의 다정다감하고 상냥한 말투도 그대로인데 티토의 투정이 바늘 끝도 들어가지 않았다.

"저, 엘레나 님."

멍하니 오가는 대화를 관망하고 있던 엘레나는 메이나드가 자신을 부르는 말에 퍼뜩 정신을 차렸다.

"네, 네."

"엘레나 님께서 수업을 참관해 주실 수 있겠습니까?"

"참관……이요?"

"수고스러우시겠지만, 만일의 상황을 대비해야 할 것 같아서요."

아, 만일의 상황. 엘레나는 고개를 끄덕였다.

티토의 상태가 최근 눈에 띄게 좋아졌다고 하더라도 아직은 몰랐다. 빠른 회복은, 다른 말로 하면 검을 든 기사가 가까이만 와도 벌벌 떨던 것이 바로 얼마 전이라는 뜻이었다.

지금은 언제 그런 시절이 있었냐는 듯 건강해 보이지만, 막상 검술 훈련을 받기 시작하면 다를 수 있다. 티토가 보일 반응은 아직 미지수였다.

비록 동이 트는 무렵은 엘레나에게도 조금 이른 시간이긴 했지만 그 정도는 감내할 수 있었다. 티토가 아무런 문제없이 검술 훈련을 받을 수 있다는 확신이 들 때까지는 엘레나가 근처에서 대기하는 것이 필요할 듯했다.

"감사합니다, 엘레나 님."

메이나드가 웃자 예쁜 얼굴에 볼우물이 파였다.

"하, 피곤해. 내일 일찍 일어나려면 지금부터 자 둬야겠어."

"지금 아직 아침이거든요? 게다가 조금 있다가 수업 있으시잖아요, 티토 님."

"몰라, 몰라. 검술 수업 따위 처음부터 듣는다고 하는 게 아니었어……."

앞으론 매일 아침 일찍 일어나야 한다는 사실이 꽤 충격적이었던 듯 티토의 얼굴은 벌써부터 피곤해 보였다. 그리고 함께 자리에서 일어나던 엘레나와 메이나드의 눈이 마주쳤다.

"잠시 얘기 좀……."

"엘레나 님, 잠시 시간을 좀……."

통하였도다. 아무래도 메이나드도 엘레나와 같은 생각을 하고 있었던 듯했다.

눈짓을 교환한 두 사람이 함께 식당을 빠져나갔다. 그 모습을 바라본 티토는 일리야에게 물었다.

"메이 형, 눈치 좀 보이겠지?"

"아무래도 그렇겠죠. 아직은 잘 모르시는 것 같은데."

"엘레나도 모르는 거지?"

"워낙 그런 쪽으로는 둔하시잖아요, 신관님은."

티토는 작은 머리를 좌우로 저었다.

"다른 사람 일에는 그렇게 예민하면서, 어떻게 자기를 좋아하는 기사들이 새벽의 궁에 넘쳐 난다는 걸 모를 수가 있지?"

"그러게 말이에요. 그렇게 열렬히 눈빛을 쏘아 대는데."

"일부러 하루에도 몇 번씩 인사하는 사람들도 있다며."

"그것뿐인가요. 자길 기억하게 하겠다고 괜히 다쳐서 오는 사람도 있었죠."

"그런데도 불구하고 여전히 모르고?"

"둔하시잖아요."

일리야도 고개를 절레절레 저었다.

베르너 후작과 어네스 경이 엮인 소문이 돈 뒤로 새벽의 궁 기사들은 신경을 날카롭게 세우기 시작했다. 새벽의 궁 기사들의 만인의 연인과도 같았던 엘레나 신관을 넘보는 두 남자가 마음에 들지 않은 것이다. 게다가 지난번엔 그들이 직접 궁으로 찾아오기까지 했으니 그 불만은 하늘까지 치솟은 상태였다.

앞으로 어네스 경이 매일 아침마다 새벽의 궁을 방문하게 될 것이라는 소문이 돌기 시작하면 어떤 표정들을 지을까. 일리야는 작게 한숨을 쉬었다.

그런 대화가 오가는 줄은 꿈에도 모르는 엘레나와 메이나드는 조용히 대화를 나눌 곳을 찾아 후원으로 나왔다. 맑고 화창한 날의 따가운 햇살이 이제 여름이 완연히 다가왔음을 알려 주었다.

"흐음……."

엘레나의 보폭에 맞춰서 천천히 걷던 메이나드는 이상한 낌새를 느끼고 고개를 갸웃했다.

"왜 그러세요?"

"아무것도 아닙니다. 이제 정말 여름이네요."

"그러게요. 더운 거 싫은데."

엘레나는 그렇게 말하며 나무 그늘을 찾아 주변을 두리번거렸다. 동시에 메이나드도 주변을 두리번거렸지만 그 이유는 꽤 달랐다.

아까부터 새벽의 궁 기사들의 눈초리가 심상치 않았다. 처음 한둘은 그저 오늘따라 기분이 안 좋으려니 하고 넘어갔지만, 마주치는 기사들의 수가 이상하게 많기도 하거니와 하나같이 미처 갈무리하지 못한 적개심을 보이는 것이 이상했다.

한 가지 더 이상한 것은, 멀리서부터 메이나드를 노려보던 기사들이 엘레나에겐 언제 그랬냐는 듯 싱글벙글 웃어 보인다는 점이었다.

"여기가 좋겠네요."

엘레나가 잎이 많은 커다란 나무 밑에 놓인 벤치로 다가가며 말했다.

"잠시만 기다려 주십시오."

메이나드는 얼른 큰 걸음으로 먼저 의자에 다가가 더러운 것이 없는지 확인하고 자신의 주머니에서 손수건을 한 장 꺼내 엘레나를 위한 자리에 깔았다.

"가, 감사해요."

너무나 극진한 배려에 엘레나는 부담스러웠지만 억지로 입꼬리를 끌어 올렸다. 어색한 모습이었지만 그 웃음에도 메이나드는 슬쩍 얼굴을 붉혔다.

나란히 벤치에 앉은 두 사람 사이에 잠시간 정적이 흘렀다. 열기를 머금은 무거운 바람에 쏴아 하고 나뭇잎이 저들끼리 스치는 소리가 주변을 메웠다.

엘레나는 무슨 말을 꺼내야 할지 몰랐다. 그녀는 메이나드를 친구라고 생각했다. 같이 맛있는 디저트 가게에 가서 편하게 수다를 떨 수 있는 친구.

그런데 메이나드는 많은 사람들이 보는 앞에서 특별한 의미의 화환을 건넬 만큼 그녀를 좋아하고 있었단다.

지난번에 메이나드가 먼저 새벽의 궁을 찾아왔던 일도 있고 해서 이야기를 하자고 했지만, 그런 상대에게 도대체 무슨 말을 해야 하는 것인지 조심스러웠다.

하지만 엘레나는 마음을 단단히 먹었다. 이런 문제일수록 확실하게 대화를 나누는 것이 좋다고 생각했다.

르니에와는 어쩌다 보니 그에게 완전히 휘말려 제대로 말도 못했지만, 이번에는 정신을 똑바로 차려야 했다. 그런데 그녀가 막 말을 꺼내려는 찰나, 메이나드가 선수를 쳤다.

"그날, 마상창 경기장에서의 제 행동을 확실하게 설명드리고 싶습니다."

엘레나는 고개를 끄덕였다. 메이나드가 먼저 말을 꺼내 주다니 고마우면서도 미안했다. 겸연쩍게 웃은 그녀가 뭐라고 말을 꺼내기도 전에, 메이나드가 앉은 자리에서 벌떡 일어났다. 그리고 외쳤다.

"엘레나 님, 제 레이디가 되어 주십시오!"

박력 넘치는 목소리였다. 붉게 상기된 뺨과 꽉 쥔 두 손. 마침 불어온 바람에 머리카락은 흔들릴지언정, 허리를 곧게 세우고 그녀를 바라보는 메이나드의 눈은 전혀 흔들림이 없었다.

"레, 레이디요?"

엘레나는 매우 당황했다. 도대체 레이디가 되어 달라는 말이 뭘까.

이렇게 중세 유럽을 배경으로 한 듯한 로맨스 소설에서 '레이디'라는 말이 흔히 쓰인다는 건 알았다. 하지만 정자세로 우뚝 선 메이나드의 진지한 얼굴이 그런 의미에서의 '레이디'가 아니라는 것을 알려 주었다.

"예. 제 레이디가 되어 주십시오."

이 상황에서 '레이디가 뭐예요?'라고 물으면 엄청 이상하겠지. 너무나 궁금했고 이 대화가 더 진행이 되려면 꼭 알아야 할 것 같았지만, 저렇게 의미심장한 표정으로 자신의 대답만을 기다리는 사람에게 그런 질문을 할 만큼 그녀는 뻔뻔하지 못했다.

결국 엘레나는 아무런 대답도 하지 못하고 "그, 그게……." 하고 머뭇거리는 말을 흘리고 말았다.

메이나드는 그녀의 그런 반응을 매우 다른 방향으로 해석했다. 그의 얼굴에 어두운 기색이 스쳤다.

"지금 당장 제 서약을 받아 달라고 드리는 말씀은 아닙니다. 다만 경기장에서 화환을 바친 제 행동은 엘레나 님을 제 레이디로 모시고 싶은 마음을 담은 것이었음을 알아주십시오."

메이나드답지 않은 딱딱한 말투였다. 하지만 그 안에 담긴 잔떨림 때문인지 진심이 너무나도 와닿는 목소리이기도 했다.

엘레나는 도서관에서 처음 만났던 그 잘생기고 친절한 꽃미남과 눈앞에 서 있는 메이나드가 조금은 다른 사람처럼 느껴졌다. 얼마 전의 일인데도 그는 더욱 성장한 것 같았고, 더욱 단단해진 것 같았다.

"혹 이런 제 마음이 엘레나 님을 곤란하게 하고 있는 것입니까?"

메이나드는 그동안 줄곧 마음에 담아 왔던 질문을 조심스럽게 건 네었다. 상처받은 듯 흐려지는 메이나드의 눈동자에 엘레나는 엄청 난 죄책감이 들어 두 손을 마구 흔들었다.

"아뇨! 그런 건 아니고요!"

하지만 메이나드의 얼굴은 좀처럼 펴지지 않았다.

마음고생이 많았던 그였다. 후회도 많이 했다. 공개적인 곳에서 자신의 마음을 표현하는 일이 그녀를 곤혹스럽게 했을지도 모른다는 생각에서였다.

충동적인 행동은 아니었다. 윈터힐 백작과의 경기가 성사되었을 때부터, 그리고 엘레나가 경기장에 온다는 이야기를 들었을 때부터 메이나드의 목표는 정해져 있었다.

파괴적이며 직선적인 창술이 가문의 비전이며 칩거에 들어가기 전 오랫동안 마상창 경기의 우승자였던, 어마어마한 이력을 가진 윈터힐 백작과의 승부가 쉬울 거란 생각은 하지 않았다. 하지만 메이나드는 엘레나에게 화환을 바치고 싶다는 자신의 집념이 결국 승리를 가져다줄 것이라고 믿어 의심치 않았다.

결국 길고 치열한 경기 끝에 승리를 거머쥐었을 때, 온몸의 욱신거림보다도 그를 지배한 것은 승자의 화환을 엘레나에게 바쳐야 한다는 생각이었다.

그러나 그날, 엘레나를 새벽의 궁 침대에 눕히고 돌아오는 길, 메이나드는 자신이 아주 중요한 사실 하나를 간과했다는 것을 깨달았다. 바로 엘레나가 이미 르니에를 마음에 두고 있을 수도 있다는, 생각하고 싶지 않은 가정이었다.

"나는 메이나드 경을 친구라고 생각했어요."

더 이상 바람도 불지 않건만 그의 어깨가 작게 흔들렸다.

"그래서 그날 많이 놀랐던 것도 사실이에요."

메이나드는 침울한 얼굴로 엘레나를 바라보았다. 마치 길에 버려진 강아지 같은 눈망울이었다.

"그, 그리고 미안하지만 지금은 뭐라고 대답을 해 줄 수가 없어요. 다 너무 갑작스러워서……."

이제야 책 속 로잘린느의 마음을 알겠다고 하면 우스운 소리일까. 복에 겨웠다고 비웃었던 로잘린느의 행동들을 똑같이 하고 있는 자신을 발견한 엘레나였다.

마치 양손에 르니에와 메이나드를 하나씩 올려놓고 누가 더 좋을까, 누가 더 맛있는 떡일까 재고 있는 듯한 모양새였다. 마음을 받아 주지 않을 거면 차라리 빨리 정리할 수 있게 확답이라도 줘야 하는 것 아닌가 하고 책 속 로잘린느를 못마땅하게 바라봤던 자신이 말이다.

하지만 이 말 말고는 해 줄 수 있는 말이 없었다.

메이나드도, 르니에도 서브 남자주인공이라고 하기엔 너무나 아까울 만큼 부족함이 없는 사람들이었다. 둘 다 아름답고 매력이 넘쳤다. 책을 읽으며 몇 번이나 왜 이들이 남자주인공이 아닌지 얼마나 아까워했는지 모른다.

그러나 아무리 아까운 그들이었어도 결국 로잘린느의 남자들이었다. 설마 자신을 좋아할 거라곤 조금도 생각해 보지 못한 사람들이, 그것도 둘이나 한꺼번에 마음을 보인다고 해서 대뜸 '둘 중에 누가 더 좋아!' 하는 생각이 들지는 않는 것이다.

게다가 거절을 거절하는 르니에게 '타이어보다 질긴 놈'이라고 속으로 욕을 하긴 했지만, 그녀는 그날의 행동을 조금 후회하고 있었다. 겉으로 티를 내진 않았어도 그가 상처를 받지는 않았을까 싶은 것이다.

혼란스러웠다. 갑자기 돌변하더니 결혼하자고 들이대는 르니에나 레이디가 되어 달라는 메이나드나, 갑작스럽기는 마찬가지였다.

지금 엘레나에겐 생각을 정리하고 놀란 마음을 가라앉힐 시간이 필요했다.

면목이 없어서 고개를 들지 못하는 엘레나와는 다르게 메이나드의 얼굴색은 점점 밝아졌다.

거절이 아니었다. 꼼짝없이 이 자리에서 자신의 마음이 거절당할 것이라고 생각하고 있던 그에게는 케이크처럼 단 소식이었다.

"아닙니다. 저는 그걸로 충분해요."

한층 생기 있어진 메이나드의 목소리에 엘레나는 푹 숙였던 고개를 들었다.

"하지만⋯⋯."

"아직 제게 기회가 있다는 것만으로도 저는 행복한걸요."

아아, 이 아름다운 청년아. 엘레나는 콧등이 시큰거리는 것 같아 잠시 눈 사이를 꾹 짚었다.

"엘레나 님이 제 마음을 부담스러워하지만 말아 주시면 됩니다. 만약 그렇다면⋯⋯ 그건 정말 좀 슬플지도 모르거든요."

"정말로 미안해요."

"오히려 저는 엘레나 님께 고마운 마음뿐입니다."

뭐가 그렇게 고맙다는 건지. 오히려 고마워해야 할 쪽은 내가 아닌가?

엘레나가 어쩔 수 없다는 듯 메이나드를 보며 한숨 섞인 웃음을 지었다. 그러자 그도 따라서 웃었다. 배시시 웃는 메이나드의 뒤편의 초록색 잎들이 싱그러웠다.

에휴, 엘레나는 남몰래 한숨을 쉬었다. 그러면서 자신의 옆자리를 톡톡 두들기며 아직 부담스레 서 있는 메이나드에게 자리를 권했다.

르니에와 메이나드, 어쩌다 이렇게 멋진 남자들이 자신에게 관심을 보이는 것인지 그 이유를 도통 모르겠다. 도대체 내가 무슨 짓을 했을까. 절대로 고의로 한 일은 없는데.

엘레나는 문득 '내가 왜 좋아요?'라고 메이나드에게 묻고 싶은 충동이 일었지만 꾹 참았다. 르니에게 그 질문은 별로 소용이 없었다.

하긴, 좋아한다고 다가오는 사람에게 그 이유를 묻는 것은 어리석고 이기적인 일이었다. 차라리 깔끔하게 '좋아해 준다니 고마워.' 하는 것이 더 양심적이었다.

게다가 문제는 두 남자가 아니었다. 바로 자신이었다. 한 번도 이렇게 직접적인 고백을 받아 본 적이 없는 자신.

어떤 로맨스 소설에서든 주인공이 되어도 이상하지 않은 백마 탄 왕자님 같은 주인공급 남자 둘을 두고 고민을 해 본 역사가 있을 리 없었다. 그런 건 여자주인공이나 하는 건 줄 알았다.

'그래. 이왕 이렇게 된 거 한번 해 보지, 뭐.'

두 사람과 시간을 보내 보고 마음이 기우는 쪽이 누군지 결정하면 될 일이었다. 무엇보다도 마음의 문을 열어 놓는 것이 중요했다.

문득 머릿속 저 한쪽 구석에서 익숙한 남자의 얼굴이 떠올랐다. 검은 머리칼과 푸른 눈, 무심한 듯 따뜻한 미소.

그 모습을 떠올리자 가슴이 눈치 없이 두근거리기 시작했다. 하지만 레이는 따로 좋아하는 여자가 있는걸. 엘레나는 고개를 붕붕 저어 그 얼굴을 얼른 지워 냈다.

바크란 1세의 아침 일정은 언제나 똑같다. 동이 트기 전에 일어나 2시간 정도 검술 훈련을 하고 간단한 아침 식사를 마친 뒤, 집무실이 있는 중앙궁으로 이동해 업무를 본다. 이런 일과는 바크란 1세가 정복 전쟁을 마치고 아발론으로 돌아온 뒤 매일 반복되어 왔다. 오늘도 마찬가지였다.

아무런 소음 없이 조용한 가운데, 마치 의식을 치르는 것처럼 훈련을 마치고 몸을 씻은 뒤 아침 식사를 한 아드레이는 여느 때와 마찬가지로 집무실로 가기 위해 태양의 궁과 중앙궁을 잇는 잘 닦인 길을 걷고 있었다.

한데 바크란 1세의 충실하고도 유능한 시종장 휴고는 오늘따라 뭔가가 이상하다고 느꼈다. 아니, 이상하다기보다는 달랐다. 분명 여느 날과 다름없이 흘러가는 일상인데, 분명 뭔가가 달랐다. 새벽에 기상했을 때부터 몇 시간이 지난 지금까지 지속적으로.

이 묘한 위화감이 어디서 기인하는 것인가 하는 장고長考 끝에 휴고는 정답을 찾을 수 있었다.

서두르지 않고 여유로운 걸음을 옮기던 아드레이가 문득 하늘을 올려다봤다. 맑게 갠 초여름의 보통날이었다.

그런데 하늘에 뜬 구름이라도 세어 보듯 한동안 말끄러미 그것을 올려다보던 폐하의 입가에 작은 미소가 걸렸다.

저것이다. 휴고는 놀란 마음에 아드레이를 빤히 바라보다가 이내 자신의 무례를 깨닫고는 얼른 고개를 숙였다. 정작 아드레이 본인은 휴고의 시선을 의식하지 않았지만, 늙은 시종장은 폐하의 비밀스런 미소를 보았다는 것이 그저 황송하고 송구스러울 뿐이었다.

휴고는 슬쩍 세월에 주름진 눈꺼풀을 밀어 올려 아드레이가 보던 하늘을 보았다. 혹 훤한 아침 하늘에 저리 웃으실 만한 것이 떠 있나 싶어서였다. 하지만 드문드문 옅은 구름뿐인 하늘은 어제와 똑같아 보였다.

"날씨가 좋군."

설상가상으로 아드레이는 이런 감상을 내뱉었다. 푸른 하늘을 바라보며 누구나 할 수 있는 말이었지만, 그 말을 한 것이 바크란 1세라는 것이 문제였다.

휴고뿐만 아니라 바크란 1세를 개인적으로 겪어 본 사람이라면 누구나 이 의견에 동의할 것이다. 하늘을 올려다보며 미소 짓고 저런 감상적인 말을 하는 사람이 아니었다, 바크란 1세는.

아니, 애초에 감히 대이페른 제국의 황제 폐하를 일개 '사람'과 동일 선상에 놓는 이가 과연 있을까. 이페른 제국의 백성들에게 바크란 1세는 신격화된, 태어날 때부터 검기를 휘둘렀을 것 같은 그런 논외의 존재였다.

휴고와 마찬가지로 아드레이의 뒤를 따르던 여러 시종들이 평소답지 않은 폐하의 모습에 눈을 동그랗게 뜨고 있는 것이 그 증거였다.

"폐하, 오후에는 다른 로브를 준비하겠습니다."

휴고는 시종들의 관심을 돌리기 위해 아드레이가 입고 있는 로브를 지적해 말했다. 이렇게 더운 날씨에 입기에는 다소 두꺼운 의복을 준비한 시종에게 주의를 주는 말이었다.

하지만 아드레이는 입고 있는 로브 자락을 만지작하며 말했다.

"아니다. 이 로브가 적당하니 앞으로 한동안 이 로브를 내 곁에 가까이 두도록 해라."

로브를 가까이 두라? 어딘가 이상한 명이었다. 하지만 휴고는 잠자코 고개를 숙였다.

아드레이가 걸친 것은 어제 엘레나가 걸쳤던 바로 그 로브였다.

늦은 밤, 태양의 궁으로 돌아온 아드레이는 로브를 가져가 세탁하려는 시종을 말렸다. 그리고 밤새 침대 근처에 걸어 놓았다.

이렇게 로브 자락을 만지고 있자니 어제 이것에 돌돌 말려 있던 엘레나의 모습이 떠올라 그는 또 한 차례 피식 웃고 말았다.

오늘은 날씨도 좋았고 기분도 좋았다. 오랜 습관 탓에 언제나 기계적으로 행하던 아침 훈련도 훨씬 능률이 올랐고 몸도 가벼웠다. 어제 정신이 없어 엘레나가 그에게 신성력을 사용하는 것을 깜박한 것을 생각해 보면 참 신기한 일이었다.

"리바이 공작 전하의 검술 훈련은 내일부터 시작된다고 합니다. 오늘 검술 교사가 새벽의 궁을 방문했습니다."

"그래? 일 처리가 빨랐군."

듣던 중 반가운 소식이었다. 티토에게 부담이 될까 겉으로 크게 내색하진 않았지만 아드레이는 언젠가 티토와 검을 맞대어 볼 수 있는 날이 올 거란 기대가 컸다.

검술은 그가 독서만큼이나 좋아하고 오랫동안 가져온 취미였다. 이제 그 중요도가 일개 취미로 치부할 수 없을 만큼 커졌지만 그래도 순수하게 검을 즐기는 것만큼은 여전히 변치 않았다.

그동안 티토에게 책을 선물해 온 것도 그런 의미가 컸다. 자신이 즐기는 독서의 기쁨을 동생도 놓치지 않았으면 하는 마음이었다. 물론 티토가 독서에 별로 관심이 없다면 굳이 독서를 하라고 강요할 생각은 없었다. 그러나 기쁘게도 티토는 책 읽는 일을 좋아했고 아드레이는 그 점이 기뻤다.

이제 겨우 첫 검술 수업을 시작하는 티토에게 벌써부터 대련을 바란다는 것은 누군가 안다면 웃을지도 모르는 일이었지만, 아드레이는 벌써부터 티토에게 단단하고 아름다운 검을 선물할 날이 기다려졌다.

"티토의 검술 선생을 구하는 일이 어렵지는 않았나?"

친동생이긴 하지만 티토에게 검술을 가르칠 이를 찾는 것이 쉽지만은 않았을 거란 생각에서 나온 물음이었다. 새벽의 궁에서 검술을 가르치려면 황실 기사단 혹은 그에 비등한 경력을 가진 기사여야 할 텐데, 그런 사람이 검술에 대해 아무것도 모르는 어린아이를 가르친다는 것은 교사 본인에게도 큰 도전일 수 있었다.

게다가 학생은 티토였다. 교사를 여러 번 갈아 치웠고, 검만 보면

까무러친다는 소문이 나 있는 황제의 어린 동생.

"그리 어렵지는 않았습니다."

"그랬나."

아드레이는 마침 나무 속에 파묻혀 잔가지 정리를 하고 내려오다 지나가는 황제를 보고는 놀라서 하마터면 사다리에서 떨어질 뻔한 정원사를 향해 괜찮다는 눈짓을 보냈다.

"어네스 경이라면 리바이 공작 전하를 잘 가르쳐 줄 거라고 생각합니다."

우뚝.

아드레이의 발이 별안간 멈춰 버렸다. 덕분에 나른한 날씨를 즐기며 걸어가던 시종들도 허겁지겁 멈춰 섰다. 그중에는 제때 멈추지 못하고 저들끼리 부딪치는 이들도 적지 않았다.

"누구?"

그의 목소리가 부쩍 낮아졌다.

"어네스 경입니다, 폐하."

휴고는 그저 아드레이가 잘못 들었으려니 하는 것 같았다.

그럴 수밖에 없는 것이 메이나드를 티토의 검술 교사로 고용하는 것은 매우 합리적이고도 훌륭한 결정이었다. 누가 봐도 그랬다. 심지어 아드레이 본인이 생각해 봐도 그랬다.

메이나드 폰 어네스는 기사의 교과서였다. 충성과 긍지의 표본인 어네스 백작가의 장남은 정복 전쟁 동안 무수히 많은 전장에서 황제의 곁을 지켰다.

또한 어렸을 때부터 검술의 천재라고 불리며 역대 최연소의 나이에 황실 기사단의 일원이 되어 황가에 충성 서약을 했다. 거기서 계속해서 성장해 또다시 최연소 부기사단장이라는 직함까지 달게 되었다.

일생을 그렇게 승승장구하다 보면 누구나 조금은 자만하고 으스 대기 마련인데 그런 면 또한 없었다. 언제나 겸손하고 누구에게나 친절했다. 하급자라고 깔보는 일이 없었고 상급자에게도 깍듯했다.

그렇다 보니 누구나 메이나드의 이름을 들으면 엄지손가락을 추 켜세웠다. 그런 메이나드이기에 앞으로 티토에게 좋은 영향을 끼칠 것은 이미 알 수 있었다.

더군다나 검을 무서워하고 낯선 남성을 무서워하는 티토에겐 어 렸을 때부터 안면이 있는 메이나드가 적격이었다.

한마디로, 이성적으로 판단해 봤을 때 메이나드보다 더 좋은 후보 는 없다는 말이었다.

"메이나드······."

하지만 그것은 현재 매우 감정적인 상태인 아드레이에겐 하등 의 미가 없는 말이었다.

왜 하필 메이나드인가! 휴고가 원망스러웠다.

"그게 최선이었나?"

아드레이는 힘겹게 말했다. 이제 메이나드는 매일 새벽의 궁에서 엘레나를 마주칠 게 뻔했다. 어제는 르니에, 오늘은 메이나드라니.

"사실······ 어네스 경에 대한 고려도 있었습니다."

아드레이는 그게 무슨 뜻이냐며 어두운 얼굴로 휴고를 바라봤다.

"어네스 경이 리바이 공작 전하의 신학 교사에게 마음이 있다고 합 니다. 폐하께서도 아시겠지만 어네스 경은 평소 여성에게 관심이라고 는 없었지요. 평생 검밖에 모르고 살았던 어네스 경이 처음으로 여인 에게 마음을 주었다는데 조금이라도 돕고 싶은 마······음······ 폐하?"

휴고는 먹구름이 잔뜩 낀 아드레이의 두 눈동자에 말을 멈췄다.

"평생 검밖에 모르고 살았던 메이나드가 처음으로 여인에게 마음을 주었으니 도와주고 싶었다?"

"……예, 폐하."

"하아……."

길고 긴 한숨이 먼 하늘을 바라보는 아드레이에게서 터져 나왔다. 평생 검밖에 모르고 살았고 한 여인에게 처음으로 마음을 준 것은 그도 마찬가지인데.

"폐하, 혹 제가 무슨 실수라도……."

"아니다."

아드레이는 아랫입술을 꾹 다문 채로 중앙궁으로 향하던 발걸음을 다시 옮겼다. 걸음이 조금 전보다 배는 빨라지고 널찍해졌다.

그 뒤를 종종 쫓아가는 휴고의 얼굴이 점점 흙빛이 되었다. 도대체 내가 무얼 잘못했기에! 하지만 아드레이는 설명해 줄 생각이 조금도 없어 보였다.

성큼성큼 앞서 걷는 아드레이는 금방 중앙궁에 다다랐다. 그 첫 계단에 한 발을 얹은 그가 돌연 휴고를 돌아보며 말했다.

"하인즈 단장더러 입궁하라고 하라."

"예, 폐하."

"오늘 오후의 내 일정은 모두 취소하도록."

"……예, 폐하."

휴고는 뭔지 모르겠지만 일단 하인즈 단장에게 직접 깊은 사과를 해야겠다, 그리 생각했다.

해가 지고 달이 지고 다음 날의 해가 다시 떴다. 첫 훈련의 아침이었다.

연신 하품을 하며 눈을 비비는 티토의 눈꼬리에는 아직 잠이 한가득 매달려 있었다. 이제 막 동녘이 밝아 오는 시각, 티토와 일리야 그리고 엘레나는 새벽의 궁 연무장으로 향했다.

솔직히 엘레나는 새벽의 궁에 연무장이 존재하는 것도 이번에 알았다. 명색이 전통적으로 황태자의 공간인 새벽의 궁인데 연무장 하나쯤 단독으로 있는 것이 자연스럽기는 했다. 이곳에서 검술은 예절 같은 기본 소양이었으니.

어둑한 길을 걸어서 도착한 연무장은 넓었다. 아니, 넓기는 했으나 황량하고 쓸쓸해 보였다.

엘레나는 발끝으로 중간이 댕강 잘려 나간 잡초 무더기를 툭툭 찼다. 검술 연습을 하는 사람이 걸려 넘어지지 않도록 제초제를 뿌려 깔끔하게 관리하는 다른 연무장과는 사뭇 다른 모습이었다.

하지만 티토도 일리야도 새벽의 궁 사용인들을 탓하진 않았다. 새벽의 궁 외딴 곳에 마련된 연무장은 사람들에게서 잊혀 왔다.

그동안 사용하는 사람이 없어 거의 버려지다시피 했던 연무장이었다. 그 누구도, 심지어 티토 자신도 이 장소에서 검술 훈련을 받는 날이 올 것이라고는 상상도 하지 못했으니 말이다.

티토가 당장 검술 수련을 받겠다고 고집을 피우지 않았더라면 새벽의 궁 하인들은 이 연무장을 조금 더 깔끔하고 완벽하게 정리할 수 있었을지도 모른다. 하지만 급하게 준비한 것치고 이 정도면 나쁘지 않다고 생각하며, 엘레나는 이른 아침의 차가운 공기를 가득 들이마셨다.

"오셨습니까."

뒤쪽에서 메이나드가 허름한 연무장으로 걸어 들어오며 말했다.

"선생님이 나보다 늦어도 되는 거야?"

아직 졸려서 평소보다 날카로운 티토가 입술을 삐죽이며 말했다.

"훈련을 먼저 하고 오느라 늦었습니다. 부디 이해해 주시길."

메이나드의 말대로 그의 갈색 머리칼은 땀에 젖어 있었다. 평소 곱슬곱슬해 강아지 털 같다고 생각했던 머리카락의 가닥가닥이 땀으로 인해 더욱 구불거렸다.

"이미 훈련을 했다고? 이 시간에?"

티토가 검지를 쭉 펴서 가리킨 하늘은 이제 막 여명이 밝아 오고 있었다.

"공작 전하를 가르친다는 이유로 제 훈련을 소홀히 할 수는 없으니까요."

"대단하시네요……."

그럼 메이나드는 도대체 몇 시에 일어났다는 걸까. 엘레나는 자기도 모르게 감탄을 했다. 티토는 물론이거니와 자신도 아직 졸려서 하품이 자꾸만 나오는 시각에 이미 훈련도 마치고 출근을 한 메이나드가 존경스러웠다.

"펴, 평소 일어나는 시간보다 조금 일찍 일어났을 뿐입니다."

어스름한 새벽빛 아래에 선 엘레나가 또 예뻐 보여 메이나드가 조금 말을 더듬었다.

"이건 뭐, 내가 피곤하다고 할 수도 없잖아."

새벽의 궁에서 연무장으로 오는 내내 멈추지 않았던 티토의 불평불만이 쏙 들어가 버렸다. 메이나드는 그런 티토가 대견해 씨익 웃으며 한 손에 들고 있던 것을 내밀었다.

"전하께 드리는 선물입니다."

"어? 목검이네!"

티토가 자신의 앞에 내밀어진 것을 반색하며 받아 들었다. 투박하고 별다른 특색 없는 목검이었다. 하지만 티토의 두 눈은 새로운 장난감이 생긴 것처럼 반짝였다. 방금 전까지 춥고 졸리다며 찡얼거렸던 애가 맞나 싶을 정도였다.

"그런데 새 물건이 아니네?"

티토가 둥그스름하게 닳은 목검의 끄트머리를 보며 물었다.

"예. 제가 처음 검술 수업을 듣기 시작했을 때 부친이 주셨던 목검입니다."

"어네스 백작께서?"

"아버지도 아버지의 백부께 그 목검을 받았다고 하셨으니, 꽤 역사가 오래된 것입니다."

그 말에 목검을 다루는 티토의 손길이 제법 조심스러워졌다. 메이나드의 아버지의 백부님이라니. 그럼 도대체 몇십 년을, 그리고 몇 명의 손을 탄 목검이라는 것일까.

"그런데 이런 걸 날 줘도 돼? 이그니스 형이랑 파텔 형이 써야 하는 거 아냐?"

이그니스와 파텔은 메이나드의 쌍둥이 남동생들의 이름이었다.

"쌍둥이들은 하나를 주면 싸웁니다. 둘은 부친이 새것을 사서 주셨죠."

굉장히 해탈한 듯한 얼굴로 메이나드가 대답했다. 하지만 티토는 아직도 손안에 쥔 목검이 어려운 모양이었다.

"이미 부친에게도 말씀드렸습니다. 리바이 공작 전하께 이 목검을 드리겠다고요."

"그래? 뭐라셔?"

"가문의 영광이라고 하셨습니다."

황실에 충성을 다하는 어네스 백작다운 말이었다. 티토는 그제야 배시시 웃었다.

여러 훌륭한 기사들의 첫 목검이었던 유서 깊은 물건이 이제 자신의 것이 되었다. 이 목검만 가지고 있으면 저도 제국 최강자들로 이름을 날린 어네스가의 기사들처럼 강한 사람이 될 수 있을 것만 같았다.

"선물도 드렸으니. 자, 이제 수업을 시작해 볼까요?"

어설프게나마 양손으로 목검을 다부지게 잡은 티토가 신나서 고개를 끄덕였다. 그 모습을 지켜보던 엘레나는 주변을 둘러보다가 일리야가 앉아 있는 연무장 구석의 의자에 앉았다.

"에취!"

많이 추운지 어깨를 떨던 일리야가 크게 재채기를 했다.

"괜찮으세요?"

"예, 괜찮아요. 아직 새벽에는 좀 춥네요."

일리야는 웃으며 말했지만 이를 딱딱 부딪치는 것이 정말로 추운 듯했다. 엘레나는 손을 뻗어 일리야의 어깨를 짚었다. 은은하게 밝은 빛이, 마치 빛으로 만든 옷을 입히듯 일리야의 몸을 한차례 감싼 뒤 사라졌다.

"어머나, 감사해요."

재채기를 하는 것이 그대로 두었다간 일리야가 감기에 걸릴 것 같아 걱정이었다.

"아니에요. 이런 걸 가지고. 오늘은 제가 여기 있으니 그만 들어가 보세요, 일리야 님."

신성력은 감기가 들 수도 있었던 일리야의 몸을 다시 회복시켜 줄수는 있지만 추위까지 느끼지 않도록 할 순 없었다. 하지만 일리야는 손사래를 쳤다.

"그래도 제가 어떻게……."

"저와 일리야 님 둘 다 여기에 멍하니 앉아 있는 게 얼마나 시간 낭비예요. 어차피 메이나드 경도 계시고 하니 일리야 님은 들어가서 조금 쉬셔도 괜찮을 것 같아요."

엘레나의 말은 합당했다. 검술을 가르치는 메이나드나 혹시 모를 사태에 대비해서 대기 중인 엘레나는 연무장에 있어야 할 이유가 있었지만 일리야는 아니었다. 티토의 유모가 이 추운 새벽에 덜덜 떨면서 수업이 끝나길 기다릴 필요는 없었다.

"어서요."

엘레나의 말에 조금 망설이던 일리야는 차가운 바람이 치맛자락을 파고들자 자리에서 일어나 허리를 깊이 숙였다.

"티토 님을 잘 부탁드려요, 엘레나 님. 저는 그럼 들어가서 아침 식사 준비를 하고 있을게요."

"예, 조금 있다가 봐요."

엘레나는 일리야가 마음 편히 갈 수 있도록 웃으며 손을 흔들어 주었다. 목을 빼고 일리야가 연무장을 빠져나가는 것을 확인한 엘레나는 어깨에 두르고 있던 숄을 황급히 끌어당겨 그것에 얼굴을 묻었다.

"에, 엣취!"

일부러 옷을 따듯하게 입고 왔건만, 가만히 앉아 있으려니 더 추운 것 같았다.

"나도 운동이나 하고 싶은데."

엘레나는 문득 이곳에 온 뒤로 운동다운 운동을 하지 못했다는 생각에 중얼거렸다.

차라리 몸을 부지런하게 움직인다면 춥지는 않을 테다. 검을 위아래로 내려치는 연습을 시작한 티토의 얼굴이 붉게 달아오른 것만 봐도 그랬다.

한동안 수업은 별 탈 없이 이어졌다. 검을 바르게 잡는 법부터 시작한 수업은 꽤 흥미로웠다. 허리에 검을 차고 다니는 사람은 자주 봤지만 이렇게 검술의 기초를 알게 된 것은 처음이었다.

"허리에 힘을 더 주십시오."

인상을 찌푸린 티토의 곁을 지키며 메이나드가 단호하게 말했다.

"허벅지에도 더 힘이 들어가야 합니다."

"이 씨, 뭘 더 어떻게 힘을 주란 말이야! 그리고 검을 휘두르는데 왜 다리에 힘을 주래!"

티토가 결국 큰 소리로 외쳤다.

"하체는 검술의 시작이자 끝입니다."

담담한 말투로 그렇게 대답한 메이나드가 티토의 손에서 목검을 빼앗아 갔다. 그리고 방금까지 티토가 하고 있던 대로 다리를 어깨너비로 벌리고 두 손으로 잡은 검을 머리 위에서 아래로 느리게 내리쳤다.

후웅.

티토가 검을 잡았을 때 들려오던 휙휙 하는 회초리 휘두르는 소리와는 전혀 비교도 되지 않는 굵직한 소리였다.

"하체에 힘이 있어 몸의 중심이 잘 잡히면 검이 흔들리지 않습니다. 흔들리지 않는 검은 더욱 빠르고 정확하게 공기를 가를 수 있죠."

후웅.

이번에는 조금 더 빠른 속도였다. 단순히 검을 위에서 아래로 내리친 동작이었을 뿐인데 묵직한 기도가 실린 게 느껴졌다.

"앞으로의 수업은 목검을 사용한 기본 동작들과 전하의 체력과 힘을 키워 줄 운동들로 이뤄질 겁니다."

"우, 운동?"

운동이라면 턱을 움직여 음식을 씹는 것과 숨 쉬는 운동밖에 해보지 않은 티토의 얼굴이 하얘졌다. 얼마 하지 않았는데도 벌써 목검을 쥔 손아귀가 아프고 어깨와 팔이 빠질 것 같았다. 씩씩거리던 티토가 결국 인상을 구기며 외쳤다.

"나는 이런 걸 배우고 싶었던 게 아니란 말이야!"

그럼 그렇지. 티토의 우렁찬 생떼에 엘레나는 이마를 짚었다.

"나는 형님처럼 멋지게 검을 휘두르고, 막 나쁜 놈들을 무찌르고! 그런 걸 원했다고!"

말도 안 되는 말이었지만 티토는 정말로 서러운 것 같았다. 어찌 보면 당연한 반응이었다. 어제까지는 검술의 '검' 자도 듣지 않으려 한 여덟 살짜리 어린아이가 새벽같이 일어나서 훈련을 받는 게 쉬울 리 없었다.

엘레나는 앉아 있던 자리에서 일어나 엉덩이를 털었다. 검술을 배우겠다던 티토의 변덕도 여기까지인 것인가 싶었다.

하지만 메이나드는 달랐다. 큰 목소리로 짜증을 내고 인상을 구기는 티토 앞에서도 전혀 화를 내거나 언짢은 기색이 없었다. 오히려 티토의 앞에 다가가 한쪽 무릎을 굽히고 눈높이를 맞췄다.

"제가 처음 검술 수련을 시작한 것은 여섯 살 생일 다음 날이었습니다."

"여, 여섯 살?"

"예. 그리고 검술 선생님은 물론 제 부친이었죠."

첫 검술 선생님이 엄격하기로 유명한 어네스 백작이라니. 티토는 자신이 그 상황에 처한 것처럼 헉 하고 숨을 집어삼켰다. 메이나드는 그런 티토의 반응에 쓰게 웃었다.

"말씀드리지 않아도 잘 아시겠지만, 제 부친은 매우 무서운 검술 선생님이셨습니다. 제가 아무리 울고 어머니를 찾아도 조금의 표정 변화도 없으셨죠."

그날의 악몽이 생생하게 기억나는 듯 메이나드가 작게 한숨을 쉬었다. 방금까진 짜증이 한가득이었던 티토의 눈에 메이나드에 대한 동정이 샘솟았다.

"제가 처음 배운 동작도 바로 이 내려치기 동작이었죠. 제 기억으론 그때가 수련을 시작한 지 세 번째 날이었던 것 같습니다."

"그럼 그 전엔 뭘 배웠는데?"

"가르쳐 주지 않으셨습니다. 첫날엔 검을 바르게 쥐고 서 있으라고 하셨고, 두 번째 날은 검을 바르게 쥐고 기마 자세로 버티라고 하셨죠."

역시 무시무시한 교육법이었다.

"팔이 너무 아파서 이 목검을 내팽개쳤습니다, 제가."

"거, 거짓말!"

티토는 두 손으로 입을 가렸다. 어네스 백작 앞에서 그런 행동을 했다간 바로 죽도록 맞거나 쫓겨났을 것 같았다.

"크게 혼날 줄 알았는데, 부친은 조용히 제가 던져 버린 목검을 집어 들고 제 손에 쥐여 주셨습니다."

그날의 딱딱한 목검 자루와 따뜻하고 커다랬던 아버지의 손의 감촉을 메이나드는 아직 생생하게 기억했다.

"검은 남을 해치는 힘이 되어서는 안 된다. 남을 찍어 누르고 억압하고 다치게 하고 죽이는 것은 굳이 검이 아니라 길에서 주운 돌로도 가능한 일이고, 짐승을 잡던 칼로도 가능한 일이다. 검은, 지키는 힘이다. 자신을 지키고, 자신의 사람을 지키고, 그리고 자신의 신념을 지키는 힘이 되어야 한다."

메이나드의 부드럽지만 힘 있는 목소리가 선명하게 전해졌다.

"제 부친이 제게 주신 첫 가르침입니다."

"지키는 힘……."

잠잠해진 티토에게 메이나드가 물었다.

"황제 폐하께서 멋있는 이유는 단순히 많은 적군을 베었기 때문입니까?"

티토가 조금 고민하다가 고개를 크게 저었다.

"폐하께서 그토록 많은 제국의 기사들과 검사들에게 존경을 받으시는 것은 폐하의 검이 바로 이 제국을 지키기 때문입니다."

수많은 사람들이 전장의 신이라고 칭송하며 환호하는 어깨 위에는 제국이 놓여 있었다. 숫자를 셀 수조차 없이 많은 제국민들과 끝을 알 수 없는 넓은 영토가 있었다. 그에 대한 책임을 다한 황제의 칼끝은 제국의 안녕을 위협하는 적을 깨부쉈다.

"그리고 그렇게 할 수 있는 힘은 하루아침에 얻어지는 것이 아닙니다. 아, 이제 완전히 해가 머리를 내밀었네요. 조금 전에 제게 이 시간에 벌써 아침 훈련을 마쳤냐고, 대단하다고 하셨죠?"

메이나드가 새벽의 궁 숲 너머로 붉게 보이는 태양을 가리키며 말했다.

"이 시간이면 황제 폐하께선 이미 아침 수련을 모두 마치고 씻고 계실 겁니다."

"벌써?"

"게다가 수련의 강도는 제가 하는 것과 비교가 되지 않죠. 하인즈 단장도 혀를 내두를 정도의 고강도 훈련입니다. 폐하께선 전장에서조차 하루도 이 훈련을 빼먹으신 적이 없죠."

바크란 1세는 야습을 하거나 밤새 전투를 한 뒤에도 동이 틀 즈음이 되면 어김없이 애검인 '가이아'를 잡고 한적한 공터를 찾았다. 그런 모습이 수많은 기사들에게 자극이 되어 뿌리 깊은 충심을 심은 것이다.

티토는 높은 산 같은 형님을 떠올렸다. 형님의 뒤에 서 있을 때, 안전하다고 느꼈다. 이곳에선 아무도 나를 해치지 못할 것이라고 생각했다. 그래서 강해지고 싶었다. 형님처럼 산 같은, 강인한 사람이 되고 싶었다.

"다시 할게."

티토는 그렇게 말하고 목검 자루를 꼭 말아 쥐었다. 메이나드가 가르쳐 준 대로 어깨에 힘을 빼고 머리 위로 올린 목검을 힘껏 아래로 내리그었다. 티토의 눈빛이 전에 없이 진지했다.

메이나드에게 티토의 검술 선생님이 되어 달라 부탁했다던 시종장 휴고의 판단은 정확했던 것 같네. 엘레나는 그 두 사람의 모습을 보며 휴고의 안목을 인정했다.

한 번도 직접 본 적은 없지만 책 속에서 바크란 1세의 유능한 시종장으로 자주 등장했던 휴고는, 실제로도 그런 모양이었다. 메이나드는 목소리 올리는 일이나 윽박지르는 일 없이 능숙하게 티토를 이끌었다.

그 모습을 엘레나는 흐뭇하게 바라보았다. 참 보기 좋았다. 티토와 메이나드의 진지한 모습은.

참 멋진 세상이었다. 물론 흠도 많지만.

신분 차별, 남녀 차별이 극심하고 전쟁과 죽음이 훨씬 가까운 세계였다. 하지만 동시에 현대에선 이제 찾아볼 수 없는 가치들이 살아 있었다.

긍지, 맹세 그리고 명예. 책 밖의 세상에선 이제 껍데기밖에 남아 있지 않은 그런 단어들이 이곳에선 훨씬 무거운 가치를 가지고 있었다. 이곳의 사람들은 실제로 그런 것들을 지키기 위해 살았고, 그것들을 지키기기 위해 기꺼이 죽기도 했다.

이제 이 세상에 조금은 적응했다고 생각했는데, 어리게만 보았던 티토가 저렇게 검술 훈련에 열중하는 모습을 보니 아직 먼 모양이었다.

그렇게 티토의 첫 번째 수업은 무사히 끝이 났다.

하인들이 다가와 물통을 건네는 것을 보며 엘레나는 가만히 앉아 있어 찌뿌둥한 몸을 쭈욱 늘렸다. 딱딱한 의자에 장시간 앉아 있었던 데다 추워서 잔뜩 몸을 웅크리고 있어 그런지 관절 마디마디가 비명을 질렀다.

"아이고, 허리야. 추워서 죽는 줄 알았네."

내일부턴 옷을 더 든든하게 입고 나와야지. 엘레나가 그렇게 중얼거렸다.

"엘레나 님, 수고 많으셨습니다."

어느새 곁으로 다가온 메이나드가 그녀에게 웃으며 말을 건넸다.

"고생은 메이나드 경이 더 하셨죠. 저야 구경만 했는데요."

수업이 끝나자 메이나드는 여느 때와 같은 수줍은 청년으로 돌아왔다. 반가운 마음에 엘레나가 웃으며 말했다.

"검을 들었을 때의 메이나드 경은 평소랑은 좀 다른 것 같아요."

"제가요?"

"검을 잡았을 때는 정말로 기사님 같아서 말도 못 걸겠다니까요."

엘레나의 농담 섞인 말에 메이나드는 자못 심각해졌다.

"아닙니다. 말 걸어 주세요. 엘레나 님이라면 언제든 좋습니다."

"노, 농담이었어요. 농담!"

너무나 진지하고 간곡하게 이야기하는 그에게 엘레나는 결국 웃어 버렸다.

"그런 무서운 농담이 어디 있습니까."

메이나드는 그녀가 자신에게 말을 걸지 않는 것이 가장 끔찍한 악몽이라도 되는 듯 울상을 지었다. 그때, 메이나드의 뒤쪽으로 티토가 걸어왔다.

"둘이 한창 분위기 좋아 보이는데 방해해서 미안한데."

완전히 녹초가 되어 힘이 하나도 없는 목소리였다.

"안 가? 나 먼저 가?"

그렇게 말하는 티토의 발걸음은 이미 새벽의 궁 쪽으로 향했다.

"아니에요, 같이 가요."

"앗, 제가 새벽의 궁까지 모셔다드리겠습니다."

"에이, 바로 앞인데요. 메이나드 경, 피곤하실 텐데 어서 가서 쉬세요."

"아닙니다. 제가 모셔다드리고 싶어요."

주거니 받거니 훈훈한 대화를 나누고 있는 두 남녀를 상당히 짜증스럽게 바라보던 티토는 눈을 한차례 굴리더니 자신의 목검을 어깨 위에 툭 걸쳤다.

"지금쯤 현관에 도착했겠구만."

결국 메이나드가 엘레나를 새벽의 궁까지 배웅해 주는 것으로 줄다리기는 종결되었다.

그에 걸린 시간은 짧디짧았다. 현실적인 거리도 짧았지만, 메이나드의 주관적인 느낌은 더욱 그랬다. 엘레나와 몇 걸음 걸은 것 같지도 않은데 벌써 새벽의 궁 입구였다. 가릴 수 없는 아쉬움이 메이나드의 얼굴에 진하게 어렸다.

이래서야 눈치채지 않으려야 않을 수가 없잖아. 엘레나는 의기소침해진 메이나드를 보면서 곤란하게 웃었다.

남자가 둘인데 한 사람은 도무지 속마음을 알 수 없어서 문제고, 한 사람은 이렇게 속마음이 고스란히 보여서 문제였다.

"아침 식사라도 함께하고 가실래요?"

엘레나의 제안에 메이나드의 초록색 눈이 커다래졌다. 그녀가 이런 제의를 할 거라고는 전혀 생각도 못한 것 같았다. 하지만 기쁨도 잠시, 그는 정말 안타까운 듯 입술을 앙다물며 말했다.

"바로 가서 기사단 훈련에 참가해야 합니다."

"아침 훈련 하셨다면서요?"

"그것은 개인 훈련이었고, 부단장이다 보니 단원들을 가르쳐야 하거든요."

티토와 메이나드의 대화에서 그런 내용을 언뜻 들었던 기억이 났다. 메이나드는 황실 기사단의 부단장이며 평기사들을 가르친다는 것 말이다.

그러고 보니 꽤 높은 사람이었구나, 메이나드는. 젊다 못해 어린 나이에 황실 기사단 소속 기사들을 가르치는 위치에 있다는 게 매우 신기했다.

"왜 그렇게 보세요?"

자신을 빤히 바라보는 엘레나에게 메이나드가 물었다.

"메이나드 경은 수습 기사도 가르쳐요?"

"수습 기사 말입니까? 아뇨, 수습 기사의 교육은 평기사들의 몫입니다. 그건 갑자기 왜 물으십니까?"

"아, 그게. 아는 사람이 황실 기사단의 수습 기사여서요."

엘레나는 지난번 타이달 섬 축제에 갔을 때 아드레이가 했던 말을 떠올렸다.

"한 개 기사단 소속의 수습 기사만 해도 50명이 넘습니다. 그러니 그들의 교육은 평기사들에게 돌아가죠. 혹시 지인분의 이름을 말해 주시면 한번 들여다보겠습니다."

엘레나는 메이나드의 제안에 혹했다. 아드레이의 이름을 말해 볼까? 메이나드가 직접 관심을 가져 준다면 도움이 되지 않을까? 분명 아드레이에게도 좋은 기회가 될 것 같았다.

기사단의 규모가 짐작했던 것보다 훨씬 커서 더욱 그런 생각이 들었다. 황실 기사단이 다섯 개로 나뉘어 있다는 것을 감안하면, 아드레이는 정말 모래알 속의 모래알인 것이다. 그런 아드레이에게 부단장인 메이나드가 관심을 가져 준다면 정말 큰 도움이 될 수도 있을 것 같았다.

하지만 엘레나는 웃으면서 거절했다.

"아니에요. 왠지 그 사람은 제가 자기 이름을 부단장에게 말하는 걸 싫어할 것 같네요."

아드레이라면 분명 그럴 것이다. 실력이 아닌 다른 방법으로 부단장의 눈에 드는 것이 그가 바라는 방법이 아닐 거라는 예감이 들었다.

"예, 알겠습니다. 어서 들어가세요, 엘레나 님."

엘레나는 바쁜 메이나드의 시간을 더 이상 뺏어서는 안 된다는 생각에 얼른 인사를 하고 새벽의 궁 현관문을 밀었다.

"엘레나 님!"

"네?"

메이나드가 부르는 소리에 이미 몸이 반쯤 안으로 들어간 엘레나가 뒤로 돌았다.

"저, 그…… 맛있게 드십시오!"

아침 식사 잘 하라는 건가? 엘레나는 얼른 고개를 끄덕였다. 그녀의 응답에 기쁘게 웃은 메이나드는 그제야 새벽의 궁 앞에 세워 두었던 말에 올라타 기사단 쪽으로 사라졌다.

그 과정에서 그가 시선을 마주치는 일을 묘하게 피했던 것은 그녀만의 착각이었을까. 엘레나는 고개를 갸웃하며 자신의 방으로 향했다.

아침 식사도 좋지만 평소보다 너무 일찍 일어난 지금은 잠이 먼저였다. 한두 시간 정도만 자고 일어나서 차라리 점심 식사를 하는 것이 나을 것 같았다.

계단을 올라가며 엘레나는 메이나드를 떠올렸다. 굉장히 비장하게 자신의 레이디가 되어 달라고 선언한 것치고는 굉장히 담백했다. 따로 열렬히 구애를 하는 것도 아니었고 적정선을 지켰다.

물론 그게 나쁘다는 말은 아니었다. 아직 자신의 마음을 잘 모르겠는 그녀의 입장에선 오히려 그런 메이나드가 고마웠다. 무작정 들이대면서 거절을 거절해 버리는 르니에보다는 메이나드와 함께 있을 때 생각이란 것을 하기가 훨씬 수월했으니까.

아마도 그건 메이나드가 그런 사람이기 때문일 것이다. 책에서 읽었던 메이나드도 그랬다. 자신의 감정이 로잘린느에게 피해가 될까, 답답할 정도로 조심스러웠다. 자신이 그런 배려를 받고 있다고 생각하자 고마우면서도 마음이 불편했다.

이런저런 생각을 하며 자신의 방문 앞에 도착한 엘레나는 한참 동안 방 문고리에 걸려 있는 붉은색 상자를 바라봤다.

"……폭발물?"

에이, 설마. 그건 아니겠지. 그러면서도 그녀의 눈은 조용히 로잘린느의 방문 쪽으로 향했다. 하지만 이내 고개를 저었다. 내가 아무리 싫어도 이런 정성까지 들일 애는 아냐.

결국 상자는 엘레나와 함께 방 안으로 안착했다. 침대에 걸터앉아 조심스레 상자를 열자, 금방 달콤한 냄새가 진동했다.

"케이크네?"

상자 안에 들어 있는 것은 흰 생크림이 발린 딸기 조각 케이크였다. 아무리 상자를 돌려 봐도 발신인의 이름은 없었다. 다만 상자 손잡이 쪽에 상호가 박혀 있을 뿐이었다.

벨벳 제과점

생크림 케이크의 모양이 눈에 익다 했더니, 지난번 메이나드와 가 본 적이 있는 그 제과점의 물건인 모양이었다.

"그렇다면……."

발신인의 이름이 없는 이유가 있었구나. 아마도 메이나드는 이 케이크를 자신이 보냈다는 것을 그녀가 금방 알아차릴 거라 생각한 것이다.

"아! 그래서 잘 먹으라고 한 거구나!"

헤어지기 직전 메이나드가 남기고 간 말이 떠올랐다. 그게 그 말이었군.

그녀는 상자 안에 케이크와 함께 놓여 있는 작은 꽃을 집어 들었다. 꽃송이가 겨우 엄지손톱만 한 작은 흰색 꽃이었다.

이름 없는 들꽃같이 생긴 수수한 꽃이 눈에 익었다. 아마 이 케이크를 전하러 오는 길에 이 앞 화단에서 눈에 띈 것을 그대로 꺾어 온 것 같았다.

너무 작아서 향기도 나지 않을 것 같았지만 엘레나는 그 꽃송이에 코끝을 묻었다. 후웁 하고 숨을 들이켜자 케이크의 냄새일지 모를 달콤한 향기가 코 속으로 들어왔다.

방금 메이나드가 표현을 안 하니 뭐니 그렇게 생각했던 것이 무색했다. 문고리에 걸어 놓은 케이크와 들꽃이라니. 정말 메이나드다운 선물이었다.

엘레나는 그대로 한숨을 크게 쉬었다. 이런 마음에 도대체 어떻게 보답해야 좋지.

"에, 엣취!"

작은 꽃이라도 꽃가루는 있는 모양이었다. 그녀는 얼른 꽃에서 코를 뗐다. 코 속 깊숙이도 들어갔는지 그 뒤로도 그녀는 몇 번이나 재채기를 해야 했다.

오늘은 모처럼 수업이 없는 휴일이었다. 엘레나는 오랜만에 신관복을 벗어 던지고 전에 축제에 갈 때 샀던 원피스를 찾아 입었다. 항상 치렁치렁 풀고 다녔던 머리카락도 잘 빗어서 몇 가닥 땋아 내리기까지 했다.

이 정도면 엘레나치곤 굉장히 공을 들인 것이었다.

"오늘은 좀 일찍 가 봐야지."

엘레나는 서둘러 새벽의 궁을 빠져나왔다. 여름으로 접어들면서 해가 길어져서 전처럼 노을이 지는 시간에 만났다간 너무 늦었다. 그걸 고려해서 엘레나는 평소보다 조금 이르게 아드레이를 만나러 갈 생각이었다.

"덥다, 더워."

더운 것보단 추운 게 훨씬 낫다는 지론을 가지고 있는 엘레나는 여름이 그리 달갑지만은 않았다.

원래부터 남들보다 추위를 타지 않는 체질이었는데 그것은 엘레나의 몸도 마찬가지인 듯했다. 다들 추워서 꽁꽁 싸매고 다니던 겨울에도 그녀는 겉옷 하나 정도면 충분했으니 말이다.

마치 엘레나의 몸은 더 추운 곳의 기후에 익숙한 사람 같았다.

"어라? 여기서 뭐 해요?"

이제 막 새벽의 궁 영역에서 내원으로 넘어가는 숲의 경계에 다다른 엘레나가 나무에 기대어 서 있는 사람을 보고 놀라 물었다.

"그냥, 오늘은 시간이 좀 남아서."

언제나와 같이 무뚝뚝한 레이였다.

"왜요? 내 얼굴에 뭐 묻었어요?"

"아니다."

"근데 왜 그렇게 뚫어져라 쳐다봐요?"

정말로 그의 눈에서 레이저가 쏘아져 나올 것 같았다.

"뚫어져라 보긴, 누가."

아드레이는 그렇게 말하고 먼저 등을 돌려 숲길을 걷기 시작했다. 그렇게 열 발자국쯤 걸었을까. 결국 참지 못한 아드레이가 그녀에게 물었다.

"그동안 별일 없었나?"

"별일 있을 게 뭐 있겠어요. 맨날 똑같지."

쳇바퀴 구르듯 매일 똑같은 생활을 하고 있는 그녀였다. 아침 일찍 티토의 검술 수업을 지켜보는 것 말고는 그녀의 일상에 변화가 없은 지 오래였다.

누군가는 그녀의 이런 특별할 것 없는 생활이 지겹다고 하겠지만, 엘레나는 그렇게 생각하지 않았다. 오히려 매일이 똑같을 수 있는 이 삶이 감사했고, 다행이라고 여겼다.

매일 똑같은 시간에 일어나서 똑같은 사람들을 보고 정해진 시간에 식사를 하고 잠들 수 있는 것. 그것은 매우 안정되고 보장받은 삶을 사는 사람의 특권이었다.

하루하루 노동에 시달리다가 지쳐 쓰러져 잠들었던 신전에서의 나날들에 비하면 이곳은 천국이었다. 매일 밤 따뜻한 물로 목욕을 하고 부드러운 침대에 몸을 묻을 때면 자신이 혹시 죽어서 책 속이 아니라 천국에 온 것은 아닐까 하는 생각이 들 때도 있었다.

어느새 엘레나와 아드레이의 발걸음이 맞아 들었다. 같이 오른발, 왼발을 번갈아 디디며 숲길의 중간쯤 왔을 때, 아드레이가 또 뜬금없이 물었다.

"새로운 일은 없나?"

"새로운 일이요?"

엘레나는 곰곰이 생각했다.

"아뇨, 딱히 없는데요."

또 침묵이 흘렀다. 그렇게 어느덧 내원의 연무장에 도착했다.

두 사람은 따갑게 내리쬐는 햇살을 피해서 지난번처럼 회랑 아래로 향했다. 회랑 바닥에 엉덩이를 대기도 전에 아드레이가 또다시 질문했다.

"소문에…… 크흠, 그러니까 전해 듣기로 리바이 공작이 검술 수업을 받기 시작했다던데."

"아, 그거요? 소문 참 빠르네. 맞아요, 며칠 안 됐어요."

마침내 그녀의 입에서 대답다운 대답이 나오자 그의 얼굴이 조금 밝아졌다. 다행히 대답을 피하는 것은 아닌 것 같았다.

"그런데 어네스 경이 검술 교육을 맡았다지?"

"네. 레이도 메이나드 경이 평기사들을 가르치는 것을 본 적 있어요?"

"……있다."

아드레이는 마지못해 대답했다.

"그래서 어네스 경은 성실하게 잘 가르치나? 딴짓은 하지 않고?"

"딴짓?"

아드레이의 말에 엘레나의 표정이 묘해졌다.

"레이도 잘 알 것 아니에요. 메이나드 경이 그런 사람 아닌 것."

아차. 아드레이는 자신의 말실수를 깨닫고 둘러댔다.

"그렇지. 어네스 경은 그럴 사람이 아니지."

하지만 그렇게 대답하면서도 기분이 나빠지는 것은 어쩔 수 없었다. 엘레나가 메이나드를 두둔하자 굉장한 불쾌함이 치밀어 올랐다.

"되게 착실하게 가르쳐요. 덕분에 맨날 공작 전하 근육통 치유해 주느라고 귀찮아 죽겠어요. 여기가 아프다, 저기가 아프다. 하루에 몇 번씩 신성력을 쓰게 만드는지."

요즘 티토는 마치 절전 모드에 들어간 것 같았다. 수업을 듣는 등 생활에 필요한 최소한의 움직임 말고는 근육통이 있다면서 아무것도 하지 않으려고 들었다. 새살도 돋게 하는 그녀의 신성력이라면 근육통 정도는 단번에 나을 텐데.

그 때문에 피곤해진 것은 일리야와 엘레나를 비롯한 새벽의 궁 사람들이었다.

티토의 작은 머리통을 확 쥐어박고 싶은 것이 한두 번이 아니었지만, 그럴 때마다 참을 '인' 자를 그려 가며 꾹 참았다. 어린애다, 어린애. 이렇게 되뇌며 성질을 잠재울 뿐. 그래서 오늘 같은 휴일이 더 반갑기도 했다.

"그런데 그건 왜 물어요?"

다른 때와 마찬가지로 '그냥'이란 말로 얼버무리려던 아드레이는 순간 마음을 고쳐먹었다.

메이나드가 티토의 검술 수업을 맡았단 이야기를 들은 뒤로 그에게 밤잠이란 것은 없었다. 매일 밤을 뜬눈으로 지새우고 있었다.

체력적인 것은 그에게 문제가 되지 않았다. 다만 긴긴밤 동안 메이나드와 엘레나가 함께 있는 모습이 눈앞에 둥둥 떠다녀 고통스러웠다. 울컥하는 마음에 새벽의 궁을 찾아갈 뻔한 적도 있었다. 아드레이는 그녀의 마음이 너무나 궁금했다.

"어네스 경은 그대에게 화환을 주지 않았나."

"아, 그거⋯⋯."

그랬다. 메이나드는 그녀에게 화환을 주었다. 많은 사람들이 보는 앞에서, 가족들이 보는 앞에서 자신의 마음을 고백한 것이다.

요즘 엘레나도 그 문제에 대한 생각이 많았다. 대체 왜 자신의 마음은 이렇게 차분하기만 할까.

비단 메이나드에 대한 고민만은 아니었다. 르니에도 마찬가지였다.

책에서 읽을 땐 그렇게 아깝고 또 아까운 남자들이었는데. 두 사람의 반의반의 반만이라도 괜찮은 남자 어디 없나 한숨을 쉬었는데.

글자를 통해 상상만 하던 남자들이 눈앞에서 그녀를 향해 웃고 구애를 하는 이 상황에서도 그녀의 가슴은 고요하기만 했다.

엘레나가 한동안 아무 말 없이 멍하니 있자 아드레이가 그녀의 어깨를 짚었다.

"엘레나?"

그 바람에 정신을 차린 그녀가 고개를 돌렸다. 그의 얼굴이 아주 가까이에 있었다. 남청색 눈이 그녀를 걱정스레 바라보고 있었다.

그러자 거짓말처럼 심장이 요동치기 시작했다. 방금까지 아무런 반응도 없다며 불평하던 바로 그 심장이 두근두근 댔다.

화들짝 놀란 엘레나가 몸을 뒤로 뺐다. 그러자 자연스레 그녀의 어깨 위에 올려져 있던 그의 손도 있을 곳을 잃고 공중으로 툭 떨어져 내렸다. 아드레이는 아쉬움에 손을 쥐었다 폈다 했다.

"저기, 레이. 나 물어볼 것 있어요."

조금 망설이며 엘레나가 말했다.

"레이디가 뭐예요?"

진작에 누군가에게 물어보고 싶었지만 그럴 수 없었다. 일리야에게 물어봤다간 대번에 새벽의 궁 전체에 이상한 소문이 퍼질 것 같았다. 그렇다고 더 입이 가벼운 새벽의 궁 하인들에게 물어볼 수도 없었다.

게다가 그런 상식적인 것을 묻는다면 그녀를 이상하게 볼 가능성도 배제할 수 없었다.

하지만 다행히도 그녀에겐 아드레이가 있었다. 누군가에게 그녀에 대해 미주알고주알 떠벌릴 사람도 아니고 그 스스로도 기사다 보니 누구보다 잘 알려 줄 것 같았다.

"레이디?"

"단순한 호칭 말고요."

메이나드, 레이디, 호칭 이상의 의미. 단숨에 세 가지 점을 연결한 아드레이의 얼굴이 어두워졌다.

"레이디가 되어 달란 말이 어떤 의미예요?"

그렇게 된 건가. 아드레이는 가슴이 덜컥 내려앉는 것 같았다.

"그걸 꼭 알아야 하나?"

"네. 알고 싶어요."

엘레나의 황금색 눈이 그를 바라보았다. 결국 아드레이는 무거운 입을 열어야 했다.

"기사는…… 평생 단 한 명의 레이디를 모실 수 있다."

"평생 단 한 명이요?"

메이나드의 심각한 분위기에서 어느 정도 그 말의 무게를 감지했지만, 그래도 평생 단 한 명이라니. 생각했던 것보다 더 어마어마한 말이었다.

"레이디로 모시겠단 맹세는 충성 서약과는 조금 다르다. 전통적인 시각에서 기사는 레이디를 정하는 것으로 한 단계 성장하게 되지. 무슨 일이 있어도 보호하고 지켜야 할 단 한 사람이 생기는 것이니."

기사의 입장에서 지켜야 할 레이디가 생기는 것은 조금 위험한 일일 수도 있었다. 자신의 약점을 꺼내 놓는 것이나 마찬가지였으니 말이다.

게다가 레이디의 명예는 곧 기사의 명예였다. 레이디의 명예를 지키는 길이 자신의 명예를 지키는 길이었다.

"요즘은 그 의미가 가벼워져서 연애결혼을 하는 귀족들 사이에서는 청혼의 의미로도 쓰인다."

"처, 청혼……."

"하지만 그대에게 레이디가 되어 달라 한 사람이 어네스 경이라면 그런 가벼운 의미는 아니었겠지."

도대체 청혼이 가벼운 의미라니. 기사 개인에게 '레이디'는 도대체 어떤 무게를 가진 것일까.

"어네스 경은, 아니 어네스가는 전통적인 기사도를 지키는 가문으로 유명하다. 현 어네스 백작의 일화만 봐도 알 수 있지."

"어네스 백작…… 어네스 경의 아버지요?"

"어네스 백작은 기사 서임을 받자마자 정혼자였던 백작 부인에게

레이디의 맹세를 했지. 그리고 혼인이 성사되기 전까지 약 5년간 부인을 레이디로 모셨다. 그런 것을 보고 자란 어네스 경이 레이디의 의미를 가볍게 여길 리 없지 않나. 아마 레이디의 맹세와 청혼, 두 가지 의미를 모두 다 담은 것이었겠지."

이렇게나 어마어마한 의미였던 거야. 이런 말을 하면서 부담스러워하지 말아 달라니. 강아지 눈을 하던 메이나드의 얼굴이 떠올라 갑자기 열이 받았다.

이렇게 엄청난 폭탄을 안겨 주면서 '부담을 갖으시면 슬퍼요.' 하는 건 좀 양심이 없지 않나? 그렇게 생각하던 엘레나는 포옥 한숨을 쉬었다.

양심이 없는 건 나지, 나. 보답할 수 있을지 모르는 진심은 이렇게 무겁고 껄끄러운 것이다.

"받아……들일 생각인가?"

질문하는 그의 말끝이 억누르지 못한 불안으로 흔들렸다. 아드레이는 알았다. 메이나드라면 좋은 남편이 될 수 있을 것이다.

백작가의 장남이자 가문을 이을 후계자였다. 스스로 매우 뛰어난 기사이기도 했고 장래가 촉망되는 제국의 기대주였다. 무엇보다 그 올곧고 정직한 마음은 순수하고 또 깊었다.

또한 메이나드는 매우 화목한 가정에서 태어나 자랐다. 만약 엘레나가 그의 제안을 받아들인다면, 그들은 엘레나에게 많은 애정을 줄 수 있을 것이다. 허례허식을 멀리하는 가풍이라 귀족들의 복잡한 예법을 싫어하는 엘레나에게 안성맞춤이기도 했다.

"메이나드 경에게는 지금 당장 대답을 줄 순 없다고 했어요. 경도 이해해 줬고요."

그렇게 대답한 엘레나는 은근슬쩍 아드레이에게 물었다.

"레이는…… 레이는 그때 말했던 그 여성분과 잘 되어 가고 있어요?"

아드레이의 입술이 느리게 열렸다.

"아니."

"왜, 왜요?"

엘레나가 저도 모르게 말을 더듬었다.

"도대체 내 마음을 어떻게 표현해야 하는 것인지 잘 모르겠다."

하고 싶은 말은 산더미같이 많았다. 그러나 동시에 무슨 말을 해야 할지 갈피를 잡을 수가 없었다. 그녀에게 좋아한다 고백을 하고 싶어도 그럴 수 없었다. 그 말이 입술 끝까지 나왔다가 결국에는 대롱대롱 매달려 버렸다.

"이런 게 다 처음이라."

괜히 마음을 전했다가 그녀를 영영 보지 못하게 될 것 같아 두려웠다. 두려움이라니. 이 내가 두려움이라니. 아드레이는 허탈한 웃음이 났다.

도대체 눈앞의 이 작은 여자가 뭐라고, 평생 두려움이라곤 모르고 살았던 자신이 자꾸만 이렇게 작아지는 것인지 도통 알 수 없었다. 그녀 때문에 하루에도 몇 번이나 하늘 높이 날아올랐다가 땅으로 도로 처박히는지 몰랐다.

자조적인 웃음을 흘리는 아드레이를 엘레나는 묘한 눈으로 바라봤다. 그에게 고민이 많다는 것은 그녀에게도 충분히 전해졌다. 굉장히 직설적이고 돌려 말하는 법이라곤 모르는 이 남자의 조심스러운 태도는 그 여자를 생각하는 그의 마음이 얼마나 큰 것인지 짐작하게 했다.

"엘레나."

아드레이는 마침내 용기를 내기로 했다. 이 기회를 빌려 자신도 마음을 전하기로.

더 늦기 전에 자신이 누구인지, 그녀가 자신에게 어떤 의미인지 모두 털어놓으려 했다. 3일에 한 번씩이 아니어도, 이 내원의 연무장이 아니어도 그대를 만나고 싶다 솔직하게 말하려고 했다.

"엘레나, 난⋯⋯."

"레이! 그렇게 안 봤는데, 진짜! 무슨 남자가 그렇게 소심해요!"

엘레나의 손이 그의 등을 팡 소리가 날 정도로 크게 쳤다.

"우리 둘 다 연애 사업, 힘내 봐요! 알았죠?"

이까지 보이며 씨익 웃는 엘레나의 얼굴에 아드레이는 말을 모두 빼앗겨 버린 것 같았다.

"내가 연애 경험은 별로 없어도, 여자 마음은 여자가 아는 법이니까요. 궁금한 게 있으면 얼마든지 물어보라고요. 알았죠? 혼자서 속 썩이지 말고요!"

엘레나는 괜히 더 밝은 목소리를 냈다. 저렇게 좋아하는 여자가 있는 남자를 짝사랑하는 것만큼 바보 같은 짓이 또 있을까. 그것도 나 좋다는 남자를 둘이나 두고서.

아무래도 머리가 어떻게 된 모양이었다. 아니면 아드레이가 지나치게 잘생겼거나. 그냥 그런 것뿐이라고 스스로에게 주입하면서 엘레나가 아드레이에게 손을 내밀었다.

"지난주에 내가 깜박한 것 있죠? 말 좀 해 주죠. 얼른 손 줘요. 우리 이러려고 만나는 거잖아요."

그녀는 그를 통해 치유 능력을 연습하고, 그는 그녀에게 리바이 공작에 대한 정보를 얻는다. 그게 두 사람이 3일에 한 번씩 이곳에서 만나는 이유였다.

까먹지 말자. 엘레나는 그렇게 중얼거렸다.

아드레이는 그녀가 내민 손 위에 천천히 자신의 손을 내밀며 엘레나를 바라봤다. 생글생글 웃는 그녀의 얼굴과 대비되는, 웃음기 한 점 없는 얼굴이었다.

엘레나에게서 뿜어져 나온 빛이 눈부신 와중에도 그는 그녀에게서 눈을 뗄 줄 몰랐다. 눈이 멀 것처럼 환한 빛 너머가 보이기라도 하는 것처럼, 그렇게 그녀만 바라봤다.

16장

16장

"그날 좀 이상했지?"

머리를 빗던 엘레나가 중얼거렸다. 며칠 전 만났던 레이는 조금 이상했다. 그녀는 거울 속의 자신을 바라보면서 입을 삐죽였다. 오늘은 마침 내원에서 아드레이를 만나는 날이었다.

"조금 있다가 만나면 제대로 물어봐야지."

그날 그의 이상한 행동이 자꾸만 신경 쓰였다.

"그나저나 이제 눈 색이 완전히 변했네?"

그녀가 거울을 더 가까이로 끌어당겨 자신의 눈동자를 들여다봤다.

얼마 전까진 그래도 옅은 갈색이 남아 있는 부분도 많았는데, 이제는 아예 전의 색을 찾아볼 수 없었다. 게다가 눈동자 전체가 황금색으로 변한 것도 모자라 뭔가 그 안에서 일렁이고 있다는 느낌마저 들었다.

"신성력이 이렇게 티가 나는 건가?"

다른 신관들이 들었다면 기함할 일이었다.

눈은 마음의 창이란 말이 있듯, 라한 신관들 중 신성력이 월등히 한계를 넘어선 사람들은 이렇게 눈동자로 그 변화가 보였다. 갓 태어난 어린아이들 중 일찌감치 능력이 발굴되어 신전으로 위탁되는 경우가 그런 예였다.

어쨌든 이렇게 변화가 눈에 보이는 것이 신기하면서도 조금 걱정이 되기도 한 엘레나는 조만간 교황 할아버지를 찾아가 봐야겠다고 생각하며 두터운 외투를 챙겨 방문을 열었다.

달칵. 문을 여는 동작에 뭔가가 툭 하고 걸렸다. 벌써 며칠째 이런 상자가 그녀의 문고리에 매달려 그녀를 기다렸다.

"오늘은…… 초콜릿 케이크네."

보기만 해도 혀에 침이 고일 만큼 달아 보이는 진한 갈색의 케이크 한 조각이 모습을 드러냈다.

"도대체 언제 놓고 가는 거야."

아무리 귀를 기울이고 기다려 봐도 메이나드가 언제 다녀가는 것인지 현장을 잡을 수가 없었다. 딱히 하고 싶은 말이 있는 것은 아니었지만, 그래도 이렇게 간식거리를 놓고 가는 것을 다 알면서도 그냥 모르는 척하기는 조금 그랬다.

"우렁 각시도 아니고……."

엘레나는 메이나드가 걸어 놓고 간 그 상자를 한 손에 들고 연무장으로 향했다. 오늘은 이 케이크를 같이 먹을 심산이었다.

그녀만큼이나, 아니 그녀보다도 더 단것을 좋아하는 메이나드였다. 오늘만큼은 우렁 각시에게도 케이크를 먹이겠다고 다짐했다.

연무장에 도착하니 이미 수업이 시작된 뒤였다.

며칠 지켜본 수업의 순서는 항상 같았다. 메이나드는 제일 처음에 준비 운동 겸 티토에게 커다란 연무장을 두 바퀴 뛰게 했다. 그리고 머리끝부터 발끝까지 스트레칭을 시켰다.

지금 티토가 발목을 돌리고 있는 것을 보니, 이제 준비 운동이 마무리된 모양이었다.

"아, 따시다."

엘레나는 그녀의 지정석에 앉아 미리 놓여 있던 담요를 어깨 위로 덮었다.

도톰하고 제법 묵직한 이 담요는 수업 둘째 날부터 벤치 위에 놓여 있었다. 물론 엘레나가 따로 준비하거나 요구한 것은 아니었다. 이것도 우렁 각시의 작품이었다.

자리에 앉은 엘레나는 그녀를 흘끔 바라보던 메이나드와 눈이 마주쳤다. 그녀가 한 손에 케이크 상자를 살짝 들어 올리며 씨익 웃었다. 그러자 메이나드가 황급히 고개를 돌려 버렸다.

부끄럼쟁이. 메이나드가 저렇게 얼굴을 붉히며 고개를 돌릴 때마다, 예쁜 청년을 괴롭히는 불한당이 된 것 같은 기분이었다.

"허리를 곧게 펴십시오!"

괜히 티토만 메이나드에게 핀잔을 들었다. 눈치 빠른 티토는 검집 끝으로 자신의 허리를 툭 치는 메이나드에게 눈을 흘겼지만, 기마 자세를 유지하고 있는 마당에 까딱 잘못하다간 볼썽사납게 뒤로 엉덩방아를 찧을 수 있어 화를 낼 여유도 없었다.

티토는 의외로 수업을 잘 따라가고 있었다. 메이나드가 잘 다독이기는 했지만 그래도 의외의 일이었다. 워낙 힘들고 익숙하지 않은 일이라 금방 싫증을 내며 힘들어서 그만둘 거라고들 생각했다.

하지만 티토는 누구도 예상치 못했던 끈기를 발휘하는 중이었다. 투덜대면서도 수업에 늦지 않게 아침 일찍 일어났고, 메이나드가 내려치기 백 번, 가로치기 백 번 숙제를 내주면 그것도 꼬박꼬박 미루지 않고 잘했다.

메이나드도 놀라워하며 수업의 진도를 더 빨리 나가도 되겠다며 기뻐했다. 물론 티토는 그 기쁨을 나누진 못했다.

메이나드를 티토의 검술 교사로 점찍었던 시종장 휴고의 선택은 탁월했다. 수업이 힘들어지면 한층 더 더러워지는 티토의 성질머리를 메이나드는 훌륭하게 제어하고 있었다.

마치 앙칼진 야생동물을 길들이는 숙련된 조련사를 보는 것 같아 매우 흥미로웠다. 이빨을 드러내며 화를 낼 때는 적당히 받아 주며 조금 뒤로 물러났다가, 때를 봐서 은근슬쩍 훈련의 난이도를 높였다.

그렇다고 해서 메이나드가 티토의 성질을 다 받아 주는 것이냐고 물으면, 그건 또 아니었다. 가끔은 티토가 뭐라고 생떼를 부리던 완전히 무시하는 방침을 고수하기도 하고 무섭게 으름장을 놓기도 하는 것이, 하루 이틀 해 본 게 아닌 듯했다.

오늘도 수업은 순항 중이었다. 구슬땀을 뚝뚝 떨구는 티토가 들었다면 '이렇게 힘든데 무슨 순항!'이라며 억울해했겠지만, 엘레나가 보기엔 일단 그랬다.

그사이 해가 완전히 떴고 어깨 위에 있던 담요는 자연스레 무릎으로 내려왔다. 점점 기온이 올라가고 있었다. 티토가 마지막 정리운동을 할 즈음에는 담요는 의자 한쪽에 고이 접힌 채 놓였다.

"오늘도 더우려나 보네."

해가 완전히 올라오자 기온이 바뀌는 것이 피부로 느껴질 정도였다.

매앰, 매앰.

"어라? 매미가 우네?"

연무장 주변의 커다란 나무들에서 찌르르 울리는 익숙한 매미 소리에 엘레나가 눈을 깜박였다. 강한 기시감이었다.

"여름, 여름에 무슨 일이 있었더라?"

한 마리가 울기 시작하니 그게 신호라도 된 듯 여기저기서 매미들이 울기 시작했다. 방금까지 쥐죽은 듯 조용했던 사위가 금방 시끄러워졌다.

보이지 않는 매미를 찾아서 푸른 잎이 무성한 나무들을 둘러보던 엘레나는 눈썹을 찌푸렸다.

귀가 아파서가 아니었다. 완연한 여름의 시작을 알리는 이 매미 소리가 처음으로 들리던 날, 책 속에서 어떤 사건이 있었는지 기억이 났기 때문이다.

엘레나가 메이나드를 바라봤다. 거리가 있어서 무슨 대화를 하는지 들리지는 않지만 웃으며 티토에게 무언가를 말하고 있었다.

설마 그 일이 일어나겠어? 엘레나는 그렇게 생각하며 덮었지만, 불길한 예감은 그 사이를 비집고 고개를 내밀었다.

책 속에서 처음으로 매미가 울던 날, 로잘린느와 함께 있던 메이나드는 비보를 접한다. 그의 어머니가 발을 헛디뎌 저택의 계단 꼭대기에서 아래로 굴러 떨어졌다는 소식이었다.

다행히 백작 부인은 목숨을 잃지는 않지만 의식불명의 상태가 된다. 백작 부인은 그 뒤로 오랫동안 깨어나지 못했고, 겨우 정신을 차리고 난 뒤에는 더 이상 다리를 움직이지 못하게 된다.

사고는 아침 일찍 일어났지만 메이나드가 그 소식을 접한 것은 한낮이 한참 지나서였다. 메이나드는 로잘린느와 함께 도서관에서 시간을 보내고 있었고, 그걸 모르는 사람들은 애타게 메이나드를 찾아 헤맸던 것이다.

메이나드는 어머니가 그런 사고를 당하고 사경을 헤매는 것도 모른 채 그저 로잘린느만 바라보며 행복해한 스스로를 크게 자책한다.

엘레나가 이 사건을 기억하는 이유는 백작 부인의 사고가 원작의 로잘린느를 놓고 벌이던 경쟁에서 메이나드가 다른 두 명에게 크게 뒤처지는 계기가 되었기 때문이다. 메이나드는 백작 부인이 자리에서 일어날 때까지 그 곁에서 간호를 했고, 자연스레 로잘린느와는 사이가 소원해졌다.

그리고 그날이 바로 오늘인 듯했다. 엘레나는 지금이라도 메이나드에게 빨리 집으로 가 보라고 말할까 고민하며 망설였다.

책의 내용은 이미 아예 다른 책이라고 할 수 있을 정도로 많이 바뀌었다. 가장 주축이 되는 로잘린느와 남자들의 관계가 아예 생성이 되지 않았으니 이야기가 완전히 틀어져 버린 것이다.

오늘만 보더라도 로잘린느와 도서관 구석에 박혀서 함께 책을 읽으며 시간을 보내야 했던 메이나드는 대신 새벽의 궁 연무장에서 티토를 가르치고 있었다.

그러니 어쩌면 백작 부인은 사고를 당하지 않을지도 몰랐다. 엘레나는 일단 기다려 보기로 했다.

"엘레나 님!"

수업을 마친 메이나드가 웃으며 그녀에게 다가왔다. 엘레나는 마주 웃어 주려고 했지만, 얼굴 근육이 말을 듣지 않았다. 덕분에 우는 듯 웃는 듯 요상한 얼굴이 되어 버렸다.

"무슨 일 있으십니까?"

그녀보다 머리 한 개는 월등히 큰 메이나드가 한쪽 무릎을 굽혀 눈높이를 맞추며 걱정스레 물었다. 땀에 살짝 젖은 곱슬머리가 메이나드의 이마와 뺨에 어지러이 붙어 있었다.

"어네스 경!"

연무장에 한 사람이 뛰어든 것도 그때였다. 갑작스레 이름이 불린 메이나드는 의아한 얼굴로 그쪽을 돌아봤다.

"무슨 일이지?"

메이나드가 땅을 짚고 있던 한쪽 무릎을 떼고 천천히 몸을 일으키며 물었다. 나이는 상대보다 어려도 메이나드는 부단장. 황궁 경비대의 평대원에게는 하대를 하는 것이 맞았다.

"그, 그게, 어네스가에서 사람이 찾아왔습니다!"

"무슨 전언이지?"

메이나드의 얼굴도 서서히 굳어 갔다. 좋은 일은 아닐 거란 예감이 들었다.

"백작 부인께서…… 사고가 있었다고 합니다. 계단에서 떨어지신 뒤 의식을 찾지 못하신다고…… 속히 가문으로 돌아오시랍니다."

"어, 어머니가?"

메이나드의 얼굴에서 색이 빠져나갔다. 백짓장처럼 하얗게 질린 그는 갈 곳을 잃은 어린아이 같았다.

"지금 황궁 정문에서 어네스가의 사람이 기다리고 있습니다. 일단 말을 준비해 온 것 같은데, 어떻게 하시겠습니까?"

메이나드의 상태가 차마 말을 몰고 갈 수 있을 것 같지 않다고 판단한 경비대원이 조심스레 물었다.

"나, 나는……."

"마차를 준비해 주세요! 최대한 빨리요!"

엘레나가 끼어들며 외쳤다.

"엘레나 님……."

"메이나드! 지금 뭐 하시는 거예요? 어머니가 다치셨다잖아요. 어서 가 봐야 할 것 아니에요. 정신 차려요!"

엘레나가 매섭게 소리쳤다. 누나가 남동생을 야단치는 것 같은 그런 단호한 말투였다. 덕분에 메이나드의 눈에 초점이 돌아왔다.

"아. 그. 그렇다면 말을…… 빨리 가 봐야 하니."

"미안하지만 내가 말을 못 타요. 마차로, 대신 빨리 마차를 몰 수 있는 마부로 골라 준비해 주세요."

"예, 알겠습니다!"

경비대원이 얼른 새벽의 궁 입구 쪽으로 달려갔다.

"엘레나 님?"

메이나드가 그녀를 바라봤다.

"왜요? 나 안 데려갈 거예요?"

그는 그제야 그녀가 한 말의 의미를 알았다.

"괜찮으시겠습니까?"

한편으론 기쁘면서도 한편으로는 조심스러웠다. 마상창 대회 경기장에서 그녀가 쓰러졌을 때, 축 늘어진 그녀를 안고 새벽의 궁으로 온 것이 바로 그였다.

하지만 엘레나는 단호하게 말했다.

"지금 친구 어머니가 다치셨다는데 가만히 있어요?"

"……."

메이나드는 아무 말도 하지 못했다.

"티토 님! 갔다 올게요!"

엘레나가 메이나드의 등을 밀면서 티토를 향해 소리쳤다. 혀를 쭉 빼고 연무장 바닥에 누워 있던 티토는 손만 흔들흔들해 보였다.

그때, 달가닥 소리가 들리며 사두마차 한 대가 연무장 변두리로 들어왔다. 엘레나는 서둘러 메이나드부터 마차 안으로 밀어 넣었다.

"아 참, 저기 혹시 부탁 하나만 들어주실 수 있을까요?"

엘레나가 경비대원에게 물었다. 더운 날에 황궁 입구에서부터 새벽의 궁으로 전속력으로 말을 몰아 온 것도 모자라 마차를 수배하느라 여기저기를 뛰어다닌 경비대원은 그녀의 말이 그리 달갑지는 않은 모양이었다.

"잠시만요."

엘레나는 땀을 닦는 경비대원의 어깨에 손을 올리고 아주 조금의 신성력을 사용했다. 조금 있다 큰 힘을 써야 했기에 한 번 번쩍하고 말 정도의 소량이었지만, 지친 경비대원의 체력을 보강해 주기엔 충분한 힘이었다.

"마, 말씀하십시오."

경비대원은 그제야 엘레나가 누군지 알아본 듯 말을 더듬었다.

"고생스럽겠지만, 황실 기사단의 수습 기사인 아드레이 폰 로만이라는 사람한테 오늘 약속은 못 지킬 것 같다고 그렇게만 전해 주세요."

"알겠습니다. 걱정하지 마십시오."

"정말 감사해요."

엘레나는 그 말만 남기고 얼른 자신도 마차에 올라탔다.

"이럇!"

마부의 우렁찬 소리와 함께 마차가 서둘러 출발했다. 그 뒤에서 하늘을 보며 대자로 뻗어 있던 티토가 눈썹을 모으며 중얼거렸다.

"아드레이? 어디서 많이 들어 본 이름인데……."

고개를 푹 숙이고 있던 메이나드가 또다시 입을 열었다. 빨리 달리느라 요란한 마차 소리에 자칫 묻힐 만큼 작은 목소리였다.

"감사합니다, 엘레나 님."

"몇 번째 말씀하시는 거예요. 아직 집에 도착하지도 않았는데."

그렇게 대답하는 엘레나의 마음도 그리 편치만은 않았다. 자신이 조금만 빨리 오늘이 무슨 날인지 알아챘더라면. 아니, 백작 부인이 사고를 당하는 날이 오늘이라는 것을 알게 된 순간부터 움직였다면.

설마설마하며 기다렸던 자신이 바보 같았다. 무작정 메이나드를 저택으로 끌고 갔었어야 했다.

그래야 한다는 생각이 들지 않았다면 거짓말이었다. 하지만 '그걸 나중에 어떻게 설명해?' 하는 이기적인 고민에 그저 사고가 일어나지 않기를 바라는 쪽을 택했다. 그런 죄책감 아닌 죄책감이 까맣게 죽은 메이나드의 얼굴을 바라보는 그녀의 마음을 불편하게 했다.

"백작 부인은 괜찮으실 거예요."

그녀가 해 줄 수 있는 말이라곤 고작 이런 것뿐이었다. 침통한 메이나드는 다시 고개를 숙인 채 아무 말이 없었고, 엘레나도 생각에 잠겼다.

주인공들의 애정 전선이 어떻게 되든, 일어날 일은 일어난다는 뜻일까?

그동안은 안일하게 생각해 왔다. 본의 아니게 이야기를 망쳐 놓은 것을 깨닫고 수습해 보려고 했지만 혼자 힘으로 되지 않는 것 같아서 손 놓고 포기한 채 살았다.

그래 봤자 도출될 결과는 로잘린느가 남자 셋을 놓고 어장 관리를 하지 못하게 되는 것뿐이라고 생각했기 때문이다. 실제로도 그랬고 말이다.

갑자기 하늘이 무너지거나 책 속인 이 세상이 사라지거나 하는 일도 없었다. 여전히 세상은 굴러갔다.

그녀가 로잘린느와 남자들의 사이를 어그러트리면서 더 좋게 변한 일도 있었다. 예를 들면 티토처럼.

티토는 책 속에선 저렇게 밝고 건강한 아이가 아니었다. 처음 이곳에 와서 만났던 신경질적이고 버릇없는 리바이 공작의 모습으로, 책의 마지막 장이 끝날 때까지 변함이 없었다.

하지만 지금은 아니다. 바크란 1세와의 사이도 회복되었고, 낯선 사람과 기사들을 무서워하는 것도 줄어들었다. 일리야는 이대로만 간다면 수년 내에 티토가 여느 아이들과 다를 바 없어질 거라고 기대가 컸다.

그렇기 때문에 책에서 무슨 내용이 있었는지에 크게 구애받지 않았다. 하지만 만약 이 백작 부인의 사고가 결국 일어날 일은 일어나고, 책 속의 내용대로 흘러가게 되어 있다는 증거라면.

엘레나는 맞은편에 앉은 메이나드를 바라봤다.

그렇게 된다면 메이나드도 르니에도 결국 로잘린느를 사랑하게 되는 것일까?

거기까지 생각한 엘레나는 고개를 흔들어 잡생각을 떨쳐 냈다. 지금은 메이나드의 어머니가 다친 심각한 상황이었다. 만약 책 내용대로 생명엔 지장이 없지만 다리를 움직일 수 없는 상황이라면, 어쩌면 사고 직후니 그녀의 신성력이 큰 도움이 될 수 있을 것이다.

다행히 마차는 금방 어네스가의 정문에 도착했다. 처음 와 보는 저택의 모습을 감상할 여유도 없었다. 끼긱 하고 긁히는 소리를 내며 마차가 서자마자 메이나드는 자리에서 튀어 나가듯 문을 열고 마차에서 내렸다.

"도련님!"

그런 메이나드에게 집사로 보이는 중년 남성과 푸근한 느낌의 한 중년 여성이 다가왔다.

"어머니는?"

"급한 대로 침실로 모셨지만……."

나쁜 소식을 전하는 집사의 목소리가 침울했다.

"방금 라한 신전에서 신관님이 한 분 다녀가셨는데 마님의 상태는 자신의 능력으론 역부족이라고 하고 떠나 버리셨어요……. 도련님, 이걸 어째요…….."

"마가렛……."

마가렛이라고 불린 중년 여성이 손수건으로 눈물을 찍어 냈다.

"호, 혹시 마지막 축성이 필요하면 부르라고……."

마가렛이 결국 으흐흑 하며 울음을 터뜨렸다. 주먹을 꽉 말아 쥔 메이나드의 손등에 푸른 힘줄이 불거졌다.

"백작 부인의 침실이 어디죠?"

마음이 급한 엘레나는 실례인 줄 알면서도 대화에 끼어들며 물었다.

피가 멈추고 새살이 돋게 할 수 있는 신성력이었지만, 더한 부상을 입은 사람들도 살려 냈던 현대 의학에도 척추와 신경을 완벽히 회복시킬 수 있는 방법은 없었다. 그러니 신경이 더 상하기 전에 1초라도 빨리 백작 부인에게 신성력을 쏟아붓는 것이 중요했다.

"이, 이분은……."

"라한 신전의 중급 신관 엘레나라고 합니다."

엘레나의 소개에 마가렛은 실망하는 기색을 감추지 못했다. 방금 다녀간 신관도 상태를 살펴본 뒤, 포션 하나 먹여 보지 않고 돌아갔다.

"이쪽입니다, 엘레나 님."

하지만 마가렛이 뭐라고 대답하기도 전에 메이나드가 먼저 엘레나를 이끌었다. 마음이 급하다 보니 성큼성큼 걷는 메이나드의 보폭을 따라가기 조금 힘들었지만, 누구도 불평하지 않았다.

마침내 백작 부인의 침실에 도착한 엘레나는 서둘러 백작 부인의 상태를 확인했다. 안색이 너무도 파리해서 아직까지 심장이 뛰고 있는 게 맞나 하고 겁이 덜컥 들 정도였다.

엘레나의 손이 힘없이 축 늘어진 백작 부인의 손을 마주 잡았다. 하지만 눈꺼풀이 스르르 다 닫히기도 전에, 평소와 뭔가 다름을 느끼고 작게 움찔했다.

전에 교황이 그녀에게 일러 준 말이 있었다. 치유의 능력을 자꾸 사용하다 보면 상처를 치유해 줄 수 있을 뿐만이 아니라 그 사람의 현재 건강 상태까지도 알 수 있다고 했다. 엘레나는 지금 처음으로 그것을 느끼고 있었다.

참 신기한 느낌이었다. 마치 상대의 온도와 활력이 한눈에 보이는 듯한 경험이었는데, 현재 백작 부인의 경우 전체적으로 기운이 옅어 불안했다. 게다가 허리 아래로는 그런 생명의 징후가 거의 없었다. 심장박동도 미약하디미약했다.

엘레나는 감았던 눈을 떴다. 그리고 크게 심호흡을 했다.

겉으로 보면 거의 상처가 없는 백작 부인의 모습은 파란 안색만 아니면 잠이 든 사람과 비슷했다. 하지만 본능적으로 알 수 있었다. 윈터힐 백작보다도 더 많은 신성력을 쏟아부어야 한다는 것을 말이다.

조금 무서웠다. 윈터힐 백작을 치유하고 난 뒤에는 며칠을 고생했다. 이미 백작 부인을 돕는 데 최선을 다하겠다고 마음을 먹은 뒤지만, 그래도 겁이 나는 것은 어쩔 수 없었다.

그때, 메이나드와 눈이 마주쳤다. 도와주겠다고 실컷 큰소리를 빵빵 쳐 놓고선 이렇게 겁먹은 모습을 들킨 게 민망한 엘레나는 쓰게 웃어 보였다.

메이나드의 초록색 눈동자가 그녀를 아프게 바라봤다. 그가 말했다.

"죄송합니다."

아마 메이나드도 알고 있는 듯했다. 백작 부인을 치유하는 일이 결코 쉽지 않을 것이라는 것을, 그리고 그만큼 엘레나가 겪을 후유 증도 클 것을.

하지만 백작 부인은 메이나드의 어머니였다. 만약 자신이 메이나 드의 상황이었다면, 누구에게든 도와 달라 부탁하리란 것을 엘레나 는 잘 알았다. 어머니니까.

그녀는 씨익 웃어 보였다. 괜찮다는 의미였다.

엘레나는 자세를 고쳤다. 엉덩이를 완전히 침대에 걸치고 두 손으 로 백작 부인의 양손을 맞잡았다. 그리고 눈을 감았다. 그녀의 손에 서부터 시작된 빛이 백작 부인의 팔을 타고 몸으로 뻗어 나갔다.

윈터힐 백작을 치유했던 때와는 달랐다. 누가 봐도 머리의 상처가 문제임을 알았던 그때와는 달리, 이번에는 어디가 어떻게 문제인지 확실하지 않았다.

그래서 엘레나는 신성력으로 구성한 실을 가닥가닥 뽑아 옷을 지 어 입히듯 백작 부인의 몸 전체를 덮어 치유하기 시작했다. 특히 허 리에는 더욱 주의를 기울여 섬세히 운용했다.

그것은 확실히 효과가 있는 듯했다. 까맣게 죽은 듯이 아무런 활 력이 없던 백작 부인의 다리에 변화가 생기기 시작하는 것을 엘레 나는 고스란히 느낄 수 있었다.

눈을 감은 그녀는 볼 수 없었지만, 치유를 하는 엘레나의 모습은 눈으로 보고도 믿을 수 없을 만큼 아름다웠다. 마치 빛의 신 라한이 강림한 듯한 광경이었다.

마가렛은 두 손으로 입을 가렸고, 집사는 정신없이 라한교의 기도 문을 외우기 시작했다.

만약 지금 이 치유의 순간을 다른 신관이 봤더라면 즉각 교단에 이 상황을 알리기 위해 전서구부터 찾았을 것이다. 그만큼 엘레나가 신성력을 다루는 능력과 그 방대한 신성력은 어마어마했다.

하지만 그 엄청난 양의 신성력도 점차 바닥을 보였다. 엘레나는 이를 악물었다. 그녀에게 남은 신성력이 줄어들수록 동시에 의식도 희미해지는 것 같았다.

하지만 아직은 아니었다. 조금만 더, 조금만……. 결국 몸 안의 모든 신성력을 사용해야 할 것 같았다. 모자라면 어쩌지. 신성력은 점점 바닥을 보여 가는데 백작 부인의 신체는 여전히 그녀의 신성력을 필요로 했다.

조금씩 엘레나의 손이 내뿜는 빛이 사그라들기 시작했다. 언제나 치유를 마칠 때쯤이면 나타나던 현상이었지만, 이번에는 자의가 아니라는 것이 달랐다.

밝고 흰빛이 점점 힘이 약해지는가 싶더니, 어느 순간부턴 황금색의 빛이 그 안에 미세하게 섞여 들기 시작했다. 자세히 보지 않았다면 눈치채지 못했을 정도의 미약한 양이었다.

이건 뭔가 잘못됐다. 그 상황을 지켜보던 메이나드의 눈이 크게 흔들렸다. 몇 가닥의 찬란한 황금색 빛이 메이나드의 머릿속에 요란한 경종을 울렸다. 그는 엘레나를 말리려 자기도 모르게 한 발 다가섰다.

그러나 잘게 떨리는 그의 손끝이 엘레나의 어깨에 닿기 직전, 은은하게 엘레나와 백작 부인을 감싸고 있던 빛이 툭 꺼져 버렸다.

"끄, 끝났나?"

집사가 중얼거렸다. 하지만 엘레나는 눈을 뜨지 못했다. 여전히 백작 부인의 두 손을 잡은 상태 그대로 숨을 몰아쉬고 있을 뿐이었다.

엘레나의 상태가 조금 이상하다는 것을 깨달은 메이나드가 조심스럽게 다가섰다.

"엘레나 님…….."

"아…….."

오른쪽 어깨에 그의 체온이 느껴지자 엘레나가 꾹 닫고 있던 눈을 떴다. 동시에 그녀의 눈꼬리에서 눈물 한 방울이 볼을 타고 조용히 흘러내렸다.

"에, 엘레나 님…….."

메이나드는 놀라 눈을 동그랗게 뜨고 말을 잇지 못했다. 그렇게 힘들고 고통스러웠던 것일까. 명치를 옥죄는 죄책감에 그가 어금니를 물었다.

인간의 몸으로 신성력을 사용하는 것이 어떤 과정인지, 어떤 느낌인지 그로선 상상조차 할 수 없었다. 저 눈물 한 방울이 그 무게를 보여 주는 것 같았다.

그는 엘레나가 윈터힐 백작을 치유한 뒤 쓰러지는 것을 똑똑히 목격한 당사자였다. 그럼에도 불구하고 엘레나를 말릴 수 없었다. 신성력을 사용해 치유해 주겠다고 나서는 엘레나의 제안을 거부할 수 없었다.

어머니가 이렇게 돌아가실 수도 있다고 생각하니 두려웠다. 그게 설사 그녀가 다시 한번 쓰러지는 결과를 도출하더라도, 그에겐 그 도움이 절실했다.

이미 엘레나를 마차에 태우고 백작가로 올 때부터 스스로 몇 번이고 맹세한 뒤였다. 이 은혜를 목숨으로라도 갚으리라. 그렇게 생각했다.

하지만 지금, 그녀의 속이 텅 빈 듯 공허한 눈빛은 그 모든 맹세와 대신하려 했던 자신의 목숨마저 지나치게 가벼운 대가로 만들어 버렸다. 그녀가 아직 저 안에 있는 것인지 덜컥 두렵기까지 했다.

"이, 이게……."

다행히 그녀의 황금색 눈동자에는 초점이 돌아왔다. 엘레나는 다른 무엇보다 자신이 눈물을 흘렸다는 것에 제일 놀란 듯 보였다. 얼떨떨한 표정으로 길게 난 눈물 자국을 더듬었다.

"괜찮으십니까?"

"배, 백작 부인은요?"

엘레나는 스스로의 상태보다도 백작 부인의 안색을 먼저 살폈다.

"많이 편안해지신 것 같습니다."

메이나드의 말대로 백작 부인은 이제 단잠에 빠진 듯 보였다. 얼굴엔 홍조마저 돌았고 입가에는 부드러운 미소가 걸려 있었다.

"아, 다행이네요. 저기, 메이나드 경. 저 괜찮아요. 그렇게 걱정 안 하셔도……."

"죄송합니다."

메이나드가 그녀의 어깨를 꽉 쥐었다.

"진짜 괜찮아요, 저. 봐요. 아직 기절하지도 않았잖아요?"

엘레나는 더욱 활짝 웃어 보이며 말했다.

스스로도 조금 신기한 참이었다. 당연히 기절할 것을 생각하면서 쓰러져도 침대 위니까 아프진 않겠지, 그런 생각까지 했는데. 분명 신성력을 겨우 몇 방울 남기고 모두 끌어다 썼는데도 아직 그녀는 기절할 기미가 보이지 않았다.

"이것 봐요, 저 정말 괜찮…… 아이고!"

하지만 아무래도 바로 벌떡 일어서는 것은 무리였던 듯 무릎이 꺾이며 몸이 휘청였다.

"제게 기대십시오."

바로 옆에 있던 메이나드가 중심을 잃은 엘레나의 작은 어깨를 잡고 말했다.

"그, 그게…… 고마워요."

졸지에 그의 가슴팍에 얼굴을 묻게 된 그녀의 얼굴이 붉어졌다. 메이나드가 그녀 때문에 얼굴을 붉힌 적은 많았어도, 이런 적은 처음이었다.

거슬거슬한 옷감의 기사단 수련복 아래로 메이나드의 순진한 얼굴과는 전혀 걸맞지 않는 단단한 가슴팍이 고대로 느껴져 엘레나는 몸 둘 바를 몰랐다.

아무리 그녀의 덩치가 작더라도 성인 여성의 몸이 그리 가볍지만은 않을 터였다. 그러나 메이나드는 너무나도 쉽게 그녀의 체중을 두 팔로 받아 침대 옆의 푹신한 의자에 안착시켰다.

"마가렛, 엘레나 신관님을 위한 침실을 하나 준비해 줘. 서둘러."

"예, 예, 도련님!"

마가렛이 서둘러 백작 부인의 침실을 빠져나갔다.

"저기, 메이나드 경. 혹시 치유가 거의 끝나 갈 때쯤에 평소와 다른 게 있었나요?"

엘레나가 조심스럽게 물었다.

"빛이 약간 황금색으로 변한 듯한 느낌을 받기는 했습니다……. 모르고 계셨던 겁니까?"

"이렇게까지 힘을 써 본 건 처음이거든요."

엘레나는 자신의 두 손을 내려다보며 생각에 잠겼다.

신성력이 모두 바닥나 버렸을 때였다. 한 방울만 더 채우면 잔이 가득 찰 것 같은데, 그 마지막 한 방울이 모자란 상황이었다.

갑자기 그녀의 내부에서 좀 더 근본적인 힘이 움직였다. 신성력과 매우 흡사하면서 다른 그 힘은 무겁고 진했다.

그리고 그 힘이 한 방울 톡 하고 떨어져 백작 부인의 몸 안에 가득 찬 신성력에 합세하자 신기한 일이 일어났다. 잔 안에 담겨 있던 투명한 물이 순식간에 황금색으로 물들어 버린 것이다.

하지만 엘레나 본인은 큰 상실감을 느꼈다. 마치 다시는 되찾을 수 없는 무언가를 잃어버린 기분이었다. 아마 눈물이 났던 이유도 그 때문이리라. 엘레나는 그렇게 짐작했다.

"이 은혜는 절대 잊지 않겠습니다."

그녀가 앉아 있는 의자 앞에 한쪽 무릎을 꿇은 메이나드는 그렇게 말했다.

"그럼요, 잊으시면 안 되죠. 두고두고 우려먹을 건데요?"

엘레나가 장난스럽게 이야기했다. 정말로 장난이 다분히 섞인 말이었다.

"얼마든지 그렇게 하십시오. 제 목숨이라도 기꺼이 내드리겠습니다."

맞다, 메이나드한테는 이런 농담이 안 통했지. 엘레나는 자신의 실수에 어색하게 웃었다.

"농담이에요, 농담."

"저는 농담이 아닙니다."

"아니, 그러니까 농담이 아니라는 건 아는데……."

그렇게 엘레나와 메이나드가 옥신각신 말싸움 아닌 말싸움을 하고 있을 때였다. 마가렛이 돌아와 알렸다.

"서두르느라 맞은편 침실을 준비했으니 이쪽으로 오셔요."

"아, 네에!"

엘레나는 이 불편한 상황에서 벗어날 수 있다는 생각에 얼른 자리에서 일어나려고 했다. 하지만 조용히 다가온 메이나드의 손길이 그녀의 어깨를 눌렀다.

"제가 모시겠습니다."

"응? 그게 무슨 말…… 엄마야!"

의자에 앉아 있던 그녀의 몸이 훌쩍 들렸다. 깜작 놀라 급한 대로 눈앞에 보이는 것을 끌어안았는데, 안고 보니 그건 메이나드의 목이었다.

"메, 메이나드 경!"

"바로 앞입니다. 불편하셔도 참아 주세요."

아니, 이건 불편한 게 문제가 아니라! 발버둥을 쳐서라도 내리고 싶었지만, 그럴수록 메이나드만 더 힘들어진다는 것을 알아차린 엘레나는 빨갛게 익은 얼굴로 얌전히 그의 품에 안겨 있을 수밖에 없었다.

마가렛이 준비한 침실은 바로 앞이었다. 하지만 그것은 메이나드의 품에 공주님처럼 안겨 있는 그녀를 바라보는 마가렛과 집사의 뜨거운 눈길을 견디기엔 너무나 먼 거리였다.

백작 부인에 대한 걱정이 사라지자, 큰 도련님과 함께 나타난 이분은 누구신가 싶은 모양이었다.

메이나드는 마치 깨어지기 쉬운 물건이라도 안은 듯 조심스러웠다. 덕분에 성큼성큼 몇 발자국이면 끝날 길이 길어지고 있었다. 엘레나는 민망해서 괜히 메이나드를 타박했다.

"그냥 부축이나 해 주시죠. 이렇게 안고 가면 제가 뭐가 돼요!"

"다들 이해할 겁니다. 그리고 이번이 처음도 아닌걸요."

"처음이 아니라고요? 그게 무슨 말이에요?"

"마상창 경기 때, 정신을 잃으신 엘레나 님을 제가 마차에서 새벽의 궁 안으로 안아 모셨으니까요."

부드러운 메이나드의 목소리가 귓가를 간지럽혔다. 안겨 있으니 당연한 것이다. 그러나 문제는 그 말을 집사와 마가렛도 함께 들었다는 사실이었다.

엘레나는 울상을 지었다. 거기 두 사람, 지금 서로 눈짓하는 거 다 봤다고! 분명 단단히 오해를 하고 있는 것 같았다.

어느새 그녀는 아담한 침실에 들어온 상태였다. 커다란 창이 나 있는 침실은 이미 마가렛이 모든 준비를 마쳐 놓아 엘레나만 기다리고 있었다.

"지금 후 하고 불면 금방이라도 날아가실 것 같습니다. 쉬세요, 엘레나 님."

그녀를 살며시 침대 위로 내려 주며 메이나드가 작게 말했다. 속삭이는 것처럼 들릴 만큼 작은 목소리는 등 뒤에 닿는 부드러운 침구의 느낌과 함께 몸이 아래로 푹 꺼지는 것 같은 착각을 들게 했다.

"하암. 그럼 실례 좀 할게요, 메이나드 경. 어서 가서 백작 부인의 곁에 있어 드려요."

"예, 엘레나 님."

괜찮다고, 멀쩡하다고 생각했던 몸이 수마에 잠식당하는 것은 순식간이었다. 까무룩 멀어지는 정신에도 엘레나는 문득 겁이 났다.

윈터힐 백작 때처럼 오늘도 그러면 어쩌지. 남의 집에서 며칠 동안 민폐 끼치는 거 아냐?

뒤늦게 밀려오는 걱정에 억지로 눈을 떠 보려고 했지만 이미 늦었다. 천근만근이 매달린 듯한 눈꺼풀은 풀칠이라도 한 듯이 딱 다물려서 움직일 생각을 하지 않았다.

결국 잠과 싸우는 것을 포기한 엘레나는 속으로 중얼거렸다. 그래도 쪽팔리니까 하루 이상은 자면 안 돼.

누구나 무언가에 쫓기듯 놀라서 잠에서 깨어 본 경험이 한 번쯤은 있다. 엘레나도 그랬다. 악몽을 꾼 것도 아닌데 헉 하며 눈을 번쩍 뜬 그녀는 일어나자마자 바로 주변을 둘러보았다.

여전히 어네스가의 침실인 듯했다. 적어도 그녀가 새벽의 궁으로 옮겨져야 할 만큼 장기간 잠들어 있지는 않았단 뜻이었다.

또 한 가지 다행인 점은 아직 창밖으로 보이는 하늘에 해가 걸려 있다는 것이다. 엘레나는 그대로 몸을 일으켰다. 조금 현기증이 나기는 했지만, 잠들기 전에 비하면 아주 양호한 상태였다.

"가서 백작 부인만 확인하고 가 봐야지."

마치 친구 집에 놀러 왔다가 저녁때가 되어서야 일어난 듯해 뻘쭘했다. 엘레나는 침대 아래에 놓인 신발에 발을 꿰고 침실을 빠져나왔다. 긴 복도가 그녀를 맞이했다.

엘레나는 그제야 자신이 귀족들의 저택 내부를 제대로 구경해 본 적이 없다는 것을 깨달았다.

"메이나드네 집은 이렇게 생겼구나."

유서 깊은 기사 가문의 저택이라고 하더라도 그녀에게 이곳은 친구네 집 정도의 느낌일 뿐이었다.

"의외로 잘 꾸며져 있네?"

로맨스 소설에서 전통 있는 기사 가문의 남자주인공이 나오면 언제나 따라오던 '단순한, 장식이 없는' 같은 형용사는 어네스가엔 통용되지 않는 듯했다.

산뜻한 격자무늬의 카펫이 깔린 바닥은 흰색의 돌벽과 너무나 잘 어울렸고, 백작 부인의 침실 앞의 이 복도에만 다섯 개 이상의 그림이 걸려 있었다. 중간중간 놓인 고급스런 문양의 탁상 위에는 대담하고 화려한 색의 꽃이 아름다운 화병에 꽂혀 있기도 했다.

엘레나가 그렇게 침실 주변의 복도를 구경하고 있는 사이, 맞은편의 침실에서 익숙한 얼굴이 걸어 나왔다.

"일어나셨어요, 신관님."

활짝 웃고 있는 마가렛이었다.

"제가 오래 잔 건 아니죠?"

"예. 겨우 서너 시간 정도 주무셨어요."

"다행이다. 아, 백작 부인께선 좀 어떠세요?"

"조금 전에 일어나셨어요. 몸 어디에도 아픈 곳이 없다고 신기해하시며 신관님을 꼭 만나 뵙고 싶다고 하셔요."

다행이다. 엘레나는 작게 안도했다. 하지만 아직 안심하기는 일렀다. 백작 부인이 전처럼 걸을 수 있는지 확인하기 전에는 말이다.

엘레나가 서둘러 백작 부인의 침실 문을 밀고 들어가려고 하자, 마가렛이 뒤에서 서둘러 말했다.

"저, 신관님. 헝클어진 머리를 조금 정리하고 들어가시는 것이……."

엘레나는 마가렛의 말에 어리둥절해서 자신의 머리카락을 만졌다. 그녀의 긴 머리칼이 자면서 몸부림이라도 친 듯 엉켜 있었다.

엘레나가 머쓱하게 웃으며 급한 대로 손가락으로 엉킨 머리카락을 빗어 냈다. 하지만 그것에는 한계가 있었다. 백작 부인의 상태만 확인하고 바로 궁으로 돌아갈 생각인 그녀는 이 정도면 됐지, 생각했다.

머리카락을 만진 김에 아래를 내려다보니 입고 있는 신관복도 잔뜩 구겨져 그리 단정한 모습은 아니었다. 점점 민망해진 엘레나는 그냥 백작 부인을 보지 말고 바로 갈까, 이런 충동이 들었지만 그래도 백작 부인이 무사히 다리를 쓸 수 있다는 것을 직접 확인하고 싶었다.

"잠깐 백작 부인께 인사만 하고 나올 건데요, 뭐. 감사해요."

엘레나는 그렇게 말하며 민망하지 않은 척, 아무렇지 않은 척 웃었다.

"아, 아니, 그게 아니라……."

뒤쪽에서 마가렛이 뭐라고 더 말하는 것이 들렸지만 엘레나는 그대로 백작 부인의 침실 문을 밀고 들어갔다.

"그런 의미가 아닌데……."

그리고 엘레나는 마가렛의 말의 의미를 바로 이해할 수 있었다. 하나, 둘, 셋, 넷, 다섯. 그녀가 침실의 문을 여는 것과 동시에 그녀에게 날아와 꽂힌 눈동자가 자그마치 다섯 쌍이었다.

"이, 이런 의미셨구나……."

엘레나가 반걸음 주춤 뒤로 물러섰다. 그냥 이대로 나가면서 문을 닫으면 자연스럽지 않을까. 하지만 엘레나의 그런 망상은 메이나드가 웃으며 그녀의 이름을 부르면서 다가오는 것으로 끝이 났다.

"엘레나 님, 몸은 좀 어떠십니까."

따스한 눈빛으로 그녀를 바라보고 웃는 메이나드의 미소는 여전히 눈부셨지만, 엘레나는 지금 그런 것을 감상할 여유가 없었다.

"바, 방에 사람이 많네요……."

"이쪽으로 오세요. 다들 엘레나 님을 기다리고 있었습니다."

그건 메이나드가 말하지 않아도 알았다. 메이나드를 제외한 네 쌍의 눈동자가 여전히 뜨거운 눈길을 보내오고 있었으니.

엘레나와 메이나드가 아직 백작 부인이 등을 기대고 앉아 있는 침대로 다가가자 동시에 세 남자가 자리에서 일어섰다.

가장 앞서서 엘레나보다 훨씬 빠르고 큰 걸음으로 다가오고 있는 중년의 남성은 메이나드와 똑같은 녹색 눈동자를 가지고 있었다.

"엘레나 신관님."

중후하고 낮은 바리톤의 목소리는 주홍색에 가까운 붉은 머리칼과 함께 강한 첫인상을 남겼다.

"안트완 폰 어네스 백작, 은인께 인사드립니다."

팔뚝이 엘레나의 허벅지보다도 굵은 근육질의 어네스 백작이 거구의 몸을 엘레나 앞에서 기꺼이 낮췄다.

"아, 아니에요. 이러실 것까지는…….."

"어네스가는 은인의 은혜를 잊지 않을 것입니다."

"잊지 않겠습니다."

"잊지 않겠습니다!"

어네스 백작의 선창에 따라 곁에 서 있던 메이나드와 그보다 훨씬 어린 두 목소리가 따라왔다. 엘레나는 웃으며 백작에게 이러지 마시라 하면서도 호기심에 고개를 쭉 빼고 백작의 뒤편을 확인했다.

"제 차남들인 이그니스와 파텔입니다."

이제 열다섯 살은 되었을까. 호리호리한 체격의 십 대 남자아이 둘이 엘레나에게 꾸벅 인사를 해 보였다.

한 명은 어네스 백작과 마찬가지로 붉은 머리칼을 가지고 있었고, 다른 한 명은 메이나드와 마찬가지로 차분한 갈색 머리칼을 가지고 있었다.

"저어, 백작님. 이제 그만 고개를 드세요. 해야 할 일을 했을 뿐인걸요."

엘레나는 절박하게 메이나드를 향해 눈짓을 했다. 메이나드가 계속 고맙다, 미안하다 하는 것도 부담스러운 판이었다. 흰머리가 희끗희끗한 어네스 백작까지 이러면 정말로 곤란했다.

엘레나의 마음을 읽고 곤란하게 웃은 메이나드는 그녀를 백작 부인에게로 이끌었다.

"아아, 신관님!"

그런데 이쪽은 더했다. 침대에 다가서기도 전에 백작 부인의 눈에 그렁그렁하게 눈물이 고인 것부터 보였다.

"브리사 폰 어네스입니다. 신관님, 이 은혜를 어찌 갚아야 할지……."

결국 굵은 눈물이 백작 부인의 눈에서 뚝뚝 떨어졌다.

백작 부인은 아발론에서 유명한 라한교의 독실한 신자였다. 라한교의 신관이 신성력을 사용해 죽을 뻔한 자신을 살려 준 것은 그녀에게 기적과 같은 일이었다. 그녀에게 엘레나는 라한의 존재를 증명해 주는 존재와 같았다.

아, 이걸 어떻게 해야 하지. 엘레나는 당황해 기껏해야 흐느끼는 백작 부인의 어깨를 다독여 주는 게 최선이었다.

그때, 백작 부인의 가녀린 손이 엘레나의 손을 잡았다. 이윽고 부인의 눈물 젖은 입술이 엘레나의 손등에 닿았다.

르니에가 손등에 진한 키스를 남겼던 것과는 다른 입맞춤이었다. 간혹 라한교의 신자가 신관에게 깊은 존경심을 표할 때, 경배의 의미를 담아 손등에 입을 맞추는 일이 있었다.

백작 부인은 엘레나의 손을 놓아준 뒤로도 몇 번이나 굵은 눈물방울을 떨궜다.

"저어…… 몸은 조금 어떠세요, 부인?"

백작 부인의 울음이 조금 잦아들자 엘레나는 그때를 놓치지 않고 물었다.

"오랜 기간 동안 이렇게 몸이 가벼웠던 적이 없었답니다, 신관님."

"원래 앓고 계시는 지병이 있으셨나요?"

"지병은 아니지만 어릴 적부터 몸이 약한 편이었어요. 파텔과 이 그니스를 낳고 난 뒤로는 더욱 심해졌지요."

"아, 그래서……."

엘레나는 치유하기 전의 백작 부인에게서 활력이 거의 느껴지지 않았던 것을 기억해 내고 고개를 끄덕거렸다.

그래서 더 힘들었던 거구나. 어쩌다 보니 계단에서 구른 부상뿐만이 아니라 백작 부인의 전체적인 건강까지 돌려준 격이 되었던 것이다.

"혹시 발을 한번 움직여 보시겠어요?"

이제 가장 중요한 것을 확인해 볼 차례였다. 엘레나의 조금 뜬금 없는 요구에 백작 부인은 고개를 살짝 갸웃했지만, 별말 않고 순순 히 따랐다. 덮은 이불 아래로 부인의 발이 아무런 이상 없이 한 차례 까닥이는 것이 보였다.

"후아아…… 다행이다."

엘레나는 크게 한숨을 쉬었다. 치유가 되었다는 생각은 했지만 확 신이 없었다. 혹시 자신의 신성력이 모자라 백작 부인을 고칠 수 있 는 타이밍을 놓친 것이면 어쩌지 하고 내심 걱정했던 것이다.

엘레나가 자신의 일처럼 크게 안도하자 어네스 백작은 울컥하는 마음이 치밀어 주먹을 꽉 쥐었다.

치유의 의식을 목격한 메이나드와 하인들의 말을 들어 보니, 안사 람의 부상은 심상치 않은 것이었던 듯했다. 마침 백작이 두 어린 아 들들을 데리고 아발론 외곽의 승마 수련장에 갔을 때 일어난 일이라 백작의 착잡함은 더욱 컸다.

안 그래도 몸이 약했던 안사람이 그사이 어떻게 된 것은 아닌가, 아 직 말을 다루는 것이 미숙한 두 아들들을 돌볼 생각도 하지 못하고 미친 듯이 말을 몰았다. 속이 타들어 간다는 것이 이런 것이구나 싶었다.

간신히 저택으로 돌아왔을 때는 이미 사고가 있은 지 몇 시간이나 지난 후였다. 최악의 최악까지 각오하고 부인의 침실로 들어선 백작을 맞이한 것은 아기처럼 곤하게 잠이 든 아내의 얼굴이었다.

처음에는 숨을 쉬지 않는 것인가 싶어 심장이 멎는 것 같았지만, 색색하는 고른 숨소리에 백작은 다리에 힘이 풀려 품위도 잊고 자리에 주저앉았다. 그 소리에 백작 부인이 눈을 떴고, 곁에서 눈물을 찍어 내며 두 사람을 지켜보던 집사와 마가렛이 상황을 알려 주었다.

'이런 분이 리바이 공작 전하의 곁에 계시다는 것은 제국의 홍복이다.'

엘레나는 백작 부인을 바라보며 이 세상의 것이 아닌 듯 눈부신 미소를 지었다. 적어도 어네스 백작의 눈에는 그렇게 보였다.

엘레나의 소문은 어네스 백작도 익히 들어 알고 있었다. 고집불통에 불량한 수업 태도로 전부터 말이 많았던 리바이 공작을 휘어잡고 동시에 리바이 공작이 스스로 그 불안증을 이겨 낼 수 있도록 많은 도움을 주고 있다는 신관. 게다가 죽을 뻔했던 윈터힐 백작을 살려 내기까지 했으니, 그녀에 대해 모르는 사람이 오히려 더 드물 것이다.

게다가 백작은 그녀를 더 유심히 볼 수밖에 없는 이유가 있었다. 바로, 그 엘레나를 바라보는 아들의 눈빛이었다.

마상창 경기의 우승 화환을 직접 바칠 때부터 그 마음을 알고는 있었지만, 바로 곁에서 보자 그 마음이 예상보다 훨씬 깊어 보였다.

"다 괜찮아지셨다니 다행이에요. 저는 그럼 이만 궁으로 돌아가 보아야겠어요."

엘레나가 자리에서 일어나며 말했다. 아침 식사도 하지 못하고 달려와 신성력까지 사용했더니 배도 엄청 고프고 어서 자신의 방으로 돌아가고 싶은 생각이 굴뚝같았다.

엘레나의 말에 어네스가의 사람들은 아쉬운 기색을 감추지 못했다. 황도 아발론의 귀족이란 사람들은 기본적으로 구렁이 열 마리 정도는 속에 장착하고 있는 줄 알았는데, 메이나드네 가족들은 다들 속마음이 고스란히 얼굴에 비쳤다.

꼬르르륵.

잘못 들었다고 생각하기엔 지나치게 장대한 소리가 조용한 침실을 울렸다.

설마. 설마…… 아니겠지, 아닐 거야…….

엘레나는 눈을 질끈 감았지만, 야속한 위장은 주인의 체면보단 지금 당장 소화시킬 음식이 중요한 모양이었다.

꼬르륵.

결국 엘레나의 얼굴이, 아니 온몸이 새빨개졌다. 백작은 그래도 끝까지 못 들은 척 어색하게 아무것도 없는 창밖을 바라봤고, 메이나드는 주먹으로 입가를 가리며 애써 웃음을 참았다. 하지만 메이나드의 두 어린 남동생은 그냥 넘어갈 생각이 없었다.

"푸하하."

"소리 엄청 커!"

백작의 솥뚜껑만 한 손바닥이 뒤통수를 후려치자 그 웃음소리는 오래가지 못했지만, 엘레나는 이미 쥐구멍을 찾고 있었다.

"아직 황궁의 통금이 시작되려면 조금 시간이 남았는데, 저희와 저녁 식사를 함께하고 가세요."

백작 부인이 엘레나에게 제안했다.

"그, 그렇게 배가 고프지는 않은데 왜 이러지…… 아하하…….."

"아마 신성력을 사용하셔서 그런 것 아닐까요. 탈진할 정도로 체력을 소진하셨으니까요."

여전히 웃음기가 남은 얼굴로 메이나드가 다독이듯 말했다. 아니야, 그렇게 위로하지 마. 더 창피하다고.

메이나드의 말에 백작 부인의 태도는 더욱 간곡해졌다. 엘레나가 그래도 궁으로 돌아가겠다고 말하면 다시 눈물이라도 뚝뚝 흘릴 것 같았다.

백작 부인의 말대로 아직 저녁 식사를 하고 갈 만한 시간은 남아 있었다. 슬슬 해가 기우는 하늘을 보니 문득 아드레이와의 약속이 생각났지만, 경비대원에게 말을 전해 달라고 했으니 그리 걱정은 없었다.

결국 엘레나는 백작 부인을 향해 고개를 끄덕이며 말했다.

"그럼 한 끼만 신세 질게요, 부인."

백작 부인은 마치 커다란 선물을 받은 사람처럼 크게 기뻐했다.

훌쩍 자리를 털고 일어난 백작 부인의 지휘하에 어네스가의 저녁 식사는 평소보다 조금 이른 시간에 완성되었다. 하지만 사고를 당하고 하루 종일 잠들어 있었던 부인이나, 사고 소식을 듣고 정신이 없는 상태로 끼니를 걸렀던 네 남자들, 아침도 못 먹고 신성력을 모두 소진한 엘레나 모두 배가 고픈 것은 마찬가지였기 때문에 아무도 불만을 이야기하는 사람은 없었다.

특히 엘레나는 배의 앞면과 뒷면이 만나 딱 달라붙어 버릴 듯한 극심한 배고픔에 전채 요리부터 후식까지 모조리 먹어 치울 수 있을 것 같았다. 하지만 현실은 좀 달랐다.

"한스, 신관님께 전채 요리를 조금 더 드리세요. 아, 잔도 다시 채워 드리고요. 그리고……."

백작 부인은 엘레나를 못 먹여 안달인 어미 새처럼 엘레나의 접시가 비어 있는 것을 참지 못했다. 덕분에 애먼 어네스가의 집사 한스만 매우 바빴다. 결국 그녀는 식전 음식과 전채 요리만 세 접시씩 먹었다.

"어머니, 그러시면 엘레나 님이 더 불편하세요."

엘레나 앞에 메인 요리가 담긴 접시 역시 다시 놓이는 사태를 막아 준 것은 메이나드였다.

백작 부인은 아들의 말에 그제야 호호 웃으며 물러났다. 이제야 좀 편하게 먹겠다 싶어 안도한 엘레나는 다른 사람들이 메인 요리를 다 먹기를 기다리며 산뜻한 과일 주스로 입을 헹궜다.

"그때 메이 형이 화관을 준 그 신관이지?"

"맞아. 그때 그 여자야."

바로 옆에서 소곤소곤하는 작은 목소리들이 들렸다. 바로 메이나드의 쌍둥이 동생들이었다. 엘레나는 들리지 않는 척, 태연하게 손안에서 유리잔을 빙글 돌리며 쌍둥이들의 대화를 엿들었다.

"근데 별로 안 예쁘다고 생각했는데, 되게 예쁘다."

"그러게. 오늘은 화장했나? 화장발이라는 게 있다던데."

아니거든, 나 오늘 쌩얼이거든. 엘레나의 어깨가 으쓱했다.

쌍둥이들이 그녀를 본 것은 분명 마상창 경기장에서였다. 그날은 화장을 했고 오늘은 안 했는데, 오늘이 더 예쁘다니. 나 요즘 얼굴이 정말 폈나? 엘레나가 남몰래 자신의 볼을 한 번 더듬었다.

"그럼 저 신관이 우리 형수님이 되는 건가?"

"야, 룬 형이 있잖아. 아직 모르는 거지."

"크흠!"

엘레나에게 들리는 소리가 옆자리에 앉은 메이나드에게 들리지 않을 리 없었다.

"신관님, 우리 형 어때요?"

붉은 머리칼의 이그니스가 짓궂게 웃으며 물었다.

"이그니스!"

"아, 왜. 형이 너무 답답하게 구니까 내가 대신 물어봐 주는 것 아냐. 그러다가 룬 형에게 뺏긴다고!"

"맞아. 메이 형은 좀 더 적극적으로 나설 필요가 있어."

메이나드의 얼굴은 이제 접시 위에 흩뿌려진 산딸기 소스보다도 더 빨개졌다.

"둘 다 그만하거라."

당황하는 메이나드를 보며 저들끼리 킬킬거리던 쌍둥이도 근엄한 아버지의 꾸중에는 얼른 입을 다물었다.

"베르너 후작가의 마상창 경기장에서 신관님의 신위를 본 적이 있지만 이렇게 직접 그 신성력에 도움을 받게 될 줄이야. 다시 한번 감사의 말씀을 드립니다."

엄하고 높낮이의 변화가 적은 목소리였지만, 엘레나를 대하는 백작의 말투만큼은 한없이 부드러웠다.

"리바이 공작 전하께서는 어찌 지내십니까?"

"하루가 다르게 쑥쑥 성장하고 계세요. 전보다 훨씬 밝고 건강해지셨어요."

"그렇다면 정말 다행입니다."

어네스 백작은 겉모습만 보자면 입을 꾹 닫고 있을 것처럼 무뚝뚝해 보였지만, 가문의 손님과의 저녁 식사 자리에서 대화가 끊기지 않고 매끄럽게 흘러갈 수 있도록 자리를 주도할 줄 아는 능력을 가진 사람이었다. 하지만 그것보다 엘레나의 눈길을 끈 것은 곁에 앉은 백작 부인을 챙기는 세심함이었다.

엘레나가 지루하거나 어색해하지 않도록 대화를 나누면서도 백작 부인의 물잔이 비면 바로 물을 따라 주었고, 테이블 한가운데에 놓인 향신료 등을 부탁하기도 전에 건네어 주는 등 언제나 부인을 신경 쓰고 있다는 것을 한눈에 알 수 있었다.

선명한 녹색 눈동자 말고는 정말 부자지간이 맞을까 싶을 정도로 다른 외모를 가졌지만, 그런 면만은 붕어빵이었다.

모두의 접시가 비워지고 디저트가 준비되었다. 사용인들이 바쁘게 오가며 예쁜 디저트를 하나씩 내려놓는 것을 보면서, 엘레나는 아마 이런 가정이었기 때문에 메이나드가 지금의 모습으로 자라나지 않았을까 싶었다.

화목하고 애정이 넘치는 가족이었다. 무엇 하나 부족하거나 결여된 것이 없었다. 여러모로 이상적이고 모범적이기까지 한 저녁 식사였다.

그러다 문득 르니에를 떠올렸다. 마상창 경기장에서 메이나드의 가족들을 소개하며 씁쓸하게 웃던 것이 기억났다.

르니에는 왜 그렇게 복잡한 얼굴을 했을까. 르니에의 가족은 이런 모습이 아닌 걸까.

그리고 자신은 르니에의 가족에 대해서 아는 것이 없다는 것도 깨달았다. 그의 부모님은 양친 모두 잘 계시는 것인지, 형제가 있는지, 아무것도 몰랐다.

『로잘린느 황후』 후반부에 르니에의 아버지가 잠시 등장하기는 하나, 비중 있는 인물은 아니었다. 이미 로잘린느는 황제의 청혼을 받아들였고, 결혼식 준비를 하고 있었던 상황이었으니 말이다.

로잘린느가 결혼식에 사용될 꽃을 고르고 있는 상황에서 전 베르너 후작이 황궁을 방문하고, 그 바람에 황제가 잠시 자리를 비운다. 그 뒤, 르니에는 영지로 돌아가는 아버지와 함께 아발론을 떠난다.

그것이 르니에의 아름다운 퇴장이었다.

"엘레나 님, 피곤하시다면 지금 일어나시죠. 새벽의 궁까지 제가 에스코트하겠습니다."

나직한 메이나드의 목소리였다. 후식으로 나온 파이에 손도 대지 않고 포크만 든 채 멍하니 앉아 있자 그녀가 걱정되었던 모양이었다.

언제나와 같이 이그니스와 파텔이 이야기보따리를 풀어 놓고 있어, 손님인 엘레나는 대화의 중심에서 벗어나 있었다. 이미 식사도 어느 정도 끝나 가는 참이었으니 예의에 어긋난 일도 아니었다.

"무리하지 마시고⋯⋯."

"난 괜찮아요. 메이나드 님이야말로 좀 어때요? 많이 놀랐던 것 같은데."

어머니의 사고 소식을 듣고서 백짓장처럼 하얗게 색을 잃었던 메이나드였다.

"오늘은, 부끄러운 모습을 보였습니다."

엘레나 앞에선 그렇게 얼빠진 모습이 아니라 항상 멋있는 모습, 아니 적어도 제대로 된 모습만 보여 주고 싶었다. 그게 사랑에 빠진 남자의 마음이었다.

"에이. 그런 말이 어디 있⋯⋯ 아, 맞다. 케이크! 메이나드 님이 준 케이크 상자요. 아무래도 백작 부인의 침실에 놓고 온 것 같아요!"

분명 마차에서 들고 내린 것까지는 기억이 나는데, 허전한 손을 내려다보며 엘레나가 말했다.

"제, 제가 드린 것을 알고 계셨습니까?"

그냥 하는 말이 아니라 메이나드는 정말로 놀라고 있었다. 비밀을 들킨 소년처럼 무척이나 당황하면서.

"그때 같이 갔던 벨벳 제과점 상호가 떡하니 박혀 있는데 그걸 몰라요? 그것도 매일 아침마다 우렁 각시처럼 하나씩 두고 가는데…….”

“우렁 각시가 뭡니까?”

“그런 게 있어요. 아무튼 모를 수가 없잖아요.”

메이나드는 부끄러우면서도 기뻤다. 매일 제과점에 들러서 그녀를 위한 케이크를 고르고, 아침마다 발소리를 죽여 가며 그녀의 방문에 상자를 거는 일은 그의 새로운 일과가 되었다. 하루 중 그가 가장 좋아하는 시간이기도 했다.

“한스, 어머니의 침실에 작은 붉은색 상자가 있을 거야. 그걸 마차 안에 가져다 놔줘.”

“예, 도련님.”

엘레나는 고마운 마음을 담아 한스에게 꾸벅 인사를 했다.

“제가 메이나드 님만큼 달콤한 음식을 좋아하긴 하지만, 자꾸 그렇게 사다 주시면…….”

“다음번엔 그때 먹은 초콜릿 조각이 올라가 있는 케이크로 사다 드리겠습니다.”

“오, 그거 맛있었는데.”

금방 눈을 반짝이는 엘레나의 모습에 메이나드가 쿡 하고 웃었다.

“주시니까 맛있게 먹기는 하겠지만, 그래도 혼자 먹으니까 돼지 같잖아요. 같이 먹어요.”

“예, 예에?”

“케이크요. 같이 먹자고요. 그리고…….”

몇 번 눈을 깜빡이다가 단둘이서 오붓하게 케이크 한 조각을 나눠 먹는 자신과 엘레나를 상상한 메이나드가 수줍게 고개를 끄덕였다. 정작 엘레나는 자신의 대담한 발언을 자각하지 못하고 있는 것 같았지만 말이다. 메이나드가 긴장으로 땀이 가득 찬 손바닥을 몰래 냅킨에 문질러 닦았다.

"리바이 공작 전하도 함께요! 메이나드 경 못지않게 단 음식을 좋아하시잖아요."

"아⋯⋯."

메이나드는 진한 아쉬움을 느끼면서도 애써 웃어 보였다. 그녀의 말이 당연히 그런 뜻이었음을 진작 알아차릴 법도 했는데.

엘레나와 한 공간에 있으면 그는 언제나 이런 상태가 되었다. 심장이 쿵쾅거리고 바보가 된 것처럼 말도 제대로 못했다. 눈이 마주치면 도둑질하다 들킨 아이처럼 도망가고 싶었고, 아무것도 하지 않았는데도 민망하고 부끄러웠다.

그렇다고 그녀에게서 멀리 달아날 수 있는 것도 아니었다.

정신을 차리고 보면 하루 종일 그녀 생각뿐이었다. 지금쯤 무얼 하고 계실까, 식사는 잘 챙겨 드셨을까, 혹 티토가 속을 썩이지는 않을까. 스스로도 어이가 없을 정도였다.

그때, 메이나드는 아버지의 시선을 느끼고 그쪽으로 고개를 돌렸다. 거울을 보는 것같이 자신의 것과 꼭 닮은 진한 녹색 눈이 자신을 유심히 바라보고 있었다.

순간 메이나드는 엘레나를 향해 기울어져 있던 자신의 몸을 바로 세우고 앞에 놓인 파이에 집중했다. 고개를 푹 숙이고 파이를 파먹는 그의 귓가는 붉어져 있었다.

"흐아아, 피곤하다."

새벽의 궁으로 무사히 돌아온 엘레나는 따끈따끈한 목욕물에 노곤해진 몸을 침대에 묻었다.

"하마터면 또 외박할 뻔했네."

메이나드와 엘레나는 통금을 앞두고 아슬아슬하게 마지막으로 입궁했다. 두 사람의 등 뒤에서 황궁 문이 닫혔으니 조금만 늦었으면 또 티토에게 잔소리를 들을 뻔했다.

덕분에 궁을 빠져나가지 못한 메이나드는 오늘 밤을 기사단 숙소에서 보내게 되었다. 미안해하는 엘레나에게 이왕 이렇게 된 것, 자기 전까지 그동안 소홀했던 개인 훈련을 하면 된다고 말하는 메이나드는 정말 배려의 아이콘다웠다.

"그래도 백작 부인이 걸을 수 있어서 참 다행이야……."

엘레나는 하루 종일 돌아다녀서 뻐근한 자신의 다리를 주먹으로 톡톡 치며 중얼거렸다.

"근데 그 황금색 빛이라는 건 또 뭐지?"

신성력을 모두 쏟아 냈는데도 불구하고 쓰러지지 않은 것도, 빛이 금색으로 변했다는 것도 마음에 걸렸다.

그런 생각을 하는 것도 잠시, 아직 젖은 머리칼을 침대 위에 넓게 펼친 채 누워 있던 엘레나의 눈이 감겼다.

똑똑.

나는 못 들었다. 아무것도 안 들렸다. 엘레나가 눈을 더욱 꼭 감는 바람에 은색 속눈썹이 한차례 꿈틀했다.

이 시간에 그녀의 방문을 두드릴 사람은 이 새벽의 궁에 딱 하나뿐이었다. 티토. 지난번처럼 오늘도 그녀가 외박을 하는 것은 아닌지 검사하려고 엘레나의 방을 찾아온 모양이었다.

하지만 이대로 딱 10초만 주면 잠들 것 같은 안락한 순간을 티토와 말씨름을 하느라 포기할 생각은 없었다. 엘레나는 무시하기로 마음먹고 미동도 없이 누워 있었다.

똑똑.

"아, 거참. 진짜!"

그냥 좀 가지! 이 밤중에 어린애를 복도에 계속 세워 둘 수도 없고!

오리는 저리 가라 할 정도로 입을 내밀고 툴툴거리면서도 엘레나는 결국 엉금엉금 침대에서 내려왔다.

오늘은 나도 좀 뭐라고 해야지. 아무리 신분이 깡패인 세상이라지만 이런 식으로 자꾸 사생활에 간섭하면 신학 수업 재미없게 해 버리는 수가 있다고!

엘레나는 씩씩거리며 방문을 벌컥 열어젖혔다.

"티토 님! 자꾸 이러시, 허어어어억!"

너무 놀랐다. 허겁지겁 큰 숨을 들이켠 엘레나는 얼른 휙휙 고개를 돌려 문밖 복도의 상태를 확인했다. 다행히 어두컴컴한 복도는 텅 비어 있었다.

아무도 없다는 것을 확인한 엘레나는 여태껏 아무 말도 없이 문 앞에 우두커니 서 있는 사람의 팔뚝을 찰싹 때리며 숨죽여 소리쳤다.

"여기가 어디라고 여길 와요!"

사색이 된 엘레나의 얼굴과는 달리, 상대방은 너무나 멀쩡했다. 한밤중의 방문자는 바로 아드레이였다.

"미쳤어요, 진짜?"

너무 놀라서 심장이 펄떡거리는데 태연한 얼굴의 아드레이를 보니 속이 터질 것 같았다. 아직 수습 기사에 불과한 그였다. 이런 시간에 새벽의 궁을 돌아다니다가 걸리기라도 하면 그날로 기사단에서 쫓겨날 게 분명했다.

한편, 아드레이의 군청색 눈은 엘레나의 여기저기를 살폈다.

집무실에서 한창 보고서를 읽던 중, 엘레나가 어네스 백작 부인을 치유하러 백작가로 갔다는 소식에 그는 그 마차를 세우고 싶었다. 황명을 내린다면 그것은 그리 어려운 일이 아니었다.

윈터힐 백작을 살려 낸 대가로 엘레나는 이틀 동안 깨어나지 못했다. 백작 부인의 상태가 얼마나 중한지 알지는 못했지만, 아드레이는 엘레나가 지난번처럼, 아니 그보다 더한 대가를 치르게 될까 두려웠다.

"여긴 어떻게 들어왔어요! 내 방은 또 어떻게 알았고!"

그녀의 질문에 대답하자면, 아드레이에게 자신보다 성취가 낮은 기사들의 눈과 감각을 피해 새벽의 궁으로 숨어드는 것은 새벽 훈련 전에 몸을 푸는 일만큼 쉬운 일이었다. 황궁 안에서 돌아가는 모든 일을 알고 있는 휴고가 엘레나의 방이 새벽의 궁 어디에 있는지도 알고 있으니 후자 또한 그리 어려운 일도 아니었다.

하지만 아드레이는 그렇게 답하지 않았다. 대신 이렇게 대답했다.

"그대가 오지 않아 내가 왔다."

엘레나는 순간 자신을 내려다보는 수습 기사 아드레이가 그녀가 아는 그 사람이 아닌 듯한 낯선 느낌을 받았다. 이 밤중에 그녀의 방으로 직접 찾아오는 황당할 정도로 무모한 행동을 한 아드레이는 평소보다 조금 더 멋있었고, 조금 더 커 보였다.

"이, 일단 나가요. 여기서 이러고 있다가 걸리면 레이 끝장난다고요!"

엘레나는 그의 단단한 팔뚝을 끌어안고 서둘러 계단 쪽으로 향했다.

물론 이 새벽의 궁을 비롯한 제국의 주인인 그가 누군가에게 끝장이 날 일은 하늘이 둘로 갈라지지 않는 이상은 절대 없겠지만, 아드레이는 엘레나가 끌어당기는 대로 순순히 큰 몸을 움직였다.

"미쳤어, 미쳤어, 진짜!"

엘레나는 제발 이대로 아드레이가 무사히 새벽의 궁을 빠져나가게 해 달라고 믿지도 않는 라한 신에게 빌었다. 신성력까지 쓰고 있는 주제에 신이란 존재가 전혀 와닿질 않아 한 번도 해 본 적 없는 일이었지만, 마음이 급하니 '라한 신이라도 도와줘!'란 말이 절로 나왔다.

하지만 아무래도 라한은 그동안 자신을 믿지 않은 불경한 신관에게 그런 자비를 베풀 생각이 없는 듯했다.

마침 두 사람이 계단 앞에 다다랐을 때, 타박타박하고 위층에서 내려오는 발소리가 들렸다. 제법 빠르게 내려오는 그 인영은 엘레나가 아드레이를 어딘가에 숨기기도 전에 이미 코앞까지 다가왔다.

그 발걸음 소리의 주인공은 지금 이 순간 그녀와 아드레이가 제일 마주치면 안 되는 바로 그 사람, 티토였다.

"티, 티토 님……."

하늘색 파자마와 세트인 수면용 모자를 착용한 채 초롱같이 생긴 작은 휴대용 마나 등을 들고 있는 티토는 계단 위쪽에 서서 엘레나와 아드레이를 멍하니 바라봤다.

너무 놀라서 저러겠지. 요즘 많이 괜찮아졌다고는 하지만 원래 낯선 성인 남성, 특히 기사를 무서워하는 티토였다. 그런데 처음 보는 기사를, 그것도 이 밤중에 마주쳤으니 지금 당장 경기를 일으키지 않는 것만도 용했다.

아직 신성력이 모두 회복이 되지 않았지만, 엘레나는 여차하면 몸 안에 있는 신성력을 또다시 모두 소비하는 한이 있더라도 티토를 진정시킬 생각으로 조심스럽게 웃으며 말했다.

"저, 저기 티토 님. 너무 놀라지 마시고요. 이, 이 사람은 레이라고 해요. 제 친구인데요……."

하지만 그녀의 노력에도 불구하고 티토는 아무런 반응도 없었다. 그 자세 그대로 굳어 버린 것처럼 여전히 놀란 눈으로 엘레나와 아드레이만 번갈아 보며 서 있을 뿐이었다.

그리고 그대로 굳어 버린 것은 아직 그녀에게 팔이 잡힌 채인 아드레이도 마찬가지였다. 그는 계단참 위의 티토만 빤히 보고 있었다.

'이 남자가 정말!'

엘레나는 속이 타들어 가는 것 같았다. 이런 상황에서는 자기도 뭐라고 말을 보태야 할 것 아닌가. 열심히 변명을 하고 손이 발이 되도록 싹싹 빌고 있어도 모자랄 판에 멍하니 장승처럼 서 있기만 하면 다야?

하지만 이런 상황에서 그에게 화를 낸다고 달라지는 것은 없었다. 엘레나는 계속해서 비굴하게 웃어 보이며 말을 계속했다.

"정말 나쁜 사람은 아니에요. 수상한 사람도 아니고요. 이, 일단은 수습 기사라 신원도 확실하고요."

티토는 지금의 상황이 이해되지 않아 버벅거리는 상태였다.

자신이 아직도 다섯 살짜리 꼬맹이인 줄 아는지 초저녁만 되면 자신을 재우는 일리야는 이미 곤히 잠들어 있었다. 그런 일리야 몰래 방을 빠져나오는 것은 쉬웠다.

티토는 엘레나도 볼 겸 어네스 백작 부인의 안부도 물어보려 가벼운 발걸음으로 계단을 내려왔다. 그런데 뜻밖의 상황을 마주하고 말았다.

티토는 머리에 쓴 수면용 모자가 흘러내리는 것도 모른 채 엘레나와 아드레이를 바라봤다.

커다란 파란 눈이 이 상황을 이해해 보려 두 사람을 번갈아 바라보았지만 큰 수확은 없었다. 아무리 머리가 열심히 일을 한들, 이 상황을 논리적으로 설명할 수 있는 방법이 없었기 때문이다.

티토는 머리를 붕붕 저었다. 한 번에 한 가지씩 이해해 보기로 했다.

일단 자신에게 지금도 뭐라 뭐라 말하고 있는 사람은 엘레나가 맞았다. 미약한 마나 등에도 저렇게 번쩍거리는 은발을 가진 사람은 엘레나밖에 없었다.

청순하고 가녀리고 어딘가 모르게 이 세상의 것이 아닌 것 같은 외모와는 다르게 촐싹대는 말투와 목소리 역시 누군가가 따라 할 수 있는 것이 아니었다.

"어어……?"

그런데 지금 엘레나에게 엉거주춤 팔이 잡힌 채로 자신을 마주 보고 있는 남자가 문제였다. 남자의 얼굴은 익숙했다. 그것도 매우.

엄청 수수한 옷과 또 그만큼 수수한 검을 차고 있는 것만 빼면 남자의 얼굴은 티토의 형님, 즉 이페른 제국의 황제 바크란 1세와 똑같이 생겼다.

이상하다. 내 눈이 잘못된 건가. 티토는 한차례 눈을 비볐다.

하지만 굳은 얼굴로 자신을 쳐다보고 있는 남자는 분명 형님이 맞았다. 하지만 말이 되지 않았다. 왜 형님이 지금 이 시간에 저런 차림으로, 그것도 엘레나에게 팔이 잡혀서 자신을 바라보고 있는 것일까.

그리고 티토가 아는 형님은 저렇게 얼빠진 표정을 짓는 사람이 아니었다. 근엄하고 품위 있고 누구보다도 강한, 남자다움의 상징인 우리 형님은.

결국 티토는 물어보기로 했다. '형님이세요?'라는 질문이 막 입을 떠나려고 했을 때였다. 동상처럼 우뚝 서 있던 아드레이의 허리가 천천히 굽혀진 것은.

"……리바이 공작 전하를 뵙습니다."

순간 '아, 형님이 아닌가?' 하는 생각이 들었지만, 동시에 티토의 머리 위 물음표는 더 커져만 갔다. 그윽한 목소리도 딱 형님이셨다.

"황실 기사단의 수습 기사, 아드레이 폰 로만입니다. 공작 전하."

예법대로 허리를 숙인 아드레이가 그 상태로 고개만 들어 티토를 바라봤다. 그 순간 티토는 알 수 있었다. 아, 지금은 알은체를 하지 말라는 뜻이시구나.

"제, 제 잘못이에요, 티토 님. 제가 오늘 약속을 해 놓고 나가질 못해서. 아마 제가 걱정되어서 찾아왔나 봐요."

혹시 이 일 때문에 아드레이가 처벌을 받게 될까, 엘레나는 얼른 변호하고 나섰다.

"그, 그랬구나."

그런데 티토의 반응이 조금 이상했다. 화를 내든가, 아니면 적어도 불쾌한 기색은 보여야 하는데.

"나는, 나는 자다가 배가 고파서 우유를 먹으려고 주방에 가는 중이야."

변명같이 들리는 말이었다. 조금 이상하긴 했지만 엘레나는 안도의 한숨을 쉬었다.

"그럼 나는 가던 길을 마저 가 봐야겠어."

티토가 마지막으로 흘끔 아드레이를 바라본 뒤 삐걱삐걱 소리가 날 것만 같은 몸짓으로 아래층으로 향하는 계단 난간을 잡았다.

아드레이는 그런 티토의 모습에 긴장이 풀려 후우 하고 큰 한숨이 나오려는 것을 간신히 막고, 대신 크흠 하고 헛기침을 한 번 했다.

다행히 티토는 그의 눈빛을 읽은 모양이었다. 티토가 그 자리에서 눈치 없이 굴까 봐 얼마나 마음을 졸였는지.

그때, 계단을 막 내려가려던 티토가 엘레나를 돌아보며 말했다.

"저기, 할 말이 있다면 방에서 조용히 하는 게 좋을 거야. 밤에도 기사들이 순찰을 도니까. 친구……가 들키면 좀 곤란하지 않아?"

친구라니. 형님과 엘레나가 친구라니. 티토에게는 아직까지 잘 받아들여지지 않는 사실이었다.

"그렇겠구나. 감사해요. 얼른 내보낼게요, 티토 님."

그렇게 티토는 계단을 내려갔다. 자세히 관찰했다면 티토가 "말도 안 돼, 말도 안 돼." 하며 혼이 나가 중얼거리고 있다는 사실을 알아차렸겠지만, 엘레나는 지금 그럴 정신이 없었다. 서둘러 아드레이의 팔을 잡아끌어 자신의 방 안에 던져 넣고는 바로 문을 닫았다.

"흐아아아, 십년감수했네……."

닫힌 문에 등을 기댄 엘레나의 몸이 액체가 된 것처럼 주르륵 흘러내려 주저앉았다. 긴장이 풀리니 몸에 힘이 들어가지 않았다.

그다음 순간, 툭 꺾이듯 무릎에 떨어졌던 엘레나의 머리가 번쩍 들렸다. 그녀는 아드레이에게 차마 하지 못했던 말들을 따따 쏘아붙이기 시작했다.

"마주친 게 티토 님이었으니 그나마 다행이지, 새벽의 궁 기사들한테 들켰으면 어쩔 뻔했어요! 여기가 어디라고 이 시간에 여길 와요!"

"그대가 연무장으로 오지 않았으니까 내가 온 것이라고 이야기했을 텐데."

마치 제 방이라도 되는 듯 자연스레 그녀의 침대에 걸터앉으며 아드레이가 대답했다.

"못 간다고 말 전했는데. 설마 몰랐던 거예요? 계속 기다렸어요?"

엘레나가 자리에서 벌떡 일어나 아드레이에게 다가갔다. 그의 손등이 차갑게 식어 있었다. 정말로 이 시간까지 계속 밖에서 기다린 듯 그의 흉터 많은 손등이 밤공기만큼 찼다.

"아니, 전언은 들었다."

황궁 경비대원이 기사단으로 '아드레이 폰 로만'이란 자를 찾아왔지만, 찾을 수 있을 리 없었다. 서류상 아드레이라는 수습 기사는 개인적인 사정으로 장기 휴가를 내고 고향으로 잠시 돌아갔다고 되어 있으니 말이다.

하지만 누군가가 아드레이 폰 로만을 찾아왔다는 말은 유능한 시종장 휴고에게 들어왔고, 엘레나가 오늘 내원으로 나오지 못한다는 소식은 아드레이에게로 무사히 전해질 수 있었다.

그래서 아드레이는 오늘은 엘레나가 오지 않을 것이란 걸 알았다. 그녀를 위해서 준비한 이 선물도 오늘은 주지 못할 것을 알았다. 그리고 오늘 그녀의 얼굴을 보지 못할 것이라는 것도 알았다.

하지만 내원의 그 회랑 아래에서 아드레이는 계속 엘레나를 기다렸다. 노을이 하늘을 붉게 물들였다가, 그 하늘이 결국 어둠에 검게 물들 때까지. 별이 하나둘 떠서 총총히 밤을 빛낼 때까지도.

"3일에 한 번, 노을 지는 시간은 그대를 위해서 비워 놨으니 그대를 기다리며 썼지."

하루가 텅 비어 버린 것 같았다. 하루 종일, 아니 그녀와 헤어진 순간부터 꼬박 다시 3일을 기다린 시간이어서 그랬을까.

막상 그녀가 내원에 오지 않을 것을 알아도 다른 일을 할 수 없었다. 그리고 아드레이는 새벽의 궁으로 향했다. 오늘 엘레나에게 꼭 전해 주고 싶은 것이 있었기 때문이다.

"그게 무슨 한심한 말이에요. 그렇게 계속 기다리다가 감기라도 걸리면 어쩌려고요?"

"그렇다면 그대가 치유해 주겠지."

아드레이가 능청스럽게 말했다. 그러면서 빙긋 웃는다.

"누, 누구 맘대로?"

그 웃는 얼굴이 너무 멋있어서 엘레나는 말을 더듬었다.

"아무튼 이러다가 잘못돼서 기사단에서 잘릴 수도 있었다고요. 아니, 얌전히 잘리면 다행이지. 침입자인 줄 알고 칼 맞거나, 잡혀서 감옥으로 끌려갈 수도 있다고요! 도대체 이런 무모한 짓을 왜 한 거예요?"

자신의 당황을 감추려 그녀가 더욱 매섭게 그를 타박했다.

"하하."

그녀의 말에 아드레이는 갑자기 한숨 섞인 웃음을 냈다. 그동안 가끔씩 보여 주던 소리 없이 빙긋 입꼬리를 올리는 웃음이 아닌, 진짜 웃음이었다.

그는 엘레나가 자신에게 뾰족한 목소리로 잔소리를 하는 것이 좋았다. 그 안에 그에 대한 걱정이 담뿍 들어 있는 것이 좋았다.

"왜, 왜 웃어요? 아니, 웃을 줄도 아는 사람이었어요?"

엘레나는 콩닥거리는 가슴을 부여잡고 물었다. 그녀는 지금 화가 났다. 하마터면 큰일 날 뻔했는데 당사자는 저렇게 맘 편하게 웃고 있으니, 답답해서 속이 터질 지경인 게 당연했다.

그래, 그래서 그런 거다.

레이를 봐서도 아니고, 레이가 그녀의 방에 들어와 있어서도 아니고, 레이가 오늘따라 더 멋있어 보여서도 아니고, 레이와 단둘이 방안에 있어서도 아니었다. 절대 아니었다.

"엘레나."

미쳤어. 엘레나는 이제 자신의 심박동 소리가 귀에 들릴 정도로 심장이 쿵쾅거리는 것을 느끼고 중얼거렸다. 방 안의 따듯한 공기가 아드레이의 목소리에 부드럽게 진동했다.

쓸데없이 멋있고 난리야. 아드레이는 남의 남자였다. 그림의 떡이고, 못 먹는 감이었다.

"보고 싶었다."

지잉 하고 이명이 들릴 것 같은, 두근거리는 심장 소리를 들켜 버릴 것 같은 정적이 한차례 흘렀다.

"뭐, 뭐라고요?"

"방금 그대가 물었지 않나. 왜 이런 무모한 짓을 한 거냐고."

아드레이가 뒤로 짚었던 손을 떼고 허리를 바로 세우며 말했다.

침대에 걸터앉아 있는 그, 그리고 그 앞에 서 있는 그녀. 비슷한 눈높이에서 두 사람이 마주 봤다.

어느 순간, 길게 뻗은 속눈썹이 아름다운 그의 깊은 남색 눈이 부드럽게 접혔다. 그가 나직이 말했다.

"보고 싶었다, 엘레나."

17장

17장

이 남자는 어째서 이렇게 아름다운 것일까. 어쩌자고 이렇게 사람을 홀리는 듯한 미소를 지을까.

형광등과는 비교도 되지 않을 만큼 어두운 마나 등 아래에서도 아드레이는 현실감이 느껴지지 않도록 아름다운 생명체였다.

방금 내뱉은 '보고 싶었다.'라는 말이 세상에서 가장 어려운 말이라도 되는 양 웃고 있는 그의 눈은 진지하기 짝이 없었다.

엘레나는 조금 울고 싶어졌다. 그의 말이, 그녀가 보고 싶었다는 그의 말이 너무나 반가웠기 때문이다. 마치 계속 기다렸던 말인 것처럼 엘레나의 마음은 그의 갑작스런, 무슨 뜻인지도 모를 그 말을 반기고 있었다.

하지만 그녀의 입에서 나온 말은 본심과는 조금 달랐다.

"그런 말 하지 말아요."

그는 따로 좋아하는 여자가 있는 남자였다. 그녀를 떠올리며 그렇게 아련한 눈을 하고, 입꼬리를 주체하지 못해 웃고 마는 그런 여자가 있는 사람이었다.

아드레이가 어떤 마음을 먹은 것인지는 모르겠지만, 그녀에게 보고 싶었다는 한마디를 한다고 한들 그녀가 기대하고 상상하는 그런 의미일 리 없는 것이다.

목소리는 어쩔 수 없이 떨릴지언정, 딱딱하고 끝이 뚝 잘린 그 말에 아드레이는 심장이 철렁 내려앉았다.

"어째서?"

그는 그녀에게 밀쳐진 것 같았다. 용기 내어 다가갔으나, 그녀가 저 멀리로 도망가 버린 것 같은 상실감과 공포감이 들었다.

역시 이렇게 함부로 내뱉어서는 안 될 말이었나. 일말의 후회마저 했다.

"지금 그걸 몰라서 물어요?"

설상가상, 엘레나가 뾰족하게 되받아쳤다. 팔짱까지 척 끼고 그를 째려보고 있었다.

아드레이 또한 울고 싶어졌다. 도대체 뭘 잘못한 것인지 알 수가 없었다. 자신의 행동을 가만히 되짚어 봤지만, 엘레나가 저렇게 화를 낼 만한 일은 하지 않았다.

아드레이가 아무 말도 하지 못하고 진땀만 흘리고 있자, 엘레나의 기세는 한층 더 사나워졌다.

"그런 소리 하려고 온 거면 가요."

아뿔싸, 이제는 축객령이었다. 아드레이는 억울했다.

"지금 내가 거짓말을 하고 있다고 생각하는 건가?"

"거짓말이 아니라면 그게 더 문제 아니에요?"

그 말이 정말로 진심이었다면 이건 대놓고 양다리를 걸치겠다는 말 아닌가. 엘레나는 은근한 분노와 짜증이 일었다.

아직 그녀의 침대에 걸터앉아 있는 그의 얼굴은 미미하게 찌푸려져 있기는 했지만, 그게 다였다. 거울을 보지 않아도 알 수 있는 자신의 붉으락푸르락한 얼굴과는 전혀 달랐다.

내가 왜 이 남자 때문에 이렇게 속을 태워야 하지. 엘레나는 울컥해서 아랫입술을 꾹 깨물었다.

책을 읽으며 몇 번이나 독자 강단아를 설레게 하고 발을 동동 구르게 했던 메이나드와 르니에가 콩깍지가 쓰여 당장 자신이 좋다며 구애를 하는 판이었다. 로잘린느 한 여자에게 목매기엔 너무나 아깝다고 생각했던 남자주인공 후보들이 말이다.

그런데 이런 꿈 같은 상황에도 엘레나는 마냥 기쁘지 못했다. 자신만을 바라보면서 강아지 같은 눈을 빛내는 메이나드와 야살스레 웃으며 대담하게 거침없이 다가오는 르니에 앞에서도 요지부동인 주제에 눈앞의 이 검은 머리의 남자만 보면 반응하는 자신의 마음 때문이다.

도대체가. 엘레나는 이제 자기 자신에게도 짜증이 솟았다.

이게 만약 로맨스 소설이었다면 그녀는 책을 덮었을 것이다. 도저히 말이 되지 않았으니까.

각자 남자주인공이 되어도 전혀 손색이 없을 만한 메이나드와 르니에가 이렇게 들이대는데, 결국 마음이 동하는 것은 겨우 황실 기사단의 수습 기사라는 사실이 스스로도 이해가 가지 않았다.

르니에는 후작이었고, 심지어 메이나드는 아드레이가 수습 기사로 있는 기사단의 부단장이었다. 아무리 사람 마음이 말처럼 마음대로 되지 않는 것이라곤 하지만, 이건 해도 해도 너무했다.

물론 아드레이의 외모가 다른 두 사람과 비교해서 떨어지는 것은 절대 아니었다. 솔직한 심정을 말하자면, 아드레이의 미모는 사람을 홀릴 정도였다.

그윽한 눈매나 낮고 부드러운 목소리, 그리고 이따금 한 번씩 보여 주는 미소는 순간순간 덜컥 겁이 날 정도로 멋졌다.

그리고 자꾸 마음 깊은 곳이 아드레이에게 움직이는 이유가 단순히 외모 때문만은 아니라는 것을 잘 이해하고 있었다.

"알아서 안 걸리게 잘 나가요."

하지만 엘레나는 방문 쪽으로 아드레이의 등을 밀었다.

마음만 먹는다면 그녀의 힘쯤은 아무렇지 않게 무시하고 바위처럼 서 있을 수 있는 그였지만, 돌덩이처럼 단단한 근육으로 감싸인 등이 무색하도록 아드레이는 순순히 몸을 움직였다.

그리고 그게 엘레나는 더 화가 났다. 나가라고 하는데 아쉬워하지도 않다니.

"잘 나가든가 말든가."

결국 엘레나는 흥 하고 콧방귀를 뀌며 그의 면전에서 방문을 닫아 버렸다. 불과 몇 초 사이에 따뜻한 방 안에서 서늘한 복도로 밀려난 아드레이는 다시 열릴 생각이 없어 보이는 엘레나의 방문을 바라보다가 어느 순간 깨달았다.

태어나서 처음이었다. 제국의 다음 주인으로 태어난 아드레이가 누군가에게 이렇게 축객령을 듣고 쫓겨난 일은 단연코 처음이었다.

화가 날 법도 한데, 그의 마음에 그런 열기는 전혀 없었다. 엘레나의 싸늘한 태도가 걸렸고, 자신이 용기 내어 한 말이 그녀에게 아무런 감흥도 불러일으키지 않았다는 상처가 남았다. 그리고 그 상처의 틈새로 아무도 없는 복도의 냉기가 스며들었다.

결국 엘레나의 방문 앞에서 몇 번 머뭇거리던 손을 내리고 아드레이가 돌아섰다. 축 처진 어깨를 한 커다란 그의 몸이 안 그래도 어두운 복도를 더욱 어두침침하게 만들었다.

의기소침해져 태양의 궁으로 돌아가는 그의 머릿속에는 오직 한 가지 질문만 가득했다.

도대체 내가 뭘 잘못했을까.

그렇게 침울한 모습으로 황제궁에 도착한 아드레이는 휴고에게 건넨 한마디를 제외하고는 아무런 말도 하지 않은 채로 잠자리에 들었다.

다음 날, 엘레나를 비롯한 새벽의 궁 사람들은 확연히 따뜻해진 궁 내부의 기온에 놀라며 아침을 맞았고, 그 이유가 황궁 마법진을 이용한 자동 온도 조절 효과에 의한 결과라는 것을 깨닫고 두 번 놀랐다. 그들은 황제 폐하의 하나뿐인 남동생에 대한 애정이 정말 돈독하다고 추측했다.

왠지 화가 나고 분하고, 또 아드레이가 머릿속에서 떠나질 않아서 도통 잠을 못 이룬 것치곤 날이 빠르게 밝았다. 잠을 못 자서 멍한 머리를 누인 채 한참 천장을 바라보던 엘레나는 어기적어기적 무거운 몸을 이끌고 아침 식사를 하기 위해 내려왔다.

오늘은 검술 수업이 없는 날이었다. 그렇기 때문에 티토가 한껏 여유를 부리며 아침을 먹고 있는 것은 이해가 갔지만, 엘레나가 식탁 앞에 앉자마자 툭 던져진 말은 그녀를 당황하게 하기에 충분했다.

"태양의 궁에 가신다고요? 갑자기?"

"그렇게 됐어."

"티토 님이 청하신 거예요?"

"아니, 형님이 부르신 거야. 방금 서신으로."

입 안 가득 신선한 과일을 우물거리며 테이블 한쪽에 놓인 편지 봉투를 가리킨 티토는 대수롭지 않게 대답했다.

"저, 티토 님. 너무 무리하시는 거 아니에요?"

"뭐가?"

"요즘 갑자기 검술 수업도 시작하시고, 형님도 부쩍 자주 만나시는 것 같고요."

"다 할 만하니깐 하는 거야."

그렇게 대답하는 티토는 정말로 괜찮아 보이긴 했다. 지난번엔 긴장한 기색이 조금 남아 있는 것 같더니, 오늘은 정말로 아무렇지도 않아 보였다.

"어차피 오래 걸리지 않을 거야. 금방 다녀올게."

"안 좋은 일 때문에 혼나러 가시는 건 아니죠?"

"그런 건 아니고. 근데 어제 그 친구는 잘 돌아갔어?"

맞다. 어제 계단참에서 아드레이와 함께 있는 것을 티토에게 들킨 일이 그제야 생각난 엘레나였다. 하지만 아드레이를 떠올리니 다시 그녀의 눈초리가 뾰족해졌다.

"잘 갔겠죠, 뭐."

"표정이 왜 그래? 친구랑 싸웠어?"

"그런 사람, 계속 친구로 둘지 말지 굉장히 심각하게 고민 중이거든요."

"흐음……."

아무래도 무슨 일이 있는 것 같은데. 티토는 아직 뾰송뾰송하게 젖살만 가득한 자신의 턱을 문지르며 의미심장한 눈으로 엘레나를 바라보았다.

"어쨌든 금방 갔다 올게. 일리야도 같이 갈 필요 없어. 다들 쉬고 있으라고."

일리야와 엘레나는 모두 걱정스런 얼굴을 했지만, 티토는 그런 우려를 뒤로하고 기어코 혼자서 태양의 궁으로 떠났다.

"티토 님이 안 계시니까, 궁이 텅 빈 것 같아요."

"그러게요……."

태양의 궁으로 향하는 마차를 배웅하던 일리야가 서운한 표정으로 말했다. 바로 얼마 전까진 유모의 곁을 떠나지 않았던 어린 공작님은 이제 정말 쑥쑥 자라나 홀로서기를 준비했다.

허한 마음 때문에 잠시간 뭘 해야 할지 모르겠다며 서성이던 일리야는 결국 그녀의 유일한 취미인 뜨개질거리를 꺼내 들었다.

"저는 그럼 산책이나 다녀올게요."

사실 뭘 해야 할지 모르는 것은 엘레나도 마찬가지였다. 새삼 하루 종일 티토와 붙어 있는 생활에 이렇게 익숙해졌었구나 싶었다.

햇살 좋은 길을 따라서 이곳저곳을 정처 없이 걷던 엘레나는 어느새 황궁 도서관 앞에 서 있었다.

아발론에 머물 수 있는 자격이 되는 귀족이라면 자유롭게 드나들 수 있는 황궁 도서관은 오늘도 사람들로 북적였다. 도서관은 가문의 패만 소지하면 출입이 가능하기 때문에 황궁에서 가장 만만한 장소였다.

이곳이 아발론 젊은 귀족들의 핫 플레이스라고 하더니. 다들 책을 보러 온 건지, 연애를 하러 온 건지 알 수 없었다. 온통 커플들이 눈에 띄었다.

"하아, 좋을 때다……."

이렇게 화창하고 맑은 날씨에 아직 앞날이 창창한 자신의 입에서 이런 말이 왜 나오는 건지는 모르겠지만, 엘레나는 비 오는 날보다 더 꾸물꾸물한 기분을 띤한 표정으로 고스란히 드러냈다.

그동안 로잘린느의 심부름으로 도서관 문턱이 닳도록 드나들었지만, 한 번도 바글바글한 커플들이 눈에 거슬렸던 적은 없는데 참 요상한 일이었다.

"내가 안 온 동안 커플들이 증식이라도 했나?"

요즘은 어째서인지 로잘린느가 더 이상 필사나 도서관 심부름을 시키지 않아 엘레나가 도서관에 발걸음 한 것은 꽤 오랜만의 일이었다.

그러고 보니 언제나 허둥지둥 빨리 책을 찾아서 나가야 했던 탓에, 지금껏 제대로 도서관을 구경한 적이 없었다. 조금 새로운 마음으로 엘레나는 도서관 구석구석을 구경했다.

이페른 제국에서 제일 크고 없는 책이 없다는 황실 도서관답게 광활하기까지 한 공간이었다.

뒷짐을 지고 여기저기 걷다 보니 처음 이곳에 왔을 때 로잘린느의 책 심부름을 하면서 도움을 받았던 사서의 공간도 지나쳤고, 메이나드를 만났던 장소도 지나쳤다. 바로 어제의 일 같은데 벌써 그녀는 여름의 한가운데에 서 있었다.

그저 한 번씩 둘러보려 했던 것뿐인데 어느새 발이 아파 왔다. 결국 엘레나는 우연히 손에 집힌 연애 소설 한 권을 들고 사서가 앉아 있는 책상 앞으로 다가갔다.

"안녕하세요. 이 책을 좀 빌리고 싶은데요. 여기 대여 허가증 있……."

"아, 압니다. 새벽의 궁 신관님."

엘레나가 서적 대여 허가증을 내밀려고 하자 남자 사서가 손을 내저으며 말렸다. 흰 피부가 인상적인 남자는 길에서 마주쳐도 단박에 '사서같이 생겼다!'라는 말이 절로 나올 정도로 책 냄새를 물씬 풍기는 외모로, 엘레나의 눈에도 익은 얼굴이었다.

"제가 좀 자주 왔었죠?"

"하, 항상 오시다가 요즘 통 안 보이셔서 거, 걱정했습니다."

원래 말을 더듬는 사람은 아니었던 것 같은데. 사서는 눈을 마주치지 않고 고개를 푹 수그린 채로 대여 장부에 엘레나의 이름과 책제목을 적어 넣었다.

"하하, 별일 없었어요. 요즘은 도서관에 올 일이 별로 없네요."

뜬금없는 사서의 말에 조금 당황했지만, 그녀는 웃는 얼굴로 대답했다. 그리고 그런 엘레나의 미소를 흘끔 본 남자는 고개를 더욱 푹숙였다.

순식간에 사서의 목덜미부터 얼굴이 달아올랐지만 주변을 둘러보고 있던 엘레나는 눈치채지 못했다. 그리고 작은 쪽지가 책 사이에 끼워진 것도 보지 못했다.

"여, 여기, 여기 있습니다."

"고맙습니다. 다음에 봐요."

"예?! 네! 다, 다음에 뵙겠습니다!"

조용조용한 도서관 내에 쩌렁하게 울린 사서의 목소리에 여러 사람들이 돌아봤다.

"안녕히 계세요……."

엘레나는 고개를 갸웃하며 도서관에서 나왔다. 참 파이팅이 넘치는 사서구나 하면서.

살짝 어두운 도서관 실내에서 나오자, 밖은 눈이 아플 정도로 밝았다.

"이제 할 일도 없는데. 다시 새벽의 궁으로 돌아가야지."

기껏 자유 시간이 생겨도 할 일이 없는 현실이 서글펐다.

그런데 새벽의 궁 쪽으로 발끝을 놓았던 엘레나는 별안간 정반대 방향으로 걷기 시작했다. 한 번도 가 본 적은 없었지만, 그녀는 알고 있었다. 이 길을 따라서 쭉 걸으면 나오는 커다란 석재 건물이 바로 황실 기사단이란 것을 말이다.

기사단으로 향하는 대로는 아주 잘 닦여 있었다. 양옆으로 듬성듬성 커다란 나무가 자라고 있는 길을 걸으니 목적지에 금방 도착할 수 있었다.

사실 건물이 눈에 보이기 전부터 엘레나는 자신이 기사단에 점점 가까워지고 있다는 사실을 알았다. 멀리서 들려오는 우렁찬 기합 소리 때문이다.

소리를 따라 기사단의 연무장 쪽으로 걸어간 그녀는 멀리서 확인만 할 요량으로 고개를 빼꼼히 내밀어 안쪽을 확인했다.

"수습 기사들 훈련 시간인가 보네⋯⋯."

커다란 연무장에는 수습 기사의 연습복을 입은 사람들이 빼곡히 들어차 있었다. 하필이면 이런 시간을 골라서. 엘레나는 투덜거렸다.

하지만 한편으론 다행이었다. 막상 아드레이를 만난다고 해도 또 그에게 화만 내거나 엉뚱한 소리를 할 수도 있으니 말이다. 어차피 며칠 뒤면 만나게 될 것, 마음을 좀 가라앉히고 보는 게 나을지도 몰랐다.

"누구십니까?"

등 뒤에서 목소리가 들려온 것도 그때였다. 정중한 말투였지만 경계심이 가득한 목소리였다.

"아, 저⋯⋯ 그게⋯⋯."

목소리의 주인공은 기사단의 약식 갑옷을 입은 키가 큰 남자였다.

"여긴 외부인 출입 금지 구역입니다."

엘레나는 자신의 잘못을 깨달았다. 황실 기사단이 연습하는 장면을 훔쳐보다가 걸린 상황이니 얼마나 의심스러울까. 그나마 그녀가 신관복을 입고 있어서 목에 칼이 들어오지 않았다는 생각이 강하게 들었다.

"아, 아는 사람을 좀 찾아왔는데…… 제가 실수했네요. 죄송합니다."

엘레나가 꾸벅 허리를 굽혔다.

"성함과 소속이 어떻게 되십니까."

하지만 기사의 딱딱한 얼굴 표정은 좀처럼 풀리지 않았다. 여전히 의심이 가득한 눈으로 연신 그녀를 위아래로 훑고 있었고, 두 손은 허리춤의 커다란 검에 붙어 있었다.

"저는 새벽의 궁에서 리바이 공작 전하의 신학 교육을 담당하고 있는……."

그녀가 여기까지 말했을 때였다. 절대 풀리지 않을 것 같았던 기사의 무서운 얼굴이 활짝 핀 것은.

"아! 혹시 엘레나 신관님이십니까?"

"예? 제, 제 이름을 어떻게……."

"기사단에서 엘레나 신관님을 모르는 사람이 있을 리가요."

너무나 급격한 온도 변화에 엘레나는 어벙한 표정을 지었다. 방금까지 눈으로 레이저를 쏘면서 그녀를 국경선 넘어온 간첩 보듯 하던 그 기사가 맞나 싶었다.

"정말로 한번 뵙고 싶었습니다. 소문이 사실입니까? 죽어 가던 윈터힐 백작이 엘레나 신관님이 손을 가져다 대자 벌떡 일어났다는 게?"

"그렇게 쉬운 일은 아니……."

"아! 그리고 신성력을 사용하실 때 뿜어져 나오는 빛을 본 사람은 며칠 동안 눈이 먼다던데, 그것도 맞습니까?"

"누, 눈이 멀면 큰일 나죠……."

분명 난생처음 본 사람인데, 기사는 마치 오랜 친구라도 만난 것처럼 연신 싱글벙글 웃는 얼굴로 쉴 새 없이 떠들었다.

"그런데 여긴 어쩐 일이십니까? 어네스 경을 만나러 오신 겁니까?"

순간 엘레나는 여기서 사실 메이나드가 아니라 아드레이라는 수습 기사를 찾아온 것이라고 밝힌다면 이야기가 매우 꼬일 거라는 사실을 직감했다.

조금 전 이 남자가 했던 말에 따르면 기사단에서 그녀를 모르는 사람이 없다고 했다. 그 말인 즉, 부단장인 메이나드와 그녀의 소문을 모두들 익히 알고 있다는 말이었다.

"아, 저기 그게 그러니까……."

이런 상황에서 그녀가 기사단까지 와 찾는 것이 메이나드가 아니라 어떤 수습 기사란 소문이 퍼지게 된다면, 아드레이의 기사단 생활은 매우 고달파질 것이고 메이나드의 체면도 말이 아니게 된다. 이상한 추측이 난무할 것도 뻔했다.

"그렇지! 길을 잃어버렸지 뭐예요, 하하."

참 어설프고 모자란 변명이었지만, 당장에 떠오르는 것은 그것밖에 없었다.

"제가 좀 길치라서요, 하하하."

"그렇습니까. 이 주변이 온통 숲이라서 그럴 수 있죠."

다행히 기사는 그리 의심하는 눈치가 아니었다. 휴우 하고 몰래 안도의 한숨을 쉰 엘레나는 이제 다시 새벽의 궁으로 돌아가는 일만 남았다고 생각했다.

"저기, 저는 그럼 이만……."

"이왕 여기까지 오셨으니, 어네스 경 얼굴이라도 보고 가시는 게 어떻습니까?"

"네? 메이나드, 아니 어네스 경을요?"

아, 이건 좋지 않은데. 엘레나는 두 손을 저으며 뒤로 물러나려고 했다. 하지만 활짝 웃는 얼굴의 기사는 세상에서 가장 좋은 생각이라도 되는 듯이 손뼉까지 치며 말했다.

"이야, 어네스 경께서 정말로 좋아하실 겁니다!"

"아니요, 저는 이만 돌아가……."

"이쪽으로 오십시오. 제가 모셔다드리겠습니다."

"이, 이게 아닌데……."

엘레나는 어느새 기사단 건물로 들어와 복도를 걷고 있었다. '지금 어디로 가는 거예요?'라는 질문을 할 때도 놓쳐 버렸다.

'이렇게 된 것 어쩔 수 없지, 뭐.'

결국 그녀는 새벽의 궁으로 돌아가기를 포기했다. 기사의 말대로 이왕 여기까지 온 것, 메이나드 얼굴 한번 보고 가는 것도 나쁘지 않았다. 그리고 이 기회를 이용해 언제나 궁금했던 기사단 구경도 할 수 있으니 일석이조였다.

기사단 내부는 딱 엘레나가 상상했던 그대로였다. 복도 중간중간 무섭게 생긴 갑옷과 칼이 전시되어 있었고, 삭막하다는 생각이 들 정도로 그 이외의 장식은 전혀 없었다.

엘레나가 커다란 눈을 굴리며 정신없이 구경하는 것을 알아챈 기사는 그런 그녀가 귀여워 피식 웃었다.

소문의 신관님은 소문보다 훨씬 아름다웠다. 겨우 성인 남자의 가슴팍에나 올까 싶은 작은 키는 전혀 흠이 되지 않았다. 오히려 커다란 황금색 눈과 빛이 없어도 스스로 빛을 내는 듯한 은발, 그리고 자그마한 체구가 어우러져 사람이 아닌 인형을 보는 것 같은 착각도 들게 했다.

"크흠! 이 갑옷으로 말씀드릴 것 같으면, 이페른 제국의 전신인 이페른 왕국의 초대 기사단장인 미하일 폰 필즈 공작 각하께서 무려 20년간 실제로 사용하셨던 것입니다. 그분은 약 500여 개의 크고 작은 전투를 겪었다고 전해집니다."

"오오, 500여 개의 전투요? 대단하네요!"

엘레나가 짝짝 박수를 치며 호응했다.

"근데 갑옷이 엄청 크네요? 검도요! 그분은 굉장히 키가 크셨나 봐요."

"별명이 이페른의 거인이었을 정도로 체격이 큰 분이셨다고 합니다. 이 바스타드 소드는 그 무게가 웬만한 장정 두 사람이 필요할 정도입니다."

"대단하네요!"

여느 여인이라면 지루하다 하품을 했을 이야기겠지만, 엘레나는 흥미로 눈을 반짝였다. 자신이 속하게 된 세계에 대해 알아 가는 재미가 있었다.

"크윽, 귀엽……."

"네? 뭐라고요?"

"아, 아무것도 아닙니다. 이쪽으로 오시죠. 거의 다 왔습니다."

괴로운 듯 뭔가를 중얼거리던 기사는 엘레나를 좀 더 기사단 안쪽으로 깊숙이 이끌었다.

기사는 어떤 문 앞에 도착해 똑똑 노크를 했다. 안쪽에서는 두런두런하는 낮은 목소리가 흘러나왔다.

"잠시 기다리십시오."

그는 그렇게 이야기하고는 문 안쪽의 대답을 기다리지도 않고 그

방 안으로 쑥 들어가 버렸다. 완전히 닫지 않은 문틈 사이로 익숙한 목소리가 들려왔다.

"훈련 성과는 어떻지."

그러자 잔뜩 긴장한 듯한 다른 목소리가 대답했다.

"잘 진행되고 있습니다. 특히 제2, 제5기사단 수습들이 좋은 성과를 보이고 있습니다."

"따로 눈에 띄는 후보생은 있나?"

"예. 여기 따로 이름을 적어 놓았습니다. 일단 제2기사단의 아리아 폰 그라함……."

결국 호기심을 이기지 못한 엘레나는 문틈으로 안의 상황을 훔쳐봤다. 메이나드가 보였다. 그런데 놀랍게도 메이나드는 보고하는 사람이 아닌, 보고를 받는 사람이었다.

아, 부단장이라고 했지. 새삼 그가 황실 기사단에 단 세 명밖에 없는 부단장 중 하나라는 사실이 피부로 느껴졌다.

그때, 다른 목소리 하나가 대화에 끼어들었다.

"저, 부단장님."

"뭔가."

메이나드의 저런 사무적인 목소리라니. 엘레나는 적응이 되지 않았다.

"밖에 손님이 오셨습니다."

"기다리라고 해."

보고를 방해받은 것이 그리 탐탁지 않은지 국물도 없을 것 같은 차가운 말투였다. 나 같아도 짜증 나지. 엘레나는 문 옆 벽에 기대어 서서 고개를 끄덕끄덕했다.

"그게, 새벽의 궁의 엘레나 신관님……."

저벅저벅, 저벅저벅. 벌컥!

다급한 발소리에 이어 곧바로 누군가 문을 확 당겨 여는 움직임에 강한 바람이 한차례 훅 불었다.

"에, 엘레나 님?!"

"안녕하세요, 메이나드 경."

정말로 두 눈이 주먹만 해진 메이나드가 문고리를 잡고 서 있었다. 얼굴엔 붉은 홍조가 피어오른 채였다.

"여긴…… 어떻게."

그러고는 주변을 휘휘 둘러봤다. 아무래도 티토나 다른 사람이 같이 온 건가 싶어 살피는 모양이었다.

"저 혼자 왔어요, 혼자."

"그럼 혹시…… 절 보러 오신 겁니까?"

메이나드의 녹색 눈동자가 믿지 못하겠다는 듯 그녀를 뚫어져라 바라봤다.

"……네."

아니라곤 절대 말 못해. 저 눈을 보고 그렇게 말할 수 있는 사람은 단언컨대 세상에 없었다.

"그, 그럼 조금만 기다려 주시면……."

메이나드는 마음 같아선 지금 당장이라도 퇴근 선언을 하고 엘레나와 시간을 보내고 싶었다. 하지만 직전에 받고 있던 보고가 마음에 걸렸다. 부단장으로서 맡고 있는 중요 업무 중 하나가 바로 평기사 교육이었고, 오늘은 수습 기사들의 교육 현황을 보고받는 날이었기 때문이다.

하지만 메이나드의 고민은 쉽게 해결되었다.

"자자, 지나갑니다. 좋은 시간 보내십시오, 부단장님."

엘레나를 이곳까지 데려다준 남자가 안에서 보고를 하던 기사의 어깨를 잡고 메이나드의 집무실 밖으로 나간 것이다. 기사는 딱 보기에도 메이나드보다 훨씬 나이가 많아 보이는데도 깍듯이 존댓말을 사용하는 데에 전혀 거부감이 없어 보였다.

얼결에 끌려 나온 기사도 문 앞의 엘레나를 보자마자 감을 잡은 모양이었다. 별다른 말없이 꾸벅, 메이나드에게 인사를 해 보이더니 두꺼운 보고서를 건네주고 가 버렸다. 다소 오해받기 십상인 말을 남기고서.

"즐거운 시간 보내십시오."

부하들의 눈치 백 단 배려에 잠시 당황하던 메이나드는 일단 급한 대로 엘레나를 자신의 집무실로 초대했다.

평소에 수많은 손님들을 맞이하면서 단 한 번도 깊이 생각해 본 적 없었던 것이 걸렸다. 집무실이 오늘따라 왜 이리 별 볼 일 없게 느껴지는지. 메이나드의 등줄기를 따라 진땀이 흘렀다.

창가 한쪽에 놓인 손님 응대용 소파에 조심스레 앉은 엘레나의 곁에서 안절부절못하며 서성이던 그는, 잠시 후 집무 책상 뒤쪽의 서랍에서 무언가를 조심스레 꺼내 왔다.

"지금 다른 것은 없고, 이거라도……."

메이나드의 손에 신줏단지 모시듯 들린 것은 익숙한 작은 상자였다.

"원래 내일 드리려 했던 건데 지금 대접할 게 아무것도 없어서요……."

그렇게 말하는 그는 온통 울상이었다. 그 상자를 빤히 보던 엘레나는 말했다.

"그때 제가 뭐라고 했었죠?"

"예?"

"케이크요, 같이 먹자고 말했잖아요."

"아…… 그런데 하나밖에 없습니다."

"콩 한쪽도 나눠 먹는다는데. 케이크 하나 못 나눠 먹겠어요?"

엘레나의 말에 볼에 깊은 보조개를 드러내며 수줍게 웃은 메이나드는 얼른 포크 두 개를 가지고 왔다.

그렇게 엘레나 한 입, 메이나드 한 입 사이좋게 먹던 참이었다. 메이나드의 눈에 그녀가 가지고 있는 책이 포착되었다.

"그 책, 빌리신 겁니까?"

"이거요? 네. 조금 전에 할 일이 없어서 도서관에 갔다가 빈손으로 오기 뭐해서 한 권 빌려 봤어요."

"오늘은 휴일이십니까?"

"아뇨, 그런 건 아닌데. 사실 티토 님이 아침 일찍부터 태양의 궁으로 불려 갔어요. 그것도 갑자기."

"갑자기……."

"네. 참 이상하죠? 아무튼 일리야 님도 동행할 필요 없다며 혼자 가셨어요. 덕분에 오전 시간이 텅텅 비어 버린 것 있죠."

메이나드는 엘레나의 말에 동의하며 무심코 그녀가 빌린 책을 집어 들었다.

"어떤 책을 좋아하십니까?"

"책을 읽는다고 자랑할 만한 건 아니에요. 그냥 연애 소설이나 보는 정도거든요."

"그럼 이 책도 연애 소설입니까?"

"네. 자기 전에 한번 읽어 보려고요."

그렇게 대답하면서도 그녀의 눈은 케이크에서 떠나질 못했다. 그녀가 다 먹을 수 있도록 은근슬쩍 포크를 내려놓은 메이나드는 책을 집어 들고 책장을 손끝으로 팔락팔락 넘겼다.

툭. 무언가가 그의 무릎 위로 떨어졌다. 이게 뭐지. 메이나드가 책장 안에 숨겨져 있던 작은 쪽지를 집어 들었다. 그 내용을 읽는 그의 끝이 아래로 처진 동그랗고 순한 눈이 드물게 가늘어졌다.

"엘레나 님."

"네?"

"이 책, 저 좀 빌려주십시오."

"……이거 연애 소설인데요?"

엘레나는 포크를 물고 고개를 갸웃하며 물었다.

"저 연애 소설 좋아합니다."

손에 너무 힘을 준 나머지 책을 쥐고 있는 메이나드의 손가락 끝이 하얗게 변했다. 그것을 알아채지 못한 엘레나는 깊게 생각하지 않고 어깨를 으쓱하고는 고개를 끄덕였다. 뭐, 사람마다 취향이라는 게 있는 거니까.

"그러면 읽고 반납만 잘해 주세요. 그 책 빌려준 사서가 좀 의욕이 넘치는 성격인 것 같더라고요."

"그 사서가 어떻게 생겼는지 기억나십니까?"

"으음, 갈색 머리에 피부가 흰 편이고 되게 말랐어요."

다소 성의 없는 설명에도 머릿속에 단박에 떠오르는 사서가 있었다. 바넷 자작가의 삼남으로, 엘레나 못지않게 도서관을 자주 다니는 메이나드에게는 익숙한 얼굴이었다. 연회 등에서 몇 번 인사를 주고받으며 안면을 트기도 했다.

그자란 말이지. 메이나드는 지금쯤 두근거리는 마음으로 엘레나의 답신을 기다리고 있을 바넷 자작가 삼남의 얼굴을 떠올리며 절로 신뢰가 가는 듬직한 얼굴로 대답했다.

"네. 늦지 않게 바로 반납하도록 하겠습니다."

오래 기다릴 필요도 없었다. 오늘 퇴궁하면서 도서관에 들러 한시라도 빨리 이 책을 반납할 생각이었다. 메이나드 본인이 직접, 바넷 가의 삼남에게 말이다.

그는 아직 쪽지가 고스란히 꽂혀 있는 책을 아예 자신의 등 뒤에 놓으며 엘레나의 시야에서 감췄다. 그 뒤 아직 케이크 조각이 남아 있는 접시를 엘레나에게 밀며 말했다.

"다 드십시오."

"메이나드 경도 참. 맨날 그렇게 양보만 하면 어떻게 해요? 사람이 착해도 너무 착한 것 같아요, 정말."

엘레나가 걱정스레 말했다.

"아닙니다. 저도 화내야 할 때는 냅니다. 다른 사람에게 싫은 소리를 할 때도 있고요."

"그런 메이나드 경의 모습은 상상이 잘 안 되는데요?"

"꼭 필요할 때만 하기는 하죠."

꼭 필요할 때. 바넷가 삼남의 모습을 떠올리며 메이나드는 크흠하고 헛기침을 했다.

같은 시각, 태양의 궁에서는 정말 보기 드문 광경이 펼쳐지고 있었다.

일단 새벽에 일어나 움직이는 아드레이가 그에겐 한낮이나 다름없는 오전에 집무실이 아닌 태양의 궁에 있어 놀라움을 선사했다.

그 탓에 아침 일찍 궁의 주인과 시종장이 자리를 비우면 그때부터 저녁이 될 때까지는 조금 느슨한 시간을 보내는 데에 익숙해져 있던 하인들은 이게 대체 무슨 일인가 했다.

급히 태양의 궁을 방문한 손님도 뜻밖이긴 마찬가지였다. 얼마 전까지만 해도 서로 얼굴 한 번 보지 않고 지내던 형제지간이었으니.

그동안 몇 번 왕래가 있더니 오늘은 아예 옆집에 사는 친구 부르 듯 바로 불러 티 테이블 앞에 모여 앉았다.

모두들 그동안 제멋대로 굴던 리바이 공작이 드디어 황제 폐하께 크게 꾸중을 듣는 것이라고 속닥거렸다. 그것이 아니면 아침 일찍부터 사람을 보내 리바이 공작을 태양의 궁으로 불러들일 이유가 없어 보였다.

하지만 막상 티 테이블 근처에 시립한 시종들은 고개를 갸웃했다. 곁에서 지켜본 분위기는 전혀 그런 게 아니었다. 아니, 오히려 분위기만 따지자면 그 반대였다.

얼굴에 웃음기가 가득하고 여유가 넘치는 리바이 공작과 달리, 황제 폐하는 시선을 찻잔에 고정한 채로 기계적으로 차를 비워 냈다. 이 자리가 누구에게 불편한 자리인지가 명확한 대비였다.

결국 말없이 차 한 잔을 모두 비운 아드레이가 가장 가까이에 서 있는 휴고에게 눈짓을 했다.

"모두 물러가거라."

휴고가 그렇게 말하자 태양의 궁 시종들이 응접실을 총총 빠져나가 각자 제 갈 길로 흩어졌다.

"티토."

아드레이가 그윽한 목소리로 동생을 불렀다.

"예, 형님."

대답하는 티토의 작은 발이 의자 밑에서 달랑거렸다. 아드레이는 휴고가 다시 채운 찻잔을 성급하게 들어 메마른 입술을 축였다. 방금 차 한 잔을 모두 비웠지만, 그의 입술은 그새 바짝 말라 버렸다.

"엘레나 때문에 부르셨죠?"

"콜록!"

컥 하는 소리와 함께 아드레이의 어깨가 크게 진동했다.

"쿨럭, 쿨럭!"

"형님, 괜찮으세요?"

"폐하!"

괜찮다는 의미로 한 손을 들어 올려 보이고도 아드레이는 한참 동안 기침을 해야 했다. 결국 냅킨으로 입을 닦는 그의 얼굴은 잔뜩 붉어져 있었다.

"그래, 내가 널 부른 이유를…… 잘 알고 있는 것 같구나."

"예, 형님."

낭랑한 티토의 목소리에 아드레이는 한숨이 날 것 같았다.

"후우."

결국 푸지게 한숨을 쉰 그는 앉아 있는 의자의 팔걸이를 손끝으로 두들겼다. 일정한 리듬을 내는 그 행동을 바라보는 티토의 눈이 반짝였다.

티토에게 아드레이는 형님이기 이전에 이페른 제국의 황제 폐하셨다. 근래 들어 아무리 가까워졌다고 한들, 아드레이는 어린 동생에게 우러러볼 우상이자 거인 같은 존재였다.

하지만 지금 '엘레나'라는 이름 하나만으로 맑은 찻물에 사레가 들어 얼굴이 빨개지도록 기침을 하는 형님은, 사람 같았다. 여전히 어딘지 모르게 어렵고 무섭다고 느꼈던 형제 사이의 벽이 차와 함께 나온 스콘처럼 뭉글뭉글 바스러져 내렸다.

"엘레나는…… 나를 황실 기사단의 수습 기사라 생각하고 있다."

"어쩐지 그럴 것 같았어요."

티토가 어깨를 가볍게 으쓱하더니 말했다.

"그런데요. 형님……."

"음?"

"그, 엘레나는 형님의 '이름'을 알고 있던데…… 형님이 직접 가르쳐 주신 거예요?"

티토의 조심스러운 물음에 아드레이는 고개를 한 번 끄덕했다.

"와아……."

맑은 유리알 같은 티토의 두 눈이 한층 더 초롱초롱해졌다.

"형님께 엘레나가 그 정도의 의미로군요!"

아드레이는 '처음엔 그럴 의도가 아니었단다.'라고 말하려 입을 열었다가 다시 다물어 버렸다. 처음 시작이 어쨌든 간에 지금 그에게 그녀는 단순히 이름 몇 자의 의미보다도 더욱 무거워져 버렸으니까.

"휴…… 형님이라면 인정할게요."

티토는 테이블 위에 놓인 주먹을 꼭 쥐며 시무룩하게 말했다.

황제가 자신의 진짜 이름을 가르쳐 주는 여인이라면 그 마음이 어떤 것인지, 어떠한 미래를 그리고 있는지 따로 설명도 필요 없었다. 그만큼 형님의 엘레나에 대한 마음이 깊다는 뜻이리라.

아드레이는 그제야 일전에 티토가 했던 말을 떠올렸다. 르니에와 함께 점심 식사를 하던 자리에서 티토는 얼른 커서 엘레나에게 청혼을 하겠다고 선언을 했더랬다.

졸지에 동생의 첫사랑을 빼앗은 몰염치한 형님이 되어 버린 아드레이는 조심스레 티토의 눈치를 봤다.

"형님이라면 믿고 엘레나를 맡길 수 있을 것 같아요."

말은 그렇게 하면서도 속이 상하는 것은 어쩔 수 없는지 티토의 통통한 볼이 씰룩였다. 그 모습에 아드레이는 앉은 자리가 가시방석 같아 바르게 앉아 있던 엉덩이를 들썩였다.

사과를 해야 하나? 그가 머뭇거렸다. 막상 그러자니 그것도 우스운 일이었다. 그렇다고 가만히 입을 다물고 앉아 있기엔 어쩐지 염치가 없어 보였다.

그때, 고개를 푹 수그리고 앉아 있던 티토가 제 앞에 놓인 우유를 벌컥벌컥 들이켜더니 잔뜩 잠긴 목소리로 말을 꺼냈다.

"엘레나는…… 엘레나는 아침에 일어나면 일단 입 안에 음식이 들어가야 정신을 차려요. 그러니까 일어나자마자 말을 걸었을 때, 대답이 없어도 너무 상심하지 마세요."

매일 아침, 엘레나는 반쯤 시체나 다름없는 상태로 비척비척 식당으로 내려왔다. 그녀가 무엇이든 먹어야 인사를 하고 말도 한다는 것을 지난 몇 개월 동안 꾸준히 봐 왔던 티토의 당부였다.

"그리고 배고프면 성질이 포악해져요. 문제는 스스로도 배가 고픈지 모르는 경우가 많기 때문에 이유 없이 화를 내거나 짜증이 늘면 일단 단 음식을 줘 보세요. 그럼 어느새 다시 잘 웃는 활기 찬 엘레나로 돌아와 있을 거예요."

그렇게 시작한 티토의 '엘레나를 잘 부탁해요'는 한참을 이어졌다.

그 길고 긴 연설의 어느 시점에, 아드레이는 엘레나에 대한 티토의 당부가 모두 먹을 것과 연관되어 있다는 사실을 알고, 들어 올린 찻잔 뒤에서 슬그머니 웃었다.

아마 티토 본인에게 가장 중요한 것이 먹을 것이다 보니, 그런 마음이 엘레나에게도 투영이 된 것 같았다.

"……그러니까 엘레나를 잘 부탁드려요, 형님."

티토의 길고 긴 이야기가 드디어 끝이 나는 순간이었다.

"그러마."

참을성 있게 끝까지 티토의 이야기를 경청해 준 아드레이는 보는 사람이 절로 믿음이 가는 미소를 지으며 대답했다. 실로 그림 같은 모습이었다.

저도 모르게 '헤에' 하며 잘생긴 형님의 얼굴을 바라보던 티토가 잠시 깜빡 잊고 있었던 사실을 물었다.

"그런데 엘레나는 아직 형님께서 자기를 좋아하는 것도 모르는 것 맞죠?"

아픈 진실이었다. 아드레이는 힘없이 무거운 고개를 다시금 끄덕였다.

"엘레나라서 그래요."

티토가 아드레이를 안쓰럽게 바라보며 말했다.

"엘레나가 워낙 눈치가 없어요. 오죽하면 새벽의 궁 기사들이 단체로 '엘레나 신관님 추종회'를 만들어도 모르겠어요. 그렇게들 엘레나만 나타나면 눈을 반짝이는데 아직도 본인만 그걸 모른다는 게 말이 될……."

본인만 모르는 게 아니었구나. 티토는 아드레이의 뒤쪽에 어두운 먹구름이 몰리고 번쩍번쩍 번개가 치는 것 같은 환상을 보고 얼른 말을 멈췄다.

이러다 새벽의 궁 기사들이 죄다 물갈이될라. 티토가 얼른 다른 말로 화제를 돌렸다.

"그, 그러니까 제 말은…… 형님도 너무 표현을 아끼시는 것 아닐까 하고요."

아드레이가 땅이 꺼질 만한 한숨을 쉬었다. 그러곤 세상 억울한 얼굴로 말했다.

"어제 내가 새벽의 궁에 숨어들었던 것을 두 눈으로 직접 보고도 그런 말을 하느냐."

그의 한마디에 티토는 수긍할 수밖에 없었다. 황제가 체면도 무엇도 다 집어던지고 오로지 여인 하나를 보기 위해 도둑고양이인 양 기사들의 눈을 피해 그림자 속으로 숨어 다닌다고 말하면, 그 말을 누가 믿을까.

티토도 저가 본 것이 꿈이 아니었다는 것을 깨닫기 위해 차가운 우유를 몇 잔이나 들이켰는지 몰랐다.

"좋아하는 여인이 있다고 해도 그게 자신이라고는 조금도 생각하지 않는 것 같고. 그래서 직접적으로 보고 싶었다 했더니 이번에는 거짓말하지 말라고 하고. 도대체 무슨 생각인지 모르겠다."

그동안 엘레나에게 답답했던 것들이 봇물 터지듯 와르르 쏟아져 나왔다. 하소연이나 상담을 하고 싶어도 상대가 없어서 마음속에 담아 두고 있던 말들이었다.

"하지만 엘레나 성격상 형님이 너무 다가가시면 겁먹고 도망가 버릴걸요?"

"그렇겠지."

그걸 아니 마음처럼 확 다가서지 못하고 있었다. 그렇다고 거리를 두고 알게 모르게 가까이 가려니, 그에게는 너무나 위협적인 경쟁자들이 있었다.

엘레나의 마음이 어디에 가 있는지 알 수 있다면 정말 좋을 텐데. 그러나 그녀는 그에게 스스로조차 어디에 있는지 알 수 없게 하는 미로 같았다.

현 대륙의 정세, 제국의 내부 상황, 귀족들 간의 세세한 알력 다툼과 그들의 동향 등등은 남들에겐 머리가 아프고 한 치 앞도 보기 힘든 문제들이겠지만 그에게는 아니었다. 아드레이 그가 모르는 것은 없었다.

지금 이 순간에도 제국 곳곳에서 크고 작은 문제들이 일어나고 있었고, 그중 대부분은 아드레이와 그를 따르는 이들의 통제하에 놓여 있었다. 때로는 직접적으로 아드레이가 손수 해결하는 문제도 있었고, 그게 여의치 않을 경우에는 올바른 방향으로 결과가 도출될 수 있도록 물길을 바꾸듯 간접적으로 나서는 문제도 있었다.

만약 가만히 두는 경우가 있다면, 그것은 대체로 제국에 이득이 된다고 생각하여 모른 척 한쪽 눈을 감아 주는 것이거나 때가 무르익을 때까지 두고 보는 것들이었다.

하지만 엘레나의 일만큼은 어떤 방식으로 어떻게 접근해야 할지…….

"도무지 알 수가 없구나."

아드레이는 답답한 마음에 한숨 섞인 말을 중얼거렸다.

"형님, 제가 도와드릴까요?"

그리고 막막하고 어두웠던 그에게 한 줄기 빛과 같은 도움의 손길이 뻗어졌다.

아발론 내의 귀족 저택 중에서도 단연 그 규모와 화려함이 제일로 꼽히는 가문은 바로 베르너 후작가였다. 성인 남성 두 명의 키는 훌쩍 넘을 정도로 높은 담장과 뾰족하게 솟아오른 철문이 매우 인상적인 저택이었다.

한낮에서 오후로 넘어가는 시각, 굳게 걸어 잠겼던 철문이 기긱하는 기이한 마찰음을 내면서 활짝 열렸다. 마침 그 앞을 지나가던 사람들은 호기심 어린 시선을 철문 안쪽으로 던졌다.

시간이 멈춘 것처럼 조용해 움직이는 것이라곤 분수의 물뿐인 것 같은 저택은, 사실 꽤 분주했다.

정원사들은 이미 말끔히 정리된 잔디와 동그스름하게 깎인 정원수를 끊임없이 다듬었고, 그런 긴장감은 저택 안에서도 목격되었다. 하인들은 벌레 한 마리도 앉지 못할 것처럼 반짝반짝 빛이 나는 바닥을 쓸고 또 쓸었다.

그렇게 저택의 안팎으로 바쁘게 움직이는 인력은 평소보다 배는 많았다. 선발대로 베르너 영지에서 아발론 저택으로 옮겨 온 고용인들이 섞여 있기 때문이었다.

대략 마흔 명 정도 되는 인원이 단 한 사람을 보필하기 위해 며칠 동안 길을 달려 먼저 아발론에 도착해 있었다. 덕분에 하인들이 머무는 숙소는 미어터질 듯했지만, 적어도 저택은 완벽한 모습으로 준비가 끝난 상태였다.

철문이 열리고 얼마 지나지 않아 기다란 행렬이 베르너 후작가에 입성했다. 마차만 여덟 대에 달하는 큰 무리였다.

달가닥달가닥, 말이 걷는 소리가 들렸다. 서두를 것 없다는 듯 느린 속도에는 여유가 넘쳤다.

마차 행렬의 꼬리가 정문을 통과하고 얼마 지나지 않아 저택의 커다란 현관문이 열렸다.

사람 혼자서는 도저히 열 수 없는 커다란 문 두 짝이 벌어지며 평소보다 더욱 신경을 쓴 모습의 르니에가 모습을 드러냈다. 찬란한 금발을 길게 늘어뜨린 그의 뒤로 수십의 하인들이 주르륵 줄을 서 있었다.

여유를 만끽하며 들어오는 마차의 속도 못지않게, 르니에 역시 여운이 긴 발걸음으로 뚜벅뚜벅 계단을 내려와 그 한가운데에 섰다.

그림으로 그린 듯 수려한 르니에의 미간에 실금이 간 것도 그때였다. 창공처럼 푸른 눈동자가 향한 곳은 마차 행렬의 제일 앞이었다.

누가 봐도 그 안에 이 떠들썩한 행렬의 주인공이 타고 있다는 것을 알 수 있을 만큼 화려한 외관의 육두마차였다.

이페른 제국의 제국법상 육두마차는 현 황제와 그의 직계만이 탈 수 있었다. 그러니 바크란 1세를 제외하고는 리바이 공작이 유일하게 육두 마차를 탈 자격이 있는 셈이었다.

잠시 뒤, 마차 행렬이 저택의 계단 앞에 완전히 멈췄다.

마차를 몰던 마부가 재빠르게 마차에서 내려 문 앞에 발받침을 대령했다. 그 뒤 조심스럽게 금장이 된 마차 문을 열자 한 인영이 모습을 드러냈다. 오늘의 날씨만큼이나 맑은 얼굴의 중년 남성이었다.

"르니에!"

호탕한 웃음소리가 사방에 크게 울렸다. 누구에게나 쉬이 호감을 살 수 있을 만한 미중년은 군데군데 흰머리가 자란 진한 금발과 르니에의 것만큼이나 푸른 눈을 가지고 있었다.

"아버지."

어느새 얼굴에서 못마땅한 표정을 지운 르니에가 꼭 닮은 얼굴로 웃으며 계단을 내려갔다.

"못 본 동안 더욱 늠름해졌구나, 르니에."

르니에의 아버지, 베르너 공이 아들의 듬직한 어깨를 두드리며 말했다. 실로 정다운 부자지간의 모습이었다.

에스테반 레오나드 폰 베르너 공. 제국의 귀족치고 이 이름을 모르는 사람은 없을 것이다.

동생에게 황태자 위를 빼앗기고 후작으로 독립했지만 보란 듯 귀족들 사이에서 그 세력을 공고히 하는 것에 성공한 인물이었다.

그뿐인가. 베르너 후작가의 부는 상상을 초월한다고 알려졌다. 황도 아발론만 봐도 알짜배기 땅은 모두 베르너 후작가와 타른 후작가의 소유라는 말이 돌았다. 하지만 상대적으로 가지고 있는 영지가 협소한 타른 후작가에 비해, 베르너 후작가는 영지 또한 광활했다.

베르너 공의 외가에서 물려받은 카메론 영지와 후작 위를 받아 독립하여 나올 때에 하사받았던 베르너 영지뿐만이 아니었다. 베르너 후작은 후작가와 그 봉신 가문들에게서 돈을 빌리고 갚지 못한 약소 귀족들의 빚을 탕감하는 대가로 그들 또한 휘하로 받아들였다.

엄밀히 말하면, 베르너 후작가와 그를 따르는 가문들의 영지까지도 베르너가의 영향권 아래에 있다는 말이었다.

그러니 항간에는 그런 이야기가 돌았다. 베르너 후작가라면 독립하여 왕국이 되어도 이상할 것 없다는 우스갯소리가.

사람들은 언제나 이 이야기를 하고 나서 웃으며 덧붙였다. 현 황제인 바크란 1세와 한 뿌리인 베르너 후작가가 그럴 이유가 무에 있나 하고 말이다.

"이곳은 변함이 없구나."

"아버님도 마찬가지십니다."

르니에의 말에 만족스레 입꼬리를 말아 올리는 베르너 공은 이미 은퇴한 후작이라고 하기엔 변한 점이 지나치게 없었다. 그 모습이 바로 몇 년 전까지 아발론을 한 손에 쥐고 흔들던 모습과 같았다.

베르너 부자는 함께 저택 안으로 들어섰다. 아발론 저택을 관리하는 집사 대신 르니에가 직접 부친의 방 안내에 나섰다.

부자가 멈춘 곳은 저택에서 가장 큰 데다 제일 좋은 곳에 위치한 손님방이었다. 안에는 베르너 공이 은퇴하기 전에 쓰던 물건들을 그대로 옮겨 놔 매우 호화로웠다.

"사용하시는 데에 불편함이 없으시도록 신경을 썼습니다."

"그랬구나."

베르너 공이 먼저 자신을 위해 준비된 침실 안으로 발을 디뎠다.

"후원이 보이는 곳이라······."

곧장 창가로 걸어간 베르너 공이 중얼거린 한마디에 르니에의 눈썹이 작게 꿈틀거렸다.

베르너 후작가는 저택 구조상 모든 손님방의 창이 후원을 향해 놓여 있고, 후작의 집무실과 그 외 침실 등에서는 창을 통해 정문이 한눈에 들어오도록 설계되었다. 저택의 주인으로서의 특권과 그에 대한 책임감을 강조하기 위함이었다.

르니에는 여전히 문간에 선 채로 아무 말도 하지 않는 것으로 부친의 말에 대한 대답을 대신했다. 방에 길지 않은 침묵이 흘렀다.

베르너 공은 여전히 미소 띤 얼굴로 창밖을 바라보며 말했다.

"풍광이 좋구나. 정원수를 바꾼 모양이다, 르니에."

"예, 아버지."

베르너 공이 처음 후작 위를 받고 이곳에 저택을 세웠을 때 심었던 큰 상록수는 르니에가 다른 곳으로 옮겨 심었다. 그 자리에는 새로이 심은 활엽수가 여름을 맞이해 한창 푸르름을 자랑하고 있었다.

뒷짐을 진 베르너 공의 눈길이 그곳에 오랜 시간 머물렀다.

"일단 오늘은 쉬시고, 내일 오전 중에 알현을 하실 수 있도록 조정해 놓겠······."

"아, 그럴 필요 없다."

베르너 공이 따라 들어온 시종의 도움을 받아 외투를 벗으며 말했다.

"내일 오전에는 이미 선약이 있어 말이다."

"아버님."

아발론에 온 황족은 가장 먼저 황제에게 인사를 올려야 한다. 그것을 베르너 공이 모를 리 없었다.

"그렇다면 내일 오후로 조정해 보겠습니다."

르니에의 말에 베르너 공의 미소가 한층 더 짙어졌다.

"내 조카님이 그 정도도 이해해 주지 못할 만큼 그릇이 작은 아이는 아니지. 먼저 처리할 일들이 있으니 그런 수고 하지 말거라."

누군가 들었다면 경을 칠 소리였다. 감히 바크란 1세를 한낮 아이 취급하는 언사라니. 르니에는 시종을 눈짓으로 물러나게 한 후 다가서서 낮은 목소리로 말했다.

"아발론에는 보는 눈도 듣는 귀도 많습니다, 아버지."

"아아, 르니에."

베르너 공이 한숨 쉬듯 아들의 이름을 불렀다.

"그렇게 딱딱한 얼굴로 입만 웃는 것은 차라리 안 웃느니만 못하다 그렇게 가르쳤거늘. 넌 여전히 부족하구나."

결국 르니에의 완벽한 가면에 쩌적 금이 갔다. 언제나 부친에게 그는 모자라고 미숙한 아이일 뿐이었다. 어디까지나, 언제까지나 부족했다.

"아버지."

딱딱한 세 음절의 단어가 꽉 깨문 잇새로 흘러나왔다.

딸깍. 등을 돌려 소매를 여미고 있던 커프스단추를 빼서 작은 상자 안에 넣은 베르너 공이 르니에를 향해 얼굴을 보였다. 그곳엔 조금 전까지 얼굴에 보기 좋은 주름을 만들던 미소 따윈 말끔히 증발해 있었다.

"내가."

베르너 공의 색이 옅은 유리알 같은 눈동자가 르니에를 향해 섬뜩한 노기를 쏘아 냈다.

"내가 내 집에 들어가는데 누구의 허락이 필요하단 말이냐."

푸른 불이 가장 뜨겁다고 했던가.

"아니 그러냐, 르니에."

결국 르니에는 베르너 공의 눈을 더 이상 볼 수 없었다. 아주 서서히 베르너 공의 얼굴에 미소가 돌아왔다. 영락없는 호인의 미소였다.

"퍼킨스 상단을 저녁 식사에 초대하였으니 손님 맞을 준비를 하거라."

후작의 위를 넘긴 이상, 이 저택에서 결정권을 가진 사람은 엄연히 현 후작인 르니에였다. 자연, 손님을 초대하는 것도 르니에의 권한이었다.

그러나 그런 것은 안중에도 없는 듯, 일방적인 통보를 마친 베르너 공은 따뜻한 목욕물이 자신을 기다리고 있는 욕실로 향했다. 여전히 미치도록 여유로운 걸음걸이였다.

"두 사람, 도대체 어떻게 아는 사이에요?"

엘레나는 팔짱을 끼고 눈앞에 서 있는 두 남자에게 물었다. 이 황당한 투샷은 뭐지?

오랜만에 외출을 하려고 준비하는데 뜬금없이 티토가 나타났다. 티토가 데려온 키 큰 남자는 더 뜬금없었다. 남자는 기사복이 아닌 평상복을 입고 있었다.

"제대로 설명 좀 해 주시죠."

어느새 짝다리까지 짚고 선 엘레나의 분위기는 제대로 설명하지 않으면 정말 한 대 칠 것처럼 보였다. 그 싸늘함에 아드레이는 움찔하며 눈치를 봤다.

"로, 로만 경은 내 먼 친척이야."

"친척이요? 로만 남작가요?"

엘레나의 날카로운 눈빛에 의심이 더해지자 티토는 얼른 덧붙였다.

"아, 그게…… 치, 친척이나 다름없다는 말이지! 귀족들과 황족들은 다들 어디선가 피가 섞여 있는 법이거든. 그러니까 우리는 하나……가 아니고, 아무튼 그래! 지금 내가 거짓말이라도 한다는 거야, 그럼?"

티토는 아예 세게 나가기로 했다. 통통한 배를 내밀며 배짱을 부리는 모습에 엘레나는 여전히 의심의 눈초리를 거두지는 않았지만 일단 한발 물러섰다.

"그런 건 아닌데……."

수그러드는 듯했던 엘레나의 째림이 이번엔 아드레이에게로 향했다. 그녀의 커다란 황금색 눈동자가 자신을 향하자 아드레이는 말없이 먼 나무로 시선을 돌렸다.

"그런데 갑자기 레이는 왜요?"

"레, 레이……."

대이페른 제국의 황제의 본명을 저렇게 줄여서 부르는 사람은 지금도, 그리고 앞으로도 엘레나밖에 없을 것이라고 티토는 확신했다.

"내가 로만 경에게 부탁했어."

"뭘요?"

"호위 기사로 오늘 엘레나랑 같이 가 달라고 말이야. 윈터힐 백작가에 간다면서."

엘레나는 오늘 아침 식사 자리에서 오전에는 윈터힐 백작가에 방문할 일이 있어서 자리를 비운다고 말을 했다. 그러고 보니 그 직후, 멀쩡히 식사를 하던 티토가 갑자기 배가 아프다며 식당에서 뛰어 나가긴 했는데. 설마 레이를 부르러 갔던 건가?

엘레나의 의심은 점점 깊어졌다. 볼이 미어터지도록 핫케이크를 입 안으로 밀어 넣다 갑자기 화장실을 외치던 모습이 조금 이상하긴 했지.

"그렇기는 한데. 그냥 분실물 돌려주러 가는 거라니까요. 정말 그냥 갔다 오는 건데……."

"그래도 윈터힐 백작가는 황궁에서 꽤 멀다고. 아발론 귀족 저택지구이기는 하지만 그래도 동쪽 끝이라서. 몰랐지?"

엘레나의 입이 조개처럼 딱 다물렸다. 이제 아발론 생활 1년차인 그녀가 윈터힐 백작가의 저택이 어디에 위치해 있는지 알 리가 없었다.

"하지만 마차 타고 갈 거라서 내렸다가 또 바로 다시 타고 올 건데요?"

"품위의 문제도 있는 거야. 수행원도 없이 혼자서 그렇게 다니면 욕한다고. 그러니 수행원까진 아니더라도 호위 무사는 데리고 다녀야지."

"그런가……."

엘레나는 갑자기 생긴 혹 하나를 흘끔 바라봤다. 영 못마땅한 눈치였다.

아드레이는 억울했다. 그가 막 집무실에 들어섰을 때 티토가 전언을 보내왔다. 엘레나가 오전 중에 외출을 할 것 같으니 새벽의 궁으로 오시란 내용이었다. 그는 그 전언 하나만으로 예정되어 있던 국무 회의까지 내팽개치고 달려온 참이었다.

"레이, 안 바빠요?"

많은 것이 함축된 질문이었다. 훈련이나 하지 뭐 하러 날 따라나

선다고 했느냐는 물음과, 그날 밤에 그렇게 헤어졌는데 왜 나타났냐는 물음이 내재되어 있었다.

"그다지."

아드레이는 물러나지 않으려 무표정을 가장하며 덤덤하게 대답했다.

"에이, 진짜. 엘레나는 로만 경이 같이 가 주면 든든해서 좋고! 로만 경은 엘레나와 같이 가면…… 그러니까, 어쨌든 둘 다 좋잖아! 이렇게 서서 이야기하고 있을 시간에 얼른 갔다 와!"

티토가 결국 엘레나와 아드레이의 등을 마차 안으로 떠밀었다. 두 사람은 순식간에 같은 마차에 올라탔다.

오늘은 티토의 배려로 황궁 밖으로 나가서 마차를 빌리는 수고 없이 새벽의 궁 마차를 빌려 갈 수 있었다.

하지만 보통 황궁 안에서만 움직이는 이두마차라 작은 감이 있었다. 몸집이 작은 엘레나야 쏙 들어가 앉았지만, 아드레이는 어깨가 걸리는 좁은 문 안으로 큰 몸을 구겨 넣다시피 해야 했다.

그렇게 새벽의 궁을 떠나는 마차 안에서 엘레나는 창밖을 바라봤다. 평소 이용하면서 마차가 그다지 작다고 생각하지 못했는데 아드레이가 앉으니 꽉 차게 느껴졌다.

오랜만에 황궁에서 벗어나 바람도 쐴 겸, 기분 전환도 할 겸 해서 결정한 나들이였는데 티토의 오지랖 덕분에 엉켜 버렸다.

이렇게 작고 밀폐된 공간 안에 그와 단둘이 남겨지자 자연스레 그날 밤의 일이 떠올랐다. 머릿속이 복잡해졌다.

지금이라도 '보고 싶었다.'라는 말이 무슨 뜻이었는지 물어볼까. 문득 그런 유혹이 불쑥 머리를 들었다.

하지만 이내 엘레나는 포기했다. 그 질문에 대한 대답이 무엇인지 물어보지 않아도 알 것 같았고, 굳이 사서 상처받고 싶지는 않기 때문이다.

그러다 그녀는 울컥해서 입을 비죽 내밀었다. 왜 나만 이렇게 신경을 쓰고 있는 거지. 도대체 왜? 이미 그는 잊어버리고 아무렇지 않은 얼굴로 티토의 부름에 새벽의 궁으로 올 만큼 개의치 않는 일인데 말이다.

"어째서 날 보지 않지?"

그때, 아드레이가 그녀에게 물었다.

"왜 나한테 티토 님과 아는 사이라고 말하지 않았어요?"

엘레나가 눈을 뾰족하게 뜨고 아드레이를 돌아봤다.

"그, 그건……."

아드레이는 이때를 대비해서 티토가 일러 준 말을 그대로 읊었다.

"친척……이기는 하지만 제대로 알고 지낸 지는 얼마 되지 않았다. 그전엔 서로 안면만 있는 정도일 뿐이었지."

어찌 보면 완전히 거짓말은 아니었다. 티토와 제대로 대화다운 대화를 할 수 있게 된 지는 정말 얼마 되지 않았으니. 아드레이는 따끔거리는 양심을 그런 생각으로 애써 무시했다.

그러나 맞은편에 앉은 엘레나는 여전히 불만스러운 얼굴이었다.

아드레이는 진땀이 났다. 도대체 무슨 말을 해야 할까. 그저 엘레나와 함께 시간을 보내고 싶었다. 그렇다 보니 어리석게도 엘레나의 기분을 어떻게 풀어 줄지, 둘만 있을 땐 어떤 대화를 할지에 대해선 아무런 계획이 없는 상황이었다.

"그것 때문에 화가 많이 났나?"

결국 아드레이는 흔히 남자들이 저지르는 실수를 범하고 말았다.

"화 안 났거든요?"

나만 괜히 속 좁은 것 같잖아. 엘레나는 일부러 아무렇지 않은 척,

덤덤한 척 말했다.

"화난 것 같은데."

"아, 정말! 화 안 났다니까 자꾸 왜 그……!"

아드레이의 손끝이 엘레나의 볼에 슬쩍 와 닿았다. 엘레나는 하던 말과 함께 숨 쉬는 것도, 눈을 깜박이는 것도 멈추고 말았다.

"볼이 이렇게 퉁퉁 부어 있는데 화가 안 났다고 하면, 내가 그대의 말을 어떻게 받아들여야 하나."

아드레이의 청색 눈이 살짝 찡그린 눈썹 아래에서 슬퍼 보였다. 순간 정신이 저 멀리로 나가는 것 같았다. 마치 꼬리를 살랑이는 강아지한테 슬픈 표정을 짓게 하는 아주 나쁜 사람이 된 것만 같은 충격이었다.

"레이! 이러지 좀 말아요! 자꾸 이러면 나 오해한다고요!"

엘레나가 화들짝 놀라 그의 손을 멀리로 밀어내며 소리쳤다.

"그날 밤부터 도대체 어떤 오해를 말하는 거지. 그대와 나 사이에 오해가 생기는 것은 원하지 않아."

"말이나 못하면!"

여전히 냉랭한 엘레나의 말에 아드레이도 울컥해서 엉덩이를 들썩였을 때였다. 참 얄궂게도 마차가 윈터힐 백작가에 도착해 버렸다.

마부가 미처 발받침을 가져다 놓기도 전에 엘레나는 씩씩거리며 직접 마차 문을 열었다. 밀 포대 같고 활동성이라고는 요만큼도 고려하지 않은 신관복을 입고도 그녀는 한쪽 손으로 긴 치맛자락을 움켜쥐곤 마차에서 훌쩍 뛰어내려 버렸다.

그가 붙잡거나 부를 수 있기도 전에 쪼르르 멀어져 가는 그녀의 뒤를 따라 아드레이도 서둘러 하차했다. 하지만 탈 때와 마찬가지로 그에게는 턱없이 작은 마차의 문 때문에 빨리 나오려는 그의 모습은 품위와는 거리가 멀었다.

원터힐 백작가의 정문으로 걸어가며 엘레나는 아드레이가 자신을 불러 세우거나 잡아 세울 줄 알았다. 어느 정도 각오를 했던 게 사실이었다.

하지만 그는 그렇게 하지 않았다. 그저 아무 말 없이 그녀의 뒤를 따라 걸어올 뿐이었다.

다리도 훨씬 긴 그이니 마음만 먹으면 그녀를 따라잡아 버리거나 앞질러 가로막아 버리는 것은 일도 아니었다. 하지만 아드레이는 그녀의 보폭에 맞춰 뒤를 쫓아갔다.

한껏 의기소침해진 그 모습이 주인의 뒤를 쫓아가는 대형견과 굉장히 흡사했다.

신관과 검을 찬 검사 하나가 다가오자, 백작가 앞을 지키고 있던 경비병이 두어 걸음 앞으로 다가와 물었다.

"무슨 일로 오셨습니까?"

그래도 신관이라 신분이 높아 보였는지 반말은 하지 않았다. 엘레나는 품위를 위해서라도 아드레이를 데려가라고 했던 티토의 말이 선견지명이었을지도 모른다는 생각이 들었다.

"원터힐 백작께 전해 드릴 게 있어 왔어요."

"선약을 하셨습니까?"

"아뇨, 그런 건 아닌데…… 정말 그냥 물건만 전해 드리면 되어서요. 바쁘시거나 안 계시면 물건만 두고 가도 상관없어요."

경비병은 슬쩍 일행을 은근한 눈으로 훑었다. 선약도 없이 대뜸 백작님을 만나러 오는 신관이라니. 가당치도 않았다.

하지만 일행을 문전 박대 하기엔 걸리는 것들이 있었다. 일단 그들이 타고 온 마차에 떡하니 붙어 있는 황궁 문양이 그랬고, 얼마 전부터 백작가에서 도는 신관과 관련된 소문이 그랬다.

"잠시 여기서 기다려 주시겠습니까."

짧은 말만을 남긴 경비병은 동료에게 두 사람을 맡기고 저택 안으로 걸어 들어가 버렸다.

"아, 저기……."

정말로 그냥 두고 가도 괜찮은데. 엘레나는 품에 든 작은 종잇조각을 떠올리며 작게 한숨을 쉬었다.

오늘 윈터힐 백작의 저택까지 찾아온 목적은 단 한 가지. 일전에 백작이 새벽의 궁을 방문했을 때, 실수로 두고 갔던 큰 금액의 수표를 돌려주기 위해서였다.

한편 아드레이는 저택 안쪽으로 멀어져 가는 경비병의 움직임을 주시했다. 그는 바로 알 수 있었다. 일반 경비병이 아니었다. 기사였다. 그것도 꽤 실력이 있는.

발걸음의 보폭이 일정하고 무거운 메탈 플레이트 갑옷을 착용하고도 발걸음 소리를 내지 않으며 발자국 역시 남기지 않았다. 즉, 마나 운용법을 배운 기사라는 말이었다.

정식 서임을 받은 기사가 고작 저택의 정문이나 지키고 있다니. 그것은 윈터힐 백작가에 마나를 사용하는 엑스퍼트 수준의 기사가 그만큼 차고 넘친다는 뜻이거나, 저 정도의 실력자가 정문을 지키고 있어야 할 정도로 이 담장 너머에 중요한 것이 있다는 이야기였다.

양쪽 모두 아드레이에겐 반가운 소식은 아니었다.

잠시 뒤, 저택 안으로 사라졌던 기사가 돌아오는 것이 보였다. 엘레나는 가까워지는 기사를 보면서 아드레이에게 말했다.

"어차피 집사 같은 사람한테 이것만 돌려주고 가게 될 텐데, 뭐 하러 레이까지 따라와서 고생을 해요."

말단이긴 해도 귀족인 아드레이가 이렇게 저택 안까지 들어가지도 못하고 돌아가게 되는 상황이 달가울 리 없었다. 자존심이 상한 것은 아닐까, 엘레나는 은근히 걱정도 되었다.

"들어오시랍니다."

그런데 돌아온 기사가 들려준 답변은 꽤 예상 밖의 것이었다.

"네?"

엘레나는 당황해 되물었다.

"안으로 모시겠습니다, 엘레나 신관님."

내가 이름을 말했던가? 엘레나는 놀라서 아드레이를 흘끔 돌아봤다. 어째 경비병의 예우가 한층 더 깍듯해진 것은 그냥 느낌만은 아닌 것 같았다.

결국 엘레나와 아드레이는 경비병의 뒤를 따라 저택 담장 안쪽으로 들어섰다. 길 양쪽의 잘 관리된 정원이 길을 걷는 사람의 눈을 즐겁게 했다.

그리고 그 길의 끝, 저택의 현관 앞에서 눈에 익은 얼굴이 그녀를 기다리고 있었다. 은은한 미소를 감추지 않은 그는 기분이 굉장히 좋아 보였다.

"윈터힐 백작님?"

점점 더 예상치 못한 방향으로 전개되는 상황에 엘레나가 놀라서 중얼거렸다.

그리고 그 소리를 들은 아드레이도 내심 꽤 놀랐다. 설마 윈터힐 백작이 저렇게 현관 밖으로 나와 그녀를 마중하리라고는 상상하지 못했던 것이다.

하지만 아드레이의 여유로움은 오래가지 못했다. 윈터힐 백작이 엘레나의 뒤에 따라오는 검사의 존재를 깨닫자마자 날카로운 기세를 쏘아 보냈기 때문이다. 무인의 본능적인 경계 태세였다.

방금 전까지 전혀 생각지도 못했던 선물을 받는 기분이었던 윈터힐 백작의 미간이 미세하게 찌푸려졌다.

엘레나의 뒤에 따라오는 기사는 처음 보는 인물이었다. 이미 그녀의 안전을 위해 새벽의 궁 소속 기사들의 가문과 가문의 성향마저 조사를 마친 상황인지라 새로운 인물의 등장은 환영할 수 없었다.

게다가 윈터힐 백작의 신경을 더욱 거드리는 것은 엘레나의 뒤에서 걷는 저 기사의 성취를 읽을 수가 없다는 점이었다.

일반적으로 성취가 높은 자는 그보다 성취가 낮은 자의 실력을 알 수 있었다. 그것은 오랜 훈련에서 오는 것이기도 했으며, 백작의 타고난 눈썰미 또한 큰 도움이 되었다.

그런데 조금씩 가까워지고 있는 검은 머리칼의 검사는 그 성취가 도저히 보이지 않았다. 저 젊은 검사의 실력이 백작을 상위한다는 뜻이거나, 검사가 익힌 마나 운용법이나 검술이 실력을 갈무리하고 감추는 성질의 것이라는 뜻이었다.

고작 이십 대인 남자가 수십 년을 훈련해 온 실력자인 자신보다 성취가 높을 리는 없으니 결국 후자의 경우란 말이었다. 백작은 점점 남자의 정체가 거슬리고 궁금해졌다.

아드레이는 검집에 손을 얹고 싶은 생각이 들 만큼 점점 집요해지고 노골적이게 변하는 윈터힐 백작의 기세에 크흠 하고 헛기침을 했다. 순간적으로 백작이 자신을 알아본 것이 아닌가 하는 생각에 움찔한 것도 사실이었다.

하지만 아드레이는 이성적으로 판단했다. 지난 20년 동안 영지 문을 걸어 잠그고 칩거 생활을 했던 백작은 바크란 1세를 직접 만나 본 적이 없었다. 며칠 뒤 윈터힐 백작이 알현을 할 예정이었고, 그때가 자신과의 첫 대면이 분명했다.

그렇다면 저 기세에 담긴 은근한 노기와 적대감은 오로지 자신이 엘레나와 동행했다는 것에서 기인한다고 볼 수 있었다.

아드레이와 윈터힐 백작 간의 치열한 기 싸움을 알 리 없는 엘레나는 웃는 얼굴로 먼저 인사를 했다.

"라한의 종이 윈터힐 백작께 인사드립니다."

"은인께서 저택까지 직접 찾아와 주시다니. 영광이오."

아드레이에게 무시무시한 기세를 쏘아 대던 것과는 별개로 엘레나를 대하는 백작의 태도는 따스하기만 했다.

"지난번에 두고 가신 물건이 있어서요."

엘레나는 '용건만 간단히' 스킬을 시전했다. 윈터힐 백작은 바쁜 사람이고, 애초에 수표만 집사에게 맡기고 돌아가려고 했던 그녀는 백작의 시간을 오래 빼앗고 싶은 생각이 조금도 없었다.

"무엇인지 짐작은 가오만······."

백작이 품에서 작은 봉투를 꺼내는 엘레나를 보다가 덧붙였다.

"일단 나와 차 한잔하겠소?"

바로 봉투를 백작의 손에 쥐여 주려고 했던 그녀는 그 말에 손을 멈췄다. 손가락이 봉투 끝을 만지작거렸다.

바로 거절하고 싶었다. 하지만 백작의 얼굴을 보니 차마 그런 말이 나오지 않았다.

지난번에 새벽의 궁에서 대화를 나눌 때도 느낀 것이지만, 백작에겐 그녀를 조금 안절부절못하게 하는 무언가가 있었다. 언뜻언뜻 비치는 간절함이랄까. 하지만 그 이유가 확실하지 않아 스스로도 웃을 수밖에 없었다.

귀족 간의 자세한 권력 구도는 잘 모르지만, 르니에도 경계하는 윈터힐 백작이었다. 그렇게 어마어마한 권력을 가진 사람이 뭐가 아쉬워서 자신에게 간절한 얼굴을 하는 것일까.

하지만 쉬이 거절을 하지 못하게 하는 무언가가 백작에게 있는 것은 확실했다. 왜냐하면 지금도 백작의 제안에 고개를 끄덕이고 있었으니 말이다.

'놀랍군.'

아드레이는 이제 진심으로 놀랐다.

엘레나가 윈터힐 백작가에 간다고 했을 때 그의 기대치는 단순한 것이었다. 엘레나를 볼 수 있고 엘레나와 함께 있을 수 있다는 것. 그것이 오늘 그의 최대의 목표였다.

그리고 운이 좋다면 윈터힐 백작가의 내부를 잠시라도 들여다볼 수 있을 것이라 여겼다.

그런데 약속도 잡지 않고 불쑥 찾아온 백작가에서 이렇게 백작 본인이 문밖으로 엘레나를 마중 나온 것도 모자라 이제 차를 청하고 있었다.

그동안 윈터힐 백작가에 대한 정보를 빼내느라 고생한 황실 정보부의 요원들이 이 장면을 본다면 목 뒤를 잡을지도 몰랐다. 그만큼 윈터힐가는 폐쇄적인 집단이었다.

"그런데 그대는 누구지?"

윈터힐 백작이 아드레이를 바라보며 물었다.

"이쪽은 제 지인이에요. 제가 아발론 시내 지리를 잘 몰라서 제 부탁으로 동행해 주었어요."

"황실 제1기사단의 수습 기사, 아드레이 폰 로만입니다."

수습 기사라는 말에 윈터힐 백작의 입가가 조용히 비틀렸다.

황실 기사단의 눈이 단체로 삔 것이 아니면, 저 정도의 실력자가 아직 수습에 머무르고 있을 리가 없었다. 만약 윈터힐 영지였다면 당장에 기사 서임을 하는 것뿐만이 아니라 작은 영지를 줘서 아예 눌러앉혔을 것이다.

"일단 안으로 들지."

응접실로 자리를 옮긴 지 얼마 되지 않아 엘레나의 앞에 김이 모락모락 나는 차가 한 잔 놓였다. 명분상 호위 기사로 온 아드레이는 그녀의 뒤쪽에 서 있는 채였다.

아드레이의 정체를 아는 사람이나 이 상황을 만드는 데 크게 일조한 티토가 봤다면, 차마 찻물을 목구멍으로 넘기지 못하고 그대로 주르륵 뱉어 낼 듯한 그런 광경이었다.

예의상 차를 한 모금 마신 엘레나는 급한 대로 편지 봉투에 넣어서 가지고 온 전표를 윈터힐 백작의 앞으로 내밀었다.

"너무 큰 금액이라서 다른 사람에게 부탁하기도 겁나더라고요. 해서 제가 직접 가지고 왔어요."

"흐음."

마찬가지로 차를 홀짝이던 윈터힐 백작은 차분한 눈길로 엘레나가 내민 봉투를 훑었다.

"이런 물건을 깜빡하고 가시면 안 되죠."

그녀의 말투에서 질책의 낌새를 느낀 백작은 씁쓸하게 웃으며 대답했다.

"잊고 두고 온 것은 아니오만."

"알아요, 일부러 두고 가신 것. 하지만 그때도 말씀드렸다시피 백작님을 살린 일에 이 정도의 금액을 대가로 받을 수는 없어요."

"그때도 말했지만, 이것은 윈터힐가의 수장인 나의 목숨값이오."

이번에는 윈터힐 백작도 지지 않으려는 듯 강경하게 말했다.

"아뇨. 제 수고비인 것 같은데요."

하지만 엘레나도 물러서지 않고 단호하게 말했다.

"백작님을 살린 건 저니까 이 돈의 의미는 제가 정하는 게 맞는 것 같아요. 그 정도 권리는 제게 있는 것 같은데, 맞죠? 제가 백작님의 은인이라 하셨잖아요."

엘레나의 금색 눈이 윈터힐 백작의 옅은 갈색 눈을 똑바로 마주 봤다. 그 당당하지만 다소 무례한 행동에 응접실 곳곳을 지키고 있던 윈터힐가의 기사들은 내심 헙 하고 숨을 들이켰다.

윈터힐 백작은, 아니 윈터힐가의 가주는 그의 영지에선 하늘과 같아 황제보다 더 큰 권력을 가진 사람이었다. 아니, 굳이 그런 이유를 들지 않아도 형형한 기세를 뿌리는 백작에게 저렇게 솔직하고 직선적으로 말을 할 수 있는 사람은 몇 없을 것이다. 기사들은 당장 저 신관이 어떻게 되지는 않을까 걱정하기 시작했다.

하지만 짧은 정적 뒤에 백작은 오히려 하하하, 큰 소리로 웃음을 터뜨렸다.

막상 말을 뱉어 놓고도 '조금 심했나?' 하는 생각을 하고 있던 엘레나는 그 우렁찬 소리에 어깨를 움찔했다. 다행히도 백작은 어이가 없고 화가 나서 웃는 것은 아닌 모양이었다.

"정말이지……."

조금 전, 두려움도 없이 자신을 직시하던 엘레나의 모습은 마치 실비아가 살아 돌아온 것만 같았다. 이목구비만 닮은 줄 알았더니 성격도 그녀와 판박이였다.

고집 센 것은 물론이거니와, 강한 자에겐 강하고 약한 자에겐 한없이 약한 것도 그랬다. 정말로 엘레나는 실비아의 딸, 자신의 딸이 맞았다.

'증거가 하나라도 있다면……!'

윈터힐 백작은 안타까움에 주먹을 꽉 쥐었다.

현재 백작을 가로막고 있는 단 한 가지는 바로 증거였다. 당장 엘레나를 자신의 딸로 인정하고 그녀가 오랜 세월 잃은 채로 살았던 윈터힐의 이름과 그에 따른 그녀의 정당한 권리를 되찾아 주려면 단한 가지라도 그녀가 백작의 딸이란 증거가 필요했다.

이미 정황 증거는 충분했다. 실비아가 고아원에 몸을 숨겨 아이를 낳았다는 사실이나 엘레나가 어떻게 아발론의 신전까지 흘러 들어가게 되었는지 등의 정보들이 있었다.

무엇보다 윈터힐 백작은 피부로 느낄 수 있었다. 이렇게 바라보고 있자면 정말 20년 전 실비아의 모습을 보는 것 같은 느낌을 받았다.

하지만 객관적인 증거가 필요했다. 최악의 경우, 엘레나를 양녀로 삼는 방법도 있었지만 혈통을 중요시하는 제국법상 백작의 사후에 엘레나가 제대로 모든 것을 상속받지 못할 수도 있었다.

"가주님."

옆에서 들려온 부관 그레이 경의 낮은 목소리에 윈터힐 백작은 상념에서 깨어났다.

"오셨습니다."

건너편에 앉은 엘레나를 의식해서인지 많은 것을 생략한 말이었다. 하지만 충분했다. 갑자기 저택 현관 앞에 나타난 엘레나와는 다르게 이 손님은 시간 약속을 하고 찾아온 손님이었으니까.

하지만 약속을 잡고 오는 쪽이 엘레나처럼 백작의 환영을 받는 손님이냐면, 그건 또 아니었다. 그레이 경의 말에 딱딱하게 굳은 백작의 얼굴이 그것을 증명했다.

"일단 은인의 의지가 어떤 것인지 알았으니 강요할 수는 없지."

윈터힐 백작은 테이블 위에 놓인 전표를 회수했다. 만약 수표를 받아들이지 않으면 백작이 그랬던 것처럼 저택 어딘가에 몰래 두고 도망치기라도 하려고 했는데, 의외로 순순히 원래 주인에게로 돌아간 거금의 수표 덕분에 그녀는 한숨 돌릴 수 있었다.

"선약이 있어 오늘은 이만 일어나 봐야 할 것 같소."

윈터힐 백작이 따로 기다리던 사람이 있다는 것은 이미 엘레나도 눈치채고 있었다. 그들은 자리에서 일어나서 현관을 향해 움직였다.

"요즘 들어 상처가 다시 욱신거리기 시작했는데, 내가 조만간 새벽의 궁을 방문해 은인을 한 번 더 귀찮게 해도 되겠소?"

막 저택의 현관을 나서는 엘레나에게 백작이 질문했다.

어찌 보면 조금 무례한 말이기도 했다. 겨우 그 정도의 증상이라면 상급 포션을 사다가 알아서 치료를 해도 될 일이었다. 굳이 새벽의 궁까지 찾아와 엘레나를 번거롭게 할 만한 일이 아니었다.

하지만 엘레나는 크게 개의치 않고 고개를 끄덕였다.

"그러세요."

매일 티토의 근육통도 치유해 주는 마당에 크게 다쳤던 상처를 조금 더 돌봐 주는 것 정도야 별일 아니었다.

"그럼 그때 또 뵙겠소."

백작은 마중했을 때와 마찬가지로 현관 밖까지 나와 엘레나를 배웅했다. 그에 아드레이는 기어코 호기심이 꿈틀거리는 것을 느낄 수 있었다.

'단지 은인이라는 이유만으로 이렇게 극진하게 대접하는 것인가?'

얼마든지 있을 수 있는 일이었다. 엘레나는 분명 윈터힐 백작의 생명의 은인이었으니. 하지만 뭔가가 이상했다. 아드레이의 육감은 윈터힐 백작의 동기에 뭔가 다른 이유가 있다고 알렸다.

"백작과는, 윈터힐 백작님과는 전부터 아는 사인가?"

"응? 아뇨. 그때 마상 경기장에서 처음 봤어요. 얼굴 보는 것도 오늘이 겨우 세 번째인데요."

"흐음."

그렇다면 더욱 이상했다. 하지만 백작에게 물건을 돌려준 뒤 한결 후련해 보이는 것 말고는, 엘레나는 별다른 점이 없었다.

내가 너무 예민하게 구는 것인가. 아드레이는 결국 그렇게 잠정적으로 결정을 내렸다.

"엘레나."

"왜요."

아드레이가 마차 안에서 나눴던 대화를 이어 가려 엘레나를 불렀을 때였다. 막 저택 담벼락 안으로 들어온 마차 한 대가 두 사람의 옆을 제법 빠르게 스쳐 지나갔다.

조금 화려하기는 하지만 따로 가문의 문양이 달려 있지는 않은 평범한 마차였다. 아발론 시내 어디서나 쉽게 볼 수 있는 그런.

"아까 마차에서 말인데……."

그때까지만 해도 아드레이의 세상은 오로지 옆에서 걷는 엘레나에게로 좁아져 있었다.

"백작께서 이리 나와 계시다니, 이것 참 영광이오."

저택의 현관 앞에서 들려온 목소리에 아드레이의 걸음이 우뚝 멈췄다.

그저 주변의 소음으로 넘길 만큼 멀리서 들려온 작은 목소리였다. 하지만 아드레이는 그 목소리에 발목이 묶여 버린 것처럼 더 이상 앞으로 나아가지 못했다.

그가 차갑게 식은 시선을 뒤로 돌림과 동시에 저택 앞에 누군가를 내려 준 마차가 서서히 비켜섰다.

목소리의 주인공인 중년 남성은 이미 계단 위로 올라서서 뒷모습밖에 보이지 않았다. 그리고 그마저도 얼마 지나지 않아 남자가 백작과 함께 저택 안으로 들어가 버리면서 더 이상 보이지 않게 되었다.

"레이, 괜찮아요? 안색이 안 좋은데……."

이제 문밖을 지키는 경비 한둘밖에 남지 않은 그곳을 그는 여전히 바라봤다.

"왜 그래요? 어디 아파요?"

엘레나가 물었다. 그 정도로 그의 얼굴은 형편없이 굳어 있었다. 언제나 표정에 인색하기는 했어도 이렇게 서늘한 눈을 하고 어쩐지 가까이 다가갈 수 없는 기세를 내뿜는 그의 모습은 처음이었다.

엘레나는 조심스레 아드레이의 팔꿈치 즈음에 손을 가져다 대었다. 단 한 번의 깜박임도 없이 굳어 버린 그가 눈가를 바르르 떠는 모습이 마치 등에 칼이라도 맞은 사람 같아 덜컥 겁이 났기 때문이다.

"그저."

아드레이가 다시 저택을 등지며 말했다. 앞만 보며 성큼성큼 걸어 나가는 그에게선 아까와 같은 기색은 찾아볼 수 없었다.

마침내 두 사람이 윈터힐가의 영역에서 완전히 빠져나와 마차에 몸을 실었을 때, 그의 낮은 목소리가 건조하게 마차 안의 공기를 울렸다.

"그저, 절대 보고 싶지 않았던 것을 봐 버렸을 뿐이다."

18장

18장

"누가 다녀갔나 보오?"

베르너 공이 테이블에 놓인 찻잔을 가리키며 물었다.

미처 엘레나의 잔을 치우지 못한 하녀는 이제라도 뛰어들어 찻잔을 치워야 하나 싶었지만, 응접실 가득 들어찬 기사들이나 가주인 윈터힐 백작의 기세가 너무나 흉흉해 함부로 움직이지도 못하고 발만 동동 굴렀다.

"손님이 있었소."

묵묵히 고개를 끄덕인 윈터힐 백작은 그 이상의 설명은 하지 않았다.

백작과 베르너 공이 각자의 자리에 앉고, 윈터힐가의 기사 중 몇이 그 주변에 섰다.

베르너 공을 따라왔던 기사들은 저택 안으로 초대받지 못했다. 하지만 단 한 명, 전에 전언을 하러 왔던 검은 머리의 남자만은 베르너 공의 뒤에 시립했다.

은은한 미소를 띤 베르너 공과 무표정한 윈터힐 백작 사이에는 한

동안 아무런 말도 오가지 않았다. 그 흔한 차를 권하는 말도 없었다. 환영의 뜻을 담지 않은 응대였다.

"나는 앙헬 차로 하겠소."

베르너 공이 응접실 입구에 우두커니 서 있던 윈터힐가의 집사를 돌아보며 말했다. 팽팽하게 당겨져 있던 공기를 불편한 기류가 무겁게 눌렀다.

윈터힐가의 사람들에게 베르너 공의 언사는 참으로 뻔뻔한 작태였다. 손님이 자신에게 권해지지 않은 차를 직접 요구하는 법은 없었다. 그것은 이 저택의 주인인 윈터힐 백작의 권위를 본인의 것보다 아래로 보는 행동이었다.

베르너 공이 원한 것은 차 한 잔이었지만, 응접실의 분위기는 마치 그가 윈터힐 영지의 성 중 하나를 내놓으라고 한 것처럼 무겁게 가라앉았다.

"결국은 아발론에서 보게 되었구려."

"이리 직접 찾아오실 것까진 없었는데 말이오."

지난번, 베르너 공이 검은 머리의 남자를 보내 백작에게 윈터힐로 돌아가라고 전언했던 것에 대한 언급이었다.

또다시 침묵이 짙게 깔렸다. 두 사람은 먼저 입을 열지 않는 것으로 기 싸움을 벌였다. 한 치의 물러섬도 없이 그렇게 서로를 주시했다.

먼저 그 팽팽하게 당겨진 줄의 한쪽 끈을 내려놓은 것은 베르너 공이었다. 특유의 여유로운 미소가 걸린 입술이 틈을 열었다.

"백작, 우리가 이런다고……."

"공께선 못 보던 새에 많이 늙으셨소."

하지만 윈터힐 백작의 단조로운 목소리가 베르너 공의 말허리를 잘랐다.

"불필요한 걱정이 느신 것을 보면."

베르너 공의 눈가가 살얼음 끼듯 얼어 버렸다.

"베르너가는 어떤지 모르겠으나, 윈터힐은 무슨 일이 있어도 약속을 지키지. 베르너가가 먼저 나를 배신하지 않는다면, 우리 거래의 무게는 처음과 같으니 그렇게 노골적으로 내 목줄을 쥐려 하는 것은 그만두는 게 어떻겠소."

경고였다. 윈터힐 백작은 베르너 공처럼 얼굴에 미소를 덧씌우는 짓 따위는 하지 않았다. 늑대가 흰 이빨을 드러내듯 그 선연한 날을 거침없이 드러냈다.

"이런……."

긴 탄식이 베르너 공의 말꼬리에서 이어졌다.

"오해가 있었나 보오. 백작에 대한 내 신뢰 또한 변함이 없소."

이번에는 윈터힐 백작의 입가에도 비뚜름한 미소가 걸렸다. 어쩔 수 없었다. 베르너 공은 백작이 아는 모든 사람들 중 가장 '신뢰'라는 단어와 거리가 먼 사람이었다. 우습지 않을 수가.

"윈터힐가의 가주야말로 나만큼이나 현 황제와 그 아비, 선황에 대한 증오가 깊은 유일한 사람이지 않소."

어깨를 으쓱하며 내뱉는 말에 윈터힐 백작과 그의 기사들의 기세가 싸늘하게 식고 있었지만, 베르너 공은 마치 그런 것은 모르는 천진한 어린아이처럼 말을 이어 갔다.

"귀족파의 대부분은 황실이 저들에게 이런 짓을 했다, 저것을 빼앗아 갔다 울상이지만, 그것은 말 그대로 어린아이 투정이나 마찬가지. 그대와 나의 깊은 은원에 비하면 말이오. 아니 그렇소?"

윈터힐 백작은 아무런 대답도 하지 않았다. 해가 져 가는 노을의 그림자에 반쯤 몸을 묻고 가만히 앉아 있을 뿐이었다.

하지만 밝은 주홍색 햇빛 속에서 베르너 공은 즐겁기 그지없었다. 보이지 않아도 백작의 마음이 어떨지 눈앞에 그려지듯 뻔했기 때문이다.

"그런 그대에게 내가 묵은 원수를 갚을 기회를 주었는데, 그것을 그대가 놓칠 리가 없지."

모두 다 안다는 듯 그리 웃는 베르너 공을 백작은 살기를 피워 올리며 노려봤다.

베르너가와 윈터힐가의 협력은 표면상 매우 사업적이고 합리적이었다. 베르너가 주도하여 일으키는 개혁에 윈터힐은 군사와 대량의 철을 공급해 주기로 했다. 그 대가는 사후 왕국으로 독립해 그 주권을 인정받는 것. 그뿐이었다.

하지만 베르너 공의 말이 맞았다. 사실 백작은 윈터힐령의 독립, 그 이상의 것을 원했다.

"설마 내가 모를 것이라 생각했소, 그대가 내 제안을 받아들인 이유를?"

베르너 공이 터뜨린 웃음소리가 응접실을 울렸다.

"오래전 그대의 정혼녀가 고인이 되신 백작 부인을 사고로 위장해 죽이고 친정으로 도망갔을 때, 그 여인의 오라비가 그 사고에 깊게 관여를 했다지? 그 사실을 알고 그대는 정혼녀 가문과의 영지전을 신청했으나, 제국법상 황제의 허가 없이 귀족 간의 영지전은 불가능했지."

그것은 제국의 전력을 보존하기 위한 법이었다. 이런저런 은원이 거미줄처럼 어지럽게 얽혀 있는 귀족 가문들이니, 사사로운 영지전을 허용했다간 내분으로 국가의 군사력이 남아나지 않을 것이다. 그렇게 된다면 일반 평민들의 손해 또한 막심할 수밖에 없었다.

"하나 선황, 내 아우는 그것을 윤허하지 않았지. 하필이면 윈터힐

이 황제파 가문과 정혼을 한 게 문제였어. 그러니 그 갈 곳 잃은 마음이 얼마나 괴로웠겠소. 물론 백작은 다른 방법으로 복수를 한 것 같소만, 제 세력을 잃지 않기 위해 자식과 사랑하는 이를 한 번에 잃은 그대를 희생시킨 황실은 벌을 피할 수 없겠지."

세간에선 윈터힐 백작이 20년 동안 칩거 생활을 하며 쥐 죽은 듯 살았다고 하지만, 그것은 잘 모르고 하는 이야기였다.

그 긴 세월 동안, 윈터힐 백작은 영지에서 매년 어마어마한 양의 철을 쏟아 내는 광산을 적극적으로 개발하고 목숨을 걸고 몬스터를 토벌해 광활한 농지를 확보했다.

그렇게 얻어 낸 자본을 바탕으로 옛 정혼녀의 가문을 서서히 말려 갔다. 그 오라비의 도박 중독을 이용해 가문이 어마어마한 빚을 지게 하고, 그 대가로 영지를 주변 가문과 윈터힐 백작의 상단에 팔게 했다.

엎친 데 덮친 격으로 긴 흉년이 찾아오자 그 와중에도 사치를 포기하지 못한 그들에게 높은 값으로 사치품을 팔았다.

윈터힐의 표적이 된 가문의 몰락은 빨랐다. 그 쇠락은 가문의 주인이었던 정혼녀의 오라비가 영지 시찰을 나갔다가 신원 불명의 불한당들에게 비명횡사를 당하며 방점을 찍었다.

인적이 적은 숲길 옆에 동물처럼 버려진 시체는 참혹했다. 입고 있는 옷과 가문의 반지가 아니었다면 알아보지 못했을 정도로 멍들고 찢어져 엉망이었고, 사지의 어느 한 군데도 멀쩡한 곳이 없이 부러지거나 칼로 난도질당한 채였다.

남겨진 유족들은 나름 범인을 찾으려 애를 썼지만 목격자가 없었다.

후계자였던 하나뿐인 아들은 우매하고 아둔했다. 당장에 손에 쥐어진 가주라는 직책과 권한에 우쭐해 윤락가를 전전하며 빠르게 남은 재산을 탕진해 갔다.

그렇게 한 가문이 사라졌다. 당시에는 꽤 화제가 되었지만, 지금은 이미 잊힌 일이었고 잊힌 가문이었다.

"물론 나였다면 응당 허락했을 것이오. 아무리 윈터힐가가 욕심이 났어도, 여동생의 시기와 질투에 휘말려 그 후계를 가진 백작 부인을 죽이는 데에 동조하다니. 비난받아 마땅한 일이지."

마치 재미난 옛날이야기를 하듯 베르너 공은 이 순간을 명백히 즐기고 있었다.

"걱정 마시오, 백작. 죽이고 싶은 자를 죽이지 못하는 고통은 나도 잘 알고 있소. 그자가 아직도 어딘가에서 멀쩡히 숨을 쉬고 있다는 사실이 문득문득 찾아들면, 분노로 내 폐부가 찢기는 듯하지. 그자가 들이쉬고 내쉬는 숨이 마치 칼날이 되어 내게 날아오는 것같이 말이오."

베르너 공이 소파에 파묻었던 몸을 점점 곧게 일으켰다. 테이블 너머로 가까워지는 그 얼굴이 참으로 기괴해서 윈터힐의 기사들은 저도 모르게 허리춤의 검 손잡이로 손을 가져갔다.

"나는 마땅히 내 것이 되었어야 할 것을 빼앗겼고, 백작은 온당한 복수를 할 기회를 빼앗겼으니."

활짝 웃는 듯하지만 동시에 고통에 일그러진 듯한 그 얼굴은 그렇게 섬뜩했다.

"그러니 백작, 나는 그대가 이 문제에 대해 최선을 다하고 있다는 것을 믿어 의심치 않는단 말이오."

같은 것을 이룩하고자 하는 신뢰는 위태한 것이다. 그 끝에 공들인 탑의 주인이 되고 싶은 욕심이 분열을 일으킬 여지가 있었다. 그러니.

"같은 것을 무너뜨리고 싶어 하는 사람만큼 믿음직한 동료가 또 어디에 있겠소?"

베르너 공의 비릿한 미소를 보며 윈터힐 백작은 별다른 대답을 하지 않았다. 대화가 진행될수록 베르너 공에게 그와 같은 부류의 사람으로 취급되고 있다는 사실이 백작을 못 견디게 했기 때문이다.

서로의 이해에 따라 손을 잡기는 했지만, 그뿐. 베르너 공의 욕망은 혐오스러웠다.

윈터힐 백작은 당장에 그와 악수를 했던 자신의 오른손을 입고 있는 의복에 쓱쓱 문질러 닦고 싶은 충동을 참으며, 대신 손가락을 까딱여 손짓했다.

"그레이 경."

철컥, 철컥. 곁에 시립해 있던 그레이 경이 더 가까이 걸어오는 걸음과 함께 묵직한 쇳소리가 울렸다.

"예, 가주."

그레이 경은 손에 쥐고 있던 것을 테이블 위에 펼쳤다. 이페른 제국 전체를 담은 커다란 지도였다.

"자세한 내용은 영지로 보내 놓았지만, 간략하게 설명드리겠소."

현재 윈터힐 백작 영지군의 위치와 규모에 대한 언급을 시작으로, 그 외에 전쟁이 시작되면 그 군이 어떤 경로를 이용해 얼마나 빠르게 움직일 수 있는지에 대한 빠르고 군더더기 없는 설명이 이어졌다.

'과연.'

베르너 공은 그레이 경의 설명을 들으며 만족스러움을 감출 수가 없었다.

거친 북방에서 혹한의 기후와 몬스터들을 상대하며 자라난 강인한 군대. 그리고 그것을 효과적으로 다룰 줄 아는, 백작이 직접 등용한 수많은 인재들. 그들의 전력은 가히 한 왕국을 꿈꿀 만했다.

처음 거사에 윈터힐가를 끌어들이자 했을 때, 우려의 소리가 있었다. 윈터힐은 지나치게 덩치가 커서 자칫 잘못하면 주객이 전도될 수 있다는 의견이었다.

하지만 베르너 공은 자신의 생각을 밀어붙였다. 이제 와서 보자면 윈터힐 백작을 합류시키는 데에 성공하며 조금 불안한 면이 있던 베르너 공의 입지가 안정된 것도 사실이었다.

"아주 만족스럽군."

베르너 공의 말과 함께 그레이 경의 입술이 굳게 닫혔다. 더 이상 일체의 소리도 그 안에서 흘러나오지 않았다. 제자리로 돌아가 언제나와 같이 뒷짐을 지고 윈터힐 백작의 뒤를 지키듯 섰을 뿐이었다.

베르너 공은 자리에서 일어섰다. 그리고 아직 그대로 앉아 있는 윈터힐 백작을 돌아보며 물었다.

"계속 아발론에 있을 생각이오?"

"……계획한 용무가 끝나지 않았으니 그때까진 아발론에 체류할 생각이오."

"용무라……."

베르너 공의 말이 길게 늘어졌다.

"백작께서 이리 확실히 준비를 해 주시다니, 나도 한시름 놓았소. 그러니 더 이상 백작이 이곳에 있는 것에 대해 걱정은 하지 않겠지만, 각별히 조심해야 할 것이오."

"조심?"

윈터힐 백작의 눈썹이 불쾌하게 찡그려졌다. 마치 위협처럼 들렸기 때문이다.

"아직 서쪽을 방어하려는 아무런 움직임이 없는 것을 보니 눈치채지 못한 것 같지만, 우리는 지금 아발론에 있소. 그 점을 잊지 마시오."

이를테면 맹수의 입 속, 아발론은 그런 곳이었다. 이대로 황제가 턱을 닫아 버리면 베르너 공과 윈터힐 백작은 이 안에 속절없이 갇히게 되는 것이다.

최대한 숨죽이고 거사를 도모해도 모자를 판에 이렇게 적진의 한복판에서 회담을 갖는 모양이 우스울 정도였다.

"그럼 다음에 뵙지."

베르너 공은 매우 기꺼운 얼굴로 작별 인사를 했다. 마치 오랜만에 만난 친우와 헤어지는 것이 아쉽기라도 한 것처럼. 잘 모르는 이들이 보았다면 그리 느낄 법했으나, 윈터힐 백작은 아무런 감흥도 받지 못했다.

"가자."

베르너 공은 그대로 응접실을 나왔다. 저택의 앞엔 베르너 공이 타고 온 마차가 도착한 모습 그대로 기다리고 있었다. 달라진 것은 어느새 어둑해진 하늘뿐이었다.

베르너 공이 다가오는 모습을 보고 쉬고 있던 마부가 황급히 다가왔지만, 그를 막는 손이 있었다.

"모시겠습니다."

언제나처럼 베르너 공을 한 발자국 뒤에서 따르는 검은 머리의 남자였다.

그는 마차의 문을 여는 일부터 심지어 응당 마부가 해야 하는 일인 발받침을 챙기는 일마저 모두 직접 챙겼다. 엄연히 기사 복장을 한 남자의 행동에 주변 사람들은 모두 놀랐다.

베르너 공의 호위 기사인 줄 알았더니, 몸종이었던 것인가. 하지만 베르너 공만은 그런 일이 매우 익숙하고 당연한 듯 남자의 시중을 자연스레 받았다.

"케인."

이윽고 마차가 출발하자, 베르너 공이 남자를 불렀다.

"예."

"윈터힐 백작이 황도로 와서 만난 사람들을 모두 알아내라."

"예."

"백작이 기어코 아발론에 머무는 이유는 아마 사람인 것 같구나."

호기심이 동했다.

윈터힐 백작이 제 발로 아발론으로 들어가 영지로 돌아가지 않는다는 소식을 들었을 땐, 백작이 다른 마음을 먹고 황제에게 이실직고하려 한다고 생각했다. 그렇지 않고서야 백작의 행동을 합리적으로 설명할 수 있는 다른 길이 없었으니.

하지만 오늘 만난 백작은 전과는 조금 달랐다. 무엇이라 설명할 수는 없었다. 막연히 '감'이라고 해도 좋을, 그러나 베르너 공을 오늘 이 자리에 있게 한 본능이었다.

"꽃송이라……."

테이블 위에 놓인 찻잔에 동동 떠 있던 노란 꽃송이를 떠올리며 베르너 공이 진득하게 웃었다.

"손 주시라니까요?"

엘레나가 티토에게 한 손을 내밀며 말했다.

"됐어."

"주세요!"

"아, 됐다고…… 콜록! 콜록!"

평소의 성격대로 버럭 언성을 높이던 티토는 어김없이 터져 나오는 기침에 허리를 꺾었다. 그 모습에 엘레나가 혀를 찼고 일리야는 안타까워 어쩔 줄을 몰랐다.

어제부터 감기 기운이 있는 티토였다. 꽤 독한 놈이 찾아왔는지 시도 때도 없는 기침에 이미 목이 걸걸하게 쉬었다. 두 볼이 붉은 것이 열도 나는 듯했다.

"그동안 근육통이 있다고 부르시고 기분이 좋지 않다고 또 부르시면서 사람 귀찮게 하시더니. 정작 진짜 아프실 때는 왜 거부하시는 건데요?"

너무나 답답했다. 엘레나는 불만이 가득 담긴 눈으로 티토를 째려봤다.

"그거야 병이 아니었잖아. 병을 이겨 내는 연습도 필요하다고 했어. 그래야 신체가 건강해지는 거라고."

티토가 목 아래로 두른 두꺼운 담요를 더 단단하게 추스르며 말했다.

"도대체 누가 그래요?"

이거야말로 사서 하는 고생이었다. 조그만 상처에도 호들갑을 떨던 엄살쟁이 티토가 저렇게 이를 악물고 참는 모습이 그리 보기 좋지만은 않았다.

"같이 훈련하는 형들이."

티토는 얼마 전부터 메이나드의 동생들과 함께 아침 훈련을 받았다. 물론 어리다고 해 봤자 티토와는 꽤 나이 차이가 나지만 말이다.

그래도 티토 딴에는 가족과 새벽의 궁 사용인들 그리고 엘레나를 제외하고는 유일하게 가깝게 지내고 있는 사람들이다 보니 그 영향력이 지대했는데, 이번도 그런 경우 중 하나였다.

"그래도 그렇지……."

엘레나가 작게 한숨을 쉬었다.

메이나드의 제안으로 그의 쌍둥이 동생들과 아침 훈련 시간을 같이 보내기 시작한 이후로 전보다 더욱 눈에 띄게 밝아진 티토였다.

그 변화가 어찌나 확연했던지, 주변에 상주함에도 불구하고 제대로 말 한번 섞어 보지 못했던 새벽의 궁 기사들과 인사를 하고 검술에 대해서 제대로 된 대화를 나눌 정도였다.

또, 새벽의 궁 밖에 나가지 못하기 때문에 항상 사람을 시켜서 자신이 읽고 싶은 책을 빌려 오게 하던 티토가 얼마 전부턴 도서관에 대해서 이것저것 묻고 있었다. 정확히 어디쯤 위치해 있느냐부터 얼마나 크냐, 사람이 얼마나 많냐 등등, 제법 구체적인 질문들이었다.

일리야는 그런 티토의 모습에 조만간 새벽의 궁을 벗어나는 데에 성공하시지 않겠냐며 꽤 들떠 있었다.

"티토 님 마음대로 하세요. 그래도 정말 아프면 말씀해 주셔야 해요. 알았죠?"

"알았어, 알았다고."

엘레나의 말에 티토가 성의 없이 대답하며 꿀을 넣은 따뜻한 우유를 호로록 마셨다.

"어제 제대로 주무시지도 못하고……."

그럴 만도 했다. 의자에 웅크리고 앉아 멍하니 저 먼 곳 어딘가를 바라보고 있는 티토는 연신 기침을 하거나 그렇지 않으면 코를 훌쩍였으니까.

"아침은 안 드세요?"

엘레나가 티토 앞에 놓인 식사를 가리키며 물었다. 티토가 좋아하는 싱싱한 과일을 섞은 크림이 듬뿍 얹힌 폭신폭신한 빵이었다.

"아무 맛도 안 느껴져…… 난 우유나 먹을래."

이거 그냥 참아서 이겨 낼 게 아닌 것 같은데. 엘레나의 표정이 자뭇 심각해졌다.

티토가 밥을 마다하다니, 정말로 아픈 게 틀림없었다. 원래 애들은 아프면서 크는 법이라고 생각했던 엘레나도 슬그머니 걱정이 되기 시작했다.

"근데 오늘 신전에 간다고 하지 않았어?"

"네. 아발론 신전에서 교황 성하를 뵙기로…… 앗, 늦겠다!"

티토의 건강 상태에 정신이 팔린 나머지 시간 가는 줄 몰랐던 엘레나는 얼른 물을 한 잔 벌컥벌컥 들이켜고는 자리에서 일어났다.

"쯧쯧."

코가 막혀서 맹맹한 와중에도 티토는 혀를 찼다.

"금방 갔다 올게요. 좀 쉬고 계세요!"

막 돌아 나가던 엘레나가 그렇게 외치자, 티토는 대답할 힘도 없는 듯 손만 두어 번 흔들거렸다.

종교들은 다 그런 것일까. 흰색에 집착하는 경향이 있는 라한교였다. 그런 모습은 이페른 제국에서 가장 큰 라한 신전인 아발론 신전의 외관에서부터 티가 났다.

"신전이 이렇게 생겼구나……."

신전 입구에 도착해 마차에서 내린 엘레나는 새삼스레 신전 전경을 바라보며 입을 벌렸다.

참 우스운 말이었지만 이곳에서 살았던 1년 남짓한 시간 동안, 신전을 이렇게 제대로 구경한 적이 없었다. 어마어마한 노동에 절어 피곤하고 온몸이 쑤신 나머지 항상 바닥만 바라보고 다녔으니 어찌 보면 당연한 일이었다.

"꽤 예쁘네."

담담한 감상이었지만, 엘레나는 신전의 모습에서 눈을 떼지 못했다.

평화롭고 조용한 신전을 발걸음 소리도 내지 않고 조용히 걸어 다니는 신도들과 사람들. 보는 사람에게 절로 경건한 마음이 들게 하는 모습이었다.

하지만 동시에 그 광경을 바라보는 엘레나의 마음은 묘했다.

푸른 덩굴이 자연스레 아치를 구성해 마치 비밀의 정원으로 들어가는 길처럼 신비롭게 보이는 저기 저곳은, 그녀가 물 양동이와 청소 도구를 지고 힘겹게 드나들었던 추기경들의 숙소로 가는 길이었다.

신전 내부로 걸어 들어가면서 그 이상한 기분은 더욱 심해졌다. 중급 신관복을 입고 있는 엘레나에게 저마다 할 일을 하고 있던 하급 신관들이 허리를 꾸벅 숙이며 인사를 해 온 것이다.

'다들 날 못 알아보나?'

엘레나는 꽤 당황스러웠다. 그녀는 그렇게 인사를 해 오는 하급 신관들 대다수의 얼굴을 알아볼 수 있었기 때문이다.

그중엔 고생스레 노역하는 엘레나에게 나름 친절하게 대해 주었던 사람들도 있었고, 인사 한마디 없이 빨랫감만 툭툭 던지고 갔던 사람들도 있었다.

이 세상에 적응하느라 정신없이 살았던 그녀도 그들의 얼굴을 알아보는데, 정작 그들은 마치 엘레나를 처음 보는 사람처럼, 아니 아예 다른 세상의 사람처럼 대했다. 눈도 마주치지 않았고 그녀가 다 지나가기 전에는 고개도 들지 않았다.

"어? 엘……레나?"

누군가가 그녀의 이름을 부른 것은 엘레나가 약속 장소인 교황 성하의 집무실 쪽으로 가기 위해 신전 후원을 가로지를 때였다.

"오랜만이네, 마리."

엘레나가 막 이곳에 와서 처음으로 정신을 차렸을 때, 그녀가 '엘레나'라는 인물이 된 것을 깨닫게 해 주었던 마리라는 신관이었다. 마리는 엘레나가 신전을 떠났을 때와 변함없는 모습이었다.

"오, 오랜만……입니다, 엘레나 신관님."

마리가 허리를 숙이며 인사하자 엘레나는 조금 주춤했다. 그녀가 기억하는 마리는 그나마 조금은 편하게 대할 수 있었던, 비슷한 나이대의 신관이었다.

마리는 가끔 '저 싸가지…….'라고 중얼거리게 할 정도로 엘레나를 골탕 먹이기도 했지만, 가끔 저녁 식사에서 남은 음식을 엘레나 방에 가져다 놓는 친절도 발휘하곤 했다.

"마리? 왜 갑자기 존대를…….""

"주, 중급 신관이시니까요. 그리고 곧 상급 신관이 되실 거라는 소문도 들었어요."

마리는 말을 아꼈지만, 신전에 도는 엘레나에 관한 소문은 그보다 훨씬 더 많았다.

처음에는 다들 소문을 믿지 않았다. 애초에 엘레나가 리바이 공작의 신학 교사로 간 것은 아발론 신전이 황궁에 지원한 숫자를 맞추기 위해서라고 모두가 알고 있었다. 그래서 운이 좋아 오래 버텨 봤자 한 달을 넘기지 못하고 다시 돌아올 거라고 생각했다.

그간 스스로 빨래를 하지 않는 편안함에 익숙해진 신관들은 엘레나가 얼른 돌아오기를 바랐고, 그녀가 돌아오는 시기를 걸고 내기를 하던 사람들도 있었다. 물론 엘레나가 두 달 이상을 황궁에서 버틴다는 것에 돈을 건 사람은 없었다.

하지만 엘레나는 한 달이 지나고 두 달이 지나도 돌아오지 않았다. 오히려 수업을 거부하던 리바이 공작을 한 손에 휘어잡았다는 소문도 돌았다.

비록 아직 어리고 새벽의 궁에서 두문불출하는 리바이 공작이었지만, 하급 신관들에게는 하늘과 같은 존재였으니 그 놀라움은 무척이나 컸다.

게다가 그 유명한 베르너 후작이나 어네스 경과 염문을 뿌리기도 하고 아무것도 아닌 줄 알았던 신성력으로 죽어 가던 윈터힐 백작을 살려 내기도 했으니 이제 아발론 사람치고, 아니 이페른 제국의 사람치고 엘레나를 모르는 이는 없을 터였다.

"으음. 마, 마리는 잘 지내는 것 같네."

엘레나는 그렇게 말하며 어색하게 웃어 보였다. 그렇게 친한 사이는 아니었지만 어쩐지 조금 서운했다. 하지만 하급 신관과 중급 신관의 사이에는 엄연히 위계질서가 존재했고, 원칙적으로 하급 신관인 마리가 중급 신관인 엘레나에게 존대를 하는 것이 맞았다.

"그럼 나중에 또 봐."

어차피 가까운 사이가 아니었으니 더 이상 할 말도 없었다. 엘레나는 최대한 밝게 웃어 보이며 마리에게 허리를 숙여 인사했다. 그녀가 취할 수 있는 최대한의 존중이었다.

멀어지는 엘레나의 뒷모습을 마리는 묘한 얼굴로 응시했다.

엘레나는 아무것도 아니었다. 소심하고 유약하고 겁이 많은 엘레나는 이 아발론 신전에선 존재감 없는 유령이나 마찬가지였다. 아주 잠시 중급 신관이 되었던 적이 있지만 그때도 엘레나의 숙소는 하급 신관 숙소에서도 가장 구석에 위치한 그 습한 방이었고, 누구도 그녀에게 관심을 가지지 않았다.

정화 의식에서 실수를 해서 하급 신관으로 강등당하고 고된 노역을 할 때에도 신전 사람들은 엘레나가 누군지도 잘 몰랐다.

둘 다 어릴 적부터 신전에서 살았지만 아무도 신경 쓰지 않는 엘레나와는 달리, 마리는 특유의 활발하고 사교성 있는 성격으로 모두의 관심을 받았다.

모두들 마리가 자라면 아발론 신전의 하급 신관들을 총괄하는 직책을 맡게 될 것이라고 입을 모았다. 모두를 총괄하는 그 직책은 하급 신관이 올라갈 수 있는 최고의 자리였다.

"방금 저 사람, 엘레나 신관 맞지?"

"온갖 귀족들 연회에는 다 불려 다닌다더라. 리바이 공작을 등에 업고 기세가 등등하다던데?"

어느새 다른 하급 신관들이 마리 주변에 모여서 멀어지는 엘레나를 보고 수군거렸다.

"근데 되게 예뻐졌다. 아니, 원래 저렇게 예뻤나?"

"황궁이 좋기는 한가 보네. 피부에서 광이 나는 걸 보면."

"아니야, 엘레나 신관이 원래 좀 예쁘장하기는 했잖아. 워낙 성격이 답답해서 그랬지."

"하긴. 아, 이럴 줄 알았으면 진작에 좀 친해져 놓을걸!"

이제는 모두들 엘레나와 친해지지 못해서 안달이었다.

"이미 다른 세계에 사는 사람인데, 뭐!"

"맞아. 조만간 상급 신관으로 올라가면 다른 상급 신관들처럼 우리 같은 것들하곤 말도 안 섞을 테지."

상급 신관. 추기경 바로 아래의 직급으로 당장 아발론 신전에만 수백에 달하는 하급 신관과는 달리 그들은 겨우 일곱 명밖에 없는 구름 위의 존재들이었다.

"……."

여전히 엘레나에 대해서 조잘거리는 주변 사람들과는 달리 마리는 조용히 맡은 신전 바닥 청소를 이어 갔다. 걸레 자루가 움직이는 것에 따라 흔들거리는 앞머리 아래에서 마리의 입술이 꾹 다물렸다.

마리를 뒤로한 엘레나는 수월하게 교황의 집무실이 위치한 곳을 찾았다. 입궁이 결정되던 날 한 번 와 본 적이 있어 길을 헤매거나 하지는 않았다.

안에서 아무런 목소리도 들려오지 않는 것을 보니 비어 있는 듯했다. 그래도 예의상 문을 두어 번 두드린 뒤, 그 안으로 들어섰다.

"아무도 안 계시…… 어라?"

오늘 오랜만에 보는 얼굴들이 많네. 엘레나는 그렇게 생각했다. 집무실 안에 혼자 서 있는 여성은 낯이 익은 사람이었다.

"세이라 님."

마리와 마찬가지로 이곳에 처음 와 이유를 알 수 없는 고통에 시달리고 있을 때, 매정한 얼굴로 그녀를 다그쳤던 신관이었다.

―부모에게서 버려진 너를 길러 준 신전에 이런 식으로 은혜를 갚으니 속이 좀 시원하니?

춥고 온몸이 아픈 이에게도 매몰찼던 그 모습이 아직도 눈앞에 생생했다.

나중에 알게 된 사실이지만, 세이라는 하급 신관들을 총괄하고 관리하는 사람으로 아발론 신전 소속의 하급 신관들 중 가장 높은 직책을 가진 이였다.

이곳에서 엘레나를 보게 될 줄은 몰랐던지, 다가오는 그녀를 바라보는 세이라는 꽤 놀란 모습이었지만 그리 기꺼워하지는 않았다.

물론 엘레나도 세이라가 반갑지는 않았다. 그녀가 빨래 할당량을 채우지 못했거나, 몸이 아파 제대로 일을 하지 못했을 때 벌을 주던 사람을 다시 보게 되었으니.

신전에 대한 애정 때문인지 모르겠으나, 세이라는 하급 신관으로 노역하는 내내 엘레나를 가장 매정하게 몰아붙인 사람이었다.

"네가…… 아니, 엘레나 신관님이 여길 어떻게……."

빵 한 조각과 눈을 붙일 수 있는 1분이 아쉬웠던 한때의 엘레나에 게서 세이라는 그런 것을 얼마든지 앗아 갈 수 있는 절대적인 힘을 가진 존재였다. 세이라는 실제로 그 힘을 이용해 엘레나의 휴일을 없애기도 하고 저녁 식사를 주지 않기도 했다.

그랬던 세이라가 이렇게 자신에게 존대를 하자 어쩔 수 없는 씁쓸함이 번졌다.

세이라에게 부당하게 벌을 받을 때만 하더라도 언젠가 그녀에게 복수를 하고 말리라 이를 갈며 다짐한 적이 한두 번이 아니었다. 그런데 막상 이런 상황이 닥치니 통쾌함보다는 어쩐지 떫은맛이 입 안에 감돌았다.

그 뒤로 엘레나와 세이라의 사이에는 아무런 대화도 오가지 않았다. 정적이 어색하긴 했지만 엘레나는 먼저 말을 걸면서 굳이 앙금이 없는 척하고 싶지 않았고, 세이라도 이 자리가 불편하지 않은 척 연기하지는 않았다.

"먼저들 와 있었구나."

잠시 뒤, 교황이 집무실로 들어섰다. 세이라가 함께 있는 자리라 티를 내지는 않았지만, 지난번에 보았을 때보다 몸이 더 왜소해지시고 등이 굽으신 것 같아 엘레나는 마음이 좋지 않았다.

"라한의 대리자, 교황 성하께 인사드립니다."

엘레나와 세이라가 동시에 인사했다. 그래도 교황이 오니 숨통이 좀 트이는 것 같아 엘레나의 얼굴이 유독 밝아졌다.

"자, 앉자."

교황은 집무실 한쪽의 소파에 엘레나와 세이라를 편히 앉혔다. 물론 어디까지나 교황의 입장에서는 그랬다는 것으로, 국교인 라한교의 교황 앞에서 편해진다는 것에는 한계가 있었다.

"세이라."

"예, 교황 성하."

증거로 세이라의 얼굴이 딱딱하게 굳어 있었다. 라한교의 신관들에겐 황제보다도 더 높은 우러름을 받는 것이 교황이었다.

"오늘은 네게 물어볼 것이 있어 이렇게 불렀다."

"하, 하문하십시오."

기어코 세이라의 목소리가 잘게 떨렸다.

"내가 듣기로 세이라 네가 엘레나와 오르테가 자작령에 위치한 고아원에서 자라 이곳 아발론 신전까지 함께 왔다지?"

그랬었어? 엘레나가 놀라서 동그랗게 눈을 뜨고 세이라를 바라봤다.

"예, 그렇습니다."

"이곳 신전으로 옮겨 왔을 때, 네 나이가 몇이었지?"

"열…… 열다섯이었습니다."

"으음, 그럼 엘레나와 열 살 차이가 나는구나."

그 말인 즉, 엘레나가 태어났을 때에 세이라는 이미 열 살이었다는 뜻이었다.

"고아원을 운영하시던 노신관께서 돌아가시고 저처럼 일손을 도울 나이가 된 아이들은 모두 독립하거나 근처의 다른 고아원으로 옮겨 갔지만, 저는 엘레나…… 신관님을 비롯한 아직 어린아이들을 돌보기 위해 이곳으로 함께 왔습니다."

그런 사연이 있었구나. 엘레나는 자신이 알지 못하는 '진짜 엘레나'의 과거와 관련된 이야기를 들으며 교황 할아버지가 왜 그런 것들을 묻는지 궁금해졌다. 그것도 자신이 있는 자리에서.

내게 무엇을 알려 주시려는 걸까.

"그렇다면……."

교황이 잠시 말을 멈추고 세이라를 바라봤다. 그에 자기도 모르게 교황과 눈이 마주친 세이라는 흠칫 놀라며 얼른 고개를 숙였다.

"그렇다면 혹 엘레나가 태어나던 날의 일을 기억하느냐? 엘레나는 그 고아원에서 태어났다 들었다."

세이라는 대답이 없었다. 그러다 돌연 고개를 들어 엘레나를 바라보았다. 그녀는 엘레나의 황금색 눈동자를 한동안 빠히 응시했다.

"그날 밤, 그 여인에게 문을 열어 준 것이 바로 저였습니다."

굳이 다른 설명을 하지 않아도 '그 여인'이 엘레나의 어머니라는 것을 알 수 있었다.

"어떤…… 그 여인의 생김새가 기억이 나느냐?"

"예. 비에 젖은 데다 어째서인지 온통 진흙투성이였지만, 여인의 모습은 선명하게 기억이 납니다."

그리고 엘레나는 순간적으로 세이라의 눈빛에 서린 경멸감을 읽을 수 있었다.

"천박한…… 붉은 머리칼을 온통 늘어뜨린 여인이었습니다."

"으음……."

낮은 침음성이 교황에게서 흘러나왔지만 세이라는 깨닫지 못한 듯했다.

"엘레나 신관님과 같이 황금색의 눈동자를 가지고 있었습니다. 그러고 보니 엘레나 신관님은 모친을 매우 닮은 것 같네요."

엘레나는 울컥했지만, 차마 교황의 앞에서 화를 낼 수는 없었다. 그녀가 꾹 참아 내자 세이라의 한쪽 입꼬리가 보일 듯 말 듯 살짝 말려 올라갔다.

"그 여인의 이름을 혹 기억하느냐."

"송구합니다만, 여인의 이름을 물어볼 새도 없었습니다. 이미 진통이 시작된 뒤였고, 누군가를 피해서 비 오는 밤길을 달려온 여인은 만신창이나 다름없었지요. 노신관께선 그저 혼외자를 가진 유부녀이거나 혹은 새벽이슬을 밟는 여인이 아닌가 추측하셨습니다."

아, 그래서. 엘레나는 세이라가 말했던 '천박한'의 의미를 알 수 있었다. 세이라는 엘레나의 모친이 부정한 일을 저질러 아이마저 어딘가에 숨어서 낳아야 했던 여인이거나 몸을 파는 창부였을 거라 확신하는 것 같았다.

"그렇게 엉망이 된 몸으로 밤새 산고를 거쳐 아이를 낳았지만……아이는 너무나 약했습니다. 첫 울음을 제대로 터뜨리지도 못했고, 심지어 어미의 젖을 제대로 빨 기력도 없었으니까요."

그렇게 약했다던 엘레나는 여기 이렇게 건강하게 앉아 있었다. 그 정도로 살 가망이 없었던 갓난아이가 어떻게 살아남았던 것일까.

"하루가 지나도록 아이가 제대로 먹질 못하자, 노신관께선 여인에게 아이의 이름을 물어보셨습니다. 아이를 묻게 되거든 묘비에 써 줄 이름이라도 필요하다 하시면서……."

그럴듯한 석재 묘비를 세워 줄 여력은 없었지만, 작은 생명이 편안히 라한의 품으로 돌아가길 바라며 노신관은 두터운 나무판자를 하나 구해 두었다.

"여인은 아이의 아버지가 이름을 몰래 정해 두었기 때문에 갑자기 아이에게 어떤 이름을 주어야 할지 모르겠다고 하면서 내일 아침에 말해 주겠다고 하였지요. 기력이 없던 아이는 이미 그 밤에 움직임이 줄어들어 힘없이 잠만 자고 있었습니다. 모두들 아이가 밤을 넘기지 못할 거라고 하였고요. 그런데…….”

그날은 어릴 때의 일임에도 선명하게 남아 있었다. 성인이 되어서도 그날 있었던 일을 이해할 수 없었기 때문이다.

“다음 날 아침이 되어 그 방에 가니 죽어 있던 것은 아이가 아니라 그 여인이었습니다. 침대 위에서 아이를 품에 안고 그렇게. 그런데 아이는 두 뺨이 발그레했습니다. 어제까진 어미젖도 물지 못하던 아이가요. 마치 하룻밤 새에 아이가 어미의 생명을 모두 흡수한 것처럼.”

세이라의 마지막 문장이 마치 자신을 비난하듯 엘레나의 가슴에 쿡 박혀 들었다.

“여인이 남긴 건 작은 종이에 적힌 ‘엘레나’라는 이름과 목걸이뿐이었어요. 자신이 어디에 사는 누구인지도 밝히지 않았으니, 얼마나 사정이 여의치 않았으면…….”

“그만하시죠.”

결국 엘레나는 참지 못하고 세이라의 말을 끊듯 차갑게 내뱉었다. 또다시 엘레나의 어머니를 비하하는 말은 듣고 싶지 않았다.

비록 자신은 그때 태어난 엘레나가 아니고 그 여인도 자신의 친모라는 생각은 들지 않았지만, 그래도 한 생명을 나게 한 ‘어머니’였다.

사정이 어땠는지, 어떤 사연을 가지고 있는 사람이었는지는 모른다. 하지만 출산을 한다는 것은 목숨을 거는 일이다. 현대 의학의 도움을 받아도 위험하고 힘든 일을, 엘레나의 어머니는 성치 않은 몸으로 해내었다.

집에서 아이를 낳을 수 없는 사정이 있었더라도, 비 오는 밤길을 걸어 고아원에서 아이를 낳아야만 하는 사정이 있었더라도 여인은 자신의 목숨을 걸고 어머니로서의 책임을 다했다. 아이를 지키려는 모성애였을 것이다.

설사 엘레나가 부정한 사랑의 결과물이라 하더라도, 엘레나의 어머니가 몸을 파는 사람이었더라도 힘든 상황에서 자신의 아이를 위해 최선을 다한 여인을 그렇게 비난하는 것을 더 이상 듣고만 있을 수는 없었다.

"말씀이 지나치신 것 같은데요."

"듣기에 좋지는 않았겠지만, 사실을 말한 것뿐입니다."

세이라는 여전히 뻔뻔한 얼굴로 말했다.

"그게 무슨 말이죠?"

엘레나도 지지 않고 날카롭게 물었다.

"엘레나 신관님의 모친이 숨어서 아이를 낳아야 했을 만큼 불우한 분이셨다는 것은 바뀌지 않는 사실이니까요."

울컥. 기어코 엘레나는 진심으로 화가 나기 시작했다. 바로 저 표정이었다. 세이라가 이런저런 트집을 잡아 가며 엘레나의 휴일을 빼앗을 때마다 지었던 표정. 입궁해서 편한 생활을 하며 잊고 살았던 세이라에 대한 분노가 울컥하고 치밀었다.

'못됐다, 정말.'

그래도 엘레나의 어머니가 아닌가. 본인 앞에서 한 사람의 어머니에 대해 저런 식으로 말한다는 건 용납할 수가 없었다.

진짜 엘레나가 아니니 아무런 관계가 없는 한 여자의 이야기나 마찬가지였지만 그래도 듣고 있자니 이렇게 화가 나는데, 진짜 엘레나가 이 자리에 있었다면 얼마나 슬프고 잔인한 말들이었을까.

"아무래도 세이라 님이 저도 모르는 제 출신에 대해 잘 알고 계신가 보네요. 제 어머니가 돌아가시고 난 뒤 누군가가 찾아와 일러 주던가요? 제 어머니가 몸을 파는 창부였다고?"

"그, 그런 건 아니지만……."

"그럼 어째서 그렇게 확신하시죠? 정확한 증거도 없으면서 남의 어머니를 그런 식으로 모는 것은 도대체 어떤 경우인가요?"

엘레나가 다그치듯 따지자 세이라는 적잖이 당황한 듯했다.

세이라가 기억하는 엘레나는 소심하고 유약하고, 화 한 번 내지 못하는 이였다. 보는 사람마저 답답하게 하는 그런 성격의 소유자가 바로 엘레나였다.

그런 엘레나가 자신에게 눈을 치켜뜨고 조목조목 따지자, 세이라는 잠시 엘레나가 중급 신관이라는 것도 잊고 어이가 없다는 듯 웃어 버렸다.

"지금, 지금 네가 나한테……."

"너라뇨? 상급자에게 그런 식으로 반말을 하다니. 내가 지금 당장 세이라 님을 감봉하지 않는 것을 다행으로 아세요."

라한교의 율법상 중급 신관은 하급 신관의 품행에 문제가 있을 경우 성서를 필사하는 등의 벌을 내릴 수 있었고, 심각한 경우에는 감봉 혹은 신전에서 추방하는 것을 상부에 건의할 수도 있었다.

"그리고 도대체 세이라 님이 제 모친에 대해 어떤 기억을 가지고 있는 것인지는 모르겠지만, 타인의 가족에 대해서, 그것도 부모님에 대해서 그런 식으로 이야기하는 것은 그 사람을 상처 주기 위한 목적 이외에 다른 이유가 있을 거라곤 생각되지 않는데요. 다른 하급 신관들의 귀감이 되셔야 할 세이라 님께서 이런 식으로 행동하시면 안 되죠. 안 그런가요?"

이제 세이라는 아무런 말도 하지 못하고 파들파들 떨기만 했다. 아마 그녀의 머릿속에선 이미 수십 번 엘레나의 따귀를 때리고 머리채를 잡았으리라. 하지만 이제 엘레나는 중급 신관. 명실상부한 세이라의 상급자였다.

아이고, 꼬시다. 엘레나는 만약 이 장면을 진짜 엘레나가 보고 있다면 물개 박수를 치며 통쾌해했을 것을 확신했다.

그러게, 남의 엄마는 건드리는 거 아니래도.

"세이라, 이만 돌아가 보거라."

엘레나와 세이라 사이의 다툼에도 조용히 자리를 지키고 있던 교황이 나직하게 일렀다.

세이라는 그제야 자신이 무슨 짓을 했는지 깨달은 모양이었다. 제대로 말도 하지 못하고 버벅거리며 입만 벙긋거렸다.

"네 기억이 도움이 많이 되었다. 이만 돌아가서 쉬렴."

"서, 성하⋯⋯."

"돌아가거라."

세이라가 다급하게 무언가 변명이라도 하려고 했지만, 교황은 단호했다.

결국 목 밑까지 빨개진 그녀는 축객령에 따라 순순히 자리에서 일어나 집무실을 나갔다. 엘레나는 그 뒷모습을 뾰족한 눈초리로 끝까지 노려봤다.

"엘레나."

"⋯⋯네."

엘레나는 크게 심호흡을 했다. 그래도 교황 성하 앞에서 계속 화를 내고 있을 수는 없지. 괜찮다는 의미로 그녀가 일부러 미소를 지어 보였다.

"네게 이런 이야기를 듣게 하다니, 미안하구나."

"아니에요. 덕분에 저도 제 어머니에 대해서 아는 것이 조금 생겼는걸요."

교황이 자신과의 자리에 왜 세이라 신관을 불렀는지 이유는 알 수 없었지만, 엘레나는 일부러 묻지 않았다. 궁금하지 않은 것은 아니었지만, 그런 질문을 하기엔 교황의 주름진 얼굴이 너무나 슬퍼 보였기 때문이다.

"왜 이렇게 마르셨어요."

일부러 주제를 돌렸다. 하지만 빈말은 아니었다. 보지 못한 얼마 동안, 성하의 몸은 더욱 왜소해졌다.

엘레나는 물기 없이 바싹 마른 교황의 손을 잡았다. 짧지만 강렬한 빛이 순도 높은 신성력을 교황의 몸에 전해 주었다.

밝은 빛 너머로 보이는 엘레나의 모습을 교황은 따뜻한 눈으로 바라봤다.

신성력이 전과는 비교도 할 수 없도록 강해지고 진해진 게 느껴졌다. 덕분에 입맛을 잃어 활력이 없던 몸은 한결 가벼워졌지만, 마음은 더욱 무거워졌다.

"네게는 미안한 마음뿐이다, 엘레나."

"에이, 몇 번이나 사과를 하세요. 정말 괜찮다니까요."

"내 너를 지척에 두고도 알지 못했다."

"……네?"

교황이 방금 일어난 일에 대해 사과하는 것이 아니라는 것을 눈치 챈 엘레나가 고개를 갸우뚱했다.

"그 긴 세월을…… 바로 지척에 두고도……."

엘레나의 손바닥 밑에 있던 교황의 손 하나가 안타깝게 그녀의 볼 언저리를 쓰다듬었다.

"네 어머니의 이름은 실비아다."

눈 밑에 스치는 거슬한 손길이 미미하게 떨리는 것을 느끼며 엘레나가 눈을 찌푸렸다.

"실비아요? 그걸 성하께서 어떻게……."

"……실비아는 내 제자이자 딸과 같은 아이였다."

실비아. 어딘가 익숙하면서도 낯선 이름이었다.

"신성력이란 것은 타고나는 것이란다. 사람의 노력으로 어찌할 수 없는, 라한이 내려 주는 축복이지. 그리고 그 신성력은 사람마다 다른 형태로 꽃을 피운단다. 너의 경우 사람을 치유할 수 있고, 성기사의 경우 신성력으로 신체의 능력을 강화하거나 검에 두를 수 있지."

엘레나는 천천히 고개를 끄덕였다.

그녀도 어느 정도는 알고 있었다. 그래서 신전은 신성력을 보이는 어린아이들을 신전으로 데려오기 위해 평생을 방랑하며 축복받은 아이들을 찾는 데에 주력하는 신관들을 따로 두고 있었다. 라한의 손길을 받은 극소수의 아이들을 안전한 곳에서 보호하기 위함이었다.

"한 번 발현된 신성력은 일반적으론 변하지 않는다. 줄어들지도, 더 늘어나지도 않고 그대로 라한의 품으로 다시 돌아갈 때까지 같지. 하지만 신성력을 가진 이의 자손이 그 능력을 물려받았을 때는 다르단다. 그런 경우는 이미 한 번 발현된 힘이 성장하는 게 가장 뚜렷한 특징이지. 엘레나 네가 바로 그런 경우고."

"……제가요?"

얼떨떨한 엘레나의 질문에 교황은 엘레나의 손등을 다독였다.

"출생과 함께 발현되기는 했지만, 물려받은 힘을 완전히 자각하지 못하다가 어떤 계기로 인해 그 힘이 깨어난 것이지. 네 치유의 능력이 갑자기 커진 것처럼. 신성력이 충만해짐에 따라 네 눈동자가 금안으로 변하는 것도 그래서란다."

"그런 거였구나……."

엘레나는 어느 순간부터 황금색으로 변한 자신의 눈자위를 더듬어 보았다.

조금 이상하기는 했지만 신성력과 마나가 실존하는 세상에서는 이런 일도 있구나 하고 넘겼다. 그런데 아무래도 다 이유가 있었던 모양이었다.

"그래서 네 출생에 대해 조사해 보게 하였다. 어디에서 태어났는지, 부모를 찾을 수 있을지. 그리고 오늘 세이라의 이야기 덕에 네가 실비아의 아이라는 것을 비로소 확신할 수 있었어. 하지만 사실은……."

교황은 고개를 절레절레 저었다.

"너를 처음 봤던 날, 나는 내 두 눈을 의심했다. 라한께서 늙은 종의 시력마저 앗아 가셨구나 싶었지. 이미 20년 전에 라한의 품으로 돌아간 실비아가 다시 내 앞에 나타났으니 말이다. 그래, 이미 나는 그날 네가 실비아와 어떻게든 혈연이 닿아 있을 것이라고 생각했지. 그렇지 않고서야……."

정말로 그렇게 닮은 것일까. 이제 엘레나는 실비아라는 사람이 어떻게 생겼을까 궁금해지기까지 했다.

"그럼 제가 그 실비아……라는 분의 딸, 그러니까 그분이 제 엄마라는 말씀이세요?"

엘레나는 그렇게 묻고 입을 한 번 다셨다. '엄마'라는 말이 얼마나 깔끄러운지. 마치 처음 접하는 외국어 같은 느낌이었다.

한 번도 가져 본 적이 없는 엄마라는 존재는 엘레나에겐 머리론 알지만, 가슴으론 느껴 본 적 없는 그런 이론적인 대상이었다.

"그리고…… 이미 20년 전에 돌아가셨고요?"

슬픈 소식이었다. 겨우 엄마의 존재에 대해서 알았는데, 그와 동시에 이미 오래전에 돌아가신 분이라는 것을 알게 된다면 보통 눈물을 흘리지 않을까.

사실 그런 마음은 들지 않았다. 물론 안타깝기는 했다. 만약 그분이 아직 살아 계셨다면 정말로 피를 나눈 가족이 생기는 것이니까.

하지만 정말 그 정도의 안타까움 외에는 아무런 영향도 없어서 저렇게 슬픈 얼굴을 하는 교황 성하를 보기가 민망할 정도였다.

"저…… 성하."

"왜 그러느냐."

"……죄송해요."

다만 마음에 한 가지 변화가 있다면 바로 일말의 죄책감이 생겼다는 것이다. 비록 자신은 진짜 엘레나가 아니었지만, 이미 엘레나로서 살아가고 있는 사람으로서의 미안함이었다.

"무엇에 대해 사과하는 것이냐."

"그…… 세이라 님이 말씀하셨잖아요. 하룻밤 새에 저는 건강해지고, 제 어머니는 저를 안은 채로 돌아가셨다고요. 마치 제가 그분의 생명력을 다 흡수해 버린 것처럼……."

"엘레나……."

"차라리 지금 그분이 살아 계셨다면……."

옥상에서 떨어져 죽은 줄 알았는데 눈을 떠 보니 책 속 인물이 되었고, 본인이 저지르지도 않은 일로 1년 동안 노예나 다름없는 생활을 했다.

이런 요지경 같은 상황이었지만 그래도 살아 있는 게 어디냐 했던 그녀였다. 똥밭을 굴러도 이승이 나은 법이었으니까.

그래서 이런 말을 하면서도 '참 나답지 않은 말인데' 하고 있었지만, 정말로 진심이었다. 실비아라는 사람이 어떻게 생겼는지, 어떤 사람인지 알지 못하는데도 얼마나 사랑을 받았던 사람인지 알 수 있었기에.

"만약 실비아가 지금 네 말을 들었다면, 이마가 볼록해지도록 꿀밤을 때렸을 게다."

"꾸, 꿀밤이요?"

숙연하던 분위기가 쨍그랑하고 깨지는 소리가 들리는 것 같았다. 할아버지처럼 편하게 대했지만, 정말로 교황씩이나 되는 사람의 입에서 '꿀밤'이란 말을 들으니 조금 제정신으로 돌아오는 것 같았다.

"세이라가 했던 말이 아마 맞을 게다. 실비아는 자신의 생명력을 모두 네게 준 거야."

"역시……."

엄마의 생명력을 빼앗고 살아나다니. 이 무슨 악마의 씨앗 같은 소리야. 하지만 교황은 엘레나의 머릿속에 떠오른 그 생각을 모두 읽기라도 한 듯 단호하게 고개를 저었다.

"아니, 네가 실비아의 생명력을 빼앗은 게 아니다. 실비아가 자신의 의지에 따라 네게 준 것이지. 자신의 하나밖에 없는 딸이 살 수 있도록 기꺼이 자신의 모든 것을 준 것이지. 아마 실비아는 널 살릴 수 있어서 기뻤을 게다."

"하지만 정작 본인은 죽게 되는 것인데……."

누군가 대신 죽으면서 정말 진심으로 기쁠 수가 있을까? 엘레나는 이해가 되지 않았다. 무섭고 두렵지 않을까? 실비아는 정말로 마지막에 웃고 있었을까?

"이 세상 어미 중에 자식 대신 죽을 수 있다면 망설일 이가 몇이나 있을까. 실비아 그 아이라면 진심으로 다행이다 여겼을 게야. 온 마음으로 엘레나 너의 행복한 삶을 바라며 생명력을 전해 주었겠지.

넌 그런 사랑을 받고 이 세상에 태어난 것이란다."

목이 메어 왔다. 이 순간, 이 대화를 진짜 엘레나가 듣고 있다면 좋겠다.

너는 그렇게 엄청난 선물을 받았구나. 정말로 태어나 한순간도 사랑받지 않은 적이 없었던 거야.

울컥하고 코끝이 찡해지는 것 같아 엘레나는 헛기침을 하며 주제를 돌리기 위해 질문했다.

"그게 가능한 일인가요? 자신의…… 자신의 생명을 직접적으로 주는 것이?"

"치유의 능력을 가진 신관은 신성력 말고도 다른 이를 치유할 수 있는 마지막 방법을 가지고 있단다. 바로 자신의 생명력을 사용하는 길이지."

그런 게 있을 줄이야. 물건을 살 때처럼 '신성력 사용법' 같은 설명서가 딸려 오는 것이 아니기 때문에 처음 듣는 이야기였다.

"자신이 가지고 있는 신성력을 모두 사용한 다음에 비로소 사용하게 되는 방법이다. 신성력이 흰빛을 띠고 있다면 그 힘은 네 눈동자 색처럼 진한 황금빛을 띠지. 나야 나이가 들어 그 빛도 점점 가시고 있지만 말이다. 나도 젊었을 때는 금안을 가지고 있었단다."

그녀를 따스하게 바라보는 교황 성하의 눈동자는 빛바랜 회색이었다. 그 빛이 어쩐지 서글퍼서 빤히 바라보던 엘레나는 순간적으로 떠오른 생각에 '아!' 하고 소리쳤다.

"안 그래도 여쭤보려고 했었거든요! 얼마 전에 어네스 백작 부인을 치유하던 도중에 그 황금색 빛을 조금 사용했어요."

그런데 그게 내 생명력이었다니. 엘레나는 꿀꺽 침을 삼켰다.

"얼마나! 얼마나 사용하였느냐!"

아니나 다를까, 언제나 차분하고 인자하던 교황 성하가 처음으로 목소리를 올렸다. 뼈마디가 여실히 느껴지는 손이 그녀의 어깨를 다급하게 잡아 왔다.

"아, 아주 조금이요. 물로 치면 한 방울?"

"멈출 수 있었더냐? 그 빛이 새어 나가기 시작한 이후로?"

"예? 네에, 정말 실올 하나 풀린 것처럼 흘러 들어간 게 전부인걸요."

"아아, 라한이시여! 감사합니다!"

엘레나의 말에 교황은 탄성을 내뱉으며 기쁨에 두 손을 모았다. 하지만 안도의 기색도 잠시뿐이었다.

"……내 탓이다. 네가 신성력을 모두 사용하는 날이 올 거라고 생각하지 않아서 미리 알려 주지 않은 내 탓이야."

"성하께선 제가 존재하는 것도 입궁시켜 주시면서 아셨잖아요. 제 일이니 제가 미리 알았어야 했는데. 제 탓이에요."

"아니다, 아니야……. 하마터면 엘레나 너마저 잃을 뻔하였어……."

"저 괜찮아요. 정말로 한 방울 정도였고, 오히려 신성력을 소진했을 때보다 후유증도 없었어요."

"그게 바로 생명력의 무서움이다, 엘레나. 네가 살아가며 자연스레 사용해야 할 생명력을 끌어다 사용하는 것이니 후유증이 덜한 것이지. 신성력으로 되돌리기엔 너무 늦은, 숨이 멎어 가는 사람도 살려 낼 수 있는 강력한 힘이지만, 한 번 생명력이 담겨 있는 잔을 깨면 다시 되돌릴 수는 없다. 그대로 네 생명을 다른 사람에게 모두 쏟아붓게 되는 것이다. 그러니 앞으론 절대로, 절대로 사용하는 일이 없어야 한다. 알겠느냐?"

"이, 이제 알았으니 사용하는 일은 없을 거예요."

진짜 큰일 날 뻔했네. 물론 메이나드의 어머니를 고쳐 주고 싶은 마음은 굴뚝같았지만, 만약 처음부터 그 금색 빛의 정체를 알았다면 사용하지 않았을 것이다. 다른 사람을 위해서 선뜻 제 생명까지 버릴 만큼 엘레나는 이타적인 사람이 아니었다.

"엘레나."

"네, 성하."

"혹 목걸이를 가지고 있더냐?"

"목걸이요? 아, 혹시 이 목걸이 말씀이세요?"

교황의 조심스러운 물음에 엘레나가 신관복 아래에 숨겨져 있던 목걸이를 꺼내 풀었다.

"아아, 그래. 실비아가 항상 하고 다녔던, 그 목걸이."

처음 엘레나가 되었을 때, 이 목걸이를 보고 이 몸의 주인이 굉장히 소중하게 여겼던 물건이겠구나 했다. 입고 있던 신관복마저 낡고 해어진 와중에 이것만큼은 한눈에 봐도 값이 나가 보였던 것이다.

그 뒤에 티토에게 잠시 빌려 주었던 때를 제외하고는 엘레나의 몸을 떠난 적이 없던 목걸이였다.

"네 어머니 실비아의 물건이 맞다. 이 목걸이를 네가 가지고 있었구나. 다행이다, 다행이야……."

교황은 손바닥 위에 놓인 엘레나의 목걸이를 소중하게 보듬으며 몇 번이고 '다행이다.'라고 반복했다. 목걸이에 박혀 있는 작은 붉은색 보석이 실비아의 머리칼 같아 주름진 손이 그 위를 떠나지 못했다. 이 목걸이를 걸고 이따금 '아버지'라고 부르며 활짝 웃던 얼굴이 눈앞에 선연했다.

"고맙다, 엘레나."

진작 알았다면 좋았을 것을. 아아, 실비아. 이 험난한 세상에 핏덩이를 혼자 두고 떠나야 했던 그 마음이 오죽 아팠을까.

"아무래도 네 어머니는 라한의 품으로 가는 순간까지도 엘레나 네 걱정이 많았던 것 같구나."

"그게 무슨 말씀이세요?"

"자신이 누군지 이름조차 밝히지 않았다고 하였지. 마지막으로 남긴 쪽지에도 네 이름만 적혀 있었다고. 원했다면 네 부친이 누구인지 알릴 수 있었을 텐데 말이다."

"아, 아버지요?"

맞다, 그 생각을 못했다. 어머니가 있으면 응당 아버지도 있는 법이었다. 당연한 일을 간과하고 있었다.

"그래, 알릴 수 없었겠지. 잘못했다간 네가 위험에 빠질 수도 있으니."

교황은 깊은 생각에 빠졌다. 엘레나는 그의 답을 기다리지 못하고 재차 물었다.

"성하, 제 아버지가 도대체 누구……."

"엘레나, 이 목걸이를 절대 몸에서 떼어 놓는 일이 없어야 한다. 알겠느냐?"

실비아가 생전에 몸에 지니고 있던 목걸이를 단숨에 알아볼 사람이 하나 더 있었다.

"꼭 보여 주고 싶은 사람이 있구나."

마차는 새벽의 궁 앞에 엘레나를 내려 줬다. 하지만 그녀는 바로 방으로 돌아가지 않았다. 티토가 아파서 수업이 없다는 이유도 있었지만, 무엇보다 혼자 방 안에 있을 수가 없었다.

오랜만에 교황 성하를 본다는 마음으로 가볍게 나선 발걸음이 잔뜩 무거워져 있었다.

"좀 걷다 보면 나아지겠지."

사실은 생각할 시간이 조금 필요한 걸지도 모르겠다. 엘레나는 발걸음을 옮기며 지금 자신이 느끼는 이 감정이 무엇인지 알아내려고 애썼다. 한마디로 설명할 수는 없는 그런 복잡한 마음이었다.

분명히 책 속에 떨어진 것은, 그리고 엘레나가 된 것은 그녀의 선택이 아니었다. 왜 하필 엘레나였을까.

곰곰이 생각해 보건대 아마 원래의 엘레나는 더 이상 살고 싶지 않았던 것이 아닐까 하는 게 그녀의 짐작이었다.

책에서 읽은 내용에 따르면 정화 의식같이 매우 중요한 자리에서 황제에게 포도주를 건네주는 역할을 맡았으니 엘레나는 매우 긴장했을 것 같았다. 그러니 실수로 그 포도주를 황제의 몸에 엎어 정화 의식을 망쳐 버린 스스로를 자책하는 마음은 그만큼 컸을 것이다.

주변의 평판으로 미루어 보아 엘레나는 소심하고 연약한 성격이었다. 그런 그녀에게 내려진 고된 노역과 자신 때문에 가뭄, 흉작이 찾아올 거란 고통이 삶에 대한 희망을 놓아 버리게 만들었던 것이 아닐까.

엎친 데 덮친 격으로 열병에 시달리던 엘레나는 그렇게 몸을 떠나 버렸고, 그 자리에 단아가 들어온 것이다. 조금 전 교황 성하의 말씀처럼 가지고 있던 신성력이 성장하게 된 '어떠한 계기'가 바로 영혼이 바뀌는 일이었고 말이다.

만약 그런 상황이 아니었다고 해도, 어쩌다 보니 멀쩡한 엘레나의 영혼을 밀어내고 자신이 안착해 버린 것은 불가항력적인 상황에서 일어난 일이었다. 그래서 그녀는 원래의 엘레나에 대해 미안한 마음은 없었다. 다만 안타까울 뿐이었다.

진짜 엘레나 또한 자신의 부모님에 대해 조금이라도 알게 되기를 얼마나 바랐을까. 비록 어머니는 돌아가셨지만, 어쩌면 아버지를 만나게 될 수도 있다는 사실을 알았다면 지금 얼마나 행복해했을까. 어머니의 유품을 항상 간직하고 있던 그 마음을 알 수 있어서, 더욱 씁쓸했다.

그렇게 멈추지 않고 걷다 보니 어느새 엘레나는 익숙한 곳에 도착해 있었다. 여전히 인기척 하나 없이 조용한 내원이었다.

이곳으로 오려고 의도한 것은 아니었다. 그냥 아무런 생각 없이 걷다 보니 익숙한 길을 따라 걸었고 텅 빈 내원으로 오게 된 것이다.

"레이랑 만나기로 한 날도 아닌데 여긴 또 왜 온 거야?"

방에 혼자 있기 싫어서 걸어 다니는 와중에 찾아온 곳이 겨우 사람 없는 내원이라는 사실에 스스로도 어이가 없어 웃었다. 하지만 이곳에 있으면 확실히 마음이 편안해졌다.

어깨를 한번 으쓱한 엘레나는 언제나 아드레이와 함께 앉는 회랑에 엉덩이를 붙였다. 이곳에 레이 없이 혼자 있다는 게 조금 어색하긴 하지만, 그래도 좁은 방 안에 있는 것보다는 훨씬 나으리라.

그렇게 혼자 오도카니 무릎을 끌어안은 채로 고요한 한낮의 내원을 즐겼다. 여름 햇살은 뜨거웠지만, 석재 회랑을 지나온 바람은 시원했고 조금 덥다 싶으면 어김없이 불어와 그녀의 몸을 식혀 주었다.

여유를 즐기는 고양이처럼 어느 순간부터 눈을 감고 그 바람을 즐기던 엘레나는 편안히 회랑 기둥에 머리를 기대었다.

그렇게 몇 번이나 바람이 불어왔을까. 깜박 잠이 들었던 것 같았다. 어느 순간 정신이 들었지만 눈을 떠서 이 나른함을 잃고 싶지는 않아 계속 눈을 감은 채로 있기로 했다.

"아, 눈부셔……."

해의 움직임에 따라 그녀가 앉아 있던 자리에 햇빛이 내리쬐기 시작한 듯했다. 시원한 바람도 소용없는 뜨거운 햇살에 엘레나가 눈썹을 모았다.

움직이기 귀찮은데. 정말로 게으른 고양이가 된 기분이 들었지만 조금만 더 버텨 보기로 한 엘레나는 서늘한 회랑 기둥에 몸을 붙였다.

그런데 그때, 눈꺼풀 사이를 비집고 들어올 듯 내리쬐는 햇살에 환하던 시야가 어두워졌다. 다행이다, 구름이 해를 가렸나 봐. 엘레나는 슬그머니 만족스런 미소를 지었다.

그렇게 다시 잠에 빠지는 듯하던 그녀가 돌연 킁킁 코를 움직였다.

'어디 꽃이 피었나? 좋은 향기가 나네.'

어디선가 진한 향기가 바람을 타고 전해졌다. 그런데 조금 이상했다. 향기가 어딘가 모르게 익숙했다.

몇 번이고 킁킁하고 코끝을 찡그리던 엘레나는 결국 굳게 감고 있던 눈을 뜨고 말았다. 꽃의 정체가 궁금했던 것이다. 그리고 눈을 뜨자마자 엘레나는 정말로 꽃을 볼 수 있었다.

"레이……?"

엘레나에게 햇빛이 닿지 않도록 그녀 앞에 우두커니 서 있던 아드레이가 그녀를 바라보며 웃었다. 정말 꽃보다도 아름다운 미소였다.

"오늘은 만나는 날이 아닌데, 여긴 웬일이지?"

"하, 할 일이 없어서 그냥 걷다 보니까……. 그러는 레이는 여기 어쩐 일이에요?"

"나는……."

아드레이는 대답을 하려다 말고 입을 다물었다. 그는 엘레나를 만나는 날이 아니더라도 이곳에 자주 왔다. 생각을 할 게 있거나, 누구의 방해도 받지 않고 검술 수련을 하고 싶을 때면 이곳을 찾았다.

그리고 최근에는 별다른 이유 없이 발걸음 하기도 했다. 이곳에 앉아 있으면 엘레나와 보냈던 시간들이 새록새록 떠오르기도 했고, 여기서 기다리고 있으면 왠지 그녀가 나타날 것 같았기 때문이다.

"나는 그대를 기다리고 있었지."

"거짓말. 오늘은 만나는 날도 아닌데 내가 여길 왜 와요? 또 몰래 검술 수련하려고 온…… 오늘은 검이 다르네요?"

엘레나는 아드레이의 모습을 훑으며 고개를 갸우뚱했다. 언제나 아무런 장식 없는 밋밋한 검을 차고 다니던 허리춤에 처음 보는 아주 화려한 검이 달려 있었다.

"아."

아드레이는 서둘러 몸을 틀어 검을 감췄다.

평소 엘레나를 만날 일이 있으면 애검인 가이아 대신 평범한 철검을 가지고 나왔다. 하지만 오늘은 그녀를 만나게 되리라고 생각하지 못하였기 때문에 버젓이 황제의 검을 가진 채로 엘레나 앞에 섰던 것이다.

"그러고 보니 오늘 옷이 좀…… 고급스럽네요?"

엘레나의 시선이 자신의 곳곳을 뜯어보자 아드레이는 등줄기에 땀이 흐르는 것을 느꼈다. 그가 아무리 화려한 것을 싫어하는 성격이어도 대이페른 제국의 황제였다. 당연히 평소에 입는 옷은 재질은 최고급이었고 감출 수 없는 고풍스러움이 흘렀다.

"이, 이건……."

이대로 그녀에게 자신이 황제라는 것을 들킬 수는 없었다. 아직 그녀의 마음을 얻지 못한 이 상황에서 그의 정체를 들켰다간 이대로 엘레나가 달아나 버릴 수 있었다.

귀족들의 예법과 생활 방식이 답답하다던 그녀였다. 그런 사람에게 그보다 몇 배는 더 까다로운 삶을 살아야 하는 황족, 그것도 제국의 황후가 되어 달라고 할 수는 없었다.

언젠가는 자신이 황제임을 밝혀야 하지만, 지금은 아니었다. 치사하다고 해도 어쩔 수 없다.

하지만 딱히 둘러댈 말이 떠오르지 않았다. 엘레나는 그를 수습기사, 그것도 일개 남작가의 아들로 알고 있었다. 조금이라도 옷을 볼 줄 아는 사람이라면 지금 그가 입고 있는 바지만 하더라도 수습기사의 월급 1년 치를 몽땅 모아도 살 수 없는 물건이란 것을 당장 눈치챌 터였다.

"그게……."

"오늘 중요한 약속이 있나 봐요. 기사단 사람들하고 어디 놀러라도 가요?"

아드레이는 얼른 고개를 끄덕였다.

"좋겠다. 놀러도 가고."

엘레나는 웃으며 그렇게 말하곤 자리에서 훌쩍 일어났다. 자신의 복잡한 기분을 그에게 옮기고 싶지 않았다.

"여기 더 있으면 안 되나?"

"나랑…… 있고 싶어요?"

그가 순순히 고개를 끄덕였다. 두근, 한 번 크게 요동치는 자신의 심장에 엘레나는 아랫입술을 깨물었다.

"……알았어요. 대신 잠깐만이에요."

짧은 엘레나의 대답에도 아드레이는 기쁘게 웃었다. 두 사람은 햇빛을 피해 회랑 안쪽의 깊숙한 곳에 앉았다.

"무슨 일이 있나?"

아드레이가 물었다. 그녀가 이상했다. 웃지도 않고 그를 보지도 않았다. 옆에 앉아 있기는 했지만 고개를 모로 돌리고 있었다.

"엘레나."

이렇게 가까이에 있는데 그녀의 얼굴을 보지 못하는 것은 싫었다. 그가 조심스레 그녀의 고개를 자신 쪽으로 돌렸다.

"까, 깜짝이야!"

엘레나는 갑자기 닿는 그의 손길에 놀라 소리쳤지만 그렇다고 그의 손을 뿌리치거나 하지는 않았다. 대신 얼굴이 빨개져 버렸다. 그의 푸른 눈이 너무나 가까이 있어서 제대로 생각을 할 수 없었다.

"이제 나와 함께 있기도 싫은 건가?"

"그, 그런 거 아니에요!"

"한데 왜 나를 보지 않지? 그날 밤 내가 그대의 숙소를 찾아간 것이 그렇게 불쾌했다면 제대로 사과하지. 내가 경솔했다. 그대를 충분히 배려하지 못했어."

"그게 문제가 아니라…… 그, 그냥 오늘 조금 일이 있어서 그래요."

"일?"

"제 부모님에 대해서 새롭다고 해야 하나, 충격적인 이야기를 들었거든요."

아무리 '나는 진짜 엘레나가 아니니까.'라고 생각해 봤자, 마음 한구석이 이상한 것은 부정할 수 없었다.

"내 어머니는 나를 살리고 돌아가셨대요. 저처럼 치유의 능력을 가진 신관이었는데, 내가 너무 약하게 태어나 살 수 있을 것 같지 않으니 자기 생명력을 모두 나한테 줘 버린 거예요."

"생명력을 주었다?"

"치유의 힘으로 살릴 수 없는 사람에게 신관이 자신의 생명력을 넘겨줄 수 있다고 하더라고요. 나도 오늘 처음 알았는데……."

엘레나의 얼굴이 잔뜩 흐렸다.

"갑자기 내 어깨에 엄청 무거운 짐이 지워진 것 같아요. 누군가가 자기 목숨을 희생해서까지 내게 준 삶인 거잖아요. 갑자기 부담이 생겨 버렸어요."

엘레나의 몸으로 들어왔지만, 자의든 타의든 이제 그녀는 이것이 '내 삶'이라고 생각했다. 그래서 더욱 자연스럽게 거리낌 없이 엘레나로서 적응할 수 있었다.

하지만 갑자기 알게 된 엘레나의 어머니에 대한 이야기가 그런 생각의 뿌리를 흔들어 놓았다. 내가 정말 엘레나로서 삶을 살아도 될까? 내게 그럴 자격이 있을까?

"게다가 아버지가 계시대요. 아니, 사람이 아버지 없이 태어날 수는 없는 거지만요. 어쨌든 그분은 살아 계신 거니까 만나 봐야 할까요? 아니, 그냥 가만히 있는 게 나으려나? 어떻게 해야 좋을지도 모르겠고……."

정말로 횡설수설이었다. 머릿속이 정리가 되지 않으니 말도 온통 앞뒤 없이 뒤섞여 나왔다.

"엘레나."

아드레이가 그녀의 이름을 불렀다. 진한 황금색 눈동자에는 불안함마저 비쳤다.

"바뀌는 것은 아무것도 없다. 다 괜찮을 거야."

불안하게 꼼지락거리던 엘레나의 손을 그의 큰 손이 따듯하게 덮었다.

"그대는 지금까지 살아온 것처럼 앞으로도 원하는 대로 살면 되는 거다. 부친도 만나 보고 싶다면 자리를 만들면 될 것이지만, 만나지 않기로 결정한다고 해도 그대의 삶에서 달라지는 것은 아무것도 없어. 아무도 그대를 비난할 수 없다.”

“하지만…….”

“누구라도 그대에게 강요했다간, 내가 가만히 두지 않을 거다.”

아드레이가 눈썹을 모으며 강건하게 말했다. 진심이었다. 그녀를 힘들게 하는 사람이 있다면 자신이 나설 것이다.

그때, 그를 올려다보던 금안이 돌연 웃음을 터뜨렸다.

이 말이 뭐라고 금세 마음이 이렇게 가벼워지는 것일까. 누구나 쉽게 할 수 있는 말 한마디였는데 마치 아드레이가 그녀의 가슴에서 커다란 돌을 덜어 내기라도 한 것 같았다.

“아, 정말. 그런 말만 들어도 든든해지기는 하네요.”

“말만이 아니다. 진심이다. 내가 지켜 주지.”

엘레나는 호언장담하는 아드레이를 보면서 웃을 수밖에 없었다. 자기도 이제 겨우 수습 기사면서. 아직 자기 앞가림하기에도 버거운 사람이 아닌가. 하지만 엘레나는 그저 그 마음만으로도 고마웠다. 가슴 한복판이 찡했다.

단아로 살면서는 먹고살기에 급급해 세상에 홀로 서는 데에 바빠 친구다운 친구도 없었고, 연애다운 연애도 해 본 적이 없었다. 이곳에 와서는 더욱 그랬다.

그런데 어느새 그녀 옆에 이렇게 자신을 걱정해 주는 사람이 생기다니. 비록 다른 여자를 좋아하는 그였지만, 지금 이 순간만큼은 이것도 그리 나쁘지는 않다고 생각했다.

하지만 아드레이는 자꾸 웃기만 하는 엘레나를 불만스런 눈으로 봤다. 잔뜩 심각해진 얼굴로 눈썹을 모은 채 자신을 보는 아드레이의 모습에 엘레나는 더욱 크게 웃어 버렸다. 순간 짓궂은 마음이 든 그녀는 장난기 가득한 얼굴로 그에게 물었다.

"그러니까 도대체 어떻게 지켜 준다는 거…… 으앗!"

엘레나는 깜짝 놀라 눈만 깜박였다. 이게 지금 무슨 일이지? 갑자기 몸 전체로 느껴지는 그의 온기에 온몸이 굳어 버렸다.

"그대를 내 품에 이렇게 숨겨 주겠다. 아무것도 보지 않아도 되고, 듣지 않아도 되도록. 그대가 원할 때, 원하는 만큼 얼마든지. 그러니 무서워하지 않아도 된다. 엘레나 그대는 혼자가 아니야."

울컥. 그의 체온처럼 따뜻한 말에 엘레나는 결국 고개를 숙여 버렸다. 처음이었다. 누군가가 이토록 다정한 말을 해 주는 것은. 누군가가 이토록 자신에 대해 신경 써 주는 것은. 그리고 정말로 혼자가 아니었으면 좋겠다고 생각하게 된 것은.

자신을 감싼 아드레이의 단단한 팔은 진짜 세상으로부터 그녀를 지켜 줄 수 있을 것처럼 든든했다. 처음 안겨 보는 타인의 품이 너무나 편안했다. 정말로 이 안에선 아무것도 그녀를 어찌할 수 없을 것 같았다.

"나쁜 사람……."

이렇게 따뜻하기가 어디 있어. 이렇게 다정하기가 어디 있어.

"반칙이야."

처음이란 말이야. 어떤 사람이 가까이만 와도 이렇게 가슴 떨리는 건. 멀쩡히 다른 사람을 좋아하는 걸 다 알면서도 내 마음이 멋대로 커지는 건. 다른 이를 바라보는 사람 때문에 자존심이 상하면서도 또 어쩔 수 없이 웃게 되는 건.

"엘레나?"

아드레이가 자신의 품에 얼굴을 묻고 종알거리는 엘레나를 걱정스레 내려다봤다. 그에 비하면 너무나 몸집이 작아 그녀의 얼굴을 살피려면 그는 커다란 몸을 잔뜩 굽혀야 했다.

"엘레나, 지금 뭐라고…….."

툭, 투둑. 아주 작은 소리였지만, 그의 귀엔 청천벽력 같은 소리가 들렸다.

"우, 울지 마라."

엘레나의 커다란 눈에 가득 고인 눈물이 흰 뺨을 타고 내려와 그녀를 아직 품에 안고 있는 그의 옷 위로 툭툭 떨어져 내렸다.

"어째서…… 어째서 우는 거지?"

아드레이의 머릿속이 새하얗게 변해 버렸다. 그녀의 눈가를 잔뜩 적신 눈물이 넘쳐흐를 때마다 그의 마음도 함께 무너져 내렸다.

"내가 뭔가 실수를 했나? 그래서 이리…… 울지 마라. 그만, 그만."

도대체 자신이 한 어떤 말 때문에 그녀가 이렇게 우는 것인지 생각을 해 보려 했지만, 엘레나의 눈물을 본 순간 멈춰 버린 그의 머리는 아무 짝에도 쓸모가 없었다. 잔뜩 당황한 아드레이가 눈물을 닦아 주려 엘레나의 볼을 손에 담았다.

"흐읍."

하지만 그의 행동은 그녀의 얼굴에서 눈물을 닦아 주기는커녕, 순식간에 눈물 두세 방울을 더 떨구게 해 버렸다.

"에, 엘레나…….."

"흑, 나빴어…… 진짜, 나빴다고요."

"그래, 내가 다 잘못했다. 내가 나쁘다…….."

자신이 뭘 잘못했는지도 모르지만, 아드레이는 계속해서 사과했다. 한참 뒤, 엘레나의 눈에서 더 이상 눈물이 나지 않을 때까지.

조금 진정한 엘레나가 훌쩍훌쩍하며 흰 신관복 소매로 자신의 눈을 마저 닦아 내자, 아드레이는 그제야 조금 숨을 쉴 수 있었다. 어느새 그녀 앞에 무릎을 꿇고 있던 그가 두 손으로 다리 위를 짚고 큰 한숨을 내쉬었다.

"후우."

너른 어깨를 들썩이며 숨을 내쉬는 그의 옆에서 엘레나는 퉁퉁 부은 게 느껴지는 눈가와 코밑을 슬쩍 정리했다.

"킁."

울었더니 속이 다 후련하네. 남 앞에서 이렇게 울어 본 적이 있었던가. 언제나 사람들 앞에선 참고 참다가 혼자가 되어서야 쌓였던 눈물을 쏟았던 그녀였다. 아드레이와는 자꾸만 처음 하는 일이 생기는 것이 참 신기하기도 했다.

"잘생기면 다지, 아주. 잘생기면 다야."

그러고는 슬쩍 고개 숙인 아드레이의 옆모습을 봤다. 하긴, 저 정도 잘생기면 다인 게 맞다. 뭘 더 바래. 다른 것쯤은 모두 용서가 가능한 극강 미모이니 말이다. 아무래도 자신은 저 미모에 홀린 게 틀림없었다.

이왕 이렇게 된 것, 엘레나는 마침내 인정하기로 했다. 자신이 이 아드레이 폰 로만이란 수습 기사에게 꽂혔고 이미 그를 좋아하게 되었다는 것을.

솔직히 엘레나 자신도 스스로가 잘 이해가 가진 않았다. 자신이 좋다는 메이나드와 르니에가 있는데, 왜 하필이면 자신에겐 관심도 없는 이 남자를 좋아하게 된 걸까.

그래서 그동안 이 황당한 상황을 받아들이지 않으려고 모른 척, 아닌 척했지만, 이젠 그러기도 지쳐 버렸다.

"하아……."

한참 우는 바람에 갑자기 피곤해지고 온몸에 진이 빠진 엘레나는 아까의 아드레이처럼 큰 한숨을 쉬었다.

"기분은 조금 나아졌나?"

"나아 보여요?"

"후련해하는 것같이 보인다."

은근히 예리한 구석이 있네. 엘레나는 그렇게 생각하면서도 입을 삐죽였다. 다른 문제엔 이렇게 눈치가 빠르면서.

그때 겨우 팔 하나 거리가 떨어져 있는 두 사람 사이를 시원한 바람이 쏴아아 하며 훑듯 지나갔다. 유독 차가운 공기에 몸이 절로 바르르 떨렸지만, 그 순간에도 엘레나는 아드레이를 바라보았다.

바람이 불어오는 방향을 바라보고 있는 그의 눈썹 위에서 앞으로 흘러내린 앞머리가 흔들흔들 춤을 췄다.

우습게도 그 살랑이는 움직임이 그녀의 마음을 온통 흔들어 놓았다. 그의 머리칼이 마치 심장을 간질이는 것 같았다.

가슴속 깊숙이에서 뭔가가 간질간질하며 심장을 괴롭혔다. 순간적으로 참을 수 없을 만큼 혼자서 제멋대로 날뛰어 버렸다. 그래서 그 일이 벌어지고야 말았다.

"레이."

"음?"

그녀의 부름에 아드레이가 고개를 돌려 엘레나를 바라봤다.

"엘레나?"

그녀에게서 무언가 심상치 않은 기운을 감지한 아드레이가 고개를 갸웃했다. 그 푸른 눈동자에 걱정하는 기운을 또다시 담뿍 담고서.

그래서 결국 그 말이 입술 사이를 비집고 밖으로 나와 버렸다.

"좋아해요."

그 말을 내뱉은 순간, 엘레나는 자신이 무슨 일을 저질렀는지 깨달아 버렸다. 하지만 놀랐을지언정 물러서지는 않았다. 자신의 솔직한 마음이었다.

"……뭐라고?"

생각보다 엄청 놀라네. 굳어진 그의 얼굴에 '어, 괜히 말한 건가.' 하는 생각이 잠시 엘레나의 머리에 스쳤다. 지금이라도 아닌 척, 농담인 척하면 넘어갈 수는 있을 텐데.

하지만 그의 놀라는 모습을 보니 왠지 모를 고집이 생겼다.

"좋아한다고요."

설마 내가 잘못 들었겠지. 그런 식의 생각을 하고 있는 게 틀림없는 아드레이의 귀에 엘레나가 못을 쾅 하고 박아 버렸다.

"레이는 따로 좋아하는 여자가 있다는 거 알아요. 그래서 나도 다른 사람 좋아하려고 노력해 봤는데, 역시 안 되는 것 같아요. 그냥 나는 레이 좋아하려고요."

"그, 그……."

"혹시 부담스러우면 지금 말해요. 요즘 내 마음이 마음대로 되지 않아서 가능할지는 모르겠지만, 그래도 정 싫다면 나도 레이 좋아하지 않도록 노력해 볼 테니까. 아니, 적어도 표현하지 않도록 할 테니까요."

겉으론 태연한 척했지만 엘레나는 사실 조마조마했다. 당장이라도 아드레이의 입에서 '조금 부담스럽군. 그런 마음은 접어 주었으면 좋겠는데.'라는 말이 나올 것 같았다. 하지만 다행히도 그런 일은 일어나지 않았다.

그의 군청색 눈은 지진이라도 난 것처럼 마구 흔들리면서도 계속해서 엘레나를 뚫어져라 바라봤다. 엘레나는 그 시선에 얼굴이 조금 붉어져 버렸다.

"그럼 아무 이견 없는 걸로 알고, 난 이만 가 볼게요. 나, 나중에 봐요."

벌떡, 큰 바람을 일으키며 자리에서 일어난 엘레나는 그대로 쭉 회랑을 따라 걸어가 버렸다. 새벽의 궁으로 가는 길과는 반대 방향이었지만, 빠른 걸음으로 멀어지는 엘레나도 그 뒷모습을 멍하니 바라보고 있는 아드레이도 깨닫지 못했다.

후우웅.

조금 전과 같이 또 한차례 바람이 불었다. 차가운 기운이 얼굴을 때리자 아드레이는 가까스로 정신을 차렸다.

끔벅끔벅, 두 차례 눈을 크게 끔벅인 그의 얼굴이 딱 하고 손가락을 튕길 만큼 짧은 순간 확 달아올랐다. 화르르 소리라도 날 듯 목 밑에서 시작된 붉은 기가 얼굴을 지나 귀 끝까지 순식간에 물들여 버렸다.

"나, 나를……."

소리 없이 올라온 아드레이의 손 하나가 자신의 입을 가렸다.

"나를 좋아한다고……."

19장

19장

베르너 후작가의 문양을 단 마차가 새벽의 궁 앞에 섰다.

황궁 문을 들어설 때 황궁 경비대가 모든 마차를 살피며 그 안에 탄 사람의 신원을 확인하지만, 새벽의 궁은 바크란 1세의 유일한 혈족인 리바이 공작이 살고 있는 곳으로 경비가 한층 더 철저했다. 새벽의 궁 문 앞을 지키던 기사가 다가와 마차 문을 열며 안에 탄 사람을 확인했다.

"베르너 후작님, 어서 오십시오."

그리고 르니에의 얼굴을 본 기사는 깍듯이 인사하며 한 발 뒤로 물러섰다.

"오랜만입니다."

새벽의 궁에 자주 출입하던 르니에도 기사를 보고 반갑게 알은체를 했다.

"오늘도 신관님을 보러 오신 겁니까? 아니면 공작 전하의 병문안을?"

"병문안? 티토가 또 발작이라도 일으켰습니까?"

막 마차에서 내리던 르니에는 기사의 말에 심각해져 물었다.

"아, 아뇨. 이번에는 단순한 감기입니다. 발작을 일으키지 않으신 지는 이미 한참입니다. 요즘엔 검술 수업도 받으시고 심지어 저희들과 이야기도 나누십니다."

"그래요? 티토가요?"

"예. 얼마 전에 보니 어네스 경의 동생분들과 함께 수업을 받으시는 것 같던데, 정말 몰라보게 좋아지셨습니다."

"호오, 그것 참 다행이네요."

"정말 그렇습니다."

르니에가 이름도 모르는 이 새벽의 궁 기사는 마치 자신의 어린 동생의 일이라도 되는 듯 진심으로 기뻐하고 있었다.

티토의 심한 낯가림 덕에 몇몇 기사들은 벌써 몇 년째 이곳에서만 근무하고 있었다. 궁에 상주하는 호위 인원의 변화를 최소화해 왔기 때문이다.

겁 많고 유약하던 작은 아이가 쑥쑥 자라서 조금씩 두려움을 극복하는 모습을 보는 것이 기사들에게 기쁨을 주고 있었다.

"요즘 같아선 전의 그런 모습을 상상도 할 수 없으니, 잘된 일이지요."

"그런데 엘레나 신관이 자리를 비웠습니까? 감기 정도는 가볍게 치유가 가능할 텐데요."

엘레나가 바로 옆에 붙어 있는데 티토가 병문안까지 받아야 할 정도로 호되게 감기를 앓고 있다는 게 이해가 되지 않았다.

"아! 엘레나 님은 잠시 자리를 비우셨습니다만, 그건 티토 님의 의견이셨습니다. 감기 같은 병은 스스로 싸워 이겨 내야 하신다면서……."

"으음…… 티토답지 않은 말이네요."

"그렇죠? 하하!"

르니에는 호탕하게 웃는 기사에게 가볍게 인사를 하고 새벽의 궁으로 들어갔다.

"아 참, 물어보는 걸 깜박했네."

엘레나의 목적지가 어디인지 기사에게 물어보려고 했던 그는 지금이라도 돌아가 물어볼까 잠시 고민을 하다가 이내 웃으며 엘레나의 방 쪽으로 걸었다. 연회 준비로 그녀를 보지 못했던 시간이 너무나 길었다.

이번 연회는 하나부터 열까지 그의 손길이 닿지 않은 것이 없었다. 연회에 참석한 손님들에게 대접될 음식부터, 연주될 음악 하나까지도.

그야말로 매우 특별한 연회였다. 물론 대외적인 이유는 몇 년 동안 아발론을 떠나 있던 전 베르너 후작이 다시 수도를 방문한 것을 환영하는 중요한 자리라는 것이다.

하지만 르니에의 입장에선 조금 더 개인적인 이유가 더해졌다. 그 이유는 물론 엘레나였다.

엘레나에게 베르너 후작가의 진위를 제대로 보여 주고 싶었다. 또한 베르너 후작이란 지위가 어떤 의미를 지니고 있는지도.

"연회가 지나면 다들 알게 되겠지."

엘레나가 그의 여인이란 사실을 말이다.

베르너 후작가가 작심을 하고 여는 연회에 오지 않는 인물은 아발론에서 중요한 인물일 수 없다. 그러니 다들 자신이 가지고 있는 가장 근사한 옷을 입고, 가장 좋은 마차를 타고 연회에 행차하리라.

그렇게 모인 사람들은 말 그대로 이 제국을 움직이는 사람들. 그들 앞에서 르니에는 엘레나를 보란 듯 소개할 생각이었다. 자신의 여인으로, 미래의 베르너 후작 부인으로.

그러고 나면 엘레나와 메이나드 사이에 떠도는 얼토당토않은 소문도 모두 사라질 것이라 믿었다.

메이나드는 이번 연회에 참석하지 못할 예정이었다.

물론 어네스가엔 인원 제한 없이 연회에 참석할 수 있는 특별한 초대장이 전달되었다. 하지만 돌아온 답신은 어네스가의 참석 인원을 백작 부부와 어린 쌍둥이 아들들로 명시했다. 또한 애석하게도 장남인 어네스 경은 그날 기사단 당직 업무로 인해 참석이 어렵다는 이야기가 함께 담겨 있었다.

그가 엘레나를 자신의 여인으로 모두에게 각인시키고 있을 동안, 그의 친우는 아마 혼자 기사단 건물의 번이나 서고 있을 것이다. 그 생각을 떠올리자 르니에의 얼굴에 미소가 흘렀다.

"안녕하십니까, 베르너 후작님."

르니에가 막 엘레나의 방문 근처에 다다랐을 때쯤, 열심히 근처의 바닥을 쓸고 있던 새벽의 궁 하녀가 그를 알아보고 인사를 했다. 이제는 그가 이곳에 있는 것이 익숙한 듯 놀라는 기색도 없었다.

"혹 엘레나 님이 방에 계시나?"

르니에의 질문에 하녀는 허리를 더욱 깊숙이 숙이며 대답했다.

"아닙니다. 아침 일찍 아발론 신전에 가셨어요. 한데 이미 마차는 돌아온 것으로 보아, 아마 잠시 개인적인 용무로 자리를 비우신 듯합니다. 금방 돌아오시겠지요."

"그렇군."

르니에는 하녀에게 하던 일을 마저 하란 뜻으로 고개를 끄덕이고는 그녀를 지나쳤다.

"한번 기다려 볼까."

원래 그는, 르니에 폰 베르너 후작은 기다림과는 상당히 거리가 먼 사람이었다. 누군가를 기다리면서 보내는 시간은 하릴없이 낭비되는 것이라는 생각이 짙었고, 무엇보다 베르너 후작을 기다리게 할 사람은 없었기 때문이다.

하지만 엘레나에 관한 모든 것이 그렇듯, 그녀를 기다리는 시간은 예외적이었다. 그녀에게 편지와 연회 초대장을 보내고 답신을 기다리던 때부터 처음으로 기다림이 달콤하다는 것을 알았다.

"베르너 후작님?"

낯선 목소리가 그를 불렀다. 르니에가 창밖에서 불어오는 뜨거운 바람에 긴 셔츠 소매를 풀어 걷어 올리고 있을 때였다.

"아…… 프란시스 남작 영애."

기억의 끄트머리에서 로잘린느의 이름을 겨우 끄집어낸 르니에가 어색한 공백을 눈부신 미소로 감추며 인사했다.

"오랜만에 뵙습니다."

로잘린느의 존재를 기억해 내려 꽤 고생한 르니에와는 달리 그녀는 퍽이나 그가 반가운 눈치였다. 복도를 따라 그에게로 오는 발걸음이 빠르고 요란했다.

그 몸짓은 어린아이의 작은 뜀박질처럼 경쾌한 엘레나의 것과는 매우 달랐다. 아무리 급해도 뛰어서는 안 되는 귀족 예법을 지키려다 보니 오히려 더 경박해지는 아이러니였다.

'이젠 별걸 다 비교하게 되는군.'

최근 무엇이든 엘레나와 비교하는 스스로에 대한 조롱이었다. 남녀 가릴 것 없었다. 목소리, 미소, 그리고 말투. 일상에서 접하는 거의 모든 것들이 그의 머릿속에 엘레나를 떠올리게 했다.

"여긴 어찌 오셨어요, 르니에 님."

지난번보다 지나치게 편해진 호칭에 르니에의 오른쪽 눈썹이 작게 꿈틀했다.

"엘레나 신관을 보러 온 참입니다."

"아……."

그가 새벽의 궁을 방문한 이유가 엘레나라는 것은 현관을 지키던 기사나 바닥을 쓸던 하녀에게도 당연한 일일진대 로잘린느만큼은 진심으로 실망한 듯 보였다. 마치 르니에가 자신을 보러 온 것이 아니라는 사실을 믿을 수 없다는 듯이.

"그녀는 지금 자리를 비우……."

"알고 있습니다. 이곳에서 기다릴 예정입니다만."

"기다리신다니요?"

로잘린느는 눈을 동그랗게 뜨고 되물었다. 한쪽 손으로 입을 가리고 말꼬리를 과하게 올리는 것이 비록 조금 가식적이긴 했지만, 르니에는 그녀를 탓할 순 없었다.

베르너 후작이 누군가를, 그것도 일개 신관에 지나지 않은 여자를 기다린다는 것은 그리 쉽게 받아들일 수 있는 사실이 아니었으니.

"잠시 개인적인 용무를 보러 나간 것 같다고 들었으니 조금 기다리다 보면 돌아오겠지요."

"하지만…… 엘레나 신관은 도대체 무슨 생각인 건지. 르니에 님께서 오실 것을 알고도 자리를 비운 건가요?"

아직 르니에는 아무런 대답도 하지 않았건만. 로잘린느의 목소리는 이미 격앙되었다.

"아닙니다. 오늘은 제가 약속도 없이 일방적으로 찾아온 겁니다. 그러니 어느 정도의 기다림은 제 몫이죠. 신경 쓰지 마십시오."

"그래도 그렇지……."

르니에의 타당한 설명에도 로잘린느는 아무도 없는 엘레나의 방을 흘겨보는 것을 멈추지 않았다.

"르니에 님, 그러지 마시고 제 방으로 오셔서 차라도 한잔하시는 것은 어떨까요?"

"남작 영애의 방에서 차라……."

"후작께서 이렇게 복도 한복판에서 엘레나 신관을 기다리시는 것은 얼토당토않습니다. 얼마를 기다리셔야 할지도 모르는데 이곳은 앉을 곳도 없고……."

사실 르니에는 이곳에서 바라보는 새벽의 궁 정원의 모습이 꽤 훌륭하다고 생각하던 차였다. 얼마간 이대로 서서 시간의 흐름에 따라 변하는 풍경을 지켜보는 것도 좋겠다고.

게다가 겨우 몇 시간 서 있는다고 다리가 아프지는 않았다. 전장에 출전한 경험은 없지만, 르니에는 뛰어난 검사였다.

하지만 로잘린느는 그를 마치 깨지기 쉬운 유리잔 보듯 했다.

아니, 유리잔이 아니라 보석 잔쯤 될 것이다. 누군가에게 되팔지 않아도, 가지고 있는 것만으로도 엄청난 신분 상승을 할 수 있는 그런 보석 잔. 그동안 그에게 접근해 온 무수히 많은 여인들처럼.

"괜찮습니다."

그래서 로잘린느는 르니에에게 큰 감명을 주지 않았다. 그는 냉정하리만치 깔끔하게 로잘린느의 용기 있는 초대를 거절했다. 하지만 예의 바른 미소를 지우지는 않았다.

누구나 아름다운 것을 보면 탐낼 수 있었다. 색에 취해, 향기에 이끌려 그 주위를 맴돌게 되는 것이다. 르니에는 그 자연스러운 마음을 비난할 생각은 없었다.

"하지만……."

그러나 포기해야 할 때를 모르고 계속해서 귀찮게 군다면 이야기가 달라진다. 그건 바로 벌이 파리가 되는 순간이었다.

"정말 괜찮습니다, 영애. 영애의 그 고운 마음씨만은 감사히 받지요."

"그렇……습니까. 그러시면 응접실에라도 가 계시지요. 손님을 이렇게 세워 둘 수는 없는 일……."

"리바이 공작은 제가 여기 서서 엘레나 신관님을 기다리는 것을 조금도 개의치 않을 거라고 생각합니다."

르니에의 말에 로잘린느의 얼굴이 하얀 석고처럼 굳어 버렸다. 그를 '손님'이라고 지칭할 수 있는 것은 이 궁의 주인인 티토뿐이었다. 일리야나 이곳의 사용인들은 그를 손님으로 대접할 수는 있지만 그게 전부였다.

누군가를 정말 손님이라고 지칭하며 그에 대한 권리를 행사할 수 있는 것은 티토가 유일했다. 르니에는 로잘린느에게 자신의 행동을 유도할 권리가 없음을 매우 명확히 꼬집은 것이다.

"그, 그렇겠지요. 제가 잠시 실례를……."

"르니에 님?"

점점 로잘린느와의 대화가 지루해지던 차에, 르니에가 기다리고 기다리던 목소리가 뒤편에서 들려왔다. 놀란 듯한 청명한 목소리에 그는 뒤를 돌아보기도 전에 이미 웃음을 머금었다.

"엘레나 님, 오셨습니까."

"여긴 어쩐 일로……."

다시 깍듯한 존대를 사용하는 르니에를 매우 경계하며 엘레나가 물었다. 마지막으로 그가 그녀의 방을 이렇듯 갑자기 찾아왔을 때, 르니에는 매우 위험해졌었다.

"보고 싶어서요."

흠칫, 두 여자의 어깨가 크게 움찔했다.

"보고 싶어서 이렇게 찾아왔습니다. 드릴 말씀도 있고 전해 드릴 것도 있는데. 나머지는 엘레나 님의 방에 들어가서 하면 안 되겠습니까?"

"바, 방에서요?"

"예. 엘레나 님과 저, 단둘이서."

로잘린느를 등지고 그렇게 말하는 르니에의 눈이 무섭게 빛났다.

"저기, 그건⋯⋯."

또 르니에와 닫힌 방 안에 단둘이 있는 건 좀 거시기 한데. 지난번처럼 갑자기 부담스러울 정도로 가까이 다가온다거나 반말을 찍찍 하는 '블랙 르니에'가 된다거나 할 가능성이 다분했다. 하지만.

'그렇다고 로잘린느가 보는 앞에서 이야기를 나눌 수도 없고.'

사실 르니에가 제 발로 찾아와 준 것이 고마울 정도로 엘레나는 그에게 할 말이 많았다.

조금 전 아드레이와 헤어지고 난 다음 가장 먼저 했던 생각이었다. 르니에와 메이나드를 만나 예의를 갖춰 그들의 마음을 거절할 것.

책 속에서 로잘린느가 그랬던 것처럼, 마음을 정하지 못하고 그들을 괴롭힐 생각은 손톱만큼도 없었다. 따로 그들을 찾아가 얼굴을 보고 제대로 자신의 생각과 결정을 전달할 생각이었다.

하지만 그런 일을 복도에서 할 수는 없는 일이었다. 일국의 후작인 르니에의 사회적 체면을 위해서라면 더더욱.

어차피 대화는 그리 길지 않을 테니 그렇다면⋯⋯.

"그래요. 안으로 들어가서 이야기하죠."

엘레나가 자신을 순순히 안으로 들여보내 주자 르니에는 의외라는 듯 눈썹을 치켜세우면서도 기쁜 기색을 감추지 않았다. 그 얼굴은 언뜻 순수해 보이기까지 했다.

"프란시스 영애, 혹시 제게 하실 말씀이라도 있으세요?"

르니에게 자신의 방문을 열어 주며 엘레나가 아직 뒤편에 서 있는 로잘린느에게 물었다.

"그, 그런 건 없지만."

로잘린느는 금방이라도 몸을 돌릴 것처럼 움찔거리다가도 엘레나와 그 옆에 서 있는 르니에를 바라보며 발을 떼지 못했다.

"무슨 문제라도 있습니까?"

결국 르니에가 엘레나의 방 안으로 들어섰던 발을 한 보 뒤로 물리고 물었다. 여전히 웃는 얼굴이었지만, 엘레나는 그 목소리에서 은근한 짜증을 읽을 수 있었다.

"저어, 엘레나 신관의 방 안에서 단둘이 시간을 보내는 것은 적절치 않습니다."

"적절치 않다?"

아, 이런. 엘레나는 티 나지 않게 눈을 한 번 굴렸다. 르니에가 정말로 짜증이 나 버렸다. 아무래도 로잘린느가 좋은 소리를 듣지 못하고 이 대화가 마무리될 것 같았다. 지금이라도 말려 볼까.

"미혼의 남녀가 사적인 공간에서 둘만 시간을 보내는 것은, 여러모로 후작님의 평판에 나쁜 영향을 줄 수 있……."

"어째서 나쁜 영향을 줄 거라고 생각하십니까, 프란시스 영애?"

"그, 그거야 당연히…… 당연히 두 사람 사이에 건전하지 못한 소문이라도 나면……."

"그럼 저야 다행인 것을요."

"……예?"

그동안 르니에의 앞에선 언제나 온화하고 아름다운 미소를 잃지 않았던 로잘린느가 가늘고 맵시 좋은 눈썹을 찌푸리며 반문했다.

"건전하지 못한 소문이라고 하시면, 예를 들어……."

르니에의 푸른 눈이 잠시 엘레나에게 머물렀다.

"제가 엘레나 신관의 숙소를 찾아와 함께 뜨거운 시간을 보냈다더라, 뭐 이런 소문 말입니까?"

"후, 후작 각하!"

거의 비명 같은 목소리가 로잘린느에게서 터져 나왔다. 잔뜩 붉어진 얼굴은 마치 자신이 희롱이라도 당한 듯 불쾌해 보였다.

"만약 이 방을 다시 나서는 제 옷차림이 잔뜩 흐트러져 있다면 불에 기름을 붓는 격이 되겠군요. 그것을 우연히 목격한 새벽의 궁 하녀가 말을 퍼뜨리기 시작할 테지요."

꽤 좋은 생각이었다. 르니에는 진지하게 그런 상황을 연출해 볼까 즐거운 고민을 하며 다음 말을 이어 갔다.

"그, 그렇습니다! 베르너 후작님께 그런 추문은 어울리지 않……."

"그런 소문이 더 잘 어울리는 사람이 이 아발론에 저 말고 또 있겠습니까?"

로잘린느는 아무 말도 하지 못했다. 아발론의, 아니 이페른 제국의 귀족들 중 가장 바람둥이로 유명한 것이 바로 베르너 후작이었다.

그러니 르니에의 말이 맞았다. 독신인 여신관의 숙소에서 흐트러진 옷차림으로 나오는 것이 목격되는 일이 그만큼 어울리는 사람은 또 없었다.

"그러니 괜한 걱정 않으셔도 됩니다, 남작 영애."

"하지만 저는 르니에 님을 위해서……!"

"저를 위한 걱정을 해 주실 만한 사이였습니까, 우리가?"

르니에의 차가운 말에 로잘린느는 마치 머리 위에 커다란 바위라도 떨어진 듯한 표정을 지었다.

"여기 계신 엘레나 신관님이라면 또 모를까."

마침내 대화의 불이 엘레나에게까지 번졌다.

"게다가 그런 소문이 퍼져 준다면 오히려 제게는 도움이 될 것 같습니다만. 그럼 엘레나 신관님이 제 여인인 것을 모두가 알게 될 것이 아닙니까."

르니에는 그런 말을 하며 보란 듯이 엘레나의 어깨에 손을 얹는 것도 잊지 않았다.

"그, 그런……."

두 사람의 사이에 이미 그런 진전이 있었다니. 로잘린느는 주먹을 꽉 쥐었다. 그리고 르니에의 옆에 선 엘레나를 노려봤다.

'주제도 모르는 저 천한 평민 신관이 베르너 후작님을 꾀어낸 게 틀림없어. 밤에 도대체 어떤 재주를 부렸기에 만인의 연인으로 유명한 후작님께서 꼼짝없이 넘어가신 거지?'

그렇지 않고서야 내밀 것이라고는 알량한 신성력뿐인 한낱 신관에게 베르너 후작이 저렇게 푹 빠질 수는 없다는 계산이었다. 몸을 함부로 굴리는 평민 계집이 내세울 것이라고는 그런 것뿐일 테니 말이다.

"하아……."

엘레나는 따로 설명을 듣지 않아도 로잘린느의 생각을 알 것 같아 퍼지게 한숨을 쉬었다. 말풍선이 둥둥 떠 있는 듯한 노골적인 표정이었다.

"……일단 방으로 들어가죠."

더 이상 이렇게 내버려 둬서는 안 되겠다.

"그러죠."

르니에는 기다렸다는 듯 먼저 그녀의 방으로 들어가 버렸다.

꾸벅. 엘레나도 로잘린느에게 한 번 인사를 하고는 그 뒤를 따랐다. 등 뒤의 문을 꽉 닫는 것도 잊지 않았다.

"지난번하고 바뀐 게 없네, 이 방은. 네가 하나도 변하지 않은 것처럼."

둘만 남겨지니 바로 또 반말이다. 빙글 웃으며 그녀의 허락도 구하지 않고 침대에 털썩 걸터앉아 버리는 르니에를 향해 엘레나도 불만 어린 속마음을 그대로 드러내며 말했다.

"왜 짜증을 내고 그래요?"

"짜증? 짜증 낸 적 없는데."

"방금 냈잖아요. 밖에서, 프란시스 영애에게요."

"아아, 귀찮게 구니까."

갑자기 열 살짜리로 퇴화한 듯 르니에는 느릿느릿하게 투정을 부렸다.

"내가 널 다시 만날 날을 얼마나 기다렸는데. 자꾸 주제를 파악하지 못하고 귀찮게 굴잖아."

"방금 한 그 말들을 고대로 믿고 진짜 이상한 말 하고 다니면 어쩌려고요?"

"믿으면 나야 좋지."

"하아, 진짜……."

르니에를 한 마디로 정의하자면 '막무가내'였다. 도대체 저런 성격이 어디 숨어 있다가 나왔는지는 모르겠지만, 평소의 그 웃는 얼굴은 저런 그의 본모습을 가리기 위한 수단이었으리라.

"지난번의 내 제안, 생각해 봤나?"

은근하게 웃으며 손바닥으로 엘레나의 침구를 쓸어 보던 르니에가 한쪽 다리를 꼬며 물었다.

"제안이요?"

"잊고 있었던 척을 할 생각인가?"

"잊고 있었던 척이라니. 제안은 무슨 제안을 했다고……."

그때, 르니에가 했던 말이 번쩍 떠올랐다.

─완전히 내 소유로, 나만 널 가질 수 있는 방법. 난 너와 혼인할 거다.

그리고 이런 말도 했었다.

─꼭 널 내 것으로 만들 테니까.

그래, 그런 말을 했었지. 엘레나는 으음 하고 앓는 소리를 냈다.

그때 그 자리에서 더욱 확실하게 거절을 했었어야 했는데 너무 당황하고 어이가 없어서 제대로 거절을 하지 못했다. 아니, 더 솔직해지자면, 그때까지만 해도 아드레이에 대한 자신의 마음을 어떻게든 르니에나 메이나드를 향해 돌려 볼 수 있을 거라고 생각했다.

하지만 이제 알았다. 그녀가 좋아하는 사람은 아드레이 폰 로만이라는 말단 수습 기사라, 더 이상 다른 사람을 좋아하려고 노력해 봤자 소용없다는 것을. 게다가 노력이 필요한 애정이 진짜일 리 없었다.

물론 아드레이는 다른 여자를 좋아하고 있고, 그것만 생각하면 저절로 발끝이 바닥에 끌리고 하늘이 무너져라 한숨이 나오지만 일단 그것은 자신이 해결해야 할 문제였다.

지금 이 순간, 르니에와 메이나드에게 제대로 설명을 해야 할 의무가 그녀에겐 있었다.

"저기, 베르너 후작님."

"그게 아닐 텐데."

르니에가 까딱, 고개를 옆으로 누이며 그녀를 향해 말했다.

"……르니에 님."

"응, 말해."

"저기, 그게······."

막상 마음은 먹었지만 쉽게 말이 떨어지지 않는다. 전생과 현생 통틀어 한 번도 누군가의 고백을 받아 본 적이 없고, 그 마음을 거절해 본 적도 없었다. 드라마에서 여자주인공들은 잘만 하던데.

"내가 보고 싶었나?"

"아, 아뇨. 그런 게 아니고."

"정말?"

"따, 딱히요."

"······그건 좀 섭섭한데."

난 네가 무척이나 보고 싶었다고. 눈꼬리를 아래로 내리며 르니에는 그렇게 덧붙였다.

"매일 눈코 뜰 새 없이 바쁜데도 새벽의 궁에 방문할 시간을 내어 보려고 내가 얼마나 노력했는지 알아? 물론 실패하긴 했지만."

도저히 말할 수가 없어! 엘레나는 머리카락이라도 쥐어뜯고 싶은 강한 충동을 느꼈다. 저런 얼굴을 보고 '나 다른 사람이 좋아요.'라고 어떻게 말하란 말인가.

그동안 숱하게 봐 왔던 인기 많은 여자주인공들은 죄다 사람이 아닌 게 분명했다. 그렇지 않고서야 사람 면전에서 그렇게 잔인한 말을 할 수 있겠어.

"무슨 생각을 그렇게 해?"

"앗!"

르니에의 목소리에 땅바닥을 보고 있던 엘레나가 고개를 들었을 때, 그녀는 본능적으로 소리치며 뒤로 주춤 물러났다. 그의 얼굴이 눈동자가 들여다보일 정도로 가까이 다가와 있었기 때문이다.

"아아, 아쉽네."

르니에가 피식 웃으며 그렇게 말했다. 동시에 엘레나의 눈초리가 샐쭉하게 올라갔다.

"지금 키스하려고 그랬죠! 내가 계속 멍하니 있었으면!"

그게 아니면 고개는 왜 그렇게 꺾었던 건데! 자신을 향한 손가락질에 르니에가 눈을 동그랗게 떴다. 분명 아니라고 발뺌할 생각이겠지.

"어떻게 알았어?"

"뭐, 뭐라고요?"

"내가 키스하려고 했던 거, 어떻게 알았냐고."

왠지 모르게 그런 직감이 들었던 것인데, 아무래도 뒷걸음질 치다 쥐를 잡았던 모양이었다.

"그, 그거야 당연히 딱 보면……."

"딱 보면?"

"딱 보면 키스하려는 자세인 게 뻔하잖아요."

"어떻게 뻔한 거지?"

"그야, 그 틀어진 목의 각도나…… 아니, 척 보면 척이지! 그런 거 한두 번 보나!"

막상 말로 설명하려니 민망해서 엘레나가 얼굴을 붉히며 버럭 목소리를 높였다.

"한두 번 보냐고?"

"남자가 키스하려는 모습이 뭐, 그게 그거지! 나도 많이 봤다고요!"

텔레비전에서! 뒷말은 삼킨 엘레나는 당당하게 고개를 치켜들었다. 그리고 눈앞에서 장난기 넘치던 르니에의 예쁜 얼굴이 오싹할 정도로 싸늘해지는 것을 목격해 버렸다.

"누구지?"

"……뭐, 뭐가요?"

"남성이 여성에게 입을 맞추려 하는 의도를 한눈에 알아차릴 정도로, 너에게 지속적으로 입을 맞춘 그 사람이?"

"아, 알면 뭐 하게요."

엘레나의 질문에 르니에가 즉각적으로 대답했다.

"알고 싶지 않을 거야."

그의 목소리에 깃든 어둡고 습한 기운에 정말 그게 낫겠다는 생각이 절로 들었다.

"뭔가 오해가 있는 것 같은데요. 내가 익숙하다고 한 건……."

"아니, 상관없다."

누군지 당장 말하라고 할 때는 언제고. 르니에는 그새 태도를 바꿨다.

"어차피 이번 연회가 지나면 너의 과거 남자들은 모두 무의미해질 테니."

"무의미해진다구요?"

반문하는 엘레나 앞으로 고급스런 황금색의 봉투가 내밀어졌다.

"초대장이다. 며칠 뒤 베르너 후작가에서 주최하는 대연회가 열릴 거야."

"뭐가 얼마나 크길래……."

베르너 후작가가 워낙 연회를 떠들썩하게 한다는 것은 그녀도 익히 알고 있는 사실이었다. 그런데 그 앞에 '대' 자까지 붙다니. 굉장히 의미심장했다.

"근 10년간 베르너 후작가의 이름을 단 연회 중 가장 성대하고 가장 볼거리가 많을 예정이지."

"10년……."

엘레나는 자기도 모르게 침을 꿀꺽했다. 씨익 하고 웃는 르니에에게서 느껴지는 자신감에 압도된 기분이었다.

"그리고 가장 특별할 거야."

르니에가 손수 초대장의 밀봉을 뜯어 엘레나 앞에 내밀며 말했다.

"가면…… 축제?"

엘레나는 가면에 대해 무지했다. 그녀가 알고 있는 가면은 매우 제한적이었다. 기껏해야 토속적인 각시탈과 하회탈, 그리고 ≪오페라의 유령≫에 나왔던 반쪽짜리 흰 가면뿐이었다. 그런 것들을 머릿속에 떠올리고 있자, 축제에 가고 싶은 생각보단 조금 무섭다는 생각이 들었다.

"얼굴을…… 다 가리고 놀아요? 굳이 왜?"

평소에 얼굴을 드러내고는 못할 짓을 하고자 하는 것이 아니라면, 굳이 연회를 즐기는 데에 가면이 필요한 이유가 뭘까.

엘레나의 얼굴에 속속들이 드러나는 감정에 르니에는 피식 웃고야 말았다. 정말로 감정을 감추는 데에는 자질이 조금도 없는 여자였다.

"한마디로 설명하긴 어렵지만…… 가면을 쓰는 순간 너도 알게 될 거다."

참 애매모호하기 그지없는 답이었다. 하지만 동시에 엘레나는 일말의 호기심이 솟는 것을 느꼈다.

"그런데 축제네요, 연회가 아니고."

르니에는 당장이라도 엘레나의 입술을 훔치고 싶은 마음을 억눌렀다. 너무나 기뻤다. 그녀라면 알아차릴 줄 알았다.

"그렇지. 연회가 아니고 축제다."

"차이가 있어요?"

"모름지기 연회라면……."

르니에가 그녀의 손을 잡아 품 안으로 이끈 것은 순식간의 일이었다. 확 잡아당겨지는 몸에 꺅 하고 작은 비명을 지른 엘레나는 바로 힘을 줘 벗어나려고 했지만 소용없었다. 그만큼 그녀의 몸을 감싸 안은 그의 힘이 대단했다.

그다음 순간, 엘레나는 르니에와 싸우려던 것을 멈췄다. 그가 자신을 희롱하려는 것이 아니었음을 깨달았기 때문이다.

"연회란 귀족들이 모여 이런 춤을 추면서……."

그가 마치 막 피어난 꽃송이를 그러쥐듯이 엘레나의 손을 다정히 잡아 자신의 손바닥 위에 올리고 자연스레 리듬을 타며 움직였다. 쿵 짝짝, 쿵짝짝. 부드러운 연회의 선율이 어디선가 들려오는 듯했다.

"고상하게 모여 떠드는 것을 말하지. 물론 그 나름의 낭만과 멋이 있지만, 지겹잖아?"

실로 그랬다. 그는 아발론 어느 연회를 가나 매번 비슷한 얼굴들과 비슷한 음악을 마주했다. 조그마한 연못 속에 고인 물처럼 오늘은 여기서 섞였다 다음엔 저기서 섞일 뿐, 도무지 신선함과는 거리가 멀었다.

"그래서."

르니에가 엘레나의 한 손을 잡아 위로 올리더니 그것을 지지대 삼아 그녀의 몸을 가볍게 휙 돌렸다.

"이번에는 전혀 색다른 것을 보여 주려 한다."

그리고 그의 목에 묶여 있던 짙은 붉은색 스카프를 풀어 그녀의 눈 위에 살짝 얹었다. 얇디얇은 재질의 스카프는 엘레나에게 제가 가진 색을 입힌 세상을 보여 주었다. 스카프가 길게 늘어져 그녀의 이마 아래를 가렸다.

"이렇게 자신의 얼굴을 가리고 전혀 다른 사람이 될 수 있는 기회를 주는 것이지. 적절한 가발과 의상만 갖춘다면 하룻밤쯤 남성이 되어 보는 것도, 혹은 나보다 훨씬 신분이 높은 사람을 흉내 내어 보는 것도 가능하다."

어느새 다가온 르니에가 낮은 목소리로 뱉어 내는 숨의 온기가 왼쪽 귓바퀴에서 은은하게 전해졌다.

"매력적이지 않나?"

"……그렇게 느끼는 사람들도 있겠네요. 하지만 저는 좀 그래요. 무섭기도 하고. 다들 얼굴을 가리고 있으면 도대체 누가 누군지 어떻게 알아요."

엘레나는 최대한 빨리 르니에의 품에서 벗어나 자신의 손으로 눈앞을 가리고 있는 스카프를 풀어 내렸다.

"물론 그저 가면 쓴 사람들 수백을 연회장에 가둬 두는 데에서 끝나는 것은 아니지. 그게 전부라면 축제라는 이름이 너무 아깝잖아?"

르니에는 한쪽 손바닥을 활짝 펴 보였다.

"가면, 야시장, 불꽃놀이, 연회, 그리고 음악. 말 그대로 축제다."

"……그걸 후작가 안에서 다 한다고요?"

"그럴 리가. 후작가가 있는 지역의 상업 지구 일부분을 사용하기로 했다. 이미 그곳에서 장사할 상단들도 모두 준비를 마친 상태고."

정말 자신만만할 만했다. 후작가도 미친 듯이 넓을 텐데, 그에 더해 상업 지구를 빌리다니. 말도 안 되는 규모일 게 뻔했다.

"특별히 평민들도 야시장과 불꽃놀이 정도는 즐길 수 있게 해 두었다. 물론 그들도 가면을 써야 한다는 게 규칙이지만."

"하, 하하…… 정말 무지막지하네요."

"칭찬 고맙군."

"해가 질 때부터, 다음 날 해가 다시 떠오를 때까지 온전히 계속될 거야."

일반적으로 연회는 새벽이 되어서야 끝나는 경우가 허다했지만, 그래도 일출을 보면서 끝이 난다는 것은 정말로 색다른 일이 될 터였다.

"이번 연회를 통해서 귀족도 평민도 베르너 후작가가 가진 힘을 알게 되겠지."

귀족들이 돈이 어마어마하게 드는 연회를 주기적으로 주최하는 것은 바로 그 이유 때문이었다. 초대된 손님들이 아름답게 꾸며진 저택과 연회장을 보며 그 가문의 부를 가늠하고, 연회를 준비한 사람의 심미안과 능숙함을 점쳐 보게 하기 위해서.

내가 얼마나 잘 먹고 잘사는지를 사람들에게 알리는 것이 귀족들에게는 매우 중요했다.

"그리고 너도 알게 되겠지. 네가 앞으로 가지게 될 베르너 후작 부인의 자리가 어떤 것인지를."

그 말과 함께 엘레나는 상념에서 깨어났다. 이러고 있을 때가 아니었다.

물론 이번 베르너 후작가의 연회는 독특하고 재밌어 보여 한 번쯤 참가해 보고 싶은 마음이 들기는 했지만, 그녀가 르니에를 굳이 방에 들인 것은 겨우 이런 이야기를 하기 위해서가 아니었다.

"저기, 르니에 님. 있잖아요……."

"이번 연회는 내 아버님을 위한 것이기도 하다."

"아, 아버님이요?"

은퇴한 후작, 이제는 사람들이 베르너 공이라고 부르는 르니에의 부친은 은퇴 후 몇 년이 지났는데도 아직 귀족들 사이에서 간간이 언급이 되는 인물이었다.

단아일 때 본 원작에서는 잠시 스쳐 가듯 나올 뿐이라 몇 장면 출연하지 않았지만, 특유의 호탕함과 좌중을 휘어잡는 카리스마로 독자인 그녀에게 인상이 강하게 남기도 했다.

"표면적인 이유일 뿐이지만, 바로 아버님이 아발론을 방문하신 것을 환영하는 자리를 마련하기 위함이니까."

"아⋯⋯."

"⋯⋯그러니 이번만큼은 만족하시겠지."

어쩌면 이게 그 화려한 연회의 진짜 이유일지도 몰라. 엘레나는 문득 그런 생각이 들었다. 그리고 르니에의 얼굴을 찬찬히 훑어봤다.

"잠을 잘 못 잤나 봐요?"

그는 언제나처럼 잘 만들어진 하나의 예술품 같은 모습이었다. 머리끝부터 발끝까지 하나도 모자라거나 어긋난 구석이 없었다.

하지만 엘레나는 그의 붉게 충혈된 눈을 보고 말았다. 다른 곳이야 가꾸고 감출 수 있었을지 몰라도, 잠이 부족해서 뻑뻑해진 눈만큼은 감출 수 없었을 것이다.

"크고 성공적인 연회도 좋지만, 조금은 쉬어 가면서 하는 게 어때요? 그렇다고 평소처럼 술을 마시거나 하면 더 잠이 안 올 수도 있어요. 숙면도 힘들고."

책에서 르니에는 잠이 오지 않거나 고민이 있을 때면 독한 술을 마셨다. 그것은 황제였던 바크란 1세도 가지고 있는 버릇이었지만, 르니에의 경우 그 빈도가 높았다.

신체적으로야 마나를 다루기 때문에 남들보다 회복이 빨라, 잠을 조금 덜 자도 괜찮은 것은 맞았다. 하지만 인간이니 정신적인 피로도 존재했다.

지금의 르니에가 딱 그랬다. 겉으로야 그동안 바쁘게 보낸 것이 티가 나지 않을 정도로 평소와 다름없는 듯했지만, 동시에 무언가에 쫓기는 사람 같았다.

직접 준비한 연회에 대해 자신감이 넘쳐흐르는 모습에 자칫 모르고 넘어갈 뻔했지만, 조금 전 부친에 대해서 이야기할 때 알 수 있었다. 이유가 무엇인지는 몰라도 르니에가 자신의 아버지에게 인정을 받기 위해 이 모든 것을 준비했다는 것을.

"이렇게 속을 다 들켜 버려서야."

르니에는 조금 분했지만, 또 기뻤다. 역시 그녀는 그를 이해하는 유일한 사람이었다.

굳이 말을 하지 않아도, 그녀는 마치 오래전부터 자신에 대해서 알고 있는 사람처럼 많은 것을 꿰뚫었다. 이미 그의 평생 그를 봐 온 후작가의 사람들보다 더. 엘레나는 자신이라는 사람을 책처럼 읽어 내리는 것 같았다.

"아까도 말했듯 이미 준비는 다 끝났어. 이제 그 연회에 너만 오면 된다."

"나, 나요?"

어떻게 하지. 엘레나는 그 연회에 가지 않을 생각이었다.

그녀는 지금 이 자리에서 르니에에게 그의 마음을 받아 줄 수 없다고 제대로 거절하고 관계를 매듭짓고 싶었다. 그 이후에 그가 여는 연회에 멀쩡히 나타나 축제를 즐길 만큼 양심 없는 사람은 아니었다.

"하지만 이 초대장은 필요 없을 거다."

그렇게 말하며 르니에가 엘레나의 손에서 초대장을 도로 빼앗아 갔다.

"이 새벽의 궁에서부터 내가 직접 에스코트하지."

지난번 마상 대회 때와는 달랐다. 그곳에 도착한 이후에 르니에의 에스코트를 받기는 했지만, 일단 그녀는 독립적으로 행동했다.

"의상이나 가면에 대해서도 신경 쓰지 않아도 된다. 내일 오전에 모두 이곳으로 배달될 테니까. 너는 그냥 그 옷을 입고 나와 함께 축제를 즐기면 돼."

그것은 빈말이 아니었다. 이미 그는 모든 준비를 끝낸 상태였다. 심지어 엘레나 그녀의 의상까지도.

지금이라도 제대로 자신이 그 축제에 참가하지 못하는 이유를 설명해야 한다고 생각했지만, 입이 도저히 떨어지지 않았다.

"모든 게 완벽할 거야."

기다리던 생일 파티를 앞둔 어린아이처럼 들뜬 르니에의 얼굴을, 무시할 수 없었다.

"아, 아뇨."

뻣뻣하게 굳어서 움직이지 않으려는 자신의 혀를 억지로 움직여 겨우 한마디를 뱉은 엘레나는 고개를 푹 숙였다. 도저히 얼굴을 보고 말할 수가 없었다. 그래서 그 상태로 모두 쏟아 내려고 했다.

'나는 따로 좋아하는 사람이 생겼어요. 마음을 받아 주지 못해서 미안해요. 정말 미안합니다.'

하지만 르니에가 한발 빨랐다. 쓱 하고 다가온 그의 손끝이 엘레나의 턱을 잡고 조심스레 위로 들어 올렸다. 타의로 숙였던 고개를 다시 들게 된 엘레나는 울상을 지었다.

"엘레나?"

살짝 찌푸린 눈썹 아래, 그녀를 내려다보는 눈 속에 불안감이 비쳤다. 그냥 말하려고 했는데. 눈 딱 감고 말해 버리려고 했는데.

"아뇨, 저 그러니깐. 확실히 말해야 할 것 같은데……."

그래, 잘한다! 엘레나는 여기까지 말한 자신이 기특할 정도였다.

이대로 쭉 말해 버리는 거야. 르니에에게 상처가 될 수는 있어도, 그래도 아니라는 것을 알게 된 순간 바로 말해 주는 것이 상대방에 대한 예의인 거야!

끈질기게 머뭇거리던 엘레나의 입술이 열렸다. 그런데 그때 르니에가 작게 중얼거렸다.

"네가 오지 않는다면 내 모든 노력이 무의미해질 거야."

윽. 처연하게 축 처진 르니에의 눈꼬리에 빈틈을 찔린 것처럼 뜨끔했다.

"네 말대로 잠도 제대로 못 자면서 공들여 준비한 축제에서 슬픈 사람은 나뿐일 거야. 즐기지 못하고 혼자 외로이 술이나 마시게 되겠지."

그럴 리는 없겠지만 순간, 르니에의 눈가가 촉촉해진 것 같기도 했다. 그래도 여기서 물러설 수는 없어! 시간이 지날수록 마음의 빚이 늘어날 뿐이다. 마음을 단단히 먹은 엘레나는 눈을 질끈 감고 마침내 큰 소리로 말했다.

"여, 연회장에는 나 혼자 갈게요!"

미인의 슬픈 눈동자 앞에 장사는 없단 말이다. 엘레나는 밀려오는 자괴감에 어깨를 축 늘어뜨렸다. 후우, 긴 한숨이 뒤꽁무니에 매달렸다.

일단 이렇게 좋아하니까 연회까지만 가자. 그리고 연회에서 말하는 거야. 사람들에 둘러싸인 왁자지껄한 분위기에서 말하면 조금은 그 충격이 덜하지 않을까.

"그러니까…… 거기서 만나요."

이게 최선은 아닐 텐데 말이다. 자괴감에 머리를 쥐는 엘레나는 르니에의 입가에 퍼진 은밀한 미소를 보지 못하고 괴로워했다.

　　　　　　　◆

"폐하, 윈터힐 백작이 사람을 보내왔습니다."

휴고가 조용히 이르는 말에 사각거리던 깃펜 움직이는 소리가 멎었다.

"윈터힐에서?"

"예. 지금 황궁 정문에 있고, 폐하를 뵙기를 청하고 있습니다."

"흐음."

아드레이는 깃펜을 내려놓고 자리에서 일어났다. 긴 다리로 성큼성큼 걸어 몇 걸음 만에 벌써 창가에 도달한 그는 정면 저 멀리로 황궁의 정문 쪽을 바라보았다. 거리가 너무나 멀고 또 커다란 나무들에 가려져 있어 육안으로 윈터힐의 사람을 확인할 수는 없었다. 그의 손끝이 창문턱을 두드리며 생각에 잠겼다.

"그건 좀 곤란한데."

윈터힐 백작이 휘하의 기사들 중 어떤 이를 보냈는지는 모르지만, 아드레이는 얼굴을 직접 비칠 수 없었다.

황제를 대면하는 자리에 그저 아무나 골라 보냈을 것이라 생각되지는 않았다. 아마 휘하의 부관들 중 가장 신뢰하는 이, 혹은 황제를 알현할 수 있을 정도로 예법이 훌륭한 이를 보냈을 것이다.

그렇다면 아드레이와 엘레나가 윈터힐 백작가를 방문했던 날, 응접실에 있었을 확률이 높았다. 아드레이의 얼굴을 이미 보았던 자일 수 있다는 말이었다.

"그렇다면 서신이라도 받아 오겠습니다."

"그리하도록."

유능한 시종장 휴고는 주인의 마음을 읽은 듯 적절한 대안을 제시했고, 아드레이는 고개를 끄덕였다.

잠시 뒤, 중앙 대로를 따라 황궁 경비대원 하나가 급하게 말을 달려 중앙궁으로 오는 것이 보였고, 얼마 되지 않아 휴고가 서신 한 통을 들고 들어왔다.

"여기 있습니다, 폐하."

고급스럽기는 하지만 딱히 특별한 점은 없는 그런 봉투였다. 하지만 그 위에 찍힌 밀랍 봉인이 무게를 더했다. 늑대와 창이 담긴 윈터힐 가문의 인장. 그게 거슬렸다.

아드레이의 손가락 하나가 봉투 사이를 거침없이 파고들어 봉인을 뜯고 단 한 번 접힌 서신을 꺼냈다. 아무런 감흥도 없는 군청색 눈이 글자를 잠시 더듬었다.

"윈터힐 백작이 매우 아프다는군."

"······예?"

곁에서 잠자코 서 있던 휴고는 아드레이의 말에 당황해 반문했다.

"백작이 마상 대회 때 얻은 상처가 덧나 거동이 어려워 정해진 날에 날 알현할 수 없을 것 같다고 한다."

"그, 그런 무례한······."

황제의 명은 절대적이다. 당장 시체가 된 경우가 아니고서야 황제의 호출을 거부하는 이는 없었다. 전장에 나가 전사한 장군도 황제의 철군 명령이 내려지면 그 주검은 가족들에게 바로 인도되나, 그가 생전 들었던 병장기만은 황제에게로 돌아와 황명을 이행한다.

그런데 단순히 아프다는 이유만으로 이렇게 알현이 불가능하다는 서신을 보내오다니. 아드레이가 권위에 민감한 황제였다면 지금 당장 기사단을 보내 백작을 병상에서 끌어 내려 그의 앞에 무릎 꿇려도 할 말이 없을 터였다.

"재밌군."

하지만 광분하는 대신 아드레이는 피식 한차례 웃었다.

"역대 선황들께서 윈터힐의 가주만은 길들이지 못하셨다는 것에는 다 이유가 있는 모양이야."

"폐하……."

귀족파의 무뢰배들이 우스갯소리로 지껄이는 말이었다. 귀족파의 거두인 윈터힐만큼은 역대 그 어느 황제도 마음대로 하지 못했다는 비아냥.

"교황 성하의 포션을 내려라, 휴고."

"그리 귀한 것을……."

"아프다지 않은가. 황궁으로 거동도 하지 못할 정도로 매우."

엘레나가 치유한 상처가 덧난다는 것은 있을 수 없는 일이었다. 의원이 의술로 치료하는 것과는 달리 상처 입은 신체를 신성력을 통해 완전히 재생시키는 것이었으니.

윈터힐 백작이 처음부터 자신의 거짓말이 신뢰될 것이라 여겼을지는 모를 일이었지만, 백작에게는 아쉽게도 아드레이는 이미 며칠 전 직접 그를 본 적이 있었다. 백작은 엘레나와 또 다른 손님을 맞이할 정도로 멀쩡했다.

"서신을 받았으니 답신을 해야겠지."

휴고가 간단한 종이와 깃펜을 챙겨 들었다. 국가 간의 공식적인 서신이나 황족 또는 친우에게 쓰는 매우 사적인 서신이 아니라면, 황제는 직접 서신을 쓰지 않는다. 황제의 서신을 받아쓰는 것은 시종장의 많은 의무 중 하나였다.

"교황 성하의 포션을 함께 보내니 이것을 복용하고 속히 몸을 돌보도록 하라. 그대의 요청을 받아들여 알현일은……."

이상한 일이었다. 아드레이는 윈터힐 백작이 조금이라도 더 오래 아발론에 머무르려 한다는 느낌을 지울 수가 없었다.

직접 방문했던 백작가의 황도 저택은 이미 영주가 머물 숙소로서 필요한 모든 것을 갖추고 있었다. 체류가 장기화되며 늘어난 고용인의 숫자도 꽤 돼 보였고 영지로 돌아가기 위해 쌓아 놓은 짐도 보이지 않았다.

'어째서지?'

백작의 입장에선 이 아발론에 있는 하루하루가 마치 감옥에 갇혀 있는 것 같을 터. 하루라도 빨리 영지로 돌아가 맹훈련 중인 병사들을 관리해야 할 터였다.

아니, 그런 것은 차치하고서라도 언제 황군이 쳐들어와 사지를 묶어 버릴지 모르는 아발론에서 한시라도 빨리 몸을 피하는 것이 현명했다.

'내가 전혀 모를 것이라고 여기는 건가.'

아드레이는 이내 그 가정을 지웠다. 자신의 목숨과 영지의 안위가 달린 일을 벌이며 겨우 그런 안일한 생각을 할 백작이 아니었다.

그렇다면 아발론을 떠나지 않고 백작이 얻으려는 것이 과연 무엇인가. 호기심이 동했다.

"알현일은 사흘 후, 같은 시각으로 한다."

일반적으로 황제의 알현일은 적게는 열흘, 길게는 몇 달 전에 미리 일자를 정했다. 그러니 백작도 말도 안 되는 핑계를 대어 가며 이번 알현을 미룬 것이다. 황제가 분노하여 모든 것이 틀어질 각오를 하고.

하지만 아드레이는 백작이 원하는 것을 주지 않기로 했다.

"그리 전해라, 휴고."

"예, 폐하."

순간적으로 이 서신을 받은 백작의 얼굴을 보고 싶다는 충동이 들었지만, 굳이 보지 않아도 어떤 것일지 짐작이 가 아드레이는 소리 없이 웃었다. 예상치 못하게 조금 시간이 미뤄졌지만, 윈터힐 백작은 제 발로 황궁에 걸어 들어오게 될 것이다.

"콜록, 콜록, 쿠에엑!"

요란한 소리가 새벽의 궁 응접실을 울렸다. 동시에 챙 소리가 나도록 들고 있던 포크를 세게 내려놓은 엘레나가 버럭 소리를 질렀다. 더 이상 못 참겠다고!

"이리 오세요! 확 다 치유해 버리게!"

"시, 싫어! 코올록! 싫다고!"

"고집을 부릴 데서 부리세요! 왜 싫다는 거야!"

벌써 한참을 내장을 다 토할 것처럼 기침을 하면서도 치유를 받지 않겠다고 버티는 티토와 인내심의 한계를 느끼는 엘레나가 지지 않고 서로를 노려봤다.

"너, 너 지금 나한테 반말을! 쿨럭, 쿨럭!"

"화가 나니까 그렇죠! 고집도 정도가 있지. 왜 사서 아프냐고요!"

"이것도 수련이라고 몇 번을⋯⋯!"

"그놈의 수련, 두 번만 하면 아주 애 잡겠네!"

엘레나가 씩씩거렸다. 병을 이겨 내는 것도 수련이란 헛소리를 도대체 누가 한 건지. 한동안 티토의 검술 수련에 가 보지 않았는데, 병이 나아 다시 수련이 재개되면 꼭 가서 내 두 눈으로 꼭 확인을 하고 말겠다!

"이, 이제 많이 괜찮아졌다고! 열도 안 나고!"

"열만 안 나면 뭐 해요! 그리고 옆에서 간호하느라고 힘들어하시는 일리야 님은 생각 안 하세요?"

그녀의 손끝이 가리키는 곳에는 며칠 새에 얼굴이 눈에 띄게 홀쭉해진 일리야가 힘없이 웃고 있었다.

"저는 괜찮습니다, 엘레나 님. 엘레나 님께서 매일 신성력을 사용해 주시는 덕분에요."

"그러면 뭐 해요. 밤에 평안히 못 주무시고 식사도 잘 못하시는걸요. 제 능력으로 그런 건 보충해 드리지 못한다고요."

생각해 보니 티토가 괜한 똥고집으로 피곤하게 하는 것은 일리야뿐만이 아니었다. 엘레나도 매일 그런 일리야를 보살피느라 수고를 하고 있었으니. 그것을 깨닫자 더 화가 난 엘레나는 결국 양팔을 걷어붙였다.

"이리 오세요. 확 치유해 버릴 테니까."

"시, 싫어! 싫다고!"

매일 이런 장면의 연속이었다.

마침 응접실 옆을 지나가던 새벽의 궁 하녀들이 그 둘을 보고 킥킥하고 웃었다. 일리야는 피곤한 눈 주변을 꾹꾹 누르면서도 빙긋이 웃었다.

이 새벽의 궁에, 언제나 쥐 죽은 듯 조용하고 사람 사는 온기라고는 느껴지지 않았던 새벽의 궁에 이렇게 떠들썩한 날이 올 것이라고 누가 생각이나 했는가.

일리야는 지금도 이 모든 것이 꿈만 같았다. 금방이라도 깨어 버릴 것 같아 두 손에 쥔 손수건을 꼭 쥐었다.

'아아, 아름다운 분.'

티토와 옥신각신하면서도 절대 억지로 치유의 힘을 불어넣거나 하지는 않는 엘레나를 바라보며 일리야는 속으로 그렇게 생각했다.

이 아름다운 변화가, 실로 기적 같은 일들이 모두 엘레나가 이곳에 온 뒤로 시작된 것을 그녀는 분명히 인지하고 있었다. 라한이 보내 주신 천사가 아닐까. 독실한 라한교의 신자인 일리야는 엘레나를 보내 주신 신께 매일 밤 감사의 기도를 잊지 않았다.

"그럼 이것만 말해 주세요."

"뭔데?"

티토는 따뜻한 과일차를 마시며 시큰둥하게 대답했다.

"누구예요. 병을 이겨 내는 것도 수련이다, 그딴 헛소리를 티토 님에게 한 사람이?"

악문 잇새로 마치 한 단어 한 단어를 잘근잘근 씹어뱉는 듯했다.

"쌍둥이들 중 누구예요?"

"그, 그건……."

"말씀 안 해 주시면, 오늘 밤에 티토 님 주무실 때 몰래 치유해 버릴 거예요."

"그런 게 어디 있어!"

"어디 있긴 어디 있어요, 여기 있지. 그러니까 빨리 말하세요. 누구예요?"

우우, 귀여운 신음 소리를 내며 잠시 고민하던 티토는 결국 항복했다.

"이, 이그니스 형."

"머리가 붉은 쪽 맞죠?"

쌍둥이들 중 유독 저를 보고 장난스럽게 웃었던 빨간 머리를 떠올리며 엘레나가 말했다.

"……응."

"그럴 것 같더라니."

엘레나가 서슬 퍼렇게 눈을 가늘게 접으며 중얼거렸다. 아무리 똑같이 생긴 쌍둥이여도 좀 더 성격이 유별난 쪽이 있기 마련이었다.

그래, 그날 백작가에서 봤을 때부터 애들이 영 싹수가 노란 것이 그럴 줄 알았어. 그 자리엔 백작과 백작 부인이 동석한지라 별말은 안 했지만, 만약 동네 꼬마들이었다면 진작에 이마에 커다란 혹 두어 개는 냈겠지.

"내, 내가 말했다고 하지 마."

"제가 그 정도 눈치도 없을까 봐요."

엘레나는 그렇게 말하며 팔짱을 꼈다.

"그리고 티토 님이 싫다고 하시니 억지로 치유를 하지는 않지만요, 지금 얼마나 손해 보고 있는지 아세요?"

"손해?"

"벌써 검술 수련 못하신 지 며칠이에요?"

"어, 그게……."

"그사이에 어네스가 쌍둥이들은 또 이만큼 실력이 늘었을걸요."

혹시 몰라 티토의 경쟁심을 부추겨 봤는데, 아무래도 효과가 있는 듯했다.

원래 어린아이들을 한데 묶어 놓으면 나이가 적은 아이들은 자연스레 저보다 큰 아이들을 우러러보게 된다. 그러면서 저도 모르게 질투도 하고 나도 저렇게 되고 싶다, 소원하기도 한다.

부러움과 경쟁심이 오묘하게 섞인 그 감정을 툭 건드려 본 것이다.

"그, 그럴까? 그러면 안 되는데."

티토가 초조하게 중얼거렸다.

"물론 티토 님의 말씀도 맞아요. 언제까지고 치유에 의존하셔서는 안되니 병과 싸워서 이겨 내는 연습을 하는 것도 중요하죠. 하지만 그거야 하루 이틀 아플 때의 이야기지, 지금은 너무 오래가고 있잖아요."

"그렇긴 하지. 그럼……."

"그럼?"

"내일 아침에, 내일 아침에도 내가 아프면 그때 해 줘."

똥고집. 엘레나는 머릿속에 든 티토의 프로필에 그 단어를 집어넣고 밑줄 쫙쫙, 별 세 개를 그렸다.

"그러세요. 저랑 약속하신 거예요?"

"응."

어쨌든 타협에 성공했으니 다행이었다. 엘레나는 또다시 쿨럭대는 티토의 등을 두어 번 쓸어 주고는 자신의 방으로 올라왔다.

티토 앞에선 아무렇지 않은 척했지만, 몸 상태가 이상했다. 계속 사방으로 기침을 해 대는 환자의 옆에 있었더니 아무래도 감기가 옮은 것인지 몸이 으슬으슬하고 콧물도 슬쩍 흐르기 시작했다.

"조금만 잘까."

열이 올라서 몽롱한 머리가 무거웠다. 엘레나는 결국 그대로 털썩, 침대에 몸을 묻었다.

"왜 내 병은 내가 못 고치는 거야."

남의 병은 검에 찔린 자상부터 관절염까지 고쳐 줄 수 있는데, 자신은 이깟 감기 하나 어떻게 하지 못한다는 게 분했다.

"조금만 자고 일어나야지……."

그 말과 동시에 엘레나의 눈이 스륵 감겼다. 그리고 그렇게 닫힌 눈꺼풀은 쨍쨍하게 밝았던 하늘이 붉게 물들 때가 되어서야 다시 열렸다.

"……벌써 저녁이네."

티토와 실랑이를 한 것이 오전의 티타임이었으므로, 한나절을 그대로 쭉 자 버린 자신이 어떤 면에선 조금 대단하기도 했다. 그녀는 하암 하고 크게 하품을 하며 뻑뻑한 몸을 이리저리로 뒤틀었다. 오랫동안 잠들어 있던 관절들이 뚜두둑 하고 비명을 질렀다.

"배고프네. 밥이나 먹으러 갈까."

배꼽시계는 참 귀신같았다. 따로 알람을 맞춰 둔 것도 아닌데 저녁 식사 시간에 딱 맞춰서 눈을 뜨다니.

엘레나는 그대로 입고 있는 신관복을 툭툭 털어 내고 아래층으로 향했다. 문을 열고 나오자마자 코끝을 자극하는 음식 냄새는 아래층으로 갈수록 점점 짙어졌다.

"그런데 오늘따라 좀 시끄럽네?"

엘레나는 식당 근처의 주방 쪽을 흘끔 바라봤다.

원래 식사 준비 시간만 되면 걸걸한 주방장의 목소리가 간간이 들렸지만, 오늘은 주방 안쪽이 더욱 분주해 보였다. 창고로 재료를 가지러 뛰어가는 하녀가 나온 문틈으로 잔뜩 심각한 얼굴로 요리하는 주방장의 옆얼굴이 언뜻 보였다. 오늘은 더 맛있는 저녁이 나오려나.

"아, 배고프……."

기어코 꼬르륵거리기 시작하는 배를 문지르며 엘레나가 식당 문을 밀고 들어가며 여느 때처럼 말했다. 그러나 말을 끝맺지 못하고 금방 멈춰야 했다. 동시에 안으로 걸어 들어가던 발걸음도 함께 멈췄다.

"오오, 안 그래도 저기 오는군!"

누구지? 식당 안쪽에서 들려온 호탕한 목소리에 떠오른 첫 번째 생각이었다. 분명 처음 보는 사람이었다.

새벽의 궁은 손님이 귀했다. 외부인을 만나면 경기를 일으키는 티토에게 손님 같은 것이 찾아올 리 만무했다.

그나마 요즘은 메이나드와 르니에가 자주 드나들었고 얼마 전엔 윈터힐 백작도 왔지만, 외부의 사람이 이렇게 식당까지 진출한 적은 없었다.

"……어서 와."

가장 상석에 앉아 있던 티토가 어쩐지 힘없는 목소리로 엘레나를 불렀다.

"저, 저어……."

그 부름에 엘레나는 어쩔 수 없이 테이블을 향해 걸어가면서도 자신을 바라보는 중년 남성에게 어떻게 반응해야 할지 몰라 쭈뼛거렸다. 그가 누구인지 알 수 없었으나 티토도 함부로 대하지 못하는 사람인 건 분명했다.

색이 바래지기 시작한 금발, 조금 왜소한 듯한 체격. 일부러 조명을 어둡게 해 놓은 식당 안의 은은한 촛불만으로도 파랗게 빛나고 있는 두 눈은 이질적이기까지 했다.

"하하! 소문보다 훨씬 더 작고 귀여운 분이시군!"

아무래도 저쪽은 나를 잘 아는 것 같은데. 엘레나는 그의 관찰하는 듯한 눈빛에 조금 불쾌한 인상을 받았다.

이미 저녁 식사는 시작되었던 듯, 식탁 위엔 애피타이저가 놓여 있었다.

'쟤가 웬일이래.'

가장 상석에 앉은 티토와 그 오른편의 중년 남성 맞은편에는 한동안 얼굴 보기가 힘들었던 로잘린느가 앉아 있었다. 평소보다 훨씬 신경을 써서 가지런히 틀어 올린 머리칼과 처음 보는 화려한 드레스 덕에 예쁜 얼굴이 더욱 돋보였다.

　까딱. 그다지 환영하지 않는 게 고스란히 드러나는 얼굴로 로잘린느는 엘레나를 향해 고갯짓만 한 번 던졌다.

　방금까지 장미꽃 같은 미소를 짓고 있던 얼굴이 새침한 무표정으로 변했다. 그 표정 변화가 매우 노골적이었지만, 그래도 로잘린느는 역시 예뻤다. 원래 여자주인공인 데다가 작정하고 신경을 쓴 모양이니 오죽할까.

　엘레나는 여기저기 구겨진 자신의 신관복을 보고 작게 혀를 찼다. 모두가, 심지어 아픈 기색이 역력한 티토까지 잘 차려입은 자리에서 자신만 허름하고 후줄근했다.

　"자자, 이쪽으로 앉으시오."

　아직도 정체를 알 수 없는 남자가 엘레나에게 로잘린느의 왼쪽 자리를 가리키며 말했다.

　"어서 엘레나 신관께 식사를 가져다 드려라."

　그러고는 근처에 서 있던 새벽의 궁 시녀에게 명령했다.

　'뭐야, 자기가 이곳 주인이라도 되는 것처럼.'

　이곳의 주인은 티토였다. 도대체 남자가 얼마나 대단한 사람인지는 몰라도, 여전히 가장 상석에 티토가 앉아 있는 상황이었다. 그러니 저렇게 나서서 저녁 식사에 참석한 사람의 자리를 지정하고 고용인을 부리는 것은 그리 좋게 보이지 않았다.

　흘끔, 엘레나는 티토의 얼굴을 확인했다. 몸이 좋지 않아 그런지 하얀 얼굴로 음식은 건들이지도 않고 자리만 지키고 있는 티토는 그런 것까지 신경 쓸 상태가 아닌 듯했다.

도대체 누구지. 어쨌든 미지의 중년 남자가 가리킨 자리에 앉은 엘레나는 어느새 앞에 놓여 있는 애피타이저를 한 입 먹으며 생각했다.

일단 남자는 지긋한 나이에도 불구하고 화려한 차림으로는 이 세상에 와서 본 사람들 중 한 손에 들 만한 외양이었다.

천박해 보인다거나 보는 사람의 눈살을 찌푸리게 하는 것은 아니었다. 오히려 너무나 잘 어울려 탈이었다. 입고 있는 옷, 손가락에 여럿 꿰인 굵은 반지, 심지어 마치 연설하는 듯한 목소리와 몸짓까지. 모두 남자를 더욱 돋보이게 할 뿐이었다.

"저어……."

엘레나는 통성명을 할 생각으로 조심스럽게 말을 꺼냈다. 끊이지 않고 이어지던 남자와 로잘린느 간의 대화가 잠시 소강되어 과일주 한 모금 정도는 마실 만한 틈이 난 상태였다.

"얼마 전 퍼킨스 상단주와 식사를 하는 자리에서…… 후원하는 화가의 작품……."

그런데 그들은 반응하지 않고 조금 전의 대화를 이어 갔다. 분명히 들었을 텐데.

그녀의 목소리가 작기는 했어도 음식 씹는 소리 하나하나마저 조심하는 귀족들의 조용한 저녁 식사 자리니 들리지 않았을 리 없었다. 하지만 남자와 로잘린느는 엘레나를 흘끔 바라보기만 했을 뿐이다.

"흠흠."

보다 못한 티토가 작게 헛기침을 했지만 남자는 아랑곳하지 않았다. 그렇게 엘레나는 제대로 소개도 받지 못한 채 한참의 시간이 흘렀다.

결국 그녀가 전채 음식을 모두 먹었을 때, 그제야 중년 남자가 엘레나 쪽으로 시선을 던졌다.

"오, 이런. 내 소개가 늦었군. 이런 결례가 있나."

거짓말. 그동안 고의적으로 엘레나를 대화에서 제외했던 남자가 뻔뻔하게도 웃는 얼굴로 그렇게 이야기했다.

엘레나는 속으로 혀를 쯧쯧 찼다. 이게 바로 귀족들이 대화에서 주도권을 잡는 방식이었다. 많이 겪어 보지는 못했어도, 이곳이나 한국이나 돈 많고 힘이 센 사람들은 이렇게 자기보다 낮은 지위에 있는 사람을 무안 주고 민망하게 하는 방식으로 자신의 우위를 확인하려고 했다.

"난 에스테반 폰 베르너라고 하오."

그게 전부였다. '그래서 어쩌라고?' 하고 반응한 엘레나였지만, 바로 다음 순간 멈칫했다.

베르너라고? 그녀의 황금색 눈이 놀라움으로 동그래지자 남자가 흐뭇하게 웃었다.

"엘레나, 이분은 내 백부님이신 베르너 공이셔. 르니에 형의 아버지시지."

그래, 충분히 익숙한 성이었다. 책에서도 몇 번 언급이 된 적 있었다.

베르너 공. 르니에의 아버지로 이미 중앙 정계에선 은퇴해 영지를 돌보고 있는 전 후작.

그러고 보니, 어째서 한눈에 알아보지 못했을까 싶을 정도로 르니에와 얼굴이 판박이였다.

"앗, 저, 저는……."

너무 놀라 말이 나오지 않았다. 이러면 안 돼. 엘레나는 이미 오래전처럼 느껴지는 제프리 추기경의 초단기 예법 강의 내용을 떠올리려고 애를 썼다.

"저는 라한의 종, 중급 신관 엘레나라고 합니다. 만나 뵙게 되어 기쁩니다, 베르너 공."

다행히 구색은 갖춘 인사말이 입에서 흘러나왔다.

휴우, 남몰래 안도의 한숨을 쉰 엘레나는 옆얼굴에 꽂히는 로잘린느의 시선을 느꼈지만 그쪽을 바라보거나 하지는 않았다.

분명히 가소롭다는 듯 비웃고 있겠지. 예법에 통달한 로잘린느의 눈에는 엘레나가 방금 한 인사말은 겨우 걸음마나 하는 수준일 테니 말이다.

"공께 라한의 축복이 함께하시길."

왠지 분한 마음이 들어 머리를 짜내자 그럴듯한 신관의 축복마저도 곁들일 수 있었다.

"반갑소. 베르너령까지 엘레나 신관의 소문이 자자하더니, 과연 그럴 만한 미모로군."

베르너 공이 고개를 끄덕이며 하는 말에 엘레나는 그저 어색하게 웃을 수밖에 없었다.

언뜻 들으면 '예쁘다'는 칭찬인 듯했지만, 곱씹을수록 불쾌한 감정이 들었다. 그리고 그런 마음은 저녁 식사가 이어질수록 점점 깊어졌다.

모두의 전채 접시가 비워지자, 고용인들이 재빠르게 첫 번째 본식을 내어 왔다. 평소보다도 주방장의 정성이 훨씬 많이 들어간 듯한 해산물 요리였다.

그러나 맛있는 음식에도 엘레나는 그 맛을 즐길 수 없었다.

"그분의 음률은 천상의 소리와 같다지요. 기회가 된다면 꼭 한번 들어 보고 싶습니다."

"오오, 프란시스 영애는 음악에 조예가 깊군. 그이는 나와의 인연으로 이따금 베르너령에 들러 음악회를 열고는 하지."

"어머나, 그렇군요! 베르너 공께서 훌륭한 예술가들에게 후원을 아끼지 않으신다는 소식은 익히 들었습니다."

"하하, 진정한 재능의 소유자들이 예술에만 전념할 수 있도록 돕는 것이 바로 심미審美를 존중하는 귀족의 의무가 아니겠소."

은근히 엘레나를 따돌리는 대화가 다시 이어졌다. 테이블 위로 오가는 대화는 베르너 공이 완전히 주도권을 잡은 상태였고, 그렇다 보니 공이 먼저 엘레나에게 질문을 하지 않는 한 그녀가 끼어들 수 있는 여지가 없었다.

게다가 대화의 주제는 엘레나가 어떠한 배경지식도 가지지 못한 이페른 제국의 예술 분야였다. 그러니 그녀는 자신에게 대화가 번지지 않는 것이 차라리 다행으로 느껴질 정도였다.

저쪽에서도 대화에 참여시켜 줄 생각이 별로 없는 것 같고, 본인도 딱히 열성적으로 끼어들고 싶은 마음이 없었으므로 엘레나는 앞에 놓인 맛있는 음식에 집중하려고 애썼다.

부드러운 데다 바다 내음 가득한 해산물이 얼마나 입 안에서 부드럽게 녹아드는지, 그리고 함께 나온 음료와의 조화는 어떤지 등을 음미하려 했다. 하지만 자리가 불편하니 그것도 쉽지 않았다.

그래서 엘레나는 티토를 바라봤다. 이따금 베르너 공이 물어보는 질문에 짧게 장단을 맞추는 식으로 대답하는 것을 제외하곤, 움직임도 거의 없고 말도 없는 것이 신경이 쓰였기 때문이다.

"크흠……."

역시나 티토의 안색은 처음 엘레나가 식사에 참여했을 때보다 확연히 나빠 보였다. 혹시 몇 시간 사이에 감기가 심해진 걸까. 기침은 여전히 심했지만 조금씩 나아지고 있었는데.

그때, 엘레나의 시선을 느낀 것인지 티토가 줄곧 접시에 고정되어 있던 눈을 들었다. 그리고 그녀를 향해 힘없이 웃어 보였다.

"아, 엘레나 신관."

그때, 베르너 공이 그녀를 불렀다.

"네, 베르너 공."

"내가 신관에게 궁금한 것이 좀 많소. 몇 가지 질문을 해도 실례가 아니 되겠소?"

"편하게 물어보십시오."

저렇게 말하는데, '아뇨, 엄청 실례가 될 것 같으니 물어보지 마시죠.'라고 할 사람이 누가 있겠는가. 엘레나는 하는 수 없이 웃으며 고개를 끄덕였다.

"소문에 마상창 대회에서 크게 부상을 입은 윈터힐 백작을 단번에 치료해 냈다던데. 그게 사실인가?"

베르너 공이 손으로 투명한 잔에 담긴 과일주를 빙글 돌리며 물었다. 하는 말과는 다르게 별로 궁금해하는 것 같지는 않았지만, 질문을 받은 이상 대답해 주어야 했다.

"우연히 제가 그 자리에 참석해 있어 도움을 드렸을 뿐입니다. 라한께서 윈터힐 백작을 보살피신 것이지요."

신관이라면 누구나 했을 법한 대답을 엘레나는 기계적으로 읊었다.

"호오, 그것 참 신기하군. 엘레나 신관이 마침 그 자리에 있었다니, 윈터힐 백작이 운이 좋은 것 같소."

"정말 그렇습니다."

로잘린느가 옆에서 맞장구쳤지만, 베르너 공은 그것에 반응하지 않았다. 덕분에 무안해진 것은 로잘린느였다.

"그런데 엘레나 신관은 마상창 대회에 어찌 가셨소? 초대된 소수의 사람들만 참석하는 대회인데 말이오."

"그것이⋯⋯."

그 자리엔 르니에의 초청을 받아 참석했다. 그것도 드레스까지 골라 보내는 매우 끈질긴 초대를. 하지만 르니에의 아버지 앞에서 '그쪽 아들이 초대했습니다만.'이라고 말하긴 조금 민망한 구석이 있었다.

결국 엘레나가 쉽게 대답하지 못하고 머뭇거리고 있을 때, 베르너 공이 돌연 크게 웃음을 터뜨렸다.

"하하, 농이오, 농! 엘레나 신관이 내 아들의 파트너로 그 자리에 참석했다는 것은 이미 알고 있소. 아니, 아마 제국민 전부가 알고 있겠지."

뭐가 그렇게 우스운지 베르너 공은 그 뒤로도 한참을 통 크게 웃었다.

"내 아들이 쉬이 파트너를 동반하는 성정은 아닌데 말이오."

엘레나는 물론 마주 웃을 수 없었다. 마상창 대회에서 그녀가 윈터힐 백작을 치유한 것을 알고 있는 사람이, 그날 엘레나를 사이에 두고 르니에와 메이나드가 벌였던 신경전에 대해 모르고 있을 리 없었다.

게다가 백작은 모르는 사실이겠지만 르니에는 이미 그녀를 아내로 삼겠다 선전포고를 한 참이었다.

"그, 그렇죠⋯⋯."

더욱이 양심이 콕콕 찔리는 건, 이번 베르너가의 가면 축제에서 엘레나는 그런 르니에를, 그러니까 베르너 공의 외동아들을 뻥 하고 차 버릴 예정이라는 것이다.

"현 교황께서도 바로 그런 치유의 축복으로 그 자리에까지 오르셨지."

베르너 공은 주름진, 하지만 여전히 푸르른 눈동자로 엘레나의 얼굴을 유심히 바라보며 말했다.

"그러고 보니 한 가지 생각이 나는군. 오래전에도 치유의 힘을 가진 여신관이 하나 있었던 것 같은데……."

말꼬리는 길어졌지만, 베르너 공의 시선은 점점 집요해졌다. 마치 그녀의 속눈썹 하나하나까지도 훑는 듯했다.

"그 금안하며, 이제 보니 그 여신관과 아주 비슷한 구석이 있소."

엘레나의 어깨가 크게 한차례 움찔했다. 베르너 공이 말하는 그 여신관이 누구인지 어쩐지 알 것 같았다. 엘레나의, 자신의 어머니를 의미하는 것이다.

교황 성하는 몇 번이고 확인하듯 말씀하셨다. 절대로, 누구에게도 어머니가 누구인지 말하면 안 된다고. 엘레나가 비밀을 지키겠다고 다짐을 할 때까지 몇 번이고 그 소리를 반복하셨다. 그리고 그 이유가 바로 지금 같은 상황 때문일 거라고 본능이 경고하고 있었다.

"자, 잘 아시는 분이셨나 봅니다."

경련을 일으키려는 입꼬리를 억지로 늘이며 엘레나가 태연한 척했다.

"꽤 여러 번 얼굴을 마주한 적이 있었지. 하나 친분을 쌓기엔 그녀의 신분이 너무나 미천했던지라."

한 번 더 과일주가 든 잔을 기울이면서도 베르너 공의 벽안은 엘레나의 얼굴에서 떠나지 않았다. 피처럼 붉은 술이 입 안으로 흘러들어오며 퍼지는 달콤함에 입꼬리가 소리 없이 말려 올라갔다.

"하지만 그이는 이미 오래전에 명을 달리하였으니, 아마 내 늙은 기억이 장난을 치고 있는가 보오."

"그, 그렇군요. 여기 잔을 좀 채워 주시겠어요?"

엘레나는 괜히 과일주를 들고 있는 하녀에게 아직 내용물이 남아 있는 잔을 가리키며 요청했다.

"마지막으로 하나 더 물어보고 싶은 게 있소."

도대체 무슨 질문이 그렇게 많은지. 하나같이 불편한 질문들뿐이었다. 베르너 공은 이 자리에서 그녀가 편안한 저녁 식사를 하게 두지 않으려는 생각인 게 분명했다.

"내 아들, 베르너 후작이 엘레나 신관을 두고 어네스가의 장남과 삼각관계에 놓였다던데. 그게 사실이오?"

"쿨럭!"

결국 엘레나는 막 삼키던 음식이 목에 걸려 황급히 냅킨을 끌어 올려 입을 가렸다.

천박한 것. 옆에 앉아 그 모습을 보던 로잘린느가 얼굴을 찡그리며 엘레나를 흘겼다.

조금 전까지만 해도 만족스럽게 흘러가던 대화가 엘레나가 끼어든 후 급이 낮아지고 있었다. 물론 대화는 전적으로 베르너 공이 의도하는 대로 흘러가고 있었지만, 로잘린느는 그런 것을 고려하지 않았다. 모든 것은 하찮은 신분을 가진 엘레나 탓이었으므로.

"그게…… 그런 일이 있기는 했지만, 소문은 부풀려지기 마련 아니겠습니까."

"그렇다면 어네스 경의 우승 화환을 받아들이려 하던 엘레나 신관의 손을 내 아들이 잡지 않았다는 것이오?"

무슨 소문이 그렇게 정확해. 차라리 말도 되지 않게 과장된 소문이었다면, 역시 풍문은 믿을 거리가 되지 않는다고 웃어넘길 수 있었을 텐데. 엘레나는 입술을 깨물었다.

"그리고 그전에도 비슷한 일이 있었다지. 귀족회의 주최로 황궁에서 열렸던 연회 말이오."

이건 소문을 확인하는 수준이 아니었다. 앞에 앉아 있는 엘레나의 기분 따위는 조금도 고려하지 않는 태도였으니.

"뭐라고 말씀을 드려야 할지…….."

"대답을 해 주면 되는 것이오. 그런 일이 정말로 있었소?"

"……예."

이미 다 알고 물어보는 질문에 거짓말로 대답할 수도 없었다. 결국 자포자기의 심정으로 엘레나가 고개를 끄덕이자, 베르너 공은 그제야 만족스레 웃었다. 마치 자신이 그녀를 굴복시켰다는 것에 흡족해하는 듯이.

"그렇군. 이것을 받으시오."

베르너 공이 품에서 무언가를 꺼내 엘레나에게 건네주었다.

"이건…….."

"내가 아발론에 돌아온 것을 기념하여 우리 베르너가에서 여는 연회의 초대장이오. 비록 당장 며칠 뒤라 시한이 조금 짧기는 하지만, 내가 이걸 엘레나 신관에게 전해 주려고 이 새벽의 궁까지 직접 발걸음을 하였소."

이미 알고 있었다. 바로 어제, 르니에게서 똑같은 초대장을 받았으니까.

"연회 좋아하오?"

이 초대장을 그냥 받아도 되나 싶어 애꿎은 봉투 모서리만 만지작거리는 엘레나에게 베르너 공이 물었다.

"네. 좋아……합니다."

"그럼 다행이로군. 이번 연회는 아주 신경을 많이 썼다고 하니, 부디 와서 자리를 빛내 주시면 감사하겠소."

이제 엘레나는 베르너 공에 대해 한 가지 정의를 내리게 되었다.

속을 알 수 없는 사람. 대화에서 배제하며 무시할 때는 언제고, 이제와 자리를 빛내 달라니.

보통 사람들은 인사치레를 겉핥기처럼 하기 마련이다. 진심이 아니니 표정도 시큰둥하고, 감추려고 해도 주머니 속에 든 송곳처럼 어딘가 뾰족하고 까끌까끌하다.

하지만 베르너 공은 그렇지 않았다. 정말로 엘레나가 오지 않으면 정말 상심이 클 것 같은 얼굴이었다. 비단 얼굴만이 아니었다. 능숙한 배우의 연기를 보는 듯한 느낌이었다. 처음 이 자리에 합류했을 때부터 지금까지 줄곧.

"……초대해 주셔서 감사합니다. 그날 뵙겠습니다."

그 이후로도 엘레나는 음식이 입으로 들어가는 건지 코로 들어가는 건지 헷갈리는 시간을 보냈다.

베르너 공은 전처럼 그녀를 노골적으로 무시하지 않았지만, 외려 그게 더욱 그녀를 불편하게 만들었다. 조금이라도 실수를 했다간, 절벽 아래로 떨어질 것 같은 긴장감이었다. 수능 시험을 보고 나온 직후처럼 정신력이 바닥나 버려 그냥 이대로 침대에 몸을 묻고 한 3일쯤 아무도 만나고 싶지 않았다.

하지만 이런 느낌을 받는 것은 엘레나뿐인 듯했다. 바로 옆자리의 로잘린느는 뭐가 그리 즐거운지 연신 호호 웃음을 멈추지 않았다. 어떤 면에선 그런 그녀가 존경스럽기까지 했다. 동시에 이게 바로 귀족들의 대화구나 싶었다.

새벽의 궁에선 딱히 의식해 본 적이 없었던 귀족들의 삶은 순식간에 엘레나를 지치게 했다. 책에서 볼 때는 그저 색다르고 신기하기만 했던 것들이었는데, 겪으면 겪을수록 자신과는 맞지 않다는 생각이 강하게 들었다.

'아, 레이 보고 싶다.'

그리고 문득 어떤 사람이 하나 떠올랐다. 속 시원히 터놓고 이야기를 할 수 있는 사람. 엘레나라는 사람의 모든 것을 아무런 비밀 없이 알고 있는 사람. 그냥 아무 생각도 없이, 재고 따지는 것 없이 순수하게 함께 있는 시간을 즐길 수 있는 사람.

'나도 중증이긴 하구나.'

엘레나는 이런 상황에서도 좋아하는 사람을 떠올리는 자신이 우스워 피식 헛웃음을 흘렸다. 좋아한다는 마음을 자각한 순간부터 어떻게 막아 볼 틈도 없이 그가 그녀의 마음속을 가득 채워 나갔다.

누군가를 좋아해 본다는 것은 처음이다. 항상 먹고살기 바빠 사랑은 남의 이야기였다.

좋아하는 사람이 생기면 가슴이 두근거리고, 헤어지면 가슴이 아프다. 구구절절한 노래나 영화를 통해서 알고 있는 그 정도가 전부였다. 그러면서 사랑이 뭐가 그리 대수라고 그렇게들 목을 맬까, 궁금해하기도 했다.

그런데 직접 겪어 보니 그럴 만했다. 이렇게 온 세상이 바뀌는데, 다들 사랑에 울고불고할 만하지.

여전히 그 이유는 알 수 없었다. 왜 하필 레이라는 남자가 좋아지게 된 것인지.

단지 잘생긴 외모 때문만은 아닐 것이다. 르니에나 메이나드 앞에 선 그녀의 심장이 너무나도 멀쩡했다.

분명 무언가가 있겠지. 이렇게 갑자기 잘 알지도 못하는 그 사람이 좋아진 이유가. 기다리다 보면, 시간이 지나면 분명 알 수 있을 거란 예감이 들었다.

달그락. 불편한 가시방석에 앉아서 현실 도피라도 하듯 아드레이를 떠올리고 있던 엘레나의 귀에 작은 소음이 들려왔다. 찻잔을 놓친 것인지 살짝 인상을 찌푸리며 냅킨으로 손가락에 넘친 찻물을 닦는 티토가 보였다.

평소와 같은 날이라면 뜨겁다 고래고래 소리를 지르며 엄살을 떨었을 테지만, 오늘은 이상하게 감추려 하는 기색이었다.

큰아버지가 그렇게 무서운 것일까? 물론 어린아이들이 나이 지긋하고 명절에나 얼굴 보는 친척을 어려워하는 건 자연스러운 일이었다. 하지만 지금 티토의 태도는 그런 것과는 조금 달라 보였다.

'어려워하는 게 아니라, 무서워하는 것 같은데…….'

엘레나는 티토를 조금 더 자세히 들여다보기 시작했다. 단순히 감기가 심해져 컨디션이 좋지 않은가 보다 했는데, 열이 올라 불그스름해야 하는 얼굴이 창백했다. 찻잔을 쥔 손가락은 파들파들 떨리고 있기까지 했다.

가장 시선을 끈 것은 푹 숙이고 있는 티토의 얼굴이었다. 그저 힘이 없어서 그러려니 했던 것이 이제 보니 차마 베르너 공을 쳐다보지 못하는 것 같았다.

괜찮아요? 마침 눈이 마주친 티토에게 엘레나가 입모양으로 물었다.

끄덕끄덕. 티토는 슬쩍 웃으며 고개를 끄덕였지만, 조금도 설득력이 없었다. 오히려 마음만 더 안 좋아졌다. 어린애가 뭘 안다고 저렇게 힘없는 얼굴로 나는 괜찮다, 거짓말하며 걱정을 끼치지 않으려 할까.

"이런, 식사에 거의 손도 대지 않았구나."

베르너 공의 말에 티토의 작은 어깨가 움찔했다.

"그것이…….."

티토는 당황해서 뭐라 변명도 하지 못했다. 눈도 마주치지 못하고 우물쭈물하는 어린 공작에게 조금은 여유를 주어도 좋으련만, 미소를 짓고 있는 와중에도 티토를 훑는 베르너 공의 눈초리는 차갑고 못마땅하기만 했다.

"몸이 좋지 않은가 보구나."

"아, 아닙니다. 괜찮습니다."

"티토 님, 아니 공작님이 근래에 감기 기운이 조금 있으셨습니다."

엘레나가 얼른 끼어들어 한마디 도왔다. 하지만 베르너 공은 그녀의 말을 믿지 않는 듯했다.

"세간에는 마치 네 병이 씻은 듯 나았다는 말이 돌더니."

역시 눈치가 빠른 사람이었다. 티토의 증세가 감기가 아니라는 것을 단번에 꿰뚫어 보았다. 덕분에 티토의 어깨는 더욱 움츠러들었다.

"이래서야 황족의 체면이 서질 않으니. 엘레나 신관, 공작의 이 괴이한 병은 치유력으로 어찌 안 되오?"

마치 티토가 황족의 수치라도 되는 양, 베르너 공의 말은 온통 가시가 돋쳐 있었다. 한 마디 한 마디가 티토에게 상처가 되고 있음은 불 보듯 뻔했다.

"하긴, 이런 괴병은 라한께서도 역부족이시겠지."

만약 엘레나가 여느 신관들처럼 굳건한 신심을 가졌다면 바로 이 대목에서 자리를 박차고 일어났으리라. 단 한 문장으로 티토와 라한 신, 그 신도들까지 욕보이는 데에 성공한 베르너 공은 이제 못마땅한 기색을 숨기지 않으며 덧붙였다.

"그래, 내가 반가운 마음에 눈치 없이 오래 앉아 있었구나. 네가 불편해하는지도 모르고 말이다."

"아, 아닙니다, 백부님. 죄송합니다."

티토가 뒤늦게 사과했지만, 베르너 공은 이미 자리에서 일어나기로 마음을 먹은 듯했다.

"내 부관을 불러 주게. 출발할 채비를 하라 일러야 하니."

마침 후식을 들고 들어온 하인에게 베르너 공이 단호하게 말했다. 접시를 내려놓은 하인은 허리를 한 번 꾸벅하더니 서둘러 식당 밖으로 걸어갔다.

"채비가 되는 대로 자리를 비워 줄 테니 맘 편하게 식사를 하거라."

"배, 백부님. 정말 그런 게 아닙니다."

"줄곧 식사에 손도 대지 않았잖느냐. 지금도 마찬가지이고."

"후식을 먹으려는 마음에 그랬습니다."

티토가 허겁지겁 후식용 포크를 손에 들었다.

그 모습에 엘레나는 결국 인상을 찡그리고 말았다. 왜 저렇게까지 하는 것일까. 왜 저렇게 절박한 모습을 보이는 것일까.

정말로 몸이 좋지 않고 뒤늦게라도 그것을 깨달은 백부가 자리를 떠나면 기분이 깔끔하지는 않겠지만, 어찌 보면 다행인 일이었다. 몸을 회복하고 난 뒤, 제대로 사과를 하거나 다시 한번 자리를 마련하면 되지 않을까.

"절대로 병이 도져서가 아니……."

보란 듯이 포크를 들고 앞에 놓인 후식을 찍어 입으로 가져가던 티토의 눈이 무언가에 고정되었다.

쨍그랑.

디저트 포크가 떨어지며 요란한 소리를 내었다. 주방장이 심혈을 기울여 만든 산딸기 케이크가 바닥에 부딪쳐 엉망으로 나뒹굴었지만 티토는 그것을 내려다보지 않았다.

"흐윽, 흑."

여전히 눈을 어딘가에 고정한 채, 마치 목이 졸리는 듯한 소리를 내기 시작했다.

"티토 님?"

이상을 감지한 엘레나가 티토를 불렀지만, 그마저도 들리지 않는 듯했다. 손부터 시작된 떨림이 어깨를 타고 번지더니, 종국에는 온몸에 잔뜩 힘이 들어갔다.

"아, 아냐. 으으…… 아니야, 으으윽."

티토가 반복적으로 고개를 가로저으며 잔뜩 억눌린 목소리로 중얼거렸다.

"티토 님, 괜찮으세요?"

심상치 않았다. 더 이상 커질 수 없을 정도로 크게 뜨인 눈에 서린 공포가 초점을 먹어 치웠다.

"으아아……."

엘레나는 고개를 돌려 그 와중에도 티토가 눈을 떼지 못하는 곳을 바라봤다. 그곳에는 검은 머리의 남자가 서 있었다.

"……부르셨습니까."

그는 자신을 보고 어린아이가 공포에 질려 있는데도 일말의 표정 변화도 없이 베르너 공의 앞에 고개를 숙이고 서 있었다.

"으으윽…… 킥, 허억!"

"티토 님!"

꽈당.

티토가 있는 힘껏 테이블을 밀쳤지만, 원목과 석재로 만들어진 무거운 테이블은 꿈쩍도 하지 않았다. 대신 의자가 뒤로 중심을 잃고 밀려나 티토의 몸도 그 옆에 함께 나뒹굴었다.

"이게 도대체 무슨 일……."

티토에게로 뛰어가는 엘레나의 귀에 로잘린느가 놀라 중얼거리는 목소리가 들려왔다.

"티토 님, 티토 님! 괜찮으세요? 조금만 진정을…… 꺅!"

발작적으로 몸을 떠는 티토를 진정시키려 엘레나가 그 어깨를 잡았을 때였다. 티토가 있는 힘껏 그녀를 밀어냈다. 이 작은 몸 어디에서 그런 엄청난 힘이 나오는 것인지 알 수 없었다.

엘레나는 훌쩍 뒤로 밀려나 엉덩방아를 찧었다. 순간적으로 허리까지 시큰한 것이 제대로 부딪쳤구나 싶었지만, 일단 그런 걸 신경 쓸 겨를이 없었다. 티토가 숨을 제대로 쉬지 못하는 것이 보였기 때문이다.

"일리야 님! 일리야 님!"

엘레나는 엉금엉금 기어 다시 한번 티토에게로 다가가며 어디에 있을지 모를 일리야를 불렀다. 다행히 몇 초 지나지 않아 식당 문이 벌컥 열리며 놀란 얼굴의 일리야가 뛰어 들어왔다.

"어, 어째서. 공작 전하!"

티토의 모습에 발작을 일으키고 있다는 것을 단번에 알아차린 일리야가 절망적으로 외쳤다.

"왜 이러시는 거예요! 무슨 일이 있었던 건가요!"

"모, 모르겠어요. 베르너 공과 이야기를 나누다가 갑자기……."

"한동안 괜찮으셨는데. 전하, 공작 전하! 정신 좀 차려 보…… 꺅!"

마찬가지로 티토에게 다가가려던 일리야는 겁에 질려 마구잡이로 팔을 휘두르는 티토의 손에 얼굴을 제대로 맞고 밀려났다. 일단 전에 숲에서처럼 움직이지 못하게 잡고 신성력으로 진정시키는 수밖에 없었다.

"누구라도 도움을 좀…… 도와주세요!"

엘레나가 외치는 말에 사람들이 다가섰다. 일리야를 부르는 외침에 식당으로 들어왔던 새벽의 궁 기사들이었다.

"커허헉, 시, 싫어! 싫어어!"

하지만 그것은 오히려 역풍을 불러왔다. 자신에게 가까이 오는 남자들과 그들이 허리에 맨 검을 본 티토의 발작이 더욱 심해졌다.

숨을 제대로 쉬지 못해 안 그래도 모자란 산소를 공포에 질려 소리 지르는 데에 모두 사용한 티토는 누군가에게 목이 졸린 사람처럼 얼굴이 검붉어진 상태로 꺽꺽거렸다.

"이, 이런……."

티토의 증상이 더욱 심해지자 다가오던 기사들이 전부 겁을 먹고 뒤로 물러났다.

이대로 두면 정말로 죽을지도 몰라. 엘레나는 그런 생각이 들며 덜컥 겁이 났다. 전에 티토가 경기 일으키는 모습을 본 적이 있지만, 그때와 지금은 비교할 수 없을 정도로 강도가 세었다.

엘레나는 이를 악물었다. 이유는 모르겠지만 이미 말로 진정시킬 수 있는 단계는 지난 듯했다. 아무리 옆에서 이름을 불러도 티토는 이성을 잃은 상태라 아무것도 들리지 않는 듯했다.

"티토 님, 협조 좀 합시다……."

헐렁하고 긴 신관복 소매를 팔꿈치까지 밀어 올린 엘레나가 눈물과 침으로 범벅이 된 티토의 얼굴을 보며 중얼거렸다. 그리고 바로 티토에게로 달려들었다.

"크으윽, 시, 싫어, 컥! 손대지, 허억, 손대지 마!"

물론 티토의 반항은 거셌다. 아무리 어린아이여도 살겠다고 버둥거리는 힘은 무지막지했다.

"도와드릴게요!"

붉게 부어오른 얼굴을 부여잡고 앉아 있던 일리야가 다가와 티토의 무릎을 눌렀다. 갑자기 다리가 마음대로 움직이지 않자 티토가 멈칫하는 것이 느껴졌다.

이때다. 엘레나는 기회를 놓치지 않고 티토의 양손을 붙잡았다.

"……큭…… 커헙!"

정말 좋지 않았다. 이제 티토는 정말로 당장이라도 숨이 넘어갈 것처럼 껄떡였다.

"크윽……!"

마침내 그녀의 손에서 흰색 치유의 빛이 흘러나오기 시작했다.

"제, 제발…… 좀……!"

엘레나는 이를 악물며 손아귀에 힘을 주었다. 그러나 자신의 손을 구속에서 풀려는 티토의 반항이 만만치 않았다. 그 탓에 빛은 이어지지 못하고 고장 난 형광등처럼 자꾸만 끊겼다.

엎친 데 덮친 격으로, 티토가 발길질을 시작했다.

"으윽!"

어느 정도 각오했던 일이지만, 그래도 아팠다. 결국 흰 신관복에 발자국이 남았다.

하지만 엘레나는 티토의 손을 놓지 않았다. 아니, 오히려 그럴수록 손에 힘을 더욱 가했다. 놓지 않을 거야.

"다 괜찮아요. 괜찮아질 거예요, 티토 님."

그녀는 모든 정신을 다해서 신성력을 조금이라도 더 전하려고 애썼다. 동시에 희게 겁에 질린 티토의 눈과 시선을 맞췄다. 귀로는 들리지 않더라도 눈빛은 통할 수 있지 않을까.

"그으윽…… 큭."

끊임없이 눈물을 흘리던 티토가 마침내 엘레나를 바라봤다. 그 이후 티토의 움직임이 잦아든다 싶더니, 그녀의 손을 떨쳐 버리려 다시금 팔을 크게 움직였다.

그 한 번의 동작에 티토의 손톱이 엘레나의 흰 목을 길게 할퀴었다. 투둑 소리와 함께 신관복의 일부분도 뜯겨 나갔다.

"엘레나 님!"

놀란 일리야가 그녀를 불렀지만, 엘레나는 포기하지 않았다. 티토에게서 눈을 떼지 않고 마주 잡은 손을 통해 흰빛을 불어넣는 것에만 집중했다.

"으으…… 으으……."

그 노력에 반응하듯 티토의 격한 움직임이 조금씩 잦아들었다.

잡혀 있는 손을 비틀어 빼내려던 무지막지한 힘도 조금씩 약해졌고, 마구잡이로 차던 발길질도 그저 땅을 긁는 듯한 움직임으로 바뀌었다. 그럴수록 엘레나는 신성력의 밀도를 높여 갔다.

그리고 어느 순간, 목각 인형의 줄이 끊어지는 것처럼 티토의 눈이 감기며 몸이 무너져 내렸다. 의식을 잃은 듯했다.

"……후우."

엘레나는 긴 한숨을 쉬었다. 그녀의 품에서 잠든 것처럼 고른 숨을 내쉬는 티토의 무게가 제법 묵직했다.

"공작 전하…… 흑."

일리야는 이제야 참았던 눈물을 쏟았다. 그녀는 땀과 눈물로 흠뻑 젖은 티토의 뺨을 안타깝게 쓰다듬었다.

"티토 님을 침실로 옮겨 주세요."

아무것도 하지 못하고 뒤에서 상황만 지켜보던 한 기사가 엘레나의 말에 얼른 다가와 티토를 안아 들었다. 근래 들어 제법 건강해지고 컸다고 생각했는데, 기사의 품에 안긴 아이는 너무나 작고 약해 보였다.

"엘레나 님, 괜찮으신 거예요?"

눈물을 닦으며 일리야가 물었다.

"저는 괜찮아요. 그냥 조금 긁힌 것뿐이에요."

사실은 넘어지며 부딪친 엉덩이와 여러 번 차인 배, 그리고 손톱 자국이 길게 남은 목덜미까지 안 아픈 곳이 없었지만, 발작을 일으키고 쓰러진 티토에 비할 바는 아니었다.

"일단 티토 님을 조금 더 지켜봐야겠어요."

엘레나는 그렇게 말하며 바닥에서 일어났다. 그리고 테이블 쪽으로 고개를 돌려 이 난장판에도 아직까지 자리를 지키고 앉아 있는 베르너 공과 로잘린느를 바라봤다.

도와주지 않았다고 그들은 비난하는 것은 아니었지만, 그래도 아무것도 하지 않고 손 놓고 있다는 것은 그녀의 상식으론 도저히 이해할 수 없는 일이었다.

"보시다시피 일이 생겨 더 이상 식사를 함께하지 못하겠네요. 그럼 저는 이만."

엘레나는 아무렇게나 인사를 하곤 식당을 빠져나왔다. 예법에 어긋나든지 말든지, 지금은 그런 것을 신경 쓰고 싶지 않았다. 그 망할 예의라는 것을 지키려다가 상황이 이렇게 돼 버렸으니까.

아프면 쉬어야 했다. 어린아이가 아픈 몸으로 갑자기 찾아온 백부를 대접하다 이런 일이 난 것이라고 생각했다. 특히 경기를 일으키기 직전까지 티토를 몰아붙인 베르너 공을 좋게 볼 수 없었다.

엘레나의 성의 없는 작별 인사를 시작으로 기사와 고용인 여럿이 그 뒤를 쫓아가는 바람에 식당이 텅 비고 조용해졌다. 로잘린느는 마치 폭풍이 지나간 듯한 느낌에 제자리에 멍하니 앉아 있었다.

"쯧쯧."

그런데 건너편에서 작게 혀 차는 소리가 들려왔다. 베르너 공이었다.

방금 일어난 일에 놀라서 아직도 심장이 두근거리는 로잘린느에 비해, 베르너 공은 별다른 동요는 없어 보였다. 작은 디저트용 포크로 케이크 조각을 잘라서 먹는 모습은 우아하기까지 했다.

"후우."

로잘린느는 스스로를 진정하기 위해 물을 한 잔 다 마셨다.

일전에 본 적이 있지만, 리바이 공작의 병은 정말로 괴병이었다. 금방이라도 죽을 것처럼 공포에 질려 이성을 잃고 날뛰는 모습은 보고 있는 사람마저 무섭게 했다.

"영애는 너무 걱정 마시오. 공작은 무사할 테니."

"예? 아…… 예. 그러시길 바랍니다."

티토가 아니라 스스로에 대한 생각을 하고 있던 로잘린느는 의식적으로 더욱 안타까운 표정을 지어 내며 고개를 끄덕였다.

"엘레나 신관이 함께 있지 않소. 다 죽어 가는 사람도 일으켜 세웠다니, 치유해 내겠지."

윈터힐 백작을 살려 낸 엘레나는 어찌 보면 베르너 공에게도 은인인 것이나 마찬가지였다. 그 자리에서 백작이 사고로 죽기라도 했다면, 큰 낭패를 볼 뻔했으니 말이다.

하지만 그녀의 신성력은 그에게 골칫거리에 가까웠다.

'치유'라는 말이 어울릴 정도의 신성력을 가진 것은 지금까지 교황이 유일했다. 황궁 안에 따로 신전을 짓고 교황이 그곳에 상주하는 것도 그런 이유에서였다. 유사시 황제의 목숨을 살릴 수 있도록 말이다.

그런데 이제 그런 능력을 가진 신관이 하나 더 나타났다.

물론 엘레나가 가진 힘이 교황에 견줄 만한 것이라곤 믿지 않았다. 소문은 부풀려지기 마련이었고, 윈터힐 백작의 부상이 어느 정도로 심했던 것인지 확신할 수 없을뿐더러, 귀족들 사이에 떠도는 소문만을 신뢰할 순 없었다.

조금 전, 발작하는 티토를 신성력으로 진정시킨 것을 보아 맹물보다 나을 것이 없는 포션이나 만들어 내는 보통 신관보다는 좋은 실력을 가진 듯했지만.

"그런데 영애께서 고생이 많겠구려. 평민과 함께 일을 해야 하니 말이오."

"예? 그, 그것을 어떻게……."

막 물을 한 모금 더 마시려던 로잘린느는 놀라 반문했다.

"급하게 예법 공부는 한 듯하나, 내 눈을 피할 수는 없지."

베르너 공이 느긋하게 냅킨으로 아무것도 묻어 있지 않은 입가를 닦았다.

"평민은 어디까지나 평민일 뿐. 내 조카님인 바크란 1세께선 평민들을 가르쳐 보려 고생하고 계시지만, 사실 다 부질없는 짓이 아니오? 모름지기 백성이란 그저 배불리 먹여 주기만 하면 감사하고, 그것이 최고의 행복인 자들이지. 아니 그렇소?"

"공의 지혜에 탄복할 따름입니다."

로잘린느는 티토의 일은 모두 잊어버릴 만큼 가슴이 후련해 감탄했다.

중앙 귀족들은 제아무리 귀족파라고 하더라도 평민들을 위한 정책을 주장하는 황제의 눈치를 보는 경향이 강했다. 아무리 저들끼리 있는 자리라 해도 베르너 공처럼 속 시원한 말들은 하지 않았다. 황제의 힘이 어디까지 뻗쳐 있을지 모르기 때문이다.

그래서 비슷한 말을 하더라도 비유를 거치거나 넌지시 돌려 말하며 조그맣게 킥킥댈 뿐이었는데.

역시 베르너 공은 달랐다. 현 황제도 '내 조카님'이라고 부르는 위치에 있는 분다웠다.

"제국이 점점 반대로 가고 있소. 태생에 따라 고귀한 이들과 천한 것들이 갈리는 것은 당연한 일인데. 그것을 거스르려고 하니 여기저기서 잡음이 들려올 수밖에."

로잘린느는 저도 모르게 고개를 끄덕끄덕했다. 알알이 주옥같고 지당한 말씀이었다.

식사의 마지막, 조금 남은 과일주로 입을 헹군 베르너 공은 자리에서 일어났다. 로잘린느도 예법에 따라 얼른 일어섰다.

베르너 공이 뒤를 향해 작은 손짓을 하자 검은 머리의 남자, 케인이 얇은 외투를 가지고 다가왔다. 아무리 여름이더라도 격식에 맞는 옷을 모두 갖춰야 하는 귀족들이 입는 얇고 가벼운 재질의 코트였다.

"베르너 후작이 이르길, 프란시스 남작 영애에게도 초대장을 전했다고 하던데. 연회에는 올 생각이오?"

로잘린느의 얼굴이 활짝 개었다. 믿을 수 없었다. 베르너 후작과 그 아버지가 자신에 대한 이야기를 나누었다니. 꿈만 같은 이야기에 그녀는 두 손을 꽉 모아 쥐었다.

"그, 그럼요! 아주 기대하고 있습니다, 베르너 공."

본인이 기대하던 반응을 보이는 로잘린느의 모습에 외투의 매무새를 만지던 베르너 공의 입가에 미소가 지어졌다. 사실 연회의 초대 명단에서 프란시스 남작가를 본 것이 기억이 났을 뿐이지만, 순진한 남작 영애가 이렇게 알고 있는 것이 훨씬 편리했다.

"그럼 연회에서 뵙겠소, 프란시스 영애."

테이블 건너편에 있는 로잘린느의 손등에 입을 맞추지 않는 대신, 한 번의 묵례를 한 베르너 공은 그대로 새벽의 궁을 나가 마차에 올랐다.

"아주 흥미롭군. 아주 흥미로워."

리바이 공작의 옆에 붙어 있다는 신관을 살펴보려 했을 뿐인데 생각보다 훨씬 많은 것을 건졌다. 프란시스라는 남작가의 여식은 꽤 흥미로웠다. 다양한 용도로 사용할 수 있는 카드였다.

동시에 어린 공작의 병태가 소문과는 달리 아직 그대로였고, 과거의 기억에서 회복하려면 멀었다는 것도 확인했다.

물론 가장 혁혁한 성과는 엘레나를 무조건 연회에 참석하게 만든 것이다. 주최자인 베르너 후작도 모자라 연회의 주인공인 베르너 공 자신에게서도 초대장을 받았으니, 연회 참석의 선택권은 그녀에게 더 이상 없었다.

"확인을 해 보아야겠지."

이번 연회에 엘레나가 꼭 참석을 해 주었으면 하는 이유. 베르너 공은 그녀에게서 확인할 것이 있었다.

20장

20장

새벽의 궁의 주인인 리바이 공작이 백부인 베르너 공과의 저녁 만찬에서 예의 발작을 일으키고 나서 얼마간의 시간이 지났다.

나쁜 소문이 훨씬 빨리 퍼져 나간다는 것을 입증이라도 하듯, 괴병을 이겨 내고 훌륭한 회복을 보여 주던 어린 공작의 안타까운 소문은 그 즉시 퍼져 나가 아발론 사교계를 뜨겁게 달궜다.

모두들 역시 리바이 공작은 글렀다며 혀를 찼다. 소식을 접한 이 중 진심으로 안타까워하는 이는 드물었다.

그러나 그것도 잠시, 점점 절정으로 치솟는 여름의 열기에 모든 것이 축 늘어져 내렸다. 1년 내내 휴일을 모르고 열리던 귀족들의 연회도, 심지어는 작은 다과회마저도 멈춰 버렸다. 한낮의 기온이 너무나 높아서 약속 장소까지 움직이기도 힘들었기 때문이다.

그러던 중, 모두들 손꼽아 기다리던 날이 다가왔다. 바로 베르너 후작가에서 열리는 가면 축제 날이었다.

영광스럽게 초대장을 받은 귀족들은 더위를 피해 도망 다니는 와중에도 부지런히 몸을 놀려 자신만의 독특하고 특별한 가면을 마련하려 동분서주했다.

덕분에 아발론의 몇 되지 않는 가면 판매상들은 그 어느 때보다도 바쁜 시간을 보냈다. 어린아이들을 위한 가면극에나 간간이 사용되던 가면이 불티나게 팔려 나갔다.

지체 높은 고위 귀족들은 이미 만들어진 기성품에 만족하지 못하고 자신이 준비한 연회복에 맞춰 가면을 제작하기를 원했다.

몇몇 모자 제작자들은 임시적으로 가면을 함께 제작하기도 했다. 평소 화려한 깃털과 반짝이는 보석으로 모자를 꾸미던 기술이 손쉽게 구할 수 있는 안대형의 가면에 개개인의 개성을 반영해 내는 방법과 맞아떨어졌기 때문이다.

베르너가의 연회에 초대받은 가문뿐만이 아니라, 초대장 없이도 참가할 수 있는 야시장에 대한 소문을 접한 다른 귀족들까지도 뒤늦게 축제 준비에 뛰어들었다. 결국 아발론 내의 온갖 귀족과 부유한 평민들은 저마다 가면과 특별한 연회복을 손에 넣기 위해 혈안이 되었다.

그렇게 오븐의 열기처럼 뜨거운 여름에 조용히, 그러나 꾸준히 가면 축제에 대한 기대감이 부풀어 올랐다.

그리고 드디어 축제 당일. 마치 폭풍 전야처럼 아발론의 귀족들은 모두들 집 밖으로 나오지 않고 숨죽여 해가 지길 기다렸다.

그것을 모르는 평민들은 오늘따라 귀족들이 거리에 보이지 않는다며 무슨 변고가 있는 것은 아닌가 어리둥절해했지만, 사실 그들은 연회 준비를 하느라 바쁜 것뿐이었다.

"머리끝도 좀 손보는 건 어때?"

"머리끝이요? 어, 어떻게요?"

"이렇게 굽슬굽슬하게 말이야."

"구, 굽슬굽슬……."

새벽의 궁 안에서도 여타 귀족가와 비슷한 장면이 연출되었다. 하지만 예리한 눈으로 의자에 앉아 거울 앞의 여인을 향해 이런저런 조언을 하고 있는 것이 어린아이라는 점이 조금 달랐다.

"역시, 공작 전하께서는 안목이 탁월하셔요!"

"정말요! 이렇게 끝을 살짝 말아 주니 훨씬 화려하고 보기도 좋은 걸요!"

"그럼, 내가 누군데."

어깨를 으쓱한 티토가 홀짝, 산딸기차를 마시는 동안 엘레나의 머리카락을 보며 손뼉을 치던 일리야와 새벽의 궁 하녀들이 소리 없이 시선을 주고받았다.

'다행이에요.'

'계속 이렇게만 하자고.'

그들 가운데에서 엘레나는 거울에 비치는 티토의 모습을 살폈다.

원인 모를 발작을 일으켰던 그날로부터 며칠, 티토는 지옥에 살았다. 그녀의 신성력으로 잠시 잠이 들었다가도 이내 경기를 일으키며 악몽에서 깨어나기를 반복했다.

잠을 자지 못하니 체력은 체력대로 바닥이 나고, 깨어 있는 시간은 대부분 침대에 옹크리고 앉아 공포에 떨며 보냈으니 몸은 갈수록 홀쭉해져 갔다.

그 모습을 보며 눈물을 그치지 못하던 일리야는 결국 사흘째 되던 날, 간병의 피로에 의해 쓰러지고 말았다.

그 뒤로 티토의 간호는 오롯이 엘레나의 몫이 되었다. 그동안 새벽의 궁에서 잘 먹고 잘 살았던 보람이 있어 엘레나는 티토를 보살피면서도 딱히 병에 걸린다거나 기력이 바닥나지는 않았다. 다만 자신의 무기력함에 진저리를 쳤다.

차라리 어디가 부러지거나 크게 찢어진 상처였다면 신성력으로 단번에 고쳐 내었을 것이다. 하지만 티토의 정신적인 충격에는 치유의 힘이 그리 효과적이지 못했다.

할 수 있는 것이라곤 고작 티토가 더 이상 버티지 못할 것 같을 때에 잠들게 해 주는 것뿐이었는데, 그것마저도 티토에게는 휴식이 아니었다. 아이는 잠을 자는 동안에도 악몽에 시달리며 신음을 흘렸다.

"나, 쿠키 조금 더 줘."

"예, 공작 전하."

그런 티토가 갑자기 회복세를 보인 것은 바로 어제의 일이었다.

또다시 악몽을 꾸며 괴로워하는 티토에게 얼마 남지 않았던 신성력을 모두 쏟아붓고는 그대로 엎드려 잠이 들었던 엘레나를 작은 손이 흔들어 깨웠다. 거의 잊고 살았던 밝은 표정을 하고 있는 티토였다.

—위로 올라와서 편하게 자. 눈 밑이 시꺼멓다고.

금방이라도 어떻게 될 것처럼 사람 속을 태워 놓고선. 조금 지쳐 보이긴 했어도 언제나와 마찬가지로 개구지게 웃으며 그렇게 말하는 티토를 보고 엘레나는 그 자리에서 엉엉 울어 버렸다.

그런데 따라서 울 줄 알았던 티토는 오히려 그녀의 어깨를 도닥였다. 그 모습이 또 사무쳐서 그녀의 울음은 더욱 커졌다. 티토의 침실에서 흘러나오는 우는 소리에 놀라 뛰어온 하녀들과 일리야 덕에 엘레나는 금방 눈물을 그쳤다.

그렇게 정신없는 와중에도 한 가지는 분명히 알 수 있었다. 앓아누운 며칠 동안 티토는 자신의 내면에서 다른 사람들은 알 수 없는 무언가를 찾았고, 그것이 티토를 성장시켰다는 것을.

"그런데 왜 굳이 붉은색이야?"

"네?"

"염색 마법약 말이야. 왜 하필 빨간 머리로 만드냐고."

기운은 차렸지만, 말수가 눈에 띄게 줄고 대신 창밖을 바라보며 생각하는 시간이 많아진 티토가 전처럼 밝은 모습으로 챙기기 시작한 것이 바로 엘레나의 가면 축제 준비였다.

그래서 티토를 간호하느라 피곤이 쌓여 대충 르니에가 보내온 옷과 가면만 챙겨 입고 가려던 엘레나도, 이런 조심스러운 시기에 시끌벅적하게 축제 준비나 할 수 없어서 가만히 있었던 새벽의 궁 사람들도 태도를 바꿨다. 티토가 좋아하는 일이라면 뭐든 돕고 싶은 것이다.

"글쎄요. 마법약뿐만이 아니라 르니에 님이 보내온 옷이나 가면도 모두 다 붉은색이잖아요. 색을 맞춘 거겠죠."

엘레나는 왠지 불만스러운 표정의 티토를 바라보며 어깨를 으쓱했다.

조금 있으면 해가 지고 밤이 될 것이다. 이미 베르너 후작가에서 보내온 의상을 모두 챙겨 입고 연한 화장도 마쳤으니, 이제 남은 것은 상자에 동봉되어 있던 염색약을 사용하는 것뿐이었다.

"그런데 정말로 이걸 마신다고요?"

"예. 하지만 사용 시간이 제한되어 있어서 마차에서 내리기 직전에 드셔야 해요."

일리야의 말에 엘레나는 염색약이 담긴 작은 유리병의 뚜껑을 열어 킁킁 냄새를 맡았다. 그녀가 알고 있는 '염색약'과는 완전히 다른 개념의 물건이지만, 어쩐지 코를 찌르는 암모니아 냄새가 날 것 같았다.

"……아무 냄새도 안 나기는 하네."

"신관님도 참, 마법약에서 무슨 냄새가 나겠어요."

새벽의 궁 하녀들마저 그런 엘레나가 우스워 작게 킥킥댔지만, 도로 뚜껑이 닫힌 작은 병을 바라보는 그녀의 눈은 여전히 미심쩍었다.

마시면 머리색을 바꿔 주는 물약이라니. 정말이지 '내가 정말 책 속으로 들어왔구나.' 싶은 순간들이었다.

"지금쯤 출발해야 하는 거 아냐? 슬슬 해가 지고 있는데."

티토가 노을 진 하늘을 가리키며 말했다.

"……티토 님."

"나 괜찮으니까, 갔다 와."

"하지만……!"

"그동안 너무 자서 더 이상 졸리지도 않고. 나 이제 아무렇지도 않다니깐."

티토는 웃으며 설렁설렁 말했지만, 엘레나는 여전히 불안했다.

"다녀와. 사고 안 치고 가만히 기다리고 있을게."

"그럼 정말로 빨리 다녀올게요. 혹시 또 무슨 일 있으면 교황 성하께도 사람을 보내셔야 해요. 알았죠?"

"엘레나가 오기 전에는 항상 그랬거든. 맘 편히 갔다 와."

결국 일리야의 도움을 받아 얼굴에 붉은 가면을 쓴 엘레나는 거울 앞에서 일어났다. 스르륵 소리와 함께 얇고 낭창한 드레스 자락이 아래로 떨어지며 춤을 췄다.

"……금방 갔다 올게요."

엘레나가 나간 뒤, 잠시 동안 노을 지는 하늘을 바라본 티토는 화장 도구를 정리하는 일리야에게 말했다.

"나, 펜과 종이 좀 가져다줄래?"

"……오랜만에 뵙네요."

새벽의 궁 문 앞에서 그녀를 기다리고 있던 베르너 후작가의 마차 문을 열자마자 이미 안에 앉아 있는 한 사람을 보고 엘레나가 떨떠름하게 인사를 건네었다.

"그러네요."

가면을 쓰긴 했지만, 반짝반짝 빛이 나는 금발이나 허리를 꼿꼿이 세우고 턱을 치켜든 도도한 모습은 영락없는 로잘린느였다.

그녀는 엘레나가 먼저 건넨 인사에도 시선을 내려 한 번 쳐다보기만 했을 뿐, 이내 다시 정면을 바라봤다. 가면 아래의 붉은 입술은 뒤틀려 있었다.

"이걸 밟고 올라가십시오, 신관님."

말을 보살피던 마부가 발 받침대를 가지고 달려와 엘레나 앞에 놓아 주었다. 새벽의 궁으로 오기 전, 모시러 가는 분이 어떤 분인지를 귀에 딱지가 앉도록 주의받은 마부는 극진한 태도로 그녀를 모셨다.

"넘어지지 않게 조심하시…… 얼레?"

평민이긴 하지만 귀족 여성의 에스코트를 어떻게 해야 하는지 잘 아는 마부는 엘레나의 한 손을 잡아 마차 위로 올라가는 것을 도우려 했다. 그런데 그녀가 앉아야 할 자리에 이미 누군가가 앉아 있는 것이 보였다.

"아니, 엄연히 주인이 있는 자리에……!"

조금 전 엘레나 신관의 동료라며 자신도 연회에 참석하니 베르너 후작가까지 동승하겠다던 귀족 영애였다.

사실 깐깐한 상관이 알면 꾸중을 들을 일이었지만, 태도가 워낙 고고하고 완강해서 어쩔 수 없이 '그러슈.' 하고 마지못해 승낙했다.

하지만 아무리 그래도 그렇지. 명백히 이 마차의 주인인 엘레나 신관이 앉아야 할 정방향 자리에 떡하니 자리를 잡을 건 뭔가. 마부의 눈치에도 불구하고 고개를 치켜들고 앉아 있는 여자의 모습에선 상식이나 염치는 찾아볼 수 없었다.

"괜찮습니다. 저는 역방향 자리여도 상관없어요."

"하지만……."

정작 로잘린느는 흥 하고 콧방귀까지 뀌는데, 마부가 외려 자신이 잘 못한 것처럼 삘삘 진땀을 흘리는 상황이 싫어 엘레나는 웃어 넘겼다.

결국 그녀가 로잘린느의 건너편, 불편한 역방향 자리에 앉은 뒤 마차가 출발했다. 현대의 자동차와는 전혀 다른 흔들거림도 이제 어느 정도 적응이 되어 더 이상 멀미를 하지 않는다는 게 불행 중 다행이었다.

"고맙다는 말도 할 줄 모르나요?"

"고맙…… 뭐요?"

얘가 지금 뭐래는 거야. 엘레나는 황당함을 감출 수 없었다.

멀쩡히 정신이 박힌 사람이라면 남의 마차에 올라타기 전에 먼저 양해를 구하고 자신이 조금 불편한 자리에 앉았을 것이다. 그런데 그런 염치도 보여 주지 않았으면서 이제는 뭐? 고맙다는 말?

"내가 방금 가만히 있어 줬잖아요? 마부에게 모두 다 말할 수 있었는데도 말이에요."

엘레나는 인정할 수밖에 없었다. 자신의 생각이 짧았다. 로잘린느에게 모든 사람은 평등하지 않았다.

"아, 그러니까…… 제가 평민인 것을 말하지 않고 참아 주셨다고요? 그래서 감사하다고 해야 한다는 그런 말인 거죠?"

"그래요! 평민인 그대가 나보다 상석에 앉을 수 없는 것은 당연하지 않나요?"

"어휴……."

하고 싶은 말을 보따리로 열 개는 담을 수 있었지만, 엘레나는 그냥 고개를 저었다. 말이 통하지 않을 것을 아는데 말해서 무엇 하리. 하지만 로잘린느는 그런 엘레나의 침묵을 다르게 받아들인 모양이었다.

"고맙다는 인사는 받은 걸로 하죠."

"그러세요, 그럼."

"도대체가 예의라고는 조금도 찾아볼 수가 없군요. 지금 베르너 후작님이 조금 관심을 보여 주셨다고 해서 그렇게 오만 방자하게 구는 건가요? 어이가 없군요."

로잘린느의 잔뜩 비꼬는 말에도 엘레나는 '어디서 개가 짖나' 하는 표정으로 그녀의 말을 완전히 무시했다.

처음엔 이 책 속 세상의 여자주인공이니 잘해 보려고 했고, 그녀의 성격을 알게 된 후에는 약점이 잡힌 것 때문에 시키는 대로 고분고분하게 말을 들었다. 그 뒤로 자신을 골탕 먹이고 못되게 군 일이 수없이 많았지만, 다 그러려니 했다.

날 때부터 사람에게 귀천이 있다고 굳게 믿는 사람이었고, 성격이 많이 모나기는 했어도 '똥이 무서워서 피하냐 더러워서 피하지.'라는 정신으로 최대한 거리를 두며 살았다.

하지만 이번 티토의 일로 그녀는 로잘린느에게 최소한의 관심도 두지 않기로 했다.

"정말로 그런 것이라면, 엘레나 신관 그대는 정말로 어리석고 무지한······.”

“제가 영애에게 더 이상 굽실거리지 않는 게 꽤 신경 쓰이나 보네요.”

“뭐, 뭐라고요?”

“그동안 영애가 좋은 사람은 아니지만 그래도 나쁜 사람도 아니라는 생각에 날 협박하는 것도, 내가 평민이란 이유만으로 부당하게 대우하는 것도 참아 왔어요. 그런데 이젠 더 이상 영애에게 예우를 갖출 필요를 못 느끼겠네요.”

사실 지금 당장 달리는 마차 문을 열어젖히고 그 밖으로 로잘린느를 휙 던져 버리고 싶은 것을 꾹 참고 있는 엘레나였다. 속이 부글부글 끓었다. 한때는 정말 예쁘다고 생각했던 저 얼굴이 추악해 보였다.

“역시 배운 것 없는 평민은 어쩔 수 없군! 제 주제도 모르고 후작님의 후광만 믿고 날뛰는 꼴이라니! 너 따위가 어떻게 생각하는지 상관없이 평민은 귀족을 섬기는 것이 당연한······.”

“소문내고 다녔죠? 리바이 공작 전하의 일.”

버럭버럭 잘도 소리를 지르던 로잘린느의 입이 딱 다물려 버렸다. 그러더니 가면 밑으로 드문드문 보이는 얼굴이 새빨개졌다. 그래, 너도 사람이라 양심이 있다면 부끄러운 줄은 알겠지.

“공작님이 쓰러지고 난 다음 날부터 소문이 너무 자세하게 빨리 퍼져 나간다 했더니, 참석한 티 파티와 독서 모임에서 남작 영애가 사람들에게 엄청 떠벌리고 다녔다면서요.”

처음에는 설마설마했다.

베르너 공이 방문하고 티토가 쓰러졌던 날, 티토를 침실로 옮기고 나서 일리야가 가장 먼저 했던 일은 새벽의 궁 고용인의 입단속이었다.

소문이라는 것이 막는다고 흘러나가지 않는 것은 아니었지만, 그래도 주의를 준 것은 쓸데없이 말이 부풀려지는 것을 방지하기 위해서였다.

그런데 바로 그다음 날부터 소문이 돌기 시작했다. 그리고 그 소문이 돌고 돌아 다시 새벽의 궁으로 들어왔다.

무엇보다 엘레나와 일리야를 놀라게 했던 것은 단순히 티토가 쓰러지고 경기를 일으킨 일에 대한 것뿐만이 아니라 그 전의 상황, 즉 베르너 공이 참석한 만찬에서 어떤 대화들이 오고 갔는지도 사람들의 입에 오르내리고 있었다는 것이다.

게다가 제대로 된 사실도 아니었다. 모두 누군가에 의해 잔뜩 부풀려지고 왜곡된 말들이라 사실과는 다른 점이 너무나 많았다.

예를 들면, 베르너 공이 만찬 내내 프란시스 영애가 얼마나 아름답고 정숙한 레이디인지 찬사를 아끼지 않았다는 말이나, 엘레나 신관에게는 말조차 한 번 붙이지 않을 정도로 그녀를 못마땅해했다는 것 등이었다. 게다가 티토가 쓰러지던 시점에 대해서는 더욱 그랬다.

소문만 듣자면 어린 리바이 공작은 마치 미치광이 같았다. 광기에 사로잡혀 눈에는 흰자위만 가득했고, 종국에는 테이블 위에 놓여 있던 나이프까지 쥐고 휘둘렀다고 했다.

모두 사실이 아니었다. 티토는 광기에 사로잡힌 것이 아니었다. 단지 너무나 무서워서 이성을 놓쳤을 뿐이었다.

게다가 나이프를 휘둘렀다니. 애초에 식사가 모두 끝난 뒤라 테이블 위에 식기는 남아 있지 않았다. 고작 디저트용 포크만 있었을 뿐이었다. 물론 티토는 그것마저도 놓쳐 바닥으로 떨구었지만.

마치 누군가가 악의적으로 뒤틀고 꼬아서 말을 퍼뜨린 것 같았다. 때문에 일리야는 사람을 써서 소문의 진원지가 어딘지 알아내라고 했고, 그 결과 일이 있었던 바로 다음 날 로잘린느가 참석했던 티 파티가 그 진원지인 것을 알 수 있었다.

일리야가 고용한 사람은 거기서 어떤 대화가 오고 갔는지도 상세히 써 왔다.

―리바이 공작님은 더 이상 손을 쓸 수 없을 정도랄까요? 이미 제정신이 아닌 분에게 제가 아무리 최고의 교육을 제공한다고 한들, 무슨 소용이 있겠어요?

그 티파티에서의 로잘린느가 했던 말 중 하나였다.

그러면서 그녀는 무서워서 더 이상 리바이 공작을 가르칠 자신이 없다며, 다른 가정교사 자리를 알아보고 있다는 말을 흘렸다고 했다. 일종의 홍보였다.

"영애가 공작 전하에게 호감을 가지고 있지 않은 것은 알겠지만, 그렇게까지 해야 했어요? 다른 걸 다 떠나서, 어린아이예요. 아직 여덟 살이라고요. 그런 아이가 경기를 일으키고 쓰러진 일을 그렇게 차에 곁들이는 다과처럼 다뤄야 했던 이유가 뭐죠?"

"그, 그거야 사실이니까요! 다른 분도 아니고 황위 계승 서열 1위인 리바이 공작 전하의 일이니 모두들 알 권리가 있죠! 이 제국의 안위가 걸린 일이니까!"

로잘린느는 당당했다. 조금은 부끄러워하고 저가 한 일에 대해 민망해하는 것 같더니 그것도 잠시일 뿐, 오히려 적반하장의 태도로 고개를 더욱 치켜들고 반박했다.

"안위요?"

"그래요! 만약 지금이라도 황제 폐하께 무슨 일이 생기면 당장 황위를 이어받으셔야 하는 분이 그런 비정상적인 분인 것을 모두들 알아야지요! 난 그래서 그런 말을 전했을 뿐이에요!"

엘레나는 그나마 남아 있던 로잘린느에 대한 실낱같던 정이 우수

수 떨어지는 것을 느꼈다.

사람도 아니야. 이 로잘린느라는 여자의 내부가 뭔가 심각하게 잘못되어 있다는 사실을 적나라하게 알 수 있었다.

"그럼 베르너 공께서 프란시스 남작 영애가 얼마나 아름답고 차기 베르너 후작 부인으로 적합한 레이디인지 말씀하셨다는 것도 이 제국의 안위를 위해서였나요? 그런데 베르너 공께선 실제로 그런 말 하신 적 없잖아요?"

"그, 그대가 못 들었을 뿐이지……!"

"그럼 공작 전하께서 과격하게 나이프를 휘둘러서 사람들을 다치게 할 뻔했다는 건요? 전하께선 손에 나이프를 쥔 적이 없어요. 그건 멀리서 구경만 하던 영애보다 가까이에서 치유를 하던 제가 더 잘 알아요. 그런 뻔한 거짓말을 할 만큼 영애가 형편없는 사람이라는 것을 이제라도 알았으니 다행이네요."

"건, 건방지게 감히!"

로잘린느가 버럭 소리를 지르며 결국 한쪽 손을 위로 높이 쳐들었다.

"날 그대로 때릴 건가요? 영애의 말대로 베르너 후작의 총애를 받고 있는 나를?"

이렇게 르니에를 판다는 게 조금 자존심 상하기는 했지만, 엘레나는 이 순간 로잘린느가 온몸을 부들부들 떨며 제 분을 못 이겨 아랫입술을 깨무는 모습이 너무나 통쾌하기 짝이 없었다.

"영애의 그 신분에 따라 대우를 달리하는 방법은 좀 문제가 있네요. 나처럼 비록 평민으로 태어났지만 가진 바 능력으로 자신의 미래를 개척해 나가는 사람들이 점점 많아지고 있거든요."

바크란 1세는 지독하게 친평민 정책을 고수하는 황제였다. 적어도 책이 끝날 때까지는 그랬고, 그것은 하루아침에 바뀔 만한 것이 아니었다.

그리고 이 말은 실제로 책 속에서 바크란 1세가 로잘린느에게 했던 말이었다. 제국민을 이루는 절대 다수인 평민들이 잘살 수 있는, 능력을 펼칠 수 있는 국가를 만들겠다면서 말이다.

그 말을 들은 로잘린느는 '참으로 멋진 제국이 되겠네요.'라고 했지만, 글쎄. 지금까지 엘레나가 봐 온 로잘린느는 그런 생각을 할 사람이 아니었다. 적어도 속으론 '이 황제가 제국을 말아먹는다.' 같은 말을 하고 있지 않았을까.

"물론 내 능력은 내가 가진 신성력이고요."

엘레나가 일부러 더욱 활짝 웃어 보였다.

"지금도 보세요. 나를 위해서 준비된 마차에 영애가 얻어 타지 않았나요?"

흥, 열받겠지. 더 열받아 보라고. 아무리 로잘린느가 열이 받아 봤자, 그녀가 할 수 있는 말은 상당히 제한되어 있었다.

"감히!"

이런 거나,

"너, 너 따위가!"

뭐, 이런 것 정도. 그녀는 엘레나의 말에 반박할 수 없었던 것이다. 조목조목 옳은 말만 골라했으니 말이다.

"혹시 내가 평민이라는 것을 다 까발려 버리겠다고 다시 협박해 내게서 굴종을 받아 내려는 생각이 있다면, 버리세요. 평민이라는 신분은 더 이상 저에게 큰 타격을 입히지 못하거든요. 뭐, 어차피 조만간 스스로 밝힐 생각이었으니까요."

카드 게임에서 흔히 쓰는 블러핑, 허풍이었다.

신분제는 이 세계의 기반인 사회 제도였다. 아무리 황제가 친평민 정책을 주장한다 하더라도, 엘레나가 평민이라는 것이 모두에게 알려지면 현실적으로 아무런 타격이 없을 수는 없었다.

하지만 그녀는 일부러 여유 만만한 표정을 지으며 어깨를 으쓱했다. 붉으락푸르락하는 로잘린느의 얼굴에서 자신의 허풍이 먹혀들었다는 것을 눈치챈 엘레나는 남몰래 한숨을 쉬었다.

'근데 얘가 정말로 바크란 1세랑 결혼하면 어떻게 하지.'

마음속에서 이런 걱정이 슬그머니 머리를 들었다.

로잘린느가 르니에나 메이나드와 엮이는 것은 처음부터 틀어진 것 같았다. 하지만 황제는 몰랐다. 구름 위의 존재 같은 바크란 1세의 행동반경은 엘레나가 알 수 있는 성질의 것이 아니었다.

아직까지는 책에서처럼 로잘린느가 황제의 앞으로 불려 가거나 하지는 않았다. 그런 일이 있었다면, 당장에 새벽의 궁의 모든 사람들이 알았을 것이다.

그러니 두 사람의 첫 만남이 정해진 대로 성사되지는 않았지만, 어디에선가 연이 닿았을지도 몰랐다. 예를 들면 황제가 황제인 줄 모른다거나.

이름이라도 알았다면 로잘린느에게 아무개란 사람을 아느냐며 모른 척 떠보기라도 할 수 있었을 텐데.

소설 속에서 황제의 본명 이니셜인 'A'는 무엇을 뜻하는지 끝까지 밝혀지지 않았다. 황제는 언제나 '바크란 1세'였고 로잘린느도 언제나 그를 '폐하' 혹은 '나의 태양'이라고만 불렀다. 워낙 특별한 의미를 가진 이름이라 바크란 1세는 때를 봐서 가르쳐 주려고 했던 것일까.

상념에 상념이 꼬리를 물고 이어지는 것을 느끼며 엘레나는 한숨을 삼켰다. 지금의 상황에선 부디 로잘린느가 황후가 되지 않기를 바라는 수밖에 없었다.

"이제 다 왔네요."

때마침 마차가 베르너 후작가의 정원을 가로질러 현관 앞에서 멈췄다.

엘레나는 줄곧 손에 쥐고 있던 마법 염색약을 한 번에 입에 툭 털어 넣고 자리에서 일어났다. 분명 아무런 맛도 나지 않는 액체이지만 색깔 때문인지 비릿한 맛이 느껴지는 것 같기도 했다.

베르너 후작가의 고용인들이 마차 문을 열어 주고 내려서는 엘레나를 에스코트했다. 엘레나는 로잘린느의 시선을 느꼈지만 일부러 그쪽은 쳐다보지도 않았다.

천장이 낮은 마차 문을 나오느라 살짝 허리를 숙이자 어깨 뒤로 늘어져 있던 머리카락이 앞으로 흘러내렸다.

마법약의 효과인지 단순히 붉은 머리칼이 된 게 아니었다. 루비를 녹인 것같이 반짝이는 광택이 흐르는 아름다운 색이었다.

엘레나가 마차에서 내려오는 사이 베르너가의 기사 하나가 초대장을 보여 달라는 듯 다가왔다. 기사는 그녀가 타고 온 마차를 몬 마부의 얼굴을 확인하고는 한 발짝 뒤로 물러났다. 그녀가 누구인지 아는 눈치였다.

"엘레나 신관님이십니까?"

"네, 맞아요."

"즐거운 시간 보내십시오."

그게 전부였다. 다른 귀족들이 거친 깐깐한 신분 확인이나 초대장이 진짜인지 검사하는 절차도 없었다.

엘레나는 베르너 후작가의 넓은 계단 한가운데를 걸어 올라가며 더욱 여유를 부렸다. 그녀의 뒤편에서 말소리가 들려왔다.

"영애는 누구십니까? 신관님의 일행이십니까?"

"이, 일행? 나도 초대장을 받은 이 연회의 손님이에요!"

"그럼 초대장을 확인하겠습니다. 이쪽으로 오시죠."

"하, 참!"

티토에 대해서 뒤에서 나쁜 말을 하고 다닌 복수다. 엘레나는 꿀꿀했던 기분이 한층 나아지는 것을 느끼며 계속 계단을 올랐다.

얼른 르니에를 만나서 자신의 뜻을 전하고 새벽의 궁으로 돌아가 티토와 조금 더 시간을 보내는 것. 그것이 오늘 저녁에 대한 계획이었다.

"계획을 수정해야 되는 건가……."

엘레나가 벽에 기대어 구두를 벗고 아릿아릿한 발을 주무르며 중얼거렸다. 그 모습에 주변에 있던 귀족 몇이 수군거리는 것이 느껴졌지만, 알 게 뭔가.

어차피 자신은 지금 얼굴을 반 넘게 가리는 가면을 썼고 머리색까지 바꾼 상태였다. 아무도 그녀를 알아보지 못하는 상황이니 체면보단 아픈 발이 우선순위를 가지는 게 당연했다.

"이것 하나는 편하네."

아무도 자신이 누군지 모른다는 것은 처음 겪는 생소한 경험이었다. 물론 귀족들에게 가면은 그냥 액세서리일 뿐이라 아는 사람들끼리 뭉쳐 다니고 있었지만, 애초에 아는 귀족이 없는 그녀는 이보다 더 자유로울 수 없었다.

"그나저나 도대체 어디 있는 거야?"

르니에가 작정한 게 틀림없었다. 이 가면 축제를 기점으로 베르너 후작가를 제국 귀족들 중 가장 위에 두겠다고 말이다. 그렇지 않고서야 이런 규모의 연회를 열 리 없었다.

"그러니까 저기 저 앞에 야시장이랑 이 베르너 후작가 1층과 2층 전부가 다 연회 장소라는 거지?"

도대체 돈이 얼마나 들었을까. 저절로 궁금해지는 규모였다.

이렇게 경탄한 것은 엘레나뿐만이 아니었다. 이곳에 모인 귀족들 태반이 베르너 후작가가 이번에 쓴 돈이 도대체 얼마일지, 그리고 그 정도의 재산을 한 번의 연회에 쏟아부을 수 있는 후작가가 얼마나 대단한지 쉬지 않고 이야기하고 있었으니까.

그런 면에서 이번 가면 축제는 그 목적을 훌륭히 달성했다고 볼 수 있었다.

"아, 모르겠다. 잠깐 앉아서 쉬어야지."

엘레나는 연회장에 딸린 발코니로 걸어 나갔다.

연회장은 거대한 크기 때문인지 저택 안쪽에 자리한 게 아니라 저택의 외부로 돌출된 형태였다. 덕분에 연회장의 삼면에 여러 개의 발코니가 붙어 있었다.

복층 구조로 되어 있는 거대한 연회장에서 엘레나가 찾은 곳은 2층에 위치한 비교적 한적한 발코니였다.

"어느 세월에 찾지. 벌써 1시간은 지난 것 같은데."

이곳에 와서 보자고 했지만, 다들 가면을 쓰고 있는 통에 르니에가 누군지 알 수 없었다.

처음 이야기를 들었을 때는 신기하기도 하고 재밌겠다는 생각이 먼저 들었던 가면 축제였지만, 지금은 짜증만 났다. 도대체 이 넓은 곳 어디서 어떻게 르니에를 찾아 해야 하는 말을 전하고 궁으로 돌아갈 수 있을까.

"다들 퍽이나 재밌나 보네."

화려한 가면을 쓴 채 다른 연회 때보다 훨씬 들떠 보이는 귀족들을 보고 엘레나가 중얼거렸다. 기분이 좋지 않으니 말이 좋게 나오지 않았다.

다른 때 같았으면 이런 연회 특유의 분위기를 즐기고 사람들 구경하는 재미를 챙겼겠지만, 이곳에 참석한 사람들 대부분이 로잘린느가 퍼뜨린 티토에 대한 이상한 소문을 믿고 수군거렸을 것이란 생각을 하니 모두들 미워 보였다.

"다들 꽤 즐거워하는 모양이군."

이상하다, 내가 한 말 아닌데? 엘레나는 자신의 속마음과 똑같이 말한 목소리의 주인을 찾아 주변을 휘휘 둘러보았다.

"다녀와라, 난 이곳에 있을 테니."

어딘지 모르게 귀에 익은 그 낮은 목소리는 바로 옆 발코니에서 들려온 것이었다.

그곳에는 두 남자가 있었는데, 그중 한 사람이 다른 사람에게 작게 인사를 하더니 발코니를 나갔다. 그러면서 연회장과 발코니를 나눈 커튼이 움직였다.

그 때문에 연회장의 밝은 빛이 어둑어둑한 발코니를 비춰 엘레나는 몇 초쯤 남자의 얼굴을 제대로 볼 수 있었다.

"어……라?"

그를 빤히 바라보던 엘레나의 눈동자가 활짝 커졌다. 비록 남자는 가면을 쓰고 있었지만 그녀는 알 수 있었다.

남자는 시선을 알아차리지 못한 듯했다. 그는 한 손에 샴페인을 들고 연신 귀족들의 웃음소리가 들려오는 연회장을 건조한 눈으로 바라보았다.

남자의 얼굴에서 눈을 떼지 않은 채로 엘레나는 급하게 벗었던 신발을 꿰어 신었다. 그리고 남자가 자리를 떠날까 싶어 발걸음을 서둘렀다.

베르너 후작가의 가면 축제로 향하는 길, 아드레이는 어색한 가면을 열 번째로 고쳐 쓰며 미미하게 인상을 찌푸렸다.

"많이 불편하십니까?"

건너편 좌석에 앉은 메이나드가 웃음기 가득한 목소리로 물었다.

"⋯⋯괜찮다."

아드레이는 가면에서 손을 떼고 팔짱을 끼며 대답했다. 그 뒤로 두 사람 사이에는 아무런 대화가 없었다.

마차 밖의 소리가 들려오도록 조용했지만, 메이나드도 아드레이도 그런 침묵이 자연스러웠다. 두 사람 모두 그리 수다스러운 성격은 아니었으니 이런 시간이 익숙했다.

그러는 사이 어느새 마차는 베르너 후작가 근처에 도착했다.

"연회에 야시장이라니. 르니에답군요."

메이나드가 밖에서 안을 볼 수 없도록 굳게 내렸던 마차의 커튼을 슬쩍 치워 밖을 보며 말했다.

"퍼킨스 상단, 타른 상단이 야시장을 세우는 데에 조력했다고 합니다."

누군가가 들었다면 고개를 갸웃할 만한 대목이었다. 퍼킨스 상단과 타른 상단 모두 귀족파에 줄을 대고 있는 유명한 상단들이었다.

퍼킨스 상단의 상단주 드미트리 폰 퍼킨스 남작은 원래 평민 출신으로, 돈으로 작위를 산 인물이었다.

　제국의 남녘에서 무역을 하던 일개 중소 상인에 지나지 않던 그가 준남작 작위를 살 만큼의 부를 축적한 것은 아이러니하게도 아드레이가 일으켰던 3국 정복 전쟁 때였다.

　황제 덕에 돈을 번 자가 왜 귀족파에 붙었는지는 밝혀지지 않았지만, 위스퍼가 알아본 바로 퍼킨스는 귀족파 인사 중 하나인 롬켈 자작의 서자였다.

　비록 공식적으로 서자로 인정받지도 못한 혼외 자식이지만 롬켈 자작은 자신의 아들을 꽤 아꼈고, 퍼킨스가 롬켈 자작령에서 상단을 시작할 수 있도록 꽤 많은 돈을 투자해 주었다고 했다.

　그러니 퍼킨스 상단이 근래 들어 공공연하게 귀족파 가문들이 가장 애용하는 상단 중 하나가 되고 있는 것은 어찌 보면 당연한 일이었다.

　그러나 퍼킨스 상단보다도 아드레이에게 더욱 경종을 울리는 것이 바로 타른 상단이었다.

　타른 후작가는 윈터힐 백작가가 자리를 비운 사이 귀족파 가운데에서 가장 굳건하게 입지를 다진 가문이었다. 타른 후작가를 강인하게 만드는 것은 제국 전역을 어우르는 재력과 인력이었다.

　재력은 두말할 필요도 없이 권력의 상징이자 원천이다. 영지에 온전히 의지하던 시대는 지나갔다. 귀족 세계에서도 모름지기 돈이 있어야 사람이 모이고 힘이 모이기 마련이었다.

　또한 타른은 이페른 제국이 왕국이었을 때부터 재상, 기사단장 등의 걸출한 인물들을 배출해 낸 유서 깊은 가문이기도 했다. 그들이 오랜 세월 다른 귀족 가문들과 쌓아 온 유대와 최근 타른 상단을 거치는 제국 전역의 인력망은 무시할 수 없었다.

"너무 걱정 마십시오. 언제나처럼 양쪽 간의 다리 역할을 하는 것 아니겠습니까."

메이나드가 여전히 팔짱을 낀 채 눈을 감고 있는 아드레이를 위로 하듯 말했다.

지난 몇십 년간 베르너 후작가는 언제나 그래 왔다. 자칫 강하게 대립할 수 있는 황제파와 귀족파 사이의 윤활제가 되어 주었다.

선대 베르너 후작인 베르너 공과 현 후작인 르니에는 특유의 사교성을 십분 발휘하여 자신만의 방법으로 황제를 도왔다. 일단은 그렇게 여겨졌다.

"……."

하지만 아드레이는 여전히 묵묵부답이었다.

후작가 앞에 마련된 야시장의 규모가 예상했던 것보다 크고 성황리에 운영되고 있다는 것은 마차 밖에서 들려오는 소리만으로도 이미 판단할 수 있었다.

이곳에 모인 사람들, 그리고 추후에 이 축제에 대해 이야기를 전해 들을 사람들 모두 베르너 후작가를 재평가할 것이다. 그리고 그것이 이 거대한 연회의 유일한 목적임을 아드레이는 잘 알고 있었다.

"초대장 확인하겠습니다."

아드레이와 메이나드가 마차에서 내려 후작가 저택 앞에 섰다. 휴고의 가문인 그랜트 백작가에 온 초대장 덕에 두 사람은 아무런 잡음 없이 무사히 연회장에 입성할 수 있었다.

마법 염색약으로 머리칼을 금발로 바꾸고 얼굴의 대부분을 가리는 가면을 쓴 아드레이와 메이나드를 알아보는 사람은 아무도 없었다.

"어디로 가시겠습니까."

메이나드가 조용히 물었다.

"연회장이 잘 보이는 곳으로 가자."

아드레이의 명령을 이행하기 위해 주변을 둘러보던 메이나드의 눈에 2층에 위치한 발코니가 보였다. 저곳이라면 복층 구조로 된 연회장 전면과 더불어 후원까지도 한눈에 볼 수 있을 것 같았다.

그렇게 인적이 드문 발코니에 자리를 잡은 두 남자는 다시금 침묵에 잠겼다. 메이나드는 품에 숨겨 온 단검을 의식하며 주변을 경계했고, 아드레이는 샴페인을 홀짝이며 연회에 참석한 귀족들의 면면을 살폈다.

"계획은 잘되어 가고 있나?"

"예. 하지만 폐하……."

메이나드가 잠시 머뭇거렸다.

"베르너가입니다. 정말 그런 조치까지 필요할까요?"

오늘 임무의 목적이 무엇인지 들어 알고는 있었지만, 여전히 믿기 어려운 듯했다. 메이나드는 암울한 눈으로 작게 고개를 저었다.

"설사 그런 마음을 먹었다고 하더라도, 이렇게 보는 눈이 많은 곳에서 사람을 모으는 것은 무모한 짓입니다."

아드레이의 명으로 위스퍼의 수장 풀먼 후작은 요원 수십을 연회장 내부와 외부의 야시장에 슬쩍 섞어 놓았다.

그들의 임무는 간단했다. 축제 중에 베르너 공이 중심이 되어 열리는 회담이 있다면 그곳에 참여하는 사람들의 명단을 작성하는 것.

비록 가면과 분장으로 인해 쉽지 않은 임무였지만, 귀족들 간의 대화로 그들의 정체를 유추하는 것은 위스퍼들에게 그리 어려운 일이 아니었다.

"가면을 쓰게 한 데에는 이유가 있을 것이다."

가면 축제는 자신의 신원을 숨기고 다른 사람이 된 것처럼 즐기기에도 용이했지만, 다른 누군가의 신원을 숨기는 일에도 적합했다. 대외적인 명분이야, 매번 똑같은 연회에 질린 아발론 귀족들에게 색다른 재미를 선사하겠다는 것이지만 그게 전부일 리 없었다.

규모가 전에 없이 큰 것도 아드레이의 신경을 거슬렀다. 야시장을 즐기는 평민들이 베르너 저택 안으로 들어올 수는 없지만 참석한 인원이 워낙 많았다. 그러니 저택 밖으로 나가면 정말 누가 누구인지 알 수 없는 상황이 생겨 버린다.

"이렇게 요란한 연기를 피워서 감추려고 하는 것이 대체 무엇이지."

오랫동안 짐작은 해 왔지만 직접 눈으로 확인한 이상, 더 이상 모른 체할 수는 없었다.

"다들 꽤 즐거워하는 모양이군."

그때, 발코니 앞을 지나가던 부엉이 가면을 쓴 여성이 메이나드를 향해 슬쩍 수신호를 보내왔다. 위스퍼였다. 급하게 그를 불러내는 것을 보니 움직임이 포착된 것이 분명했다.

"다녀오겠습니다."

마찬가지로 염색약을 사용해 잿빛이 섞인 은발로 머리카락 색을 바꾼 메이나드가 그렇게 말하고는 여인이 사라진 방향으로 걸어갔다.

"다녀와라. 난 이곳에 있을 테니."

멀어지는 메이나드에게 그런 말을 건넨 아드레이는 손안의 샴페인 잔을 무표정한 얼굴로 굴렸다.

샴페인이 톡톡 기포를 터트렸다. 그의 취향은 이런 디저트처럼 달달한 술이 아니라 체첸 같은 독하디독한 화주였지만, 사교를 위한 파티에서 그런 술은 구할 수 없었다.

알지 못하는 사람들의 웃음소리가 뒤섞여 들려왔다. 그가 서 있는 이 연회장과 저 멀리의 야시장 양쪽이 다 시끌벅적한 것이, 모두들 즐거워 보였다.

"그래, 얕은 즐거움이란 말이지."

언젠가 그의 백부 베르너 공이 말한 적이 있었다.

—무지렁이 같은 백성들을 가르치고 보듬으시려는 폐하의 성심을 헤아리지 못하는 것은 아니나, 모름지기 천한 것들에겐 값싸고 얕은 즐거움이 더 적합합니다. 그저 배불리 먹이고 재워 주면 되는 것이지요. 저들을 위한 학교를 열 개 지어 주는 것보단, 한 번의 떠들썩한 축제를 더 감사해할 겁니다.

정복 전쟁을 마치고 복귀한 뒤, 첫 번째 내치 정책으로 황제 직할령인 아발론에 글을 모르는 평민들을 위한 학교를 건설하겠다 천명한 아드레이에게 한 말이었다.

그것은 비단 베르너 공만의 의견은 아니었다. 이페른의 귀족은 언제나 그렇게 생각해 왔고, 지금도 그렇게 생각했다.

아니, 귀족만이라고 하기에는 무리가 있었다. 백성은, 평민들은 가축이나 매한가지였다. 가축과 일말의 차이점이 있다면, 말을 하고 세금을 낸다는 것 정도. 귀족 위에 군림한 황족 역시 그리 보아 왔다.

아드레이는 샴페인 잔을 발코니의 차디찬 석재 난간 위에 올려놓고 새삼 주변을 돌아보았다.

어쩌면 베르너 공을 위시로 한 그들이 한 말이 그리 틀린 말은 아니었을지도 모른다. 지금 먹고 마시고 떠드느라 바쁜 사람들을 보면 그랬다.

모두들 베르너 후작가를 칭송하기에 바빴다. 이 얼마나 굉장한 축제이자 연회인지, 그리고 이 모든 것을 베푼 베르너 후작가는 또 얼마나 대단한지.

아마 이것을 노렸을 테다. 아드레이는 피식, 비린 웃음을 감추지 않았다.

자신의 백부가 어떠한 마음을 품고 있는지는, 그에게 새로운 고민 거리가 아니었다. 직접 통치를 시작하고 얼마 지나지 않아 백부의 검은 속내를 알게 되었다. 저쪽이 속마음을 감추고 똬리를 틀기에, 이쪽도 모른 척해 주었을 뿐.

"이제 때가 다가오는 것인가."

이것이 아드레이의, 바크란 1세의 목적이었다. 이페른 제국의 황제는 가장 썩은 살을 도려내기 위해, 상처가 완벽히 곪기를 기다리고 있었다.

그동안 귀족들의 불충한 발언들을 말없이 들어 넘겼던 것도, 한동안 대부분의 권위를 신하들에게 맡기고 일선에서 물러나 있었던 것도, 그리고 모두. 이제 앞으로 조금만 더.

베르너 공은 황제와 귀족들 간의 작교 역할을 하는 척하며 조금씩 세를 불렸다. 황족으로서 누구보다 황권을 위하는 척, 혈족의 탈을 쓰고 귀족파를 다독이는 척.

그게 베르너 공이 그토록 자유롭게, 아드레이를 제외한 누구의 의심도 받지 않고 자유롭게 움직일 수 있었던 이유였다.

자신과 같은 뜻을 가진 귀족들을 모은 후 나이를 핑계 삼아 아발론에서 멀어지는 것도 그의 계획의 일부였다. 제도에서 서쪽으로 멀리 떨어진 베르너 영지에서 힘을 모으기 위해. 군대를 모으고 전쟁을 대비할 식량을 모으기 위해.

그들이 윈터힐 백작까지 한편으로 끌어들인 것은 분명 예상 밖의 일이었다. 북쪽의 움직임이 심상치 않다는 위스퍼의 정보에도 확신이 없었으나, 얼마 전 윈터힐 저택을 비밀리에 방문한 베르너 공의 모습을 포착했고 의심은 사실이 되었다.

위스퍼들이 백작령에서 활동하며 정보를 모을 시간을 끌어 주려 백작을 아발론에 묶어 두었더니, 생각지도 않게 백부가 걸려들었다. 이것을 행운이라 불러야 할지, 말아야 할지.

"정말 거추장스럽군."

아드레이는 가면 때문에 부득이하게 좁아진 시야에 불평했다.

황제임과 동시에 뛰어난 검사. 항시 주변을 경계하는 것이 익숙한 그에게 지금의 상황은 마치 두 손을 묶인 것처럼 답답했다.

이 자리에서 당장 가면을 벗어 던질 수는 없으니, 체내에 있는 마나를 사용해 기감을 예민하게 끌어올려 주변을 탐지했다.

본능에 의한 감지였던 것일까. 모두가 마법에 홀리기라도 한 것처럼 느릿하고 여유롭게 움직이는 이 연회장에서 누군가가 빠르게 그가 있는 발코니로 다가오고 있었다.

메이나드는 아니었다. 아드레이만큼이나 뛰어난 기사인 그는 자신의 기척을 죽일 줄 알았으며, 발걸음이 이렇게 가볍지 않았다. 혹시 그저 지나가는 사람인가 싶었지만, 그 인영의 움직임은 정확하게 이곳을 향했다.

연회장 입장 때 무장을 막은지라 늘 가지고 다니던 장검이 없었다. 품에 손을 넣어 숨겨 온 호신용 단검을 집은 그는 소리 없이 발코니 벽 쪽으로 몸을 숨겼다.

때마침 달이 구름에 가려졌다. 검 자루를 쥐지 않은 손이 발코니 출입구 쪽을 밝히고 있는 촛불을 껐다.

치익, 작은 소리와 함께 발코니의 한쪽이 순식간에 어두워졌다. 발코니로 다가온 인영이 얇은 커튼을 걷고 한 발짝 안으로 들어섰다.

'여인?'

허리에서 넘실거리는 긴 붉은 머리를 가진 여인이 발코니 안으로 들어와 주변을 두리번거렸다. 바람에 나풀거리고 있는 커튼 자락만큼이나 얇고 낭창한 붉은 드레스를 입고 있는 그녀는 쓰고 있는 가면마저도 붉은색이었다.

옷차림이 과하다 느낄 법도 한데, 여인의 잡티 없는 백옥 같은 피부엔 더할 나위 없이 어울려 그런 생각이 들지 않았다.

"이상하다. 분명히 여기 있었는데."

아드레이의 짐작대로, 여인은 그를 목표로 이곳으로 이동한 것이 분명했다.

아드레이의 고개가 갸웃했다. 목소리가 익숙했기 때문이다. 그는 자기도 모르게 어둠 속에 숨겼던 몸을 움직였다.

스윽. 그의 옷자락이 까슬한 돌벽에 마찰되며 작은 소리를 냈다. 그리고 그 순간, 여인이 그의 인기척을 느끼고 놀라 몸을 크게 돌렸다.

"아······."

아름다웠다. 멀리서 희미하게 비친 조명에 붉게 빛나는 여인은 그 이외의 말로 표현할 수 없었다.

아직 밤이 일러 뜨지 않은 달의 빛을 혼자 받고 있는 양, 그녀의 백옥 같은 피부가 은은하게 빛을 발했다.

빙글 도는 움직임에 드레스 자락이 넓게 펄럭였다. 시간이 늘어졌다. 같은 곡선을 그리며 그녀의 기다란 머리칼도 허공에서 춤을 췄다.

붉은 가면 아래의 동그랗게 뜨인 황금색 눈동자가 그를 바라봤다. 찬란한 빛이 가득한 고귀한 색이었다.

아드레이의 심장이 뛰기 시작했다. 그의 머리가 알아채기 전에 가슴이 먼저 움직였다. 저 신비로운 붉은 여인이 누구인지 본능이 먼저 반응했다.

"……엘레나?"

멍하니 그녀의 이름을 불렀다. 그러자 그를 옭아맨 금빛 눈에 반짝임이 서렸다.

활짝 웃는 얼굴이 오로지 그를 향했다. 잠시 멈췄던 시간이 다시 흐르기 시작하며 맑고 경쾌한 목소리가 그의 귓가에 어느 노래보다 선명히 들어왔다.

"레이!"

그 어느 누가 자신의 이름을 불러 준들 이보다 기쁠까. 아드레이는 방금까지 그를 괴롭히던 무거운 시름이 증발하는 것을 느끼며 그녀에게로 다가섰다.

"역시 레이일 줄 알았어! 여긴 어떻게 온 거예요? 레이도 초대받은 거예요?"

엘레나는 거추장스러운 드레스 자락을 아무렇게나 양손으로 그러쥐고 성큼, 그를 향해 큰 걸음을 내디디며 물었다. 방금 전까지는 무색, 무취, 무미였던, 말 그대로 아무것도 아니었던 연회가 그를 만난 것만으로 특별해졌다.

오길 잘했어. 스스로도 뻔뻔하다고 느낄 만큼 그녀의 마음이 쉽게 바뀌었다. 가면이 위로 밀려 올라가도록 활짝 웃는 스스로를 느꼈다.

"……이런."

애석하게도 아드레이는 마주 웃지 못했다.

이곳은 두 사람이 만나던 비밀스런 내원의 연무장이 아니었다. 그는 지금 '아드레이 폰 로만'이 아니었다.

신분을 숨기고 가면을 쓰고 있을지언정, 아드레이는 이곳에 바크란 1세로서 와 있었다. 위스퍼 요원들이 연회장 곳곳에 퍼져 있었고, 잠시 자리를 비운 메이나드는 당장이라도 이곳으로 돌아올지 몰랐다.

"레이? 앗, 혹시 내가 방해한 거면…….

그리 밝지 못한 아드레이의 얼굴에 엘레나는 알은체한 것을 즉시 후회했다. 나 혹시 지금 엄청 눈치 없었던 건가.

길을 가다가 우연히 마주친 것처럼 반가워서 바로 달려왔는데, 생각해 보니 이곳은 베르너 후작가의 연회였다. 엘레나처럼 권력이나 사교계 평판에 관심이 없는 사람에게나 사적인 자리이지, 일반적인 귀족에게는 어느 때보다 행동에 신경을 쓰고 조심해야 하는 공적인 자리인 것이다.

이곳에 그의 가족들이 있을 수도 있었고, 높은 귀족과의 중요한 자리가 마련되어 있을 수도 있었다. 당황한 듯 주변을 휘휘 둘러보는 아드레이의 반응이 이해가 갔다.

"미안해요. 인사했으니까 나는 그럼 이만 가 볼…….

엘레나가 씁쓸하게 웃으며 물러나려고 할 때였다. 아드레이의 큰 손이 그녀의 손목을 잡아 왔다.

"이쪽으로."

어쩔 수 없는 선택이었다. 멀리로 사라졌던 메이나드의 기척이 다가오기 시작했으니.

그들은 최대한 사람들의 눈을 피해 인적이 드문 연회장 구석의 계단을 거쳐 1층으로 내려갔다.

"으앗, 잠깐만요! 드레스 밟혀요!"

그가 이끄는 대로 뒤따르던 엘레나가 소리쳤다.

아드레이가 큰 걸음으로 서둘러 걷고는 있었지만 평소의 그녀라면 못 따라잡을 속도는 아니었다. 하지만 르니에가 보내온 신발이 입고 있는 드레스에 어울리는 얇고 높은 굽을 가진 구두라는 게 문제였다.

그녀의 목소리를 들은 아드레이는 잠시 멈칫하더니 무언가에 쫓기듯 아무도 없는 복도 저 뒤편을 흘끔 보고는 눈썹을 찌푸렸다.

"아무도 없는데요?"

엘레나도 눈을 가늘게 뜨고 으슥한 복도를 노려봤지만, 발자국 소리 하나 나지 않았다.

"있다."

"응? 레, 레이!"

몸이 훌쩍 들리는 느낌에 눈을 질끈 감은 엘레나가 다시 눈을 떴을 때, 그녀는 이미 아드레이에게 번쩍 들려 안겨 있었다. 일명 공주님 안기.

이게 도대체 무슨 일이야. 주변에 사람은 없는 것 같지만, 어쩐지 매우 민망하고 매우 부끄러워서 엘레나는 자꾸만 올라가려는 입꼬리를 아래로 끌어 내리며 표정 관리에 힘썼다.

"뭐, 뭐 하는 거예요!"

본능적으로 아드레이의 목을 감싸 안으며 엘레나가 작게 소리쳤지만, 그는 아무런 대답이 없었다. 분명히 걷고 있는 것 같은데, 웬만한 사람이 뛰는 것보다 빠른 속도로 베르너 후작가 저택을 벗어나고 있었다.

뭐가 그렇게 급한지는 모르겠지만 엘레나는 잠자코 있기로 했다. 그건 가까이서 풍겨 오는 그의 체향이 좋다거나, 온몸으로 느껴지는 그의 단단한 몸이 좋다거나, 자연스레 나누게 된 조금은 뜨거운 듯한 체온이 좋았기 때문은 아니었다.

그저 그가 무슨 이유에서인지 저택을 벗어나고 싶어 하는 것 같았기 때문에 그에 협조한 것뿐이었다.

마치 말을 탄 듯한 속도로 이상하게도 누구도 마주치지 않고 후작가를 빠져나온 그는 근처의 골목에 도착해서야 멈춰 섰다. 그리고 품에 안았던 그녀를 조심스레 내려놓았다.

아드레이는 먼 거리를 주파한 사람 같지 않게 호흡이 멀쩡했고, 머리끝부터 발끝까지 한 군데도 흐트러진 구석이 없었다.

그에게서 떨어져 나온 엘레나는 왠지 모를 진한 아쉬움을 털어 내기 위해 흠흠 작게 헛기침을 하며 물었다.

"누구한테 돈이라도 빌렸는데, 그 사람이 쫓아오기라도 한 거예요? 뭐가 그렇게 급해서. 말도 없이 덥석 안으면 어떻게 해요?"

심장 떨리게. 성인 하나를 안고 뛴 건 아드레이인데, 정작 가슴이 두근거리고 있는 것은 엘레나였다.

"······실례를 했군. 미안하다."

자신의 행동이 엘레나에 대한 큰 무례가 될 수 있다는 것을 깨달은 아드레이가 즉시 사과했다.

"아, 아니, 뭐. 괜찮아요."

그리고 두 사람은 자연스레 축제의 현장 쪽을 향해 걷기 시작했다. 멀리서 들려오는 왁자지껄한 소음과는 대조적으로 두 사람 사이엔 침묵이 흘렀다.

조금씩 어색해지기 시작한 엘레나는 괜히 옷매무새를 다듬었다. 길게 늘어뜨린 머리카락부터 멀쩡해 보이는 옷자락까지. 가면이 조금 돌아간 것만 빼면 별 이상은 없어 보였다.

움찔. 말없이 다가온 아드레이의 손가락 하나가 가면에 얽혀 있던 그녀의 머리칼을 떼어 내 주었다. 깜짝 놀란 엘레나가 그를 바라보니, 묵묵히 앞만 보고 걷고 있을 줄 알았던 아드레이가 그녀를 바라보고 있었다.

그녀와 마찬가지로 가면을 쓰고 있는 그의 푸른 눈이 오늘따라 더욱 다정하게 느껴지는 건 왜일까.

"고, 고마워요."

"별말씀을."

심장이 너무 쿵쾅거려 점점 곤란해질 때쯤, 야시장의 시끄러운 소리가 두 사람 사이에 섞여 들었다. 다행이다. 엘레나는 몰래 가슴을 쓸어내렸다.

아무리 그녀가 먼저 고백을 했고, 대놓고 짝사랑 중이라고 말했다 하더라도 자신이 이렇게 설레어 하고 있다는 것을 들키는 건 조금 자존심이 상하는 일이었다.

"잘 지냈나."

야시장의 외곽에 들어섰을 때쯤 아드레이가 먼저 물었다.

"아, 그러고 보니 오랜만이네요!"

티토가 아프면서 3일에 한 번씩은 꼭 보던 두 사람은 벌써 몇 번이나 비밀스런 회동을 갖지 못했다.

전처럼 기사단을 통해서 연락은 했지만, 티토 때문에 정신이 없는 와중에도 혹시 말을 전해 듣지 못한 그가 전처럼 나와서 기다리고 있지는 않을까 하여 그녀는 마음이 쓰였다.

"미안해요. 내가 좀 바빴어요. 공작 전하 옆에 좀 있어 드려야 할 것 같아서…… 레이도 들었죠? 새벽의 궁에서 있었던 일."

이미 궁내에, 아니 아발론에서 그 일을 모르는 사람들은 없을 것이란 생각이 들었다. 로잘린느가 작정하고 퍼트린 소문은 날개 돋친 듯 빨리도 퍼져 나갔다.

"들었다. 공작 전하는 괜찮으신가?"

"네. 이제 조금 나아졌어요. 다시 식사도 하시구요. 그래도 좀 불안해서 조금 더 옆에 있으려고 했는데. 오늘은 어쩔 수 없이 나왔거든요. 베르너 후작님께 드릴 말씀도 있고 해서. 그래서 금방 들어가 봐야 해요."

엘레나는 아드레이가 묻지 않은 것까지 우르르 쏟아 내듯 대답했다. 너무 혼자서만 떠들었나 싶은 생각이 들었지만, 그녀를 바라보는 얼굴은 여전히 웃고 있어 안심이 되었다.

"그런데 레이는 오늘 가족들이랑 같이 온 거예요?"

이번에는 엘레나가 물었다.

"아니, 동료······ 동료와 함께 왔다."

"동료······ 동료면 기사단 사람이겠네요?"

위스퍼들은 기사가 아니었지만, 메이나드는 기사단의 일원이었다. 그녀에게 거짓말을 하지 않아도 된다는 사실에 아드레이가 안도하며 고개를 끄덕였다.

"그렇구나. 기사단에서도 이런 데에 오는구나······."

"한데 나를 어떻게 알아봤지?"

"네?"

"가면을 쓰고 있고 머리색도 바뀌었는데."

"어? 진짜네요? 금발로 바꿨구나!"

그의 머리칼이 평소의 검은색이 아니라는 것을 뒤늦게 알아챈 엘레나가 와아 하며 아드레이를 더욱 유심히 바라봤다.

"레이, 나 부탁 하나만 들어주면 안 돼요? 그 가면, 잠깐만 벗어 봐요."

금발인 레이가 어떻게 생겼는지 제대로 보고 싶단 말이야. 엘레나는 그의 곤란해하는 표정을 즐기며 졸랐다.

"한 번만요! 잠깐만! 네? 보고 싶단 말이에요!"

"그런 게 왜 보고 싶지?"

"원래 좋아하는 사람에 대해선 별게 다 알고 싶고 보고 싶고 그런 거거든요."

이왕 고백도 했으니 거리낄 것이 없었다. 엘레나의 직선적인 말에 아드레이는 잠시 멈칫하더니 느린 동작으로 가면을 벗었다.

"와, 와아……."

사실 호들갑을 떨 생각은 없었던 그녀였지만, 아드레이가 가면을 벗는 순간 탄성이 터져 나와 버렸다.

금발의 그는 전혀 다른 느낌이었다. 파란색보다는 좀 더 어두운 군청색이라고 생각했던 눈동자 색도 머리 색이 밝아지자 덩달아 더욱 밝게 보였다. 강하고 묵직한 느낌은 사라지고 웬 미남자가 서 있었다.

"레이, 몰랐는데 예쁘게 생겼네요!"

"예, 예쁘다니……."

눈 밑이 붉어진 아드레이는 엘레나와 눈도 마주치지 못하다가 서둘러 다시 가면을 썼다. 가까이 다가선 엘레나로부터 얼굴이 조금 가려지자 그제야 숨이 조금 트이는 것 같은 느낌에, 거추장스럽게만 느껴졌던 가면을 쓰고 있는 것이 다행으로까지 여겨졌다.

황태자 즉위식, 황제 대관식 등 수백, 수천의 사람들 앞에서도 언제나 당당하기만 했던 그였지만, 엘레나 앞에서는 그저 부끄러워하는 미남자였다.

"그대도…… 머리색을 바꿨군."

"아, 이거요? 네, 자의는 아니었지만 뭐. 바꿔 봤어요. 마법 염색약도 처음 먹어 봤고. 어때요?"

엘레나는 조금 두근거리는 마음으로 아드레이를 바라보며 물었다.

사실 그에게서 많은 것은 바라지 않았다. 원래 무뚝뚝한 사람이니 이상하다고만 하지 않으면 다행이었다.

아니나 다를까. 야시장의 축제 등 아래에 서 있는 아드레이는 말이 없었다. 그저 자신을 바라볼 뿐이었다.

역시, 물어 뭐 해.

짝사랑 주제에 너무 많은 걸 바라는 자신에게 스스로 혀를 찬 엘레나가 다른 말을 꺼내려는 때, 아드레이가 조금 전 머리카락을 떼어 내 줄 때처럼 그녀의 얼굴로 손을 가져왔다.

"잠시."

그의 낮은 목소리와 함께 귓등에 걸려 있던 가면의 끈이 툭 하고 풀어져 내렸다. 어느새 얼굴 대부분을 가리는 가면에 익숙해졌던 듯, 맨살에 공기가 닿는 것이 어색하다고 느꼈다.

엘레나는 자기도 모르게 얼굴을 붉혔다. 마주쳐 오는 푸른 눈에 그녀의 속눈썹이 파르르 떨렸다.

문득 후회가 됐다. 염색약을 먹은 뒤로 제대로 거울을 본 적도 없는데. 새벽의 궁 사람들의 도움으로 어떻게 화장을 하기는 했지만, 가면 뒤에서 어떤 모습이 되었을지도 모르는데.

화장이 형편없이 뭉개져서 우스꽝스러운 모습은 아닐까. 혹시 붉은색 머리가 안 어울리지는 않을까. 짧은 시간 동안 많은 생각이 엘레나의 머리를 스쳤다.

"아름답다."

두근, 심장이 한 번 크게 요동을 침과 동시에 그녀의 눈동자도 흔들렸다. 혼란스러운 그녀의 마음을 아는 것인지 모르는 것인지, 아드레이는 가면 너머에서 옅게 웃으며 덧붙였다.

"오늘의 그대도 원래의 그대만큼이나 아름다워."

장난인가 싶었지만 아름다운 그의 미소에 농담이 섞여 든 자리는 없어 보였다.

"고, 고마워요."

그냥 칭찬이겠지. 엘레나는 그렇게 생각하며 애써 마음을 진정했다. 그러나 겨우 가라앉고 있던 그녀의 심장은 다시 가면을 씌워 주는 그의 다정한 손길에 방향을 잃고 두근두근 내달리기 시작했다.

"내가 할게요."

그대로 있다간 심장이 터져 버릴 것 같아 엘레나가 황급히 한 발짝 뒤로 물러서며 가면을 고쳐 썼다.

진짜 불공평하다. 진짜 사람 외모가 저 정도여도 되는 건가.

레이라는 사람에게 반한 콩깍지만의 영향은 절대 아니었다. 객관적으로 보아도 저 사람은 매우매우, 사람 혼을 홀딱 빼놓을 정도로 잘생겼다.

어쩐지 엉뚱한 생각에 빠진 엘레나는 자신을 바라보는 아드레이의 시선을 느끼지 못했다.

"그 옷은…… 직접 골랐나?"

"설마요. 선물 받았어요. 오늘 연회에 올 때 입고 오라고."

"……베르너 후작인가?"

"네, 전부 다요. 염색약도 같이 줬어요. 난 솔직히 빨간색 별로 안 좋아하는데."

옷도 실용성과는 거리가 멀고 매우 불편하다는 엘레나의 불평을 들으며 아드레이의 얼굴에도 불만이 어렸다. 비록 가면 덕분에 그녀는 볼 수 없었지만.

엘레나가 입고 있는 드레스는 몸통 부분은 일반적인 모양새와 다를 것이 없지만, 가슴 바로 위의 쇄골 부분과 팔은 오로지 안이 훤히 비치는 얇디얇은 천으로만 감싸인 옷이었다.

치마도 안감이 있긴 했지만, 전체적으로 얇고 흐늘거렸다. 상반신을 감싸고 있는 것과 동일한 재질의 천이 여러 장 겹쳐져 있어 그녀가 걸음을 디딜 때마다 몸의 곡선을 돋보이게 했다.

이런 옷을 연회에 입고 오라며 선물한 르니에의 의도는 명백했다. 한마디로 '이 드레스를 입은 너의 모습을 보고 싶다.'라는 것이리라.

엘레나의 모습이 더없이 아름답기는 하지만, 그것을 르니에도 보게 될 것이라는 생각에 아드레이의 기세가 점점 사나워졌다.

"춥겠군."

"맞아요! 이거 보기에도 얇아 보이지만, 정말로 보온성이라고는 요만큼도 없거든요! 여름이어도 밤엔 지금처럼 좀 쌀쌀한데!"

아드레이는 주변을 둘러보았다. 어느새 야시장 한복판에 들어와 있는 두 사람의 사방에는 이런저런 가판들이 널려 있었다.

거리를 메운 사람들이 많았지만, 남들보다 머리 하나는 더 큰 아드레이는 꽤 쾌적한 시야를 가지고 있었다. 얼마 지나지 않아 자신이 찾던 것을 발견한 그는 즐겁게 야시장을 구경하고 있는 엘레나에게 한쪽을 가리키며 말했다.

"저쪽으로 가지."

"저쪽이요? 저쪽에 뭐가 있어요?"

어딘가 모르게 날카로운 그녀의 질문에 잠시 멈칫했지만, 아드레이는 이내 그녀가 좋아할 것을 생각해 내고 대답했다. 티토가 일러 주었던 말들이 생각났다.

"……음식."

"와! 가요, 가! 나 엄청 배고파요!"

지루한 연회에선 멀쩡했던 위장이 그와 함께 있으니 어느새 깨어나서 맛있는 걸 넣어 달라 아우성이었다.

두 사람이 간 적이 있던 타이달 섬 축제만큼은 아니었지만, 그래도 꽤 많은 사람들이 야시장 골목골목을 차지하고 있었다. 하지만 문제는 없었다. 엘레나는 아드레이의 뒤를 따라가기만 하면 됐으니까.

아드레이의 등에 딱 붙어서 그의 옷자락을 양손으로 쥔 엘레나가 신기해서 웃었다. 앞장 선 아드레이가 사람들을 밀쳐 내는 것도 아닌데, 이상하게 그의 주변에 있는 사람들이 길을 내주었다.

그렇다고 해서 그들이 아드레이를 바라보며 비켜 주는 것도 아니었다. 모두들 무의식중에 자연스레 길을 만들어 주는 것 같았다.

"키가 커서 그런가?"

이곳 사람들의 평균보다 키도 작고 덩치도 작은 그녀가 군중 사이를 뚫고 지나가려면 꽤 고생을 했을 텐데. 아드레이의 등 뒤에선 너무나 수월했다. 듬직하네.

그의 너른 등 뒤에서 떨어지고 싶지 않을 정도였다. 정확히 어디로 향하고 있는 것인지 몰라도 물어볼 생각도 들지 않았다. 맛있는 음식을 파는 곳으로 알아서 잘 가고 있겠지.

그런데 많은 인파를 헤치고 아드레이가 도착한 곳은 음식을 파는 가판이 아니었다.

"숄? 숄은 왜요?"

"춥다고 하지 않았나."

그냥 드레스에 대해서 불평하면서 한 말인데 마음이 쓰였던 건가? 엘레나는 자꾸만 입술 사이로 웃음이 비집고 나올 것 같았다.

"근데 나, 돈이 없어요."

그녀가 입고 있는 옷은 조금도 물건을 수납할 공간이라고는 없는 얇고 달라붙는 디자인이었다. 게다가 애초에 야시장으로 나와 무언가를 사는 것은 계획에는 없던 일이었다.

점점 쌀쌀해져 가는 밤공기에 가벼운 숄 하나 있으면 좋겠다 싶긴 했지만, 지금은 빈털터리였다.

가판 주인은 지금 입은 옷에 잘 어울릴 거라며 이런저런 다양한 색의 숄을 보여 주었다.

주인의 눈치를 보며 말하자 아드레이의 입꼬리가 올라갔다. 묘하게 의기양양한 미소였다.

"걱정하지 마라."

그가 자랑스레 가리킨 것은 그의 허리춤에 매달려 있는 튼튼해 보이는 가죽 주머니였다.

"밖에 나올 때는 돈주머니를 꼭 가지고 다녀야 한다는 것을 배웠지. 그리고."

아드레이가 주머니에 손을 집어넣더니 무언가를 꺼내 손바닥을 펼쳐 보였다.

"오늘은 동화도 있다."

"풉!"

그의 손안에서 반짝이는 동화 몇 개를 본 엘레나는 결국 웃음을 터뜨렸다. 아드레이의 어깨가 으쓱으쓱한 게 보였다. 그의 눈은 마치 칭찬을 바라는 듯 반짝였다.

"준비성이…… 철저한 남자네요."

아니나 다를까. 너무 크게 웃는 실례를 하지 않으려 이를 악문 엘레나의 짧은 말에도 아드레이는 매우 기뻐했다.

"그럼 선물 고맙게 받을게요, 레이."

그녀의 말에 아드레이가 고개를 한 번 까딱했다.

"받아 준다니 기쁘군."

엘레나는 가판의 상인이 골라 준 대로 은색과 금색이 섞인 오묘한 색의 숄을 어깨 위로 둘렀다.

"아, 따듯하다."

얇은 숄을 하나 걸쳤을 뿐인데 추워서 잔뜩 굳어져 있던 어깨가 스르르 풀리는 것 같아 엘레나가 나른하게 중얼거렸다.

몸이 따듯해지니 야시장의 풍광이 보다 즐겁게 느껴졌다. 타이달 섬의 야시장처럼 화려한 모습은 아니었지만, 그래도 여름밤 특유의 풀 냄새가 잔뜩 어우러진 밤거리의 모습은 지난 며칠 웃을 일이 없던 그녀도 들뜨게 했다.

다들 가면을 쓰는 김에 마음을 먹고 온 것인지 옷차림도 화려하고 과감했다. 마치 영화 속 가면무도회에 참석한 듯한 느낌이었다.

"다들 저런 가면은 어디서 구했는지 몰라요. 저기 여우도 있……레이? 레이, 어디 있어요?"

분명히 방금까지는 바로 옆에서 걷고 있었는데, 주변을 아무리 둘러보아도 그의 모습이 보이지 않았다. 인사도 없이 갈 사람이 아닌데.

당황해서 까치발을 들고 목을 길게 빼 보았지만, 작은 키의 그녀는 수많은 사람들의 어깨 너머를 확인할 방법이 없었다.

더 큰 문제는 그 와중에도 인파에 밀려서 의지와는 다르게 계속 움직이고 있다는 것이었다. 이대로 멍하니 있다가는 정말로 레이를 놓쳐 버리게 된다. 엘레나는 그렇게 생각하니 덜컥 겁이 났다.

그가 없으면 길을 잃거나 미아가 되어서가 아니었다. 아무리 처음 와 보는 곳이라고 해도 혼자서 길을 못 찾아 갈 정도로 어수룩하진 않았다. 하지만.

"인사도 못했는데……."

오랜만에 만나서 별로 이야기를 나누지도 못했는데 이렇게 얼결에 헤어진다는 것이 너무나 아쉬웠다.

아직 근처에 있을 테니 찾아봐야지. 그렇게 마음을 먹었지만, 생각처럼 쉽지 않았다. 점점 야시장 중심부로 흘러 들어오게 되면서 인파가 몰려, 조금만 방향을 바꾸려고 하면 사람들에게 이리저리 치였다.

"잠시만요, 죄송합니다. 좀 지나갈게요!"

사람들에게 양해를 구하려 그렇게 외쳐 봤지만, 시끄러운 음악 소리와 가면 축제에 잔뜩 흥에 겨운 사람들에게 그녀의 목소리 따위는 들리지 않는 듯했다.

"안 되겠다. 일단 옆으로 빠져야지."

이대로 계속 휩쓸려 가다가는 아드레이와 찢어진 자리에서 점점 더 멀어질 뿐이었다.

그때 그녀의 눈에 가판이 몰려 있는 쪽의 빈 공간이 들어왔다. 저기다!

엘레나는 얼른 사람들 사이를 비집고 그 공간으로 몸을 던지다시피 했다. 겨우 몇 걸음 되지 않는 거리를 걷는 것도 계속 밀려오는 사람들 때문에 하마터면 빠져나오지 못할 뻔했다.

"사람 진짜 많네……."

크리스마스의 명동 거리를 보는 것 같은 어마어마한 인파였다.

"근데 어디로 간 거야? 정말 볼일이 있어서 급하게 가 버린 건가?"

그랬을 수도 있었다. 일행도 있었고, 뭔가에 쫓기는 것처럼 여유가 없어 보였으니까.

조금 전 아드레이가 늠름한 자태로 사람들 사이를 아무렇지 않게 뚫고 지나다니는 것을 직접 보았다. 그가 자신처럼 인파에 떠밀렸을리도 없었다. 그러니 어쩌다 보니 떨어지게 되었을 확률은 적었다.

혹시나 싶어서 몇 번을 까치발을 들고 주변을 살폈지만, 여전히 아드레이는 보이지 않았다.

"……급한 일이 있었나 보지, 뭐."

사람이 살다 보면 급한 일도 생기고, 그러다 보면 제대로 작별 인사를 못하는 경우도 있고 하는 거지. 애써 그렇게 생각하려고 했지만, 괜스레 마음이 헛헛했다. 그러다가 코끝까지 찡해졌다.

어린애도 아니고 이런 일에. 아드레이의 상황을 이해하려고 했고 이해할 수 있지만, 그래도 속은 상했다. 저절로 어깨가 아래로 축 처졌다.

방금까지 까맣게 잊고 있었던 공복이 몰려와 갑자기 속이 쓰릴 정도로 배가 고프고, 구두를 신은 발도 욱신욱신 쑤셔 왔다.

그것뿐인가. 멀쩡히 입고 있던 드레스도 불편해서 참을 수가 없었고, 치렁치렁한 머리카락은 너무나 거추장스러웠다.

진통제 효과가 다해 버린 것처럼 갑자기 여러 욕구가 훅 밀려왔다. 그냥 빨리 새벽의 궁으로 돌아가서 편한 옷으로 갈아입고 무엇으로든 배부터 채우고 싶었다.

그때 누군가가 그녀의 어깨를 톡톡 두드렸다.

"……누구세요?"

순간적으로 아드레이가 자신을 찾아왔다 생각하고 활짝 웃는 얼굴로 고개를 들었던 엘레나는 자신의 앞에 서 있는 남자 둘의 모습에 어리둥절해서 물었다.

아는 사람들인가? 그런 생각이 들었지만, 그것도 아닌 것 같았다.

"혼자 왔어?"

"우리 이상한 사람들 아니야."

충분히 수상해 보이기는 했다. 엘레나가 아무 말도 없이 빤히 바라보고만 있자, 그녀의 어깨를 두드렸던 고양이 가면의 남자가 친근하게 웃으며 말했다.

"그쪽이 혼자서 심심해 보이길래. 남자 둘이서 와서 우리도 심심하던 참이었거든."

"혼자 있는 것 보니까 너도 우리랑 비슷한 부류인 것 같은데. 평민
맞지?"

엘레나는 고개를 끄덕이면서도 숄을 더욱 가깝게 추슬렀다.

"그것 봐! 평민인 것 같다고 내가 그랬잖아!"

"뭐야, 옷은 좋아 보이는데."

"아무리 가면 축제여도 고귀하신 분들이 이렇게 밖에 나와서 이
바글바글한 데를 걸어 다니겠냐? 우리 같은 것들이랑은 스치는 것
도 싫어하는 양반들인데? 그렇지?"

생각했던 것보다 훨씬 사교성이 좋아 보이는 개 가면의 남자가 엘
레나에게 물었다.

"저기, 난 이만 집에 돌아가 보려던 참이라서. 다른 사람한테 물어
봐. 난 관심 없어."

헌팅이라니. 헛웃음이 났다. 단아로 살 때 한 번도 당해 본 적 없
던 헌팅을 이곳에서, 이런 상황에서 처음 겪게 되다니. 인생이란 얼
마나 랜덤인지.

그러나 엘레나가 확실하게 자신의 의사를 표현했음에도 불구하
고, 두 남자들은 물러날 기색을 보이지 않았다.

"에이, 그러지 말고 놀자. 이따가 우리가 집에까지 데려다줄게! 어때?"

"맞아. 여자 혼자서 다니면 위험하다고."

그녀의 눈에 정작 위험해 보이는 건 허파에 바람이 들었는지 피식
피식 웃어 젖히는 두 남자였다.

"게다가 그런 옷을 입고 혼자 걸어 다니면 다들 오해한다?"

좋게 좋게 넘기려고 했더니. 엘레나는 결국 화가 나 버렸다.

"그게 무슨 뜻인데? 오해라니, 무슨 오해를 한다는 거야?"

어차피 서로 가면도 썼겠다. 여기서 큰소리가 난다고 한들 그녀를
알아볼 사람은 아무도 없었다. 안 그래도 기분이 뭐 같았는데. 엘레
나는 팔을 걷어붙였다.

"에이, 알면서."

그녀의 말투가 잔뜩 뾰족해졌는데도, 남자들은 오히려 그런 그녀
가 귀엽다는 듯 저들끼리 낄낄거렸다. 제대로 쓰레기구나.

"아니, 모르겠는데. 제대로 말해 줘 봐. 그런 옷은 어떤 옷을 말하
는 거고, 도대체 누가 어떤 오해를 한다는 건데?"

절로 그녀의 목소리가 높아지자, 근처에서 엘레나처럼 사람들을
피해서 쉬고 있던 사람들이 이쪽을 흘끔흘끔 쳐다보기 시작했다.

그러자 남자들은 껄렁하게 태도를 바꿨다. 이제 그들의 목적은 그
녀를 꼬드기는 게 아니라, 윽박질러 겁을 먹게 하려는 것 같았다. 그
들은 모두가 들으라는 듯 큰 소리로 당당하게 말했다.

"정말 뻔뻔하구만. 그렇게 야한 옷을 입고 이런 축제에 온 건 그쪽
도 바라는 게 있어서 그런 거 아냐? 어차피 얼굴도 안 팔리겠다, 우
리 같은 남자들이 말 걸어 주길 바라고 혼자 서 있었던 거 아니냐고.
화끈한 하룻밤을 원하고 말이지!"

"원하던 대로 말 걸어 주니까, 사람을 치한 취급하고 말이야! 퉤!"

남자가 뱉은 침이 엘레나의 구두코 바로 앞에 와 떨어졌다.

"이봐, 뭔가 한참 잘못 알고 있는 것 같은데."

엘레나는 오히려 한 걸음 다가서면서 말했다.

"여자들이 예쁜 옷을 입는 건 옷이 예쁘고 그 옷을 입은 스스로가
예뻐 보여서지, 너희 같은 시답잖은 남자들 눈요기하라고 입는 게
아니야. 누가 너네 같은 애들 신경이나 쓰는 줄 알아? 네가 여자들
눈앞을 열 번 왔다 갔다 해도 아무도 모를걸. 잘생긴 것도 아니고,

그렇다고 마음씨가 고운 것도 아니고. 우리 같은 남자들이 말 걸어주길 바란다고? 도대체 그런 근거 없는 자신감은 어디서 팔아?"

"뭐, 뭐라고?"

"그리고 오해라고? 착각도 유분수지. 너네 같은 대책 없는 애들이 말 건다고 여자들이 기뻐할 것 같아? 절대 아냐. 귀찮고 짜증 나. 파리가 꼬이는 것 같다고. 너네들의 그 썩은 머리로 마음대로 오해하고는 도대체 누구 탓을 하는 건데? 내가 다 쪽팔린다!"

"이게 진짜! 좀 반반하게 생긴 것 같아서 좋게 봐 줬더니 제 주제를 모르고! 야, 너 가면 벗어 봐! 뭉개진 오크같이 생겼을 게!"

화가 나서 어쩔 줄을 모르고 소리를 지르던 남자가 엘레나의 얼굴로 우악스런 손을 뻗었다. 당장이라도 그녀의 가면을 잡아채려는 손길이었다.

놀란 그녀가 반걸음 뒤로 몸을 뺐으니 다행이지, 그러지 않았다면 가면뿐만이 아니라 얼굴이 긁혔거나 머리채가 잡혔을 움직임이었다.

"이년이! 야, 잡아 봐! 못생긴 얼굴 확 뭉개 버릴 테니까!"

마음대로 되지 않자 더욱 화가 난 남자가 자신의 친구를 향해서 소리쳤다. 그러자 조금 전 바닥에 침을 뱉은 남자가 성큼 다가와 그녀의 어깨를 거칠게 잡아당기려 했다.

"동작 그만."

아주 낮고 범접할 수 없는 목소리가 들렸다.

"손목이 잘리기 전에 멈춰라."

"레이!"

엘레나가 반갑게 그의 이름을 불렀다.

"쳇, 역시 남자가 있었구만! 도대체 어떤 새끼길래 그렇게 믿고 나댔는지 얼굴이나 구경…… 응?"

엘레나의 가면을 벗기려던 남자가 목소리가 들려온 뒤쪽으로 몸을 돌렸다. 그런데 그곳에는 아무것도 없었다. 아니, 있었지만 남자가 볼 수 있는 것은 누군가의 가슴팍뿐이었다.

키 차이 때문에 말한 대로 얼굴 구경이나 해 보려면 한참 위로 시선을 올려야 했다. 물론 가면 축제이다 보니 그곳에는 민얼굴이 아니라 가면만 있을 뿐이었다.

"으윽……."

아드레이와 눈이 마주친 남자는 저도 모르게 뒤로 주춤 물러서며 신음 소리를 냈다. 무릎도 한 번 휘청였다.

나름 이 근방에선 뒷배가 있는 깡패였지만 도저히 맞설 수 있는 기세가 아니었다. 그 어떤 '형님'들에게서도 느껴 보지 못했던 무형의 위압감이 남자를 짓눌렀다.

"무슨 일이지?"

아드레이는 양손에 고기가 꿰어진 꼬치를 들고 있었다. 타이달 섬에 갔을 때 엘레나가 꼬치를 잘 먹었던 것이 기억나 그것을 사는 사이, 그녀가 사라졌다.

엘레나는 남들보다 체구가 작아 찾기 힘들었지만, 그는 사람들 사이를 헤치고 헤쳐 결국 찾아낼 수 있었다. 그런데 아무래도 엘레나는 그 앞을 막아선 남자 둘과 시비가 붙은 듯했다.

무슨 일인지는 모르겠지만 자초지종을 물어보려 다가가던 아드레이의 눈에 불이 튄 것은 남자들 중 한 명이 엘레나의 가면을 벗기려고 했을 때였다. 그가 분노하자 순간적으로 평소에 갈무리해 두고 있던 기세가 풀려 버렸다.

그것은 검을 가까이 하는 검사들이 자연적으로 쌓는 살기이자 황제의 위엄이었다. 당연히 뒷골목의 깡패 따위가 받아 낼 수 있는 것이 아니었다.

"이 사람들이 나한테 수작을 걸어서 싫다고 하니까 이상한 소리를 해 대잖아요. 내가 야한 옷을 입고 화끈한 하룻밤을 원하고 있었다나 뭐라나! 저 똥파리들이!"

똥파리라는 말에 남자는 한 번 더 울컥했지만, 찍소리도 하지 못했다. 엘레나의 설명을 들은 아드레이의 살기가 한층 짙어졌기 때문이다.

"으, 으으……."

아드레이의 바로 앞에 서 있는 남자는 이제 거의 울 것 같은 얼굴이었다.

정작 아드레이는 아무런 말도 하지 않고 그저 양손에 꼬치를 들고 서 있을 뿐인데, 남자는 기세등등했던 처음의 모습은 어디로 갔는지 무릎을 달달 떨며 간신히 서 있었다.

"이름이 뭐지."

"예, 예에……?"

"이름."

물론 두 남자는 자신의 이름을 말하고 싶지 않았다.

"으, 으으…… 아, 알베르토……입니다."

"잭…… 잭이에요."

하지만 주인의 의지를 무시한 입은 어느새 술술 이름을 불고 있었다. 자존심 따위보다도 생존의 본능이 앞서 작동한 결과였다.

눈앞의 이 무시무시한 남자가 쫓아올 수 없는 곳으로 당장이라도 꽁지 빠지게 도망가고 싶었지만, 그런 시도를 할 용기가 나지 않았다. 몇 발자국 떼기도 전에 남자에게 목이 잘릴 것 같았다.

아드레이는 검을 지니고 있지도 않았지만, 잭과 알베르토는 그런 두려움에 새파랗게 질렸다.

"잭과 알베르토, 이 축제에 부녀자를 희롱하려고 참가했나?"

당연히 '아니요!'라고 복창해야 하는 질문이었다. 하지만 의지와는 다르게 입에선 엉엉 울 것만 같은 목소리가 나왔다.

"네, 네에. 잘못, 잘못했습니다! 다 얘, 얘가 하자고 해서……."

"아, 아닙니다! 처음부터 알베르토 이 자식이!"

자백을 하는 것도 모자라 이제 서로에게 덮어씌웠다.

"희롱 수준으로 끝내지 않을 것 같더라니까요?"

엘레나가 뒤에서 거들었다. 남자들이 지껄인 말들은 단순히 '희롱' 으로 봐 줄 만한 내용이 아니었다. 엘레나의 성토에 아드레이의 눈빛이 더욱 날카롭게 변했다.

"그, 그게……."

잭과 알베르토의 떨리는 눈이 아드레이가 손에 든 꼬치로 향했다. 자신들을 향해서 비스듬하게 기울어져 있는 그 나무 꼬치가 흉기로 보였다. 아드레이의 움직임에 따라서 그 뾰족한 끝이 작게 흔들릴 때마다 두 사람의 눈꼬리가 절로 움찔움찔했다.

"죄송합니다! 이, 이렇게 대단하신 분의 여자인 줄 모르고 저희가!"

잭과 알베르토는 두 손이 발이 되도록 싹싹 빌었다. 어느새 꽤 많은 사람들이 호기심 어린 눈으로 주변을 둘러쌌지만, 그것을 깨닫지 못할 만큼 절박해 보였다.

"방금 그 말에는 심각한 오류가 있군."

"오, 오류요?"

"누군가의 여인이기 때문에 사과를 한다는 건 애초에 무얼 잘못했 는지 알지 못하기 때문이지. 아주 근본부터 뜯어고쳐야겠군."

목숨을 위협한 것도, 팔다리를 부러뜨려 버리겠다고 한 것도 아니었다. 그런데 남자의 말이 마치 사신이 귓가에 대고 하는 말소리같이 들려 잭은 몸을 부르르 떨었고 알베르토는 땅에 털썩 주저앉고 말았다.

"마침 후작가 경비병들이 오는군."

아드레이의 말대로 야시장에서의 소동을 감지한 베르너가의 사병들이 이쪽을 향해서 오고 있었다. 한 사람은 검을 들었고, 또 한 사람은 길쭉한 창을 들어 그 기세가 제법 위협적이었다.

"무슨 일이오?"

고참으로 보이는 콧수염을 가진 병사가 물었다.

사건의 당사자인 엘레나가 두 경비병들에게 사정을 설명했다. 자신의 가면을 벗기려 하고, 그에 거부하자 몸을 제압하려고 하기까지 했던 일까지 말하자 잭과 알베르토를 내려다보는 눈빛들이 한층 살벌해졌다.

베르너 후작님의 명이 있었다. 후작가의 명예를 걸고 주최한 이번 축제가 아무런 말썽 없이 순조롭게 마무리될 수 있도록 수단과 방법을 가리지 말라는 명이었다.

처음부터 모두가 가면을 쓰고 참석하는 축제였기 때문에 병사들 모두 바짝 긴장한 참이었다. 의외로 아무 일 없이 흘러가는 듯해 한시름 놓고 있었는데, 이런 깡패 둘 때문에 베르너 후작가의 명성에 흠집이 날 뻔하다니.

콧수염의 병사가 아드레이에게 고개를 한 번 꾸벅해 보였다.

"고맙소. 이 둘은 우리가 데려가지."

그러자 젊은 사병이 잭과 알베르토의 팔을 한쪽씩 잡아 거칠게 일으켜 세웠다.

"잠깐만요!"

엘레나가 그렇게 외치며 끌려가는 두 남자에게 다가섰다. 그리고 얼굴을 가리고 있던 가면을 휙휙 벗겨 버렸다.

"죄지은 사람이 얼굴을 가리는 건 사치죠."

이제 여기서부터 병사들의 초소까지 가는 길 내내 두 사람의 얼굴은 많은 사람들에게 팔릴 것이다. 그중엔 저 둘의 얼굴을 알아보는 사람들도 있으리라.

아니나 다를까, 부끄러운 줄은 아는지 고개를 푹 수그리고 있는데도 잭과 알베르토를 알아보고 손가락질하며 키득거리는 사람들이 몇 보였다.

"수고하세요!"

엘레나가 경쾌하게 베르너 후작가의 병사들의 등 뒤에 대고 소리쳤다.

"쌤통이다!"

"엘레나."

"왜요?"

"……여기 있다."

할 말이 더 많은 아드레이였지만, 일단 묵묵히 꼬치 하나를 내밀었다.

"고마워요. 아, 맛있겠다."

엘레나는 꼬치에 꿰인 고깃덩이를 크게 앙 물었다.

"다친 데는 없나?"

"움? 어써요."

입 안 가득한 고기를 우물우물 씹어 넘긴 그녀가 웃으며 고개를 저었다.

"레이가 딱 좋은 때에 나타나 줬는걸요."

"이런 일이 자주 있는 건 아니겠지."

"에이, 궁 밖에 나와 본 게 손에 꼽는데요."

"……그럼 됐다."

황궁 안에서 엘레나는 이미 유명 인사였다. 긴 은발과 황금색 눈을 가진 작은 체구의 여신관이 누군지 뻔히 아는데 그녀를 함부로 대할 사람은 아무도 없었다.

와구와구 먹고 있지만, 그의 눈에는 오물오물로만 보이는 그녀의 먹는 모습을 바라보며 안도했다.

오늘이야 마침 그가 함께 있는 자리였고, 큰일이 생기기 전에 그가 왔으니 다행이었지만 엘레나 혼자 있는 상황이었다면. 아드레이는 생각만 해도 아찔해 주먹을 꽉 쥐었다.

가면을 벗기려던 손이 그녀의 얼굴에 작은 생채기라도 냈다면, 자신이 조금이라도 늦어서 그녀가 어깨를 잡히고 더 험한 일을 당했다면.

그는 자신이 이성을 잃지 않았으리라고 장담할 수 없었다. 몸에 지닌 무기라고는 단검 한 자루뿐이었지만, 아드레이에게 무기는 이미 큰 의미가 없었다.

"후우."

엘레나가 잘못되었을지도 몰랐다는 사실을 떠올리니 또다시 기운이 훅 끓어올랐다. 그가 긴 한숨을 내쉬며 스스로를 다독이고 있을 때, 엘레나가 아무렇지 않은 척 어깨를 으쓱하며 말했다.

"나는 레이가 말도 없이 간 줄 알았잖아요."

"그대에게 인사도 없이?"

"엄청 바쁜 일이 생겼나 했죠. 아까 연회장에서도 동료분이 자리를 비운 사이에 나온 거니까요."

아드레이는 바로 알아봤던 엘레나였지만, 함께 있던 메이나드는 알아보지 못한 듯했다.

만약 함께 있던 '기사단의 동료'가 메이나드였다는 것을 알게 되었다면 일이 매우 복잡해지고 걷잡을 수 없어질 게 뻔했다. 그의 가짜 신분도 들통이 났을 터였다.

"혹시 바쁜 거면 가 봐도 돼요."

엘레나는 그렇게 말하며 아드레이를 바라보지 않고 꼬치에만 집중했다. 맛있을 게 분명한 꼬치였지만, 지금은 아무런 맛도 모르고 먹고 있었다.

"괜찮다. 그대보다 중요한 일은 없어."

"……뭐라고요?"

"물론 다른 일 때문에 연회에 참석한 것이지만, 지금은 그대와 함께 시간을 보내는 것이 제일 중요한 일이 되었다는 말이다."

꾸울꺽, 억지로 넘긴 고기 조각이 채 밑으로 내려가지 못하고 어딘가에 걸려 있는 게 분명했다. 왜냐하면 금방 심장이 두근거리며 명치께가 꼬옥 조여 왔으니까.

"왜, 왜요……?"

정말로 이 질문에 대한 대답을 듣고 싶은 걸까, 나는?

목이 메어 나오지 않는 목소리를 억지로 짜내면서까지 묻는 와중에도 엘레나는 자신의 마음을 정확히 알 수 없었다. 그래서 선생님의 처분을 기다리는 죄지은 학생의 마음으로 그의 입만을 조용히 주시했다.

"흐음."

아드레이가 들고 있던 꼬치를 한 입 먹은 뒤 잠시 생각에 잠기더니 어느 순간 씨익 웃으며 대답했다.

"그대와 함께 있으면 즐겁다."

그의 담백한 진심이었다. 태어나 이렇게 자신을 웃게 하는 사람은 없었다.

가장 즐겨 하는 검술조차도 그의 심장을 이만큼 뛰게 하지 않았고, 이렇게 자꾸만 웃음이 나게 하지도 않았다. 그 어떤 아름다운 여인도 이렇게 깊숙이까지 들어온 적이 없었다.

엘레나와 함께 보내는 순간순간은 놀라울 정도로 생동감이 넘쳤다. 무의미하게 그를 스쳐 지나갔던 시간이 그녀의 웃음으로, 목소리로, 그리고 두 사람이 함께 나누는 기억으로 가득 찼다.

"계속 더 함께하고 싶어지고."

엘레나는 스스로도 존재하는 줄도 몰랐던 자신의 다른 면들을 끌어냈다. 이리 편한 모습으로 웃고 떠들며 장난도 치는 그를 누가 상상이나 했을까. 오랜 시간 동안 그를 보좌해 온 대신들조차 그 눈을 의심할 것이다.

그러나 그것이 싫지 않았다. 까맣게 말라 버린 줄 알았던 심장이 아직 살아 있다는 것을 그녀를 만나고 비로소 알았다.

"자꾸만 더 많은 것을 원하게 되어 버리지."

그래서 자꾸만 더 욕심을 내게 되는 것이리라. 그녀가 보여 주는 미소가 너무 찬란하고 눈이 부셔서 그것을 오로지 자신의 것으로 삼고 싶은 옹졸한 사내가 되어 버린다.

이 광활한 대륙의 패자인 이페른 제국의 주인임에도 그녀 하나를 곁에 두지 못하게 될까 봐, 미움받게 될까 봐 두려워하는 겁쟁이가 되어 버렸다. 모든 것을 가진 황제이지만, 엘레나 앞에서는 그저 아드레이라는 사내일 뿐이니.

그의 손가락이 엘레나의 입가를 스쳤다. 그리고 멈추지 않은 채 그의 입으로 직행했다. 아드레이의 혀끝에 갈색의 달콤한 소스가 닿았다.

멍하니 그 광경을 목격한 엘레나는 퍼뜩 정신을 차리곤 놀라서 소리쳤다.

"그, 그런!"

뒤늦게 손바닥으로 자신의 입가를 벅벅 문질렀지만, 아무것도 묻어나지 않았다. 이미 그가 가져가 버린 후였으니까.

"이러지 말아요."

엘레나는 여전히 소매로 입을 가린 채 웅얼거렸다.

"이런 거 안 해도 돼요."

그녀의 얼굴은 붉어졌을지언정 잔뜩 흐렸다.

"전에 내가 레이가 좋다고 고백한 것 때문에 이러는 거라면, 안 그래도 돼요. 그때도 말했다시피 나는 레이한테 바라는 거 없어요. 아, 아니, 바라는 게 아예 없다는 건 거짓말이겠지만……."

혼자서 짝사랑하며 열녀문을 세울 것도 아니고. 그의 이런 행동 하나하나에 가슴이 철렁하고 얼굴에 열이 오르는 것은 당연했다.

하지만 아드레이의 다정한 눈빛의 이유가, 온기가 담긴 손길의 이유가 단지 자신이 고백을 했기 때문이라면 반갑지 않았다. 오히려 비참했다.

"레이가 착한 사람이란 거 알아요. 그래서 나한테 뭔가 해 주고 싶어 하는 것도 알겠고. 그런데 그럴 필요 없어요. 내 기분까지 챙겨 줄 필요는 없다고요."

이런, 마지막 말이 생각보다 더 차갑게, 더 모나게 나와 버렸다. 그렇게까지 화를 낼 생각은 없었는데.

엘레나는 뒤늦게라도 웃어 보였지만, 그리 설득력이 있는 미소는 아니었는지 아드레이의 얼굴이 어두웠다.

"엘레나."

"에, 에이…… 뭘 또 그렇게 심각하게 부르고 그래요? 말이 그렇 다는 거지."

"전부터 말하고 싶었던 게 있다."

"그게 뭔데요?"

아드레이가 한껏 진지한 얼굴로 입을 열려는 찰나, 엘레나의 어깨 너머의 누군가가 그의 시야에 들어왔다.

한 무리의 사람들이 축제를 즐기는 인파를 뚫고 빠르게 움직이고 있었다. 오늘 그와 함께 가면무도회에 잠입한 기사들이었다.

그들은 한창 임무를 수행하고 있던 와중에 폐하께서 사라졌다는 소식을 듣고 급하게 수색을 하는 게 분명했다.

아직 저 멀리에 있지만 빠른 속도로 가까워지고 있는 그들의 모습 에 아드레이는 깜짝 놀라 엘레나의 손을 잡았다. 일단 기사들을 피 해 인파 속으로 숨을 생각이었다.

"레이?"

"잠시만……."

급한 대로 엘레나를 데리고 반대 방향으로 도망가려던 아드레이 는 인상을 찌푸렸다. 몸을 숨기려던 골목에 또 다른 무리의 기사들 이 주변을 두리번거리고 있는 것이 보였다.

하필이면 이 중요한 순간에. 엘레나에게 자신의 마음을 전하려고 마음먹은 지금 이런 일이 벌어질 건 또 뭔가. 마치 누군가가 자신의 마음을 시험이라도 하는 것 같았다.

여전히 영문을 모르고 동그란 눈으로 자신을 올려다보는 그녀를 보자니 그의 마음에 울컥하는 오기가 치솟았다.

더 이상 참지 않겠다. 내 마음을 전하고 말리라. 아드레이는 허리 를 숙여 다가오는 기사들에게서 몸을 숨겼다. 그리고.

"읍?!"

그녀의 얼굴을 단단히 잡고 그대로 얼굴을 내렸다.

엘레나의 두 눈이 더 이상 커질 수 없을 만큼 커졌다. 꼬치가 땅으로 툭 떨어지는 소리가 들렸다.

아무런 기교 없이 입술이 뭉근하게 부딪쳐 왔다. 뜨겁고 정신이 아득해질 정도로 부드러웠다.

그러나 아드레이의 입술이 그녀의 입술 위에 머문 시간은 짧았다. 착각이었나 싶을 정도였다.

엘레나가 정신을 차렸을 때 이미 그는 멀어진 뒤였지만, 입술 끝에 남은 그의 향기와 촉감은 여운을 남겼다.

"이, 이게……."

자신의 입술을 매만지며 멍하게 중얼거리는 엘레나의 얼굴을 아드레이의 손가락이 부드럽게 쓸어내렸다. 진한 아쉬움이 남은 손길이었다.

제발 마음이 전해졌기를. 내 진심을 알아주기를.

"나중에 궁에서 다시 만나지."

엘레나가 미처 대꾸를 할 겨를도 없었다. 그 말만을 남긴 아드레이는 그녀에게서 짙은 남색 눈을 떼지 않다가 어느 순간 사람들 사이로 훅 사라져 버렸다.

지금 도대체 무슨 일이 일어난 거지. 너무나 창졸간에 벌어진 일이라 머리가 미처 상황을 따라가지 못했다. 눈앞에서 사라져 버린 아드레이도 이 혼란에 한몫 단단히 하고 있었다.

"그러니까 레이가 지금……."

엘레나의 사고가 겨우 현실을 따라잡았을 때였다.

펑! 퍼엉!

"어? 불꽃놀이다!"

누군가가 큰 목소리로 외쳤다. 멍하니 서 있던 엘레나를 비롯한 많은 사람들의 시선이 자연스레 밤하늘로 향했다.

펑, 펑, 펑!

멀리서 들려오는 폭발음으로 시작된 화려한 불꽃이 지루할 틈도 없이 까만 공간을 수놓았다. 저것도 과학이 아닌 마법의 산물이라고 했다.

"너무 예뻐서 눈물이 날 것 같아!"

"대단하다!"

"역시 베르너 후작가야!"

"불꽃놀이의 규모가 굉장하군!"

여기저기서 감탄사가 들려왔다.

불꽃들이 수십, 수백 개로 어지러이 흩어졌다.

퍼엉!

잠시 동안 고요해서 불꽃놀이가 모두 끝난 것 같더니, 다시 컴컴해진 밤하늘에 불꽃 하나가 혼자서 솟아올랐다. 유독 큰 소리와 함께 하늘을 반으로 가르듯 유영하던 그 안에서 오색찬란한 수많은 불꽃이 터져 나와 눈부시게 산개했다. 아름다운 광경이었다.

하늘을 가득 메운 불꽃의 온도가 방금 그의 입술이 닿았던 곳에서 느껴졌다. 손끝에 느껴지는 여린 살이 화끈거릴 정도로 뜨거워서 엘레나는 한숨을 내쉬었다.

"이게 도대체 무슨 뜻이야……."

21장

21장

다시 돌아온 연회장은 여전했다. 밝고 화려하고, 감미로운 음악과 섞인 웃음소리가 사방에서 끊이질 않았다.

실내엔 사람들이 더 많아 보였다. 불꽃놀이를 보려고 밖에 나가 야시장의 평민들과 섞여 들었던 귀족들이 저택으로 돌아온 것 같았다.

"아, 집에 가고 싶다."

엘레나는 가만히 중얼거렸다. 마른하늘에 꽃벼락 같았던 아드레이의 입맞춤에 아직도 가슴이 콩닥거렸다. 그의 입술이 닿았던 이마에 자꾸만 손끝이 머물렀다.

도대체 그 입맞춤의 의미는 무엇이었을까, 정말로 그가 자신을 좋아하기라도 하는 것일까. 온갖 질문이 머릿속을 채워 어지러울 정도였다.

그만 새벽의 궁으로 돌아가 머릿속을 정리하고 싶었지만, 그럴 수는 없었다. 아직 그녀에겐 할 일이 남아 있었다. 돌아갈 때 돌아가더라도 이 가면무도회에 참가한 목적을 이루고 돌아가야 했다.

화려한 보석이 박힌 가면으로 얼굴을 가린 귀족들이 곁을 스쳐 지나가는 동안, 엘레나는 연회장 1층의 중앙 홀에 가만히 서 있었다.

아드레이를 마주치기 전, 르니에를 찾아 이 큰 연회장의 구석구석을 돌아다녔지만 소득이 없었다. 사람이 더 많아졌으니 낙심을 할 법도 하지만, 오도카니 서 있는 그녀에게선 그런 기색은 보이지 않았다.

엘레나는 주변을 둘러보지도, 옆을 지나가는 사람들의 가면 아래를 점쳐 보려고 하지도 않았다.

그저 반들반들 윤이 나는 연회장 대리석 바닥에 뿌리라도 내린 듯이 가만히 서 있을 뿐이었다. 마치 무언가를 기다리는 사람처럼.

"아름다워."

그리고 얼마 지나지 않아 귀에 익은 목소리가 들려왔다. 가면 때문에 시야가 좁아져 보이지 않는 뒤쪽에서.

"생각했던 것보다 오래 걸리셨네요."

엘레나는 그가 시야 안으로 들어오길 기다리며 말했다.

"날 기다리고 있었어?"

성큼. 어린아이가 장난치듯 반쯤 뛰어드는 커다란 걸음으로 다가온 남자가 물었다.

"꼭 해야 하는 말이 있어서요."

그리고 그를 본 순간, 엘레나는 작게 한숨이 섞인 웃음을 흘릴 수밖에 없었다.

"르니에 님도 아주…… 빨갛네요."

그녀와 한 쌍인 것을 자랑이라도 하듯, 르니에가 입고 있는 의상과 얼굴의 반을 가린 가면 모두 엘레나의 것처럼 붉은색 일색이었다.

"마왕이니까."

르니에가 쓰고 있는 가면의 이마에는 조금 흉측하다 싶은 뾰족한 뿔 두 개가 우뚝 솟아 있었다. 찔리면 꽤 아플 것같이 단단해 보이는 그것은 피처럼 붉은 가면의 색 때문인지 더욱 날카로워 보였다.

"너의 의상은 무엇인지 궁금하지 않아?"

르니에는 엘레나의 대답을 기다리지 않은 채 손을 들었다. 그의 손끝이 가면 아래로 고스란히 노출된 그녀의 턱을 훔치듯 희롱하고 금세 달아나 버렸다.

"내게 제물로 바쳐진 순진한 처녀."

"……취미가 참 고약하세요."

"가면 뒤에 숨는 오늘이 아니면 언제 또 이런 유희를 즐겨 보겠어?"

르니에가 어깨를 으쓱하며 말했다.

어딜 가나 사람들의 시선을 한 몸에 받는 그였지만, 오늘만큼은 그 족쇄에서 자유로워 보였다. 그래서일까, 새빨간 마왕의 가면을 쓴 그는 기분이 유독 좋아 보였다.

그래서 돌을 얹어 놓은 것처럼 마음이 무거웠다. 지금부터 그녀가 그에게 할 말을 좋아할 리 없으니까.

"우선…… 가면 무도회에 초대해 주셔서 감사해요."

본론을 꺼내기 전, 엘레나가 인사치레를 위해 말했다.

"말했잖아, 모두 그대를 위한 것들이라고."

그 말에 엘레나는 다시 한번 주변을 둘러보았다. 화려하고 아름다운 것들은 모두 모아 놓은 듯한 연회장이었다. 하지만 그래서 그녀는 눈앞의 남자와 더욱 거리감을 느꼈다.

"조금 더 시간이 지난 뒤에 연회가 한창 무르익으면 나는 저 단상 위에 올라서서 그대를 소개할 생각이야."

엘레나의 표정이 설핏 굳었다. 이 연회에 참석한 그녀의 목적이 르니에에게 확실한 거절의 말을 하는 것이라면, 르니에의 목적은 바로 저것이었다.

"르니에 님, 아니 베르너 후작님."

엘레나는 얼굴을 바로 들고 그를 불렀다. 돌연 그녀의 태도가 변하자 르니에는 고개를 한쪽으로 기울였다.

"오늘은 드릴 말씀이 있어서 찾아왔어요. 일전에 후작님께서 제게 하셨던 말씀 말인데요……."

입을 열기가 무섭게 르니에가 말을 끊었다.

"그만. 말하지 마."

"아니, 제 말 들어 주세요. 저는—."

"듣지 않을 거야."

그 생떼 부리는 어린애 같은 태도에 엘레나는 버럭 화가 나 버렸다.

"르니에 님!"

하지만 르니에는 들은 척도 하지 않았다.

엘레나는 한숨을 내쉬었다. 그냥 이대로 우다다 쏟아내 버리고 집으로 돌아갈까 하는 생각도 들었지만, 거절해야 하는 상대가 듣지 않는 거절의 말이 무슨 소용인가.

그녀의 답답함을 재빠르게 눈치챈 르니에가 한 가지 제안을 했다.

"정 그렇다면 나와 조금만 시간을 보내. 그 뒤에 네가 하고 싶은 말을 들어 주겠어."

르니에는 연회가 무르익을 때까지 기다리겠다고 했다. 그렇다면 약간의 시간이 남아 있다는 말이었다. 그 안에 틈을 봐서 이야기를 꺼내는 수밖에 없겠다.

엘레나가 자신의 제안을 받아들이자 르니에는 만족스레 웃으며 손을 내밀었다. 에스코트하겠다는 의미였다.

"어디로 가려고요?"

엘레나가 내밀어진 손을 보며 눈을 가늘게 떴다.

"좁고 밀폐된 공간이라면 가지 않을 거예요."

르니에의 전적을 생각하면 미리미리 예방하는 것이 속 편했다. 그녀의 경계심이 잔뜩 돋친 말에 르니에가 억울한 표정을 했다.

"넓고 탁 트인 곳이니 그런 걱정은 안 해도 돼."

그렇다면 괜찮겠지. 르니에가 이끄는 대로 두 사람은 연회장을 걷기 시작했다.

하하 호호 즐거운 시간을 보내던 사람들이 화려한 의상 때문인지 잠시 쳐다보는 듯했지만 이내 자신들의 대화로 돌아갔다.

"넓게 탁 트인 곳이라더니, 정말이네요."

"그렇다고 했잖아."

르니에는 그녀를 정원으로 이끌었다. 연회장만큼은 아니지만 주변에 사람도 꽤 많아 보였다. 괜히 그를 의심한 것 같아 엘레나는 멋쩍게 웃었다.

"밤공기를 마시며 산책하는 것을 좋아할 것 같아서."

이번만큼은 엘레나도 고개를 끄덕일 수밖에 없었다. 잘 가꿔진 귀족가의 정원에는 색다른 멋이 있었다.

"그런데 왜 그렇게 가만히 서 있었던 거야?"

그의 눈이 긴 드레스 자락 안에 숨겨진 그녀의 발을 훑었다.

"발을 다친 것 같진 않고."

르니에의 물음에 엘레나는 어깨를 한 번 으쓱했다.

"이 많은 사람들 사이에서 르니에 님을 찾으려고 큰 연회장을 계속 들쑤시고 다닐 수는 없잖아요."

"그래서?"

"그래서 가만히 서 있었죠. 다들 웃고 떠들고 걸어 다니는 데서 눈에 띄려면 미친 것처럼 소리를 지르거나, 아니면 아무것도 하지 않고 가만히 서 있거나, 이 두 가지 방법밖에 생각이 안 나서요. 그런데 아무리 가면을 썼다 해도 미친 척할 용기는 안 났거든요."

"하하!"

르니에가 가면을 부여잡고 크게 웃었다.

"넌 역시 재밌어. 그래서 그렇게 사람들의 시선을 끌어서 이루려는 게 뭐였어?"

"사람들의 시선이요?"

"가장 튀고 싶다고 했잖아."

"내가 원하는 건 사람들의 시선이 아니었어요. 르니에 님의 시선이었지."

담담한 엘레나의 말에 르니에의 눈이 반짝였다.

"어디선가 르니에 님도 날 찾고 있을 거라고 생각했으니까요. 원래 길을 잃어버리면 괜히 여기저기 돌아다니지 말고 그 자리에 가만히 서 있는 게 가장 좋은 방법이거든요. 다른 사람이 날 찾아올 수 있도록 말이에요."

"어째서…… 어째서 널 찾고 있다고 생각했지? 어디선가 다른 누군가와 좋은 시간을 보내고 있을 수도 있지 않나?"

"그럴 수도요. 하지만 이렇게 찾아왔잖아요?"

르니에는 그녀를 찾고 있었을 것이다. 아마 연회가 시작되는 순간부터 줄곧.

엘레나는 그런 묘한 확신을 가지고 있었다. 그것은 평소 그가 보여 준 집착에 가까운 행동 때문이었을지도, 혹은 그녀를 바라보며 오랫동안 기다린 선물을 마침내 손에 넣은 어린아이처럼 웃는 그의 모습 때문일지도 몰랐다.

"이런······."

르니에는 고개를 설레설레 저었다. 덕분에 결 좋은 금빛 머리카락이 가면 앞으로 흘러내렸다.

"들켜 버렸군. 그래, 찾고 있었어. 아주 애타게."

르니에가 서슴지 않고 손을 뻗어 왔다. 흠칫하고 놀란 엘레나가 그것을 피해 뒤로 물러설 틈도 없이 그 손이 길게 늘어뜨린 그녀의 머리칼을 쥐고 입을 맞췄다. 흘러내린 머리칼 사이로 르니에의 눈동자가 파랗게 빛났다.

"내 처녀를, 내 신부를."

그의 입술은 조급하지 않았다. 오랫동안 붉게 변해 버린 그녀의 머리칼 위에 머물며 시간을 음미했다.

떨어질 때도 마찬가지였다. 늘어지는 미소와 함께 진한 아쉬움을 굳이 숨기려 하지도 않았다.

그 노골적인 유혹에 엘레나는 순간적으로 정말 마왕 앞의 제물이 된 듯이 멍해졌지만, 이내 정신을 차리곤 그의 손에서 자신의 머리칼을 빼내는 데 성공했다.

정말 사람 홀리는 미모가 아닐 수 없었다. 그러니 남자고 여자고 할 것 없이 르니에게 목을 맬 테지.

"널 찾는 게 쉽지 않았는데, 가만히 서 있어 줘 다행이었던 건 맞지."

르니에는 답지 않게 부드럽게 웃으며 인정했다.

"너도 날 찾고 있었다니 서운한 마음이 조금은 가시는데? 나만 널 찾고 있는 줄 알았거든."

그렇게 말한 르니에는 지나가는 하인의 손에 들린 쟁반에서 솜씨 좋게 음료 두 잔을 들어 올렸다.

"가면무도회를 기획하길 잘했군."

그리고 그중 하나를 엘레나의 손에 쥐어 줬다. 술일 게 분명한 황금색 액체 바닥에서 작은 기포가 끊임없이 올라왔다.

"꽤 기분이 좋아 보이네요, 오늘은. 파티가 성공적이어서 뿌듯하겠어요. 다들 좋은 시간을 보내고 있는 것 같고요. 베르너 후작가 칭찬만 몇 번이 들리는지, 르니에 님 말대로 다들 맨날 똑같은 연회에 질려 있었던 모양이에요."

엘레나의 말에 르니에는 고개를 끄덕이며 주변을 한 번 둘러보더니 말했다.

"그렇긴 하지만, 저 사람들의 즐거움은 내 알 바가 아니지."

"그럼요?"

"네가 이렇게 나와 편하게 대화를 하고 있으니 그것만으로도 이 연회는 성공적이라고 볼 수 있겠지."

르니에가 그렇게 대답하며 손에 든 샴페인을 목 안으로 모두 넘겼다.

"나와 함께 있을 때 몰리는 사람들의 시선을 꽤 부담스러워하잖아?"

"그거야 당연히…… 르니에 님의 추종자가 얼마나 많은데요. 게다가 더 이상 이상한 소문이 퍼지면 곤란하거든요. 이미 퍼진 것도 감당하기 어려워요."

"그래, 그 점이 정말 이해가 안 가……."

목소리가 나른하게 늘어졌다.

"그 많은 사람들이 날 원하는데, 어째서 넌 날 원하지 않지?"

엘레나의 어깨가 작게 흠칫했다.

"왜? 내가 네 마음을 모를 줄 알았나?"

르니에가 가늘게 웃으며 고개를 저었다.

"너만 날 안다고 생각하면 안 되지. 게다가 넌, 정말 걱정이 될 정도로 감정을 숨기지 못하니까."

"그, 그게…… 미안해요."

엘레나는 자신이 무엇 때문에 사과하고 있는 것인지 잘 알지 못했지만, 그래도 진심을 담아 르니에에게 사과했다.

"……미안해요."

"별로. 난생처음 나에게도 보호 본능이란 게 일고, 아주 신선해."

보호 본능. 르니에에게 너무나 어울리지 않는 말이었다. 하지만 지금 자신을 내려다보는 르니에의 눈에 언뜻 그런 것이 보이는 것 같기도 했다.

엘레나는 오늘, 르니에에게 줄곧 하고 싶었던 말을 기필코, 제대로 전해야 한다는 것을 깨달았다. 그의 마음이 더 깊어지기 전에.

그렇게 생각하고 무심코 주변을 돌아본 엘레나의 발걸음이 우뚝 멈춰 섰다.

"언제 이렇게 사람이……."

언제부터인가 주변이 조용하다고 느끼긴 했지만, 정말로 사람이 한 명도 없을 줄이야. 인적이 드문 정원 깊숙한 곳까지 걸어온 게 틀림없었다.

"다시 돌아……."

연회장으로 돌아가자고 말하려던 엘레나는 르니에의 얼굴에 떠오른 미소를 보고 그가 유도한 것임을 알아차렸다.

"넓고 탁 트인 곳이라고 했지, 오붓하게 있지 않을 거라곤 말한 적 없는데."

그래, 그랬긴 했지. 딱히 반박할 거리가 없었다.

차라리 잘된 것일 수도 있다. 다른 사람의 이목을 신경 쓸 필요가 없을 테니. 이왕 이곳까지 온 것, 긍정적으로 생각하기로 했다.

차분하게 이야기를 하자. 엘레나는 작게 한숨을 쉬었다. 그리고 쓰고 있던 가면을 벗었다. 얼굴을 가린 채 할 이야기는 아닌 것 같았다.

답답했던 가면을 벗어 내자 답답했던 마음도 조금은 누그러지는 것 같았다. 때마침 불어온 작은 바람에 숨통이 트였다.

그 모습을 바라보던 르니에의 눈빛이 점점 짙어졌다. 가면을 벗은 엘레나의 얼굴에서 눈을 떼지 못했다.

르니에는 자신도 악마 가면을 벗으며 낮게 중얼거렸다.

"붉은 머리칼이 어울릴 거라고 생각은 했지만 이건……."

허리 밑에서 춤을 추는 긴 머리칼이 그녀의 움직임에 함께 일렁이며 그의 손길을 유혹했다. 잘록한 허리를 지나 가녀리고 흰 목덜미에 닿은 시선이 그만 길을 잃어버렸다.

마치 부싯돌에 불꽃이 튀는 것처럼 차마 입 밖으로 낼 수 없는 욕구들이 한 번에 밀려왔다. 낮은 탄식 같은 신음이 그의 입에서 흘러나왔다.

하염없이 헤매던 그의 눈길이 붉은 엘레나의 입술을 발견하고 말았다. 난데없이 갈증이 돋아났다. 단순한 성욕이 아니었다. 그것보다 더욱 깊숙하고 치명적인 곳에서부터 기인하는 그런, 목마름이었다.

"눈부셔."

항상 타인을 홀리던 그가 그녀를 바라보며 홀린 듯 중얼거렸다. 그리고 성큼 다가와 엘레나에게 손을 뻗었다. 요염한 마녀의 주문에 걸린 순진한 청년이 된 것처럼.

무방비하고 충동적이었다. 하지만 그 마법은 오래가지 못했다.

"잠깐만요."

엘레나는 정신을 바짝 차리고 르니에의 손을 피해 뒤로 물러섰다. 더 이상 그에게 휘둘리고 싶지 않았다.

손에 닿을 듯 가까워졌던 그녀가 훌쩍 멀어지자 르니에가 매끈한 눈썹을 구겼다.

"뭐지."

"할 말이 있다고 했잖아요."

"흐음."

여전히 못마땅한 얼굴이었지만 르니에는 의외로 순순히 손을 거뒤들었다.

"그래, 해 봐."

말해야 돼. 엘레나는 마음을 굳게 다졌다. 자신을 바라보던 아드레이의 얼굴을 떠올리며 용기를 냈다.

"르니에 님, 나 좋아하는 사람이 생겼어요."

말했다. 드디어 말해 버렸다. 엘레나는 밀린 숙제를 한 것같이 시원하면서도 금세 죄책감이 차오르는 것을 느꼈다.

좋은 말로 대충 얼버무릴 수도 있었지만, 그렇게 할 수는 없었다. 르니에는 진실을 알 자격이 있었다. 엘레나는 두 주먹을 꼭 쥐었다.

"미안해요. 르니에 님 마음을 잘 알지만, 그리고 고맙지만 난 따로 좋아하는 사람이 생겨 버렸어요."

고맙다. 그리고 미안하다. 어찌 보면 그게 그녀가 할 수 있는 말의 전부였다. 그 이하는 무신경한 말이 될 것이고, 그 이상은 주제넘은 말이 될 것이다.

그래서 엘레나는 입을 꾹 닫고 르니에의 반응을 살폈다. 상처받았을까? 아니면 화를 낼까? 무엇이 되었든 그녀는 받아들이고 몇 번이고 사과할 생각이었다.

"흐음……."

그런데 르니에는 상심한 얼굴도 화가 난 얼굴도 아니었다. 여전히 미소 띤 얼굴로 그녀를 내려다보고 있었다. 옆으로 고개를 기울인 그는, 생각에 잠긴 듯했다.

"그래서…… 미안하지만, 난 르니에 님의 마음을 받아 줄 수 없어요."

르니에가 아무 말이 없다고 자신도 아무 말 없이 있을 수만은 없어 엘레나가 작은 목소리로 덧붙였다. 하지만 그런 그녀의 노력은 이어지는 르니에의 침묵에 무의미해졌다.

"르니에 님, 괜찮아요?"

정적이 길어지자 엘레나는 슬슬 겁이 나기 시작했다. 사람은 너무 화가 나거나 큰 충격을 받으면 할 말을 잃는 법이었다. 눈앞의 남자가 그런 상태일까 봐 염려스러웠다.

여전히 그녀를 바라보는 그의 눈동자는 옆에서 비쳐 든 빛에 투명한 유리알같이 빛나고 있었다.

"메이나드인가?"

한참 만에 르니에가 물은 첫마디였다.

"아, 아뇨."

"그래?"

"네에……."

"알았어."

이게 다인가? 정말? 엘레나는 눈을 멍하니 몇 번 깜박였다.

르니에가 씁쓸하게 웃는다거나 얼굴을 굳히고 화를 내는 정상적인 반응을 하리라고 생각지는 않았지만, 그래도 이렇게 쿨하고 산뜻하기까지 한 반응을 보이다니. 예상 밖이었다.

그래, 어쩌면 생각보다 그녀를 그리 좋아하지는 않았던 걸지도 모른다. 말은 '널 원한다', '네게 반했다.'라고 했지만, 순간적인 감정이었을 수도 있었다.

르니에의 성격이 그녀의 생각보다 충동적이고 즉흥적이라면, 시간이 조금 흘러서 생각이 많이 변했을 수도 있지 않을까.

그렇게 생각하니 엘레나는 순식간에 마음의 짐을 훌훌 벗을 수 있었다. 지금 르니에의 모습은 그동안 미안함에 마음 졸이고 밤잠을 설쳤던 스스로가 우스울 정도로 아주 양호했다.

"고마워요, 르니에 님. 르니에 님도 저보다 훨씬 예쁘고 괜찮은 사람 찾으실 수 있을…… 지금 뭐 하는 거예요?"

"네가 할 말이 있다고 해서 다 못했던 거."

어느새 그의 팔이 엘레나의 허리를 감았다. 점점 얼굴이 다가오는 목적은 매우 분명해 보였다.

혼비백산한 그녀가 가까이 붙은 그의 몸을 밀어내 봤지만, 르니에는 꿈쩍도 하지 않았다. 겉으로는 분명 호리호리해 보이는 몸인데 막상 손으로 짚자 돌같이 단단한 육체가 느껴졌다.

"이익!"

엘레나는 '에라, 모르겠다.' 하는 심정으로 두 손에 더욱 힘을 주었지만, 르니에는 전혀 지장을 받지 않는 듯했다. 그 증거로 낮은 웃음소리가 귀를 통해서, 그리고 손바닥에 닿은 가슴팍의 진동을 통해서 들려왔다.

"자, 잠깐만요! 멈춰! 얼음!"

결국 그를 밀어내는 것을 포기한 채 손으로 그의 접근을 막고 외쳤을 때, 그녀는 자신의 입술이 그의 입술을 가린 손등에 닿은 것을 느끼고 식은땀을 흘렸다. 조금만 늦었으면 정말 큰일 날 뻔했다.

"왜, 왜 이래요?"

분명히 알아듣는 것 같았는데! 잘 받아들이는 것 같았는데!

"나 따로 좋아하는 남자 생겼다니까!"

그녀의 외침에 화답이라도 하듯 손바닥 밑에서 르니에의 입술이 움직이는 것이 선연하게 느껴졌다. 웃고 있는 것이다.

"그래서?"

"뭐, 뭐요? 내가 한 말에 대한 반응이 그게 다예요?"

"네가 다른 사람을 좋아하게 되었다니 참 애석한 일이지만, 메이나드는 아니라 다행이군."

"그리고 더 있을 텐데요!"

그렇게 말하면서도 끊임없이 르니에의 몸을 밀어 봤지만, 정말 바위를 밀고 있는 것 같은 기분이었다.

"다른 사람을 좋아하는 여자한테 이러면 안 되죠!"

그것도 '방금' 그렇게 말한 사람한테! 하지만 엘레나의 외침에도 르니에는 반성하기는커녕 싱긋 웃기만 했다.

"그래, 좋아. 조금 더 관심을 가져 주지. 어떤 사람이야?"

"네?"

"네가 좋아한다는 그 사람. 어떤 사람인지 한번 말해 봐."

그녀에게 말할 여유를 줄 생각인지, 르니에가 코가 맞닿을 거리에 있던 얼굴을 뒤로 물러 주며 말했다. 참으로 엄청난 배려였다.

그렇지만 엘레나는 방금까지 소리치던 입을 꾹 다물고 아무 말도 하지 않았다.

"어째서 그런 표정을 하는 거지? 말해 봐, 어떤 사내냐고."

르니에는 종용하듯 재차 물었지만, 엘레나는 여전히 아무 말을 하지 않았다. 그 이유는 간단했다. 그녀를 내려다보는 르니에의 눈빛이 달라졌기 때문이다.

본능이 경고했다. 아드레이를 지키고 싶다면 그에 대해 함구하라고.

"눈치가 없는 편인 줄 알았는데. 그건 아닌가 보네."

르니에가 의외라는 듯 웃었다.

"이름을 묻는 게 아냐. 단순한 호기심에 가깝지. 나와 메이나드에게도 눈 하나 깜짝하지 않는 네가 좋아하게 된 남자가 누군지. 하지만 지금 네가 네 입으로 말해 주지 않는다면. 흐음, 글쎄."

순식간에 주변의 공기가 싸해졌다.

"내가 직접 알아내고 싶어질지도 모르지."

엘레나는 순간 르니에가 마왕 같다고 생각했다. 뿔이 돋은 가면은 벗은 지 오래인데도, 오히려 그 가면을 쓰고 있을 때보다도 더 사악해 보였다. 이미 그녀에게 선택권은 없었다.

르니에는 베르너 후작이었다. 게다가 집요했다. 마음만 먹는다면 새벽의 궁에 사람을 심어 그녀를 감시하게 할 수도 있었고, 그녀의 행적에 대해 조사를 할 수도 있을 것이다.

그렇게 된다면 출입 금지 구역인 내원에 아드레이와 그녀가 자주 드나들었다는 것도 들킬 수 있었다. 수습 기사에 불과한 아드레이가 어떻게 될지는 불 보듯 뻔했다. 아니, 지금 르니에의 눈빛을 봤을 때 그저 아드레이가 수습 기사직을 잃는 선에서 끝나지 않을 거란 생각이 강하게 들었다.

"말해 봐. 어떤 사내야?"

르니에가 대답할 마지막 기회를 주었다.

"펴, 평범한 사람이에요."

"어디서 만났지?"

"궁……에서요."

"내가 아는 사람인가?"

"아, 아닐걸요?"

그런 식으로 질문 몇 개가 이어졌다. 말한 대로 이름을 묻지는 않았지만, 몇 가지 질문은 꽤 구체적이어서 엘레나는 그가 아드레이의 신원을 알아낼 수 있을 만한 정보를 주지 않으려 진땀을 흘려야 했다.

"평범하고 지위가 높은 귀족도 아니란 말이지. 그리고 나오는 친분이 없고, 새벽의 궁에서 일하는 사람은 아니지만 궁에서 만난 사내라."

꿀꺽, 엘레나는 긴장감에 자기도 모르게 침을 삼켰다. 뒤늦게 거짓말도 섞을 걸 하는 후회가 들었지만 이미 늦었다. 르니에의 눈빛은 여전히 위험하게 빛났다.

"확실히 자존심은 좀 상하는군."

조금이 아닌 것 같은데. 엘레나는 그렇게 속으로 중얼거렸다.

"저기, 르니에 님. 일단 이건 좀 놓고 말해요, 우리."

여전히 르니에에게 안겨 있는 상황에서 최대한 몸을 뒤로 빼려고 하다 보니 불편한 자세와 몸의 무게 때문에 허리와 다리가 뻐근해 왔다.

"날 밀어내려고 하지만 않으면 너도 편해질 텐데?"

맞는 말이었지만 그랬다간 당장에라도 르니에에게 먹혀 들어갈 것 같아 어쩔 수 없었다. 점점 힘이 빠져서 그녀의 팔다리가 눈에 보일 정도로 떨리기 시작하자, 르니에의 미소는 점점 짙어졌다.

"앞으로도 이럴 거야."

르니에의 가슴팍을 밀어내느라 쭉 뻗어 있던 엘레나의 팔이 결국 툭 접혔다. 그녀를 끌어당기는 힘이 세졌기 때문이다. 그래도 엘레나는 있는 힘껏 버텼다.

"나는 무슨 일이 있어도 널 놔주지 않을 거고, 그런 나를 밀어내려고 할수록 너만 더욱 힘들어지겠지."

하지만 르니에의 엄청난 힘 앞에선 역부족이었다.

결국 그녀는 자신의 의지와는 별개로 점점 그와 가까워졌다. 설상가상으로 르니에의 시선은 그녀의 입술에 고정되어 있었다.

"그 남자도 널 좋아하나? 아니, 가치가 없는 질문이겠지. 너같이 빛나는 여자를 못 알아볼 남자는 세상에 없으니까. 빠르거나 늦거나 너란 여자를 알게 된다면 모두 널 원하게 될 거야. 욕심내게 되겠지."

그가 낮게 중얼거리는 목소리가 들려왔지만, 엘레나는 그 내용에 집중할 수 없었다. 이미 밀어낼 힘은 바닥이 났고 르니에가 원하는 것은 아주 분명했기 때문이다.

이대로 꼼짝없이 르니에와 입을 맞추게 되는구나 싶었을 때, 다가오던 입술이 궤도를 바꿨다.

"그 남자가 정말로 존재한다면 말이지."

그건 또 무슨 소리야? 바로 귓가에서 들려오는 말에 엘레나는 상황도 잊고 눈썹을 찌푸렸다.

"나에게 넘어오지 않은 네가 정말로 겨우 그런 남자에게 마음이 갔다는 말을 믿으라니. 너는 거짓말도 정말 못하네."

말끝에 르니에가 작게 쿡쿡거렸다.

"거, 거짓말이 아니……."

잠깐만, 이게 더 좋은 건가? 엘레나는 멈칫하며 생각했다.

르니에가 아드레이를 찾아내 해코지를 할까 봐 걱정했는데 그냥 다 거짓말이라고 여긴다면 그런 위험성은 줄어들 것이다.

"그리고 만약 정말로 존재한다면."

순식간에 르니에의 얼굴에서 모든 웃음기가 가셨다.

"존재하지 않도록 정리하는 게 좋을 거야, 엘레나. 되도록 빨리."

"지금 협박하는 거예요?"

날 선 엘레나의 물음에 르니에는 어깨를 으쓱했다.

"내가 널? 그럴 일은 절대로 없어. 하지만 그래, 상대에 따라 협박이 될 수도 있겠지."

"난 르니에를 좋아하지 않아요. 나는 다른 사람을 좋아한다고요. 그러니까 날 놔줘요."

잔인한 말이었지만 이제 엘레나는 인내심을 잃어 갔다.

"조금 전에도 말했지만, 빨리 받아들이는 편이 네게도 좋아. 난 절대로 널 놔줄 생각이 없어."

"어린애도 아니고, 그런 일방적인 억지가 통할 거라고 생각해요?"

"말 잘했어. 너에 관해서 나는 어린애와 다를 바가 없거든."

"뭐라고요?"

르니에는 대답 대신 별안간 그녀의 이마에 입을 맞췄다.

"아주 어렸을 때부터 나는 원하는 게 없는 아이였거든. 모든 게 다 내가 원하기 전에 주어졌고 충족되었으니까."

그리고 그 점이 바로 그의 부친이 끊임없이 지적해 온 것이다. 그가 욕망이 없다는 점, 야망이라곤 모른다는 점. 그런 것들을 들먹거리며 부친은 항상 그를 반쯤 모자란 이 취급했다.

황가의 혈통과 명석한 머리, 그리고 마음만 먹는다면 누구보다 뛰어난 검사가 될 수 있는 자질까지. 태어나면서부터 많은 것이 주어졌지만 가장 중요한 욕심과 야망이 없다며 아들이 더 높은 것에 대한 갈망을 가져야 한다고, 마음에도 없는 소리를 하고는 했다.

"그런데 난생처음으로 원하는 게 생겼지. 그래서 내 손에 들어온 그것을 절대 놓을 생각이 없어."

"후우, 르니에 님. 난 장난감이 아니에요. 르니에 님 소유의 물건도 아니고요."

"확실해?"

르니에가 엘레나를 안은 팔에 더욱 힘을 주며 물었다. 부드럽게 다가오는 그녀의 감촉이 미치도록 좋았다.

"너만 몰랐을 뿐, 넌 내 것이야."

애석하게도 그의 욕심은 부친이 바란 것처럼 더 큰 권력과 더 높은 자리에 대한 것이 아니었지만, 상관없었다. 엘레나를 알게 된 이후로 아버지의 인정 따위는 신경 쓰지 않게 된 지 오래였으니.

평생을 괴롭혀 온 강박으로부터의 자유 또한 엘레나가 그에게 준 것들 중 하나였다.

"이, 이……!"

이 미친놈! 엘레나는 딱 열 번째 속으로 외쳤다.

예의 바르고 예쁘게 생긴 남자주인공에서 어딘가 살짝 이상한 어린애로, 말을 들어 먹지 않는 스토커로, 그렇게 몇 번이고 바뀌었던 르니에의 정의는 이제 단 한 마디로 압축되었다. 미친놈.

두 눈에 보이는 원색적인 소유욕으로 인해 지금 르니에가 하는 말한 마디 한 마디가 모두 진심이라는 것을 알 수 있었다.

"이 미친……!"

이제 정말로 그녀의 입술을 목적으로 다가오는 르니에를 향해 엘레나가 시원하게 소리를 지르려는데 누군가가 두 사람에게 다가왔다. 그와 함께 르니에의 동작이 멈췄다.

"도련님, 베르너 공께서 엘레나 신관을 필요로 하십니다."

베르너 후작가의 문양이 그려진 갑옷을 입은 한 기사였다.

"후우……."

르니에가 길고 무거운 한숨을 쉬며 숙였던 몸을 세웠다. 그리고 그 기사를 돌아보며 낮은 목소리로 말했다.

"베르너 후작이라 부르지 않으면 목을 치겠다고 말했을 텐데."

"죄, 죄송……."

기사는 사과도 제대로 할 수 없을 정도로 겁을 먹었다. 그는 한쪽 무릎을 쿵 소리가 나도록 바닥에 꿇었다.

스산한 눈으로 기사를 응시하던 르니에는 잠시 엘레나를 돌아봤다. 그 뒤 숨을 크게 한 번 들이켜고 말했다.

"엘레나 신관에게 목숨을 빚졌다, 넌."

그녀가 보는 앞에서 피를 뿌릴 수는 없는 노릇이었다. 물론 추후에 합당한 대가를 받게 될 것이고 기사도 그쯤은 예상하고 있을 터였다.

"가, 감사합니다, 후작 각하!"

"한데 아버지께서 무슨 일로 엘레나 신관을 찾는 거지?"

"그게……."

르니에의 주의가 분산된 틈을 타서 잽싸게 그의 품에서 빠져나와 최대한 멀찍이 서 있던 엘레나의 눈에 피로 붉게 물든 기사의 두 손이 보인 것도 그때였다.

"심각한 부상자가 생겨 엘레나 신관의 도움을 청하십니다."

하늘의 별 조각을 한데 모아 놓은 것 같은 수백 개의 크리스털이 매달린 샹들리에와 카펫, 장식품 등, 이 공간에서는 어느 것 하나 최고급이 아닌 것을 찾기가 어려웠다.

공간을 가득 채운 사람들은 또 어떠한가. 아름다운 드레스와 장신

구 하나하나가 평민들의 몇 달 치 생활비는 족히 되고도 남음이다.

이렇듯 화려함의 극치를 보여 주는 베르너 후작가의 연회장 한구석, 완벽하게 차려진 만찬상의 구석에 실수로 놓인 이가 빠진 식기 같은 한 중년 부부가 있었다.

"여긴 어떻게 오신 거예요."

로잘린느는 그 부부를 더욱 구석으로 몰아넣고 날카롭게 물었다. 그녀의 고아한 미모는 날이 갈수록 완숙해졌고, 그것은 안이 훤히 비치는 얇은 소재로 만들어진 푸른색 가면이 가릴 수 있는 것이 아니었다.

"베르너 후작 각하께서 영지까지 친히 초대장을 보내오셨다고 하지 않았니. 물론 바로 닷새 전에야 도착해 부랴부랴 오느라 조금 힘이 들었다만…… 분명 중간에서 실수가 있었던 게지."

프란시스 남작은 허름한 연회복의 소매를 안으로 말아 넣으며 엣헴 하고 헛기침을 했다. 그것은 남작이 영지민들 앞에서 영주로서의 권위를 뽐낼 때 자주 사용하는 방법임을 로잘린느는 잘 알았다.

"베르너 후작 각하도 우리 프란시스 남작가의 수백 년에 걸친 유서 깊은 명성에 대해서 들으신 게 분명하다. 그렇지 않느냐?"

프란시스 남작의 눈에는 못 본 사이 더욱 아름다워져 아발론에 거주하는 중앙 귀족다운 자신의 딸에 대한 자랑스러움이 한껏 깃들어 있었다.

"아버지, 그런 말 좀 하지 마세요! 여기가 지금 어딘 줄 아시고!"

로잘린느는 혹시 누가 들었을까 급히 주변을 둘러보며 하얗게 질린 얼굴로 프란시스 남작에게 주의를 줬다.

이곳은 베르너 후작가였다. 프란시스 남작가와는 비교도 할 수 없는 '진짜 귀족'들이 모여 있는 곳이었다. 제국 구석의 시골 마을을 다스리는 남작이 가문의 깊은 유서에 대해서 자부심을 드러낼 만한 곳이 아니었다.

"내가 틀린 말을 한 것도 아니고! 로즈, 넌 우리 가문에 대해 조금더 자부심을 가져야 한다. 우리 프란시스 가문의 초대 가주셨던 프란시스 자작께서는……!"

"아버지, 제발!"

그 뒤로는 그녀가 어렸을 적부터 귀가 아프도록 들어 온 뻔한 말이 이어졌다. 결국 로잘린느의 얼굴이 잔뜩 붉어졌다. 그녀는 지금당장 비명을 지르며 도망가지 않도록 안간힘을 다하는 중이었다.

연회장에 도착해 즐거운 시간을 보내고 있던 로잘린느는 무심코돌아본 연회장 입구에서 아주 익숙한 얼굴을 발견하곤 자신이 악몽을 꾸고 있는 것이 분명하다고 생각했다. 중년 부부가 부끄러움도모르고 연신 호들갑을 떨며 후작가 내부를 구경하고 있었다.

남성은 키가 작고 배가 나온 체형에 잦은 음주로 인해 잔뜩 상기된 얼굴을 가지고 있었고, 길고 손질되지 않은 모발이 아무렇게나뻗쳐 방금까지 농사를 짓던 평민과 다를 것이 없어 보였다.

여성은 큰 키에 한때 아름다운 외모를 가지고 있었을 것이나 그미모가 빛을 내기엔 너무나 오랜 시간 방치했다는 게 티가 났다. 주눅이 든 듯 어깨를 잔뜩 움츠리고 있어 교양 있는 몸짓과는 거리가멀었다.

"어, 어머니, 아버지?"

프란시스 영지를 떠나온 지 꽤 시간이 흘렀지만 부모의 얼굴은 바로 알아볼 수 있었다. 로잘린느는 대화를 나누던 사람들에게 양해를구하고 서둘러 부모에게로 향했다.

"오오, 로잘린느!"

부친과 모친 또한 그녀를 바로 알아보았으며 꽤 반가워했지만, 로
잘린느는 아니었다. 그녀는 수치심에 주먹이 부르르 떨렸다.

"초, 초대를 받으셨다고요?"

"그렇지 않고서야 우리가 이곳에 어찌 들어왔겠니. 후작가라 그런
지 문을 지키는 병사 하나까지도 기세가 범상치 않은 것이⋯⋯."

"이쪽으로 오세요."

"그 전에, 음식은 어느 쪽에 있느냐? 서둘러 오느라 저녁 식사를
하지 못했⋯⋯."

"어서, 이쪽으로, 오시라구요."

식탐이 대단한 프란시스 남작은 비대한 배를 쓰다듬으며 주변을
두리번거렸지만, 로잘린느는 이를 앙다물고 부친을 연회장 구석으
로 끌어당겼다. 조용하고 말수가 없는 편인 남작 부인은 언제나 그
랬듯 종종걸음으로 남편의 뒤를 따랐다.

"당장 돌아가세요."

자신의 부모님을 가장 구석진 곳의 테이블 앞에 앉힌 로잘린느가
한 첫말은 바로 이것이었다.

"그럴 수야 없지."

"아버지⋯⋯."

"네가 왜 이러는 것인지는 모르겠다만, 직접 초대장까지 보내 주
셨는데 베르너 후작 각하께 인사라도 드리고 가야 하지 않겠느냐."

"아버지, 후작 각하께선 일개 지방 남작이 기다리면 뵐 수 있는 그
런 분이 아니세요. 어쩌다 초대장이 본가에까지 간 것인지는 모르겠
지만, 실수가 있었던 게 분명하니 그만 숙소로 돌아가세요. 제가 내
일 아침 일찍 찾아뵐 테니⋯⋯."

"그럴 수는 없다."

프란시스 남작은 어설프게 근엄한 얼굴을 지어 보였다.

"이것이야말로 라한께서 이 프란시스 남작에게 내려 주신 일생일 대의 기회가 아니고 무엇이겠느냐. 이곳에서 중앙 귀족들과 친분을 쌓고 베르너 후작께도 좋은 인상을 심으면……."

로잘린느는 이마를 짚었다. 얼굴이 홧홧해 고개를 들 수가 없었 다. 연락을 받지 못한 것인지 가면을 쓰지 않고 있는 남작 부부를 흘 끔거리는 사람들의 시선을 느낄 수 있었다.

물론 그들의 허름한 차림새가 더 큰 이유일 것이다. 생각 같아선 이들과 최대한 멀리 떨어져 아무 상관이 없는 것처럼 행동하고 싶었 지만, 그것이야말로 그녀의 모든 계획을 망치는 지름길이었다.

스스로가 사교성이 좋고 말 잘하는 수완가라고 생각하는 그녀의 부친은 가만히 내버려 두면 이 사람 저 사람을 붙잡고 자기 자랑을 떠벌릴 것이며, 그 이야기를 듣는 고위 귀족들의 비웃음도 깨닫지 못할 것이다.

그러면 그동안 그녀가 힘들게 쌓아 왔던 '제국 서남부의 작은 영지 를 가졌지만, 청렴하고 학식 높은 프란시스 남작'과 그 가문에 대한 모든 것은 한순간에 무너지게 될 것이 뻔했다. 동시에 그녀에 대한 평판마저도.

"아버지, 제발 가세요."

"그래서는 아니 된다 해도!"

쓸데없는 고집을 부리기 좋아하는 남작은 아예 자신을 말리는 로 잘린느의 손을 거칠게 뿌리치고 음식을 찾아 나서려고 했다. 이제부 터 많은 사람들을 만나야 하는데 빈속에 심력을 많이 소모하면 현기 증이 난다는 이유에서였다.

"오오, 이게 누구신가. 프란시스 남작 영애 아니오!"

그리고 로잘린느의 악몽은 한층 더 끔찍해졌다.

"베, 베르너 공을 뵙습니다."

순금을 녹여 만든 것임이 분명한 단순하고도 영롱한 빛을 내는 가면을 쓴 베르너 공은 뒤편에 서 있는 호위 기사 둘을 손짓 한 번으로 뒤로 물러나게 하며 로잘린느를 반겼다.

"반갑소, 영애. 초대에 응해 주어 고맙소."

"아닙니다……. 오히려 참석하게 되어 영광입니다."

"언제나와 같이 아름다우시군."

"가, 감사합니다."

실제로 본 것은 지난번 새벽의 궁에서의 만찬이 처음이자 마지막이었지만, 베르너 공의 칭찬에 로잘린느는 몸 둘 바를 몰랐다.

"이분들은 누구신가?"

베르너 공이 남작 부부를 바라보며 묻자 로잘린느는 눈을 질끈 감았다. 이대로 시간이 멈춰 버렸으면 싶었지만, 언제까지고 베르너 공의 질문에 대한 대답을 회피할 수는 없었다.

"제 부친과 모친인 프란시스 남작 내외입니다, 공."

"안녕하십니까, 베르너 공. 프란시스 남작입니다."

귀족 예법과는 거리가 먼 인사에 로잘린느는 결국 고개를 떨구고 말았지만, 베르너 공은 그리 당황하는 기색 없이 남작의 결례를 웃으며 받았다.

"초대장이 무사히 영지까지 도착했나 보오. 시일이 촉박해 걱정했소만."

"아! 혹 저희에게 초대장을 보내 주신 것이 공이셨습니까?"

"그렇소. 남작 영애를 보고 있자니 가족의 곁을 떠나 아발론에서 외로이 지내는 것 같아 마음이 쓰여 그리하였는데, 실례가 되지 않았다면 좋겠소."

그 말을 들은 로잘린느가 눈을 동그랗게 뜨고 베르너 공을 바라봤다. 어떠한 착오로 인해 멀고 먼 남작령까지 파티의 초대장이 전달되었던 것이라 생각했는데, 베르너 공의 배려였다니. 믿을 수가 없었다.

"베, 베르너 공의 깊은 배려에 정말 감사드립니다."

로잘린느는 깊이 허리를 숙였다.

"아니오. 내 프란시스 남작가의 명성에 대해선 익히 들은 바가 있소. 아주 유서 깊은 가문이라지."

"아아, 역시!"

마치 그 말이 남작의 무언가를 건드리기라도 한 듯, 불콰한 얼굴에 함박웃음이 피어났다.

"그렇습니다! 저희 프란시스 남작가로 말씀드릴 것 같으면……."

그 뒤로 한참 동안 남작의 가문 자랑이 이어졌다. 로잘린느는 그런 부친의 입을 틀어막아 버리고 싶어 주먹을 꼭 쥐고 있어야 했다.

끝도 없이 과장되고 부풀려진 프란시스 가문의 연대기가 떠벌려졌다. 부친의 이야기 상대가 언제나처럼 아무것도 모르고 그저 영주의 말에 허리를 굽실거리는 영지의 평민이거나 서로에게 가문 자랑을 하는 재미로 사는 이웃 영주들이면 상관이 없었다.

그러나 상대는 베르너 공이었다. 그는 타고나기를 황족으로 태어나 후작이 된 후 수십 년을 아발론 귀족계를 주무르던 사람이었다. 지금 이 휘황찬란한 연회도 그의 황도 귀환을 축하하기 위해 아들인 베르너 후작이 주최한 연회가 아닌가.

그런 존재의 앞에서 가문 자랑을 한다는 것은 차라리 제 입으로 가문의 욕을 하느니만 못했다.

"그러시구려⋯⋯."

다행스럽게도 너그러운 베르너 공은 그런 프란시스 남작에게 면박을 주거나 비웃지 않았다.

"남작 영애가 이리 부모님과 함께 있는 것을 보니 내가 다 뿌듯하오."

"아이고, 은혜가 하해와 같습니다."

프란시스 남작이 또다시 코가 바닥에 닿을 듯 허리를 굽혔다. 나름 중앙 귀족들의 어투를 흉내 내었지만 모자라고 어수룩하기 그지없었다.

"아니오. 내게는 딸이 없지만 젊었을 적엔 딱 남작 영애 같은 딸이 하나 있었으면 하고 바란 시절도 있었소."

"그러십니까."

"이제는 나이가 들어 버려 어찌할 수 없으나, 내 아들인 베르너 후작의 반려로 이렇게 아름답고 현명한 여성이 가문에 들어온다면 얼마나 좋을까 하고 요즘 문득문득 생각이 든다오."

베르너 공이 사람 좋게 웃으며 한 말에 프란시스 남작의 작은 두 눈이 번득였다. 그래, 바로 이것이다! 그리 명석지 못하지만 스스로는 매우 비범하다 믿고 있는 남작의 두뇌가 빠르게 돌아가기 시작했다.

"베르너 공께서 제 모자란 여식을 좋게 봐 주시니 몸 둘 바를 모르겠습니다. 저도 제 과년한 여식에 대해 고민 중이었습니다. 홀로 떠나보낸 황도에서 몸 건강히 잘 있다니 더 바랄 것이 없어야 함에도 불구하고, 어디 좋은 인연이 될 만한 영식이 없나 하고 궁금해하던 참이었습니다."

"이런, 하하. 부모의 마음은 모두 매한가지인가 보오."

"그런가 봅니다, 하하하!"

남작은 베르너 공이 보인 나쁘지 않은 반응에 내심 쾌재를 부르며 연회장이 쩌렁쩌렁 울리도록 크게 웃었다. 몇몇 귀족들이 뒤를 돌아볼 정도였다.

그런 아버지가 부끄러울 법도 하지만, 로잘린느 또한 베르너 공의 말에 너무나 놀라 말을 잃었다.

믿을 수가 없었다. 미련한 그녀의 부친도 알아들은 말을 로잘린느 자신이 못 알아들었을 리 없었다. 베르너 공은 지금 그녀를 며느릿감으로 들이고 싶다며 그녀의 부친에게 직접적으로 운을 띄웠다.

'아아, 베르너 공께서 내 진가를 알아주시는구나!'

로잘린느가 얼굴을 발갛게 물들였다. 황도로 올라와 겪었던 그 수많은 수모와 굴욕이 한 번에 다 씻겨 내려가는 듯했다.

같은 귀족이면서도 급이 다르다며 다과회의 초대장을 줄 수 없다고 비웃던 블룸버그 백작가의 여식 데이지의 조소가 떠올랐다. 그녀의 미모에 이끌려 다가오다가도, 고작 가난한 시골 남작가의 여식이란 것을 알자 차게 얼굴을 굳히며 급한 볼일이 생겼다 주절대던 남자들의 얼굴이 주마등처럼 스쳤다.

잔뜩 상기된 얼굴로 슬그머니 고개를 들었을 때, 그녀는 베르너 공과 눈이 마주쳤다. 밖으로 드러난 팔에 오소소 소름이 돋을 정도로 르니에의 것과 닮은 푸른 눈이었다.

자애로운 미소를 지었지만, 그 눈에 온기는 없었다. 로잘린느는 저도 모르게 다시 고개를 숙였다.

"연락이 왔습니다."

그때, 베르너 공의 뒤편에 서 있던 기사 하나가 가까이 다가와 알렸다. 그 말에 자못 아쉬운 표정을 하던 베르너 공은 친히 프란시스 남작에게 먼저 악수를 하며 말했다.

"이만 가 보아야겠소."

"아이구, 예에! 바, 바쁘시겠지요."

이제 좀 본격적인 대화가 오고 가려는 와중에 베르너 공이 자리에서 일어서니 남작은 짙은 낭패감을 숨기지 못했다. 그러면서도 억지로 웃으려 하니 웃는 것도 찡그리는 것도 아닌 괴상한 얼굴이 되었다.

"이왕 멀리까지 왔으니 남작 내외는 서둘러 돌아가지 말고 황도에 조금 머물다 가면 좋겠군."

"여, 여부가 있겠습니까!"

남작이 그렇게 외치며 돌아가는 베르너 공의 등에 대고 허리를 숙였고, 남작 부인도 자신의 남편을 따라 했다. 여성은 치맛자락을 잡고 무릎을 굽히는 귀족 예법을 제대로 숙지하지 못해 일어난 일이었다. 그 모습에 주변 귀족 여성들이 쿡쿡거렸다.

한편, 연회장을 빠져나와 저택 2층으로 향하는 베르너 공은 말없이 뒤를 따라오는 기사들에게 손을 내밀었다.

"여기 있습니다."

자주 있는 일인지 기사는 얼른 품에서 손수건 한 장을 내밀었다. 베르너 공은 그것을 받아 들고 불쾌한 얼굴로 자신의 손 구석구석을 닦았다. 그리고 지나가던 하녀에게 그 손수건을 휙 던졌다.

"다 모였나?"

"예. 회의가 한창 진행 중입니다."

"이런 연회라도 열어 줘야 무거운 엉덩이를 움직이는군."

베르너 공은 자신과 함께 대업을 이루기로 서약한 가문의 가주들에 대해 꽤 신랄한 말을 내뱉었다.

모두 제국 서부와 남부 지역의 영주로, 얼굴을 맞대는 것은 오랜만의 일이었다. 다들 대범하지 못해 황제의 눈을 두려워하여 적당한 빌미가 없으면 한자리에 모이는 것을 겁냈기 때문이다.

"아아, 베르너 공! 오시었소!"

"내가 늦은 모양이구려, 사과드리오."

"아니오, 아니오. 사과라니! 자자, 제일 상석에 앉으시지요."

"하하, 고맙소!"

하지만 회의 장소에 들어서는 베르너 공의 얼굴에서 못마땅한 기색은 찾아볼 수 없었다. 오로지 오랜만에 동지들을 만난 이의 기쁨만이 있을 뿐이었다.

"일이 계획대로 아주 잘 진행되고 있어 기쁘오."

"기쁘다 뿐이겠소. 내가 요즘은 불면증을 잊고 다시 숙면을 한다오!"

회의를 통해 일의 진척을 논하던 인사들이 만족스레 고개를 끄덕였다. 처음 뜻을 모을 때만 해도 불안 요소가 있었는데, 그게 해결된 참이었다.

토지가 비옥한 곡창 지대가 대부분인 서부와 남부의 영주들답게 재력은 갖추었으나 군사력이 부족한 것이 그들의 유일한 부족함이었다. 그들은 전선을 맞댄 다른 국가도 없고 북부와는 다르게 몬스터의 위험도 적다 보니 군대를 키울 마땅한 변명거리도 없었다.

"그렇지요. 윈터힐이 합류하기 전에는 아무래도 불안한 감이 없잖아 있었…… 크흠!"

자리에 없는 윈터힐 백작의 칭찬을 하다가 샛길로 새어 버린 한 자작이 서둘러 입을 다물며 베르너 공의 눈치를 봤다.

유일한 황족 출신으로 모임의 수장 역할을 하는 베르너 공은 윈터힐 백작을 경계했다.

여인들보다도 질투와 시기가 심한 존재가 바로 귀족. 게다가 윈터힐가가 뜻을 같이하기 전에는 이들 중 베르너가가 가장 많은 무력과 재력을 보유한 세력이었다.

베르너가를 위시해 다른 가문들의 군사력을 모으면 절대로 작은 숫자가 아니었지만, 아무래도 황제의 제국군을 상대하기엔 부족한 감이 있어 피치 못하게 윈터힐을 설득했다. 성공하리라고는 생각지 못했는데, 그 제안을 윈터힐이 받아들인 것은 모두를 놀라게 한 일이었다.

"아니오. 그게 사실이지. 그러니 윈터힐의 합류로 이제 막강한 군대마저 보유한 우리가 이제 거칠 것이 무엇이 있겠소."

"그렇소! 이제 정말로 이 엉망이 되어 버린 제국을 바로잡을 시간이 온 것이오!"

베르너 공의 말에 동의하며 한 중년 남성이 격앙되어 뱉은 말에 모두들 고개를 크게 끄덕였다.

"이제 내 영지에도 평민들을 위한 학교가 세워졌소! 정말이지, 볼 때마다 내 손으로 불사르고 싶은 마음을 억누르고 있소."

"대체 그 천한 것들을 가르쳐 무엇을 하겠다는 것인지. 얼마 전 우연히 아발론 황립 아카데미를 졸업한 평민 출신 관료의 논문을 보았는데! 허, 참!"

역정을 내는 얼굴이 붉었다.

"우리 귀족들의 존재를 단순히 황제가 백성들을 통치하는 데에 필요한 대리자에 불과하다며 축소하고, 우리들이 누리고 있는 것이 불공평한 특권이라고 하더이다!"

"뭐요? 그런 쳐 죽일 놈이 있나!"

"불공평이라니! 애초에 천한 것들과 고귀한 혈통을 타고난 우리가 비교 대상이 된다는 게 말이 안 되지! 그렇지 않소?"

"백작의 말이 맞소! 자고로 평민은 가축과 다름없이 부리는 것인데. 짐승에게 글을 가르쳐 놓으니 그것들이 제 분수를 모르고 그런

천인공노할 망발을 지껄이는 것이지!"

"얼마 전엔 심지어 어미가 천출인 서자의 가문 승계권을 인정하는 법을 제정하려 하지 않았소."

모두들 수염을 파들파들 떨며 분개할 때였다. 조용히 가장 상석에 앉아 있던 베르너 공이 안타까운 얼굴로 말했다.

"그것이 바로 우리가 힘을 모아 일어서는 이유가 아니오. 내 종자 從子의 어리석음이 이 제국의 근간을 흔들고 있소. 대륙의 역사와 함께 내려온 신분제가 위태롭고, 그에 제국에 망조가 더 짙어지기 전에 나라를 바로 세우는 것이 우리의 목적이자, 우리가 제국을 위해 목을 내어 놓고 이렇게 뜻을 함께하는 이유가 아니겠소!"

"옳소!"

"맞소이다!"

둥그렇게 둘러앉은 탁자가 들썩일 만큼 거룩한 사명이었다. 각자의 속내가 얼마나 시꺼멓든 간에, 목소리 높여 제국을 위한 사명을 부르짖는 얼굴엔 비장함마저 서려 있었다.

"그래도 아쉬운 것은 어쩔 수 없소이다."

"무엇이 말이오?"

"만약 황위에 오른 것이 선황이셨던 세르지오 3세가 아닌, 장자였던 여기 계신 베르너 공이셨다면 하는 아쉬움 말이오. 그랬다면 우리가 이렇게 이 자리에 모이는 일도 없지 않겠소."

"장자 계승이 원칙인 우리 이페른 제국에서 차남을 황태자로 임명했을 때부터 이미 그 기둥이 흔들리기 시작했던 것이오."

저마다 아쉬움을 표하며 베르너 공의 눈치를 보기에 바빴다.

특별한 사유가 없는 한 장자가 가문을 물려받는 게 관행화되어 있는데, 이례적으로 선황 세르지오 3세는 차남이었다. 그리고 마땅히 황위를 이었어야 했던 첫째는 고작 후작으로 물러나야 했다.

"그러니 어찌 보면 현 바크란 1세는 황위 계승의 정통성 또한 가지고 있지 못하오. 원래대로라면 정통성을 가지신 베르너 공의 외아들, 베르너 후작께 전달되어야 하는 것이지."

이것이 바로 그들이 가진 당위성이었다. 선황 세르지오 3세 때부터 잘못 전해진 황위를 이제서라도 고쳐 보겠다는 것이다.

멀쩡한 장자를 두고 엉뚱하게 둘째에게 내려간 황위, 그리고 그 아들인 바크란 1세가 제국을 근본 없는 망국으로 만들어 가고 있다는 믿음. 이것이 그들이 가진 가장 큰 무기였다.

길지 않은 회의가 끝나고 의심을 사지 않도록 모였던 인원이 한두 명씩 차례로 방을 빠져나간 후에도 베르너 후작은 여전히 그 자리에 남아 있었다.

"케인."

"예."

그리 크지 않은 목소리로 불렀음에도 즉시 회의실 문이 열리며 베르너 공의 심복인 검은 머리칼의 사내가 다가왔다. 그 뒤로 여태껏 공의 호위를 맡았던 기사 셋이 따라 들어왔다.

"연회는 순조롭게 흘러가고 있느냐."

"예."

"엘레나 신관은 참석했나?"

"예."

"누구와 함께 있지?"

"르니에 님과 함께 있습니다."

"르니에와?"

그건 조금 의외로군. 베르너 공이 한쪽 입꼬리를 끌어 올렸다.

그가 자리에서 일어나려는 기미를 보이자, 케인은 능숙하게 의자를 뒤로 뺐다.

"르니에가 그 신관과 제법 가까이 지내나?"

베르너 공의 질문에 가까이 서 있던 기사들 중 하나가 대답했다.

"예, 그렇습니다. 도련님은 평소 여신관을 만나러 새벽의 궁에 자주 출입하십니다."

그는 영지에서 베르너 공과 함께 올라온 기사가 아니라, 평소 르니에의 곁에서 그를 보좌해 온 기사였다.

"재밌는 일이로군. 그 애가 한 여자에게 꾸준히 관심을 보이는 것은 처음 있는 일이 아니던가?"

르니에의 여성 편력은 부친인 베르너 공에게도 익숙한 사실이었다. 아들의 그런 행실이 못마땅한 것은 아니었다. 많은 여인들과 염문을 뿌리는 것은 권세 있는 젊은 귀족의 특권이라고 생각했기 때문이다.

얼토당토않은 집안의 여식이 덜컥 후작가의 후손을 잉태하게 되는 불상사에 대한 걱정은 있었으나, 설사 그런 일이 생기더라도 얼마든지 처리할 수 있어 크게 신경 쓰지는 않았다.

"그렇다면 어네스가의 장남과 얽힌 소문도 사실인가?"

엘레나와 르니에, 그리고 메이나드가 삼각관계라는 소문은 이미 베르너 영지에 있을 때부터 들었던 것이지만, 크게 신경 쓰지 않았던 베르너 공이었다. 언제나처럼 사람들의 주목을 받기 좋아하는 르니에의 또 다른 기행일 뿐이라고 여겼던 것이다.

"일정 부분 그렇게 보셔도 무방합니다. 실제로 어네스 경 또한 리바이 공작에게 검술을 가르치고 있고, 그 이유가 엘레나 신관이란 소문이 있습니다. 스스로도 부정하지 않고 있거니와, 얼마 전엔 그 신관이 어네스 백작가의 가족 만찬에 참여했다는 말도 들리는 상황입니다."

"호오. 평민 계집 주제에 제법 줄다리기를 잘하는가 보군."

유약하고 맹해 보여 그저 조금 볼만한 외모 덕에 사람들 입에 오르내리는 줄 알았더니, 자신의 아들과 어네스의 장남을 양손에 쥐고 저울질을 하고 있는 모양이었다. 베르너 공은 불쾌하게 한쪽 입꼬리를 말아 올렸다.

"설마 진심으로 그런 계집에게 빠진 것은 아니겠지."

"……."

이번에는 기사도 아무 말 하지 않았다. 그저 입을 다물고 가만히 서 있을 뿐이었다. 베르너 공은 그 침묵을 못마땅하게 여기다가 문득 창밖을 바라보며 말했다.

"이유가 하나 더 늘었군."

"……예?"

의미를 알 수 없는 중얼거림에 기사가 되물었지만, 돌아오는 대답은 없었다. 베르너 공은 빙긋 웃을 뿐이었다. 그가 창문 너머의 풍경을 바라보는 것인지, 그 위에 흐릿하게 비친 스스로의 모습을 보는 것인지 알 수 없었다.

"가서 데려와라."

"그럼 바로 사람을 보내서……."

"아니, 네가 직접 다녀오라는 말이다."

심부름꾼 노릇이나 하라는 굴욕적인 언사에 기사는 주먹을 꽉 쥐었다.

막 기사 서임을 받았던 그때, 만취 상태에서 실수만 하지 않았더라면. 그렇다면 멀쩡히 황실 기사단 소속이었을 그가 어쩔 수 없이 베르너 후작가의 소속이 되는 일은 없었을 것이다.

고된 훈련으로 유명하지만 긍지를 가진 한 자루의 날카로운 황실의 검이 되는 대신, 기사는 자신을 곤경에서 꺼내 준 베르너의 요청에 따라 후작가 저택의 경비나 서는 신세가 되어 버렸다.

"……예, 알겠습니다."

결국 이를 악물고 마지못해 대답을 한 그가 막 몸을 돌려 나가려고 했을 때였다.

"아, 자네는 안 되겠군. 이리로 와 봐."

뒷짐을 지고 서 있던 베르너 공이 기사의 허리춤으로 손을 뻗었다. 스르릉 하는 쇳소리와 함께 흰 검신이 모습을 드러냈다.

"예? 무슨 말씀이십……."

푹.

섬뜩한 소리가 들렸다. 기사는 말을 잇지 못하고 믿을 수 없다는 눈으로 자신의 복부를 내려다보았다.

"자네는 나를 위협하다 도망가 버린 신원을 알 수 없는 자객으로부터 나를 지키려다 이렇게 부상을 입었으니, 그 신관을 데리러 갈 수 있는 상태가 아니지. 안 그런가?"

붉은 핏방울이 검 자루를 타고 뚝뚝 떨어져 내렸다.

"케이넌 경!"

후배 기사가 놀라서 다가와 비틀거리는 기사의 몸을 받쳤다. 결국 케이넌 경은 바닥에 주저앉고 말았으나, 그의 시선은 베르너 공을 놓치지 않았다.

"추, 출혈이 심합니다."

본능적으로 복부의 상처에 압박을 가하던 후배가 절망적으로 중

얼거렸다. 울컥울컥하며 좁은 틈을 비집고 흘러나오는 혈액의 양이
상당했다.

"걱정 말게나. 급소는 피해서 찔렀으니. 게다가 그 엘레나라는 신
관의 신성력이 소문만큼 강력하다면, 씻은 듯 나을 수 있을 게다."

긴 검의 끝이 등 뒤로 비죽이 튀어나와 마치 꼬챙이에 꿰인 듯한
자신의 몸을 내려다보며 케이닌 경은 분노를 감추지 못하고 이를 갈
았다. 베르너 공은 마치 짓궂은 장난을 쳐 놓은 어린애처럼 웃고 있
었다.

'왜 나를?'이라고 물어보지 않아도 답이 쉽게 나왔다. 이대로 자신
이 죽는다고 하더라도 이 자리의 사람들에게 입단속만 명하면 되기
때문이리라. 그의 죽음에 대해 궁금해할 가족이 아무도 없다는 사실
을 잘 알고 있는 게 분명했다.

베르너 공의 명이라면 어린아이도 죽이는 것을 서슴지 않는 저 케
인이란 사내는 두말할 것도 없고, 자신을 걱정스런 눈으로 보고 있
는 후배들 또한 이 일을 방 밖으로 들고 나가지는 못할 것이다. 베
르너가가 가진 힘은 그만큼 두렵고 무서웠다. 내부의 사람일수록 더
잘 알기 마련이었다.

"뭐 하나? 어서 가서 신관을 데려오지 않고."

베르너 공이 다시 자리에 앉으며 하는 말에 케이닌 경의 복부를
압박하던 후배가 서둘러 방 밖으로 뛰쳐나갔다.

"어, 어쩌다가 이렇게……."

엘레나는 바닥에 쓰러져 있는 기사를 보고 중얼거렸다.

너무나 비현실적이었다. 기사의 복부에 꽂혀 우뚝 선 검도, 옷과 바닥을 흥건히 적실 만큼 흐르는 피도. 마치 잘 만들어진 영화의 특수 분장을 보는 것 같았다.

"로버트 경, 어찌 된 일이지."

르니에가 딱딱하게 굳은 얼굴로 기사 중 하나를 지목해 물었다.

"그것이……."

로버트 경이 한쪽 다리를 꼰 채 자신을 바라보고 있는 베르너 공의 눈치를 살피더니 대답했다.

"조, 조금 전 베르너 공을 노린 잠입 공격이 있었습니다. 인원은 한 명으로, 공격 실패 후 도주했습니다. 케이먼 경은 공을 지키려다 복부에 자상을 입었습니다."

그 말을 들은 르니에가 눈썹을 찌푸리며 무언가를 더 질문하려던 때였다. 앉아 있던 베르너 공이 엘레나에게 훌쩍 다가와 그녀의 손을 부여잡았다.

"엘레나 신관, 그대가 마침 연회에 참석해 있어서 얼마나 다행인지 모르오."

손등을 토닥이는 손길이 퍽 기꺼웠다.

"케이먼 경은 베르너가에 10년이나 충성해 온 충신인데, 이렇게 잃게 된다면 가문의 크나큰 손실이오. 도와줄 수 있겠소?"

일단 눈앞에서 사람이 배에 칼을 맞고 죽어 가고 있는데 그것을 무시할 생각은 없었다. 하지만 그녀는 자신이 없었다.

"무슨 문제라도 있소?"

"이렇게 많은 피를 본 건 처음이라서."

속이 메스꺼웠다. 동시에 그녀를 바라보는 기사의 눈빛이 너무나 간절해 겁이 나 도망치고도 싶었다. 너무 많은 혈액을 잃어서 종이처럼 하얘진 기사의 안색만큼이나 엘레나의 얼굴도 창백해졌다.

"그대가 살리지 않으면, 저자는 죽소."

베르너 공이 차갑게 압박했지만, 엘레나는 그런 것 따위 깨닫지 못했다.

그녀는 가지고 있는 신성력을 기사에게 모두 쏟아부을 생각이었다. 그렇게 해서라도 살릴 수 있다면. 하지만 태어나 처음 보는 끔찍한 장면에 다가가기조차 두려운 것은 어쩔 수 없었다.

"해 볼게요."

결국 엘레나는 치렁치렁한 소매를 쭉 걷어 올렸다.

기사는 이미 가쁜 호흡을 헐떡거리며 생기보단 죽음의 음습한 기운을 더 뿜어내고 있었다. 하지만 일단 어떻게든 해 보자 하는 심정이었다.

엘레나가 다가가자 케이먼 경의 몸을 지탱하고 있던 기사는 뒤로 물러났다.

"으으……."

피에 젖어 축축한 제복에 손을 가져다 댄 엘레나의 입에서 절로 앓는 소리가 흘러나왔다.

혈관 밖으로 흘러나온 피는 금방 식어 버렸다. 그래서 끈적하고 차가운 액체가 손바닥에 닿았다. 공포 영화나 드라마에서 보았던 것보다도 더 낭자한 피에서 비린내가 훅 하고 끼쳤다.

"힘내세요……."

고통에 신음하는 기사를 보고 그녀가 할 수 있는 응원의 말은 이게 전부였다.

얼마 지나지 않아 눈부신 빛이 그녀의 손에서 시작되었다. 기사가 밭은 호흡을 내쉴 때마다 꿀럭꿀럭 솟아오르던 피가 줄어드는 것이 눈에 보이자 엘레나는 안도했다.

"크윽!"

그러나 그 안도의 빛은 오래가지 못했다. 치유를 받던 기사가 갑자기 몸을 비틀며 괴로워했다.

"왜, 왜 이러지?"

신성력을 사용해서 치유를 하는 도중에 갑자기 더 큰 고통을 겪는 상황은 여태껏 한 번도 없었다.

엘레나는 당황했지만 애써 침착함을 유지하며 더욱 집중했다. 그러자 빛의 순도가 높아진, 더 강력한 신성력이 그녀의 몸에서 쏟아져 나왔다.

"크, 크아악!"

"케이넌 경!"

그러나 그녀의 선택은 기사를 더욱 괴롭게 만들었다. 도대체 왜! 엘레나가 울상을 지었다.

선천적으로 신성력이 받지 않는 몸인 걸까? 치유를 할수록 괴로워하는 기사가 이해가 가지 않았다. 그때, 그녀의 눈에 비죽이 솟은 검이 보였다.

"칼 때문이구나!"

왜 이 생각을 진작 못했을까. 기사에게 미안할 지경이었다.

신성력을 사용하면 다친 부분은 재생을 시작한다. 그런데 그 자리에 아직 검이 꽂혀 있으니 치유가 될수록 더 아픈 것이 당연했다.

"저기, 아프겠지만 좀 참으세요."

엘레나는 기사에게 그렇게 말하고 검에 손을 가져다 대었다. 손아귀의 느낌이 생각보다 묵직하고 딱딱했다. 이런 게 생살을 가르고 들어오다니. 그 고통은 상상하기도 힘들었다.

"빼, 뺄게요!"

그렇게 외치며 엘레나가 검 자루를 힘껏 당겨 올렸지만, 단단히 박힌 검은 움직이지도 않았다. 기사가 극심한 고통으로 숨을 꼴깍거렸다.

출혈을 줄이려 근육이 본능적으로 단단히 수축한 상태였고, 어설프게 치유마저 된 상태라 더욱 그런 듯했다. 얌전히 검 자루를 잡고 올리려고 해서는 기사의 고통만 길어질 뿐이었다.

그 모습을 보고 있던 르니에가 엘레나를 도와주기 위해 한 걸음 다가섰다. 그의 근력으론 그리 어려운 일이 아니었다.

턱.

하지만 그런 르니에의 앞을 팔 하나가 막아섰다. 미소마저 띤 얼굴로 흥미롭게 상황을 지켜보고 있는 베르너 공이었다.

"비키십시오."

르니에가 낮은 목소리로 부친에게 말했지만, 베르너 공은 움직이지 않았다.

그런 베르너 공을 차갑게 일별한 르니에는 몇 걸음 돌아 엘레나에게 다가가려 했다. 하지만 그의 앞을 막아서는 다른 사람이 있었다.

"케인."

베르너 공의 충실한 종인 케인이 르니에를 무표정한 얼굴로 바라봤다. 검 자루 위에 올라 있는 케인의 손을 확인한 르니에는 이를 아득 갈면서도 더 이상 앞으로 나아가지 못했다.

르니에는 케인을 벨 수 없었다. 어떠한 감정도 없는 것처럼 고요히 가라앉은 푸른 눈은 자신의 것과 너무나 닮아 있었다.

뒤쪽에서 벌어지는 상황을 모르는 엘레나는 다른 누군가에게 도움을 요청할 생각도 하지 못했다. 당황해서 어떻게 해서든 혼자서 검을 빼 볼 생각뿐이었다.

"이렇게 하면 되겠지……."

결국 걷어 올렸던 긴 소매를 다시 내려 손을 보호한 엘레나가 복부 바로 위의 검날에 직접 양손을 가져다 댔다. 몸을 완전히 관통한 검은 길이가 꽤 길어 가깝게 잡지 않으면 제대로 힘을 가할 수 없을 거라고 생각했기 때문이다.

"으윽……."

다행히도 검날이 조금 전보다 수월하게 모습을 드러냈다. 하지만 동시에 울컥울컥 흘러내리는 피의 양이 늘어나 안심할 겨를은 없었다.

마침내 뾰족한 검 끝까지 모두 빠져나오자 엘레나는 그 검을 옆으로 집어 던진 뒤 바로 신성력을 사용했다. 복부에 직접 가해지는 빛은 빠른 속도로 피를 멈추게 하고 벌어졌던 부위를 봉합해 갔다.

대량의 신성력이 빠져나가 조금 어지럽기는 했지만 다행히 신성력이 모두 바닥나기 전에 기사의 부상을 어느 정도 치유할 수 있었다. 그 결과, 조금 전까지 붉은 피를 뿜어내던 상처는 피부에 흐릿한 흉터만을 남긴 채 사라졌다.

"다행이다, 진짜."

기절한 기사가 다른 사람에게 들려 방을 나가는 것을 보고 안도한 엘레나가 멍하니 중얼거렸다. 주저앉는 바람에 드레스가 피로 엉망이 된 것이 느껴졌지만, 지금은 정신을 추스르는 게 먼저였다.

"괜찮아?"

가까이서 르니에의 목소리가 들려왔다. 하지만 멀미가 난 엘레나는 눈을 뜨지 못한 채 고개를 끄덕였다.

"이리 와. 바닥에 있지 말고 일단 의자로……."

엘레나의 어깨를 부축해서 일으키려던 르니에가 말을 멈췄다.

"너, 손이…… 젠장."

내 손이 왜? 호기심을 못 이긴 엘레나가 슬그머니 실눈을 뜨고 자신의 손을 내려다봤다.

"아까 검에 베었나 보네요."

너무 경황이 없어서 몰랐다. 대수롭지 않은 엘레나의 말에 르니에는 더욱 인상을 구겼다.

"그렇게 큰 상처는 아닌 것 같은데."

"……시끄러워."

르니에가 잇새로 으르렁거렸다. 이게 어딜 봐서 큰 상처가 아니라는 거지.

얇디얇은 드레스 소매만 믿고 검날을 잡았을 때 말렸어야 했다. 양 손바닥 정중앙을 가르듯 난 자상은 깊지 않을지언정 길었다. 상처에선 출혈도 제법 있었다.

방 한쪽에 놓인 물병을 가져와 엘레나의 손 위로 뿌리며 르니에가 명령했다.

"의원을 불러와라. 어서."

조금 전, 르니에와 엘레나를 데리고 왔던 기사가 이번에는 의원을 데리러 뛰쳐나갔다.

"의원?"

베르너 공이 의아해 물었다.

"엘레나 신관이 손에 상처를 입지 않았습니까."

"그것은 알고 있다만…… 어째서 의원이 필요하지?"

"그럼 이대로 새벽의 궁으로 돌려보내란 말씀은 아니시겠죠."

르니에가 날카롭게 받아쳤다. 하지만 베르너 공은 흥미로운 웃음을 감추지도 않은 채 아직 바닥에 주저앉아 있는 엘레나에게 다가갔다.

확실히 양손에 상처를 입은 것이 보였다. 흰 피부를 타고 선혈이 한 방울 흘러내렸다.

"의원이 필요하오?"

그렇게 묻는 목소리는 너무나도 은근하고 또 묘했다. 언뜻 기쁨이 배어 있는 듯도 했다.

"……네. 그럴 것 같아요."

엘레나가 힘없이 대답했다. 입을 열기도 힘들었지만 그래도 르니에 아버지의 말을 무시할 수는 없었으니까.

"혼자 해결할 수는 없는 것이오?"

말하기가 힘들어 엘레나가 고개를 저었다. 세상이 도는 느낌에 즉시 후회했지만 말이다.

그러는 와중에 그녀의 눈에 이상한 게 보였다. 그것은 분명히 베르너 공의 얼굴이었다. 아무리 어지럽다 해도 그건 알 수 있었다.

'내가 지금 제정신이 아니긴 한가 보구나.'

엘레나가 그렇게 생각했다. 그럴 수밖에 없었다. 그녀를 바라보는 베르너 공의 얼굴은 겨우 웃음을 참는 것처럼 기괴하게 일그러져 있었으니까.

"신성력으로 스스로를 치유할 수는 없나 보오?"

엘레나의 흰 피부를 물들이는 붉은 선혈을 보며, 베르너 공이 그렇게 물었다.

-3권에서 계속-

영원한
조연은 없다

BLACK LABEL CLUB 034
영원한 조연은 없다 2

초판 인쇄 2018년 7월 23일
초판 발행 2018년 7월 30일

지은이 김로아
펴낸이 신현호
편집부장 예숙영
편집 김수민
편집디자인 한방울
영업·관리 김민원 이주형 조인희
물류 이순우 최준혁 박찬수

펴낸곳 ㈜디앤씨미디어
출판등록 2002년 5월 1일 제117-90-51792호
주소 서울시 구로구 디지털로 26길 111 JnK디지털타워 503호
대표전화 (02)333-2513 팩스 (02)333-2514
전자우편 dncbooks@dncmedia.co.kr
디앤씨북스 블로그 http://blog.naver.com/dncbooks

ISBN 979-11-264-4374-1 (04810)
      979-11-264-4372-7 (SET)